Dieser Titel ist auch als Hörbuch erhältlich

Über den Autor:

Jeremiah Pearsons Karriere als Schriftsteller begann als Schüler von Stephen King. Schließlich folgte er dem Ruf Hollywoods und arbeitet seitdem mit großem Erfolg als Drehbuchautor von Kino- und Fernsehproduktionen. Jeremiahs Leidenschaft für europäische Geschichte inspirierte ihn irgendwann zu seiner Freiheitsbund-Saga, deren 1. Teil DIE TÄUFERIN es bei Erscheinen sofort auf die SPIEGEL-Bestsellerliste schaffte. Der Autor lebt mit seiner Familie in North Carolina.

JEREMIAH PEARSON

DIE KETZER

DER BUND DER FREIHEIT

Historischer Roman

Übersetzung aus dem
amerikanischen Englisch von Axel Merz

BASTEI LÜBBE TASCHENBUCH
Band 17545

Dieser Titel ist auch als Hörbuch und E-Book erschienen

Vollständige Taschenbuchausgabe
der im Gustav Lübbe Verlag erschienenen Hardcoverausgabe

Copyright © 2013 by Jeremiah Pearson
Titel der amerikanischen Originalausgabe: »The Villeins Trilogy: Villeins«

Dieses Werk wurde vermittelt durch die Literarische Agentur Thomas
Schlück GmbH, 30827 Garbsen
Für die deutschsprachige Ausgabe:
Copyright © 2017 by Bastei Lübbe AG, Köln
Lektorat: Wolfgang Neuhaus/Judith Mandt
Kartenzeichnungen: Markus Weber, Agentur Guter Punkt München
Titelillustration: Johannes Wiebel, punchdesign, München,
unter Verwendung von Motiven von © Shutterstock.com/
Zvonimir Atletic(2); © The execution of Jan Hus or one of his priests
at The Council of Constance, from ›Chronik des Konzils von Konstanz‹
(pen & ink on paper), Richental, Ulrich von (c.1360-1437) /
Private Collection / Bridgeman Images\x06
Umschlaggestaltung: Johannes Wiebel, punchdesign, München
Satz: Dörlemann Satz, Lemförde
Gesetzt aus der Berkeley Oldstyle
Druck und Verarbeitung: C. H. Beck, Nördlingen
Printed in Germany
ISBN 978-3-404-17545-1

2 4 5 3 1

Sie finden uns im Internet unter www.luebbe.de
Bitte beachten Sie auch: www.lesejury.de

Ein verlagsneues Buch kostet in Deutschland und Österreich jeweils
überall dasselbe.
Damit die kulturelle Vielfalt erhalten und für die Leser bezahlbar bleibt,
gibt es die gesetzliche Buchpreisbindung. Ob im Internet, in der Groß-
buchhandlung, beim lokalen Buchhändler, im Dorf oder in der Großstadt –
überall bekommen Sie Ihre verlagsneuen Bücher zum selben Preis.

Mit all meiner Liebe
meiner Frau Velvalea gewidmet,
ohne die ich auch dieses Buch
niemals hätte schreiben können
Jeremiah Pearson

Wenn der Löwe seine ganze Kraft kennte,
wer vermöchte ihn dann zu zähmen?
– *Thomas Morus*

DRAMATIS PERSONAE

Es folgt eine Aufstellung der wichtigsten Figuren, wobei die historischen Personen mit einem * gekennzeichnet sind.

DIE GEFLOHENEN TÄUFER IN GIEBELSTADT, SÜDLICH VON WÜRZBURG, HEILIGES RÖMISCHES REICH DEUTSCHER NATION, ZU BEGINN DER REFORMATION

KRISTINA
Witwe Bertholds und Mutter ihres gemeinsamen Sohnes Peter. In einem Nonnenkloster aufgewachsen und ausgebildet, wird sie als Mädchen zum Waisenkind, als ihre Familie wegen Ketzerei auf dem Scheiterhaufen stirbt. Kristina flieht nach Kunwald in Böhmen, wo sie bei den Täufern das Drucken erlernt und zur Leselehrerin ausgebildet wird. Dort begegnet sie auch ihrem späteren Ehemann Berthold.

WITTER
Drucker, Künstler und Sprachgenie jüdischer Herkunft. Ein kluger und entschlossener Mann, zugleich undurchsichtig und voller Geheimnisse. Er begehrt Kristina und bewahrt sie und die anderen Täufer mehrmals vor dem Tod.

MARGUERITE
genannt Grit, ehemalige Sängerin und gefeierte Schönheit, die branntweinsüchtig wurde. Von den Täufern gerettet, arbeitet die nun überzeugte Reformatorin als Papiermacherin und Druckerin.

RUDOLF
bekehrter Magistrat, arbeitet als Leselehrer.

SIMON
Drucker, geflohener Höriger und Rudolfs bester Freund.

AUF SCHLOSS GEYER

ANNA VON SECKENDORF*
Dietrichs Witwe, Mutter des Florian Geyer, der noch Geschichte schreiben soll. Eine resolute Frau und fromme Christin, die entschlossen ist, das Lesen zu lernen.

LURA
Annas Dienstmagd.

LETA
Wäscherin.

WALDO
stummer Stallmeister, Vater einer Tochter namens Kella.

IM DORF GIEBELSTADT

LUD
Höriger, von Dietrich zum Vogt ernannt. Ein kampferprobter, harter Mann mit scharfem Verstand, doch äußerlich entstellt von einer Pockenerkrankung, die ihm Frau und Kinder geraubt hat.

VATER MICHAEL
Geistlicher in Giebelstadt. Ein Mann, der mehr ist, als er zu sein scheint.

ALMUTH
Hörige, Weberin und Hebamme.

RUTH
Hörige, Kerzenmacherin, Mutter von Matthes.

MERKEL
Höriger, Grobschmied.

SIGMUND
Höriger, Müller, Vater von Kaspar.

AMBROSIUS
Enkel des Schusters und Zeugmachers Gerhard.
Ambrosius' größter Traum ist, lesen zu lernen.

DER »KLEINE« GÖTZ
hünenhafter Sohn der Töpfer Franz und Berta.

JAKOB
Pflüger.

KASPAR
Sohn von Sigmund dem Müller. Verlor im Krieg ein Bein.

LINHOFF
Sohn von Thomas, dem Ackerbauern.

MATTHES
Sohn von Ruth, der Kerzenmacherin.

MAX
Sohn der Käser.

GERHARD
Höriger, Schuster und Zeugmacher, Großvater des Ambrosius.

FRANZ
Höriger, Töpfer.

BERTA
Hörige, Töpferin.

THOMAS
Höriger, Linhoffs Großvater.

DER ALTE KLAUS
reisender Händler und Verteiler von Flugblättern.

IN DER STADT WÜRZBURG UND DER FESTUNG MARIENBERG, FRANKEN

KONRAD II. VON THÜNGEN*
Vetter der Anna von Seckendorf und Taufpate ihres Sohnes Florian, Nachfolger Lorenz von Bibras im Amt des Fürstbischofs von Würzburg. Er gründet die Druckerei Veritas (= *Wahrheit*).

LORENZ VON BIBRA*
Fürstbischof von Würzburg, ein für seine Zeit fortschrittlicher, aufgeklärter Mann und Förderer der Kunst.

MAHMED BEY
osmanischer Edelmann, Gelehrter und Schachmeister, von Lud in der Schlacht besiegt, nun als Geisel in den Händen des Fürstbischofs.

BRUDER BASIL
Mönch und Leibdiener des Konrad von Thüngen. Ein brutaler Mann, der mit inquisitorischem Eifer Ketzer verfolgt.

FRIEDA
ehemalige Täuferin aus Kunwald, nennt sich nun Paulina.

ULRICH
Hauptmann der Landsknechte, in Paulina verliebt.

MARTIN LUTHER*
Geistlicher, Gelehrter und Reformer – ein Mann, der die Welt verändern wird.

THOMAS MÜNTZER*
reformatorischer Theologe, Parteigänger Luthers und eine der maßgeblichen Gestalten in der Zeit der Bauernkriege.

OXFORD, ENGLAND

ERASMUS VON ROTTERDAM*
ein bereits zu Lebzeiten berühmter und hoch geachteter Theologe, Philosoph und humanistischer Gelehrter, Autor Dutzender Bücher. Beschäftigt sich in seinen Schriften auch mit den Lehren Martin Luthers, mit dem er in Schriftwechsel steht.

FLORIAN GEYER*
Student, Sohn und Erbe von Dietrich Geyer.
Wird später zur legendären Gestalt.

WILLIAM TYNDALE*
Student, Freund Florian Geyers. Der Wunschtraum des späteren Reformers und Gelehrten ist die Verbreitung einer modernen Version der Wyclif-Bibel aus dem vierzehnten Jahrhundert, ein Traum, der ihm ein grausames Schicksal bescheren wird.

1.
Kristina

*V*on einem kleinen Balkon der Ritterburg blickte sie hinaus auf den schimmernden See aus morgendlichem Dunst, der sich in der wärmenden Sonne allmählich auflöste. Aus dem Schlafgemach hinter ihr strömte ein metallischer Gestank. Es war der Geruch nach Essig und Blut, Krankheit und Tod. Die Steinwände und Böden waren geschrubbt, das Stroh des Totenbetts verbrannt worden, und doch schien dieser Gestank sich in jeder Fuge, in jedem Stein auf ewig eingenistet zu haben.

In Giebelstadt hatten die Pocken gewütet. Und noch mehr war geschehen. Schlimme Dinge, die Kristina nie vergessen würde. Traurigkeit und Schmerz überwältigten sie.

Sie betete. Für ihren Gemahl und Lehrmeister Berthold. Für Dietrich, den Beschützer ihrer kleinen Gruppe von Brüdern und Schwestern. Für Witter, ihren tapferen Gefährten, der ihnen das Leben gerettet hatte und mit einer schweren Verwundung dafür bezahlen musste. Für Mahmed, den Osmanen, der sie auf unglaubliche Weise vor den Pocken bewahrt hatte.

Vor allem aber betete Kristina um Vergebung.

Hatten sie andere in Gefahr gebracht? War ihr großes Ziel, ihre Mission, von vornherein verfehlt gewesen? Aber sie hatten doch nur Gutes tun wollen, hatten andere Menschen das Lesen lehren und ihnen damit Wissen und Erkenntnis bringen wollen.

Ist jetzt alles zu Ende? Werden sie uns den Ketzerjägern ausliefern, jetzt, wo Dietrich tot ist und seine schützende Hand nicht mehr über uns halten kann? Müssen wir schon wieder flüchten? Aber wohin? Und wie?

Auf der anderen Seite der Felder, auf einem von Unkraut überwucherten kleinen Totenacker, erschienen verschwommene Schatten in den sich lichtenden Dunstschwaden – die gebeugten Rücken von Männern, die Gräber aushoben. Leise Stimmen wehten heran, der Gesang von Frauen und Mädchen, eine seltsam traurige Melodie, die immer wieder anschwoll und verebbte. War es ein kirchliches Totenlied? Oder etwas viel Älteres, ein Lied aus grauer Vorzeit?

Kristina sah sie durch die letzten Schwaden herankommen, unheimlich, schwebend wie Geister, Junge und Alte, weinend, wehklagend. Viele hatten sich das Haar abgeschnitten und Hände und Gesicht mit Ruß geschwärzt; manche hatten sich den Kopf mit einem Stein blutig geschlagen. Über ihren weißen Armen lagen grüne Lindenzweige, frisch geschnitten von dem großen alten Baum auf dem Dorfplatz.

Sie verteilten sich an einem Grab, dann an einem weiteren, knieten vor ihren verstorbenen Lieben nieder. Dann, als wollten sie den Toten auf dem Boden der kalten irdenen Kammern eine Bettstatt bereiten, legten sie die Lindenzweige in die frischen Gräber. Ihr Gesang verstummte, wich vollends lautem Wehklagen.

Kristina erschauerte. Sie kämpfte die Tränen zurück. Ihr Verstand musste klar und wach bleiben. Viele furchtbare Dinge waren geschehen. Wollte sie nicht an ihrem Glauben zweifeln, musste sie versuchen, einen Sinn in alledem zu erkennen.

Sie gehörte nicht hierher. Und doch, da draußen, nicht weit von Schloss Geyer und von Giebelstadt, waren sie und ihre Brüder mit knapper Not den Ketzerjägern aus Würzburg entkommen, als wenn Gott es so gewollt hätte.

Ritter Dietrich hatte ihnen hier, in Giebelstadt, Unterschlupf gewährt. Nun war er tot, elendig gestorben.

Genau wie mein armer Mann Berthold.

Kristina stützte sich auf die Brüstung. Plötzlich zitterte sie, bekam kaum Luft. Das geschah oft, wenn sie an Berthold dachte. Ein paar Herzschläge später war es vorbei.

Sonnenstrahlen tanzten auf den Gesichtern der Trauernden, die noch immer bleiche Schemen waren. Weiter entfernt sah

Kristina eine dunkle Gestalt, die eine Grube aushob und unermüdlich arbeitete, kraftvoll, ohne Pause.

Lud.

Kristina ging vom Balkon zurück in die Kammer und trat an ein Fenster, von dem aus die Sicht auf Lud besser war, auf sein vernarbtes Gesicht, die schwarzen Haare, seinen schlanken, kräftigen Körper. Sie wusste selbst nicht, warum sie das tat. Sie hatte diesen Mann gefürchtet, hatte ihn kämpfen sehen an diesem schicksalhaften Tag im Gewittersturm, hatte ihn daran hindern müssen, einem muselmanischen Offizier die Kehle durchzuschneiden. Diesmal aber bewirkte Luds Anblick keine Furcht, er linderte vielmehr den Schmerz, der ihre Gedanken beherrschte.

Lud hob ein Grab aus, das größer war als die anderen, und arbeitete allein. Sorgfältig glättete er mit der Schaufel die Seitenwände der Grube, um das Grab so perfekt wie möglich zu machen.

Es sieht aus, als würde er sich selbst beerdigen, ging es Kristina durch den Kopf, den Blick noch immer auf Lud gerichtet, auf seinen nackten Oberkörper, seine breiten Schultern und die starken, schmutzbedeckten Arme.

Das Grab war zweifellos für Dietrich vorgesehen, den Ritter und Herrn von Giebelstadt, den Kristina gepflegt hatte, als er sterbend in genau der Kammer lag, in der sie nun stand. Schaudernd dachte sie daran zurück, wie sie den glühend heißen, eiternden Körper in Essig gebadet und die zitternde Hand des Todkranken gehalten hatte, als er unter Qualen an den Pocken gestorben war. Kristina selbst war gefeit gegen diese Krankheit – dank eines unglaublichen Geschenks von Mahmed, dem osmanischen Offizier, der sie mit einer Nadel gestochen und auf diese Weise immun gegen die Pocken gemacht hatte.

Selbst jetzt noch konnte Kristina die letzten Worte Dietrichs hören, gesprochen in dieser Kammer, mit gequälter Stimme, durch blutige Lippen hindurch.

Bald wird eine neue Zeit kommen ... eine andere Welt, die allen Menschen gehört ... Hört meinen letzten Willen, meine Anweisungen für die Zeit nach meinem Tod ... Der Bann gegen das Lesen auf meinem Gut ist aufgehoben. Wer möchte, darf lesen und lernen, so Gott diesen Wunsch in ihm weckt ...

Seltsamerweise hatte Anna von Seckendorf, die Gemahlin des Ritters und neue Herrin von Schloss Geyer, die Seuche überlebt, obwohl sie als Erste an den Pocken erkrankt war. Die eitrigen Pusteln heilten, aber die einst so schöne Frau würde für immer entstellt sein. Zurzeit hielt sie sich in der kleinen Kapelle unterhalb ihrer Gemächer auf und betete, gestützt auf den Arm ihrer jungen Dienerin Lura.

Kristina war angewiesen worden, auf Annas Rückkehr zu warten. Hier, in dieser Kammer, wo so viel geschehen war. Wo Lud geweint hatte. Wo er Dietrich auf Knien angefleht hatte, am Leben zu bleiben. Kristina erinnerte sich, wie Lud neben dem Totenbett des Ritters gewacht hatte, und an Dietrichs letzte Worte, mühsam hervorgestoßen im Todeskampf: »Lerne ... finde die Wahrheit ... deine eigene Wahrheit.«

Nie war Kristina einem so furchteinflößenden, ungezähmten und zugleich verwundbaren Mann begegnet wie Lud, einem todbringenden Kämpfer mit den Augen eines Jungen im von Pockennarben entstellten Gesicht. Der Mann da draußen war der gleiche Lud wie damals auf dem Schlachtfeld. Und doch war er nicht mehr der unbesiegte Krieger, nicht mehr der Kämpfer, der ein Messerduell mit einem gefürchteten Landsknecht ausgefochten hatte, um sie, Kristina, davor zu bewahren, von johlenden Soldaten vergewaltigt zu werden. Jetzt war er nur noch ein Mann, der ein Grab schaufelte für seinen Herrn, den er von Herzen geliebt hatte.

Plötzlich blickte Lud mit seinen wimpernlosen Augen auf, schaute genau zu ihr, als hätte er gespürt, dass sie ihn beobachtete.

Kristina überfiel Scham, die augenblicklich von Furcht verdrängt wurde. Hastig trat sie vom Fenster weg, senkte den Blick, starrte auf ihre Füße. *Hat er dich bemerkt?* Erst jetzt sah sie, dass ihre Hände zitterten. Luds Augen hatten so hart ausgesehen, so kalt, dass ihre Angst vor ihm zurückgekehrt war.

Dann, wie eine herabstürzende Felswand, brachen die Erinnerungen über Kristina herein ...

*

Von Kunwald über Würzburg bis hierher nach Giebelstadt – was für eine Reise!

Ihre kleine Gruppe von Brüdern und Schwestern war mutig gewesen. Aber auch blauäugig, vor allem in der ersten Zeit, nachdem sie ihre sichere Zuflucht in Kunwald, dem kleinen Ort in Böhmen, verlassen hatten. Berthold hatte sie angeführt, Kristinas scheuer Gemahl, ein gebildeter Mann, doch unwissend, was die Welt und ihre Grausamkeiten anging. Sie waren von Frieda und Ott begleitet worden, einem jung verheirateten Paar, von den zwei Freunden Rudolf und Simon und von der klugen Grit, die niemals den Mut verlor und jedes Geheimnis zu durchschauen schien. Sie alle waren in Kunwald zu Leselehrern ausgebildet worden und erfüllt von dem Glauben an die Gleichheit aller Menschen vor Gott.

Gleichheit aller Menschen, dachte Kristina voller Bitterkeit.

Als kleines Mädchen hatte sie zusehen müssen, wie ihre Eltern auf dem Scheiterhaufen verbrannt wurden. Mit namenlosem Entsetzen hatte Kristina die weit aufgerissenen Münder und Augen erblickt, hatte starr vor Schreck beobachtet, wie sich das Haar ihrer Mutter in den Flammen erhoben hatte, wie es geflattert hatte im glutheißen Wind – sie hatte es später in ihren Träumen gesehen, immer wieder, viel zu oft, und jedes Mal war sie nass vor Schweiß und zitternd vor Angst aus dem Schlaf geschreckt.

Dennoch hatte sie später geschworen, die Lehren ihrer Mutter zu übernehmen, einer sanftmütigen und gütigen Frau, ihr Werk zu dem ihren zu machen und es so weit zu verbreiten, wie sie nur konnte.

Vor Monaten dann hatte Kristina sich gemeinsam mit Berthold und den anderen Täufern auf ihre Mission begeben, obwohl sie wusste, dass sie alle so schrecklich enden konnten wie ihre Eltern.

Viele Tage lang waren Kristina und die anderen durch gefährliche Landstriche gezogen, manchmal zaudernd und ängstlich, doch stets voller Zuversicht, erfüllt vom Vertrauen auf Gott und dem Glauben an die Richtigkeit und Wahrhaftigkeit ihrer Mission. In Mainz sollten sie im Verborgenen eine Druckerpresse errichten, die darauf gedruckten Schriften unters Volk bringen und nach und nach jene Brüder ersetzen, die in der Stadt gefasst und auf dem Scheiterhaufen verbrannt worden waren.

Aber sie hatten Mainz nicht erreicht. Stattdessen waren sie in eine Schlacht geraten und geblieben, um die Verletzten zu behandeln, denn die Nächstenliebe galt Kristina und ihren Gefährten mehr als alles andere.

Während dieses Aufenthalts war Ott, Friedas junger Gatte, getötet worden; die anderen hatten wie durch ein Wunder überlebt. Kristina dachte an Mahmed, den Muselmanen, der ihr sein Leben verdankte und der sie im Gegenzug vor den Pocken bewahrt hatte, und an Lud, den Reisigen des Ritters Dietrich, Anführer der kleinen Streitmacht aus Giebelstadt, und schließlich an Berthold, ihren Mann, der viel zu früh gestorben war.

Und jetzt liegt er in einem unbekannten Grab. Simon ist verwundet. Grit pflegt Witters Verletzungen, die er beim Angriff der Bluthunde davontrug.

Und dort unten begrub der verzweifelte Lud seinen toten Herrn Dietrich, den warmherzigen Mann, der darauf verzichtet hatte, Kristina und die anderen an den Profos des Kriegszugs auszuliefern, was ihren Tod bedeutet hätte. Stattdessen hatte er ihnen Zuflucht im Kriegswagen von Giebelstadt gewährt, um sie anschließend, wie versprochen, vor den Toren Würzburgs freizulassen.

In Würzburg hatten sie einen Verbündeten aufgesucht, den Drucker Werner Heck. In Hecks Druckerei hatten sie dann versucht, ihre Mission weiterzuführen und ihre Werke zu drucken, um auf diese Weise ihre Wahrheit zu verbreiten – doch ebendiese Wahrheit hatte Heck das Leben gekostet, hatte zu jener Schreckensnacht geführt, als Kristina und ihre Gefährten vor den Würzburger Magistraten und ihren Hunden fliehen mussten. Frieda war damals nicht mitgekommen und in die Stadt zurückgekehrt; die anderen hatten sich durchgeschlagen, auf dem Main, über Felder und durch ein ausgedehntes Waldgebiet, bis eines Morgens …

Wieder schnitt die schmerzhafte Erinnerung an Bertholds Tod ihr wie ein Messer durchs Herz.

Berthold im hellen Morgenlicht, ahnungslos und ungedeckt auf freiem Feld … sein ernstes Gesicht mit den dunklen Augen unter dichten Brauen … sein lockiges Haar, zerzaust wie das eines Jungen … der Armbrustbolzen des Magistrats, der heranschwirrt … Bertholds aufgerissene Augen, ängstlich und staunend zugleich … das Blut, das zwischen seinen Händen hervorsprudelt, als er an dem Bolzen zerrt, der seinen Hals durchschlagen hat …

Witter hatte schließlich einen der Hunde getötet und die erschöpfte Kristina trotz seiner tiefen Wunden hierher nach Giebelstadt geführt, auf der Suche nach einer Zuflucht, ohne zu ahnen, dass das Dorf von den Pocken heimgesucht wurde.

Der Tod hatte blutige Ernte in Giebelstadt gehalten. Als Letzter war jener Mann gestorben, dem Kristina am meisten vertraut hatte, Ritter Dietrich.

*

Über den Wäldern im Osten stieg die Sonne höher, brannte sich durch die Wolken und sandte ihre hellen Strahlen über das Land. In Giebelstadt läutete die Kirchenglocke. Schwach zuerst, zögernd, dann lauter und kräftiger, als sie den Rhythmus fand. Jemand fiel ein, schlug eine Trommel dazu.

Kristina richtete den Blick nach unten in den Burghof. Ältere Frauen in weißen Gewändern trugen Dietrichs Leichnam aus dem Gebäude. Wie zur Vorbereitung auf eine letzte Schlacht in der Ewigkeit war er in einen roten Seidenumhang mit aufgesticktem goldenem Widderkopf gekleidet, dem Wappen der Familie. Das Haupt des Toten war in weißes Leinen gewickelt. Ganz behutsam, als würden sie ein Kind in die Wiege legen, betteten die Frauen den Leichnam in seinen schlichten Eichensarg. Der Ritter war erst zwei Tage tot. Eingewickelt in einen Kokon aus Leinen, die Arme über der Brust verschränkt, war er nicht mehr bedrohlich und furchteinflößend wie im Leben; er wirkte hilflos und schwach.

Ein in Leinen gehüllter Wagen, gezogen von Dietrichs Streitross, brachte den Sarg über die Felder zum Ort der Bestattung, wo der größte Teil der Dorfbewohner wartete, um ihrem toten Herrn die letzte Ehre zu erweisen.

»Kristina!«, erklang eine scharfe Stimme hinter ihr. »Hilf mir, Mädchen.«

Kristina fuhr herum.

Herrin Anna war aus ihrer Kapelle zurückgekehrt. Gestützt von Lura, mühte sich die verschleierte Frau die Stufen zum Schlafgemach hinauf. Sie hatte zwar die Pocken überlebt, war aber erschreckend abgemagert. Kristina konnte Annas weißes, verhärmtes Gesicht undeutlich hinter dem schwarzen Schleier erkennen.

Lura führte die Herrin zu einem Stuhl und stützte sie, bis sie Platz genommen hatte. In den Händen dieser gepeinigten Frau lag das Schicksal von Giebelstadt. Jetzt, da ihr Gemahl tot war, besaß Anna die Macht. Die Frage war nur, ob diese unberechenbare Frau die Versprechen, die sie Dietrich auf dem Totenbett gegeben hatte, einhalten würde. Kristina fürchtete sich vor der Antwort.

»Soll ich Euch für die Zeremonie ankleiden, Herrin?«, erkundigte sich Lura. Ihr kleines verquollenes Gesicht war gezeichnet von Entbehrungen. »Oder möchtet Ihr zuerst etwas zu Euch nehmen?«

»Nein. Ich werde alles vom Balkon aus verfolgen«, entschied Anna. »Kleide mich an und bereite eine Sitzgelegenheit für mich vor. Ich habe nicht die Absicht, nach draußen auf den Totenacker zu gehen, um mir anzusehen, wie mein Dietrich im Dreck verscharrt wird, und mir den Sermon unseres Priesters anzuhören, der so viel Angst vor den Pocken hatte, dass er sich in der Kirche versteckt hielt, ohne meinem Gemahl die Letzte Ölung zu geben.«

Als Lura und Kristina die Kleidertruhe ihrer Herrin öffneten, wisperte die Dienerin: »Sie legt ihren Schleier nicht ab. Ihr Verstand ist hell wie eine Flamme, aber ihr Körper ist eine schwarze Ruine. Gib acht, wenn du mit ihr sprichst. Sie ist gereizt.«

Kurz darauf saß Herrin Anna auf dem kleinen Steinbalkon. Eingehüllt in einen dicken Wollumhang, hatte sie sich auf einem Stuhl aus blauem Samt niedergelassen. Kristina stand bei ihr. In der Ferne konnte sie die Dorfbewohner sehen, die sich für die Zeremonie eingefunden hatten; nun bewegten sie sich zur anderen Seite des Friedhofs, wo Dietrichs Grab vorbereitet war. Dort ließen sie seinen Leichnam in die Erde hinunter. Undeutlich konnte Kristina die Worte des Priesters aus der Ferne vernehmen.

»Zwölf«, riss Annas Stimme sie aus ihren Gedanken. »Zwölf Tote. Jede Familie hat Tote zu beklagen. Sie starben durch den Krieg oder an der Pest. Warum? Niemand wird es je erfahren, denn die Wege des Herrn sind unergründlich. Immerhin weiß ich, dass die Pocken nicht mehr ansteckend sind, denn ich kann Vater Michael da draußen sehen. Er ist tatsächlich aus seinem Versteck in der Kirche hervorgekommen. Nun ja, vielleicht ist ein feiger Geistlicher besser als ein streitlustiger Heiliger.«

Anna verstummte und winkte Lura fort. Das Mädchen verneigte sich und zog sich zurück. Kaum war sie verschwunden, wandte Anna sich Kristina zu, ohne sie direkt anzublicken.

»Ich möchte dir für deine Fürsorge während unserer Erkrankung danken.«

»Das habe ich gern getan«, sagte Kristina. »Lieber, als Ihr vielleicht denkt.«

»Lud hat mir erzählt, man hätte euch wie Tiere bis hierher nach Giebelstadt gejagt, dich und die anderen, die du Brüder und Schwestern nennst.«

»Ja, das stimmt.«

»Lud sagt auch, er habe sich darum gekümmert, dass dein Gemahl ordentlich begraben wurde.«

»Lud ist ein guter Mensch.«

»Gut? Ich habe schon vieles über Lud gehört, aber gut hat ihn noch niemand genannt. Und dennoch: Mein verstorbener Gemahl hat ihn zum Vogt ernannt, und Dietrichs Wort ist Gesetz. Er hat noch weitere Verfügungen getroffen. Und das, Kristina, ist der Grund, weshalb ich jetzt mit dir rede, anstatt dich und deine Ketzerfreunde den Magistraten zu übergeben. Als Dietrichs Gemahlin und Erbin werde ich mir Mühe geben, seine letzten Wünsche zu erfüllen, sofern diese Wünsche nicht mein Heil und meine Errettung gefährden – oder das Seelenheil der Dorfbewohner.«

Kristina wagte nicht zu sprechen. Sie spürte, dass Anna ihr etwas Bedeutsames mitteilen würde, und fühlte sich plötzlich wie auf einem unbekannten Pfad in finsterer Nacht, wo jeder falsche Schritt der letzte sein konnte. Bei Dietrich hatte sie stets das Gefühl gehabt, beschützt zu sein; dieses Gefühl war mit ihm gestorben.

»Kristina.« Anna sprach mit der Gewichtigkeit eines Richters, der ein Urteil verkündet. »Du wirst mir dienen.«
»Euch dienen?« Hitze stieg Kristina ins Gesicht.
»Hör jetzt gut zu. Die Ergebenheit meinem verstorbenen Gemahl gegenüber lässt mir keine andere Wahl, als seinen Wunsch zu respektieren und dich zu behalten. Aber wenn du mir nicht gehorchst, werde ich Mittel und Wege finden, dich trotz meines Versprechens an Dietrich loszuwerden.«
Kristina fröstelte, obwohl die Morgensonne warm strahlte.
»Zwei Dienstmägde sind gestorben«, fuhr Anna fort. »Sie werden da drüben begraben. Nur Lura ist übrig.« Sie hob die Hand an den Schleier. »Ich werde diesen Schleier von heute an bis ans Ende meiner Tage tragen, genau wie die Last der letzten Worte meines Mannes. Und du wirst mir zehn Jahre lang dienen. Ich will, dass du darauf schwörst.«
»Zehn Jahre!«, stieß Kristina hervor. »Aber ...«
»Du wirst mir dienen, wirst mich pflegen und mir das Lesen beibringen. Der Priester kann Lud unterrichten. Im Gegenzug werde ich den Magistraten ausrichten lassen, dass sich auf meinem Grund keine Ketzer aufhalten. Mein Sohn Florian ist der Erbe dieses Gutes, und mein Vetter Konrad von Thüngen ist Fürst. Der Arm meiner Familie reicht weit. Ich habe Einfluss und Macht genug, um dich zu retten oder zu verdammen.«
Anna hielt inne, wahrscheinlich, um das Gesagte wirken zu lassen. Vielleicht rechnete sie auch damit, dass Kristina protestierte oder zu verhandeln versuchte. Doch Kristina schwieg. Ihr Blick fiel auf Lura, die im Schatten der Kammer stand und lauschte. Auf dem Gesicht der Dienerin spiegelte sich Ungläubigkeit.
Was soll ich nur tun? Kristina dachte fieberhaft nach, schaute über die Felder hinweg zum Totenacker, wo die Dorfbewohner knieten, die Köpfe gesenkt, und sich bekreuzigten. Sie alle waren Hörige, rechtlose Leibeigene, und auf Annas Wohlwollen angewiesen.

»Wenn du mir nicht gehorchst«, sagte Anna, »werde ich dich ausliefern, dich und deine so genannten Brüder und Schwestern. Alle, die mit dir gekommen sind, müssen auf meinen Feldern schuften. Hier muss jeder im Schweiße seines Angesichts für sein Brot arbeiten.«

»Harte Arbeit ist gute Arbeit«, antwortete Kristina. »Und Euch das Lesen beizubringen wäre die größte Freude für mich. Aber ich wäre eine Sklavin.«

Anna drehte den Kopf zu Kristina. Zorn ließ ihre Stimme zittern.

»Sklavin? Du törichtes Ding! Du solltest vor Dankbarkeit auf die Knie sinken. Das ist eine Belohnung, keine Strafe. Du bist eine Ketzerin. Aber das wird sich ändern, dafür sorge ich.« Sie starrte Kristina an. »Ich gewähre dir zehn Jahre lang meinen Schutz, wenn du mir dienst. Nicht draußen auf den Feldern, sondern hier auf der Burg, wo du es warm hast und zu essen bekommst.«

»Vergebt mir, wenn ich undankbar erscheine, aber ...«

»Still! Du schuldest mir dein Leben«, unterbrach Anna sie und hob eine fleckige, ausgezehrte Hand. »Und nun wirst du mir ein wenig davon abgeben, indem du mir diese zehn Jahre dienst. Sie sind nur ein kleiner Teil deines Lebens, so Gott will. Wie Dietrich verfügt hat, werde ich dich und jeden deiner Gefährten schützen, der hier bleiben möchte. Nach dem zehnten Jahr seid ihr frei. Dann könnt ihr gehen, wohin ihr wollt, oder bleiben, wenn ihr es wünscht. Aber versucht ja nicht, die Hörigen zu bekehren, die auf meinem Grund und Boden leben. Solltet ihr ketzerische Gedanken unter ihnen verbreiten, werde ich euch ausliefern, darauf hast du mein heiliges Wort.«

»Zehn Jahre ...« Kristina flüsterte es beinahe. »Das ist mehr als mein halbes Leben.«

»Es ist die Gegenleistung für euer aller Leben. Und nun will ich deine Antwort.«

»Darf ich eine Nacht lang darüber nachdenken?«

»Nein. Abgesehen davon musst du an dein ungeborenes Kind denken.«

»Mein ungeborenes Kind?« Kristina blickte Anna verständnislos an.

»Du lieber Himmel. Sag bloß, du weißt es nicht. Lura hat mir berichtet, dass dir jeden Morgen übel ist.«

Kristina wurde schwindlig. Für einen Moment befürchtete sie, dass ihre Beine nachgaben, doch sie fing sich rechtzeitig, packte den kalten Stein der Balkonbrüstung und hielt sich daran fest. Ihre freie Hand wanderte hinunter zu ihrem Leib. Verwundert rieb sie darüber, langsam und behutsam.

Könnte es sein …?

Ihre Gedanken kehrten zurück zu Berthold, ihrem Gemahl und Mentor. Sie hatten nur einmal zusammen die fleischliche Liebe gekostet. In Würzburg. Ein einziges Mal nur. Doch Kristina hatte gespürt, wie er sich in sie ergossen hatte. Sie schloss die Augen, strich wieder mit beiden Händen über ihren Leib.

Mein Kind. Bertholds Kind …

»Deine Antwort«, verlangte Anna. »Auf der Stelle.«

Kristina wusste, dass es nur eine Antwort geben konnte. »Ja«, sagte sie. »Ich werde Euch zehn Jahre dienen.«

In diesem Augenblick spürte sie, wie sich die Tür zur Vergangenheit schloss, während eine andere sich öffnete, hinter der die Zukunft lag. War sie voller Licht und Wärme? Oder gab es nur Dunkelheit und Schmerz?

»Zu wem du auch betest, schwöre es in seinem Namen«, sagte Anna.

»Ich werde nicht schwören und keinen Eid ablegen.«

Anna schüttelte den Kopf. »Bist du wirklich so mutig, Kind, oder einfach nur dumm? Es ist keine Sünde, einen Eid zu schwören. Ich will dein Wort.«

In diesem Moment läutete wieder die Kirchenglocke. Draußen kehrten die Trauernden vom Totenacker über die Felder zum Dorf zurück, viele mit gesenktem Kopf, manche weinend.

Einige knieten nieder und untersuchten den Boden, zerkrümelten ihn, rochen daran, schmeckten ihn; andere schauten zum Himmel, um zu sehen, wie das Wetter wurde.

»Ihr habt mein Wort, Herrin. Ich gehöre Euch«, sagte Kristina. Noch immer betastete sie ihren Leib, wobei sie sich fragte, ob sie tatsächlich ein Kind in sich trug.

Wieder blickte sie hinaus auf den Totenacker jenseits der Felder, wo nun Dietrich unter großen Steinen begraben lag, beigesetzt von Lud, dem Priester und den Dorfbewohnern. Es kam Kristina so vor, als wäre eine uralte Wahrheit nun für immer verschlossen worden im Schoß der Erde. Sie dachte an Grit und Witter, Rudolf und Simon ...

Und dann, so sicher, wie sie wusste, dass sie atmete, erkannte Kristina, dass es stimmte. Bertholds Blut hatte sich mit ihrem Blut vereint, sein Fleisch mit ihrem Fleisch, und nun wuchs ihr gemeinsames Kind in ihrem Schoß heran.

Gott hat mich mit einem neuen Leben gesegnet.

Ihre Welt hatte sich soeben grundlegend verändert. Ihre heilige Pflicht zu überleben schloss nun ein Kind mit ein.

Mein Kind ...

Sie würde Mutter sein. Kristinas Angst wich dem Gefühl reinen Glücks.

»Zehn Jahre, Kristina«, sagte Anna in diesem Augenblick. »Und diese zehn Jahre beginnen mit dem heutigen Tag.«

2.
Witter

€s war Wochen her, seit Witter in diesem Bauerndorf gestrandet war, diesem kleinen Ort mit seiner jämmerlichen Burg und seinen rechtlosen Hörigen, diesen von Krieg und Pocken gebeutelten, des Lesens und Schreibens unkundigen Bewohnern.

Manchmal fand Witter sich im Traum zwischen den düsteren Bäumen im nächtlichen Wald wieder. Getrennt von den anderen, rannte er blindlings durch die Finsternis, Kristina an der Hand. Sie war die Einzige aus der Gruppe der Täufer, die ihm etwas bedeutete. Hinter ihnen erklangen die wütenden Schreie der Ketzerjäger und das Bellen ihrer Bluthunde.

Wieder flüchtete Witter vor den Jägern in die Dunkelheit, wieder versuchte er, Kristina zu retten, wieder sah er die große schwarze Bestie, die sich auf sie stürzen wollte, und stellte sich ihr in den Weg, ohne nachzudenken. Der kleine Dolch flog ihm aus der Hand, als er die Zähne des Hundes spürte und das erschreckende Gewicht des Tieres ihn zu Boden riss. Er roch den heißen Raubtieratem, und die roten Augen der Bestie starrten ihn an wie die eines Dämons …

Witter warf sich stöhnend auf seinem Strohlager in der Hütte herum, als er wieder einmal gegen den erschreckend realen Traum kämpfte, bis er hochschrak und ihm bewusst wurde, dass er in Sicherheit war, zumindest für den Augenblick. Und die Bisswunden, die ihm der Bluthund beigebracht hatte, waren inzwischen verheilt.

Mein Leben ist eine einzige Flucht.

Sein ganzes bisheriges Erwachsenenleben hatte Witter wie ein Verbrecher verbracht, unter falschem Namen, immer wachsam und auf der Hut, oft voller Schlichen, manchmal voller Lügen. Von einer Stadt zur anderen, wo er immer wieder in neue Rollen geschlüpft war, um nicht entdeckt zu werden und keine Spuren zu hinterlassen. Eine Arbeit hier, eine Arbeit dort.

Schlafen in Verstecken mit zuvor geplanten Fluchtwegen. Früher oder später erschien immer jemand, der ihn fragte, wer er wirklich sei. Woher er wirklich käme. Wo er so viele Sprachen gelernt und ein solches Geschick in den Künsten erworben habe. Wo er so viel über Bücher und das Leben erfahren habe.

Oft sehnte Witter sich nach der Wärme und Sicherheit, die er als Kind daheim in Córdoba als selbstverständlich empfunden hatte, im palastähnlichen Haus seines Vaters mit den vielen Dienern. Stundenlang hatte er in der Bibliothek gelesen, der verhätschelte Sohn des Judah, des berühmten jüdischen Philosophen und Gelehrten, bewundert von seiner schönen Mutter, die ihn in seinen Studien ermutigt hatte in der Hoffnung, er würde Rabbi werden.

Eine weitere Ironie des Schicksals: Hier, in diesem hinterwäldlerischen Dorf und unter aller Augen war er unsichtbarer, als er es im brodelnden Stadtleben jemals hätte sein können. Witter war jetzt ein Höriger von vielen.

Hörige galten nicht viel mehr als Vieh. Sie waren Arbeitstiere, rechtlos, stets verfügbar und ihrem Herrn auf Gedeih und Verderb ausgeliefert. Tiefer konnte man nicht sinken. Es kam vor, dass man ihnen nicht einmal einen Blick gönnte, wenn ihnen schwere Arbeit zugewiesen wurde. Deshalb hatte Witters relative Sicherheit einen hohen Preis: unerbittliche Plackerei.

Zuerst waren seine weichen Künstlerhände vom Schaufeln und Hacken aufgesprungen. Aus Blasen waren blutige Löcher geworden, doch er hatte seine geschundenen Hände in Lappen gewickelt und weitergeschuftet. Jeden Abend vor dem Schlafengehen hatte Grit ihm Schmalz auf die rohe Haut geschmiert. Schließlich waren die Handflächen hart geworden, so wie sein ganzer Körper kräftiger und widerstandsfähiger wurde von der schweren Arbeit.

Lud war der neue Vogt, und er war unerbittlich.

»Sobald ihr eure Füße sehen könnt, fangt an«, befahl er.

Und so standen die Hörigen in der Dunkelheit und warteten.

Als kurz darauf der erste blutrote Streifen Sonnenlicht am Horizont erschien, begann der beschwerliche Arbeitstag. Schon nach kurzer Zeit war der Verstand nahezu ausgeschaltet von mühseliger Plackerei und stumpfsinniger Gewohnheit; die Monotonie wurde nur unterbrochen, wenn etwa eine Maus aus ihrem Loch gescheucht wurde oder ein Kaninchen die Flucht ergriff.

Ringsum brachen die Pflüge das widerspenstige Erdreich um, während Männer fluchten und Ochsen ächzten. Manchmal arbeitete Witter mit der Schaufel, manchmal schwang er einen Hammer, um Erdklumpen zu zertrümmern, die von den Pflügen nur umgedreht, aber nicht aufgebrochen worden waren. Wenn die Erschöpfung und die Schmerzen kamen, versuchte er sich durch Flucht in seine Gedanken davon abzulenken. Salziger Schweiß rann ihm in den Mund, und seine Zunge wurde trocken. Kinder brachten Wasser, das sie in Eimern von Feld zu Feld schleppten. Noch nie hatte Witter Brunnenwasser so gut geschmeckt, besser noch als Wein.

Die schwitzenden Hörigen hielten mit ihrer Arbeit inne, um das Wasser weiterzureichen, und lachten, wenn die Kinder mit Steinen nach Ratten warfen oder aufgeschreckte Kaninchen verfolgten.

Noch nie hatte Witter so schwer geschuftet, noch nie so tief und fest geschlafen. Seit Wochen träumte er einen immer wiederkehrenden Traum von einer Arche auf dem Meer, und er war an Bord. Dann sank die Arche, und er strandete auf einer Insel, nackt und hilflos. Das Meer ringsum war gefährlich, voller gefräßiger Kreaturen. Doch Witter war dem Tod entkommen, vorerst jedenfalls, und solange er auf der Insel blieb, war er in Sicherheit.

Jedes Mal kurz vor dem Aufwachen erkannte er, dass die Insel ein Dorf mit Namen Giebelstadt war. Das Meer war der große Wald jenseits des Geyer'schen Gutsbesitzes, auf dem Hörige schufteten, die durchs Gesetz an den Grund gebunden waren, den sie beackerten.

Die Raubtiere jedenfalls – Magistrate und fanatische Mönche – schienen das Interesse an Witter verloren zu haben, zumindest für den Augenblick.

Witter wohnte in einer kleinen Hütte, die der Kerzenmacherin Ruth gehörte. Er schlief dort zusammen mit Rudolf und Simon auf dünnen Strohsäcken. Grits Schlaflager war auf dem Dachboden. Oft stießen die Knie und Ellbogen der anderen Witter in den Rücken, doch sein Schlaf war meist so tief, dass er nicht davon erwachte.

Was ihn hochschrecken ließ, waren allein seine Träume. Vor allem die, in denen Kristina vorkam.

Kristina ...

Sie besuchte sie häufig abends in der Hütte, schlief aber nicht dort, sondern in der Burg, was für Witter alles noch schlimmer machte. Er wollte nicht an sie denken, nicht einen Augenblick. Manchmal, im Halbschlaf, überkam ihn ein unglaubliches Gefühl, sinnlicher und süßer als alle anderen; es überfiel ihn wie ein Dieb in der Nacht, ohne Vorwarnung und deshalb umso heftiger. Er dachte an die erotischen Visionen des Hohelieds Salomos.

Deine Lippen ziehen sich wie ein purpurnes Band aus Samt, deine Wangen schimmern wie die Scheiben eines Granatapfels, und deine Brüste sind wie zwei Zicklein, Zwillingsjunge der Gazelle, die auf Blumenwiesen weiden ...

Für Witter handelten sie von nur einer Frau: Kristina.

Er hasste es, in der primitiven Hütte aufzuwachen und als Erstes Rudolf und Simon zu erblicken, während er immer noch erregt war von seinen köstlichen Träumen. Hatte er im Schlaf über Kristina geredet? Er wusste es nicht. Manchmal dachte er den ganzen Tag an sie. Er kämpfte dagegen an, jedoch vergebens. Es trieb ihn nur dazu an, noch härter zu arbeiten, um sie wenigstens eine Zeit lang aus seinen Gedanken zu verdrängen.

Es war Jahre her, dass Witter sich im Schlaf so verletzlich, so ungeschützt gefühlt hatte, ohne Hoffnung auf ein Entkommen.

Einmal war er nach draußen gegangen und hatte versucht, in einem Heuschober zu übernachten, wo er ungestört war und die nötige Ruhe hatte, seine jüdischen Gebete zu sprechen, zu trauern, zu weinen und seinen sehnsuchtsvollen Gedanken an Kristina nachzuhängen. Doch in dem Schober, halb vergraben im feuchten, modrigen Heu, war es zu kalt zum Schlafen, und in der nächtlichen Kühle schmerzten seine verheilenden Wunden.

Hier jedoch, im Innern der kleinen Hütte, in der er gemeinsam mit den anderen wie ein Tier in einem Bau hauste, herrschten wohltuende Wärme und freundschaftliche Herzlichkeit. Witter wurde inzwischen akzeptiert. Die Täufer hatten ihn als einen der ihren bei sich aufgenommen – eine Erkenntnis, die Witter zugleich tröstete und überraschte. Er brauchte dieses Gefühl der Zugehörigkeit und Geborgenheit, fürchtete sich aber auch davor, ihm zu vertrauen.

Die Dorfbewohner dagegen beäugten Witter und die anderen misstrauisch, oft feindselig. Witter konnte es ihnen nicht verübeln – er wusste, welche schlimmen Geschichten man sich über Andersgläubige erzählte, über Muselmanen, Juden, Täufer. Woher sollten diese Menschen wissen, dass das Wenigste davon der Wirklichkeit entsprach?

Witter war nie bewusst gewesen, wie leidensfähig und zäh die Hörigen waren. Wie wenig sie vom Leben erwarteten. Wie unermüdlich sie sich abrackerten. Lag es daran, dass sie über die Welt draußen so wenig wussten? Aber vielleicht war es besser so, schließlich waren sie hier gefangen.

*

Eines Abends kam Ruth zu ihnen in die Hütte, setzte sich und aß mit ihnen gemeinsam. Witter schlang hungrig seinen Anteil hinunter, wobei er Ruth im Auge behielt. Es musste einen Grund geben, dass sie an diesem Tag zu ihnen gekommen war. Was hatte sie im Sinn?

»Nicht dass ihr glaubt, ihr bekommt das Essen jetzt immer umsonst«, begann sie schließlich. »Ihr bekommt es, weil ich eure Arbeitskraft brauche.«

»Unsere Arbeitskraft?«, fragte Grit verwundert. »Aber wir schuften doch schon jeden Tag auf den Feldern.«

»Das ist Arbeit, die ihr für Herrin Anna tut. Aber auch mein Feld muss bestellt werden.«

»Dein Feld?« Witter war zu Tode erschöpft, wie immer am Ende eines Tages. Sein Rücken schmerzte, seine Beine brannten, und er konnte die Hände kaum noch spüren vom Schaufeln und Hacken. Wie sollte er da noch mehr arbeiten?

»Mein Feld, ganz recht«, gab Ruth zurück. »Wisst ihr denn gar nichts? Jedenfalls, ihr müsst euch die Unterkunft hier in der Hütte und das Essen verdienen. Deshalb werdet ihr auf meinem kleinen Gerstenfeld arbeiten. Es ist bespelzte Gerste, die nach der Ernte geschält werden muss. Ihr könnt mir auch beim Dreschen helfen. Wir lassen einen Teil der Gerste in Wasser keimen, für die Hühner. Aus dem Abfall brauen wir Bier. Nichts wird verschwendet.«

»Du hast ein Feld? Aber du bist Kerzenmacherin«, sagte Grit.

»Nur in meiner knappen freien Zeit«, antwortete Ruth. »Jeder im Dorf muss eigenes Getreide anbauen und obendrein auf den Feldern der Herrin arbeiten, ganz gleich, was er sonst noch tut – es sei denn, er ist besonders geschickt in seinem Handwerk. Sonst hätten wir nichts zu essen. Zuerst müssen wir die Schafe der Herrin hüten und ihr Vieh versorgen. Und uns um ihre Felder kümmern. Wir beackern zuerst das Land der Herrin, dann unser eigenes.«

Sie blickte in die Runde, ehe sie fortfuhr: »Die Kerzen, die ich mache, tausche ich gegen andere Dinge ein. Nahrung ziehe ich mir selbst. Was übrig bleibt, verkaufe ich. So war es immer. Wir müssen dem Gut den Zins zahlen für das Land, das man uns geliehen hat. Und wir müssen für das Mahlen unseres eigenen Getreides zahlen. Von dem, was übrig bleibt, geht die Hälfte an die Kirche.«

»So ist das«, sagte Simon betrübt, »und so wird es immer sein.«

»Noch etwas«, fuhr Ruth fort. »Lud ist einer eurer wenigen Fürsprecher. Als Vogt hat er einen gewissen Einfluss, und die anderen Dorfbewohner werden euch sicher nichts tun, solange er Vogt ist. Doch verlasst euch nicht allzu sehr auf ihn. Er ist im Dorf nicht angesehen und wird sich wohl nicht sehr lange als Vogt halten können.«

»Und wenn Lud eines Tages lesen kann?«, fragte Witter.

»Das schafft er nie. Er geht jeden Tag zum Unterricht bei Vater Michael, kommt aber jedes Mal wütend zurück. Wir haben es gesehen.«

»Glaubst du, Lud ist dumm?«, fragte Grit.

»Er ist nicht dumm, sondern ungeduldig. Er ist schlau auf eine Art, wie ein Wolf schlau ist, nur ist er längst nicht so geduldig. Wir alle dachten, er bleibt in Würzburg und wird irgendein Spitzbube oder dass er sich als Landsknecht verdingt und nie mehr zurückkehrt. Ausgerechnet ihn macht Dietrich zum Vogt!«

»Aber Lud ist ein Mann, auf dessen Wort man sich verlassen kann«, warf Rudolf ein. »Man kann ihm vertrauen. Er wird genau das tun, was Dietrich ihm aufgetragen hat.«

Ruth schaute Rudolf nachdenklich an, und ein Ausdruck von Traurigkeit erschien auf ihrem Gesicht. »Vor Jahren wollte mein Sohn Matthes lesen lernen. Er fragte den alten Priester, den wir damals hatten, ob er es ihm beibringen könne. Wisst ihr, was der Priester gesagt hat? Er sagte, mein Matthes sei ein Träumer und dass sein Verstand zu langsam sei, um lesen zu lernen. Und was ist Lud? Ist Lud etwa klüger, als mein Matthes es war?«

»Warten wir es ab«, sagte Rudolf beschwichtigend.

»Ja, warten wir es ab.« Ruth erhob sich. »Ich habe vier Kerzen mitgebracht. Sie sind ein Geschenk. Geht sparsam damit um. Benutzt sie nur, wenn ihr eure Sachen flicken wollt, oder zum Kochen, wenn ihr Licht braucht. Wir Hörige arbeiten, solange es draußen hell ist. Wer drinnen arbeitet, noch dazu nachts, muss sich Kerzen kaufen.«

Mit diesen Worten verließ Ruth die Hütte.

*

Von diesem Tag an arbeiteten sie von Sonnenaufgang bis Sonnenuntergang. Witter schuftete schwer, hielt den Kopf gesenkt und den Mund geschlossen. Auf diese Weise sagte er wenigstens nichts Unbedachtes oder Falsches und brauchte es nicht zurücknehmen.

Die Arbeit mit Spaten und Schaufel im Gerstenfeld war für Witter eine genauso erbarmungslose Schinderei wie auf den Äckern der Herrin Anna. Eine seiner Aufgaben bestand darin, den Wassereimer am Brunnen zu füllen.

Wenn er zum Brunnen kam, gingen ihm die Dorfbewohner dort schnell aus dem Weg, ohne ein Wort mit ihm zu reden. Die meisten wollten ihm nicht einmal ins Gesicht sehen; manche bedeckten sogar die Augen mit der Hand. Aber meist trieben sich auch zwei, drei Kinder am Brunnen herum und beobachteten Witter verstohlen, diesen eigenartigen Fremden. Er schnitt ihnen Grimassen, zwinkerte ihnen zu oder streckte ihnen die Zunge heraus, bis sie lachend und kreischend davonrannten.

Eines Abends in der kleinen Hütte, als die Gefährten wieder einmal mit vom Rauch tränenden Augen am Feuer saßen und den Hafer und das Grünzeug aus dem Topf aßen, besprachen sie ihre Lage.

»Ich weiß nicht, ob wir den Hörigen trauen können«, sagte Simon. »Vielleicht liefern sie uns ja doch noch aus, oder sie schneiden uns die Kehlen durch. Natürlich sind auch sie Geschöpfe Gottes, aber sie kommen mir vor wie Tiere.«

»Was sie nicht kennen, das fürchten sie«, sagte Witter. »Und sie kennen nur wenig, weil sie das Dorf nie verlassen und nicht lesen können.«

»Genau deshalb sind wir ja losgezogen«, sagte Grit.

»Was denn? Um die Hörigen zu unterrichten?« Simon lachte.

»Was lachst du so, Dummkopf? Du warst selbst ein gewöhnlicher Ochsenschieber, bevor man dir Lesen und Schreiben beigebracht hat«, erinnerte Grit ihn.

»Beruhigt euch.« Rudolf hob beschwichtigend die Hände. »Ihr solltet den Hunger fürchten, nicht die schlichten Bauern und Handwerker hier in Giebelstadt. Diese Leute haben andere Sorgen als uns. Zum Beispiel, ob sie genug zu essen und ausreichend Feuerholz haben, um den Winter zu überstehen.«

Witter war insgeheim erheitert von Simon, der – selbst ein halbes Maultier – die Dorfbewohner mit Tieren verglich, weil sie sich vor Außenseitern fürchteten. Dabei wusste Simon kaum mehr über die Welt als die Hörigen.

Witters Gedanken schweiften ab. Auch an diesem Abend vermisste er Kristina. Jedes Mal, wenn sie zu ihnen kam, um zu reden und zu beten, gab er sich alle Mühe, sie nicht anzustarren. Anders als er und seine Gefährten – von den Hörigen ganz zu schweigen – war Kristina sauber und frisch, mit schimmernder Haut und glänzendem Haar, und roch wie eine Blumenwiese nach einem Frühlingsregen. Bei ihrem Anblick schlug Witters Herz schneller, der Mund wurde ihm trocken, und schmerzliches Verlangen nach dieser Frau erfüllte ihn.

So auch an diesem Abend, als Kristina sie in der Hütte besuchte und ein Bündel mitbrachte. Sie trug einen langen blauen Leinenumhang – eines jener ausgewaschenen Kleidungsstücke, die alle Bediensteten im Geyerschloss tragen mussten. Kristinas Schultern waren zu schmal für den Umhang, und der Saum schleifte über den Boden, sodass sie ihn anheben musste, um beim Gehen nicht darauf zu treten.

»Ein schöner Umhang«, bemerkte Grit.

»Leta hat ihn mir gebracht, eine Freundin von Lura. Sie wäscht alles Leinen für die Herrin und den Priester.«

Witter bemerkte, wie Kristina einen tiefen Atemzug nahm, bevor sie weitersprach. Sie war ihm mittlerweile so vertraut, dass er wusste, etwas lag ihr auf dem Herzen.

»Übrigens«, begann sie, »Herrin Anna und ich sind zu einer Übereinkunft gelangt, vor längerer Zeit schon. Ich habe euch bisher nichts davon gesagt, weil ich hoffte, ihr würdet eine Entscheidung über eure Zukunft treffen, ohne dass mein Schicksal dabei eine Rolle spielt. Doch mit jedem Tag fällt es mir schwerer, ein Geheimnis vor euch zu haben. So hört nun, was beschlossen wurde.«

Kristina berichtete, welche Vereinbarung sie mit Anna getroffen hatte und dass die Herrin ihr Wort gegeben hatte, die Täufer zu schützen, wenn Kristina ihr zehn Jahre lang diente und ihr das Lesen beibrachte.

»Zehn Jahre!«, stieß Grit hervor.

»Ja, eine lange Zeit«, sagte Kristina. »Doch ich habe meinen Frieden mit dieser Entscheidung gemacht. Steht nicht in der Heiligen Schrift geschrieben: ›An den Wassern zu Babel saßen wir nieder und weinten, wenn wir Zion gedachten, an die Weiden hingen wir unsere Harfen.‹«

Grit nickte und vervollständigte den Psalm. »›Denn dort hießen die Häscher und Folterknechte uns singen, die uns gefangen hielten, und verlangten von uns: Singet uns die Lieder von Zion.‹«

Witter kannte die Stelle. Es war einer der Lieblingspsalmen seines Vaters Judah; er hatte ihn oft zitiert, wenn Witter als Knabe ungehorsam gewesen war oder nicht fleißig genug gelernt hatte. An diesem seltsamen Ort, unter diesen verfolgten Menschen, die ihn als einen der ihren aufgenommen hatten, erschienen ihm die Worte passend. Zugleich erfüllte ihn die Vorstellung, dass Kristina zehn Jahre an diesem Ort blieb, mit Entsetzen.

»Du willst dich wirklich für so lange an Giebelstadt binden und der Herrin Anna das Lesen beibringen?«, fragte er.

»Deshalb sind wir ja hinaus in die Welt gezogen«, erwiderte Kristina. »Um die Menschen das Lesen zu lehren und die Heilige Schrift für alle zu öffnen.«

»Vielleicht ist es der Wille Gottes, dass wir hierbleiben«, warf Rudolf ein. »Es muss einen Grund geben, dass es uns in dieses Dorf verschlagen hat.«

»Ich bin dafür, dass wir ebenfalls bleiben«, erklärte Simon. »Vorerst jedenfalls. Wohin sollten wir auch? Wie könnten wir überleben?«

»Aber wenn wir bleiben, können wir das Wort Gottes nicht verbreiten«, sagte Grit. »Was ist dann mit unserer Mission? Sind wir den ganzen weiten Weg gekommen, nur um hier festzusitzen und aus Angst um unser Leben ein Schweigegelübde abzulegen? Ist das wahrhaftig?«

»Du hast recht, und ich kann deinen Unmut verstehen«, sagte Kristina. »Aber ich habe Herrin Anna mein Wort gegeben.«

Lange Zeit sagte niemand ein Wort, alle waren in Gedanken versunken.

Schließlich beendete Witter das drückende Schweigen. »Kristina«, sagte er. »Vertraust du dieser Anna? Willst du nicht lieber fortgehen und anderswo weitermachen?«

»Hier ist anderswo«, entgegnete Kristina.

»Aber hier sitzt du in der Falle«, sagte Rudolf.

»Ich darf nicht schon wieder davonlaufen«, beharrte Kristina. »Ich könnte es auch gar nicht.«

»Wieso?« Grit legte Kristina die Hand auf den Arm. »Was meinst du damit?«

»Ich bekomme ein Kind.« Kristina strich sanft über ihren Leib, hob den Kopf und blickte lächelnd in die Runde.

Während die anderen zuerst ihrem Erstaunen, dann ihrer Freude Ausdruck verliehen, verspürte Witter einen so heftigen

Stich, dass er zusammenzuckte. Er wünschte sich, er hätte Kristina gehabt, als Frau, und dass es sein Kind wäre.

»Und du beugst dich Herrin Anna?«, fragte Grit schließlich.

Kristina schaute sie aus ihren dunkelbraunen Augen an. »Sie ist nicht meine Herrin, und kein Mann ist mein Herr. Ich habe nur einen Herrn, und das ist unser Heiland. Aber ich vertraue Annas Wort.«

»Trotzdem«, beharrte Grit. »Es kann alles Mögliche geschehen, und ...«

»Ich vertraue auf Gott«, unterbrach Kristina sie. »Und Rudolf hat recht. Es muss einen Grund geben, warum Gott uns gerade hierher gesandt hat.«

Witter fand die Kraft zu sprechen, trotz des Aufruhrs in seinem Inneren. »Ich für meinen Teil werde jedenfalls nicht von hier weggehen. Wir wissen, was uns außerhalb dieses Gutes erwartet, und nichts davon ist erstrebenswert. Es ist besser, eine Zeit lang zu warten. Aber wir müssen Augen und Ohren offen halten.«

Dann schwieg er. Er hatte Kristina niemals schöner gesehen als jetzt. Ihre Augen funkelten, ihre Haut war rein und weich, ihr braunes Haar glänzend und seidig.

Vielleicht, überlegte er, *ist eine Frau wie Kristina die wahre Schönheit Gottes ...*

Er beobachtete, wie Kristina sich scheu eine verirrte Haarsträhne aus dem Gesicht strich. Dabei streifte ihn ihr Blick, als würde sie die Intensität spüren, mit der er sie betrachtete. Witter zwang sich, den Blick von ihr zu nehmen, und starrte auf seine Hände, auf die schmutzigen, eingerissenen Fingernägel und die Schwielen vom Schaufeln, Hauen und Hacken.

»Hier«, sagte Kristina plötzlich. »Das hier habe ich für euch.«

Sie zog ein wollenes Bündel hervor und entfaltete es.

»Eine gute, feste Decke«, sagte Grit. »Wird man dich nicht bestrafen, wenn jemand merkt, dass sie fehlt?«

»Nein, nein, ich soll sie euch bringen«, entgegnete Kristina.
Grit strich mit ihren harten kleinen Händen über die Wolle.
»Ich schlafe oben auf dem Boden, da steigt die Wärme hinauf. Hier unten ist es nachts viel kälter. Die Männer können sich diese Decke teilen.«

»Mit Rudolfs dicken Ellbogen und Knien?« Simon kicherte.

»Und deinem fauligen Atem und dem Gas im Bauch?«, entgegnete Rudolf lachend.

»Es ist eine gute Decke«, sagte Witter, wobei er sie in Augenschein nahm. Dann erst bemerkte er, dass irgendetwas in die Decke eingewickelt war. »Was ist das?«

Kristinas schlanke Hände brachten den Gegenstand zum Vorschein. Es war ein ledergebundenes Buch, das im Schein des Feuers glänzte.

»Eine Bibel«, sagte sie. »In deutscher Sprache.«

Witter starrte auf das Buch. Es war mehr wert als die Hütte, in der sie Unterschlupf gefunden hatten – und es würde sie alle in große Gefahr bringen, sollte es von einem der Dorfbewohner gefunden werden.

Simon fand als Erster die Sprache wieder. Er sagte laut, was Witter gedacht hatte, und seine Stimme bebte vor Angst. »Wenn sie uns damit erwischen, kostet es uns den Kopf. Hast du diese Bibel vom Priester gestohlen?«

Kristina funkelte ihn an. »Ich stehle nicht. Die Bibel ist aus Herrn Dietrichs Bibliothek. Wenn jemand kommt, während ihr darin lest, dann sagt einfach, ihr macht Leseübungen.«

»Ich finde, du solltest sie auf der Stelle zurückbringen«, erklärte Rudolf.

»Nein«, widersprach Grit. »Ich bin dafür, dass wir sie behalten und nachts darin lesen.«

»Auf keinen Fall«, rief Simon. »Wir sollten sie schnellstens zurückgeben.«

»Was ist mit dir, Witter?«, fragte Kristina und schaute ihn an.

Witter wurde bewusst, dass seine Stimme entscheidend war. Und er würde dazu raten, das Buch zurückzubringen – vor allem, weil er insgeheim wütend auf Kristina war, und noch immer traurig. Er konnte den Gedanken, dass sie ihm für immer verwehrt bleiben würde, kaum ertragen. Doch als er in ihre braunen Augen schaute und die Zuversicht darin sah, hörte er sich sagen: »Ich bin dafür, die Bibel hierzulassen.«

Kristina lächelte ihn dankbar an. »Dann passt gut auf sie auf, dass sie nicht schmutzig oder beschädigt wird.«

Witter schwieg, als die anderen nun beratschlagten, wo die Bibel am besten zu verstecken wäre. Da sie unversehrt bleiben musste, weil sie zurückgegeben werden sollte, kam man überein, sie in der kostbaren Decke eingeschlagen zu lassen, zumal Bibel und Decke perfekt unter das Strohdach an der Wand gegenüber der Feuerstelle passten.

»Auf diese Weise kommen wir an eine Decke und verlieren sie am gleichen Abend wieder«, sagte Witter mit einem bitteren Lächeln.

»Ich werde versuchen, euch noch eine Decke zu besorgen«, versprach Kristina. »Auch wenn es in der Burg längst nicht so viel Überfluss gibt, wie ihr vielleicht glaubt.«

Kristina lächelte Witter an, und wieder wurde ihm das Herz schwer bei dem Gedanken, sie nie in den Armen halten zu dürfen. Wenn er doch nur ihre Hand nehmen könnte …

Kurz darauf verabschiedete Kristina sich und verschwand in der Dunkelheit. Wie ein Traumbild, das man vergebens festzuhalten versuchte.

3.
Konrad

Heute war der Tag, an dem er Werner Hecks Presse in Besitz nehmen würde.

Er würde nicht ohne diese Presse gehen, niemals. Aber es war wichtig, erst zu handeln, wenn der richtige Augenblick gekommen war.

Tief im Innern der Festung Marienberg schwitzten die Wände der Steinkammer von den Dampfwolken, die von den erhitzten Steinen im Kaltwasserbecken aufstiegen, in das die Novizen sie mit Zangen hineinwarfen.

Zwei Mönche, kräftige Männer, trockneten Konrad und den Fürstbischof mit weichen Leinentüchern ab. Die beiden hohen Herren lagen sich auf zwei Tischen gegenüber, die Köpfe einander zugewandt, während starke Hände sie beide massierten. Konrad genoss es, zumal es ihm half, seinen Verstand zu läutern, und lag ganz entspannt da. Weniger entspannt war das Gesicht des Fürstbischofs, nur ein paar Handbreit von dem eigenen entfernt. Die altersfleckige Haut war nass von der Hitze und Feuchtigkeit.

Er sieht aus wie eine glitschige, mit blauen Adern überzogene Kröte, ging es Konrad durch den Kopf.

Ein Mönch näherte sich ehrerbietig den beiden Männern. Konrad beobachtete, wie der Fürstbischof sich im Flüsterton mit ihm unterhielt. Nachdem der Mönch gegangen war, schüttelte Lorenz den Kopf und blickte zu Boden.

Was ist da los?, fragte sich Konrad. Es kostete ihn alle Beherrschung, den Fürstbischof nicht zu bedrängen.

Schließlich hob Lorenz den Blick. »Es gibt Neuigkeiten über die Pocken«, sagte er. »Der erste Kurier ist nicht wiedergekommen. Der zweite kam zurück mit der Nachricht, dass die Pocken auf mehreren Gütern und Dörfern im Süden und Osten ausgebrochen sind.«

Konrad dachte sofort an Giebelstadt, an das Rittergut der Geyers, an seine schöne Kusine Anna, die so oft schon sein Verlangen geweckt hatte – auch wenn der Gedanke, dass der grobschlächtige Dietrich das Bett mit ihr teilte, Konrad diese Lust regelmäßig verdarb. Hatten die Pocken Giebelstadt verschont? Bisher hatte es keine Nachrichten aus dieser Gegend gegeben.

»Kennt man die Namen der Güter im Süden?«, fragte er.

»Bis jetzt nicht«, entgegnete der Fürstbischof. »Der Kurier, der nach Süden geritten ist, starb selbst an den Pocken.«

Nur wenn Dietrich tot wäre, hätte Konrad die Möglichkeit, Anna für sich zu gewinnen – und mit ihr die fruchtbaren Geyer-Ländereien. Es war eine verlockende Vorstellung, in der Konrad sich oft ergangen hatte. Doch solange Dietrich am Leben war, musste es ein Wunschtraum bleiben. Außerdem hatte Anna ihn, Konrad, vor langer Zeit abgewiesen, als sie beide noch jung gewesen waren. Stattdessen hatte sie sich für Dietrich entschieden.

Zurückgewiesen von Anna, zugleich besessen von ihr und bis in seine Träume verfolgt von ihrem Bild, hatte Konrad sie seit damals immer heftiger begehrt. Doch er wusste, wie närrisch es war, seinem Verlangen nach dieser Frau nachzuhängen. Er rief sich zur Ordnung. *Hier* lag seine Aussicht auf wahre Macht, sobald er den Zugriff auf Hecks Druckerpresse besaß, dieses großartige Instrument der Verbreitung von Wissen, das seit dessen Tod stillstand.

Konrad beschloss, nicht länger zu warten. Er stemmte sich auf einen Ellbogen und schaute Lorenz an. »Ich habe einen Rat, Exzellenz«, begann er. »Eine Druckerpresse könnte die Menschen vor den Pocken warnen. Kuriere könnten täglich Flugblätter verteilen, denen man entnehmen kann, wie weit die Krankheit sich ausgebreitet hat. Ganz abgesehen von den anderen wichtigen Dingen, die eine Presse vermelden könnte, zum Wohle der Allgemeinheit.«

Lorenz antwortete nicht sofort. Stattdessen gab er sich ganz dem Genuss der Massage hin, und sein Gesicht entspannte sich. Konrad, der den Fürstbischof in diesem Moment am verwundbarsten glaubte, hakte rasch nach: »Es gibt eine große Presse in Würzburg, die stillsteht, obwohl sie sehr viel Gutes bewirken könnte, wenn man sie in Betrieb nähme ...«

»Mein lieber Konrad, hör auf damit und lass einem alten Mann seine Entspannung.«

»Bedenkt unsere Pflicht, Exzellenz, das Volk zu lehren.«

»Unsere Pflicht?«, entgegnete Lorenz. »Maße dir nicht an, mir einen Vortrag über Pflicht zu halten. Kauf dir deine eigene Presse, wenn du unbedingt musst. Es steht dir frei, deine Meinung kundzutun. Aber vergiss nicht, unseren Glauben zu stärken. Hilf den Rittern zu begreifen, dass wir alle eins sind. Beweise aller Welt, dass wir gebildet sind und nicht die Narren, für die man uns in anderen Ländern zu halten scheint.«

»Ihr seid der Fürstbischof, Euer Gnaden«, sagte Konrad. »Euer Ratschlag kann alle erreichen, Mächtige wie Niedere. Alle, die lesen können.«

»Und du meinst, mit einer Druckerpresse wäre das einfacher?«, fragte Lorenz.

»Ja. Denn die Menschen müssen so denken, wie wir es wollen und wann wir es wollen. Vor allem diejenigen, die lesen und schreiben können ... Kaufleute, Bürger, Künstler. Aber auch Soldaten wie jene, die kürzlich unten am Fluss das Ufer ausgebessert haben. Und das Landvolk auf den Gütern. Anstatt uns zu verfluchen, sollten sie unser Loblied singen, weil wir sie teilhaben lassen an unserem Ruhm.«

»Ist das dein Traum, Konrad? Gepriesen zu werden?«

»Lieber gepriesen als verflucht. Bedenkt doch, Euer Gnaden. Was ist, wenn das gemeine Volk den Gehorsam gegenüber der heiligen Mutter Kirche verweigert? Wenn es sich weigert, Steuern zu zahlen? Wenn es sich gegen unsere Abteien, gegen die Priester in den Dörfern, am Ende sogar gegen uns erhebt?«

Der Fürstbischof schloss die Augen. »Unmöglich. So undankbar können sie nicht sein.«

Du armer alter Narr, dachte Konrad. »Sie sind dumm«, beharrte er, denn er spürte seinen Vorteil. »Und sie sind gefährlich. Denkt an den englischen Bauernkrieg. So etwas kann sich wiederholen, auch bei uns. Es braucht nur einen wahnsinnigen Priester, der die Leute anstachelt, schon kann es auch hier zu bestialischer Raserei kommen.«

Endlich schlug der Fürstbischof die von der Hitze rot geäderten Augen auf. Konrad sah sofort, dass er einen Treffer erzielt hatte.

Lorenz stöhnte auf und winkte schwächlich, worauf die beiden kräftigen Mönche sich wortlos entfernten, sodass Konrad und der Fürstbischof alleine zurückblieben. Bis auf ihr Atmen und das Tröpfeln von Wasser war es totenstill.

»Und was würdest du drucken, wenn dir diese Presse zur Verfügung stünde?«, fragte der Fürstbischof schließlich.

Auf diese Frage hatte Konrad nur gewartet, und er hatte seine Antwort sorgfältig vorbereitet. Seine Spitzel in der Festung hatten herausgefunden, dass Lorenz und der türkische Gefangene Mahmed fast täglich Schach miteinander spielten. Lorenz, so hieß es, sei fasziniert von den brillanten Zügen Mahmeds und hinge ihm an den Lippen, sobald der Ungläubige einen seiner klugen Sätze von sich gab.

»Ihr habt Mahmed, den heidnischen Gefangenen, in prachtvollen Gemächern untergebracht wie einen hochgeehrten Gast«, begann Konrad vorsichtig. »Überlasst ihn mir. Er soll uns Geschichten von muselmanischen Barbareien erzählen, die ich drucken und verbreiten kann, um unser Volk aufzuklären, sodass es jederzeit bereit ist, Kirche und Reich zu verteidigen.«

»Aufklären? Du meinst wohl verängstigen. Du weißt sehr wohl, dass Mahmed auf die Bestätigung aus den Grenzländern wartet, dass sein Lösegeld eingetroffen ist, damit er nach Hause zurückkehren kann. Er wird anständig behandelt, und er steht unter unserem Schutz, wie es recht und billig ist.«

»Ihr solltet lieber die Gelegenheit nutzen, Euer Gnaden.«

»Was meinst du damit?«

»Lasst diesen Heiden die grausigen Geschichten aus seiner Welt erzählen. Eine Welt, die unser Heiliges Römisches Reich bedroht.«

»Wozu? Um weitere Kriege zu führen? Noch mehr Hass zu schüren?« Der Fürstbischof schüttelte den Kopf. »Nein, Konrad. Wir müssen die Herzen unserer Schäfchen mit Mut füllen und ihre Seelen mit Liebe und Güte, anstatt immer neuen Hass zu säen.«

Konrad ließ sich von Lorenz' Hartnäckigkeit nicht beirren. Er setzte sich auf und hakte nach, wobei er es wagte, die Hand des Fürstbischofs zu nehmen. Es war eine Geste der Kameradschaft, der Brüderlichkeit, verstärkt durch das Wissen des gemeinsamen Strebens nach dem Besten für die Kirche und ihre Schäfchen.

»Genau das, Exzellenz. Genau das müssen wir tun, wenn immer mehr von ihnen versuchen, lesen zu lernen. Wir müssen ihnen voraus bleiben. *Wir* müssen ihren Verstand formen, nicht irgendwelche Bücher.«

Der Fürstbischof schwang die Beine vom Tisch und strampelte dabei wie ein Kind. *Seine Beine sind dünn wie Hühnerknochen, und seine Füße sehen aus wie Klumpen*, dachte Konrad verächtlich. *Ein so schwacher Mann sollte nicht so viel Macht besitzen.*

»Hör mich an, Konrad. Die Wahrheit ist Glaube, und Glaube ist heilig. Die Heilige Schrift ist in dieser Hinsicht unmissverständlich. Wir Menschen können die Wahrheit nicht formen.«

Konrad hoffte, dass er den Bogen nicht überspannt hatte, als er sich nun mit pochendem Herzen zum Fürstbischof vorbeugte und ihm sein freundlichstes Lächeln schenkte. Das Lächeln, von dem er wusste, dass der Fürstbischof ihm nicht widerstehen konnte.

»Ich brauche Hecks Presse, Euer Gnaden. Ich kann mir keine eigene leisten, aber mehr als einer solchen Presse bedarf es nicht, um das Volk zu erreichen.«

Der Fürstbischof blickte Konrad forschend in die Augen, wobei er einer typischen Angewohnheit folgend die Luft lautstark durch die Schneidezähne saugte. Schließlich lächelte er und hob beide Hände.

»Also gut, kauf dir deine Presse, in Gottes Namen, aber nicht mit meinem Geld, nicht mit meinen Mönchen und nicht in meinem Namen. Du hast durch Basil, dieser schändlichen Kreatur, ein Geständnis aus dem armen Werner Heck foltern lassen.«

»Der arme Werner Heck, wie Ihr ihn nennt, war ein Ketzer und ein Feind von Reich und Kirche. Seine Aussagen haben sich allesamt bestätigt.«

»Durch Zwang und Folter, nicht durch Wahrhaftigkeit.«

»Ihr seid zu nachsichtig, Euer Gnaden«, sagte Konrad. »Hecks bedauernswerter Tod wird zumindest dem Bistum helfen.«

»Wie?«

»Lasst die Wahrheit der Mutter Kirche drucken, Exzellenz. Gibt es einen besseren Verwendungszweck für Hecks Besitz, als die christliche Wahrheit zu verbreiten, die einzige Wahrheit? Und Ihr könntet Predigten verfassen. Wir würden sie dann auf den Märkten an alle verteilen, die des Lesens mächtig sind.«

»Und du würdest deine eigenen Predigten schreiben. Deine eigenen Ansichten drucken.«

Konrad erwiderte nichts. Er *musste* Hecks Presse haben. Das Werk *musste* getan werden. Er *musste* zu den Menschen reden. Wenn Lorenz ihm die Presse beschaffte, waren alle Probleme auf einen Schlag gelöst.

»Wir sind Fürsten, Euer Gnaden, Ihr und ich. Ihr aber steht

höher als ich, denn Ihr seid Herzog und Bischof. Gerade Ihr solltet wissen, dass wir geeint sein müssen in Herz und Verstand.«

»Ach ja? Unser letzter Feldzug wurde vor allem auf *dein* Betreiben geführt«, sagte der Fürstbischof. »Er hat uns kaum etwas genutzt.«

»Die Handelsstraßen mussten geschützt und ausgeweitet werden. Die anderen Städte leisten ihren Teil, also mussten wir es ebenfalls tun.«

»Trotzdem habe ich das Gefühl, dass du den Krieg reizvoll findest. Du scheinst ihn geradezu zu genießen. Mahmed wird nach Hause zurückkehren, sobald das Lösegeld gezahlt wurde, und er wird Geschichten von unserer Gastfreundschaft und unserem guten Willen erzählen. Aber wie mir scheint, bist du trotzdem bereit, das Feuer weiter zu schüren und noch mehr Hass und Wut heraufzubeschwören mit dieser Presse, die du so dringend haben willst.«

»Aber nein. Ich würde alles tun, um Gott zu schützen.«

Lorenz lachte. »Meinst du, Gott braucht unsere kläglichen Bemühungen, um geschützt zu sein?«

Und dann übertrat Konrad eine Grenze, nach der es kein Zurück mehr gab.

»Ich weiß nur, dass ich dem Herrn mit Leib und Seele dienen will. Und ich habe meine eigenen Beziehungen, meine eigenen Dienstleute. Wenn Ihr mir Hecks Presse verweigert, sodass ich mir anderswo Geld beschaffen muss, habt Ihr keinen Einfluss mehr darauf, was ich in Zukunft drucken werde.«

Der Fürstbischof musterte ihn nun misstrauischer als zuvor, beinahe so, als hätte er einen Unbekannten vor sich.

»Das reicht«, sagte er schließlich. »Genug.«

Er erhob sich träge, reckte seinen schmächtigen Leib, wandte Konrad den Rücken zu und ging zur Tür. Dort hob er den eisernen Ring und ließ ihn gleich wieder fallen. Einen Augenblick später wurde die Tür von der anderen Seite geöffnet. Einer der Mönche erschien, frische Leinentücher auf dem Arm.

Konrad wartete tropfnass, wie er war, ohne sich zu rühren. Während der Fürstbischof sich abtrocknete, drehte er sich zu Konrad um und seufzte.

»Sei vorsichtig, Konrad. Du sagst, du möchtest uns voranbringen in das Licht des Wissens und der Erkenntnis, nicht zurück in die Dunkelheit der Barbarei und Unduldsamkeit. Dann achte darauf, dass dein Tun diesem Ziel nicht zuwiderläuft, das rate ich dir zum Besten aller.«

Konrad lächelte verzerrt, stand auf und verneigte sich. »Wir müssen die Feinde unserer Wahrheit ausrotten, Euer Gnaden, wer immer sie sind.«

»Gib acht mit dem Wort ›unsere‹«, erwiderte Lorenz. »Es ist ein ungenauer Ausdruck voller Annahmen und Voraussetzungen. Aber wenn es dir so viel bedeutet, dann nimm in Gottes Namen die Presse und sei zufrieden. Ich will keine weiteren Auseinandersetzungen. Lass uns freundschaftlich miteinander umgehen.«

»Wenn ich Euch zu sehr bedrängt habe, Euer Gnaden, dann nur aus dem inbrünstigen Wunsch heraus, unsere Pflicht gegenüber dem Volk und seiner Zukunft unter unserer Führung zu tun.«

»Ich verstehe und habe die Streitereien satt. Ich gebe dir Hecks Presse. Nutze sie gut.«

Ein Hochgefühl erfasste Konrad. Er stand an einem entscheidenden Wendepunkt in seinem Leben. Bald würde ihm die ganze Welt offenstehen! »Ihr werdet es nicht bereuen«, versprach er.

»Vergiss nur nicht, dass du meine persönliche Billigung einholen musst für alles, was du druckst.«

»Gewiss, Euer Gnaden.« Konrad lächelte verstohlen.

»Wir weihen morgen die neue Marienkapelle ein«, sagte Lorenz. »Ich möchte, dass du mich begleitest.«

»Gewiss, Exzellenz. Ich werde es nicht versäumen.«

»Gut.« Der Fürstbischof ging.

Konrad streckte sich in der feuchten Hitze, noch immer von einem überwältigenden Hochgefühl erfüllt. Er warf den Kopf in den Nacken und lachte, bis ihm die Tränen kamen. Der alte Mann hatte nicht die leiseste Ahnung von der gewaltigen Macht, die er soeben aus den Händen gegeben hatte.

Mit jeder Flugschrift, die unter das Volk kam, würde Konrads Einfluss wachsen. Er würde das ganze Land erreichen, auch Giebelstadt. Selbst die schöne Anna würde an ihn denken.

Hecks Presse gehörte jetzt ihm.

Und bald auch die Gedanken der Menschen.

4.
Lud

Wer wird als Erster versuchen, mich zu töten?
Die Tage wurden kürzer, die Luft kälter. Die Erntezeit stand bald bevor. Für Lud war es eine Zeit der Ungewissheit, was sein Amt als Vogt des Geyer'schen Gutes betraf. Viele Hörige in Giebelstadt kannten ihn bereits von Kindesbeinen an, und Lud wusste nicht recht, wie er sich ihnen gegenüber verhalten und wie er mit ihnen reden sollte. Er wusste allerdings, warum sie ihm gegenüber ablehnend reagierten: Die Ältesten des Dorfes hatten immer schon auf ihn heruntergeblickt. Er war als rebellischer Junge aufgewachsen, als Bastard, der seine Verwandten nicht kannte, der ständig in Kämpfe und Streitigkeiten verwickelt war und Essen stahl, wo er nur konnte, bis Dietrich ihn bei sich aufgenommen, zu seinem Diener gemacht und ihn das Kriegshandwerk gelehrt hatte.

Aber Dietrich hatte ihn zu schnell zu hoch befördert. Die einflussreichsten Bewohner von Giebelstadt, wohlhabende, geachtete Leute wie Sigmund der Müller und Merkel der Schmied, hatten darauf gesetzt, zum Vogt ernannt zu werden. Doch Lud hatte ihnen das Amt vor der Nase weggeschnappt – und ihr Groll darüber machte sie gefährlich.

Wenn sie mich angreifen, kämpfe ich, schwor sich Lud.

Er wusste, wie man mit einem Dolch umgeht. Sie würden ihn als Gruppe angreifen, das stand für ihn fest, von vorn und hinten. Und sie würden ihn töten.

Aber ich werde es euch nicht leichtmachen!

Lud blieb keine andere Wahl, als so zu tun, als wäre alles in Ordnung. Dazu gehörte auch, dass er zu Beginn eines jeden Tages seinen Rundgang machte. Zuerst zur Mühle, dann zur Bäckerei mit ihrem Duft, der einem das Wasser im Mund zusammenlaufen ließ. Dann weiter zur Schreinerei, wo er oft vom Sägemehl niesen musste, und weiter zur Töpferei, wo sich die

Tretscheibe drehte und die Hände des Töpfers wundersame Dinge aus Ton formten. Dann der Flickschuster und der Geschirrmacher, anschließend der Fleischer mit seinem Gestank nach Blut und Verwesung. Als Letztes dann die Ställe und Pferche, die ständig instand gehalten werden mussten, damit die Tiere nicht davonliefen.

Auf seinem Rundgang traf Lud zahlreiche Dorfbewohner, die ihm zunickten. Niemand schlug ihm auf die Schulter oder schüttelte ihm die Hand. Lud spürte, dass die Dörfler darauf warteten, dass er ihnen Fragen stellte oder irgendetwas von ihnen verlangte – ein »Geschenk«, einen Gefallen, eine Bestechung. So war es üblich, das wusste er, aber er würde sich niemals auf so etwas einlassen.

An diesem Tag war Sigmund der Müller bei Merkel in der Schmiede. Lud ging durch die offene Tür, ohne etwas zu sagen, und tat so, als beobachtete er gleichgültig seine Umgebung.

Doch die beiden Männer beachteten ihn gar nicht. Merkel – ein poltriger, aufdringlicher Mann – war groß und massig, seine Arme waren kräftig und muskelbepackt. Er stand an seinem Amboss und hämmerte auf das Eisen, dass es klingelte. Funken stoben. Lud bewunderte das Geschick, mit dem Merkel die Eisenbänder auf das Joch eines Getreidefuhrwerks schmiedete. Linhoff war mittlerweile sein Helfer an der Esse und betätigte den Blasebalg. Sein Blick streifte Lud, doch auch er schwieg, blinzelte nur Asche aus dem rußgeschwärzten Gesicht, genau wie Merkel.

»Ich will verdammt sein!«, schimpfte Sigmund der Müller, wich einen Schritt zurück und schlug nach den Funken, die auf seiner weißen Müllerschürze landeten. Merkel lachte auf, während seine muskulösen, schweißglänzenden Arme rhythmisch den Hammer schwangen.

»Sig-mund – ist – ein – Gier-hals«, stieß er zwischen den wuchtigen Hammerschlägen hervor; dann hielt er inne. »Ständig überlädt er seinen Getreidewagen, und sein Ochse zerreißt immer wieder die Riemen. Hab ich nicht recht, Sigmund?«

Sigmund grinste, waren Merkels Worte doch eine Anspielung auf seinen Wohlstand. Lud wusste, dass Sigmund sich in seiner Mühle regelmäßig mit den einflussreichsten Männern des Dorfes zum Trinken traf. Er selbst gehörte nicht zu dieser auserwählten Runde, in die man nur hineinkam, wenn man dazu aufgefordert wurde. Lud hatte ihr nie angehört, und das würde wohl auch niemals der Fall sein.

»Warum ziehst du nicht ins Haus des Vogts?«, fragte Merkel, der Lud erst jetzt zu bemerken schien.

»Es stinkt zu sehr nach Huber«, erwiderte Lud.

»Warum die Mühen auf sich nehmen und Vogt sein, wenn man nicht die Belohnung dafür in Anspruch nehmen will?«, fragte Sigmund.

»Ich tue es zum Wohle aller«, erwiderte Lud.

»Du?«, fragte Merkel in gespielter Verwunderung. »Wie will einer wie du für unser aller Wohl sorgen?«

»Indem ich mein Bestes gebe, um zu tun, was Dietrich mir aufgetragen hat. Ich habe nicht darum gebeten, und ich habe mir diese Aufgabe ganz sicher nicht gewünscht, aber ich mühe mich nach besten Kräften, schon um Dietrichs willen.«

Dietrich. Der Name klang in seinem Herzen nach, und Lud hatte Mühe, sich seine Gefühle nicht anmerken zu lassen, nichts von dem Schmerz zu enthüllen, den er empfand, wenn er den Namen nur aussprach.

»Dein Bestes?«, höhnte der Schmied. Immerhin besaß er den Anstand, nicht zu lachen.

Lud bemerkte, dass Linhoff ihn und die anderen beobachtete und so tat, als ginge ihn das alles nichts an, während er den Blasebalg betätigte. Mit jeder Bewegung erklang ein schnaufendes Geräusch, und knisternde Funken stoben von der glühenden Holzkohle auf.

Lud wusste, jedes Wort, das hier fiel, würde seinen Weg ins

Dorf finden und viele Male weitererzählt werden. Thomas, Linhoffs Vater, war Ackerbauer, also würden die Bauern es als Erste hören, bei Brot und Bier.

Wie Linhoff es darstellen würde, konnte Lud nur raten. War der junge Bursche schlecht auf ihn zu sprechen, hieß es wahrscheinlich: Lud, das Großmaul, hält sich jetzt für einen feinen Herrn, der durchs Dorf stolzieren kann, ohne zu arbeiten. War Linhoff ihm freundlich gesinnt, hieß es vielleicht: Lud hat sich von diesen Großmäulern nicht den Schneid abkaufen lassen. Er ist ruhig und bescheiden geblieben.

»Fünfzig Goldgulden«, sagte Merkel in Luds Gedanken hinein; so viel hatte Dietrich auf Lud gewettet, als der gegen den damals noch unbesiegten Landsknecht Ulrich gekämpft und ihn bezwungen hatte. Später hatte Dietrich ihm die fünfzig Goldgulden geschenkt. »Du bist ein reicher junger Kerl«, fuhr Merkel fort. »Sind öffentliche Zweikämpfe dein neuer Beruf, neben deinem Amt als Vogt?«

Sie wissen über alles Bescheid, dachte Lud. Laut sagte er: »Ich wurde herausgefordert. Mir blieb keine Wahl.«

So war es jedes Mal. Die Leute schienen alles zu wissen. Gab es überhaupt Geheimnisse in Giebelstadt? Es wurde gelästert und getratscht, über alles und jeden – die einzige Art von Ablenkung, die es in einem Dorf gab, in dem harte Arbeit an der Tagesordnung war. Die jungen Männer, die Lud in die Schlacht geführt hatte, hatten zweifellos viele Geschichten von ihrem Kriegszug mit nach Hause gebracht – Geschichten, die sie nun ihren Müttern und Schwestern erzählten, oder den Mädchen, die sie für sich gewinnen wollten.

Auch die Geschichte von Dietrichs Tod schien jeder zu kennen. Lura war dabei gewesen, als Dietrich gestorben war; vielleicht hatte sie es Leta erzählt, die es wiederum ihrer Mutter erzählt hatte, und am Brunnen hatte die Mutter es dann einer Schwester oder einer anderen Mutter zugeflüstert, und so weiter, und so fort.

»So viel Geld? Herrje«, sagte Sigmund. »Dann kannst du ja in die Stadt und dich vergnügen. Dir eine Frau nehmen – oder gleich zwei.«

»Oder Land kaufen«, warf Merkel ein. »Oder ein gutes Pferd und eine Rüstung. Dann könntest du dich als Söldner an den Meistbietenden verdingen. Das ist deine größte Begabung.«

Lud tat ihnen den Gefallen und spielte das Spiel mit. »Glaubst du das wirklich?«, fragte er.

»Ist es nicht der Krieg, in dem unbedeutende Hörige zu Helden werden?«

Lud dachte an die Worte, die Dietrich einst gesagt hatte: *Krieg ist der Ort, wo der Glaube stirbt.* Aber das würde er diesen Männern nicht anvertrauen. Dietrich gehörte ihm, ihm allein, nicht diesen Dummköpfen.

»Helden werden von denen gemacht, die nie im Krieg waren«, sagte er stattdessen.

»Hört euch das an. Er ist unter die Philosophen gegangen«, höhnte Sigmund.

»Ja, er ist kein Höriger mehr, unser Lud«, sagte Merkel kichernd. »Er ist jetzt ein Gelehrter.«

»Fragt Linhoff.« Lud blickte zu dem jungen Mann am Blasebalg hinüber. »Er kennt den Krieg. Hast du Helden gesehen, Linhoff?«

Linhoff starrte auf die Holzkohle und schwieg.

Kein Wunder, dachte Lud. *Er ist auf Merkel angewiesen.*

»Der Krieg ist schmutzig, bösartig und hässlich«, sagte er schließlich. »Es gibt keine Helden.«

»Dann bist du also auch keiner, obwohl manche es behaupten«, spottete Merkel.

Sigmund und der Schmied feixten unverhohlen. Linhoff unterbrach seine Arbeit am Blasebalg. Er machte einen unentschlossenen Eindruck und blickte zu Lud, schien damit zu rechnen, dass er auf die beiden Männer losging. Aber das geschah nicht.

»Du lernst lesen, habe ich gehört«, fuhr Sigmund schließlich fort und kaute auf einem Stück Trockenfleisch. »Stimmt das?«

»Ich versuch's«, sagte Lud.

»Ach ja?« Merkel beugte sich vor. »Und wenn du es nicht schaffst, und andere können es? Wird dann ein anderer zum Vogt ernannt?«

»Ja. Aber nur, wenn Dietrich wieder lebendig wird und seine Meinung ändert«, gab Lud kalt zurück. »Vorerst steht Dietrichs Wort, und sein Wort ist Gesetz.« Damit wandte er den Männern den Rücken zu und ging.

Lud wusste, er konnte höchstens noch den jungen Burschen vertrauen, die er in den Krieg und wieder nach Hause geführt hatte. Der Kleine Götz zum Beispiel betete ihn an. Auch die Mütter, die Lud so gefürchtet hatte – die Frauen, die ihre Söhne verloren hatten –, schienen ihn nicht zu hassen.

Er schüttelte diese Gedanken ab. Nahrungsvorräte für den Winter zu beschaffen, eine gute Ernte einzufahren – das war jetzt das Wichtigste. Die Dörfler, die die Pocken überlebt hatten, trugen Hüte, um ihre vernarbten Gesichter vor der Herbstsonne zu schützen, aber das hatte sie nicht von ihren Feldern fernhalten können, als sie wieder kräftig genug gewesen waren, zu arbeiten.

Das Leben ging weiter, trotz aller Beschwernisse und Spannungen. Vergangenheit war Vergangenheit, und man sollte sie ruhen lassen. Der Winter würde kommen – so sicher, wie die Erde um die Sonne kreiste, falls Dietrich recht hatte. Er hatte es Lud erklärt. Die Erde drehe sich um die Sonne, hatte er gesagt.

Zuerst hatte Lud ihm nicht geglaubt, hielt es für unmöglich, denn man musste doch spüren, wenn man sich im Kreis bewegte! Aber Dietrich hatte noch nie gelogen, also stimmte es vermutlich.

*

Wenig später ritt Lud mit Waldo hinaus, weil der ihm zu verstehen gegeben hatte, er müsse sich verschiedene Dinge ansehen, die ihm auf seinen Kontrollritten aufgefallen seien. Es tat Lud gut, aus dem Dorf zu kommen. Die Luft war rein und klar, und es roch nach dem bevorstehenden Winter.

Waldo, der Herr über die Pferde, Zugtiere, Maultiere und Ochsen des Geyer'schen Gutes, konnte andere hören und verstehen, doch er war stumm. Dafür konnte er mit Pferden umgehen wie kein Zweiter. Außerdem konnte er sich gut verständlich machen; seine Zeichen waren einfach und leicht zu begreifen. So war es schon in Luds Kindheit gewesen; damals war er Waldo manchmal im Stall zur Hand gegangen. Wenn es einen Mann im Dorf gab, dem Lud vertrauen konnte, war es der stumme Waldo, der keinerlei Ehrgeiz hatte und sich nur um seine innig geliebten Pferde kümmerte.

Sobald sie die tiefen Schatten des Waldes erreicht hatten, wusste Lud, was Waldo ihm zeigen wollte. Es ging um Wilderei. Die Dorfbewohner gingen heimlich in den Wäldern des Geyer'schen Besitzes auf Jagd, wo sie ungesehen Fallen stellen konnten. Lud hatte es früher selbst getan.

Ohne Anzeichen von Zorn oder Geringschätzung deutete Waldo auf die Schlingen, die sich über den Kaninchenwechseln spannten, auf die Netze zwischen Bäumen, in denen Eichhörnchen und Vögel nisteten, und auf einen Haufen Eingeweide, wo ein Stück Rotwild ausgenommen worden war.

»Sie fürchten sich vor dem bevorstehenden Winter«, sagte Lud, und Waldo nickte.

Lud überlegte, was als Nächstes zu tun wäre. Er sah, dass Waldo ihn aufmerksam beobachtete, als wollte er ihm eine stumme Botschaft senden.

»Lass sie nehmen, was sie können, zum Besten des Dorfes«, entschied Lud.

Waldo lächelte.

Es war ein offenes Geheimnis, dass Dietrich das Jagen in den

Wäldern geduldet hatte, wenn die Ernte schlecht gewesen war und die Anzeichen auf einen strengen Winter hingedeutet hatten. Also konnte auch Lud wegschauen, ohne seine Pflichten als Vogt allzu sehr zu verletzen.

Lud wendete sein Pferd, sodass er Waldo direkt anschauen konnte. »Glaubst du, sie werden versuchen, mich zu töten?«, fragte er geradeheraus.

Er sah, wie Waldo nachdachte, bevor er seine Zeichen machte. Er zog den Zeigefinger in einer unmissverständlichen Geste quer über seine Kehle und deutete mit geballter Faust auf die Sonne, was *Nacht* bedeutete. Dann zeigte er mit der Hand auf seine Augen, mit der anderen auf Lud. Alle im Dorf hätten verstanden, was Waldo sagen wollte:

Sie werden dir die Kehle durchschneiden, in der Nacht, und es werden viele sein. Sie fürchten deine Stärke, aber sie beobachten dich und warten nur auf den richtigen Zeitpunkt.

5.
Kristina

Kristina wusste, dass sie nah am Abgrund wandelte. Herrin Anna war die uneingeschränkte Herrscherin auf dem Gut und besaß die Macht über Leben und Tod aller Dorfbewohner, auch über Kristina und ihre Gefährten, sogar über das ungeborene Kind in ihrem Leib.

An diesem Tag brütete die Herrin vor sich hin, um sich dann unvermittelt über irgendeine Kleinigkeit zu erregen, sei es ein verlorener Kamm oder ein Fleck auf einem Seidentuch.

»Dietrich hat das Lesen gestattet«, pflegte sie bei schlechter Laune zu sagen. »Nicht aber, dass Ketzerei das Lesenlernen begleitet. Sei gewarnt.«

Kristina fürchtete Anna, hatte aber zugleich Mitleid mit ihr. Die Herrin hatte sich noch immer nicht gänzlich von den Pocken erholt. Vor allem hatte sie ihren geliebten Gemahl verloren, und das machte sie launisch. Sie richtete ihren Zorn gegen jeden, der das Pech hatte, zum falschen Zeitpunkt in ihrer Nähe zu sein. Traurig über den Tod Dietrichs und verbittert über den Verlust ihrer Schönheit, sah Anna offenbar keinen rechten Sinn mehr darin, lesen zu lernen; es schien ihr eher eine Bürde zu sein, und so ließ sie ihre Wut häufig an Kristina aus. Kristina fühlte sich manchmal, als stünde sie vor Gericht, als ginge es bei jedem Wort um nichts weniger als um ihr Leben.

Die morgendlichen Leseübungen fanden gleich nach dem Morgenmahl statt. Sobald die Sonne aufgegangen war, begaben die beiden Frauen sich nach draußen auf den Balkon, Anna meist eingehüllt in Pelze, denn der erste Frost war gekommen, das Laub leuchtete rot und golden, und die Ernte auf den Feldern war in vollem Gang.

Auch an diesem Morgen war Anna gereizt und legte jedes von Kristinas Worten auf die Goldwaage, wobei sie das Gesicht ihrer jungen Lehrerin aufmerksam musterte, während diese sprach. Nur hin und wieder wurde Anna sanfter, manchmal sogar freundlich.

»Wie hast du selbst lesen gelernt?«, wollte sie von Kristina wissen.

»Alle meine Brüder und Schwestern können lesen. Es wurde von uns erwartet«, antwortete Kristina ohne jeden Stolz.

»Wer hat es ihnen beigebracht? Und warum?«

»Wir haben es uns gegenseitig gelehrt. Wer irgendeine Fertigkeit hat, bringt sie den anderen bei. So geht es reihum. Wir glauben, dass jeder imstande sein muss, für sich selbst zu entscheiden, was die Wahrheit ist, also sollte jeder für sich selbst sorgen können. Jeder für sich allein mit Gott.«

»Gott und die Wahrheit. Eine Wahrheit, von der mein geliebter Dietrich gesagt hat, dass wir sie finden, wenn wir lesen können. Nur scheint mir, dass es nicht so einfach ist. Und? Hast du für dich selbst die Wahrheit gefunden? Diese große, umfassende Wahrheit, von der du manchmal redest?«

»Ihr macht Euch über mich lustig, Herrin.« Kristina spürte, wie Annas Stimmung wieder umschlug und ihr Misstrauen wuchs.

»Nein. Ich meine es ernst.«

Kristina zögerte. »Meine Wahrheit, für mich selbst ... ja, ich habe sie gefunden. Eure müsst Ihr ganz allein finden, genau wie Lud und alle anderen. Nur wer sucht, der findet.«

»Ach wirklich?«, entgegnete Anna, und ihre Stimme klang scharf. »Und woher weiß man so genau, was diese Wahrheit ist, wenn man sie gefunden hat? Wie kannst du sie erkennen, wenn du sie in Büchern siehst?«

Angst keimte in Kristina auf, sie durfte jetzt nichts Falsches sagen.

»Sprich schon, Kristina. Mein eigener Vater hat mir das Lesen vorenthalten. Er sagte, es sei nicht wichtig für mich, andere könnten mich beraten. Mein Gemahl wollte, dass ich es lerne, aber da hatte ich andere Dinge im Sinn. Also, ich frage dich noch einmal: Wie kann die Wahrheit in Büchern gefunden werden?«

Kristinas Lippen bebten, als sie antwortete: »Weil es eine Wahrheit ist, die geschrieben steht und nicht durch die Zungen anderer verbreitet wird, die Dinge verändern oder verfälschen können.«

Sie stockte, als sie spürte, wie sich in ihr das neue Leben regte. Grit hatte vorhergesagt, das Kind werde zum Ende des Winters kommen. Ein Vorfrühlingskind.

Falls ich lange genug lebe, um es zur Welt zu bringen.

Anna hatte sich inzwischen erhoben und ging vor Kristina auf und ab. Ihr schwarzer Schleier blähte sich bei jedem Wort, das sie mühselig hervorstieß, während ihre Augen unter dem dünnen Stoff funkelten.

»Stellst du das Gesetz infrage, dass ein ungebildetes Weib wie du die Heilige Schrift nicht lesen soll? Dass man sie stattdessen von einem Priester lesen lassen muss?«

»Bitte, Herrin, ich stelle kein Gesetz infrage. Aber die Wahrheit zu suchen bedeutet, viele Dinge zu lesen, nicht nur die Bibel ... Bücher über Geschichte, Philosophie, die Naturwissenschaften. Euer Gemahl, Ritter Dietrich selbst, hat es so gehalten. Ist es nicht so?«

Anna ließ sich mit einem erschöpften Seufzen zurück auf ihren Stuhl sinken. Kristina konnte spüren, dass auch die Herrin mit einem Mal Angst hatte.

»Ich werde Dietrichs Wort ehren, auch wenn ich spüre, dass es mich und Giebelstadt in Gefahr bringt. Hör gut zu, Kristina: Ich mag eine Frau vom Lande sein, aber ich bin Herrin dieses Guts. Ich bin der Kirche ebenso treu ergeben wie meinem Sohn Florian, Dietrichs Erben. Und ich werde jeden, der sich erdreistet, gegen meine Befehle oder die Regeln der heiligen Mutter Kirche zu verstoßen, den Gerichten übergeben.«

Kristina kamen Grits Worte in den Sinn: *Wir stehen unter*

dem Schutz dieser Herrin Anna, und Gott möge Kristina helfen, dass es dabei bleibt.

Kristina streckte die Hand nach der Balkonbrüstung aus, spürte die Maserung des Steins, glatt geschliffen von Generationen derer von Geyer, über Hunderte von Jahren hinweg, die genauso hier gestanden hatten. Sie schaute hinaus auf die Felder und wünschte sich, sie wäre ebenfalls dort draußen, würde wie die anderen ein einfaches Leben voller harter Arbeit führen, müsste keine Fragen beantworten, wäre eins mit ihnen, könnte mit ihnen lachen und weinen.

»Wenn du meinen Hörigen hier Ketzerei predigst, Kind, übergebe ich dich der Kirche, darauf hast du mein Wort«, sagte Anna in diesem Augenblick.

Kristina hörte ihr Blut in den Ohren rauschen. Sie schaute hinauf zum blauen Himmel und schämte sich zutiefst, weil sie gefangen und gebunden war durch die Angst um sich selbst und ihr ungeborenes Kind.

»Kristina«, sagte Anna barsch. »Sprich mit mir.«

»Ich habe Euch mein Ehrenwort gegeben, dass ich Euch diene.«

»Du weichst mir aus.« Anna hob ihre fleckige Hand und berührte Kristinas Arm. Unter der durchsichtigen Haut schimmerten die blauen Adern. Die Fingernägel waren verschwunden; die knochigen Fingerkuppen drückten sich wie stumpfe Messerspitzen in Kristinas Arm.

»Es würde mir im Herzen wehtun, Kind, zuschauen zu müssen, wie du auf dem Scheiterhaufen brennst.«

6.
Witter

*D*as Leben eines Hörigen spielte sich in einer eigenen Welt ab, einer eigenen Zeit. Es war eine Erfahrung, die Witter nicht kannte.

Die Ernte war fast eingefahren. Die Dörfler zogen von einem Feld zum anderen und sangen dabei alte Lieder von guten Erträgen und ausgelassenen Feiern im harten Winter. Sie waren an die Schufterei gewöhnt und erledigten sie mit stoischem Gleichmut und in eingespielter Harmonie – wie ein einziges riesiges Wesen mit zahllosen Gliedmaßen. Witter beneidete sie um dieses Einssein und ihren Glauben daran, dass es von Gott gefügt sei, wer sie waren und warum sie waren, was sie waren. Wenn Witter bei ihnen war, war er einer von ihnen. Immer dann hatte er ein Gefühl der Sicherheit, auch wenn es nur Augenblicke währte, bis es ihm bewusst wurde und er sich einen Narren schalt.

Anfangs hatten ihm von der Plackerei sämtliche Knochen wehgetan, doch im Laufe der Zeit wurde er kräftiger und widerstandsfähiger. Er spürte, wie seine Muskeln größer und fester wurden. Harte Stränge bildeten sich unter seiner Haut. Die Schaufel und der Hammer fühlten sich immer leichter an, und die Bewegungen wurden beinahe mühelos. Seine Handflächen wurden rau wie Baumrinde.

Mitunter verspürte er bei der Erntearbeit ein seltsames Hochgefühl, wenn er mit der Sichel im Rhythmus zum Gesang der anderen das Getreide schnitt. Eine wohltuende Gleichgültigkeit erfasste ihn; er hätte den ganzen Tag ohne Unterlass arbeiten können.

Witter, der den größten Teil seines Lebens auf der Flucht verbracht hatte, fühlte sich in diesem Dorf, als wäre er auf einer Insel gestrandet, wie in seinem Traum. Er hatte zum ersten Mal das Gefühl, so etwas wie Frieden gefunden zu haben.

Es war allerdings nicht so, dass er dem Schicksal mehr vertraut hätte als zuvor. Hier, im Heiligen Römischen Reich Deutscher Nation, würde es keine wahre Sicherheit für ihn geben. Niemals. Im Land der Osmanen hingegen schon. Den Traum, dorthin zu gehen, hatte er noch immer, aber jetzt brauchte er erst einmal diese Insel namens Giebelstadt, um zur Ruhe zu kommen und Kraft zu sammeln.

Und dann war da Kristina.

Er verehrte sie, fürchtete aber auch um sie wegen ihrer Naivität und ihrem ebenso mutigen wie törichten Glauben, es könnte in dieser Welt voller Ungeheuer ohne Kampf und Waffen zugehen. Außerdem bestand ständig die Gefahr, dass Herrin Anna sich über Kristina ärgerte. Diese unberechenbare Frau brachte es fertig, Kristina den Gerichten auszuliefern, nur weil sie, Anna, sich über irgendeine Nichtigkeit aufgeregt hatte. Darüber hinaus war es gut möglich, dass Anna Kristina ihre makellose Schönheit neidete, die sie, die stolze Edelfrau, nach der durchlittenen Pockenerkrankung verloren hatte.

Manchmal war Witter bei der Arbeit von einem Gefühl des Friedens erfüllt, das ihn schier überwältigte. Immer dann betete er stumm zu seinem Gott, während er weiter mit der Sichel arbeitete oder Unkraut hackte. Manchmal hörte er die Stimme seines Vaters Judah, der ihn bedrängte, auf Gott zu vertrauen und dennoch auf der Hut zu sein.

Am schönsten aber war es für Witter, wenn Kristina in seiner Nähe war. Hin und wieder kam sie zu einer kurzen Mahlzeit vorbei, brachte Früchte und Brot aus der Burg, manchmal sogar einen Krug Bier. Immer dann fühlte Witter sich unsagbar lebendig.

Eigentlich, überlegte Witter, *geht es mir so gut wie lange nicht. Und wenn der allmächtige Jehova mich bisher sicher geleitet hat, muss es einen Grund dafür geben. Warum hat Gott mich verschont, einen so feigen Mann, so voller Zweifel, während viel mutigere Männer ihr Leben lassen mussten?*

Zugleich aber wusste Witter, dass er nahe am Abgrund wandelte. Jeden Augenblick konnten Verfolger erscheinen, ausgeschickt aus Würzburg mit dem Auftrag, ihn und die anderen zu verhaften. Und was dann mit ihnen geschah, daran wollte er gar nicht erst denken.

Und so rechnete Witter jeden Tag damit, dass es sein letzter Tag auf Erden sein könnte, wenn das erste Licht ihn und die anderen auf die Felder schickte. Doch Angst hatte er kaum noch, denn er hatte das Gefühl, hierher auf diese Insel zu gehören.

Es wäre ein beruhigendes Gefühl gewesen, hätte es nicht diesen Vorfall an jenem kalten grauen Tag nach dem ersten Schnee gegeben, als die Ernteerträge in den Scheunen zusammengerechnet wurden, während die Leute in ihren Häusern saßen ...

*

Witter saß mit Grit und Rudolf vor der Feuerstelle in ihrer Hütte beim Mittagsmahl – Brot und Käse –, als ein breitschultriger, schwerer Mann die Tür aufstieß und eintrat. Dann stand er da und blickte Witter düster an. Alle zuckten erschrocken zusammen und starrten auf die Gestalt im Eingang, während die kalte Luft von draußen hereinwehte und die Flamme in der kleinen Feuerstelle auflodern ließ.

Es war Merkel der Schmied.

»Witter«, sagte er, mehr nicht, und verschränkte die mächtigen Arme vor der Brust. Seine schwarzen Augenbrauen waren in der Mitte zu einem dicken Strich über den tief liegenden Augen zusammengewachsen, was sein Gesicht noch bedrohlicher machte, als es ohnehin schon war. »Mitkommen.«

»Ich?«, fragte Witter.

Er schaute zu Rudolf, dann zu Grit. Beide schüttelten den Kopf.

»Ja, du, Ketzer. Du bist Witter. Kristina hat dem Mädchen

Lura erzählt, wer du bist. Was du bist. Und Lura erzählt mir immer alles. Steh auf.«

Der massige Mann trat näher. Witter wich vor ihm zurück, während die Welt um ihn herum zu schrumpfen schien. Die kalte Luft fühlte sich plötzlich an wie der Todeshauch aus einem Grab.

»Er hat nichts getan!«, stieß Grit hervor. »Lass ihn! Nimm mich mit! Bitte, nimm mich!«

Merkel beachtete sie gar nicht.

»Hoch mit dem Hintern! Auf die Beine!«, befahl er Witter, ohne Grit anzusehen. Witter schaute zu Rudolf, der aber senkte den Blick und starrte auf seine großen Zehen, die aus den Spitzen seiner abgewetzten Lederstiefel lugten.

»Er hat niemandem etwas getan«, beharrte Grit. Sie wollte sich erheben, doch Witter packte ihren Arm und zerrte sie mit einem derben Ruck wieder nach unten.

»Lass nur«, sagte er, stand auf und zog seinen Umhang über. Der halb gekaute Käse und das Brot verstopften wie ein Klumpen Erde seinen Mund – Nahrung, die er im Magen brauchte und nun vor Angst nicht schlucken konnte. Er suchte nach Worten und fühlte sich wie ein Narr. Der hünenhafte Schmied mit dem breiten Gesicht ragte vor ihm auf wie ein düsterer Berg.

»Muss ich dich am Nacken mitschleifen?«

»Was willst du von mir?«

Eine große, behaarte Hand packte Witter beim Arm und zerrte ihn nach draußen. Witter spürte, wie die Kälte in seine Lunge biss, während seine Füße hilflos über den Schnee rutschten.

»Ich bin Merkel«, sagte der Schmied und ließ ihn los.

»Wohin bringst du mich?«

»In die Schmiede. Und dann fangen wir an.«

»Womit?«

»Die Wahrheit zu suchen.«

Witter stolperte neben dem schweren Mann her und schimpfte auf sich selbst.

Warum bist du nicht fortgerannt? Warum hast du nicht dein Glück auf die Probe gestellt in einer der mondlosen Nächte?

Aber hier war er nun und spielte den Ketzer, obwohl Gott ihn als Juden erschaffen hatte. Und wenn diese rohen Männer ihn folterten, würden sie sehen, dass er tatsächlich Jude war, einer vom Stamm jener, die ihren geliebten Propheten Jesus Christus verfolgt hatten, obwohl auch er Jude gewesen war.

»Schleif nicht die Füße über den Boden, Mann. Geh vernünftig«, polterte Merkel.

Witter konnte nur ahnen, welche Torturen ihn in der Schmiede erwarteten. Glühende Kohle, Zangen und heißes Eisen ... und dieser Mann war stark wie ein Ochse, bedeckt mit den Narben alter Verbrennungen.

Werden sie Kristina und die anderen auch bestrafen, weil sie mich bei sich aufgenommen haben?

Vielleicht war ja die Bibel entdeckt worden. Oder Herrin Anna hatte Kristina aus irgendeinem Grund verstoßen – und alle anderen mit ihr. Oder dieser Merkel war einfach nur verrückt.

Es war zu spät für einen Fluchtversuch. Wohin auch?

Narr, Narr, Narr!

Während Witter hinter Merkel herstolperte und sich in sein Schicksal ergab, hörte er sich lachen. Da hatte er in seiner Dummheit geglaubt, auf einer Insel am Rande des Nichts zu sein, inmitten ungebildeter, aber harmloser Bauern, und nun das! Die Vorstellung ließ ihn noch lauter lachen.

Was war er für ein Narr. Witter, König der Narren!

»Warum lachst du?«, fragte der Schmied.

»Ich lache über einen Narren.«

Der Schmied blieb abrupt stehen und stemmte die Stiefel in den dünnen Schnee.

»Ich bin ein Narr! Pass auf, was du sagst!« Wieder packte er Witters Arm, zerrte ihn mit sich.

Witter lachte noch lauter. Wenn es eine Hölle gab, und wenn sie der Hort der gottlosen Vernunft war, wie sein Vater glaubte, war er vielleicht schon tot, wusste es nur noch nicht. Witters Angst machte diesen Gedanken überaus erheiternd.

»Achte auf deine Zunge«, warnte Merkel. »Mach dich nicht über mich lustig, oder du wirst es bitter bereuen, das verspreche ich dir.«

»Ich bedaure ... es schon jetzt«, prustete Witter.

Sie erreichten die Schmiede. Rauch stieg aus dem kurzen Schornstein zum bleigrauen Himmel. Merkel zog an dem dicken Eisengriff, der die Tür öffnete.

»Jetzt werden wir gleich sehen, wer als Letzter lacht«, sagte er.

Witter wurde nach vorn gestoßen, stolperte ins Innere der Schmiede und wurde von einem Hitzeschwall empfangen.

Dann sah er, weiter vorn, das orangefarbene Maul des wartenden Glutofens, und ihm brach der Angstschweiß aus.

7.
Lud

*B*evor er zur Kirche ging, machte er regelmäßig einen Abstecher in die Nähe der Burg. Jedes Mal hoffte er, einen Blick auf Kristina zu erhaschen, oben auf dem Balkon der Herrin. Er dachte oft an sie, vor allem in den Nächten, wenn er allein und voller Sehnsucht dalag.

Manchmal glaubte er, einen Schatten hinter der dunklen Öffnung zu erkennen, und manchmal hatte er das Gefühl, beobachtet zu werden. Doch er wusste, dass es nur seine trügerischen Hoffnungen waren.

Der Unterricht fand im hinteren Teil der kleinen Kirche statt. Tag für Tag saß Lud eine Stunde lang, gemessen mit dem Stundenglas des Priesters, hinter der Sakristei wie auf Glasscherben und versuchte, seine abschweifenden Gedanken im Zaum zu halten, während er Vater Michael lauschte, der sich abmühte, ihm das Lesen beizubringen.

Auf einem Podium stand eine bemalte Gipsstatue der Muttergottes, umrahmt von einem goldenen Heiligenschein, die traurigen, schmerzerfüllten Augen himmelwärts gerichtet, als gäbe sie Gottvater die Schuld am Tod ihres – und seines eigenen – Sohnes. Die Vorstellung der unbefleckten Empfängnis hatte Lud stets mit Zweifeln erfüllt, zumindest mit Unbehagen, wenn der Priester in seinen Predigten davon erzählte, dass Gott ein einfaches, schlichtes Mädchen besucht habe, wahrscheinlich während es schlief, um sich auf seine göttliche Weise mit ihm zu vereinen.

Merkwürdig daran war vor allem der Gedanke, dass Gott alles erschaffen hatte, einschließlich Maria – und das wiederum bedeutete doch, dass es Blutschande gewesen sein musste, oder nicht? Aber Lud wusste, dass er mit niemandem offen über solche Dinge reden konnte.

Vielleicht kann ich selbst in der Bibel nach den Antworten su-

chen, wenn ich erst gut genug lesen kann, auch wenn es nach den Gesetzen ketzerisch ist.

Lud war fest entschlossen, das Buch zu lesen, das Dietrich ihm gegeben hatte und das noch immer sein Geheimnis war. Er bewahrte es gut versteckt in einer verschlossenen Kiste im Dachstuhl seines Hauses auf. Er hatte das Buch nicht mit zu Vater Michael gebracht, damit der es ihm vorlesen konnte. Er wollte es selbst lesen, das war er seinem toten Herrn schuldig.

»Wenn du erst lesen kannst, wird sich dein Leben verändern«, hatte Dietrich zu ihm gesagt.

Tag für Tag zog Vater Michael Blätter derben Papiers hervor, dazu einen Federkiel und Tinte, und ließ Lud abschreiben, was er auf einem zweiten Blatt vorschrieb. Den Text entnahm Vater Michael einem kleinen Büchlein mit Stoffeinband, nur ein paar Seiten dick, abgewetzt und verblichen.

»Versuch, sauberer zu schreiben, Lud«, ermahnte ihn der Priester. »Ein Federkiel ist keine Schaufel.«

Er erwartete von Lud, dass er so gut abschrieb, wie er nur konnte. Luds Hände jedoch waren schwielig und hart von der Arbeit, und die Aufgabe war demütigend. Wenn er die schöne, schwungvolle priesterliche Schrift sah und mit seiner eigenen verglich, erkannte er mit schmerzhafter Deutlichkeit, wie verschieden ihrer beider Leben waren.

Dann, eines Nachmittags, machte Lud eine verblüffende Entdeckung.

»Ich muss nur so viel lernen, wie Huber gelernt hat«, sagte er.

»Huber?«, fragte Vater Michael. »Huber konnte nicht lesen.«

»Was? Aber wie hat er dann ...«

»Wie er Buch geführt hat? Er hat Kerbhölzer gekennzeichnet, für jeden Anteil und jede Feldfrucht. Ich war sein Buchhalter. Ich habe die Markierungen notiert und zusammengezählt.«

»Huber konnte nicht lesen?«

»Genau. Ich wusste es, ließ die Lüge aber bestehen, zum

Besten des Gutes. Dietrich sagte, es wäre besser für uns, weil wir auf diese Weise den Ernteanteil der Dörfler erhöhen konnten, sodass sie immer genug hatten, ganz gleich, wie sehr das Fürstbistum die jährlichen Abgaben erhöht hat.«

»Dietrich hat das Fürstbistum über die Ernte getäuscht?«

»Er hat mich dazu gezwungen. Bitte verrate mich nicht. Ich *musste* gegen meine eigene Kirche handeln.«

Lud konnte es nicht fassen. »Und Huber ist nie dahintergekommen?«

»Huber hatte nicht genug Verstand. Aber du bist schlau, also sage ich dir, was du wissen musst. Du würdest es ohnehin herausfinden. Es liegt an dir, ob wir Dietrichs Großzügigkeit gegenüber den Hörigen beibehalten und schwere Strafen riskieren, sollten wir jemals ertappt werden.«

»Wir werden tun, was Dietrich getan hat, in jeder Hinsicht.«

In Vater Michaels Gesicht stand Furcht. »Herrin Anna weiß nichts davon. Sie muss in Kenntnis gesetzt werden.«

»Nein. Und wenn du es ihr verrätst, werde ich dich bestrafen, bevor die Magistrate dich in die Finger bekommen.«

»Du drohst mir?«, stieß Vater Michael hervor, die Augen geweitet.

»Das ist keine Drohung. Und was die Ernte angeht – wir werden alles so aufteilen, wie Dietrich es getan hat.«

Damit war das Thema erledigt, und Vater Michael sagte nichts mehr dazu. Es gab viel zu lernen für Lud: das Lesen, das Rechnen, das Leben.

Vater Michael reichte ihm ein kleines Buch.

»Ich brauche kein Latein!«, schimpfte Lud. »Ich will unsere eigene Sprache lernen.«

»Aber Latein wird überall in Europa gesprochen. Es ist die universale Sprache. Priester, Adlige, Gelehrte, Kaufleute, Männer in allen Teilen der Welt schreiben auf Latein.«

»Trotzdem. Ich möchte nur unsere Sprache.«

»Lud, vertrau meinem Rat. Wenigstens ein klein wenig Latein. Du kennst doch den Spruch: Wir müssen kriechen, bevor wir gehen, und gehen, bevor wir laufen.«

Es gefiel Lud ganz und gar nicht, sich nach dem Priester richten zu müssen, nach dem Mann, dessen Feigheit so groß wie sein Glaube war. Lud seufzte. »Also gut. Fangen wir an.«

Die nächste Stunde – sie kam Lud wie zehn Stunden vor – verbrachte der Priester damit, ihm Seite um Seite des kleinen Buches zu zeigen, vollgekritzelt mit merkwürdigen Zeichen, die für Lud so bedeutungslos waren wie die Bohrgänge von Holzwürmern.

»Das hier ist ein A«, erklärte Vater Michael. »Der erste Buchstabe des Alphabets. Insgesamt gibt es sechsundzwanzig.«

»Es sieht aus wie ein Dach«, sagte Lud. »Aber warum klingt es nicht so? Und was ist ein Alphabet? Was hast du zu lehren, das mich genug interessieren könnte, um deinen Lehren zu folgen?«

Vater Michael überlegte kurz. »Ich werde dir erklären, wie ein perfekter Lernplan aussieht«, sagte er dann. »Er ist sehr alt und überall gültig. Wirst du mich geduldig anhören, bis ich fertig bin?«

»Ich will es versuchen.«

Vater Michael redete drauflos, als wäre ein Damm gebrochen. Ein wahrer Wortschwall ergoss sich über Lud, doch in seinen Ohren war es nur ein nichtssagendes Durcheinander von Namen und Wörtern:

»Das nützliche Kompendium der Tugendhaftigkeit und Moralität sei das von Cato, von dort soll der Schüler zur Ekloge des Theodulus und denen des Vergil übergehen. Er soll die Satiriker und Historiker lesen, sodass er von den Lastern erfährt, die man in minderen Jahren meiden muss, und stattdessen nach den noblen Taten jener streben, die es nachzuahmen gilt ...«

»Genug«, sagte Lud in dem schwachen Versuch, den Priester zu unterbrechen.

»... man lasse ihn die erbauliche *Thebais* des Statius lesen und die *Aeneis* des Vergil und vernachlässige auch nicht den Poeten Lukan, den Córdoba hervorgebracht hat ...«

»Aufhören, Mann!«, stieß Lud hervor und packte Vater Michael am Arm. Doch der redete unbeirrt weiter.

»Man lasse ihn die moralischen *Saturae* des Juvenal verinnerlichen und fleißig studieren, auf dass er die Schamlosigkeit der Natur vermeide. Er soll die Satiren des Horaz lesen sowie die Episteln und das Buch der *Epoden*. Er soll die Elegien des Ovid und die *Metamorphosen* lernen, doch ganz besonders soll er vertraut sein mit Ovids *Remedia Amoris*, den Heilmitteln gegen die Liebe.«

Endlich war er fertig. Lud starrte ihn wortlos an.

»Siehst du?«, sagte Vater Michael. »Es gibt viel zu lernen.«

»Du hast dich doch nur mit deinem Wissen gebrüstet und versucht, mich einzuschüchtern«, entgegnete Lud.

»Ich habe versucht, dich zu instruieren.«

»Mich – *was*?«

»Dir das alles beizubringen.«

»Ich soll das alles lernen? Weißt du es denn?«

»Es ist grundlegend«, sagte Vater Michael naserümpfend. »Offen gestanden wusste ich das alles schon als Knabe.«

Lud war wütend. Er wusste selbst nicht, warum. Sicher – er war nicht gebildet wie dieses schwache Geschöpf von Priester, aber das hatte ihm nie zum Nachteil gereicht. Trotzdem spürte er, dass er neue Wege gehen musste, auch wenn diese mühsam waren und seine eigene Unwissenheit offenlegten.

Eine Sache war da allerdings noch ...

Lud schritt langsam zum Stuhl des Priesters und starrte hinunter in dessen bleiches, bärtiges Gesicht und die wässrigen Augen.

»Hat dir bei der Beichte jemand gesagt, dass er mich töten will?«

Vater Michael musterte ihn fassungslos. »Bei der Beichte?«

»Du hast mich schon verstanden!«

»Die Beichte ist ein Sakrament und unterliegt der Schweigepflicht.«

»Also *hast* du etwas gehört. Wer? Wer hat etwas gesagt?«

»Ich ... ich ... äh ...« Vater Michael senkte den Blick. Lud wich vor ihm zurück wie vor einem Aussätzigen.

»Selbst wenn ich etwas gehört hätte, kann ich es dir nicht sagen!«, stieß der Priester hervor und starrte Lud ängstlich an. »Ich bin ein Feigling, wie du weißt, aber ich würde es dir selbst dann nicht verraten, wenn du mich schlägst. Ich würde schreien und wimmern, aber ich würde nichts sagen. Das ist Gottes Wahrheit!«

»Ich will dir sagen, wie Gottes Wahrheit aussieht, Priester.« Lud beugte sich nah an das Ohr des Priesters, die Stimme zu einem Flüstern gesenkt. »Sollte ich angegriffen werden und überleben, werde ich in deine kleine Kirche kommen und dir eine Lektion erteilen, die *du* niemals vergessen wirst.«

8.
Konrad

Konrad ritt auf Sieger, seinem prachtvollen Schimmel, durch das kalte, windige Hügelland hinter dem Marienberg, seines Leibwächters kaum gewahr, der hinter ihm herritt. Der Winter kroch übers Land. Schnee fiel, schmolz, fiel erneut. Auf den Ufern des Main glitzerte das erste Eis.

Konrad wusste von den Pocken im Bistum und dachte an den Brief seines Kuriers. Dietrich war tot. Er fragte sich, wie sehr er ihn vermissen würde. Seinem Patenkind Florian, der in England an der Universität von Oxford studierte, hatte Konrad bereits geschrieben und kondoliert. Aber Dietrichs Tod hatte auch ein Gutes. Anna, seine Witwe, würde wieder frei sein, sobald die Trauerzeit verstrichen war. Der Gedanke an seine schöne Kusine wärmte Konrad, erregte ihn. Im nächsten Frühling würde er nach Giebelstadt reisen, wenn er sicher sein konnte, dass die Pocken überwunden waren und Anna genügend Zeit zum Trauern gehabt hatte. Vielleicht konnte er in ihr wieder jene Flammen entfachen, die einst so heiß in ihr gebrannt hatten.

Zuerst aber musste er die Druckerpresse zum Laufen bringen. *Seine* Druckerpresse. Dieses Unternehmen würde ihm Macht und Reichtum bescheren, und er würde es zum größeren Ruhme Gottes tun und sich einen Platz im Himmel sichern. Konrad lächelte, erfüllt von einem wohltuenden Gefühl der Rechtschaffenheit.

Ich danke dir, Herr, betete er stumm. *Gib mir die Kraft, den alten, heiligen Werten wieder Geltung zu verschaffen und die Menschen hinter der Macht Christi, der Kirche und der Wahrheit zu vereinen.*

Er hatte am Morgen in seiner Kapelle lange und inbrünstig gebetet, hatte um Rat gebeten wegen seiner Rolle im Leben auf dieser Welt, und Gott hatte ihn erhört und einen Strom von Gedanken in seine Gebete einfließen lassen. Lorenz, der Fürstbischof, war zu schwach und zu nachsichtig, in jeder Hinsicht. Konrad spürte den Willen Gottes und wusste, er war auserwählt. Lorenz würde eines nicht allzu fernen Tages sterben; dann würde er, Konrad, der neue Fürstbischof sein. Bis dahin musste er seine Herrschaft festigen. Die Mitfinanzierung des Feldzugs gegen die Osmanen war ruinös gewesen. Konrad wollte sich keine solchen Unsummen mehr leihen. Seine Gläubiger würden sich ohnehin weigern.

Konrad versprach in seinem Gebet, die Menschen zurückzuführen zu den alten Wahrheiten der Kirche, die Ketzer und Juden zu vernichten und all jene zu vertreiben, die die weltliche Macht durch ihren sinnlosen und leichtfertigen Kampf gegen Waffen und Gewalt untergruben, indem sie ihren Frieden mit den Muselmanen, mit dem Bösen, sogar mit dem Teufel selbst schließen wollten.

Die Druckerpresse war der Schlüssel. Erst sie machte es möglich, Feuer mit Feuer zu bekämpfen. Mit hellerem, heißerem Feuer. Faszinierende Geschichten für schlichte Gemüter. Abenteuer und Sensationen, die sich gegenseitig übertrafen. Geschichten, die Zorn und Empörung weckten, Furcht und Schrecken verbreiteten, die Angst befeuerten und die Leute zurücktrieben in den Schoß von Kirche und Reich.

Bestimmt würde sogar Fürstbischof Lorenz das begreifen. Doch Konrad brauchte den richtigen Köder. Geschichten! Reißerische Geschichten über Sünde und Verderbtheit und deren Folgen – das Fegefeuer. Das Höllenfeuer! Man musste den Menschen Angst machen, musste sie zu den Fahnen treiben, musste sie dazu bringen, dass sie gehorchten, ihre Steuern zahlten und sich freiwillig den Armeen der weltlichen Fürsten anschlossen.

Und es gab eine großartige Quelle für solche reißerischen Geschichten!

Erfüllt von einem Hochgefühl, lenkte Konrad seinen Schimmel zurück zum Marienberg und um die gewaltigen Mauern herum zum Westturm.

Mahmed, der osmanische Offizier, den sie als Geisel genommen hatten, wurde unter Bewachung hoch oben im Turm gefangen gehalten. Konrad hatte Neuigkeiten, die für diesen elenden muselmanischen Heiden, den Lorenz in jüngster Zeit so liebgewonnen hatte, alles änderten.

*

Die beiden Leibwächter Konrads folgten ihrem Herrn wie Schatten die gewundene Treppe hinauf. Draußen auf dem Gang vor der Kammer des Gefangenen nahmen sie von dem alten Wachsoldaten die Schlüssel in Empfang; dann betrat Konrad den Raum. Seine Leibwächter folgten ihm und postierten sich neben der Tür, wie Konrad es ihnen zuvor befohlen hatte.

Der muselmanische Gefangene hatte sich eine Wolldecke umgehängt und saß zusammengekauert vor dem Feuer im Kamin. Beim Anblick seines unerwarteten Besuchers sprang er auf. In der Zeit seiner Gefangenschaft waren sein Bart und seine Haare gewachsen, und seine Augen waren rot geädert, als hätte er geweint.

»Warum erschrickst du so?«, fragte Konrad im Plauderton. »Hast du Angst, dass wir dich zerschneiden wollen?«

»Nein, Herr«, sagte der Muselmane mit fester Stimme.

»Ich habe Neuigkeiten für dich. Das heißt, eigentlich sind es keine Neuigkeiten, jedenfalls nicht für dich. Du hast ja schon die ganze Zeit gewusst, dass niemand Lösegeld für dich zahlen will.«

»Niemand?«

»Beleidige mich nicht, indem du den Überraschten spielst. Du hast gelogen, als du uns weismachen wolltest, du wärst ein erstgeborener Sohn. Und dass es ein Lösegeld für dich gäbe.

Dass deine Familie große Reichtümer besäße und dich freikaufen könne.«

Der Türke wandte den Kopf zur Seite und starrte ins Feuer. »Wann werde ich hingerichtet?«, fragte er in die Flammen hinein, die geisterhafte Lichter auf seinem Gesicht tanzen ließen.

»Das liegt allein bei dir.«

»Bei mir?«

»Vielleicht lässt sich die Folter, vielleicht sogar dein Tod vermeiden, solltest du bereit sein, mir zu helfen.«

Die Nachricht war dem Fürstbischof am Vortag per Kurier zugegangen: Mahmed, hieß es in dieser Nachricht, sei lediglich ein Sohn Allahs und ein geachteter Soldat, und es sei nun einmal das Schicksal eines Soldaten, sein Leben im Dienst seiner Herren hinzugeben. Die Familie Mahmeds habe keine Reichtümer, um ihn freizukaufen und seine Heimkehr zu sichern.

»Ich bewundere Eure Tugend«, sagte der Türke. Er stand nun vor Konrad, den Kopf gesenkt in jener falschen Demut, die Konrad so verachtete. »Um meinen Tod so lange wie möglich hinauszuschieben, beschwöre ich Eure christliche Nächstenliebe.«

Konrad trat zu einer verhangenen Tür und zog den dunkelblauen Teppich zur Seite, der mit dem goldenen Siegel Würzburgs bestickt war. Dahinter kam ein schweres Eisengitter zum Vorschein. Kalter Wind fauchte in die Kammer. Der Fluss lag tief unter ihnen, und in der Luft hing ein dünner Schneeschleier. Konrad winkte, worauf einer seiner Leibwächter zu ihm eilte. Der Mann hatte einen Schlüssel, mit dem er nun das Schloss aufsperrte.

»Komm mit hinaus auf den Balkon«, sagte Konrad.

Die Leibwächter nahmen den Gefangenen zwischen sich, um zu verhindern, dass er ihren Herrn attackierte, und folgten Konrad. Der zog seinen Hermelinmantel straffer und lächelte Mahmed unter seiner dünnen wollenen Umhängedecke an.

Der Atem der Männer verdichtete sich zu weißen Wölkchen. Mahmed bibberte.

»Die Kälte macht dir zu schaffen, wie ich sehe«, sagte Konrad.

»Ich bin nicht daran gewöhnt«, antwortete Mahmed.

»Du stehst in unserer Schuld«, fuhr Konrad fort. »Schulden werden nicht so leicht vergeben wie Fehler. Dich zu foltern und zu töten wäre uns ein Leichtes und bestimmt höchst vergnüglich.«

Konrad machte eine bedeutungsvolle Pause, ehe er weitersprach.

»Der Fürstbischof fühlt sich gedemütigt, weil du kein Lösegeld einbringst. Du bist eine Schmach für ihn. Und es wird schlimmer, je länger du bleibst. Ich habe vorgeschlagen, dich zur Erheiterung der Zuschauer – und damit sie ihrem Aberglauben Luft machen können – öffentlich zu verbrennen. Der Fürstbischof aber hat Nein gesagt. Rache ruft seiner Meinung nach sündhafte Gedanken hervor. Nun ja, der Fürstbischof ist ein Mann, der Nachsicht für eine christliche Tugend hält. Im Gegensatz zu mir.«

»Und doch schickt er junge Männer in den Krieg.«

»Genau wie eure Glaubensführer es im Namen Allahs tun, um zu töten und zu sterben. Ist es nicht so?«

»Ja. Alles, was Ihr sagt.«

»Lass uns ehrlich sein. Anführer müssen oft schreckliche Dinge tun im Namen ihrer Reiche und Religionen. Ich für meinen Teil werde tun, was ich für richtig halte, ohne Zuflucht zu suchen in selbstgefälliger Verblendung von schönem Schein. Meine Druckerpresse wird nicht verschweigen, was gesagt werden muss.«

Weit unter ihnen lag der Garten, wo die toten Rosensträucher in ihrem Gefängnis aus Eis funkelten. Lange, eisige Dornen waren an den kahlen Zweigen zu sehen; sie sahen wie verbrannte Knochen aus, eingeschlossen in einer Glasur. *Wie merkwürdig*, ging es Konrad durch den Kopf, *dass aus so viel Hässlichkeit Rosen wachsen*. Er schaute hinaus auf den Fluss, wo sich in der dunklen Strömung Eisschollen türmten. Auf der gegenüberliegenden Seite, hinter den armseligen Hütten, spielten Kinder und warfen mit Eisstücken. Entlang der eisüberkrusteten Ufer, wo das ganze Jahr über Unrat und Abfall aus den Rinnsteinen in den Main flossen, schnitten Männer mit Sägen schmutzige Eisblöcke zurecht und verluden sie auf Karren. Konrad nahm sich vor, nie wieder Eis zu benutzen.

Im Westen wurde der Himmel bereits wieder dunkel, und der Wind nahm zu. Mahmeds Zähne klapperten. *Gut*, dachte Konrad. *Soll ihm die Kälte bis in die Knochen fahren.*

»Du wurdest auf unserem Feldzug gefangen genommen«, sagte er. »Warum warst du dort? Mit welchem Befehl hat man dich gegen uns geschickt?«

»Unsere Grenzdörfer wurden überfallen. Wir sollten euch abfangen und aufhalten.«

»Ihr wurdet ausgesandt, um Christen zu ermorden.«

»Wenn es sich bei den Angreifern um Christen handelte, die die Getreidespeicher in unseren Dörfern plünderten, stimmt das.«

»Du gestehst also, dass du ausgeschickt wurdest, um Christen zu töten«, stellte Konrad fest. »Außerdem habt ihr in den Grenzdörfern Widerstand entfacht. Aufsässige Einwohner haben ihr Getreide vor uns versteckt. Einige versuchten sogar, gegen unsere Truppen zu kämpfen.«

»Ohne Getreide würden sie im Winter verhungern. Väter sind nun mal fürsorglich gegenüber ihren Töchtern und Frauen.«

»Und ihre Söhne haben unsere Händler angegriffen.«

»Wenn Ihr schon alles wisst, Herr, warum fragt Ihr mich dann?«

»Wir brauchen gute Geschichten. Und dabei könntest du uns helfen.«

»Und wie?«

»Bruder Basil wird dich regelmäßig besuchen, und dann wirst du ihm Geschichten diktieren.«

»Geschichten.« Mahmeds Miene hellte sich auf. Sein Schnurrbart hob sich, als er lächelte, und ließ seine weißen Zähne sehen. Konrad hatte den Osmanen noch nie aufrichtig lächeln sehen. Er wirkte mit einem Mal viel jünger.

»Dir gefällt der Gedanke«, stellte Konrad fest.

»Oh ja. Es gibt sehr viel Gutes, das unser beider Völker teilen könnten. Dinge, die hier nur wenig geschätzt werden.«

Mahmed hob den Blick, schaute zu den Wolken, die dunkel über den Himmel zogen, und hob die Arme.

»Vergangenen Monat, in einer klaren Nacht vor dem ersten Schnee, habe ich aus meinem Fenster zu den Sternen geschaut. Der Schwan flog mit ausgebreiteten himmlischen Flügeln über das nächtliche Firmament. Ich sage Euch, Herr, nur wenige Sternbilder sind so prächtig anzuschauen für Auge und Seele wie der Schwan. Wenn man Sadr betrachtet, den Stern in der Mitte, erstrecken sich die Flügel vom Rumpf aus ostwärts in Richtung Eta Cygni und westwärts nach Zeta Cygni. Jeder Stern ist ein funkelnder Edelstein und …«

»Keine Sterndeutung«, schnitt Konrad ihm das Wort ab. »Das kann uns jeder Narr an jeder Straßenecke Würzburgs erzählen.«

»Das ist keine Sterndeutung, Herr, das ist Stern*kunde*. Die Wissenschaft von der Mechanik der Himmelslichter.«

»Belehre mich nicht, Kerl! Ich sagte *Geschichten*. Es gibt kein Lösegeld für dich, aber du kannst mir auf andere Weise helfen. Mir und meiner Druckerpresse. Wir brauchen Geschichten, die sich verkaufen. Zündende Geschichten. Über den Krieg, Ketzer und über die Juden.«

»Ich bin also kein Ketzer für Euch?« Mahmeds Lächeln

wurde intensiver. Konrad fragte sich, ob der Muselmane ihm mit jeder Frage einen Schritt voraus war.

»Nein. Um Ketzer zu sein, müsstest du zuerst einmal Christ sein.«

»Gelobt sei Allah, dann bin ich sicher! Was ist mit den Juden? Sie waren nicht zuerst Christen, sondern Juden von Anfang an, und doch verbrennt Ihr viele von ihnen auf Euren Scheiterhaufen. War nicht Euer Prophet Jesus Christus auch Jude?«

Konrad spürte, wie sein Gesicht heiß wurde, selbst im eisigen Wind.

»In Würzburg gibt es ein sicheres Viertel für die Juden, einen Wohnbereich hinter starken Mauern. Sie ziehen es vor, unter ihresgleichen zu bleiben. Wir lassen sie in Ruhe.«

»Das ist gut. Leben und leben lassen.« Mahmed nickte und legte dann den Kopf schief, als würde er überlegen. »Es sei denn, man braucht die Juden, um sich Geld zu leihen. Welch ein glücklicher Umstand für diejenigen, die Geld brauchen. Und wie beklagenswert für den Juden, der einem christlichen Edelmann mehr geliehen hat, als dieser zurückzahlen kann, und der auf dem Scheiterhaufen verbrannt wird, anstatt sein Geld zurückzubekommen.«

Wütend über diese Unverfrorenheit kniff Konrad die Augen zu schmalen Schlitzen zusammen und starrte Mahmed an. Er hatte selbst mehrere große Kredite bei jüdischen Geldverleihern in der Stadt, und es war durchaus zutreffend, dass die Schuldentilgung auf diese Weise gehandhabt werden konnte, wenn es für einen christlichen Edelmann notwendig wurde.

»Das sind nur Geschichten«, sagte Konrad gereizt. »So wie ich Geschichten von dir brauche. Über Gefahren, Unglücke, fremde Orte … Geschichten, die den Leser in Angst und Schrecken versetzen.«

Mahmed lächelte, doch in seinen dunklen Augen blitzte kalter Stahl.

»Also wirst du mir solche Geschichten liefern?«, wollte Konrad wissen.

»Vielleicht über das Stechen gegen die Pocken«, erbot sich Mahmed.

»Pocken? Stechen? Wenn du davon anfängst, stürmt das Volk den Marienberg und reißt dich in Stücke! Wir hatten gerade erst die Pocken, und Gott sei gelobt, ist diese Seuche weitergezogen.«

»Aber das Stechen dient dem Zweck, die Pocken zu verhindern, nicht sie zu verursachen.«

»Es ist bekannt, dass die Muselmanen ihre Feinde vergiften, indem sie sie stechen. Beleidige mich nicht, indem du versuchst, mir etwas anderes weiszumachen. Ich habe Angehörige durch die Pocken verloren. So wie alle, die überlebt haben. Hör zu, wir brauchen Geschichten, mit denen wir das Volk lenken können, zum Besten von Kirche und Reich.«

Mahmed seufzte. »Befehlt, und ich tue, was ich kann, solange es dem Islam nicht schadet.«

Konrad schüttelte den Kopf. »Natürlich geht es nicht gegen deine Religion. Basil wird dich besuchen und alles aufschreiben. Als Erstes will ich Geschichten über die Gewohnheiten der Ketzer und der Juden. Je anstößiger, desto besser.«

»Ketzer? Juden? Woher soll ich Geschichten über solche Leute kennen?«

Konrad wusste inzwischen, wie Mahmed sich am besten nutzen ließ: Man musste ihn dazu bringen, Geschichten über andere zu erzählen, und diese dann als Osmanengeschichten verkaufen, niedergeschrieben von einem Muselmanen. Wenn eine gute Geschichte über Ketzer oder Juden dabei herauskam, konnte er sie ebenfalls drucken.

»Du bist weit gereist«, sagte Konrad, »und fremdartig für die Menschen hier. Ich weiß, dass Ketzer auf dem Wagen waren, mit dem du gekommen bist. Du warst mit ihnen zusammen. Wir wollen von ihren verabscheuungswürdigen Glaubensbekenntnissen erfahren, hörst du? Von ihren Sünden und Ausschweifungen, von ihren scheußlichen Neigungen und Gewohnheiten. Von so etwas können die Leute gar nicht genug bekommen. Die Geschichten darüber verkaufen sich wie warmes Brot. Obendrein helfen sie, den Glauben an Kirche und Reich zu festigen. Was Geschichten über Muselmanen angeht – die werden unsere Mönche beisteuern. Sie werden über die Dinge schreiben, die du tust oder sagst. Von dir aber brauchen wir sämtliche fantastischen Geschichten, die du dir vorstellen kannst.«

Mahmed starrte ihn an.

»Alles, was ich mir vorstellen kann?«

»Einfach alles. Du kannst es ruhig übertreiben. Du wirst berühmt werden wegen deiner Geschichten. Jeder wird deinen Namen kennen. Hilf mir, dir zu helfen.«

»Aber es wären Lügen. Es wäre nicht die Wahrheit.«

»Leben ist Wahrheit«, sagte Konrad. »Tod ist Wahrheit. Schmerz ist Wahrheit. *Ich* werde von jetzt an deine Wahrheit sein. Warum bist du so uneinsichtig? Wärst du einsichtiger, wenn du auf einer Streckbank liegen würdest, ein rot glühendes Eisen im Arsch? Oder aufgehängt an deinem Schwanz? Die Augen ausgerissen?«

Mahmed antwortete nicht. Er blinzelte, starrte Konrad an. Auf seinem Bart glitzerte Frost.

»Lass mich dir helfen«, sagte Konrad. »Du kannst deine Haut retten.«

Der Wind heulte um die Ecken des Turms. Konrads Wachen starrten Mahmed hasserfüllt an. Zweifellos gaben sie dem Muselmanen die Schuld an der Kälte, die sich unter ihre Brustpanzer und Waffenröcke schlich.

Mahmed stand nur da, mit hängenden Schultern wie ein Verurteilter. Im eisigen Wind sah Konrad die Tränen in den dunklen Augen des Gefangenen. Und auch, wie sein Blick über die Brüstung wanderte, als gäbe es dort einen Ausweg. Konrads

Leibwächter sahen es ebenfalls und postierten sich zu beiden Seiten Mahmeds, damit dieser nicht in den Abgrund sprang.

»Entscheide dich«, sagte Konrad. »Die Veritas-Druckerei. Die Wahrheit für alle Menschen. Oder du wirst zerschnitten, langsam, Stück für Stück, in den Verliesen tief unter uns.«

9.
Witter

Sie waren aus einem bitterkalten grauen Tag in die dunkle Höhle der Schmiede gekommen, Witter zögerlich und ängstlich, gestoßen von der mächtigen Faust des Schmieds. Die Luft in der Schmiede roch verbrannt, und im Halbdunkel strahlte die hellrote Glut der Esse durch die wabernde Luft wie das Höllenfeuer. Es war, als würden sie den Ort der Verdammnis selbst betreten.

Witter hustete vom bitteren Rauch der Holzkohle und würgte vom sauren Schweiß arbeitender Männer. Der Lärm schwerer Hämmer, die auf weiches Eisen trafen, war ohrenbetäubend. Es schien, als wären sie im Innern einer riesigen Glocke.

Eisen. Feuer. Verbrannte Luft.

Witter stand auf einer freien Fläche zwischen einem Amboss und einer Esse voll glühender Kohle, in der Eisenstücke im Halbdunkel schimmerten. Merkels riesige Hand ergriff eine Zange und hob eines der Werkstücke aus der Esse, um es prüfend zu betrachten. Überall hingen Haken, Zangen, Hämmer und Klammern. Witter schlug das Herz bis zum Hals.

O gütiger Gott meiner Väter, erlöse mich.

Beim Anblick des heißen Eisens gaben seine Beine nach, und beinahe wäre er in Ohnmacht gefallen. Entsetzen überkam ihn. Lauf weg!, schrie es in seinem Innern. Voller Grauen ließ er den Blick in die Runde huschen, doch er konnte sich nicht bewegen. Es gab keinen Ausweg.

»Das ist noch nicht flach genug!«, brüllte Merkel nach hinten in den höhlenartigen Raum, dorthin, von wo das ohrenbetäubende Hämmern kam. »Sie müssen doppelt so breit sein, wenn sie flach ausgehämmert sind. Anschließend werden sie gefaltet und an das nächste Eisen geschmiedet.«

»Ja, Herr«, antwortete eine unterwürfige Stimme.

Merkel fuchtelte mit dem Eisen in Witters Richtung. »Du da!«, grollte er. »Du wirst mich lesen und schreiben lehren!«

Witter glaubte sich verhört zu haben. Er starrte auf das rot glühende Stück Eisen, das Merkel immer noch in der Zange hielt. Plötzlich lachte der Schmied brüllend auf, warf den Kopf in den Nacken und hielt sich den Bauch.

»Hast du geglaubt, ich hätte dich wegen etwas anderem hergebracht? Um dich über dem Feuer zu rösten?«

Genau das hatte Witter befürchtet, stattdessen aber antwortete er: »Nein, nein. Um in der Schmiede zu arbeiten, dachte ich.«

»Ein Schwächling wie du? Eisen bearbeiten? Niemals! Du sollst mich unterrichten.«

Erst jetzt wurde Witter bewusst, was die Worte Merkels bedeuteten. Ihm wurde schwindlig vor Erleichterung. Stockend fragte er: »Ich ... soll dir ... das Lesen beibringen?«

»Und das Schreiben.«

»Das Schreiben ...« In Witters Kopf drehte sich alles.

»Was nutzt das eine ohne das andere, Kerl?«

Im Hintergrund meldete sich eine schüchterne Stimme zu Wort. »Ich bin Linhoff. Auch ich möchte lesen und schreiben lernen.«

»Du arbeitest, Linhoff!«, polterte Merkel. »Ich lerne.«

»Aber ich könnte zuhören, während ich arbeite, Herr, oder nicht?«

»Arbeite weiter, Junge, bevor das Eisen kalt wird«, schimpfte Merkel. »Du bist Lehrling in meiner Schmiede. Ich habe dich nur deshalb angenommen, weil dein Vater und ich alte Freunde sind. Wenn du jetzt aufsässig wirst, jage ich dich zu ihm zurück. Verstanden?«

»Ja, Herr. Verzeiht, Herr.«

Merkel zwinkerte Witter zu. »Ich habe ihm beigebracht, mich *Herr* zu nennen. Du musst das natürlich nicht.«

Witter wusste nicht, was er darauf erwidern sollte. Er fühlte sich, als hätte man ihn zusammen mit einem Bären in einen Käfig gesperrt. Ein falsches Wort, eine falsche Bewegung konnten zum tödlichen Angriff führen.

Merkel beugte sich näher an ihn heran und musterte ihn von oben bis unten, als hätte er ihn nie zuvor gesehen. Dann nickte er zufrieden, wobei die Augen in seinem dunklen, rußgeschwärzten Gesicht funkelten. Sein Haupthaar und sein Bart waren stellenweise angesengt; aus dieser Nähe konnte Witter das verbrannte Haar riechen.

Merkel spuckte auf den Boden aus gestampfter Erde. »Wenn Lud, dieser verdammte Bastard, lesen lernen kann, dann kann ich es auch! Oder etwa nicht? Ich kann Werkzeuge machen, Scharniere, Hufeisen, Sicheln und Hacken und alle möglichen anderen Dinge. Bin ich vielleicht kein gescheiter Mann?«

»Jeder, der zu sehen und zu denken vermag, kann lesen lernen«, sagte Witter. »Es sind die Gedanken, die im Gelesenen verborgen sind, die manchen Leuten Schwierigkeiten bereiten.«

Merkel ging zu einem Schubladenkasten und schob die Eisenwerkzeuge, die darauf lagen, zur Seite. Dann zog er eine Lade auf und nahm mit seiner schwarzen Pranke ein halbes Dutzend Flugblätter heraus.

»Ich will, dass ich die hier lesen kann«, verkündete er. »Ich will wissen, was andere sagen, hörst du? Ich will wissen, was draußen in der Welt vor sich geht. Ich will der Erste sein, der diese Blätter hier liest. Ich habe sie vom alten Klaus, dem fahrenden Händler, aber sie könnten genauso gut Ascheflocken sein, denn ich kann nichts damit anfangen. Ja, zugegeben, ich mag die Bilder, aber ich will auch die Geschichten verstehen können, die dabeistehen. Sag mir, was da steht.«

Witter nahm die Flugblätter.

»Geheime Spielarten des Beischlafs ... Jüdische Kindesopfer aufgedeckt ... Menschenfresser entkommt von Schiff aus der Neuen Welt ...«

»Du wirst mich nicht übergehen!«, sagte eine andere Stimme.

Witter drehte sich um und erschrak. Sigmund stand in der Tür der Schmiede. Schneeflocken wirbelten hinter ihm.

»Er gehört mir!«, rief Merkel. »Such dir einen anderen von denen. Von mir aus eine von den Frauen. Die wissen alle, wie man einem von uns das Lesen und Schreiben beibringen kann. Lura hat es mir gesagt. Und jetzt verschwinde.«

Doch Sigmund trat ein. Merkel stapfte ihm wütend entgegen. Die beiden Männer prallten mit der Brust gegeneinander und stritten Nase an Nase weiter.

»Raus aus meiner Schmiede, bevor ich deinen Dickschädel auf meinem Amboss plattschlage!«, drohte Merkel.

Sigmunds Gesicht war rot vor Wut. »Du willst alles Wissen nur für dich allein? Oh nein! Ich werde gemeinsam mit dir lernen. Du wirst dich nicht über mich erheben!«

Erst jetzt entdeckte Witter den jungen Mann, der in der Tür stand. Es war Kaspar, Sigmunds Sohn, der nun in die Schmiede starrte. Hinter Kaspar drängten sich zwei weitere junge Burschen, die Witter auf den Feldern hatte arbeiten sehen. Sie hießen Max und Jakob.

»Ich will ebenfalls lernen«, sagte Max und schob sich vor.

Witter wusste, dass Max als Narr und Spaßvogel gegolten hatte, aber das war vorbei, seit seine Mutter Brigitta, die Käsemacherin, an den Pocken gestorben war. Max hatte sich nicht in ihr Handwerk eingearbeitet, denn er wollte nicht in ihre Fußstapfen treten. Stattdessen arbeitete er als Ackerbauer auf den Feldern. »Hört ihr? Ich will lernen«, wiederholte er. Auf seinem jungenhaften Gesicht waren Eifer und Ernsthaftigkeit abzulesen.

»Das wollen wir alle«, erklärte Kaspar.

Merkel blickte zu den jungen Männern an der Tür. Erst jetzt sah Witter, dass der hünenhafte Mann verlegen war.

»Hört mich an!« Witter hob die Arme. Alle Blicke richteten

sich auf ihn. »So geht es nicht. Um zu lernen, brauchen wir eine Klasse.«

Er dachte an die Zedaka, die acht Stufen des Gebens, die der jüdische Gelehrte Maimonides vor Jahrhunderten verfasst hatte als Gebote der Mildtätigkeit gegenüber den Armen. So tüchtig diese Leute hier auch sein mochten in ihrem jeweiligen Handwerk – was Wissen und Bildung anging, lebten sie hinter dem Mond. Wenn weltliches Wissen der höchste Reichtum war, woran Witter fest glaubte, waren diese Dörfler so arm wie die ärmsten Menschen, denen er je begegnet war.

Erst jetzt bemerkte er, dass Sigmund und Merkel ihn verwundert anschauten. Dann sprach der Schmied.

»Was, zum Teufel, ist eine Klasse?«

10.
Lud

Zuerst wusste Lud nicht, wie er diesen Winter verbringen sollte. Er wusste nur, dass es einsam werden würde in seinem kleinen Haus. Oft stieg er nach oben auf den Dachboden und holte das in Leder gebundene Buch aus der verschließbaren Truhe. Er schlug es auf und betrachtete die Blöcke aus Wörtern, doch was da stand, ergab für ihn noch keinen Zusammenhang. Nein, er konnte das Buch nicht lesen, noch lange nicht, nicht einmal den Titel – nur die kurzen kleinen Wörter, die andere miteinander verbanden, für sich genommen aber nichts bedeuteten.

Doch es gab Illustrationen – Bilder von Rittern und Edelfrauen, Kriegsszenen und Szenen aus dem Familienleben, Bilder von Tieren und Waffen und Gerät. Jedes Mal, wenn Lud das Buch in Händen hielt, dachte er an jenen Tag in Würzburg im Buchladen mit Dietrich, als der Ritter ihm dieses kostbare Geschenk gemacht und versprochen hatte, er, Lud, würde eines Tages imstande sein, das Buch zu lesen. Und Lud hatte sich geschworen, alles zu tun, um diese Prophezeiung Dietrichs wahr werden zu lassen.

Du wirst sehen, Herr. Irgendwann werde ich das Buch lesen können ...

Die Ernte hatte sich lange hingezogen, und die Erträge waren ausreichend gewesen. Lud hatte die Methode seines Vorgängers benutzt und Kerben in Stöcke geschnitzt, die Vater Michael dann für ihn zusammengerechnet hatte, ehe die Erträge aufgeteilt wurden. Der Anteil des Fürstbistums betrug die Hälfte der Ernte, der Anteil des Rittguts ein Viertel. Das verbliebene Viertel wurde unter den Hörigen aufgeteilt. Die Saat für das nächste Frühjahr wurde sorgfältig in den Scheunen des Gutes gelagert, wo sie sicher war vor Ratten und Mäusen.

Es gab genug Nahrung für alle. Es würde keine Kämpfe geben, keinen Hunger. Die Bewohner Giebelstadts waren der Katastrophe entgangen.

Ein Teil der Gerste wurde gebündelt und für die Tiere gelagert. Wegen der Schale fraßen sie Gerste nicht so gern wie Weizen, deshalb wurde sie gedroschen, um die Tiere auch im Winter mästen zu können. In Wasser zum Keimen gebracht, was nur wenige Tage dauerte, war Gerste obendrein gutes Hühnerfutter.

Vor allem war es eine beliebte Beschäftigung in jedem Haus und jeder Hütte, die Gerste zu vermälzen und Bier daraus zu brauen. Den ganzen Winter hindurch gab es Bierfeste, wann immer ein Bräu fertig wurde. Die Folgen waren Raufereien und heimliche Liebschaften, die zu weiteren Raufereien und Kämpfen führten. Lud musste sich darauf vorbereiten, denn im Winter musste ein Vogt hin und wieder die Aufgaben eines Magistraten übernehmen, und der Friede unter den Hörigen war das Wichtigste überhaupt. Ein toter Bauer konnte im nächsten Frühling kein Land mehr bestellen.

Auf die Ernte war das Erntedankfest gefolgt, doch Lud hatte nicht daran teilgenommen. Für die anderen aber waren ein Tag und eine Nacht lang aller Ärger und alle Not vergessen gewesen. Die Pocken waren nur noch eine ferne Erinnerung; der größte Teil der Giebelstädter feierte fröhlich und unbeschwert.

Lud mied das Fest, weil es keine jungen Frauen gab, mit denen er hätte tanzen wollen – zumindest redete er sich das ein. Denn in Wahrheit wollte er nicht erleben, dass eine Frau vor ihm zurückschreckte, sobald sie sein von den Pocken verwüstetes Gesicht sah.

Außerdem machte ihn das Verteilen der Ernte unsicher, auch was seinen eigenen Anteil in seinem Amt als Vogt und den damit verbundenen Reichtum betraf. Lud konnte nur staunen, wie viel ihm zustand. Zusammen mit den fünfzig Goldgulden von Dietrich besaß er genug, um sich ein eigenes Haus und ein edles Pferd zu leisten. Verunsichert wandte er sich an den Priester, aber der erklärte ihm, sein Anteil stimme genau. Huber, fügte Vater Michael hinzu, habe sich meist sogar noch viel mehr genommen.

Luds Fortschritte beim Lesen und Schreiben ließen noch immer sehr zu wünschen übrig. Immerhin konnte er mittlerweile seinen Namen schreiben und ein paar Wörter entziffern, und jeden Tag kamen ein oder zwei hinzu. Nicht dass das Lernen ihm große Mühe bereitet hätte. Mit jenen Leuten zurechtzukommen, die bei der Verteilung der Ernte mehr als ihren Anteil gewollt hatten, war viel schwieriger gewesen. Einige hatten auf ihn eingeredet, andere hatten ihm geschmeichelt, wieder andere hatten es gar mit Bestechung versucht. Lud hatte rasch herausgefunden, wer ihn betrügen wollte und wer versuchte, mehr zu nehmen, als ihm zustand.

Allmählich gewöhnten sich alle an den Gedanken, dass Lud der Vogt war und Vogt bleiben würde, bis er starb, ermordet wurde oder davonrannte.

*

Der erste tiefe Schnee färbte die Landschaft weiß. Er kam aus schwarzem Himmel wie eine flimmernde Wand, gepeitscht von einem heulenden Sturm, und traf das Dorf mit verheerender Wucht. Dann legte sich der Wind, und der Schnee fiel in wohltuender Stille. Giebelstadt verschwand unter einem glitzernden Tuch aus reinstem Weiß. Jedes Haus, jede Hütte wurde zu einer kleinen weißen Erhebung, aus der schwarzer Rauch in den Winterhimmel quoll.

Lud sorgte dafür, dass Grit, Rudolf, Simon und Witter ebenfalls einen Anteil an den Ernteerträgen bekamen, der an ihrer Arbeit auf Ruths Parzelle bemessen wurde. Als das Verteilen endlich erledigt war, hätte Lud sich gerne betrunken, wagte es aber nicht. Er konnte es sich nicht mehr leisten, die Kontrolle zu verlieren, denn er durfte niemandem vertrauen. Das freundliche Lächeln der Dorfbewohner und die scheinbare Ergebenheit in ihr Schicksal konnten eine Finte sein, um seine Aufmerksamkeit einzulullen und ihn in eine Falle zu locken. Sein Schlaf war leicht, und stets hielt er seinen Dolch in der Hand. Er war wie ein Geizkragen, der statt neben dem weichen, warmen Körper einer Frau mit seinem Gold unter der Decke schlief.

Noch nie hatte Lud sich so einsam gefühlt.

Manchmal, wenn er sich in der Burg aufhielt, um Anna Bericht zu erstatten, blieb er länger als nötig – in der Hoffnung, einen Blick auf Kristina zu erhaschen. Er legte den Zeitpunkt für seine Besuche so, dass sie mit den Lesestunden Annas zusammenfielen, die jeden Tag nach dem Morgenmahl stattfanden.

Kristinas Schwangerschaft war inzwischen weit fortgeschritten. Oft hielt sie die Hände auf dem angeschwollenen Leib verschränkt, in dem das kostbare neue Leben reifte. Jedes Mal, wenn Lud sie so sah, wünschte er sich, es wäre sein Kind, das sie trug. Es ging ihm nicht darum, Kristina zu besitzen, sie in sein Bett zu bekommen – seine Gefühle reichten tiefer. Er sehnte sich danach, mit ihr zusammen zu sein, zumal er wusste, dass Kristina seinem Leben neuen Sinn geben würde.

Im Dorf stehe alles bestens, berichtete er Herrin Anna. Er sorgte dafür, dass genügend Feuerholz geschlagen wurde, um die Burg und deren große Küche zu heizen, dass Wasser gebracht und das Eis beseitigt wurde, wo die Steinwege gefährlich glatt waren, dass Fleisch aus der Räucherkammer gebracht wurde und gelegentlich Wein aus dem Fass für Herrin Anna.

Weihnachten kam, und das Jahr endete wie immer mit der Christmette, den Freudenfeuern und Festen, mit Kerzen auf den kahlen Zweigen der Dorflinde und mit selbstgemachten Geschenken und heißem Würzwein. Die Kinder waren aufgeregt und voller Erwartung, und die Erwachsenen hatten endlich ein wenig Beschäftigung in der Eintönigkeit des Winters. Die uralte Linde auf dem Dorfplatz war übersät mit Kerzen und Bändern, die geheimnisvolle heidnische Talismane für Fruchtbarkeit und gute Ernte, Erfolg und Glück in der Liebe versinnbildlichten. Vater Michael veranstaltete in seiner Kirche ein Krippenspiel, und viele Hörige zündeten Kerzen an und beteten um göttliche Gunst.

Auch am Neujahrstag mied Lud die trunkene Ausgelassenheit der anderen. Er lauschte der Musik, hielt sich ansonsten aber von allem fern. Immerhin blieb es ruhig in Giebelstadt, bis auf ein paar kleinere Raufereien. Einige der Jungen, die mit Lud auf dem Kriegszug gewesen waren, umwarben Mädchen. Lud grinste. Bestimmt gab es im Frühling ein paar Verlobungen.

Es gab kaum etwas zu tun in dieser stillen, beschaulichen Zeit. Wie alle anderen wartete auch Lud während der kurzen Tage und der schier endlosen Abende auf das Einsetzen des Tauwetters und die Frühlingssaat, sobald der Mond im zweiten Viertel war und die Zeit reif für Spelzgerste.

Dann, eines Tages, erkannte Lud, dass im Dorf noch etwas anderes vor sich ging als Feste, Streitereien und Verbandelungen.

In der Schmiede und der Mühle gab es heimliche Zusammenkünfte. Zuerst dachte Lud, die Gruppe der Männer, die Sigmund und Merkel folgte, würde sich gegen ihn verschwören, um ihn zu töten und Herrin Anna einen der ihren als neuen Vogt anzudienen.

Doch es stellte sich heraus, dass die Zusammenkünfte keiner Verschwörung galten, sondern einem Zweck, der noch unerwarteter und erstaunlicher war.

Es wurden Lesestunden abgehalten, am Abend nach getaner Arbeit. Mindestens ein Viertel der Einwohner Giebelstadts nahm daran teil. Witter unterrichtete in Merkels Schmiede, Grit in Sigmunds Mühle.

Lud erkannte, dass es nicht die Leidenschaft für das Lesen

und Lernen war, das die meisten antrieb, sondern das Streben nach Ansehen. Wer auf der Strecke blieb, drohte zurückzufallen hinter die anderen, die weiter aufstiegen.

Lud ging zu Vater Michael und bestand darauf, mit seinen eigenen Lektionen von vorn anzufangen. Er versprach dem Geistlichen, größeren Eifer und mehr Ernsthaftigkeit an den Tag zu legen. Der Winter ließe ihm viel mehr Zeit, die er auf das Lernen verwenden könne.

Vater Michael saß wie immer in seinem gemauerten Zimmer hinter der Kirche, in dem ein großer Kamin stand. Der alte Priester sprach nicht nur dem Wein zu, er suchte auch die Wärme. Während der Lektionen dort schwitzte Lud heftig in seiner Wollkleidung.

»Du hast einen Stein ins Rollen gebracht«, sagte Vater Michael. »Eine plötzliche Leidenschaft für das Lernen.«

»Wenn ich lernen kann, kann jeder andere es auch.«

»Ja, gewiss. Die Leute erhoffen sich vom Lesenlernen ein besseres Leben. Ich höre es immer wieder in den Beichten.«

»Ein besseres Leben? Wie soll das gehen? Dieses Leben ist, was es ist. Wie kann es besser werden? Es gibt weder mehr Sonne noch mehr Regen noch mehr Land. Und bestimmt nicht weniger Not und Kummer.«

»Wenn du liest, begegnest du Gelehrten, die aus den Büchern zu dir sprechen. Du kannst dich ihrem Verstand, ihrem Denken öffnen. Natürlich wirst du dir dann viele Fragen stellen, was nicht immer gut ist, aber auch nicht von vornherein schlecht, denn Fragen zu haben bedeutet, dass man Neues erfahren will. Hat ein Dörfler sein Handwerk erst gelernt, bekommt er kaum noch irgendeine Ausbildung. Den Rest seines Lebens benutzt er sein Handwerk, um sich seinen Lebensunterhalt zu verdienen. Nun aber scheint es etwas zu geben, das die Menschen dazu bringt, weiterzulernen, nämlich das Lesen und Schreiben. Ich finde es bemerkenswert.«

»Und wo soll das alles enden?«, fragte Lud. »Wenn jeder

durch das Lesen besser werden kann, als ihm von seinem Stand her zusteht?«

Vater Michael schaute ihn auf eine traurige Weise an, doch er antwortete nicht sogleich. Er erhob sich von seiner Bank und legte Holz im Kamin nach, bevor er sich Wein nachschenkte und einen Schluck trank. »Wenn du erst lesen kannst«, fragte er dann, »was möchtest du als Erstes lesen?«

»Ich muss Geschäftsbücher lesen können, die Konten sowie alle Verfügungen.«

»Welche Bücher? Lesen ist mehr als Kerbhölzer und Konten.«

»Die Bücher in Dietrichs Bibliothek«, sagte Lud. »Ich will alle lesen.«

»Möchtest du dich durch das Lesen verändern?«

»Hat es dich denn verändert?«

»Es hat mich weniger einsam gemacht, aber auch unglücklicher.«

»Weniger einsam?«

»Ja.« Vater Michael nickte. »Die Bücher sind meine Freunde, wenn ich lese.«

»Wie soll das gehen?« Lud betrachtete das Gesicht des Priesters, aus dem der traurige Ausdruck verschwunden war.

»Du wirst es wissen, sobald du lesen gelernt und Bücher für dich selbst entdeckt hast«, sagte Vater Michael.

»Wieso hat das Lesen dich unglücklicher gemacht?«, wollte Lud wissen.

»Ich hatte gehofft, das Wissen würde mich von mir selbst erlösen, von dem, was ich bin. Aber es hat mich zu mehr von mir selbst gemacht.«

»Das verstehe ich nicht.«

»Du wirst es irgendwann verstehen.«

»Ist das der Grund, weshalb du mich manchmal so traurig anschaust?«, fragte Lud.

»Du bedeutest mir sehr viel, Lud.«

»Was? Wie meinst du das?«

»Ich hoffe, du wirst eines Tages die Wahrheit sehen.«

»Welche Wahrheit?«

»Das musst du selbst herausfinden.«

Lud spürte Ungeduld in sich aufsteigen. »Wo finde ich diese Wahrheit?«

Vater Michael schaute ihn mit dem prüfenden Blick an, der Lud jedes Mal mit Unruhe erfüllte. »Man kann Blei mit Gold übermalen, es bleibt doch Blei. Nur die Liebe ist unveränderlich. Nichts anderes ist von Dauer.«

»Woher weißt du das? Hast du diese Liebe erfahren?«

»Oh ja, ich habe sie gesehen. Ich habe Tausende Male zu ihr gebetet, und doch kenne ich sie noch immer nicht. Genauso wenig wie die Wahrheit, obwohl ich sie in allen Büchern suche.«

Lud wurde immer verwirrter. »Aber Dietrich hat zu mir gesagt, Lesen ist ein Weg, nach der Wahrheit zu suchen.«

»Aber was ist Wahrheit? Ist sie nicht für jeden Menschen anders? Die Wahrheit für den Soldaten, der töten muss? Die Wahrheit für den Priester, der beten muss? Die Wahrheit für den Fürsten, der regieren muss? Und wenn es überhaupt keine Wahrheit gibt? Würde das nicht bedeuten, dass es keinen rechten Glauben gibt?« Er lächelte. »Mit der Wahrheit ist es so eine Sache, Lud. Die alten Weiber beten noch immer zur Dorflinde, weißt du das?«

»Wenn der neue Gott sie enttäuscht, wenden sie sich wieder ihren alten Göttern zu«, antwortete Lud nachdenklich.

*

Der Frühling kam. Die ersten Vögel kehrten zurück; das Eis an den Dächern und Bäumen taute und tropfte, und da und dort zeigte sich zaghaft das erste Grün. Eine allmähliche Veränderung war eingetreten, nicht nur mit der Natur. Vater Thomas war nachsichtiger geworden, hatte seine pedantischen Zügel gelockert. Er schien Lud endlich zu respektieren.

Es war an einem Morgen Anfang März, als Lura ihm die Nachricht überbrachte. Kristinas Zeit war gekommen. Sie lag in den Wehen.

Lud konnte nicht schlafen, nicht essen. Unruhig ging er auf und ab, drehte viele Male seine Runde, um auf dem Weg an der Burg vorbei nach Neuigkeiten zu horchen.

Viele Frauen starben bei der Geburt. Würde Kristina überleben, so jung, wie sie war? Würde ihr Kind überleben? Und wie würde Herrin Anna darauf reagieren? Hatte sie nur auf die Geburt gewartet, um Kristina zu verstoßen?

Lud wusste nur eins.

Kristina hatte das Tal des Todes betreten, und Gott allein konnte sie hinausführen.

11.
Kristina

*B*ei Einbruch der Dunkelheit, als das Essen in der Küche der Burg fertig war, schöpfte Kristina Graupensuppe aus dem Eisenkessel über dem Feuer in eine silberne Schüssel, um sie Herrin Anna zu bringen. Lura, die den dampfenden Kessel hielt, schaute sie fragend an. »Was sind eigentlich Wörter, Kristina?«, wollte sie wissen.

»Du meinst geschriebene Wörter?«, fragte Kristina, für einen Moment verwirrt.

»Ja.« Lura nickte. »Für mich sind sie wie ein Zauber.«

»Das sind sie ja auch«, erwiderte Kristina. »Sie sind wie Gedankenvögel, die von einem Geist zum anderen fliegen.«

Lura lächelte. »Eine schöne Vorstellung.«

»Sie sind ein Geschenk, das Gott uns gemacht hat«, fuhr Kristina fort. »Um einander zu erreichen, durch die Zeit und über alle Entfernungen hinweg, sodass wir einander verstehen.«

Sie musterte Lura aus dem Augenwinkel, denn sie musste vorsichtig sein. *Lerne wohl, zu lesen und zu schreiben*, hatte ihre Mutter vor vielen Jahren gesagt. *Vergiss aber niemals, unser Geheimnis muss unser Geheimnis bleiben, denn außerhalb dieser Wände gibt es finstere, unwissende Seelen, die unseresgleichen jagen wie Wölfe, blind und voller Hass.*

»Aber wie entstehen die Wörter aus den Buchstaben, die man zusammensetzt?«, fragte Lura in Kristinas Gedanken hinein.

Für einen Moment versank sie in Erinnerungen: Sie saß auf dem Schoß ihrer Mutter, den Kopf an die weiche Wolle ihres Umhangs geschmiegt, während sie mit Kreide Zeichen auf eine Tafel malte, die aussahen wie Krähenfüße.

»Meine Mutter hat einmal gesagt, ein Wort ist wie ein Nest aus Gedanken«, erklärte sie dann. »Auf die gleiche Art, wie ein Vogel Zweige zu einem Nest flicht, sind Buchstaben die Laute, die sich zu einem Wort vereinen.«

Lura ergriff Kristinas Hand. Es war das erste Mal überhaupt, dass sie eine solche Geste zeigte. Luras Hand fühlte sich warm und trocken an.

»Was hat deine Mutter sonst noch gesagt?«

»Dass sie sich am meisten wünscht, dass es keine Grausamkeit mehr gibt.«

»Grausamkeit ist etwas Furchtbares.«

»Ja.«

»Sie war eine kluge Frau, deine Mutter. Vermisst du sie?«

»Sehr.«

»Meinst du, ich könnte es lernen?«, flüsterte Lura unvermittelt – so leise, als könnten sie erwischt und bestraft werden, weil sie es gewagt hatten, darüber zu reden.

»Lernen?« Kristina sah Lura überrascht an. Ihr Gesicht war ernst.

Lura ließ Kristinas Hand los und zuckte mit den Schultern – so schüchtern und zurückhaltend, wie Kristina es noch nie bei ihr gesehen hatte.

»Das Lesen von Wörtern«, sagte Lura.

»Natürlich kannst du lesen lernen.«

»So beschränkt, wie ich bin?«

»Du bist nicht beschränkt, du bist unwissend. Und der höchste Zweck des Lesens ist, Licht in das Dunkel der Unwissenheit zu bringen.«

»Kannst du es mich lehren?«

Kristina zögerte kurz, ehe sie antwortete: »Das ist sehr gefährlich, Lura. Du ahnst nicht, wie gefährlich. Außerdem kommt bald mein Kind.«

»Aber es ist mein größter Wunsch, nicht zurückzubleiben.«

»Zurückzubleiben?«

»Hinter den anderen. Hilf mir zu lernen, Kristina, ich bitte dich. Die Herrin wird nichts davon erfahren.«

Kristina spürte die Gefahr wie einen eisigen Hauch, dennoch sagte sie: »Also gut. Wir dürfen aber keine Geheimnisse vor Herrin Anna haben. Bitte, frag sie.«
»Du weißt, dass ich mich nicht traue.«
»Du musst. Anders geht es nicht.«
In dieser Nacht lag Kristina auf ihrem Strohlager im Vorraum zu Annas Gemächern, hielt ihren schwangeren Leib und dachte zurück an den eigentlichen Grund, aus dem sie hinausgezogen war in eine Welt voller Gefahren: um die Mission ihrer Mutter fortzuführen und anderen das Lesen beizubringen, ihnen die Tür zu zeigen, hinter der sie ihre eigenen Wahrheiten finden konnten. Und doch hatte sie Lura genau dies verweigert, aus Furcht vor Herrin Anna.

Oft wachte Anna mitten in der Nacht schluchzend auf, manchmal schreiend, bevor sie zu Sinnen kam, sich verlegen aufsetzte, ihren Hochmut zurückgewann und schroff verlangte, ihr einen Becher Wasser zu bringen oder Holz auf dem Kaminfeuer nachzulegen. Doch trotz des herrischen Gehabes wusste Kristina, dass Anna menschliche Nähe und Zuwendung mehr brauchte als alles andere.

Sie selbst vermisste schmerzlich den täglichen Kontakt mit ihren Brüdern und Schwestern – sie zu besuchen war ihr nicht mehr möglich. Wenn sie in der kalten Dunkelheit lag, dachte sie manchmal an Witter, der Jude war, und daran, wie Berthold die Juden für den Mord an Christus verflucht hatte, und wie sie ihm entgegnet hatte, Jesus selbst sei Jude gewesen. Manchmal hatte sie Angst, dass Witter entdeckt wurde, doch bisher war alles gut gegangen.

Allein, in unruhigem Halbschlaf auf ihrem Strohlager, betete sie für Witters Sicherheit und für Grit, für Simon, für Rudolf. Sie betete für Anna und für Lura und für Almuth und all die anderen Hörigen. Sie betete für den Priester und für Lud. Sie betete für alle, die litten, für alle, die vom Weg abgekommen waren, für alle Verzweifelten und Hoffnungslosen.

Vor allem betete sie für die Gesundheit ihres ungeborenen Kindes.

*

Und dann, eines Nachts, setzten die Wehen ein.

Als die Morgendämmerung anbrach, wurde es so schlimm, dass sie Lura weckte. Lura setzte sie in einer Ecke des Zimmers auf einen Haufen Stroh und zündete eine Kerze an.

»Almuth ist erfahren«, sagte sie. »Sie hat schon vielen Kindern auf die Welt geholfen. Ihre Mutter war auch schon Hebamme, bevor sie zu alt wurde.«

»Meinst du, sie kommt?«

»Machst du Witze? Almuth und eine Geburt versäumen? Wo sie kleine Kinder mehr liebt als alles andere? Ha!«

»Bitte beeil dich, Lura.«

»Ich bin gleich wieder da. Ich mache ganz schnell.«

Kristina blieb allein zurück. Ihre Gedanken rasten. Sie hatte gehört, dass das, was eine Schwangere gesehen hatte, den Körper des ungeborenen Kindes entstellen oder sein Schicksal beeinflussen könne. Obwohl sie es für Aberglauben hielt, überkam sie rasende Angst.

Würde ihr Kind mit der Nabelschnur um den Hals zur Welt kommen? Erstickt, so wie sie Werner Heck an der Mainbrücke hatte baumeln sehen?

Hör auf, rief sie sich zur Ordnung. Sie hielt die Augen geschlossen und biss die Zähne zusammen.

Plötzlich spürte sie Hände auf ihrem Bauch, hörte eine sanfte Stimme. Sie schlug die Augen auf und erblickte Almuth. Die Weberin kniete vor ihr und schaute sie freundlich an. Almuth, diese tapfere Frau, die im Krieg ihre beiden Zwillinge Hermo und Fridel verloren hatte.

Gott sei Dank, dachte Kristina erleichtert. *Almuth und Lura helfen mir, mein Kind zur Welt zu bringen.*

Almuth übernahm sogleich das Kommando. »Mach das Zimmer warm«, wies sie Lura an. Die Dienstmagd schürte das Feuer im kleinen Kamin und legte Eichenscheite nach, bis die Flammen fauchten und prasselten.

»Und jetzt geh den Geburtsschemel holen«, rief Almuth ihr zu. »Und Küchenärmel für uns beide.«

»Bitte ... ich möchte Grit dabeihaben«, sagte Kristina schwach.

»Ich bin schon hier.« Grit kniete sich neben sie. »Meinst du vielleicht, ich lasse dich allein?«

Lura verschwand und kam gleich wieder zurück, begleitet von ihrer Freundin Leta, der Wäscherin, die ein Stück Leinen und die Ärmel brachte. Lura stellte einen Schemel mit hübschen Schnitzereien ab, den Kristina noch nie gesehen hatte.

»Das ist der Schemel von Herrin Anna«, erklärte Almuth, wobei sie sich die Ärmel überstreifte. »Die Schnitzereien zeigen die heilige Margarete, die Schutzherrin der Gebärenden.« Sie lächelte. »Siehst du? Jetzt kann dir nichts geschehen.« Sie schaute Lura an. »Hast du gefragt?«

»Herrin Anna hat den Schemel von sich aus geschickt. Sie sagt, er werde nie mehr gebraucht, jetzt, wo Dietrich nicht mehr lebe.«

Almuth und Lura halfen Kristina auf den kurzbeinigen Schemel mit der offenen Sitzfläche. Almuth spreizte Kristinas Beine, und Lura schob den Schlafrock der Schwangeren zur Seite.

»Wir müssen das Fenster verhängen und sämtliche Kerzen anzünden«, sagte Grit. »Und pack Stroh unter den Hocker.« Dann machte sie sich daran, Kristinas schwangeren Leib mit warmem Olivenöl einzureiben, womit das Ungeborene beruhigt werden sollte.

»Leta«, sagte Grit. »Stütz ihren Rücken. Sie ist sehr jung, es könnte schwer für sie werden.«

Kristina hatte das Gefühl, als wären Tage vergangen, nicht

nur Stunden. Der Schmerz kam in weißglühenden Wogen, verebbte, brandete wieder auf. Es schien kein Ende zu nehmen. Spürte ihr Kind den gleichen Schmerz? Wand es sich bei jeder glühenden Woge, so wie sie selbst?

Lura hielt Kristinas Hände und flüsterte ihr beruhigende Worte ins Ohr. Grit kniete hinter ihr und stützte sie, wobei sie fast lautlos betete – Kristina konnte sie hören wie das Flüstern des Windes in den Kronen der Bäume.

Nach Stunden des Schmerzes strömte Kristina der Schweiß aus allen Poren. Das Feuer im Kamin brannte heiß, und ihre Angst um das Kind wurde immer größer. Sie konnte hören, wie Almuth, Lura und Grit miteinander flüsterten, als wären sie lebenslange Freundinnen, Schwestern im Geiste, verbündet durch das neue Leben, das sie auf die Welt zu bringen halfen. Dieser Gedanke tröstete Kristina sehr.

»Alle Männer kommen durch die gleiche Tür auf die Welt«, sagte Grit. »Durch den Körper einer Frau.«

»Und sie können es nicht erwarten, wieder hineinzukommen«, sagte Almuth.

Alle kicherten, nur Grit nicht.

»Die Herrin hat gewürzten Wein und Fleisch geschickt, auf ihrem eigenen Geburtsteller«, sagte sie stattdessen. »Zur Stärkung, wenn alles geschafft ist.«

Kristina erhaschte einen flüchtigen Blick auf den kostbaren Teller, verziert mit zahlreichen Cherubim und auf Hochglanz poliert.

»Das ist nett von ihr«, sagte Almuth. »Herrin Anna möchte helfen.«

»Beim Kinderkriegen sind alle Frauen Frauen«, erklärte Grit.

»Stell den Weinkrug näher ans Feuer, Lura, damit er noch warm ist, wenn das Kind kommt«, sagte Almuth.

»Aber mein Kind ... mein Kind will nicht kommen«, stöhnte Kristina.

Grit beugte sich vor, schaute ihr ins Gesicht. »Die Geburt dauert ihre Zeit, Kristina. Wir müssen Türen und Schubladen öffnen und Knoten lösen.«

»Ja«, pflichtete Almuth ihr bei. »Wir müssen sämtliche Kammern öffnen, um die Geburt anzuregen.«

So geschah es dann auch, wie Kristina am Kratzen von Riegeln und Bolzen und dem Knarren von Holz hörte. Dann roch sie Kräuter, die ihr aufs Gesicht und die Nase gerieben wurden.

»Koriander«, erklärte Lura. »Um das Kind herauszulocken.«

»Kau das hier«, sagte Almuth. Kristina schmeckte etwas, das ihren Mund brennen ließ. »Es lässt das Ungeborene schneller kommen.«

Weitere Stunden vergingen. Kristina sah, wie die Kerzen herunterbrannten und durch frische ersetzt wurden. Da sämtliche Läden geschlossen waren, konnte sie nicht sagen, ob es Tag oder Nacht war.

Plötzlich, ohne jede Vorwarnung, spürte sie den unüberwindlichen Drang zu pressen. Als sie es tat, fiel der bisher schlimmste Schmerz über sie her. Kristina hörte Schreie und erkannte benommen, dass es ihre eigenen waren.

»Liebes Kind, mein liebes Kind«, flüsterte Almuth ihr immer wieder ins Ohr. »Mein liebes Kind bringt liebes Kind ...«

Endlich kam es. Kristina stöhnte und keuchte und presste. Almuths Hände waren unter dem Schemel, über dem Stroh, und warteten darauf, das Kind zu halten. Ein letzter heißer Schmerz, dann fiel das Neugeborene in Almuths Hände.

»Ein Junge«, verkündete sie.

Der Kleine schrie erstaunlich laut für seinen winzigen Körper und wand sich, als Almuth und Lura ihn sauberwischten. Kristina sah, dass seine Hände und Füße rosig, winzig und vollkommen waren.

Grit wickelte das Neugeborene in eine ausgewaschene blaue Geburtsdecke, die Lura gebracht hatte. Dann drückte sie das Bündel an Kristinas Brust. Kaum hielt sie es, weinte sie vor reiner Freude. Sie wiegte das Neugeborene, erschöpft und atemlos, aber voller Staunen und Ehrfurcht.

»Kommt. Wir müssen uns und alles andere hier sauber machen«, sagte Almuth. »Und haltet die Kammer warm, wenn ich fort bin, hört ihr?«

Lura griff nach der Nabelschnur, doch Almuth hielt sie auf.

»Nein«, sagte sie und schob Luras Hand weg. »Das kann dazu führen, dass eine Blutung einsetzt. Schon viele Frauen sind gestorben wegen der Ungeduld anderer, die es nicht erwarten konnten.«

Tatsächlich kam die Nachgeburt von allein.

Schließlich half Grit Kristina von dem Schemel auf, bettete sie behutsam auf ihr Lager und wusch sie mit Wasser ab.

»Und jetzt den Wein«, rief Almuth.

Ein Kelch wurde Kristina an die Lippen gedrückt, und sie trank. Der warme Wein wärmte sie von innen bis in die Fingerspitzen.

»Lasst uns Dank sagen und beten«, sagte Grit.

Almuth und Lura erhoben sich und traten zurück.

»Zu wem willst du beten?«, wollte Almuth wissen.

»Zu dem Einen, der uns alle erschaffen hat«, antwortete Grit. Kristina spürte, wie Grit ihre Hände ergriff. Sie sah, wie Lura und Almuth zurückwichen, als hätten sie plötzlich Angst.

»Wir bitten dich, segne dieses Kind mit guter Gesundheit«, betete Grit. »Möge es in Frieden, Liebe und Mildtätigkeit leben. Möge es niemals hassen, niemals die Waffen gegen seine Brüder erheben. Möge es auf dem Pfad unseres Herrn Jesus Christus wandeln und Liebe und Güte zeigen gegenüber anderen.«

»Gelobt sei Gott«, sagte Kristina.

»Gelobt sei der Herr«, sagte Grit; dann schaute sie Almuth und Lura an.

»Verzeih«, sagte Almuth. »Ich hatte Angst.«

»Angst?« Grit war verwirrt. »Wovor? Dass ich ketzerische Gebete sprechen könnte?«

»Wir sind einfache Menschen vom Lande«, entgegnete Almuth. »Es ist nichts Böses in deinen Worten. Aber man hat uns unser Leben lang vor den Ketzern gewarnt.«

Kristina spürte, wie bleierne Müdigkeit sie erfasste.

»Lasst uns nicht mehr davon reden«, sagte sie. »Bitte.«

*

Ein paar Stunden später, lange nach der Zeit für das Mittagsmahl, döste Grit neben Kristina ein. Kristina lag wach, das Neugeborene an der Brust, als sie draußen vor der Kammer Flüstern vernahm. Sie erkannte Almuths Stimme und die eines Mannes.

Dann öffnete sich die Tür. Kristina blickte auf und sah, wie der Dorfpriester eintrat.

»Herrin Anna hat mich geschickt«, sagte Vater Michael. »Sie hat darauf bestanden, der Seele des neugeborenen Kindes wegen.«

Vater Michael stand unsicher da. Er legte seinen Umhang ab und blickte Kristina abwartend an.

Sie hob die Brauen angesichts des unerwarteten Besuchs. Dann bedeckte sie ihre Brust und bedeutete dem Priester, Platz zu nehmen. Er setzte sich vor ihr auf einen Schemel.

Lura und Almuth traten zurück und beobachteten schweigend. Erst jetzt wurde Kristina bewusst, dass eine der beiden den Priester geholt haben musste.

»Ich bin gekommen, um deinem Kind das Sakrament der Taufe zu gewähren«, sagte Vater Michael.

Nein, dachte Kristina. Sie wollte diesen Mann nicht in der Nähe ihres Kindes.

»Ich sehe dein Gesicht«, sagte Vater Michael, und seine Augen blickten traurig. »Ich weiß, was du denkst. Du möchtest, dass dein Sohn aufwächst, lesen lernt, Gottes Wort für sich selbst entdeckt und dann als Mann entscheidet, ob er an Christus glauben will oder nicht.«

»Bitte«, sagte Kristina mit schwacher Stimme. »Ich bin sehr müde.« Sie war unsicher und wusste nicht, wie sie dem Priester ausweichen konnte, ohne dass Herrin Anna Anstoß daran nahm.

Vater Michael kniete sich vor sie hin und versuchte vergeblich, einen Blick auf das Neugeborene zu werfen. Dann redete er behutsam auf Kristina ein. »Ich weiß, dass du Herrin Anna unterrichtest. Ich weiß auch, dass deine Gefährten die Leute im Dorf das Lesen lehren. Ich mag ein Trunkenbold sein und ein Feigling, aber ich bin nicht blind.«

»Warum habt Ihr uns nicht verraten?«, fragte Grit. »Oder die Nachricht hinausgeschickt, dass wir hier sind?«

»Grit ...«, sagte Kristina in dem Versuch, sie zu beruhigen.

»Die Dörfler hier sind meine Schäfchen. Ich diene ihnen, genau wie ihr. Ich verurteile nichts und niemanden außer meine eigenen Schwächen.«

»Seid froh. Hättet Ihr jemanden angeschwärzt, hättet Ihr es mit Lud zu tun bekommen«, stieß Lura hervor.

»Ja, gut möglich«, entgegnete Vater Michael, ehe er den Blick wieder auf Kristina richtete. »Hör zu, Kristina. Ich bin hier, weil Herrin Anna es so will. Die Taufe ist notwendig für die Erlösung deines Kindes. Abgesehen davon steht es deinem Sohn frei, sich den Glauben auszusuchen, den er für richtig hält, wenn er alt genug ist.«

»Also gut«, gab Kristina nach. »Aber wenn Ihr meinen Sohn tauft, dann bitte in unserer Sprache, nicht auf Latein.«

»Wie du wünschst. Wie soll er heißen?«

»Peter, nach dem Apostel Petrus. Ich hoffe, auch mein Kind wird anderen Heil und Hoffnung bringen. Sein Vater hätte es sich gewünscht.«

Außerdem ist Petrus der Lieblingsapostel meiner Mutter, fügte Kristina in Gedanken hinzu. *Er war furchtlos und stark. Nur er hatte den Mut, aus dem Boot zu steigen und mit Jesus über das Wasser zu wandeln.*

»Peter.« Grit lächelte. »Ein schöner Name.«

Während der Zeremonie stand sie wachsam neben der jungen Mutter, verfolgte das Geschehen schweigend und schien bereit, bei jedem unerwünschten Tun des Priesters einzugreifen.

»Amen«, betete Vater Michael zum Schluss. »Solange der Mensch nicht wiedergeboren ist aus Wasser und dem Heiligen Geist, solange kann er nicht eintreten in das Himmelreich.«

Der kleine Peter jammerte kläglich, als Vater Michael ihn mit Wasser besprizte.

Später, ehe er sich zum Gehen wandte, sagte der Priester: »Gott segne dich, Kristina, dass du die Taufe deines Kindes gestattet hast.« Er lächelte den Kleinen an. »Auf Wiedersehen, Peter. Möge Jesus dich mit allen guten Gaben segnen.«

Das Neugeborene gurrte und kuschelte sich an die Wärme seiner Mutter. Dann suchte es die Brust.

»Das wird jedenfalls den Gerüchten ein Ende setzen«, erklärte Almuth, während sie sich die Hände in einem Eimer wusch.

»Gerüchte?«, fragte Grit.

»Ach, nichts«, sagte Lura hastig und zupfte Almuth am Arm, damit sie still war. »Dummes Geschwätz aus dummen Mäulern.«

»Bitte, sagt es mir«, bat Kristina. »Was für Gerüchte?«

Almuth zuckte mit den Schultern. »Nun ja ... dass Ketzer mit dem Teufel im Bunde stehen und Ungeheuer zur Welt bringen.«

»Was für ein Unsinn!«, rief Grit. »Ich hoffe, Gott vergibt solche bösen Gedanken.«

»Ich habe das nicht gedacht«, verteidigte Almuth sich.

Kristina drückte ihr Kind an sich und sank zurück aufs Strohlager. Ihre alte Angst war wieder da. Sie dachte daran, wie sehr Almuth und Lura sich vor Grits Segensgebet für das Kind gefürchtet hatten.

Sie hob den schlafenden Peter hoch und drückte ihr Gesicht an seines.

Bitte, Gott, schütze meinen kleinen Sohn vor den Übeln des Hasses und der Angst. Hilf mir, ihn zu beschützen. Rette mich vor meinen eigenen Schwächen und davor, andere aus Angst zu verurteilen.

Sie ergriff Almuths Hand. »Ich weiß nicht, wie ich es ausdrücken soll ...« Sie hatte Mühe, ihre Gefühle in Worte zu kleiden. »Danke. Für alles, was du in dieser Nacht für mich getan hast.«

Almuth kniete nieder und umarmte Kristina. Und dann, als wäre ein Bann gebrochen, umarmten sich alle Frauen am Bett des Kindes, dem sie auf die Welt geholfen hatten, und für diesen einen Augenblick waren alle Ängste vergessen.

12.
Witter

$\mathcal{D}$as Leben in Giebelstadt war ein anderes geworden für Witter, seit er Lesestunden erteilte. Jeden zweiten Tag nach dem Abendmahl unterrichtete er im hinteren Teil von Merkels Schmiede.

Witters Vater Judah war ein begnadeter Lehrer gewesen, und es schien, als hätte Witter dieses Talent geerbt. Die Vermittlung von Wissen in kleinen Happen, einen nach dem anderen, bis der Lernende gesättigt war, stellte eine faszinierende Aufgabe dar. Eine sehr befriedigende obendrein, wenn die Schüler ihm folgten und ihn mit Dankbarkeit überschütteten. Hier im Land der Blinden war er der Einäugige. Und immer mehr Dörfler wollten sehen, was Witter sah.

Doch es hatte auch Augenblicke der Angst gegeben. Zum Beispiel, als die Wagen des Fürstbischofs in Giebelstadt eingerollt waren, um den Anteil des Bistums an der Ernte abzuholen, und Witter befürchtet hatte, man könnte ihn verraten. Er wäre beinahe in Panik geraten und Hals über Kopf geflohen, hatte sich dann aber zusammengerissen, hatte abgewartet und beobachtet – und der gefürchtete Verrat hatte nicht stattgefunden. Aber da war auch noch die tägliche Angst, wie Kristina und Anna miteinander auskamen.

Witter fragte sich, wie weit er gehen konnte mit dem, was er den Hörigen beibrachte. Trotz ihres beschwerlichen Lebens waren sie ein stolzer Schlag. Wenn sie zu viel lernten und irgendwann erkannten, wie ungerecht ihr Schicksal war, würde es zu Unruhen kommen. Das musste er unter allen Umständen verhindern, indem er bei einfachen, harmlosen Texten blieb.

Hörige hatten keine Rechte außer denen, die ihr Herr ihnen gewährte. Der Herr hatte absolute Macht über sie; er hatte Anspruch auf ihre Arbeit als Lohn für das Land, auf dem sie lebten und ihre eigene Nahrung anbauten. Alles hing davon ab, ob ein

Höriger unter der Herrschaft eines guten oder eines schlechten Herrn geboren wurde. Auf dem Gut der Geyers jedenfalls schien es im Lauf der Jahre nur wenig Unrecht gegeben zu haben. Die Hörigen durften sogar in den Flüssen angeln und mit Schlingen und Fallen in den Wäldern jagen – anders als auf jedem anderen Gut, das Witter bisher gekannt hatte.

Die Monate vergingen. Dann ein Jahr, dann zwei. Und immer war es die gleiche Arbeit, der gleiche Kreislauf aus Säen und Ernten, die gleichen Feste, die gleichen Menschen. Witters Ängste verloren sich nach und nach. Niemand wurde verraten oder angeschwärzt. Die Dorfbewohner waren ausnahmslos als Hörige geboren, gebunden an das Land und ihren Herrn. Sie wuchsen hier auf, heirateten, bekamen Kinder und starben. Zwar stritten und kämpften sie ständig untereinander, aber wenn es gegen Außenstehende ging, waren sie eins. Es war nicht einfach, von diesen Leuten anerkannt zu werden. Oder wenn schon nicht anerkannt, dann zumindest beachtet. Um das zu erreichen, musste man Teil ihrer Gemeinschaft werden.

Lesen, unterrichten, Geheimnisse kennen, für die andere sich brennend interessierten ...

Merkel, Sigmund und die anderen kamen nach getaner Arbeit zu Witter in die warme Schmiede, um zu lernen. Sigmund wollte sich nicht von Grit unterrichten lassen, weil sie eine Frau war, und damit stand er nicht allein. Deshalb unterrichtete Grit nur noch jene Frauen aus dem Dorf, die lesen lernen wollten. Nachts verglichen Witter und sie häufig ihre Methoden und Ergebnisse und überlegten, welcher Weg der beste war.

»Die Männer wollen die Grundlagen überspringen«, klagte Witter. »Sie haben es eilig, wollen zu viel auf einmal und schaffen den Sprung dann nicht. Jedes Mal muss ich sie zu kleinen Schritten überreden. Sie müssen die Buchstaben einen nach dem anderen lernen, sonst geht es nicht.«

»Die Frauen sind das genaue Gegenteil«, sagte Grit. »Oft merke ich gar nicht, wie viel sie gelernt haben, weil sie so still sind. Zu bescheiden, zu schüchtern. Aber wenn ich sie irgendetwas schreiben lasse, sind manche viel besser, als ich dachte, während andere rein gar nichts begriffen haben.«

»Anscheinend sind Frauen geduldiger als Männer«, meinte Witter.

»War das jemals anders?«, entgegnete Grit.

Merkel hieß die Männer in seiner Schmiede willkommen. Seine Verbindung zu Witter und sein neues Wissen verschafften ihm offensichtlich ein noch höheres Ansehen als zuvor. Manchmal brachte er oder ein anderer Schüler einen großen Krug Bier für alle mit, der dann geteilt wurde. Sigmund, der nicht zurückstehen wollte, verteilte frisches Brot. Und als Witter den Männern sagte, jeder Schüler benötige eine Schiefertafel und ein Stück Kreide, besorgte Ruben, der Zimmermann des Dorfes, Dachschiefer und zerbrochene Stücke Zimmermannskreide.

Witter hatte an Marktständen in Córdoba Fibeln für das Lesenlernen gesehen. Nun übernahm er deren einfache Vorgehensweise, ließ seine Schüler zuerst Buchstaben und die dazugehörigen Laute lernen und forderte sie dann auf, die Buchstaben zu Wörtern zu verbinden.

Die Lernenden beschwerten sich, als Witter ihnen auch Latein beibringen wollte. Grit sagte ihm, sie habe mit den Frauen das gleiche Problem. Niemand wollte Latein lernen. Nur Lud wurde von Vater Michael in dieser alten Sprache unterrichtet.

Immer wieder musste Witter sich die gleiche Frage anhören: Warum lernen wir nicht in unserer eigenen Sprache? Worauf er jedes Mal antwortete: »Weil in vielen Ländern viele Sprachen gesprochen werden, aber wenn Menschen aus verschiedenen Ländern zusammenkommen, sprechen sie Latein.«

»Aber wir leben nicht in verschiedenen Ländern. Wir leben hier in Giebelstadt.«

Diesem schlichten, aber schlagenden Argument konnte Witter sich nicht verschließen.

Merkel zog ein kleines gedrucktes Buch hervor, das er vor Jahren von einem fahrenden Händler gekauft hatte, ohne zu ahnen, was es war; er wisse nur, erklärte er, dass ihm die Holzschnitte von Rittern, Edelfrauen und Bauern gefielen. Er reichte Witter das Buch, damit der es begutachten konnte.

Witter erkannte das Buch sofort. Es war *Meier Helmbrecht*, eine epische Dichtung aus dem dreizehnten Jahrhundert über die Versuche eines jungen Gutsverwaltersohnes, zum Ritter aufzusteigen und sich über seinen Stand zu erheben – nur um festzustellen, dass Ritter nichts anderes waren als Wegelagerer und Räuber.

»Aber es ist auf Deutsch«, sagte Witter. »Nicht auf Latein.«

»Kannst du es uns vorlesen?«, fragte Merkel. »In unserer Sprache?«

»Das könnte ich, aber wollt ihr denn nicht vernünftig lesen lernen?«

»Wie viele Sprachen beherrschst du?«, fragte Sigmund.

»Ein paar«, antwortete Witter.

»Ein paar?« Merkel riss die Augen auf.

»Warum mehr als unsere, wo unsere doch reicht?«, wollte Sigmund wissen.

Witter seufzte, gab sich geschlagen und las den Männern das Werk auf Deutsch vor. Vielleicht hatten sie ja recht. Wozu ihnen Latein beibringen, wo die meisten von ihnen ihr Dorf wohl niemals verlassen würden?

Die Hörigen lauschten gebannt. Auf ihren wettergegerbten Gesichtern wechselten Staunen, Faszination und Erheiterung. Sie schlugen sich auf die Schenkel und lachten Tränen angesichts der amüsanten Abenteuer. Witter lachte mit ihnen.

Ein paar Tage später brachte Sigmund ebenfalls ein Buch mit; er wollte nicht hinter Merkel zurückstehen. Es war *Der Arme Heinrich*, eine andere alte Dichtung. Sie erzählte vom harten Leben der Hörigen und einem Bauernmädchen, das sich selbst opfert, um einen aussätzigen Ritter zu heilen. Diesmal fluchten und buhten die Dörfler an den richtigen Stellen, schimpften und schlugen die Fäuste in die Handflächen, wenn die Geschichte eine Wendung zum Schlechten nahm. Erstaunt bemerkte Witter, dass einige sogar feuchte Augen bekamen. Die harten Männer lachten, wenn der Narr Possen riss, schwiegen bedrückt, wenn das Mädchen den Ritter pflegte, und warteten ungeduldig auf die nächste tragische oder lustige Wendung.

»Du bist wirklich ein Geschenk des Himmels«, sagte Merkel.

Witter war für solche Schmeicheleien durchaus empfänglich. Außerdem war es ein beruhigender Gedanke, dass diese Gemeinschaft ihm Schutz und Sicherheit bot. So las er den Männern aus zahlreichen Büchern vor, während sie um ihn herumsaßen wie Kinder, verzückt lauschend – mit dem Ergebnis, dass sie mehr denn je lernen wollten, wie man selbst Bücher las.

Kleine Geschenke – Essen, Kleidung, ein Kamm – erschienen auf der Schwelle der Hütte, in der Witter und die anderen wohnten. Es waren Geschenke ihrer Schüler.

Bald unterrichteten auch Rudolf und Simon.

Niemand sprach je vom Lesen oder Lesenlernen, wenn Fremde durchs Dorf kamen, denn es war allgemein bekannt, dass auf vielen anderen Gütern das Lesenlernen bei Strafe verboten war.

Genau das ärgerte immer mehr jene, die am eifrigsten lernten. Und je größer ihre Fortschritte wurden, desto verbitterter wurden sie.

»Sind wir Tiere, dass man uns das Lernen nicht erlaubt?«, fragte Merkel zornig. »Hat nicht Gott, der Schöpfer aller Dinge, uns so gemacht, dass wir lernen können?«

»Wissen ist ein Werkzeug wie jedes andere«, pflichtete Sigmund ihm bei.

»Warum fürchten die hohen Herren dann, dass wir lernen?«

Witter wusste nur zu gut, wovor die Obrigkeit sich fürchtete, fachte die Flammen aber nicht weiter an, damit kein Feuer ausbrach, das auch ihn verzehrte. Wenn die hörigen Bauern erst lesen konnten, würden sie eines Tages vielleicht durchschauen, wer sie unterdrückte – und wie das geschah.

*

Eines Abends, als Kristina zu Besuch in der Hütte war, redete die Gruppe wieder einmal über die Situation im Dorf. Dabei sprach Grit ein Thema an, von dem Witter schon befürchtet hatte, dass es irgendwann zur Sprache kommen werde.

»Wenn die Dörfler erst einmal lesen können«, begann Grit, »müssen wir sie dann nicht auch die Heilige Schrift lehren, um ihrer Seelen willen? Ist es nicht unsere Pflicht? Sind wir nicht deshalb in die Welt gezogen?«

»Unsere Pflicht sicherlich. *Wenn* sie das Lesen überhaupt jemals richtig beherrschen«, sagte Rudolf. »Manche sind noch langsamer, als ich es war, und ich war *sehr* langsam.«

»Ich habe mein Wort gegeben, meinen Glauben für mich zu behalten. Um Peter zu schützen«, warf Kristina leise ein.

Witter sah, wohin die Diskussion führte, und es gefiel ihm nicht. Bei ihrer Ankunft in Giebelstadt hatten die Täufer sich bedeckt gehalten, weil sie verängstigte Flüchtlinge gewesen waren und in Glaubensfragen schweigen mussten, wenn sie nicht auf dem Scheiterhaufen enden wollten. Allmählich aber wurden sie mutiger. Sie waren nicht den weiten Weg von Kunwald gekommen, um den Menschen das Lesen beizubringen, ohne sie zugleich die Heilige Schrift zu lehren.

Witter hatte den Eid, den die anderen abgelegt hatten, allerdings nicht geschworen: den Eid, ihren Weg bis zum Ende zu gehen, selbst wenn er in einen grausamen Tod führte. Aber das wusste außer Kristina niemand. Nur sie wusste, dass Witter Jude war. Manchmal wechselte er einen Blick mit ihr und erkannte einmal mehr, dass sie ihn nicht verraten würde. Sie war eine wundervolle junge Frau, und er begehrte sie wie keine Frau zuvor. Deshalb musste er versuchen, die Täufer von dem Vorhaben abzubringen, ihre Mission weiterzuverfolgen.

Witter räusperte sich. »Das Lesen der Bibel ist für den gewöhnlichen Mann verboten, sofern es nicht die lateinische Ausgabe ist, die der gemeine Mann sowieso nicht versteht«, sagte er. »Es ist ein Verbrechen, auf das die Todesstrafe steht. Können wir es verantworten, unsere Schüler dieser Gefahr auszusetzen? Ich finde, diese Entscheidung sollte jeder von ihnen selbst treffen, wenn die Zeit gekommen ist, was Jahre dauern könnte. In der Bibel zu lesen ist schwieriger, als einen Spruch zu entziffern.«

»Ich habe vier Jahre gebraucht.« Simon senkte verlegen den Kopf. »Vier volle Jahre, und ich kann es immer noch nicht richtig.«

»Wie lange es dauert, spielt keine Rolle«, erklärte Grit. »Christus ist unser Licht, und seine Liebe muss uns leiten.«

»Ja, die Liebe muss uns leiten. Aber auch die Vorsicht«, sagte Witter mit Nachdruck. »Wir dürfen unseren Glauben nicht offenbaren, noch nicht. Unsere Schüler werden selbst die Wahrheit finden, auch die der Bibel, wenn die Zeit gekommen ist. Lasst uns weiter unterrichten und geduldig sein. Je länger wir sie lehren, desto mehr respektieren sie uns und betrachten uns als Teil ihres Dorfes. Diese Sicherheit ist im Moment das Wichtigste.«

Kristina blickte Witter stumm an. Er glaubte, Dankbarkeit in ihren Augen zu lesen.

Dann stimmten sie ab, wie sie es oft bei Streitfragen zu tun pflegten. Das Ergebnis war einhellig.

Witter war erleichtert. Er hatte die Gefahr abwenden können. Zumindest vorerst.

13.
Kristina

*D*ie ersten Monate im Leben ihres Kindes waren erfüllt von wundervollen Eindrücken und Erlebnissen. Peters erste Laute, sein warmer, winziger Körper neben ihr, das Aneinanderkuscheln im Schlaf, selbst das Saubermachen, das Einölen, das Wechseln der Windeln – alles rief Freude bei Kristina hervor. Herrin Anna tat so, als wäre sie verärgert wegen Peters Geschrei und Gezappel, wenn sie in der Nähe war, doch Kristina entging nicht, dass sie sich absichtlich Zeit ließ und heimlich lächelte. Es war nicht zu übersehen, dass auch sie sich an dem neuen Leben erfreute.

Eines Tages brachte Lura ein Bündel Kleidung für Peter.

»Von Florian, dem Sohn der Herrin«, verkündete sie. »Als er genauso klein war wie Peter, hat er das hier angehabt. Die Herrin sagt, sie hätte keine Verwendung mehr für die Sachen, aber sie sollten wieder benutzt werden.«

Annas Geschenk war eine Ehre und überaus großzügig. Kristina bewunderte die fein gesponnene Wolle, die Leinentücher und die feinen Nähte der Kleidung. Als sie versuchte, Anna zu danken, reagierte die Herrin kurz angebunden und winkte ab. Doch wieder stahl sich das heimliche Lächeln auf Annas vernarbte Lippen.

Die Zeit verging schnell im ländlichen Leben des kleinen Rittergutes und des Dorfes voller hart schuftender Bauern. Die Abfolge der Jahreszeiten, verbunden mit dem Rhythmus des Säens und Erntens, der Feste und Zeremonien, war ein verlässlicher Rahmen, nach dem sich das Leben im Dorf seit uralten Zeiten richtete.

Kristinas kleiner Sohn jedoch passte nicht in diesen Rahmen des Lebens. Peter entwickelte sich in allen Dingen später als andere Kinder. Während andere im Alter von einem Jahr bereits laufen lernten, lag Peter noch in seiner Wiege. Kristina musste ihn auf der Hüfte umhertragen, während seine Altersgenossen am Brunnen spielten, von dem ihre Mütter Eimer voll Wasser holten. Kristina war in Sorge, wenn sie sah, wie schnell die anderen Kinder lernten, wie sie lachend umherrannten, wie sie Fassreifen drehten, Kinderlieder sangen oder mit Steinen und Stöcken spielten.

Wenn Kristina mit ihrem Sohn allein war, spielte sie auf der Harfe und sang ihm dabei Lieder vor, aber er ließ sich immer wieder ablenken, griff in die Harfensaiten oder steckte ihr die Finger in den Mund, während sie sang. Er brauchte sehr lange, bis er lernte, nach draußen zu gehen, um sich zu erleichtern. Kristina ärgerte sich, als er älter wurde und sich immer noch in die Hosen machte. Am meisten ärgerte sie sich darüber, dass er sich offen über ihre Verlegenheit lustig machte, wenn sie ihn mit hochrotem Gesicht sauberwischen musste.

Peters Haare waren flachsblond gewesen, doch im Alter von zwei Jahren wurden sie dunkel. Seine Lippen waren voll wie die Bertholds, seine grünen Augen aber waren lausbübisch, ganz und gar nicht wie die seines Vaters, eher die Augen von Kristinas Mutter. In anderer Hinsicht jedoch war Peter ganz er selbst: Er hatte Spaß an Dingen, die glänzten oder leuchteten, an Messern zum Beispiel, oder an den glühenden Kohlen eines Feuers.

An einem Morgen im Frühling nahm Kristina ihn mit auf seine erste weite Wanderung. Als er müde wurde, setzte sie ihn sich auf die Schultern und hüpfte mit ihm umher, was ihn zum Kichern brachte. Es dauerte zwei lange Stunden in der aufsteigenden Hitze – vorbei an bestellten Feldern und frischen Blumen, blühenden Apfelbäumen und duftenden Pfirsichhainen –, bis sie vor Bertholds Grab standen.

Der kleine Kreis aus Feldsteinen war unter den Narzissen, die Kristina zwei Jahre zuvor gepflanzt hatte, kaum mehr zu erkennen. Peter zupfte an den gelben Blüten; er schien nicht zu wissen oder zu spüren, wer hier begraben lag.

Kristina sprach ein kurzes Gebet; dann setzten sie sich in den Schatten eines Baumes und aßen das Brot, das sie mitgebracht hatte, denn für Früchte war es noch zu früh im Jahr. Kristina überlegte, ob sie Peter sagen sollte, dass sein Vater hier ruhte, ließ es dann aber. Das Kind würde sie nicht verstehen.

Abgesehen davon wäre es eine Lüge. Berthold war nicht hier. Er war im Himmel. Das hoffte Kristina zumindest.

*

Einige Zeit später tauchten Flugblätter aus Würzburg in Giebelstadt auf. Kristina fragte sich, wie das möglich war, bis Lura es ihr erklärte.

»Klaus, der fahrende Händler, hat früher die Drucke für Vater Michael mitgebracht. Michael war sein einziger Abnehmer. Inzwischen hat Klaus viel mehr Kunden und betreibt einen lebhaften Handel, weil mehr Leute lesen können.«

Bald darauf brachten auch andere Händler aus Würzburg Flugblätter nach Giebelstadt. Manche sahen zerfleddert aus, als wären sie schon Hunderte Male gelesen worden, andere schienen gerade erst gedruckt worden zu sein. Die meisten waren mit einfachen Holzschnitten bebildert, die Geschichten für all jene erzählten, die nicht lesen konnten.

Herrin Anna konnte von den Flugblättern nicht genug bekommen. Kristina hingegen hatte zunehmend Schwierigkeiten, Anna die Blätter vorzulesen, ohne die Lügen und Halbwahrheiten laut anzuprangern.

Eines Tages konnte Kristina ihre Zunge nicht mehr im Zaum halten.

Es war bei einer Lesestunde im Gemach der Herrin. Anna hielt ein Flugblatt hoch und sagte: »Was ist mit dem hier? Hier wird darüber berichtet, wie Türken die Seelen guter Christen vergiften.« Sie reichte Kristina das Blatt. Es war aus Würzburg; die Überschrift lautete: »Die Nadel des Teufels in türkischer Hand!«

Kristina las, und ihre Augen weiteten sich. Die Flugschrift stammte von Veritas, der Würzburger Druckerei, und berichtete angeblich über eine Beichte des türkischen Offiziers Mahmed, der auf dem Marienberg als Geisel festgehalten wurde. In dieser Beichte beschrieb der Türke die Kriegstaktik, Christen mit einer Nadel zu stechen und sie auf diese Weise mit Pocken krank zu machen, damit sie und alle Christen, die sich bei ihnen ansteckten, jämmerlich starben.

»Aber das stimmt nicht!«, stieß Kristina hervor. »Ich kenne diesen Mahmed, ich habe ihn gesund gepflegt.«

»Was sagst du da? Du kennst diesen Türken? Woher?«

Kristina erzählte ihrer Herrin, wie Mahmed sie mit der Nadel gestochen hatte, was zwar zu einer leichten Pockenerkrankung geführt hatte, von der sie aber schnell genesen war. Auf diese Weise konnte die Krankheit ihr nie wieder gefährlich werden.

»Aber mein Vetter Konrad hat mir dieses Flugblatt geschickt«, sagte Anna. »Es ist aus seiner eigenen Druckerei.«

»Das tut mir leid, Herrin. Aber dieser Bericht ...«

»Du meinst, dass er erlogen ist?«

»Ja, Herrin.«

Anna blickte Kristina nachdenklich in die Augen, als versuchte sie, die Wahrheit darin zu erkennen. Schließlich fragte sie: »Aber wozu diese Lüge? Was könnte man sich davon versprechen?«

»Angst zu verbreiten, Herrin. Und Hass.«

»Diese Behandlung durch Nadelstiche hätte viele Menschen retten können, wenn es stimmt, was du immer behauptest.«

»Es stimmt wirklich, Herrin. Der Stich mit der Nadel hat mir das Leben gerettet.«

»Dann ist diese Schrift also nichts weiter als ein Werkzeug, um Angst und Hass zu schüren?«

»Ich fürchte, ja, Herrin.«

Anna nahm das Flugblatt und warf es auf die glimmenden Scheite im Kamin. Es flammte auf und war im nächsten Moment zu Asche verbrannt.

*

Während all dieser Zeit mühte Anna sich redlich, lesen zu lernen. Kristina benutzte Erasmus' *Lob der Torheit* als Lektüre und erklärte Anna die einzelnen Wörter. Hin und wieder lachten beide Frauen über die Zeilen des Erasmus, wenn er sich über Pomp und Eitelkeit lustig machte.

Anna liebte Kristinas Harfenspiel. Manchmal wollte sie keine Lesestunden, nur die Musik.

Was den kleinen Peter anging, hatte Kristina ihn anfangs von Anna ferngehalten, doch mit der Zeit schickte diese während der Lesestunden immer häufiger Lura los, um den Jungen zu holen. Es war offensichtlich, dass Anna ihn mochte. Sie beobachtete Peter voller Interesse und erzählte voller Sehnsucht von ihrem Sohn Florian, der in Oxford Jurisprudenz studierte, um Gelehrter zu werden.

Viermal im Jahr, wie von den Jahreszeiten gesteuert, kamen Florians Briefe aus England, stets eingeschlagen in eine feine lederne Brieftasche und abgeliefert per Kurier vom Hochstift in Würzburg. Immer war ein kurzer Brief von Fürst Konrad von Thüngen dabei, dem Paten des Jungen. Die Briefe trugen Konrads grünes Wachssiegel über einem weiteren roten Siegel, das sich darunter befand. Offensichtlich waren die Briefe gelesen und neu verschlossen worden.

Zuerst überflog Anna den kurzen Brief Konrads.

»Er fragt wieder einmal an, ob er mich besuchen darf.« Sie verzog das Gesicht. »Und wir werden ihm wieder einmal antworten, dass wir ablehnen. Du musst mir helfen, den Brief zu formulieren.«

»Was möchtet Ihr denn mitteilen?«

»Nun, wie ich dir bereits sagte, ist Konrad mein Vetter und Florians Patenonkel. Als wir noch jung waren, war er sehr verliebt in mich. Was Florian angeht ... Konrad war dagegen, ihn nach England zu schicken, weil er eine zu freisinnige Ausbildung des Jungen befürchtete, aber genau die wünschte Dietrich sich für Florian. Trotzdem würde Konrad mit mir darüber reden wollen, ob ich Florian nach Hause hole, bevor seine Ausbildung abgeschlossen ist, damit er ihn unter seine Fittiche nehmen und in seinem Sinne beeinflussen kann. Aber das kommt nicht infrage. Auf der anderen Seite darf ich Konrad unter keinen Umständen kränken, wenn ich ihn zurückweise. Er ist ein gefährlicher Mann.«

»Ich verstehe. Sollen wir anfangen, Herrin?«

»Noch nicht. Zuerst lese ich den Brief meines Sohnes. Hilf mir dabei.« Mit zitternden Fingern brach Anna das Siegel. Leise, wie zu sich selbst, fügte sie hinzu: »Bitte, Herrgott, lass es gute Nachrichten sein.«

Kristina half Anna jedes Mal beim Lesen der Briefe, denn Florians Handschrift wurde immer kunstvoller und ausgeprägter, je weiter seine Persönlichkeit sich entwickelte. Auch diesmal dauerte es eine ganze Weile, Florians Brief zu entziffern.

Schließlich las Kristina vor: »Liebste Mutter. Kein Tag vergeht, ohne dass ich um Vater trauere und bedauere, nicht zu Hause gewesen zu sein, um dir in der Not beizustehen. Als Erbe von Giebelstadt werde ich eines Tages in Vaters Fußstapfen treten, gleichzeitig führen meine Studien mich immer weiter fort in die Zukunft der Menschheit. England ist voll von Ideen, Wissenschaften und Entdeckungen, und mein Verstand ist wie der eines Neugeborenen und saugt alles in sich auf.«

Anna unterbrach Kristina. »Was meint er damit, was denkst du? Welche Entdeckungen?«

»Tut mir leid, Herrin, das weiß ich nicht.«

»Schon gut. Lies weiter.«

»Niemand kann sich auch nur annähernd vorstellen, wohin die Menschheit gehen wird, aber ihr Weg führt nach vorn, so viel steht fest. Wenn ich nach Giebelstadt zurückkehre, wird sich vieles auf der Welt verändert haben, und wir müssen manche Dinge anders angehen als zuvor. Vater hat darauf bestanden, dass ich hier in England meine Ausbildung erhalte, obwohl ich nicht von zu Hause fortgehen wollte. Heute danke ich seiner Voraussicht. Ich kann mich selig preisen, und ich bete darum, dass eines Tages alle Menschen so empfinden, denn dieses Recht steht jedem zu, weil alle Menschen gleich sind.«

Anna hob den Blick und schaute Kristina verwundert an.

»Alle Menschen gleich? Wie soll das ein gutes Recht sein? Wie können alle gleich sein? Gibt es denn nicht eine grundlegende Ordnung der Dinge?«

Kristina dachte nach, schwieg aber.

»Ich habe dir eine Frage gestellt, und ich erwarte, dass du mir antwortest«, tadelte Anna sie. »Halte nichts zurück. Sei aufrichtig.«

Zögernd antwortete Kristina: »In den Augen Gottes ... sind denn in seinen Augen nicht alle Menschen gleich?«

»Du meinst, der Bauer ist dem Ritter gleich? Der Priester dem Bischof? Aber wie können alle gleich sein vor Gott, wenn er doch alle Menschen ungleich erschaffen hat? Wenn er jenen Macht gegeben hat, die herrschen, und jenen Gehorsam, die dienen?«

Kristina wusste, wann es klüger war, zu schweigen. Aber manchmal war es ungerecht. Herrin Anna verlangte Aufrichtigkeit von ihr, um sie anschließend dafür zu bestrafen.

»Jedenfalls muss ich unbedingt lernen, meinem Sohn selbst Briefe zu schreiben«, wechselte Anna das Thema. »Mit meinen eigenen Worten, sodass ich auf seine Briefe Bezug nehmen kann. Ich möchte seine Ideen ja nicht als unmöglich bezeichnen, aber sie erscheinen mir ... eigenartig. Du musst mir helfen, Florian eine kluge Antwort zu geben und ihn zu bitten, mir bald wieder zu schreiben, sodass ich mehr über seine Vorstellungen erfahre.«

So kam es, dass die beiden Frauen gemeinsam Briefe nach England schrieben. Anna machte weiterhin Fortschritte, und zu Kristinas Erleichterung wurde ihr Verhältnis besser.

Trotzdem war die Freude darüber nicht stark genug, um Kristina vergessen zu lassen, dass sie eigentlich gar nicht hier sein wollte. Auch die Entwicklung ihres Kindes sorgte sie sehr. Wenn Peter keine Fortschritte machte, wie sollte er dann jemals in dieser Welt voller Grausamkeiten überleben?

14.
Lud

Drei Jahre guter Ernten. Ein Dutzend Hochzeiten. Eine Schar Neugeborener. Die Pocken waren nur noch eine blasse Erinnerung. Und immer mehr Einwohner konnten lesen. Giebelstadt blühte auf.

Auch das Gemurre darüber, dass Lud Vogt des Dorfes war, ließ nach. Doch er trug nach wie vor seinen Dolch versteckt und griffbereit, wohin er auch ging, und seine Wachsamkeit blieb, denn er traute dem Frieden nicht: Neue tiefe Gräben zogen sich durchs Dorf zwischen denen, die nicht lesen konnten, anderen, die noch lesen lernten, und wieder anderen, die es bereits beherrschten. Außerdem gab es die Gruppe derer, die ganz und gar gegen das Lesen waren, und jene der Befürworter des Lesens.

Die Flut von Flugblättern aus Würzburg riss nicht ab. Manchmal wurden sie von fahrenden Händlern ins Dorf gebracht, manchmal von einem Wagen, der vom Würzburger Markt zurückkehrte. Lud fürchtete jede neue Schrift, denn sie wiegelten die Bevölkerung auf, und das mit voller Absicht.

Lud konnte inzwischen gut genug lesen, um sich selbst durch die Pamphlete zu arbeiten. Obwohl er schon einiges von der Welt gesehen hatte, konnte er nur staunen über die Dreistigkeit der Lügen, die Veritas verbreitete.

Jedes Flugblatt kam mit wenigstens zwei reißerischen Geschichten daher. So auch das neueste. Eine Geschichte behandelte die »ungeheuerlichen Praktiken der Türken«, wie es hieß, angeblich enthüllt von dem muselmanischen Edelmann, den Lud im letzten Krieg gefangen genommen hatte. Die zweite Geschichte offenbarte »geheime Riten der Ketzer« und deren »wollüstige Abartigkeiten«. Angeblich stützte sich diese zweite Geschichte auf die unterschriebenen Geständnisse verurteilter Häretiker.

Das Gefährliche war, eine Reihe von Dörflern konnte die Pamphlete inzwischen ebenfalls lesen. Außerdem gab es neuerdings einen unstillbaren Durst nach immer neuen Geschichten. Selbst wenn mehrere Exemplare eintrafen, waren sie bald zerfleddert, so oft und so schnell wurden sie von einem zum anderen weitergereicht; manchmal wurden sie für mehr Geld verkauft, als sie ursprünglich gekostet hatten. Vorbeiziehende Händler und Reisende wurden bedrängt, ob sie neue Drucke aus der Stadt dabeihätten.

Es war Spätfrühling, die Narzissen waren längst verblüht, und die Saat auf den Feldern war aufgegangen. Das Getreide wuchs und gedieh; an den Obstbäumen hingen kleine grüne Früchte und versprachen eine reiche Ernte und prall gefüllte Winterlager.

Lud saß auf einer mächtigen Wurzel der alten Dorflinde und las die Flugschrift, die er an diesem Tag erstanden hatte. Irgendwo muhten Kühe, als wollten sie Lud verspotten – oder eher das, was er las.

Wenn Ketzer verbrannt werden, flattern Fledermäuse aus ihren Mündern!

Lud las die Überschrift immer wieder, um sicherzugehen, dass er sich nicht irrte. Als er wenig später an der Schmiede vorbeikam, hörte er Merkel und Sigmund über das gleiche Flugblatt reden.

»Ein Ketzer am Pfahl, verstehst du?«, sagte Sigmund. »Der Ketzer wird verbrannt und öffnet den Mund, um den Teufel um Hilfe anzurufen, und Dämonen in Gestalt von Fledermäusen fliegen daraus hervor. Verstehst du jetzt? Satan triumphiert schon wieder. Die Dämonen entkommen und suchen sich das nächste Opfer. Ich für meinen Teil schlafe mit geschlossenem Mund, oder ich binde ihn mir zu.«

»Nein, nein, Sigmund! Die Dämonen, die den Ketzer besessen und zu gotteslästerlichen Dingen gezwungen haben, fürchten das Feuer, ergreifen die Flucht und geben den Besessenen frei. Satan war ihnen keine Hilfe. Seine Dämonen können besiegt werden. Glaub mir, ich weiß es, denn ich bin ein frommer Mann.«

»Ach ja? Ich gehe jeden Sonntag zur Messe«, entgegnete Sigmund. »Aber ich habe dich den ganzen Monat nicht dort gesehen.«

»Woran erkennt ihr die Ketzer?«, fragte Lud. Die beiden Männer zuckten zusammen, denn sie hatten ihn nicht kommen sehen. »Indem ihr jeden verbrennt und wartet, ob ihm Fledermäuse aus dem Maul fliegen?«

»Aber es steht hier gedruckt!«, protestierte Sigmund. »Lies selbst.«

»Und wenn es gedruckt ist, muss es wahr sein?«, entgegnete Lud.

»Hör zu, Lud«, sagte Merkel. »Du kannst ein wenig lesen, das sei dir zugestanden. Und als Vogt warst du bisher anständig, was jeden überrascht hat. Aber spiel uns nicht den gelehrten Mann vor. Wir kennen dich schon dein Leben lang.«

»Und was ist mit Witter, eurem Lehrer? Mit Grit, Rudolf und Simon? Mit Kristina, die Herrin Anna unterrichtet? Wir sind durch Dietrichs Wort mit ihnen verbunden. Haben sie uns etwa Schaden zugefügt?«

»Das hat niemand behauptet«, sagte Merkel.

»Solange sie keine ketzerischen Dinge sagen«, fügte Sigmund hinzu.

»Welche Hinweise auf Ketzerei habt ihr denn je gesehen?«

»Keine«, sagte Merkel und runzelte die Stirn. »Außer, dass sie lesen können.«

»Ihr wollt doch auch lesen lernen, du und Sigmund«, entgegnete Lud. »Das würde euch dann ebenfalls zu Ketzern machen.«

Die beiden Männer schwiegen.

Zorn erfasste Lud. »Dietrich selbst hat Kristina und die anderen in Würzburg frei gelassen. Nur Kaspar hat sie je Ketzer genannt, und er hat es ohne Zweifel von einem anderen Narren gehört, der auf dem Wagen mitgefahren ist.«

Sigmund schaute zu Boden. »Zugegeben, sie haben nichts Falsches getan. Im Gegenteil, viel Gutes.«

»Hat Vater Michael je das Wort gegen sie erhoben?«

Sigmund und Merkel wechselten Blicke. »Nein«, räumte Sigmund ein. »Aber er ist ohnehin ein seltsamer Priester.«

»Vater Michael spricht mehr über seine eigenen Schwächen als über unsere«, sagte Merkel.

Aus dem hinteren Teil der Schmiede, der im Halbdunkel lag, kam Linhoff nach vorn. Auf seinem jungen, rußverschmierten Gesicht spiegelte sich Neugier.

»Wenn die Geschichte mit den Fledermäusen tatsächlich von Leuten im Dorf geglaubt wird, was werdet ihr sagen?«, fragte Lud.

»Dass Fledermäuse wohl nur im Mund von echten Ketzern zu finden sind«, antwortete Merkel.

Lud schüttelte den Kopf und ging ohne ein weiteres Wort. Er konnte nicht fassen, wie diese Männer die anspruchsvolle Kunst des Schmiedens und Müllerns erlernen konnten, wo sie dumm waren wie Bohnenstroh. Dann erst bemerkte er, dass Linhoff hinter ihm herkam.

»Diese Fledermäuse«, sagte der junge Mann, »finden sich wohl nur in den Köpfen von Narren.«

Lud betrachtete Linhoff. Er hatte ihn mit in den Krieg genommen und wohlbehalten wieder nach Hause gebracht. Nun war Lud der Vogt und Linhoff Lehrling beim Schmied. Wieder war Lud in der vorgesetzten Rolle.

»Du lernst lesen, nicht wahr?«, fragte Linhoff.

»Ich versuche es.«

»Ich auch. Und einige von den anderen, die mit auf dem Marsch unterm Spieß waren. Ich frage mich, wo das alles enden wird. Ich glaube, die großen Männer im Dorf wollen das Lesen für sich allein.«

»Vielleicht haben sie Angst, ihr Jungen könntet auf neue Ideen kommen. An vielen Orten ist es einfachen Leuten verboten, lesen zu lernen, wusstest du das?«

»Nein. Aber ich möchte doch nur mehr wissen ... klüger werden ... besser werden.«

»Besser zu werden bedeutet, dich über deinen Platz zu erheben. Dich über andere zu erheben. Lerne, wenn du magst, aber behalte dein Wissen für dich. Prahle nicht damit.«

Linhoff lächelte und stapfte zur Schmiede zurück.

Sie redeten lange Zeit nicht mehr über das Lesen.

*

Es war im Winter seines vierten Jahres als Vogt von Giebelstadt, als Lud ohne Hilfe von Vater Michael imstande war, den Titel des Buches zu entziffern, das Dietrich ihm geschenkt hatte. Vater Michael trank mehr und mehr Wein und schien Lud zu meiden. Häufig brachte er Ausflüchte vor, um den Unterricht ausfallen zu lassen.

Lud las:

Handbüchlein eines christlichen Streiters
von Erasmus von Rotterdam

Bittere Enttäuschung überfiel ihn. Warum verspottete Dietrich ihn? Hatte er allen Ernstes erwartet, dass er, Lud, in den Ritterstand strebte? Es war wie ein Schlag ins Gesicht von einem lange Verstorbenen, jemandem, den Lud verehrt hatte wie einen Vater.

Tagelang ritt er auf Ox über die winterlichen Felder und grübelte über Dietrichs Geschenk nach. Dann wieder saß er allein in seinem Haus, befeuerte den Kamin und dachte nach. Eines Nachts betrank er sich mit Bier, brach in Tränen aus und verachtete sich dabei für sein törichtes Selbstmitleid.

Wenn Dietrich gewollt hatte, dass Lud das Leben eines Ritters führte, warum hatte er ihn dann nicht so erzogen?

Ein Ritter stand nur eine Stufe unterhalb eines Freiherrn, was Rang und Ansehen betraf. Er wäre im Alter von sechs oder sieben Jahren in Dietrichs Haus gekommen und dort zum Pagen ausgebildet worden, um Dietrich persönlich zu dienen. Er hätte eine grundlegende Schulung von einem angestellten Lehrer erhalten und sieben weitere Jahre unter Anna und ihren Mägden gelebt, die ihn höfische Manieren gelehrt hätten und Tanz und wie man sich kleidet. Mit dreizehn oder vierzehn wäre er Dietrichs Knappe geworden, wäre mit ihm zur Jagd gegangen, mit ihm geritten, hätte ihm bei der Beizjagd und bei Turnieren geholfen und wäre an seiner Seite in den Krieg gezogen. Anschließend wäre er – wie Florian – fortgeschickt worden, um eine höhere Bildung zu erhalten.

Aber das war nicht mein Schicksal.

Lud dachte daran, wie aufgeweckt der junge Florian gewesen war. Man hatte ihm nur ein einziges Mal etwas erklären müssen, schon hatte er begriffen und vergaß es nie wieder. Lud hatte geholfen, Florian im Alter von acht Jahren das Reiten und Jagen beizubringen, das Spurenlesen, das Bogenschießen, das Fallenstellen und Häuten, den Kampf mit bloßen Händen und mit dem Messer. Lud hatte den Jungen gelehrt, wie man kämpfte, um zu töten, und wie man kämpfte, um nicht zu töten. Der Junge hatte schnell gelernt. Und er hatte Härte gezeigt und keine Träne vergossen, wenn er sich wehgetan hatte.

Florian war für Lud wie ein kleiner Bruder. All die brutalen Dinge des Lebens und Überlebens, sogar die bestialischen Dinge, die Dietrich dem kleinen Florian hatte beibringen wollen, hatte Lud ihn gelehrt.

Lud hatte den klugen, feingeistigen Jungen bewundert und jede Minute eines jeden Tages mit ihm genossen. Dann aber, eines Tages, war Florian auf die Burg gebracht und herausgeputzt worden, um das Tanzen und die höfischen Regeln zu lernen. In Luds Augen war er gezähmt worden wie ein wildes, schönes Tier. Er hatte Florian damals sehr vermisst; nur durch die Mägde erfuhr er in der Zeit danach, wie der Junge sich schlug, während er alles las, was es in Dietrichs Bibliothek zu lesen gab, und alles lernte.

Dann war der Tag gekommen, an dem Florian, begleitet von Dietrich, nach England gereist war, um dort zu studieren. Seitdem hatte Lud ihn nicht wieder gesehen. Monate später war Dietrich zurückgekehrt und hatte verkündet, sein Sohn sei nun wohlbehalten in England, auf einer feuchten grünen Insel voller Nebel und Regen, weit weg von daheim.

Es gab ein Fest auf der Burg, mit Freibier für alle im Dorf. Lud erfuhr von Dietrich, dass Florian die junge Tochter eines wohlhabenden Fürsten versprochen worden war, eine gewisse Barbara; sie sollten heiraten, wenn beide das entsprechende Alter erreicht hatten. Lud hoffte sehr, dass Florian kein Edelmann wurde, der zu fein, zu gebildet und zu höfisch war, um das raue Leben hier auf dem Land zu ertragen.

Mit derartigen Erinnerungen verbrachte Lud die langen Wintertage. Seine Stimmung stieg und fiel mit dem Wind, der draußen wehte, und seine Betroffenheit saß in seinem Inneren wie ein eiternder Dorn im Fleisch. Immerhin wurde ihm bewusst, dass er *doch* wie ein Ritter aufgezogen worden war, allerdings hatte er nur den männlichen Teil der Ausbildung erhalten. Dietrich hatte ihn alle die Dinge gelehrt, die ein Mann können und wissen musste, doch Bildung, höfische Manieren und all die anderen vornehmen Tugenden waren ihm vorenthalten worden. Er war nie bei Herrin Anna auf der Burg willkommen gewesen.

Das alles wurde ihm wie in einer biblischen Offenbarung bewusst, und Lud machte sich daran, Dietrichs Buch mit unersättlichem Appetit zu lesen, als enthielten die Seiten all jene Geheimnisse, die Dietrich ihm vorenthalten hatte.

So kam es, dass er in jenem Winter mit dem Lesen des Buches begann, und nach und nach fügte sich alles zusammen. Er las und las, doch es kostete ihn eine volle Woche, allein die erste Seite des Buches zu begreifen.

Die im Buch geäußerten Gedanken überraschten ihn sehr. Er hatte erwartet, dass sie knifflig und schwer verständlich waren, doch sie kamen ihm vor wie seine eigenen Überlegungen – die geheimsten Gedanken, die er stets für sich behalten hatte, weil er sie am stärksten anzweifelte.

Anfänglich tut es not, dir eingedenk zu sein, dass der Menschen Leben nichts anderes sei als ewige Ritterschaft, Streit und Krieg, wie der schwer geprüfte unüberwindliche Ritter Job bezeuget. Und das gemeine Volk wird zu sehr betrogen, an Gemüt und Herz verblendet von dieser Gaukelwelt mit ihren verlockenden Schmeichlereien, behindert und gefangen, sodass es müßiggeht an Feiertagen, als wäre der Krieg gewonnen und herrschte ein gar sicherer Frieden.

Der Mann, der das Buch geschrieben hatte, Erasmus von Rotterdam, verglich das Leben der Menschen mit einem Gaukler – eine humorvolle Sichtweise, die Lud nachvollziehen konnte. Einige der Gedanken ließen ihn beim Lesen laut auflachen. Immer wieder entdeckte er Vergleiche, die genau zu dem Leben passten, das er kennengelernt und beobachtet hatte. Seine Lesekunst verbesserte sich mit jedem Satz, den er auf den Seiten entzifferte, unermüdlich, unverdrossen. Dennoch brauchte er mehr als drei Wochen für die nächsten vier Seiten.

So konnte es nicht weitergehen. Was aber sollte er tun?

Lud war ratlos.

Dann, eines späten Abends, fühlte er sich übermannt von dem Bedürfnis, mehr zu wissen, viel mehr. Er konnte nicht länger warten, bis er die Worte und ihre Bedeutung für sich selbst ausgegraben hatte. Es war eine verschneite Nacht, als er durch eisverkrusteten Schnee stapfte, den Kopf tief zwischen den Schultern gegen den schneidenden Wind, das Buch unter dem Umhang, als wäre es ein Neugeborenes, das er vor der Kälte schützen musste.

Lud ging mit dem Buch zur Kirche. Er rechnete damit, den Priester in seiner Kammer anzutreffen, sturzbetrunken, schlafend, das Chorhemd voll mit Erbrochenem. Aber dort war Vater Michael nicht.

Er fand ihn schließlich im Altarraum auf den Knien betend unter dem hölzernen Jesus, dessen Knopfaugen dem Betrachter überallhin zu folgen schienen. Luds Schritte auf dem Steinboden waren fast lautlos, aber der Priester schien zu spüren, dass jemand gekommen war. Er hob den Kopf. Wider Erwarten nickte er und lächelte. Vielleicht war er ebenfalls zu lange allein gewesen und froh über jede Gesellschaft.

»Komm, Lud, trink heißen Wein mit mir. Es ist mein erster kräftiger Schluck heute. Lass uns nach oben in meine Kammer gehen.«

Dort angekommen, warf Vater Michael ein paar Holzscheite in den Kamin. Die Funken stoben, als das Feuer neu entflammte. Vater Michael füllte einen Tonkrug aus dem Warmhaltetopf auf dem Eisenring an der Seite des Kamins und schenkte daraus zwei Kelche voll.

Sie setzten sich auf zwei Stühle. Lud trank. Der würzige Wein war stark und brannte wohltuend in seiner Kehle.

Er betrachtete den Priester, einen Mann, der kaum älter war als er selbst. Vor sieben oder acht Jahren hatte Vater Michael den alten Geistlichen abgelöst, den Lud von Kindesbeinen an gekannt hatte. Der Mann hatte wenig geredet, hatte immer nur auf Latein gepredigt und war freundlich und langweilig gewesen. Kaum jemand weinte, als er starb, und Luds Erinnerungen an ihn waren spärlich und verblassten immer mehr.

Sein Nachfolger, Vater Michael, war ganz anders. Man erzählte sich, er sei in dieses abgelegene Dorf auf dem Land geschickt worden als Strafe für priesterlichen Ungehorsam in einem bedeutenden Mönchskloster, in dem er zum Priester ausgebildet worden war.

»Guter Wein«, sagte Vater Michael in diesem Moment.

»Jeder Wein ist gut«, entgegnete Lud. »Wenn man ihn kriegen kann.«

»Du magst mich nicht. Warum? Nun, mir fallen zahlreiche Gründe ein. Ich frage mich nur, welcher es ist.«

»Dietrich mochte dich.«

»Wir waren in vielen Dingen gleicher Meinung.«

»Vielleicht bin ich eifersüchtig.«

Vater Michael senkte traurig den Blick. »Mich mochte Dietrich, Lud. Dich aber hat er geliebt.«

Lud starrte ihn an. Am liebsten hätte er den Priester gefragt, ob Dietrich ihm das selbst gesagt hatte, doch er wagte es nicht und ließ es auf sich beruhen.

Vater Michael trank, beobachtete Lud und schwieg ebenfalls.

Nach einiger Zeit zog Lud behutsam das Buch unter dem Umhang hervor und reichte es dem Priester.

Vater Michael nahm es mit großer Andacht entgegen, zog es aus dem Lederumschlag und schlug es auf.

»Erasmus von Rotterdam«, sagte er. »Ich liebe Erasmus.«

»Kennst du das Buch?«

»Eine wunderschöne Bindung, und der Druck ist sauber und tief. Einfach großartig.«

»Du hast es gelesen?«

»Dieses und andere. Erasmus hat mehr als ein Buch geschrieben.«

»Und du hast alle gelesen?«, stieß Lud fassungslos hervor.

Zum ersten Mal an diesem Tag lächelte Vater Michael voller Freude.

»Ja, alle, und viele Male. Du scheinst enttäuscht zu sein. Ist es, weil ich kein besonders guter Priester und Mensch bin? Weil du glaubst, das Lesen hätte mich nicht besser gemacht?«

»So ist es.« Wie konnte das Buch große Wahrheiten enthalten, wenn Vater Michael es gelesen hatte und trotzdem der Gleiche geblieben war wie zuvor, ein trauriger Abklatsch von einem Priester?

Vater Michael zuckte zurück, als hätte Lud ausgeholt, um ihm eine Ohrfeige zu verpassen.

»Lud, bitte, verurteile mich nicht. Du kennst mich nicht, und doch glaubst du, du siehst mich klar und deutlich.«

»Ich verurteile dich nicht. Ich bin nicht wegen dir gekommen, sondern wegen dieses Buches.«

»Erzähl mir mehr darüber. Wie kommt es in deine Hände?«

»Dietrich hat es mir geschenkt, in Würzburg. Er sagte, es läge Wahrheit darin. Dass ich lernen müsse, das Buch zu lesen, und dass ich die Wahrheit darin finden müsse.«

»Du hast es die ganze Zeit vor mir geheim gehalten, während du lesen gelernt hast?«

»Ja. Sag mir, was darin steht. Alles.«

»Hast du denn nicht versucht, das Buch zu lesen?«

»Es dauert zu lange.«

Vater Michael schaute ihn an, lange und eingehend und mit einer Kühnheit, die Lud noch nie bei ihm gesehen hatte. Mit dem Buch in der Hand schien er ein größerer Mann zu sein, ein stärkerer Mann, ein Mann mit Überzeugungen – und nicht der dem Trunk verfallene Feigling, für den Lud ihn immer gehalten hatte.

»Ich werde von Feinden heimgesucht«, sagte Vater Michael plötzlich. »Feinde von oben ... Sie führen mich in Versuchung ... immer wieder muss ich mit meiner eigenen Verderbtheit ringen. Verstehst du, was ich sage?«

Wieder ein langer Blick. Es schien, als wollte der Priester ihn berühren.

»Feinde von oben?«, fragte Lud.

»Ja.«

»Soll das heißen, Gott ist dein Feind?«

»Hör zu, was Erasmus schreibt.«

Vater Michael setzte sich auf und blätterte beinahe feierlich durch die Seiten. Er zögerte, dann hatte er die Stelle gefunden. Laut las er vor:

»Siehe über deinem Kopf verschlagene Teufel, die niemals schlafen, sondern nach unserer Zerstörung trachten, bewaffnet mit tausend Täuschungen, tausend Gewerken von Ärgernissen, die unseren Verstand mit brennenden Waffen traktieren, getaucht in tödliches Gift – nur der undurchdringliche Schild des Glaubens bewahrt uns vor ihrem Übel.«

Vater Michael schlug das Buch zu und schwieg, schien auf Luds Reaktion zu warten.

»Was bedeutet das?«, fragte Lud.

»Weißt du, warum ich nicht gemeldet habe, dass Leute in unserem Dorf das Lesen lernen? Oder dass ihre Lehrer möglicherweise Ketzer sind, die sich hier verstecken? Weißt du, warum ich das alles nicht nach Würzburg gemeldet habe?«

»Weil Herrin Anna es untersagt hat.«

»Unsinn. Die Kirche ist meine Herrin, nicht Anna.«

»Weil ich dir die Zunge oder die Kehle herausschneiden könnte.«

»Sicher, das auch. Aber es ist nicht die Angst vor dir oder sonst wem, die mich hat schweigen lassen. Meine Angst vor dem Leben ist viel größer als die vor dem Tod. Du würdest mir einen Gefallen tun, wenn du mich umbringst.«

Lud spürte tiefes Unbehagen, als er vor seinem geistigen Auge die Stelle an der Kehle sah, wo eine Klinge leicht hineinglitt.

»Warum hast du es nicht gemeldet?«

»Es gibt viele Missstände. Mehr als Wohlstände. Und es gibt ein großes Ungleichgewicht. Ich habe manche Nacht mit Dietrich bei Bier oder Wein gesessen, und wir haben über eine neue, bessere Welt gesprochen. Wir haben uns ausgemalt, wie diese Welt aussehen könnte. Wie sie Gestalt annehmen könnte.

Der einzige Weg, dorthin zu kommen, da waren wir uns einig, war die Verbannung der Unwissenheit. Und das wiederum geht nur durch Lernen.«

»Wie nah standet ihr euch, Dietrich und du?«

»Wir haben die gleichen Bücher. Unsere Ansichten waren die gleichen. Aber er war mutig, und ich war es nicht.« Der Priester seufzte schwer, ehe er fortfuhr. »Dietrich war der Ansicht, dass alles Böse vom Streben der Menschen herrührt, einander zu beherrschen. Ich dagegen war der Meinung, dass das Böse aus Unwissenheit herrührt. Wir haben häufig Streitgespräche darüber geführt, viele Male, die ganze Nacht hindurch. Am Ende kamen wir zu dem Schluss, dass beides mehr oder weniger dasselbe ist.«

Lud trank einen Schluck Wein. *Dietrich, mein guter Herr Dietrich*, dachte er traurig. Dann riss er sich zusammen. »Priester, ich will, dass du mir alles über Dietrich erzählst.«

»Du *willst*?« Vater Michael legte den Kopf in den Nacken und leerte seinen Kelch. Lud beobachtete, wie der Kehlkopf des Priesters unter dem Bart beim Schlucken auf und ab tanzte.

»Wenn du es nicht aus eigenem Willen tust, bringt dich meine Klinge gewiss zum Sprechen«, sagte Lud, ohne mit der Wimper zu zucken.

Vater Michael senkte den Kopf und beugte sich vor. Er sprach leise, als könnten Spione sie belauschen, und sah dabei so albern aus, dass Lud beinahe aufgelacht hätte.

»Also schön. Ich zeige dir ein paar Dinge.«

Der Priester ging zu einem Schrank, öffnete ihn, nahm ein paar Blätter von einem Brett und legte sie vor Lud hin.

»Was ist das?«, fragte Lud.

»Lügen hauptsächlich. Von Veritas, der Druckerei in Würzburg. Die Mönche, die solche Geschichten erfinden, nennen sich Publikatoren, und ihre Mission ist die Einflüsterung. Damit ist gemeint, Trugbilder für die breite Masse zu schaffen. Diese Leute sind sehr erfolgreich darin, den Menschen Lügen aufzutischen und sie dadurch wütend zu machen. Das geht natürlich nur bei unwissenden Leuten mit geringer Bildung. Bei Leuten etwa, die zwar gelernt haben, wie man liest, oder die anderen beim Vorlesen zuhören, die aber nicht selbst denken, weil sie es nicht gelernt haben. Das Absurde ist, dass diese Publikatoren es zweifelsohne gut meinen. Möglicherweise glauben sie sogar, dass sie Gottes Werk verrichten.«

Lud nahm eines der Blätter zur Hand. Es zeigte das Bild einer gehörnten Kreatur mit Turban auf einem feuerspeienden Pferd. Die Wörter darunter konnte er nur zum Teil lesen.

»Opfer ... Teufels ... *was*?«

»Opfer von türkischen Teufelsanbetern.«

»Was bedeutet das?«

»Dass die osmanische Geisel in Würzburg, ein Muselmane, die verabscheuenswürdigen Glaubensgrundsätze seiner Leute enthüllt hat. Ein Glaube, der sie dazu treibt, in den Krieg zu ziehen, um unschuldige Christenkinder zu fangen und ihrem Gott zu opfern, den sie Allah nennen – ein heimlicher Name für Satan.«

»Das ist Unsinn!«

»Ach ja? Aber hier steht es gedruckt, schwarz auf weiß. Von der Druckerei Veritas. Wie kann es da etwas anderes sein als die Wahrheit? In der Geschichte steht weiter, dass neue Steuern notwendig sind, um den Grenzgebieten durch die Anwerbung von Söldnern zu Hilfe zu kommen.«

»Neue Steuern?«

»Das steht da. Wir Priester in den Dörfern sollen noch mehr fürstbischöfliche Steuern sammeln, und zwar von denen, die wir vor dem Übel zu schützen geschworen haben. Siehst du denn nicht die Notwendigkeit neuer Steuern, Lud, wenn solche Ungeheuer unsere Kinder bedrohen?«

»Ich habe gegen viele Türken gekämpft. Ich weiß, was sie sind. Menschen wie du und ich. Also mach dich nicht lächerlich.«

»Wenn das Leben selbst lächerlich ist, Lud, schützt ein bisschen Humor die Wahrheit. Und die Wahrheit ist, du willst keine neuen Steuern. Bist du deinen Herren denn nicht treu ergeben?«

»Ich bin meinen eigenen Leuten treu ergeben. Mach dich nicht über mich lustig, Priester. Ich mag es nicht, wenn man mich verspottet.«

»Bezweifelst du etwa die Schriften von Veritas? Bist du am Ende gar ein Türkenfreund?«

Unvermittelt sprang Lud auf. Sein Gesicht brannte. Der Stuhl kippte hintenüber und landete krachend auf dem Boden. Vater Michael grinste spitzbübisch, voller Freude, Lud am Haken zu haben, und Lud wusste es und ärgerte sich darüber.

»Du willst dich auf mich stürzen, mich schlagen, mich mit dem Messer schneiden, mich zum Schweigen bringen, habe ich recht?«, fragte der Priester triumphierend, als hätte er soeben bewiesen, Gedanken lesen zu können.

»Ja.« Lud stand da, zitternd vor Wut, und zwang sich, die Hände ruhig zu halten.

Vater Michael stand leicht schwankend vor ihm. »Es sind die Wörter auf diesem Papier, die dich so wütend machen.«

»Ja.«

»Siehst du? Das, mein Freund, ist die Macht des Druckens. Ein Stück Papier mit Wörtern darauf bringt dich zur Raserei.« Vater Michael sank erschöpft auf seinen Stuhl zurück. »Natürlich muss in den Geschichten stets ein Körnchen Wahrheit stecken, auf dem die Lügen und Entstellungen aufbauen … es muss etwas sein, das nicht bestritten werden kann. In diesem Fall beziehen sich die Geschichten auf eine angebliche Aussage dieser türkischen Geisel. Wer weiß, ob der Mann auch nur ein Wort davon gesagt hat. Vielleicht ist es maßlos übertrieben.«

»Aber welcher Teil ist wahr?«

Vater Michael lachte auf. »Ich wünschte, Dietrich wäre bei uns und könnte mit uns lachen. Ja, die Türken greifen uns manchmal an und beginnen einen Krieg. Genau wie wir sie manchmal angreifen und einen Krieg anzetteln. Sie lügen wahrscheinlich genauso über uns wie wir über sie und stellen uns als Teufel dar. So bringt man Menschen dazu, dass sie hassen: Man macht ihnen Angst. Der Hass kommt dann von ganz allein, so wie die Nacht auf den Tag folgt.«

Lud saß da und dachte eine Zeit lang über das Gehörte nach.

»Was steht auf den anderen Blättern?«, fragte er dann.

»Weitere solcher Geschichten. Manche über Ketzer, manche über Juden. Immer mit der gleichen Moral, dass die adligen Herren mehr über diese furchtbaren Dinge wissen als wir. Die weltliche und kirchliche Macht beschützt uns vor dem Übel. Wir sollten dankbar sein, unsere jungen Männer, unser Getreide und unsere Arbeit in ihre Obhut geben zu dürfen. Reich und Kirche beschützen das Gute, um die Welt sicher zu bewahren für Christus ...«

Lud war schwindlig von dem Gehörten. Er dachte an die Gerüchte über die angebliche Grausamkeit der Türken, die er vor Jahren gehört hatte, als er mit den jungen Männern aus Giebelstadt in den Krieg gezogen war. Er dachte an Mahmed, den türkischen Offizier, der kultiviert und gebildet war und in der Gefangenschaft großen Mut bewies.

Was stellen sie mit Mahmed an, um solche verrückten Geschichten aus ihm herausholen zu können?

»Verzeih meinen Zorn, Priester, aber du hast mich verspottet und gekränkt. Ich war schon immer so, seit ich mich erinnern kann. Ich war immer viel zu stolz.«

»Es heißt, dass Stolz ein gutes Morgenmahl macht, aber ein schlechtes Abendessen. Ich habe meinen Stolz vor langer Zeit verloren. Vielleicht habe ich ihn auch nur versteckt und kann mich nicht mehr erinnern, wo das war.«

Lud erkannte, dass Vater Michael ihm etwas Wichtiges anvertraut hatte, und fühlte sich gehalten, etwas von gleichem Wert zurückzugeben. Also sagte er: »Manchmal kämpft man mit nichts mehr als dem Stolz. Er gibt uns Kraft, ganz gleich, in welchem Kampf.«

Vater Michael dachte lange nach, bevor er fragte: »Wenn die Menschen in diesem Dorf lesen gelernt haben und wenn sie diese Lügen lesen, was werden sie glauben?«

»Dietrich hat gesagt, wir müssen zu denken lernen.«

»Lud, hör zu.« Die Augen des Priesters glänzten, und als er sprach, lag Angst in seiner Stimme. »Wenn sie lesen gelernt haben, und wenn sie die Wahrheit lesen – was werden sie glauben? Was werden sie tun, wenn sie tatsächlich zu denken lernen, wie Dietrich gesagt hat? Und wie werden sie auf die Wahrheit reagieren? Mit Gewalt gegen Reich und Kirche? Oder mit Gewalt gegeneinander?«

Lud dachte fieberhaft nach. Seine Gedanken tosten wie ein Sturzbach, der alles mit sich riss.

»Was sollte sie dazu veranlassen?«, fragte er verwirrt.

Vater Michael antwortete nicht darauf; stattdessen fragte er: »Wenn du lange genug darüber nachgedacht hast, warum die Dinge sind, wie sie sind, Lud, was wirst du dann tun?«

»Was ich tun werde? Wer bin ich, irgendetwas zu tun? Ich verstehe das nicht. Du verwirrst mich, Priester. Du verdrehst meine Gedanken!«

Lud sah die plötzliche Angst im Gesicht des Geistlichen – Angst vor ihm, Lud. Erst jetzt wurde ihm bewusst, dass er die Hand auf den knochigen Arm des Priesters gelegt und zugedrückt hatte.

Vater Michael riss sich los, als hätte er sich verbrannt, und wich vor Lud zurück. Abwehrend hob er die Hände, als rechnete er damit, dass Lud ihn niederschlagen wollte.

»Verzeih«, sagte Lud. »Ich habe es nicht böse gemeint. Aber du hast mich ganz wirr gemacht. Was meinst du damit, dass die Dinge sind, wie sie sind? *Was* werde ich durch das Lesen herausfinden, was ich nicht schon mit eigenen Augen gesehen habe?«

Vater Michael wollte Lud nicht anschauen und wandte den Blick zur Seite. »Wahrscheinlich ist es der Wein«, sagte er leise. »Ich habe zu viel getrunken. Ich sollte jetzt schlafen gehen.« Mit diesen Worten schlurfte er davon.

*

Lud lag auf seinem Strohbett, allein in der Dunkelheit, allein mit seinem Herzschlag und seiner quälenden Einsamkeit, die ihn aufzufressen schien. Er war verwirrt und aufgeschreckt, erfüllt von einem Bedauern, das er nicht begreifen konnte.

Im Grunde, überlegte er, *ergeht es mir nicht anders als Vater Michael, der einsam in der steinernen Zelle seiner Kirche haust. Auch ich bin ohne Liebe, ohne Wärme und ganz allein.*

Nicht einmal der Gedanke an Kristina gab ihm an diesem Abend Trost und half ihm in den Schlaf, wie so oft. Sich selbst zu streicheln und dabei an Kristina zu denken, erfüllte Lud mit Selbstverachtung und machte seine Einsamkeit noch bitterer.

Wenn überhaupt, kann ich ihr nur näherkommen, sie vielleicht sogar gewinnen, wenn ich ein klügerer Mann werde und mir mehr Wissen aneigne.

Dietrich hatte ihn geliebt, hatte an ihn geglaubt. Auch wenn Lud sich selbst nicht liebte und nicht glaubte, dass er viel bewirken könnte – er würde es versuchen. Er schwor sich, noch härter zu lernen, sich noch mehr Mühe zu geben. Denn das Lernen, hatte Dietrich gesagt, sei der Schlüssel zu allem, was ein Mensch jemals erreichen könne.

15.
Witter

Es begann, als viele Dörfler die Grundlagen des Lesens und Schreibens beherrschten und imstande waren, ohne fremde Hilfe Worte zu entziffern und sich die Bedeutung größerer Absätze zu erschließen.

Damit begann der Ärger.

Und mit dem Ärger kam der Schrecken zurück.

Witters Klasse wurde immer größer, und bald war der hintere Teil von Merkels Schmiede zu klein geworden. Sie zogen um in die Getreidescheune der geräumigen, allerdings muffigen Mühle Sigmunds. Die Schüler, die ihre eigenen Hocker und Bänke mitbrachten, drängten sich um den großen Kaminofen, der normalerweise dazu diente, das Getreide vor dem Mahlen zu trocknen. Manchmal brachte der eine oder andere Schüler Bier mit, um den Unterricht aufzulockern.

Auch Grits Klasse war angewachsen. Anfangs nur ein paar Frauen und Kinder, füllte sie jetzt den großen Raum in Almuths Weberei. Die Webstühle waren an die Seite gerückt worden.

Wenn sie ihre Klassen verglichen, wurden mehrere Beobachtungen offensichtlich: Alle wurden von dem langsamsten Schüler aufgehalten. Die meisten lernten fleißig, bis auf einige wenige, die enttäuscht aufgaben und erklärten, einfache Menschen wie sie seien nicht dazu geschaffen, die hohen Künste wie das Lesen zu erlernen.

Witter hätte niemals mit einer so großen Anhängerschaft gerechnet. Er untersagte jedem, sich über die Bemühungen der Mitschüler lustig zu machen, und er stand bald in dem Ruf, ein gerechter Lehrer zu sein. Er hatte sogar ein paar Pfund zugenommen. Hin und wieder machte eins der Mädchen aus dem Dorf ihm schöne Augen. Doch Witter achtete darauf, auf solche Annäherungsversuche nicht einzugehen, denn er wusste, dass die Brüder oder Versprochenen dieser Mädchen sich an ihm rächen würden, sollte er sich einen Fehltritt leisten.

Doch so beständig das Leben in Giebelstadt auch war, die Welt außerhalb des Dorfes war im Wandel, das war offensichtlich, vor allem die immer größere Verbreitung des gedruckten Wortes. Wie Blut, das durch einen Körper zirkuliert, erreichten diese Veränderungen selbst die abgelegensten Dörfer und Güter.

Immer mehr Flugblätter kamen über die Handelswege. Und immer mehr überfluteten sie mit ihren Lügen und Verleumdungen Witters Klasse. Er bemühte sich nach Kräften, die Flugblätter aus dem Unterricht fernzuhalten, doch es war vergeblich. Die Blätter waren einfach zu beliebt.

»Geschichten aus fremden Ländern« war im Grunde ein Vorwand, grausame Szenen zu zeigen, Kannibalismus etwa oder Folter. Dann gab es die »Sklavinnen aus Babylon« – unzüchtige Darstellungen, in der die angeblichen Beischlafpraktiken in einem Harem enthüllt wurden. Des Weiteren gab es das lügenhafte Flugblatt »Juden und Ketzer« sowie ein Traktat über einen geheimen Krieg, den die »vereinten Mächte der Dunkelheit« gegen Kirche und Christentum führten, furchteinflößend für die Unwissenden. All diese Pamphlete basierten auf der Angst vor jedem, der die Herrschenden ablehnte. Witter empfand nichts als Verachtung, denn die Lügen waren größtenteils dumm und leicht zu durchschauen.

Merkel gehörte zu den wenigen Dorfbewohnern, die es sich leisten konnten, die Flugblätter zu kaufen. Er und einige andere in Giebelstadt, darunter Sigmund, waren geradezu süchtig nach den neuesten Ergüssen der mönchischen Publikatoren in Würzburg. Schlimmer noch, Merkel verlieh die Flugblätter gegen geringes Entgelt, und so wanderten sie von Hand zu Hand durchs Dorf, bis sie zerlesen und zerfleddert waren.

Es war eines schönen Tages während der abendlichen Unterrichtsstunde, als Merkel darauf bestand, dass Witter der Klasse ein bestimmtes neues Flugblatt vorlas.

»Es berichtet von geheimen Verschwörungen, die zu unserer Vernichtung führen sollen«, sagte Merkel zu Beginn der Stunde. Er stand an seinem Platz, wedelte mit dem Blatt und ließ es alle sehen.

»Nein, nichts da. Wir müssen mit dem Unterricht anfangen«, wies Witter ihn zurecht. »Setz dich und sei still.«

»Aber es ist wichtig! Es warnt uns vor denen, die sich unerkannt unter uns bewegen und Zweifel und Misstrauen gegen die Kirche säen. Alle wahren Gläubigen sind aufgerufen, das Übel auszurotten und gegen die Bösen vorzugehen, die Götzen anbeten und uns mit ihren Lügen in den Abgrund ziehen!«

»Da steht bestimmt irgendwas anderes«, spottete Sigmund. »Merkel liest nicht besonders gut.«

Merkel hielt ihm das Pamphlet hin. »Lies selbst! Da steht, wir sollen auf der Hut sein und nach jenen Ausschau halten, die uns in Sicherheit wiegen wollen. Sie flüstern uns ein, es sei nicht nötig, unser heiliges Land vor dem Übel zu verteidigen. Die Schlimmsten von denen sind unter uns! Ketzer und Lügner, die Gottes heilige Worte verdrehen, um unsere Freiheit zu schwächen!«

Sigmund nahm das Blatt und hielt es auf Armeslänge von sich weg, während er sich zu einer Kerze hinunterbeugte.

»Freiheit?«, warf Linhoff ein. »Wo sind wir denn frei?«

»Und wer sind diese Ketzer und Lügner, vor denen wir auf der Hut sein müssen?«, fragte Gerhard, der Schuster. »Was sind das für Lügen, die uns täuschen sollen?«

»Die Bilder zeigen Dämonen und solche Kreaturen«, sagte Sigmund.

Dann meldete sich Kaspar aus dem Hintergrund. Er hatte im Schatten gestanden, gestützt auf eine Krücke, und die Diskussion verfolgt.

»Ihr verstoßt gegen die Gesetze, ihr alle«, sagte er. »Lesen ist unsereinem nicht gestattet. Diese Ketzer stehlen unsere Seelen und erfüllen euch alle mit Zweifeln.«

»Was für Zweifel?«, fragte Witter.

»Lies Merkels Flugschrift«, entgegnete Kaspar. »Sie wird all jene überzeugen, die an der Wahrheit zweifeln.«

»Wovon überzeugen?«, fragte eine Frauenstimme.

Witter fuhr herum und sah Grit, einen Kochkessel in der Hand.

Merkel starrte sie an. »Diese Klasse ist nur für Männer.«

»Mag sein, aber der Kessel hier hat ein Loch, das du flicken könntest«, sagte Grit. »Außerdem wollte ich mir den Unterricht der Männer einmal anschauen. Vielleicht kann ich meinen eigenen Unterricht ein wenig verbessern.«

Witter lächelte. Grit wusste ganz genau, dass sie bei den Männern nicht willkommen war, und war deshalb klug genug, ihnen zu schmeicheln.

»Lass den Kessel stehen und verschwinde«, sagte Merkel grob.

»Wer sind diese Ketzer und Lügner, von denen ihr redet?«, fragte Grit unbeirrt.

Die anderen Männer starrten sie jetzt ebenfalls an.

»Sag du es uns«, stieß Kaspar hervor. »Wer ist hier der Lügner und Betrüger?«

Jetzt kommt es, dachte Witter und schloss die Augen.

Grits Antwort machte alles nur noch schlimmer.

»In der Bibel steht, alle Menschen sind vor Gott gleich erschaffen. Und Christus sagt, wie müssen einander lieben. Es ist nicht an uns, über die Mitmenschen zu urteilen. Liebe deine Brüder und deine Feinde, ohne Unterschied.«

»Du hast die Bibel gelesen?«, fragte Sigmund.

»Lesen ist kein Verbrechen«, entgegnete Grit.

»Die Heilige Schrift zu lesen schon«, sagte Kaspar. »Nur Priester dürfen sie lesen. Und weil sie klug sind, lehren sie uns dann die wahre Bedeutung der heiligen Worte, damit Leute wie wir nicht falsch verstehen, was die Heilige Schrift uns sagen will.«

Witter hoffte, dass Grit jetzt einen Rückzieher machen und verschwinden würde, aber er wurde enttäuscht.

»Nein!«, widersprach sie, das Gesicht gerötet. »Nur wenn man die Heilige Schrift selbst liest, kann man die Wahrheit erkennen, so, wie sie geschrieben steht, und für sich selbst entscheiden, was man tun muss.«

Jetzt humpelte Kaspar auf seiner Krücke auf Grit zu. Die abgenutzte Holzspitze pochte und kratzte über den Boden der Schmiede. Er stolperte zwischen die Männer, das Gesicht vor Wut verzerrt.

»Das Lesen der Heiligen Schrift ist ein schweres Verbrechen! Du sagst, du hast sie gelesen?«

Witter wand sich innerlich. Am liebsten wäre er Hals über Kopf davongerannt. Es war der altbekannte Drang zu fliehen, den er in den letzten Jahren an diesem friedlichen Ort fast vergessen hatte. Der Drang, der ihm so oft das Leben gerettet hatte.

Diesmal aber stand er wie angewurzelt da und sah hilflos mit an, wie der Sturm losbrach.

Grit widersetzte sich Kaspar energisch. »Die Bibel ist der Beweis, dass die Flugblätter Unfrieden säen und dass Krieg, Mord und Totschlag falsch sind. Dass es nicht Gottes Wille ist, dass seine Kinder einander bekämpfen und hassen. Christus hat gesagt, wir sollen einander verzeihen und uns lieben. So einfach ist das.«

Kaspar war vor Grit stehen geblieben, die Augen voller Hass. »Seht ihr?«, brüllte er triumphierend. »Sie hat sich selbst verdammt! Nur Priester dürfen die Bibel lesen und uns von der wahren Bedeutung der Worte darin erzählen! Will mir diese böse Frau vielleicht sagen, dass ich mein Bein für nichts und wieder nichts verloren habe? Hat sie damals unsere Truppe unterstützt? Wagt sie zu behaupten, dass wir für nichts geopfert wurden? Dass unsere Freunde und Söhne, die wir draußen auf dem Feld begraben haben, für nichts und wieder nichts gestorben sind?«

Ringsum herrschte Stille. Witter wäre nicht überrascht gewesen, hätten sich alle auf einmal wie ein schäumender Mob auf Grit gestürzt und sie bei lebendigem Leib zerrissen.

»Wie kann Liebe etwas Böses sein?«, fragte Grit schließlich in die lastende Stille hinein. »Wie kann Christi Gebot, sein eines und einziges Gebot, seinen Nächsten zu lieben, etwas Böses sein?«

Grit blickte alle der Reihe nach an, mit einem traurigen, zugleich liebevollen Ausdruck, als hätte sie versagt. Dann wandte sie sich um und verließ die Schmiede.

Kaspar grinste. Sein junges Gesicht wirkte mit einem Mal steinalt. Die flackernden Kerzen warfen unheimliche Schatten, als er sich auf seiner Krücke zwischen den Männern bewegte, ruckartig wie ein Insekt mit einem fehlenden Bein.

»Ich habe ebenfalls lesen und schreiben gelernt, dank dieser Ketzer«, sagte er. »Deshalb habe ich an die Mönche in Würzburg geschrieben und die Gotteslästerer namentlich benannt, die sich unter uns gemischt haben.«

»Du hast *was*?« Almuth baute sich drohend vor Kaspar auf.

»Der Brief ging mit dem letzten Händler vor einer Woche ab.«

Witter schloss die Augen.

Es ist aus, dachte er. *Nun gibt es kein Entrinnen.*

16.
Kristina

𝒟urch die winzige Belüftungsöffnung in der Aussparung der Decke fiel ein schmaler Strahl Sonnenlicht. Der gemauerte Raum war feucht und roch nach Moder und Verfall.

»Das geschieht zu eurem Schutz«, sagte Lud.

Mit hoch erhobener Laterne hatte er Kristina und die anderen die steile Steintreppe hinuntergeführt, tief in den kalten Bauch der Burg. Kristina hatte sich an der rauen, kaum sichtbaren Wand entlanggetastet, während Rudolf, Simon und Grit ihr in die Dunkelheit gefolgt waren wie in eine steinerne Gruft. Nur Witter war nicht dabei; Lud hatte ihn nicht gefunden.

Mehr als alles andere sehnte Kristina sich nach dem kleinen Peter, den sie in Luras Armen zurückgelassen hatte. Sie fragte sich, was Lud der Herrin Anna erzählen würde und was Anna mit dem Kind einer Ketzerin anstellen ließ. Lura hatte ihnen frische Kerzen gegeben für die Zelle, dazu Decken, denn die Nacht war kalt gewesen.

»Müssen wir wirklich hier unten sein, Lud?«, fragte Kristina.

Lud rieb sich über das verwüstete Gesicht. Das Narbengewebe war rau wie Baumrinde.

Es fiel ihr schwer, ihn einzuschätzen. Wem galt seine Treue und Ergebenheit? Würde er sie verraten? Sie ausliefern?

»Es geht nicht anders«, erwiderte Lud schließlich. »Jederzeit könnte ein Magistratsgehilfe mit seinen Männern hier auftauchen. Es gibt keinen Zweifel, dass Kaspar tatsächlich einen Brief an das Bistum geschrieben hat, in dem er euch verrät.«

»Kaspar ist verbittert«, sagte Grit. »Ein verkrüppelter junger Mann, den niemand will.«

»Spar dir dein Mitleid«, brummte Rudolf.

»Ja, spart es euch für euch selbst«, sagte Lud. »Die Leute reden kaum noch miteinander. Es geht ein tiefer Riss durchs Dorf zwischen denen, die weiterlernen möchten, und denen, die alles Geschriebene verbrennen wollen. Wenn Magistrate herkommen und verbotene Schriften finden, könnte das ganze Dorf verurteilt und unter Arrest gestellt werden.«

»Kann Anna denn nicht ihre Macht einsetzen, um die Magistrate zurückzuschicken?«, fragte Simon.

Lud zuckte mit den Schultern. »Ich weiß es nicht.«

»Jedes Gut hat die niedere Gerichtsbarkeit über seine Vasallen. Aber Würzburg wird trotzdem untersuchen, ob die Heilige Schrift hier von Laien gelesen wurde.«

»Vielleicht kommen die Magistrate ja gar nicht«, meinte Rudolf. »Kaspars Brief sieht bestimmt so aus, als hätte ein Kind ihn geschrieben oder ein Narr. Wahrscheinlich ist er kaum lesbar.«

»Vielleicht ist Kaspar verrückt geworden, weil er im Krieg das Bein verloren hat«, sagte Lud. »Greta hat ihr Verlöbnis mit ihm aufgelöst. Sie sagt, Kaspar ist nicht mehr der Mann, der er war, als er um ihre Hand angehalten hat. Wie dem auch sei, ihr bleibt erst einmal im Verlies.«

Lud befestigte die Laterne an einem Eisenhaken hoch oben in der Wand.

»Ihr habt Öl für die Laterne, Decken, Kerzen und frisches Stroh. Jeden Tag bringe ich euch Essen. In diesem Eimer ist frisches Wasser, der andere ist für euren Unrat.«

Dann trat er aus der Zelle, drehte sich aber noch einmal zu ihnen herum und sah Kristina an. In seinem Blick lagen tiefe, aufrichtige Gefühle für sie. Lud schien ihre letzte Rettungsleine zur Welt außerhalb dieses Gewölbes zu sein.

»Bitte, schließ uns nicht ein!«, flehte sie ihn an, als Lud die schwere Tür zuzog.

Wieder sah sie sein Gesicht durch die kleine, mit Eisenstäben gesicherte Öffnung in der Tür. Dann hörte sie, wie er den großen Schlüssel im Schloss drehte. Das Geräusch hatte einen Klang von Endgültigkeit.

»Zu eurer Sicherheit«, sagte er durch das Loch. »Die Leute haben Angst, und wer Angst hat, ist zu allem fähig.«

Kristina sprang auf, eilte zu ihm und stolperte gegen die massive Zellentür. »Lud!«, rief sie durch das Loch. »Beschütze meinen Jungen! Ich flehe dich an!«

»Niemand wird ihm ein Haar krümmen, solange ich atme.« Sein Gesicht war eine schwarze Silhouette, seine Stimme rau vor Bewegtheit, seine Worte aufrichtig.

Dann entfernten sich seine Schritte die Treppe hinauf, wurden leiser und verklangen schließlich. Tiefe Stille senkte sich auf die Gefährten.

Kristina kehrte zu ihrem Strohlager in der Ecke zurück. Im blassgoldenen Licht der Laterne schaute sie die anderen an. Grit kam zu ihr, setzte sich neben sie und hielt ihre Hand. Ihnen gegenüber saßen Rudolf und Simon mit dem Rücken zur Wand.

»Jetzt sind wir also Gefangene«, sagte Simon. »Welche Dankbarkeit. Die Leute haben sich nichts so sehr gewünscht, wie das Lesen zu lernen, und jetzt? Jetzt sperrt Lud uns ein, damit sie uns nicht zerreißen können.«

»Was, wenn Lud getötet wird und sie ihm die Schlüssel abnehmen?«, fragte Rudolf.

»Oder wenn Lud uns ausliefern will?«, fügte Simon hinzu.

»Nein.« Kristina erschauderte. »Das kann ich mir unmöglich vorstellen.«

»Die Hälfte der Dorfbewohner ist für uns«, sagte Grit. »Ihr habt gehört, wie sie uns verteidigt haben. Es sind nur die Unwissenden und Dummen, die an die Lügen aus Würzburg glauben.«

»Nur hilft uns das jetzt nicht«, murmelte Kristina und zog die Decke enger um sich. Sie zitterte, und nicht von der Kälte, sondern vor Angst – die namenlose Angst eines Tieres, das in einer Falle sitzt.

»Wenigstens haben sie Witter nicht gekriegt«, sagte Simon. »Inzwischen wird er über alle Berge sein.«

»Er hat alles versucht, uns zu warnen«, überlegte Kristina laut.

Witter hatte genau gewusst, dass Lud sie in Arrest nehmen würde. Er hatte ihnen geraten, nicht mehr in der Hütte zu schlafen. Er hatte Kristina gewarnt, hatte sie *angefleht*, niemandem zu vertrauen, und sie zur Flucht gedrängt, solange sie noch konnte. Würde sie ihn je wiedersehen? Kristina versuchte zu beten. Doch es kam ihr vor, als würde keines ihrer Worte dieses feuchte, grabähnliche Loch verlassen.

Das Licht aus dem Schacht wurde schwächer und nahm die blutrote Farbe des Sonnenuntergangs an, ehe es erlosch, als die Nacht kam. Grit zündete die Kerzen an.

Kristina erkannte einmal mehr, dass ihr kleiner Sohn ihre Existenz von Grund auf verändert hatte. Der Tod erschien ihr jetzt wie das Auseinanderreißen zweier Leben, die zusammengehörten, denn er bedeutete Abschied von dem Kind, das sie geboren hatte und liebte. Peter nicht bei sich zu haben schmerzte sie schrecklich; es fühlte sich an, als hätte man etwas aus ihr herausgeschnitten.

Nach einer Weile, als die Kälte durch die Steine drang, verstummte jedes Gespräch. Sie legten sich zum Schlafen nieder, hüllten sich in ihre Decken und wurden zu einsamen Inseln, jeder für sich allein, jeder versunken in seine eigenen Gedanken, Ängste und Sorgen.

Bald darauf wurde das Licht der Laterne schwächer, bis sie nur noch flackerte und das Verlies in ein geisterhaftes Wabern tauchte. Kristina hob den Blick und sah, wie bleiches Mondlicht durch den Schacht fiel.

Grit schien zu schlafen, doch dann bemerkte Kristina, in einem letzten Aufflackern des ersterbenden Kerzenlichts, dass die Augen der Freundin offen standen und nass waren. Sogar die unerschütterliche Grit schien sich aufgegeben zu haben.

Kristina wollte Gott beschwören, ihnen allen Mut und Kraft

zu geben, aber ein anderer Gedanke schob sich mit Macht in den Vordergrund.

Lud, oh, Lud, warum hast du mich verlassen?

Sie wusste, es war ungerecht, so zu denken, denn Lud war der Aufseher des Gutes, der Vogt. Er war nicht sein eigener Herr, sondern gehörte zum Gut. Und er würde tun, was er tun musste, um das Gut zu schützen. Genau das machte Kristina am meisten Angst.

In diesem Moment hörte sie Schritte vor der Zellentür. Augenblicke später wurde sie aufgesperrt. Von draußen strömte schwaches Laternenlicht herein.

Kristina sah Lura und Lud in der Tür.

Lud hielt die Laterne und einen dampfenden Eimer. Der Geruch von heißer Gerste wehte ins Verlies. Rudolf und Simon setzten sich ruckartig auf, als rechneten sie mit einem Angriff. Grit erhob sich. Kristina ebenso.

»Wir bringen frisches Wasser und Nahrung.«

»Gott segne euch«, sagte Kristina.

Im spärlichen Laternenlicht wirkte Luds Gesicht grimmiger als je zuvor. Seine Miene war hart, und er wich ihren Blicken aus.

Kristina ergriff Luras Hand. »Was ist mit meinem Kind?«

»Wohlauf und behütet. Es ist bei mir und meiner Familie.«

»Und was ist mit Herrin Anna? Vermisst sie meine Anwesenheit nicht?«, fragte Kristina.

»Sie weiß von nichts«, antwortete Lura. »Sie denkt, du liegst mit einer Erkältung im Bett. Besser, wir belassen es dabei.«

Lud bedeutete Lura, zu ihm zu kommen, und beide zogen sich zur Zellentür zurück. Dann trat Lura nach draußen. Lud folgte ihr, blickte sich dann noch einmal zu Kristina und den anderen um.

»Die Magistrate werden mit ihren Gehilfen kommen, um den Anteil des Bistums an der Ernte einzufordern«, sagte er. »Möglicherweise stellen sie bei dieser Gelegenheit Nachforschungen wegen Kaspars Brief an. In zwei Tagen werden sie hier sein. Morgen ist Sonntag. Montag ist der Tag, an dem sie das Getreide abholen. Dann werden wir Bescheid wissen, auf die eine oder andere Weise. Bis dahin müsst ihr hierbleiben.«

»Und Kaspar läuft frei herum!«, schimpfte Rudolf.

»Frei?« Lura schüttelte den Kopf. »Nein. Er ist in der Zelle nebenan.«

Die Tür wurde geschlossen. Das verzogene Holz ächzte, die rostigen Angeln quietschten, und schlagartig war das Laternenlicht verschwunden. Der Schlüssel klapperte im Schloss; dann entfernten sich draußen Schritte.

Wieder fühlte Kristina sich gefangen wie ein Tier.

Grit zündete eine neue Kerze an.

Kristina kehrte auf ihr Lager in der Ecke zurück, wickelte sich in ihre Decke und beobachtete stumm, wie Simon und Rudolf über das Essen herfielen wie ausgehungerte Wölfe.

Dann kam eine Kerze tanzend durch die Dunkelheit auf sie zu. Es war Grit. Sie stellte die Kerze auf einem Stein ab und setzte sich neben Kristina. Ihre Hände fanden einander, ihre Finger verschränkten sich.

Kristina starrte in die kleine züngelnde Kerzenflamme. Ihre Seele griff nach dem goldenen Licht, hielt es fest. Sie würde im Feuer sterben. Nur im Feuer würde sie von dieser Welt gehen, das wusste sie jetzt. Und wenn Feuer das Tor war, durch das sie gehen musste, konnte ihr nur der Glaube helfen, diese Qualen zu ertragen. Doch der Gedanke an die Trennung von ihrem Kind war unerträglich. Zum ersten Mal wurde ihr bewusst, was ihre eigene Mutter gefühlt haben musste, als der Tag ihrer Gerichtsverhandlung gekommen war und die Häscher sie fortgeschleppt hatten zum Scheiterhaufen.

»Weine nicht«, flüsterte Grit und hielt sie an sich gedrückt.

Kristina war nicht bewusst gewesen, dass sie geweint hatte. Jetzt ließ sie den Tränen freien Lauf und presste das Gesicht tief in die derbe Wolldecke.

Grit drückte sie noch fester an sich, als wollte sie sie vor Dämonen retten, die mit ihren Klauen nach ihr griffen.

In diesem Moment erklangen harte Schritte draußen auf der Treppe nach unten. Sie alle hörten es, hoben den Kopf, setzten sich auf, lauschten.

»Wer ist da?«, rief Grit.

»Ich bin es, Linhoff. Ich habe keinen Schlüssel, deshalb kommt zur Tür.«

Kristina wollte sich erheben, doch Grit packte ihre Hand und hielt sie zurück.

Dann erschien Linhoffs junges Gesicht im Licht des Luftschachts, ein milchiges Oval hinter den Gitterstäben des kleinen Fensters in der Zellentür.

»Ich will sehen, was ist.« Simon machte Anstalten, aufzustehen.

»Bleib von der Öffnung weg«, warnte Rudolf und hielt ihn fest. »Wer weiß, was der Junge im Schilde führt.«

»Ich habe euch ein paar neue Flugblätter zum Lesen mitgebracht«, raunte Linhoff durch die Stäbe. »Und frisches Brot.«

»Flugblätter?«, fragte Grit. »Von wo?«

»Würzburg. Ihr müsst keine Angst vor mir haben. Lud hat mir gesagt, ich soll sie euch bringen, aber er wollte den Schlüssel nicht herausgeben. Ich muss sie durch das Gitter schieben. Nehmt sie.«

»Schieb sie durch«, sagte Simon, hielt sich aber in sicherer Entfernung.

Kristina sah, wie Brote zwischen den Gitterstäben erschienen und auf dem Stroh des Zellenbodens landeten. Simon kniete nieder und sammelte sie ein. Dann wurde ein zusammengerolltes Bündel Blätter hindurchgeschoben, die ebenfalls aufs Stroh fielen. Simon sammelte auch die Blätter ein.

»Ich muss jetzt gehen«, raunte Linhoff. »Vertraut mir, einige von uns werden für euch kämpfen, wenn es sein muss.«

Nach diesen Worten war er verschwunden.

Nur Grit nahm sich eins der Flugblätter, um es zu lesen. Es dauerte nicht lange, da stieß sie einen Schrei aus.

Kristina fuhr herum und sah, dass der Mund der Freundin offen stand. Fassungslos starrte sie auf die Flugschrift in ihren Händen.

»Kunwald ...«, ächzte sie.

»Was sagst du da? Nachrichten aus Kunwald?«

Kristina trat näher, beugte sich über die Flugschrift. Die anderen folgten ihrem Beispiel.

Das Blatt rutschte Grit aus den Fingern. Sie verbarg das Gesicht in den Händen und weinte. Kristina hatte Grit noch nie so herzzerreißend weinen hören, so voller Schmerz und Hilflosigkeit.

Rudolf und Simon streckten die Hände nach dem Flugblatt aus, doch Kristina kam ihnen zuvor.

»Lies es laut vor«, verlangte Rudolf. »Mach schon, lies es laut!«

Doch Kristina konnte es nicht laut vorlesen. Zwar nahm sie in sich auf, was da stand, aber das Grauen, das sie erfüllte, lähmte ihre Zunge.

Die Worte waren unaussprechlich.

Ein »Läuterungsfeldzug« hatte Böhmen verheert. Unter den Namen der Orte, die »geläutert« worden waren, befand sich auch Kunwald. Die Namen jener, die in den Städten und Dörfern zum Tode verurteilt und verbrannt worden waren, waren hinter den Namen der Orte aufgelistet.

Heiße Tränen liefen Kristina über die Wangen. Die Wörter verschwammen. Sie waren bitter wie Galle und scharf wie zerbrochenes Glas.

Kristina las sie trotzdem noch einmal, die Liste der in Kunwald Verbrannten:

Drucker von Schriften ketzerischen Inhalts: Johannes und Rita von Kunwald ...

17.
Witter

𝓔r hatte mit absoluter Bestimmtheit gewusst, dass Lud die Täufer festsetzen würde. Aber die anderen hatten nicht auf ihn hören wollen. Er hatte sie gewarnt, hatte sie zur Flucht zu überreden versucht, solange sie noch fortkonnten. Vergeblich.

Mit ihrem gewohnten Gottvertrauen und ihrer Sturheit hatten sie Lud vertraut und waren geblieben.

Also hatte Witter sich allein in Sicherheit gebracht. Er verstand es besser als die anderen, sich vor neugierigen Blicken zu verstecken. An Orten, an denen man ihn niemals vermuten würde.

Wie jetzt hier, in der Kirche.

Witter lag halbwegs bequem oben im Dachstuhl auf einem der Querbalken, die die Dachschrägen verbanden. Es war warm hier oben; die Hitze rührte von den beiden Kaminfeuern her, die tief unter ihm an beiden Enden des Kirchengebäudes brannten. Er hatte einen dicken, zusammengerollten Vorhang entdeckt, der einen guten Mantel zum Schlafen und Warten abgab.

Vergangene Nacht hatte Witter sich nach unten geschlichen, um aus der Sakristei Wein zu stehlen. Er hatte hinauf zu dem glasäugigen Jesus geblickt und Bedauern für diesen Propheten empfunden, dessen gewaltfreie Barmherzigkeit ihm den Tod aus den Händen jener eingebracht hatte, die mit brutaler Gewalt auf jede Herausforderung ihrer Macht reagierten.

Heute war Sonntag. Bald wurde die Messe gefeiert, und er, Witter, würde hier oben liegen und lauschen, wie Vater Michael sie alle verfluchte – ihn, Kristina und die anderen. Die Gelegenheit war wie geschaffen für den Priester, sich den Zorn und die Zwietracht in der Gemeinde zunutze zu machen und die Dörfler wieder unter seine Fittiche zu bringen.

Anschließend würden sie die Ketzer ausliefern, sobald die

Magistrate kamen, oder sie vielleicht sogar gleich im Kerker töten. Vielleicht wurden sie auf den Platz gezerrt, um sie dort öffentlich zu verbrennen. Oder die Dörfler würden die Ketzer gleich selbst verbrennen – die Magistrate würden die Tat billigen, sogar gutheißen, und das Dorf wäre gerettet. Dann musste er sich ein Herz fassen und verschwinden, sich zur nächsten Stadt durchschlagen, wo es Flüchtlinge gab, bevor der Winter einsetzte.

Er würde um sie weinen, ohne Zweifel.

Gibt es denn wirklich keinen Ausweg mehr?

Witter wusste, wie aussichtslos die Situation war. Denn selbst wenn er es irgendwie fertigbrachte, Kristina zu befreien – sie würde niemals ihr Kind im Stich lassen und mit ihm weglaufen. Sie würde nicht riskieren, mit dem kleinen Peter von einem Dorf zum anderen flüchten zu müssen und unterwegs wie ein wildes Tier zu leben, gehetzt von den Schergen und ihren Hunden.

Nein, er würde abwarten, würde aus seinem Versteck zuschauen und sich für seine Ohnmacht und Feigheit verachten, bis die Zeit gekommen war, seine eigene Bestrafung entgegenzunehmen.

So lag er hoch oben im Dachgebälk und spähte durch einen Spalt in den Deckenbrettern in die Tiefe, wo die Kirche sich allmählich füllte.

Sieh nur, Vater, deinen geliebten Sohn, den Narren. Sieh, was aus mir geworden ist. Versteckt wie eine Ratte beobachte ich die Welt und hoffe, dass bald alles vorbei sein wird.

Unter ihm strömten die Dörfler ins Gotteshaus, bis sie so dicht gedrängt standen wie Garben in der Scheune. Witter konnte die Hitze spüren, die von ihnen aufstieg, und roch die ungewaschenen Leiber. Sie kamen her, um den grausamen Tod eines Juden vor langer, langer Zeit zu feiern. Sie hassten und fürchteten alle Juden bis auf diesen einen, und sie verehrten das Kreuz, an dem er seinen Foltertod erlitten hatte. Sie beteten es an, schlugen das Zeichen über ihren Herzen. Ihr Glaube war eine Art Wahnsinn, und dieser Wahnsinn hatte sie alle hierher geführt.

Früher hätte Witter Trost gefunden im Gefühl der Überlegenheit, weil er diese Leute sah, wie sie wirklich waren. Doch er wusste um seine Oberflächlichkeit, und die Ironie war zu niederschmetternd, zu grausam, die Bitterkeit zu beißend, um darüber nachzudenken. Stattdessen schluckte er die aufkeimende Übelkeit hinunter, schaute auf den Mob und dachte an Worte, die vor langer Zeit gesprochen worden waren, von dem Rabbi mit Namen Jesus, auf den sich diese eigenartige Religion namens Christentum berief. Die Ironie war zu bitter, um schmackhaft zu sein.

Richtet nicht, auf dass ihr nicht gerichtet werdet.

Endlich sah er Vater Michael aus der Sakristei kommen und die Holzstufen hinaufsteigen. Er vollführte ein paar zeremonielle Gesten in Richtung des geschnitzten Jesus am hölzernen Kreuz; dann stieg er in seine Kanzel und starrte hinunter auf die wartende Gemeinde.

»Heute spreche ich als Mensch zu euch, denn wie ihr wisst, war ich euch kein guter Priester. Doch die Zeit der Ausflüchte, der Dummheit, der Falschheit – diese Zeit ist vorbei. Lassen wir sie hinter uns, ein für alle Mal.«

Jetzt kommt es, dachte Witter. *Jetzt hat er uns.*

»Ich will euch sagen, was ich heute tun würde, wenn ich ein guter Priester wäre.« Er zögerte, beugte sich vor, sah hinunter auf seine Schäfchen. »Als guter Priester würde ich euch, meine verlorenen Söhne und Töchter, wieder unter meine Macht stellen. Als Erstes würde ich das Lesen aus Giebelstadt verbannen. Ich würde euch mit schrecklichen Anschuldigungen überschütten, zum Beispiel, ihr hättet mit Dämonen getanzt.«

Witter sah, wie viele der Gläubigen zusammenzuckten.

»Ihr kommt heute zu mir, füllt dieses Gotteshaus und bittet mich, bei der Heiligen Jungfrau Fürsprache für euch einzulegen. Ich aber sollte euch die Sünde eures Stolzes und eurer Eitelkeiten beichten lassen, die euch dazu gebracht haben, das Lesen zu lernen! Ich sollte euch schwören lassen, nie wieder zu lesen! Dann wäre ich ein guter Priester. Ein guter Diener der Kirche.«

Bleierne Stille. Die Menschen unten im Kirchenraum wichen den Blicken des Priesters aus. Vater Michael lächelte auf sie hinunter.

»Aber ich *bin* kein guter Priester, wie ihr alle wisst. Würde ich euch das Lesen verbieten und mich dabei auf die Heilige Schrift und ihre Gebote berufen, müsstet ihr mir glauben, denn ich bin der Dorfgeistliche. Ich könnte sagen, was ich will – ihr, die ihr nicht selbst lesen könnt oder dürft, müsstet mir glauben, dass es das Wort Gottes ist, was ich euch erzähle.«

Witter runzelte die Stirn, während er sich fragte, worauf um alles in der Welt Vater Michael hinauswollte. Belog er diese hörigen Hinterwäldler? Aber welchen Grund sollte er dafür haben?

Unten in der Menge entstand Bewegung, denn die Leute wussten nicht, was sie von den Worten ihres Priesters halten sollten.

»Die Leute, die zurzeit im Verlies der Burg festgehalten werden, sind der Truppe aus Giebelstadt während ihres letzten Kriegszuges begegnet. Diese Leute hätten davonlaufen können, aber sie haben ihr Leben riskiert, um unseren Jungen zu helfen, sie zu versorgen und zu heilen. Einige dieser Leute wurden dabei sogar erschlagen. Warum haben sie das getan? Weil sie lesen können! Weil sie das eine, das einzige Gebot lesen können, das unser Herr Jesus Christus uns hinterlassen hat, und das ich ebenfalls gelesen habe und euch nun sagen werde: Liebe deinen Feind, liebe deinen Nachbarn, liebe deinen Bruder.«

Vater Michael hielt inne und starrte seine Herde von der Kanzel herunter an, als könnte er in ihre Köpfe eindringen und ihre Gedanken lesen.

»Du«, fuhr er fort. »Du und du und du. Die Fremden, die einige von euch als Ketzer bezeichnen, haben niemandem auch nur ein Haar gekrümmt, und doch wurden sie von Männern und Hunden gehetzt. Sie kamen hierher, wo die Pocken wüteten. Wieder sind sie nicht geflohen, sondern geblieben, um den Kranken in unserem Dorf zu helfen. Und sie sind noch länger geblieben.«

Wieder hielt er inne, ließ seinen flammenden Blick über die Gemeinde schweifen.

»Ihr wisst, dass es die Wahrheit ist. Sie sind geblieben, um denen von euch das Lesen beizubringen, die es wollten. An jedem Tag war ihr Leben in Gefahr. Sie sind trotzdem hiergeblieben, selbst nachdem ihr euch angewöhnt hattet, diese scheußlichen Flugblätter aus Würzburg zu lesen, die voller Lügen und Entstellungen sind. Lügen, die ihr gar nicht hättet lesen können, hätten die Fremden es euch nicht beigebracht! Und jetzt werden sie durch einen Brief denunziert, nur weil sie geblieben sind, um euch aus der Dunkelheit und Unwissenheit zu befreien. Durch einen Brief, der niemals hätte geschrieben werden können, wäre der Schreiber nicht von genau jenen Leuten unterrichtet worden, die er in diesem Brief verraten hat!«

Vater Michael verstummte, um seine Predigt wirken zu lassen. Witter glaubte seinen Ohren nicht zu trauen. Hatte er das alles richtig gehört?

Vater Michael fuhr fort – mit ruhigerer, tieferer Stimme als zuvor, als würde er um seine nächsten Worte mit sich selbst ringen. »Ich gestehe, dass ich kein guter Priester bin. Ich habe euch nicht das Lesen gelehrt, wie diese Fremden es getan haben. Ich habe euch nicht meine Zeit und Zuwendung geopfert. Nun aber, weil diese so genannten Ketzer getan haben, was *ich* für euch hätte tun müssen, warten sie im Kerker der Burg darauf, morgen von den Magistraten mitgenommen zu werden, die mit ihren Gehilfen nach Giebelstadt kommen, um den Anteil des Fürstbistums an der diesjährigen Ernte abzuholen. Meine Scham lässt meine Seele ertrinken!«

Getuschel ging durch die Reihen der Dörfler, gefolgt von hitzigen Wortwechseln und Geschubse.

»Lasst mich euch eine Frage stellen. Haben die Leute, die ihr Ketzer nennt, jemals das Wort gegen Gott erhoben? Haben sie jemals gegen Jesus Christus gesprochen? Haben sie jemals Hilfe oder Barmherzigkeit verweigert?«

Unten im Kirchenschiff entbrannte nun ein wildes Durcheinander von Beschimpfungen und Schuldzuweisungen, doch Vater Michael redete sich nun erst richtig in Rage und übertönte die Menge mühelos.

»*Ihr* habt die Fremden gefragt, ob sie euch das Lesen beibringen können! *Ihr* habt sie in diese Lage gebracht! Und *ihr* seid diejenigen, die sie nun verdammen für das, was ihr selbst von ihnen erbettelt habt!«

Die ersten Dörfler bekreuzigten sich und eilten zum Ausgang. Witter hatte Ähnliches noch nie gesehen. Er kroch hastig über den Balken zu einer Öffnung in der Decke, von wo er eine bessere Übersicht hatte.

Vater Michael sprang erstaunlich behände von seiner Kanzel. Speichel klebte in seinem Bart. Seine Augen blickten wirr wie die eines wilden Tieres, das unerwartet aus einem Käfig freigelassen wird.

»Hört mich an, ihr Elenden!«, rief er mit sich überschlagender Stimme. »Es wird eine schreckliche Last auf euren Seelen sein, die nie wieder von euch genommen wird, sollten diese guten Menschen euretwegen zur Folter und auf den Scheiterhaufen geschickt werden! Wer von euch frei ist von Sünde, der werfe den ersten Stein!«

Da soll mich doch der Teufel holen, dachte Witter staunend. *Rettet uns womöglich ein Priester der katholischen Kirche?*

18.
Lud

*E*r wusste, dass die Kirche an diesem Tag zum Bersten voll sein würde. Die Hörigen waren monatelang nicht mehr beim Gottesdienst gewesen und würden sich in der Kirche drängen, darauf bedacht, sich von jedem Anschein, jedem Getuschel freizumachen, sich mit Ketzern abgegeben zu haben. Dass die Menschen die Kirche besuchten, bedeutete überhaupt nichts – es ging um den Schein und sonst nichts. In einem kleinen Dorf wie Giebelstadt war es mit das Wichtigste, den Schein zu wahren. Nie im Leben hätte Lud mit einem Spektakel wie dem gerechnet, das sich an diesem Tag in der Kirche abspielte.

Die Nacht zuvor hatte er schlaflos verbracht. Er hatte in seinem kostbaren Buch gelesen, in der *Ersten Regel gegen das Übel der Unwissenheit*. Die Stunden waren geradezu ärgerlich schnell verflogen. Zwei Kerzen brannten zu Stummeln herunter, während Lud über seinen Holztisch gebeugt saß, die Worte des Mönchs Erasmus entzifferte und zu Sätzen zu verbinden versuchte.

Wie in der Schlacht kämpfte er weiter und weiter, auf der Suche nach einer Lücke in der Panzerung, nur dass sie diesmal nicht aus Stahl war, sondern aus Worten und Begriffen, und sein Verlangen, die Bedeutung dieser Worte zu erfahren, war dabei stärker und stärker geworden.

Nun stand Lud im hinteren Teil der Sakristei und verfolgte von dort aus die Messe. Es war erstaunlich. Nie im Leben hätte er damit gerechnet, dass Vater Michael, dieser verweichlichte Priester, eine derart leidenschaftliche Predigt halten und das schwere Joch abschütteln konnte, das ihm bei seiner Ausbildung zum Hüter seiner Religion aufgebürdet worden war. Lud erkannte, dass er Vater Michael bisher nicht besonders geschätzt hatte. Nun aber achtete er ihn, bewunderte ihn sogar ein wenig.

Dieser verweichlichte Gelehrte hat plötzlich Mut gezeigt.

»Wenn du glaubst, er ist Gott«, rief Vater Michael soeben, »musst du auch an seine Wahrhaftigkeit glauben, ohne zu wanken, denn er ist so wahr, so sicher, so über jeden Zweifel erhaben wie die Heilige Schrift, die von den Propheten unter die Menschen gebracht wurde und für die viele Märtyrer ihr Blut vergossen haben. Gottes Wahrhaftigkeit ist so wirklich wie die Dinge, die du mit den eigenen Ohren hörst, mit den eigenen Augen betrachtest und mit den eigenen Händen berührst.«

Lud beobachtete, wie die Menge sich wand, wie mehr und mehr Leute sich davonstahlen. Vater Michaels unerwartete Predigt und seine angedrohten Strafen hatten Lud in Erstaunen versetzt – die Hörigen hingegen gerieten in Panik.

Doch nicht alle flüchteten. Ungefähr ein Dutzend knieten auf den Bänken, beteten und bekreuzigten sich, manche unter Tränen. Vater Michael stieg zu ihnen hinunter und segnete sie. Lud sah, dass die Hände des Priesters zitterten, während er sich von einem zum anderen bewegte, sich niederbeugte und leise den Segen sprach.

Nichts war mehr wie damals, als Kristina und ihre Gefährten nach Giebelstadt gekommen waren. Alles änderte sich, verwandelte sich, spaltete sich auf.

Nun hatte sogar Vater Michael Stellung bezogen.

»Nichts ist so wahr, so sicher, so über jeden Zweifel erhaben wie die Heilige Schrift«, hatte in dem Buch gestanden – in dem Abschnitt, den Vater Michael ihm zu lesen aufgetragen hatte. In dem Buch, das auch Dietrich ihm gegeben hatte, um sein Verständnis zu fördern.

In Luds Kopf drehte sich alles.

»Lerne, finde die Wahrheit, deine eigene Wahrheit«, hatte der sterbende Dietrich zu ihm gesagt. Lud erinnerte sich, wie er Gott angefleht hatte, Dietrich zu verschonen, wie er versprochen hatte, Mönch zu werden, alles, egal was, wenn Gott sich nur erbarmen würde.

Aber Dietrich war gestorben. Und Lud wusste, dass er in Wahrheit keine Verbindung zu Gott gespürt und nur für sich selbst gefleht hatte.

Trotzdem. Dietrich hatte ihm mit seinen letzten Worten sein Vermächtnis auferlegt und seine Zukunft vorbestimmt.

Aber stimmt es auch? Dass man lesen muss, um zu wissen? Dass man wissen muss, um zu urteilen? Dass man lesen können muss, um zu glauben?

Vater Michael war beileibe kein Feigling, das machte seine Predigt deutlich. Keine noch so große Menge Messwein konnte darüber hinwegtäuschen, dass er zusammen mit den anderen verurteilt werden würde, sobald die Magistrate Zeugen aufriefen. Alle hier hatten mit eigenen Ohren gehört, wie er die Ketzerei verteidigt hatte.

Lud bewunderte den Priester dafür. Seine Verachtung für diesen Mann war völlig verflogen.

Er verließ die Kirche. Es war längst Zeit, Herrin Anna Bericht zu erstatten. Er war der Vogt, der Verwalter, und er war ihr Rechenschaft schuldig.

Lud ging geradewegs zur Burg. Auf dem Weg dorthin versuchten mehrere der älteren Dörfler – Merkel, Gerhard und Franz –, ihn aufzuhalten und mit ihm zu reden. Sie wollten wissen, was er von der Predigt hielte und was er nun unternehmen würde. Es waren die gleichen Männer, von denen Lud geglaubt hatte, sie wollten seinen Tod.

»Wirst du den Priester jetzt melden?«, fragte Merkel. »Und was sagt Herrin Anna dazu? Wird man uns am Ende alle verhaften und verhören?«

»Ich weiß es nicht. Lass mich weiter.« Lud schob sich an ihnen vorbei.

Doch nahe der Burg trat Sigmund der Müller ihm in den Weg, der Vater von Kaspar, dem Einbeinigen, der so viel Übel verursacht hatte. Sigmunds Augen waren gerötet, seine ganze Haltung unterwürfig, was überhaupt nicht zu ihm passte.

»Lud, bitte … warum hast du meinen Sohn festgenommen?«, fragte der Müller.

»Kaspar wird zu seinem eigenen Schutz festgehalten«, antwortete Lud.

Sigmunds Augen weiteten sich vor Entsetzen. »Zu seinem eigenen Schutz? Vor wem muss er denn geschützt werden?«

»Vor sich selbst. Vor seinem Mundwerk. Vor denen, die auf ihn wütend sind und jetzt Angst haben vor den Magistraten. Bring ihm meinetwegen zu essen, bring ihm Decken, alles, was du durch die Gitterstäbe schieben kannst, aber keinen Wein und kein Bier. Er schreit auch nüchtern schon laut genug.«

»Lud, ich flehe dich an! Vergiss nicht, dass Kaspar mit dir auf dem Kriegszug war und verkrüppelt heimgekehrt ist. Und dass ich dich Mehl aus der Mühle habe mitnehmen lassen, als du ein hungriges Kind warst …«

Lud schob sich ohne ein weiteres Wort an dem Müller vorbei. In der Burg angekommen, eilte er die Steintreppe hinauf. Lura versperrte ihm den Weg vor dem Eingang zu Annas Schlafgemach. Sie hatte Fragen über Fragen.

»Die Herrin fragt dauernd nach Kristina. Was wirst du ihr sagen?«

»Du bist eine Freundin, Lura, aber wenn du nicht zur Seite gehst, gebrauche ich Gewalt. Du kennst mich. Du weißt, dass ich es ernst meine.«

»So warte doch, verdammter Kerl! Ich muss Herrin Anna vorher sagen, dass du da bist, und sie für den Empfang fertig machen.«

Wenig später wurde Lud eingelassen.

Herrin Anna war verschleiert wie immer. Sie trug ein langes, dunkelblaues Kleid und saß in einem Sessel, eine Stickerei in den Händen.

»Wo ist Kristina?«, wollte sie wissen. »Was geht hier vor?

Warum ist mein Vogt nicht früher gekommen, um mich zu beraten?«

»Aus diesem Grund bin ich hier, Herrin.«

Lud erzählte ihr die ganze Geschichte. Selbst durch den Schleier hindurch konnte er Annas wachsende Verärgerung erkennen.

»Meine Dorfbewohner? Meine Hörigen? Sie lernen lesen? Das kann ich nicht dulden. Nicht auf meinem Grund und Boden. Ich verbiete es!«

»Aber Dietrich hat gesagt, alle sollen die Wahrheit suchen, Herrin.«

»Die Wahrheit? Wie können Bauern die Wahrheit kennen, es sei denn, sie wird ihnen von einem guten Priester erklärt?«

»Ich denke, Vater Michael hat ihnen heute in der Kirche ziemlich genau die Wahrheit erklärt, Herrin«, entgegnete Lud.

Anna blickte ihn an. »Warst du dort?«

»Ja, Herrin. Vater Michael hat eine flammende Rede gehalten. Er war wie besessen. Er hat das Lesen verteidigt ...«

»Was denn, unser Priester? Dieser feige, willensschwache Dummkopf?«

»Ja, Herrin.«

»Mein Gemahl mochte ihn, Gott steh uns bei.«

»Morgen kommen die Magistrate, um den Würzburger Anteil an unserem Getreide zu holen«, wechselte Lud das Thema. »Sie haben zweifellos ihre Gehilfen bei sich. Möglicherweise auch Söldner.«

»Was interessiert mich das?«

»Es wäre möglich, Herrin, dass die Magistrate wegen Kaspars Brief Zeugen verhören und Verhaftungen vornehmen wollen. Was möchtet Ihr, dass ich tue?«

Anna erhob sich aus dem Sessel und fuchtelte mit der Sticknadel vor Luds Augen, als wäre sie ein Dolch. Er wich einen

Schritt vor ihr zurück, überrascht über die Wildheit ihres Zorns.

»Ich würde am liebsten alle übergeben! Jeden von denen, die lesen gelernt haben! Dich eingeschlossen, weil du mich im Dunkeln gelassen hast!« Die Herrin schnaubte. »Verdorben sind sie, ruiniert, zu nichts mehr zu gebrauchen! Nun denn, morgen werde ich ihnen zeigen, welche Strafe auf Ungehorsam steht.«

19.
Kristina

Als Kristina erwachte, die Augen aufschlug und die kahlen grauen Wände ringsum sah, erschauerte sie wie von einem eisigen Regenguss. Zitternd richtete sie sich auf ihrem Strohlager auf und zog die Wolldecke um sich. Sie fühlte sich beklommen und vollkommen hilflos.

Dann fiel ihr alles wieder ein, wo sie war und weshalb.

Jeder, den Kristina geliebt hatte, war gestorben. Sie dachte an Kunwald und an die Menschen, die sie dort aufgenommen und das Lesen gelehrt hatten. Die geduldige Rita und der hart arbeitende Johannes, die wie Eltern für sie gewesen waren. Nun waren sie tot, gestorben beim »Läuterungsfeldzug« der Kirche, verbrannt auf dem Scheiterhaufen. Wie furchtbar sie gelitten haben mussten. Welche Qualen sie ausgestanden haben mussten.

Kristina schloss die Augen.

Gott, warum bestrafst du unsere Bemühungen, andere zu lieben?

Die Ermahnung ihrer Mutter, in ihrer Angst zu Gott zu singen, kam ihr sinnlos vor.

Sie wollte nicht singen. Sie wollte leben.

Sie dachte an Peter, ihren kleinen Sohn. Was sollte aus ihm werden, wenn sie sterben musste? Und woher kam es, dass er sich so langsam entwickelte? Hatte ihre Angst ihm bereits im Mutterleib Schaden zugefügt? Hatte sie selbst ihr Kind geschädigt? Hatte sie selbst ihn so langsam, so begriffsstutzig gemacht?

Draußen erklangen Schritte auf den Stufen, dann das Flüstern von Stimmen. Kristina schlug die Augen auf und sah als Erstes, dass die Dämmerung anbrach. Das Licht kam aus dem Schacht. Staubflusen tanzten darin und flimmerten wie Sterne.

Grit, Rudolf und Simon setzten sich verschlafen auf. Rudolfs blindes Auge tränte.

»Zur Hölle mit Lud und all den anderen«, flüsterte er.

»Hör mit dem Fluchen auf«, ermahnte ihn Grit. »Vielleicht sind wir Gott schon ganz nah, näher als je zuvor.«

Dann fing sie leise an zu singen. Ihre Stimme war anfangs zittrig und unsicher, wurde aber mit jedem Wort fester, als Kristina und die anderen zögernd einfielen:

»Ich preise meinen Schöpfer, solang ich atmen kann, ich hoff zu preisen ihn nach meinem Tod, und Heil und Seligkeit zu rufen ...«

Ein Schlüssel rasselte im Schloss, dann wurde die Zellentür aufgesperrt. Entsetzen packte Kristina. Sie verstummte, zog die Knie an die Brust und duckte sich, als sie den alten Vogler sah, den Torwächter, zusammen mit dem Kleinen Götz, seinem neuen Schlüsselträger. Die beiden schauten zu ihnen hinein, einen Ausdruck des Bedauerns auf den Gesichtern.

»Los, macht Platz. Aus dem Weg«, sagte eine Frauenstimme.

Verwirrt beobachtete Kristina, wie Lura mit einer brennenden Laterne aus dem gemauerten Vorraum zur Tür kam. Besorgnis spiegelte sich auf ihrem hübschen Gesicht, das im flackernden Licht zu strahlen schien.

In diesem Moment erblickte Kristina gleich hinter Lura eine kleinere, verschleierte Gestalt. Es war Anna.

»Kristina«, sagte sie. »Komm heraus.«

»Ja, aber ...« Kristina schaute zu den anderen.

»Komm heraus, auf der Stelle! Du vernachlässigst deine Pflichten mir gegenüber. Wir haben eine Vereinbarung, du und ich.«

Kristina erhob sich mühsam und bewegte sich zur Tür. Grit, Simon und Rudolf wollten ihr folgen, doch Lura hob die Hand und schüttelte den Kopf.

»Die Herrin will nur Kristina. Mit euch hat sie keinen Vertrag.«

»Herrgott, beeil dich, Kind«, drängte Anna. »Ich kann den Gestank und die Feuchtigkeit hier unten nicht ausstehen.«

*

Eine Stunde später stieg Kristina aus dem Kübel, dampfend und sauber. Lura reichte ihr ein Tuch zum Abtrocknen.

Kristina hätte sich großartig gefühlt, wäre nicht die Sorge um Grit, Simon und Rudolf gewesen. Zumindest die Angst um den kleinen Peter war vorerst verflogen, denn Lura hatte ihr gesagt, Peter sei mit ihrem eigenen Sohn zusammen.

Trotzdem vergewisserte sich Kristina, als sie sich nun anzog: »Und Peter geht es wirklich gut?«

»Er ist wohlauf und sicher«, antwortete Lura. »Er und mein Sohn spielen zusammen wie Brüder. Natürlich gibt es Kabbeleien, Jungen sind nun mal Jungen, aber niemand wird Peter etwas zuleide tun. Sein Lachen muntert uns alle auf.«

»Und dieser Brief? Ich habe schreckliche Angst vor dem, was dieser Brief uns bringen wird.«

»Viele Leute im Dorf sind deswegen wütend auf Kaspar, denn alle fürchten sich vor den Magistraten. Es ist ein schlechter Zeitpunkt. Alle sind verwirrt, verängstigt. Nur Herrin Anna nicht.«

»Was ist mit ihr?«

»Sie ist furchtbar wütend. Sie sagt, ich hätte sie angelogen. Als sie hörte, wo du bist, hat sie Zeter und Mordio geschrien. Sie hat die Lesestunden und dein Harfenspiel vermisst. Vor allem hat sie dich vermisst, habe ich das Gefühl. Übrigens, du sollst sofort zu ihr hinauf, wenn du angezogen bist.«

Kristina ging nach oben in Annas Gemächer, sobald sie angekleidet war. Anna stand am Lesepult und las laut einen Abschnitt aus *Lob der Torheit* – die Worte der Stultitia, der Einfalt, die das Wissen der Menschheit kommentiert. Anna las stockend, aber ohne Versprecher: »Ich sehe, was aus der Welt würde, wären alle Menschen weise. Dies zu erleben, bräuchten wir einen besseren Ton und viel bessere Töpfer.«

Kristina spürte Annas schlechte Laune und wagte nicht, sie zu unterbrechen oder eine der Fragen anzusprechen, die ihr auf dem Herzen lagen. Also lauschte sie schweigend und wartete. Die ganze Zeit waren ihre Gedanken bei ihrem Sohn. Sie sehnte sich danach, Peter zu sehen, ihn zu streicheln, zu umarmen. Was spielte es für eine Rolle, dass er begriffsstutzig und langsam war? War das Leben vielleicht ein Wettrennen zwischen den Kindern Gottes? Geliebt zu werden und zu lieben – *das* war gottgefällig. *Darauf* kam es an. Wie hatte sie nur so ungerecht sein können, von Peter enttäuscht zu sein?

»Aus den Worten Stultitias, der Einfalt, lässt sich viel lernen«, riss Annas Stimme sie aus ihren Gedanken. »Siehst auch du die Bedeutung, Kristina?«

Kristina blickte ihre Herrin verdutzt an; sie hatte nicht zugehört. »Ich …«, setzte sie an, verstummte aber sofort wieder.

»Als ich dich holen kam, dort unten in diesem schrecklichen Verlies«, fuhr Anna fort, »habt ihr gesungen, du und deine Freunde. Wie konntest du singen? Hast du denn keine Angst gehabt?«

»Wir alle hatten Angst, Herrin. Deshalb haben wir ja gesungen.«

»Angst kann schlimmer sein als Schmerz. Sie ist wie nackter Schmerz.«

»Ja.« Kristina nickte. »Und wenn man den Glauben verliert, bleibt nichts als Angst.«

»Woher kommt ein so starker Glaube, wie ihr ihn habt? Ihr habt nicht einmal einen Priester, der diesen Glauben in euch wecken könnte. Woher also kommt er?«

»Mein Glaube ist schwach, Herrin. Ich bin nicht die Richtige, Euch die Antwort zu geben.«

»Dein Glaube ist schwach?«

»Ich wäre fast verzweifelt in dem Verlies. Ich habe zu beten versucht, aber es ging nicht, weil ich die Angst nicht zurückdrängen konnte. Die Angst ist wie ein dichter Nebel, durch den man nicht sehen und sich keinen Weg ertasten kann.«

»Und doch hast du gesungen.«

»Meine Schwester Grit hat gesungen, um uns durch diesen Nebel zu führen.«

»Aber sie ist nicht deine Schwester.«

»Sie ist meine Seelenschwester.«

»Bin auch ich deine Schwester?«

»Ich will Euch nicht kränken, Herrin, aber würde ich Ja sagen, würde ich mir damit anmaßen, Ihr und ich wären gleich.«

»Sind nicht alle Menschen gleich vor Gott?«

Kristina antwortete nicht. Sie wusste keine Antwort, die auszusprechen sie tapfer genug gewesen wäre.

»Lud hat es gut gemeint«, fuhr Anna fort. »Er wollte euch schützen.«

»Ich weiß.«

»Er ist ein ungebildeter Mann.«

»Das wird er nicht bleiben, Herrin. Er lernt. Und er hat etwas, das man nicht lernen kann.«

»Und was?«

»Ein gutes Herz.«

»Du erstaunst mich. Ich weiß wirklich nicht, was du bist, ob Närrin oder Gelehrte.«

Kristina sah durch den Schleier Annas hindurch die hochgezogenen Lippen, die das ironische Lächeln erkennen ließen.

In diesem Moment wurden sie unterbrochen, denn Lura kam herbeigeeilt. »Herrin, Ihr habt mir aufgetragen, Euch zu benachrichtigen, wenn die Wagen aus Würzburg kommen«, stieß sie atemlos hervor. »Lud ist vor einiger Zeit ausgeritten und soeben zurückgekehrt. Er sagt, die Wagen sind bald hier!«

»Hat er gesagt, ob Magistrate dabei sind?«

Luras Stimme bebte. »Ja, Herrin. Magistrate, bewaffnete Gehilfen und Mönche!«

Eine eisige Hand schien Kristinas Herz zu umklammern.

Anna erhob sich abrupt. »Also gut«, sagte sie entschlossen. »Ich werde meinen hohen Kragen und den schwarzen Umhang aus Samt tragen.«

»Den schwarzen Hut mit den Bändern dazu?«, fragte Lura.

»Nein. Wir reisen nicht an den Hof. Ich habe nicht die Absicht, mich herauszuputzen. Wir werden den Magistraten angemessen, aber nicht übertrieben elegant entgegentreten.«

»Wir?«, fragte Kristina.

»Du wirst mich begleiten. Bist du nicht meine Magd? Sollen sie denn nicht sehen, dass ich eine adlige Herrin bin?«

»Ihr seht ganz nach einer Herrin aus«, sagte Lura.

»Gut. Dann lasst uns nach unten gehen und die Angelegenheit hinter uns bringen.«

Lud erwartete Herrin Anna im Hof. Kristina hielt sich mit Lura im Hintergrund. Die Sonne stand hoch am Himmel, als Anna sich den Bericht ihres Verwalters anhörte. Ihr Gesicht war ein undeutliches weißes Oval unter dem Schleier.

»Wir haben das Getreide für den Fürstbischof auf die Wagen verladen«, sagte Lud. »Der Anteil des Fürstbistums wurde schon wieder erhöht.«

»Schon wieder? Und du hast es zugelassen?«

»Ich konnte nichts daran ändern. Ich habe die bischöfliche Verfügung gelesen, da steht es schwarz auf weiß.«

»Du hast sie selbst gelesen?«

»Ja, Herrin.«

»Wann werden die Magistrate hier sein?«

»Sie sind bereits am Tor. Ich fürchte, sie wollen Verhaftungen vornehmen.«

»Wir werden sehen. Bleib dicht bei mir, Lud.«

»Ja, Herrin.«

»Und jetzt führe mich zu den anderen.«

Lud geleitete die Frauen ins Dorf bis zur alten Linde, wo sich die Bewohner zu einer schweigenden, wachsamen Menge versammelt hatten.

Erst jetzt bemerkte Kristina, dass Lud sein Türkenschwert trug. Lang und geschwungen hing es an seinem Gürtel. Sie hatte dieses Schwert seit dem Kriegszug vor vier Jahren nicht mehr an ihm gesehen. Trotzdem trug er es mit einer Selbstverständlichkeit, als würde er diese Waffe immer schon mit sich führen. Das Heft war aus punzierter Bronze; die lange, schwarze Lederscheide war abgewetzt und schwang bei jedem seiner Schritte. Irgendwie fühlte Kristina sich besser, weil Lud dieses Schwert trug.

Als ihr der letzte Gedanke bewusst wurde, schämte sie sich. Das Schwert war eine üble Waffe, die nur einem Zweck diente: Menschen zu töten. Sie, Kristina, durfte weder Lud noch sein Schwert bewundern. Denn Lud trug diese Waffe ganz bestimmt nicht, um damit zu prahlen.

Trotzdem …

Vielleicht beschützt er mich mit diesem Schwert. Und indem er mich beschützt, schützt er auch meinen kleinen Sohn. Hilf ihm, lieber Gott, und vergib mir, dass ich darum bitte.

Mehr als ein Dutzend Reiter näherten sich nun dem Platz. Kristina, die gleich neben Anna stand, sah einen kleinen Mönch an der Spitze des Trupps und spürte, wie ihr Herz einen Schlag aussetzte. Sie kannte diesen Mann. Er war der Mönch vom Marktplatz in Würzburg. Der Mönch, der sie vor ein paar Jahren beim Austeilen ihrer Flugblätter gefasst hatte. Der sie unter Arrest hatte stellen wollen. Der Mönch, vor dem Witter sie gerettet hatte.

Und nun war er hier.

Lieber Gott, lass nicht zu, dass er mich erkennt!

Als der Mönch sein Pferd zum Stehen gebracht hatte, nur wenige Schritte von ihnen entfernt, begrüßte Anna ihn betont freundlich.

»Ich bin Anna von Seckendorf, Witwe des Dietrich Geyer zu Giebelstadt, und ich begrüße dich hier auf meinem Grund und Boden. Du bist Vater Basil, wenn ich mich nicht irre?«

»Weshalb dieser Spott?«, erwiderte der Mönch mit falschem Lächeln. »Wir wissen doch beide, dass ich Bruder Basil bin und nicht zum Priester berufen. Ich bin bloß ein bescheidener Diener der Kirche und an diesem Tag in bischöflichem Auftrag hier.«

»Warum glaubst du, ich würde dich verspotten und dir nicht die Ehre erweisen?«, entgegnete Anna. »Liegt es an der Bescheidenheit eines wahren Dieners der Kirche, wie du einer bist?«

Kristina sah, wie der Mönch die Augen verengte. Offensichtlich hatte er nicht mit einer so offenen Herausforderung gerechnet, schon gar nicht von einer Frau. Er flüchtete sich in Beflissenheit. »Ich fühle mich geehrt, dass Ihr Euch an mich erinnert, ehrenwerte Dame, die Ihr von so edler Geburt seid und eine so wertvolle Stütze unserer heiligen Mutter Kirche.«

Der Mönch schloss die Augen, machte ein Kreuzzeichen und wedelte mit dem Arm, als würde er Geschenke in die Menge werfen. »Gesegnet seid ihr alle im Namen der Jungfrau Maria und ihres Sohnes, unseres Heilands Jesus Christus.«

»Gott segne uns alle«, sagte Anna. »Es ist Jahre her, Bruder Basil. Bei der Kommunion in Würzburg, wenn ich mich recht entsinne.«

Der Mönch starrte Anna an und nickte. »Ja. Ich erinnere mich mit Freuden an Euren letzten Besuch im St. Kiliansdom zu Würzburg.« In seiner Stimme lag noch mehr falsche Freundlichkeit als zuvor, doch nun schwang auch Herablassung darin mit.

Die jüngeren Mönche, die ihren Herrn und Meister Basil rechts und links flankierten, hingen an seinen Lippen und achteten auf jedes seiner Worte. Kristina sah, wie tief sie ihn verehrten und wie sie voll abgöttischer Bewunderung jede seiner Bewegungen studierten, um von ihm zu lernen. Die bewaffneten Magistratsgehilfen zu Pferde waren ganz anders. Ihre harten, wachsamen Augen verrieten, dass sie nichts Gutes im Schilde führten und zu viel Schlimmes gesehen hatten, um sich groß um Formalitäten zu scheren.

Und dann hörte sie das Gebell. Hundeführer mit Hunden an Ketten warteten hinter den Reitern. Manchmal erhaschte Kristina zwischen den Beinen der Pferde hindurch einen kurzen Blick auf sie.

Die alte Angst überkam sie mit verheerender Wucht.

Hunde ...

War es so abgelaufen bei der »Läuterungsaktion« in Kunwald?, fragte sie sich. Waren Magistrate und Mönche gekommen, hatten die Anklagen verlesen und alle so lange gefoltert, bis sie gestanden hatten? Hatten sie die Verurteilten anschließend geköpft oder auf dem Scheiterhaufen verbrannt? Und hatte die Kirche dann ihr Land beschlagnahmt? War es so abgelaufen? Und würde das Gleiche jetzt wieder geschehen? Hier in Giebelstadt?

Dabei bin ich unschuldig! Ich habe nichts Sündhaftes getan!

Schweigend stand sie neben Anna, innerlich bebend und zitternd, sodass sie Mühe hatte, nach außen ruhig zu erscheinen.

»Zu schade, dass mein Vetter, Fürst Konrad, nicht mitgekommen ist, um mir seine Aufwartung zu machen«, sagte Anna soeben.

»Edle Herrin, der Fürst lässt Euch seine herzlichsten Grüße überbringen. Er bedauert zutiefst, dass Amtsgeschäfte seine Anwesenheit andernorts erforderlich machen.«

»Ich habe von seinen Erfolgen mit der Druckerpresse gehört. Bist du nicht ebenfalls daran beteiligt?«

»Ihr habt gute Ohren.« Plötzlich drehte der Mönch den Kopf, starrte Kristina an und runzelte die Stirn, als versuchte er sich zu erinnern. Kristina machte sich ganz klein und flehte stumm, dass der Mönch sie nicht wiedererkannte.

Basil starrte ihr in die Augen. Es war wie ein Bann.

Ein Bann, den Anna Augenblicke später sprengte, als sie Basil antwortete: »Ich habe nicht nur gute Ohren, auch gute Augen. Ich habe den Schund aus eurer so genannten Veritas-Presse gelesen ...«

Sofort richtete der Blick des Mönchs sich wieder auf Anna. »Habt Ihr *Schund* gesagt?«

»Ja. Schund. Schund für Dummköpfe, Narren und Einfaltspinsel. Das kannst du meinem Vetter ausrichten. Er enttäuscht mich.«

Der Mönch lächelte und neigte den Kopf. »Ich wusste gar nicht, dass Ihr lesen könnt.«

»Wer hat dir gesagt, dass ich es nicht kann? Du scheinst vieles nicht zu wissen. Jedenfalls ist es erstaunlich, dass mein Vetter, ein Fürst, sich zu etwas so Törichtem wie dem Drucken närrischer und lügenhafter Flugblätter hinreißen lässt.«

Basils Lächeln gefror. »Es ist keineswegs töricht, denn es rettet Seelen! Und Ihr nennt es Schund! Wir verrichten das Werk Gottes, das Werk der heiligen Mutter Kirche, denn wir kämpfen um die Seelen unserer Schafe. Ihr überrascht mich, edle Dame, denn ich weiß, dass Konrad Euch für eine fromme Christin hält.«

Annas Ton wurde scharf. »Halte deine Zunge im Zaum, Mönch. Du bist nicht mein Beichtvater. Gott allein vermag in unsere Herzen zu schauen. Nur er weiß, wer wir sind. Und nun, da wir euch euren Anteil gegeben haben, könnt ihr verschwinden. Lebt wohl und guten Tag.«

Basil sah Anna missbilligend an, sein Pferd schnaubte. Dann neigte er entschuldigend den Kopf. »Verzeiht, edle Dame, wenn ich Euch beleidigt haben sollte. Es gibt noch etwas anderes, über das wir sprechen müssen. Die Sicherung unseres Anteils war nur der erste Teil unserer Angelegenheiten hier.«

»Ach? Bist du gekommen, um die Messe für meinen geliebten Gemahl zu lesen? Falls dem so ist, Mönch, lass dir gesagt sein, dass deine Fürsorge vier Jahre zu spät kommt.«

»Nein, werte Dame. Ich bedaure, aber ich bin heute in kirchlichen Angelegenheiten hier. Möglicherweise wurden hier in Eurem Dorf Gesetze gebrochen. Es könnte also sein, dass wir eine ganze Reihe der Euch anvertrauten Personen befragen müssen. Ich habe meine Mönche und Kirchenmagistrate mitgebracht, um sicherzustellen, dass die Aussagen der Befragten bei einer möglichen Gerichtsverhandlung verwertbar sind.«

Anna machte einen Schritt auf Basils Pferd zu, die vernarbten Hände zu Fäusten geballt. »Du und deine Leute, ihr habt euren Anteil an unserer Ernte erhalten. Es ist der Löwenanteil. Der klägliche Rest muss unser gesamtes Dorf durch den Winter bringen. Viele werden leiden, weil ihr so unchristlich viel zusammengerafft habt. Aber gut, von mir aus nehmt es. Mehr werdet ihr heute aber nicht aus Giebelstadt mitnehmen. Das ist mein letztes Wort.«

»Tatsächlich? Vielleicht wisst Ihr es noch nicht, aber wir haben einen Brief sehr ernsten Inhalts, der uns dazu anhält, Nachforschungen anzustellen. In diesem Brief heißt es, dass die Ernten seit Jahren zu niedrig angegeben wurden, sodass die hiesigen Hörigen größere Anteile an Gottes Lohn erhalten haben, als ihnen zusteht. Der verstorbene Ritter Dietrich hat dieses Vorgehen gutgeheißen, um das Los seiner Hörigen zu verbessern, allerdings gegen jedes gültige Recht und jede heilige Ordnung ...«

»Du wagst es, den Namen meines verstorbenen Mannes zu beschmutzen?«, unterbrach Anna ihn wütend. »Wo ist der Beweis für diese Anschuldigungen?«

Bruder Basil fuhr unbeirrt fort. »Außerdem heißt es, dass in diesem Dorf die Heilige Schrift von Personen gelesen wird, die nicht das Amt des Priesters bekleiden. Das für sich genommen ist schon ein Verbrechen, aber ...«

»*Ich* bin hier das Gesetz, Mönch. Und ich weiß nichts von solchen Vergehen.«

»Dennoch müssen wir gründlich sein, edle Dame. Bitte tretet zur Seite.«

Anna rührte sich nicht vom Fleck. Auch Lud machte keine Anstalten. Kristina ebenso wenig. Und auch die Dörfler nicht. Sie alle standen zusammen – eine lebende Mauer, die ganz Giebelstadt umfasste, unverrückbar, unzerstörbar, als würden sie zusammengehalten von einer unsichtbaren Macht, die dafür sorgte, dass sie sich wie eins fühlten.

Anna hatte sich wieder gefasst. »Wenn ich zur Seite trete«, sagte sie ruhig, »dringt ihr in mein Dorf ein, verhaftet meine Hörigen, foltert und zerbrecht sie. Ihr bringt sie dazu, alles zu sagen, was ihr hören wollt und über wen ihr es hören wollt. Ihr zerstört jeden, der euch widersteht, und klagt jeden an, dessen Gesicht euch nicht gefällt.«

Basil hob beschwichtigend die Hände. »Gerne tue ich es nicht, das kann ich Euch versichern. Aber diese Dinge müssen getan werden.«

»Und dann kehrt ihr mit eurer Geschichte nach Würzburg zurück, und Veritas wird zahlreiche weitere Flugblätter drucken und verkaufen, voller neuer Lügen. Und wer soll hier im nächsten Jahr pflügen, säen und ernten? Wer soll die Kinder derjenigen aufziehen, die ihr vernichtet habt? Wer soll die Jungen gebären, die ihr für euren nächsten Krieg verpflichten könnt? Nein, Bruder Basil, Gesetz ist Gesetz. Und das Gesetz bin ich. Jedes Rittergut ist sein eigenes Gesetz, wie Ihr wisst. Darauf beruht das Heilige Römische Reich. Ich werde nicht zulassen, dass ihr mein Lehen verletzt und es mit nichts als vagen Anschuldigungen besudelt.«

»Ihr sprecht vom Gesetz des Staates, edle Dame, vom weltlichen Recht. Ich aber vertrete das Gesetz Gottes, das Gesetz der heiligen Mutter Kirche.«

»War es Fürstbischof Lorenz, oder hat mein lieber Vetter

Konrad dich ermächtigt, dich mir gegenüber so respektlos zu verhalten? Noch dazu in aller Öffentlichkeit? Mich auf meinem eigenen Land zu beleidigen? Vor den Augen und Ohren meiner Hörigen und deiner Mönche und Magistrate?«

Basil blickte abschätzig zu ihr hinunter. »Ich versichere Euch, dass ich nicht respektlos erscheinen wollte. Sollte ich diesen Eindruck erweckt haben, bitte ich um Vergebung.«

Anna verschränkte die Arme vor der Brust. »Wie dem auch sei: Mein Vetter Konrad wird davon erfahren.«

»Ich versichere Euch, es ist der Wunsch des Fürsten Konrad, Euch und Eurem Lehen seinen Schutz zu gewähren, als Pate Eures Sohnes Florian, als Freund Eures verstorbenen Gemahls und besonders als Euer Vetter, wie ich Euch ausrichten soll.«

»Ich wünsche und verlange keinen derartigen Schutz. Ich werde das Lehen meines Sohnes, des rechtmäßigen Erben, niemandem aushändigen.«

Kristina sah, dass der Mönch ungeduldig wurde. Die Magistratsgehilfen hinter ihm waren bewaffnet; sie saßen auf ihren Pferden und schwitzten in der Herbstsonne, während sie auf Basils Befehle warteten. Die Mönche hatten die Kapuzen zurückgeschlagen. Buntes Herbstlaub wehte von der großen Dorflinde über den Platz und durch die Reihen der wartenden Männer. Sie schlugen nach den Blättern, spuckten und schnitten Grimassen.

»Aber wir müssen solchen Briefen nachgehen, das versteht sich von selbst«, erklärte Basil. »In den vergangenen Jahren sind Ketzer aus der Stadt entkommen und hierher in Richtung Giebelstadt geflüchtet. Der Brief mag in schlichten Worten geschrieben sein, aber er war eindeutig.«

»Und wer soll diesen Brief geschrieben haben?«, fragte Anna.

»Ein gewisser Kaspar. Der Brief ist nur mit diesem Namen unterzeichnet.«

»Dann zeig mir diesen Kaspar, wenn ich darum bitten darf. Ich kenne keinen Hörigen dieses Namens.«

»Wir können davon ausgehen, dass er hier ist«, entgegnete Basil in einem Tonfall, als spräche er mit einem begriffsstutzigen Kind. »So steht es in seinem Brief an das Fürstbistum.«

»Dann hast du meine Erlaubnis, seinen Namen laut zu rufen, auf dass dieser Kaspar aus der versammelten Menge hervortreten möge.«

Basil winkte einem der berittenen Mönche an seiner Seite. Hinter den bewaffneten Reitern hörte Kristina die wütend knurrenden Hunde und das Rasseln ihrer Ketten.

»Kaspar!«, rief der berittene Mönch. Sein Gesicht war jung und ernst. »Kaspar, tritt hervor!«

Die Dörfler standen reglos da. Viele senkten den Kopf; sie wagten es nicht, einander anzuschauen oder den Blick gar auf den Mönch zu richten. Trotzdem wich keiner auch nur einen Schritt von der Stelle. Niemand sagte ein Wort. Selbst das leise Gemurmel war verstummt, als hätte jeder Angst, man könnte auf den Gedanken kommen, er wäre Kaspar.

»Du siehst, hier gibt es keinen Kaspar«, sagte Anna schließlich.

»Meine Männer werden das Dorf durchsuchen«, erklärte Basil. »Außerdem werden sie die Leute befragen.«

Anna hob die Stimme, damit jeder sie verstehen konnte. »Nein, das werden sie nicht. Mein Leben lang wurde ich von dem einen oder anderen Mann herumkommandiert. Jetzt bin *ich* hier die Herrin. *Ich* habe die richterliche Gewalt auf meinem Land, nicht irgendein Gottesmann aus Würzburg. *Ich* entscheide über Strafe und Schuld. *Ich*, niemand sonst. Du wirst uns keine Fesseln anlegen mit Konrads angeblichem Schutz.«

Einer der Magistratsgehilfen meldete sich zu Wort. »Vor vier Jahren haben wir Ketzer verfolgt, die sich in der Stadt versteckt hatten. Wir sind ihnen bis hierher gefolgt, einen Tag und eine Nacht lang, und nur wegen der Pocken wieder umgekehrt.«

»Habt Ihr gehört?«, rief Basil Anna zu und ließ den Blick über die Dörfler schweifen. Plötzlich hob er die Hand und zeigte auf Merkel.

»Du da!«, stieß er hervor. »Wo ist dieser Kaspar, und wer ist er?«

»Meint Ihr mich, Herr?« Merkel grinste dümmlich wie ein Narr, was er ganz und gar nicht war. »Ich kenne keinen Kaspar. Vielleicht ist er auf einem anderen Gut oder in einem anderen Dorf.«

»Du, Frau!«, rief Basil und deutete auf Almuth. »Wo steckt dieser Kaspar? Antworte ehrlich, oder Gottes Zorn wird dich treffen!«

Almuth schüttelte den Kopf und zuckte mit den Schultern, doch Kristina sah, dass sie wütend war. »Ich bin nur eine Frau, Herr«, antwortete sie. »Was kann ich schon wissen.«

Die Hörigen drängten sich noch dichter zusammen. Viele nahmen sich bei den Händen. Manche richteten sich kerzengerade auf, andere beugten den Rücken, als wären sie bereit, ihre Strafe zu empfangen.

Anna trat einen weiteren Schritt vor, sodass die Mönche und Magistratsgehilfen gezwungen wären, sie als Erste niederzureiten, sollten sie tatsächlich tiefer ins Dorf einrücken wollen.

Kristina erkannte, dass ihre Zeit gekommen war. Sie hatte keine andere Wahl, als sich aufzugeben. Sie musste diese tapferen Menschen retten. Sie zwang sich, den ersten Schritt zu tun, aber es ging nicht, die Beine wollten ihr nicht gehorchen.

Es war schließlich Lud, der vortrat.

Kristina beobachtete ihn fassungslos.

Als wäre es das Normalste von der Welt, ging er an Anna vorbei geradewegs zum Pferd Basils und ergriff mit der linken Hand die Zügel mit der Gebissstange, sodass das Pferd nun unter seiner Kontrolle war. Das Tier schnaubte, doch Lud schob ihm zwei Finger in die Nüstern, worauf es erschauerte und mit den Hufen stampfte. Doch nun hatte Lud endgültig Gewalt über das Tier, das war nicht zu übersehen.

Kristina erschien es wie ein Wunder.

»Tritt zurück!«, herrschte der Mönch Lud an. »Was tust du da?«

Während Luds linke Hand die Nüstern des Pferdes bedeckte, lag Luds Rechte auf dem Heft seines in der Scheide steckenden Schwertes. Kristina sah, dass er dem Mönch fest in die Augen blickte. Es gab nicht den geringsten Zweifel, dass Basil als Erster sterben würde, sollte Lud das Schwert ziehen, ganz gleich, was sonst noch geschah.

»Ist das ein osmanisches Schwert?«, fragte der Mönch. »Wagst du es etwa, mich mit einer Waffe schmutziger Heiden zu bedrohen?«

Hinter Basil meldete sich ein Magistratsgehilfe zu Wort. »Wir könnten diesen Pockenbastard über den Haufen reiten. Sollen wir nicht endlich weitermachen?«

»Sag ja zu deinem Mann, und wir sterben gemeinsam, du und ich«, sagte Lud, wobei er Basil gelassen in die Augen schaute. »Dann kannst du mich in die nächste Welt begleiten, Mönch.«

»Das wagst du nicht«, stieß Basil hervor.

»Was meinst du, Mönch – ist die Hölle heiß oder kalt?«, entgegnete Lud, die Hand am Schwertgriff. »Komm, lass uns nachsehen ...«

»Halt!«, kreischte Basil mit seltsam hoher Stimme. Sein Gesicht war dunkelrot angelaufen. »Ich warne dich! Du verlierst deine unsterbliche Seele, Kerl! Ich beschwöre dich im Namen Gottes, tritt zur Seite!«

Lud war unbeeindruckt. Er scherte sich auch nicht um Basils Männer, die auf ihren Pferden langsam näher kamen. »Das ist ein prächtiges Türkenschwert, scharf genug, um sich damit zu rasieren, Mönch. Ich habe es in der Schlacht errungen.« Luds Finger schoben sich tiefer in die Nüstern des Pferdes, und das Tier scharrte ängstlich mit den Hufen. »Lass uns gemeinsam vor unseren Schöpfer treten, Mönch. Du zeigst mir den Weg.«

Basil, schwitzend und mit hochrotem Gesicht, hob den Arm. Seine Männer hielten inne.

Der Mönch wandte sich Anna zu. Seine Stimme zitterte. »Nun gut. Ihr seid nicht nur eine Edelfrau, sondern auch eine gläubige Christin. Daher sprecht die Wahrheit: Schwört Ihr mir, dass es keinen Kaspar in Giebelstadt gibt?«

»Du hast nach einem Kaspar gerufen, aber niemand ist gekommen, das ist wohl Antwort genug«, erwiderte Anna. »Und du hast deinen Anteil an unserer Ernte. Möge Gott euch vergeben, dass ihr euch so schamlos an den Früchten unserer Arbeit gütlich tut. Du darfst dich jetzt zurückziehen nach Würzburg, ich, die Herrin von Giebelstadt, erteile dir die Erlaubnis.«

Und das war das Ende der Geschichte.

Kristina staunte über Annas Mut, ihren Stolz und ihre Schlagfertigkeit. Den Dorfbewohnern schien es nicht anders zu ergehen. Offenen Mundes starrten sie erst auf Anna, dann auf Lud, verwundert über den tollkühnen Widerstand ihrer Herrin und Luds mutiges Einschreiten gegen die bewaffneten Männer des Fürstbistums.

Basil sah erst Anna, dann Lud hasserfüllt an, bevor er wortlos sein Pferd wendete. Die Würzburger Mönche und Magistrate folgten seinem Beispiel. Die Giebelstädter standen da und starrten ihnen hinterher wie vom Donner gerührt.

Zuerst herrschte Stille. Dann fingen einige an zu lachen. Andere brachen in Jubel aus. Schließlich riefen alle: »Anna! Es lebe Herrin Anna!«

Kristina sah genug durch Annas Schleier, um zu erkennen, dass die Herrin verlegen und erfreut zugleich war. Dann wandte Anna sich rasch ab und winkte Kristina, sie zurück zur Burg zu begleiten.

Doch die Hörigen, von ihrer Angst befreit durch die Tapferkeit einer Frau, von der sie niemals so viel Mut erwartet hätten, jubelten Anna weiter zu.

Nach ein paar Schritten drehte Anna sich um. »An die Arbeit, worauf wartet ihr?«, rief sie. »Habt ihr nichts zu tun? Müsst ihr keine Vorbereitungen für den Winter treffen?«

Die Menge löste sich auf, noch immer begleitet von fröhlichem Lachen und Hochrufen auf Herrin Anna. Kristina sah die Erleichterung in vielen Gesichtern, die Bewunderung für Anna und Lud und die Freude darüber, die Mönche und Magistraten des mächtigen Würzburg vertrieben zu haben. Heute hatte sich vieles geändert, das war nicht zu übersehen. Fragte sich nur, ob diese Veränderungen von Dauer waren. Wie würden die Dörfler sich verhalten, wenn die Begeisterung abgeklungen war?

Kristina hielt sich an Annas Seite, als sie den Platz in Richtung Burg überquerten. Lura folgte den beiden. Kurze Zeit später schloss Lud zu den Frauen auf und begleitete sie.

Kristina schaute ihn verstohlen an.

In Kunwald hat es keinen wie ihn gegeben, ging es ihr durch den Kopf. *Niemanden, der stark genug gewesen wäre, den Tod aufzuhalten.*

Anna blieb vor dem Burggraben stehen, im Schatten der Obstbäume. Der Graben war grün vor Farn und Moos; bunte Blätter trieben auf dem dunklen Wasser.

»Kristina, geh und besuche deinen Jungen«, sagte Anna. »Lura wird mich heute in meine Gemächer führen. Lud, du lässt Kristinas Freunde frei. Von nun an wird es in Giebelstadt keine schwachen Geister mehr geben, die lesen lernen. Keine weiteren Versuchungen mehr.«

Kristina zögerte. Es gab zu viele unausgesprochene Dinge. Zu viel war passiert, zu viel noch nicht entschieden.

»Was ist mit diesem aufsässigen Kaspar, Lud?«, fragte Anna.

»Ich habe ihn weggesperrt, zum Besten aller.«

»Es gibt kein Bestes mehr für uns alle, Lud, nicht mehr vom

heutigen Tag an. Glaubst du vielleicht, wir hätten heute schon gesiegt? Glaubst du allen Ernstes, dass es diesem Mönch und seinen Spießgesellen um Ketzer ging? Oder um diesen Fetzen von einem Brief?«

Kristina hörte nicht nur Zorn in Annas Stimme, da war noch etwas anderes. Bitterkeit, Enttäuschung und Angst.

»Wie meint Ihr das, Herrin?«, fragte Lud.

»Der Reichtum meines Gutes. Unsere kleinen, aber fruchtbaren Ländereien. Bis heute ahnte ich es nicht, aber jetzt ist mir alles klar. Jetzt weiß ich, was der so genannte Schutz Fürst Konrads zu bedeuten hat, der mir heute angeboten wurde. Mein Vetter hatte schon immer ein Auge auf den Geyer'schen Besitz geworfen, und auf andere Dinge hier.« Anna schwieg einen Moment und blickte nacheinander Kristina, Lud und Lura an, bevor sie fortfuhr. »Das heute war erst der Anfang. Von nun an wird Konrad an unseren Fersen kleben wie ein hungriger Wolf.«

20.
Witter

Feigling. Der ewige Feigling.
Witter sehnte sich danach, mit Kristina zusammen zu sein, ihr zu helfen und mit ihr gemeinsam alles durchzustehen, was das Schicksal bereithielt. Stattdessen war er geflohen, wie er es schon immer getan hatte.

Feigling.

Ein einziges Mal hatte er gekämpft – gegen einen Hund. Dieses eine Mal hatte er Mut gezeigt. Nur hatte der Hund ihm keine andere Wahl gelassen. Wenn er eine Wahl hatte, ergriff er die Flucht.

Witter hatte alles gesehen. Wie ein Gespenst hatte er von hoch oben im Glockenturm das Spektakel verfolgt und gestaunt über das, was seine Augen ihm gezeigt hatten. Er wusste, dass es kein Ende war, sondern ein Anfang – wovon, vermochte er allerdings nicht zu sagen. Alles Mögliche konnte geschehen.

Jede Nacht in den frühen Morgenstunden war er aus seinem Versteck im Dachgebälk der Kirche nach unten gestiegen, um Wein, Brot und Käse zu stehlen. Wenn er satt war, hatte er sich hingelegt und den Tag verschlafen wie eine Kreatur der Nacht, eine Fledermaus oder ein Dämon.

Irgendwann hatte er aus einer schmalen Fensterluke beobachtet, wie Kristina, Grit, Simon und Rudolf aus Richtung der Burg kamen, während sie von einer Horde Dörfler willkommen geheißen wurden wie Verwandte, die man eine halbe Ewigkeit nicht gesehen hat.

Kristina zu sehen versetzte Witter einen Stich. Doch er blieb in Deckung. Abwarten und beobachten, das war schon immer seine Devise gewesen. Solange er frei und am Leben war, hatte er eine Chance. Das war alles, was er besaß.

Das Dorf war ein Rätsel für ihn – ebenso, was seine Bewohner zusammenhielt. Das Schicksal der Dörfler stand und fiel für alle gemeinsam, als wären sie eine Person. Alles war miteinander verflochten, ineinander verwoben. Und es gab so etwas wie Gleichheit. Einige – der Schmied oder der Müller – besaßen zwar mehr als die anderen, aber nicht viel mehr. Und alles wurde geteilt. Die Ernte, das Wasser aus dem Brunnen, sogar das Schicksal. Alles gehörte dem Dorf insgesamt, und alles wurde gerecht aufgeteilt. Zugleich erhielt es das Rittergut am Leben. Somit teilte das Gut sein Schicksal mit dem Dorf und seinen Bewohnern, denn es musste sie beschützen und ernähren – um seines eigenen Überlebens willen.

Doch einige Dörfler, die lesen gelernt hatten, stellten dies alles plötzlich infrage, wie Witter wusste. Nicht offen, nein – sie lasen im Geheimen. Dennoch betrachteten sie die Welt mit anderen Augen. Insbesondere die Jungen, wie Linhoff, fragten sich mehr und mehr, warum die Dinge waren, wie sie waren. Wieso manche Menschen so hoch standen und andere so niedrig waren, wo Gott doch alle Menschen gleich erschaffen hatte.

Einmal war Linhoff heimlich zu ihm gekommen. »Im Buch steht, der Mensch muss sich sein Brot im Schweiße seines Angesichts verdienen«, sagte er. »Trotzdem arbeiten nur die einfachen Menschen so hart.«

»Was für ein Buch?«, fragte Witter.

»Das heilige Buch. Die Gesetze Gottes. Warum müssen die Reichen nicht schwitzen? Wie können sie von den Leuten, die sich bei der Arbeit abrackern, einfach nehmen, was ihnen nicht gehört? Ist das nicht falsch? Ist es nicht sündhaft?«

»Du hast eine Bibel?«, fragte Witter.

»Ich selbst habe keine, aber ein paar andere«, antwortete Linhoff.

»Weißt du, wie gefährlich das ist?«

»Lesen verändert einen Menschen.«

»Den Eindruck habe ich allerdings auch«, sagte Witter trocken.

Und so stritten sich die Dörfler. Doch sie hatten Geheimnisse, die sie nicht mit Außenstehenden teilten und die sie zusammenschmiedeten, und sie hielten sich an einen eigenen Verhaltenskodex. Wenn die Dinge schlimm wurden, standen sie zusammen wie eine Mauer.

Witter hatte so etwas nicht mehr gesehen, seit er Spanien verlassen hatte, seine Heimat, nach jenem furchtbaren Tag, als alle sich in der Synagoge versammelt hatten – sein Vater, seine Mutter und alle anderen, auch seine frühere Verlobte Bianca. Auch sie, die Juden von Córdoba, hatten zusammengehalten. Dann waren sie eingesperrt worden, und die Synagoge wurde angezündet. Witter hatte nichts unternommen, war stattdessen über die Hügel geflohen, im Rücken den schwarzen Rauch des Todes, der ihn verfolgt hatte, der schneller gewesen war als er, der ihn eingeholt hatte, erstickt hatte, wobei ihm der Gestank des verbrannten Fleisches seiner Lieben in die Nase stieg ...

Du bist kein Teil ihrer Gemeinschaft, und du wirst es nie sein. Du bist ein Außenseiter und wirst immer einer bleiben. Also genieße dein Leben, solange es noch dauert, oder mache dich unverzichtbar für die Dorfgemeinschaft ...

Es war wieder Nacht geworden und Zeit für Witter, aus dem Dachstuhl der Kirche nach unten zu steigen, um Wein, Brot und Käse zu essen. Vielleicht konnte er es sogar wagen, nach draußen zu gehen, jetzt, wo es sicher war. Er könnte zu der Hütte gehen, zu Grit, Rudolf und Simon. Oder weglaufen. Das waren seine zwei Möglichkeiten.

Kristina, so viel hatte er beobachtet, war wieder in der Burg. Wenn er davonrannte, würde er sie nie wiedersehen. Dabei war er nur geblieben, weil er Kristina liebte. Dieser Tatsache musste er sich stellen. Er war schon einmal wegen ihr bei den Täufern geblieben, damals auf der Flucht vor den Hunden, und hatte sie gerettet ...

Witter dachte an das Hohelied Salomos. An die Träume, in denen Kristina allein mit ihm war, ihre Körper voller Leidenschaft ineinander verschlungen, keuchend, schwitzend in inniger Umarmung. Er sehnte sich nach diesen Träumen, denn nur sie machten das Leben noch lebenswert.

Deine Augen sind wie Tauben, flattern hinter deinem Schleier, weiß wie frisch geschorene Schafe, glänzen prachtvoll deine Zähne ...

Als Witter aus dem Gebälk in den Glockenturm stieg und zu der Stelle kletterte, wo die steinerne Wendeltreppe nach unten in die Sakristei führte, hörte er plötzlich Stimmen. Er verharrte auf halbem Weg nach unten, lauschte.

Dann erkannte er die Stimmen. Zwei Männer, deren Worte zu ihm heraufhallten. Es waren Vater Michael und Lud.

»Aber ihr Sohn ist der Erbe«, sagte Lud soeben.

»Fürst Konrad ist Florians Pate«, erwiderte Vater Michael. »Außerdem ist er Annas Vetter, und er wollte Anna schon immer für sich. Ich habe es oft in der Beichte gehört, denn jedes Mal, wenn Konrad zu Besuch war, hat Anna gestanden, seine Begierde gespürt zu haben.«

»Wie kann das sein?«, fragte Lud.

»Anna hat Dietrich von ganzem Herzen geliebt. Konrad war immer eifersüchtig auf Dietrich – wegen seiner Mannhaftigkeit, seines Mutes und seines guten Herzens, sagt Anna. Alles das, was sie an Dietrich am meisten geliebt hat.«

»Fürst Konrad war seit den Pocken nicht mehr hier«, sagte Lud. »Jetzt würde er Herrin Anna bestimmt nicht mehr wollen, denke ich.«

»Es geht nicht nur um Anna. Es geht um das Gut. Fürst Konrad braucht Geld.«

»Geld? Wieso braucht ein Fürst Geld? Konrad hat Land und andere Güter, und er hat die Presse. Und eines Tages, wenn Lorenz tot ist, wird er Fürstbischof sein, das hat schon Dietrich prophezeit.«

»Konrads Schulden sind legendär«, erklärte der Priester. »Das ist allgemein bekannt.«

»Von diesen Dingen weiß ich nichts, und ich verstehe sie auch nicht. Ich weiß nur, dass alles anders wäre, würde Dietrich noch leben.«

Witter war nun am Fuß der Treppe angekommen und sah die beiden Männer im Licht der Kerzen. Beide saßen am Tisch neben dem Weinfass mit dem tropfenden Spund.

Er bewegte sich nahezu lautlos weiter und schlich über Steinfliesen, die von Generationen von Kirchgängern glattgeschliffen worden waren. Die beiden Männer waren so in ihr Gespräch vertieft, dass sie Witter nicht zu bemerken schienen.

Als er ein paar Schritte vor ihnen stehen blieb und sprach, zuckte der Priester so heftig zusammen, als hätte er ihn aufgespießt. Lud dagegen rührte sich nicht. Wahrscheinlich hatte er Witter doch bemerkt.

»Ihr müsst den Erben herbringen«, sagte Witter mit fester Stimme.

Sie starrten ihn an. Vater Michael voller Staunen, Lud voller Zorn. Dann erhob Lud sich ruckartig – zu schnell, denn er schwankte, streckte die Hand nach dem Tisch aus und kippte dabei seinen Wein um.

»Bist du das, Witter?«, fragte Vater Michael. »Wo hast du die ganze Zeit gesteckt? Wir dachten, du wärst davongerannt.«

»Hast du etwa gelauscht?«, wollte Lud wissen.

Der Wein rann über die Tischkante, tropfte wie Blut auf die Fliesen und hinterließ rote Sterne auf dem Stein.

»Ja. Gelauscht und nachgedacht«, antwortete Witter.

»Was geht dich das alles an?«, fragte Lud.

»Hälse wurden schon für weniger durchgeschnitten, ich weiß«, entgegnete Witter.

»Was hast du uns mitzuteilen?«, fragte Vater Michael.

»Es gefällt mir hier in Giebelstadt. Ich möchte nicht, dass schlimme Dinge geschehen. Ich mag die Menschen hier. Und ich habe eine Aufgabe in diesem Dorf.« Witter verschwieg den wahren Grund seiner Einmischung – die Frau, an deren

Schicksal sein eigenes gekettet zu sein schien. Er holte tief Luft, ehe er fortfuhr. »Der Schlüssel zu allem ist Florian, der Erbe des Gutes.«

Vater Michael und Lud wechselten einen Blick. Dann fragte der Priester: »Florian? Was sollte der uns hier nutzen?«

»Er ist der Erbe. Und er ist ein Mann. Meint Ihr nicht, dass er bereit ist, sein Erbe anzutreten?«

»Nach so vielen Jahren des Studiums in England? Ganz bestimmt«, meinte Vater Michael.

»Dann holt ihn nach Hause«, sagte Witter. »Als Erbe des Gutes besitzt er Rang und Namen – Konrad kann diese Tatsache nicht so einfach übergehen. Und Florian ist alt genug, um sein Lehen zu schützen.«

»Witter hat recht«, pflichtete Lud ihm bei. »Nur der Erbe kann sein Recht durchsetzen und Fürst Konrad aufhalten.«

»Aber Florian ist nun mal in England«, gab Vater Michael zu bedenken. »Und er folgt dem Wunsch seines Vaters, dort zu bleiben, bis seine Ausbildung abgeschlossen ist.«

Eine Pause entstand.

Schließlich sagte Lud: »Wenn Florian nicht kommt, muss jemand nach England reisen und ihn holen, und zwar so schnell es geht. Wir wissen nicht, wann Konrad das nächste Mal gegen uns zieht.«

»Anna wird es niemals erlauben, es wäre gegen Dietrichs Willen«, murmelte der Priester.

»Dann müssen wir sie überzeugen, oder alles ist verloren und fällt an Konrad«, drängte Lud. »Der Erbe muss zurückkehren, um das Lehen zu verteidigen.«

21.
Kristina

Die Blätter leuchteten in diesem Herbst besonders farbenfroh. Sie waren rot wie Wein und golden wie die Rahmen der Heiligenbilder in den großen Kirchen. Das Abendrot währte lang, und der Mond stand nachts riesengroß am Himmel. So auch in dieser Nacht.

Kristina hatte sich aus der Burg geschlichen, um einmal mehr Grit und die anderen in der Hütte zu besuchen. In der nächtlichen Stille, unter dem sternklaren Himmel, spürte sie die drückende Last auf ihrem Herzen besonders stark.

Was ist der Sinn meines Lebens? Warum wurde ich gerade hierhergeschickt? Und die anderen? Und Witter ...

Es war so falsch, dass Witter sich für einen Feigling hielt, war er doch in Wirklichkeit der tapferste Mann, den Kristina je gekannt hatte. Lud war von Natur aus mutig, stark und robust, Witter hingegen war empfindsam, ein Mann, der zuerst gegen sich selbst kämpfen musste, bevor er die Kraft fand, anderen zu widerstehen.

Und jetzt war er verschwunden. Niemand wusste, wo er steckte oder wohin er gegangen war. War er irgendwo da draußen, allein, frierend, einsam?

Kristina blickte zurück zu den dunklen Umrissen der Geyer'schen Burg. Dorthin, wo sie ihr Wertvollstes zurückgelassen hatte – ihren Sohn. Beim Gedanken an Peter traten ihr Tränen in die Augen. Ihre Sorge um ihn war beinahe genauso groß wie die Liebe, die sie für ihn empfand.

Mittlerweile war Peter ein kleiner Junge, trotzdem blieb er in allem langsam, brauchte lange zum Krabbeln, lange zum Gehen und zu lange, um aus Lauten Wörter zu formen.

War sie zu ungeduldig?

Nein. Peter war bereits drei, doch er lernte einfach nicht und reagierte kaum. Oftmals entspannte sich sein Unterkiefer, sein

Mund klappte auf, und die Zunge glitt heraus. Dann troff Speichel von der rosafarbenen Spitze, und am Kinn bildeten sich mit der Zeit kleine Krusten.

Kristina hatte sich angewöhnt, ihm die Zunge in die Mundhöhle zurückzuschieben und sein Kinn zu heben, bis er den Mund schloss. Sie tat es wieder und wieder in der Hoffnung, dass Peter sich diese Unart abgewöhnte – vergeblich.

Grit hatte Kristina einmal dabei beobachtet und sofort Kristinas Handgelenk ergriffen.

»Du tust ihm weh, Schwester«, hatte sie getadelt. »Sieh nur, er weint. Wenn du ihn nicht freundlich und sanft lehren kannst, ohne die Geduld zu verlieren, dann lass es so, wie es ist. Vielleicht ist er noch zu jung zum Lernen.«

»Andere in seinem Alter sind viel weiter.«

»Er ist ein Kind Gottes. Er ist Peter, nicht Berthold. Ein Knabe, der so ist, wie Gott ihn nun mal erschaffen hat. Lass ihn der sein, der er sein möchte.«

Ein andermal, vor ein paar Wochen, hatte Kristina Peter mit Lud und einer Gruppe johlender Dorfjungen im Schatten der großen Linde vorgefunden. Zu Kristinas Verwunderung hatte unter den Ästen des Baumes eine Staubwolke gehangen. Im nächsten Moment war ihr der Grund dafür klar geworden.

Peter war in einen Faustkampf verwickelt. Der andere Junge war nicht größer, aber ein Raufbold, der trat und spuckte. Lud feuerte Peter an. Kristina sah, wie ihr Sohn zu Boden ging, worauf Lud ihm hochhalf und ihm die kleinen Fäuste zusammendrückte, um ihn zu ermuntern. Ungläubig musste sie mit ansehen, wie Peter sich auf den anderen Jungen warf und ihn zu Boden schlug.

»Peter! Nein!«

Sie rannte herbei, um ihren Sohn zu packen. Er blutete, war aber vor Begeisterung und Kampfeslust außer sich und gebärdete sich wie eine wilde Katze. Die anderen Jungen jubelten über seinen Sieg. Peter grinste stolz mit blutiger Lippe.

»Ich«, rief er. »Ich gewonnen.«

»Lass ihn, Kristina«, sagte Lud leise neben ihr. »Er macht sich gut.«

»Macht sich gut?«, rief sie entsetzt. »Du bringst ihm bei, anderen wehzutun!«

Lud schüttelte den Kopf. In seinem Blick lag eine seltene Sanftheit. »Er will sein wie die anderen. Und jetzt, da er kämpfen kann, ist er einer von ihnen. Wenn du nicht willst, dass er mit den anderen Jungen spielt, musst du ihn einsperren. Für Peter ist das hier die Welt.«

Kristina versuchte, den Knaben wegzuzerren, doch wieder riss er sich los und rannte mit der Bande davon.

»Sieh nur, was du angerichtet hast!« Sie kämpfte mit den Tränen.

»Willst du ihm seinen Stolz nehmen?«, entgegnete Lud, und seine Miene wurde hart. »Manchmal ist Stolz das Einzige, was einen Mann weitermachen lässt.«

Danach war Kristina so verzweifelt, dass sie Grit aufsuchte und um Rat fragte.

»Ich weiß nicht mehr, was ich noch tun soll, Grit.«

»Ich verstehe dich.« Die ältere Frau nickte. »Aber Lud meint es gut. Peter ist Peter, nicht du oder Berthold oder ich. Jeder von uns muss lernen, irgendwie zu überleben, und jeder muss für sich allein zum Glauben finden.«

»Aber doch nicht, indem er andere schlägt!«

»Peter hat nun einmal Feuer im Leib.« Grit lächelte.

»Aber woher nur?«

»Gott hat es ihm gegeben, was sonst? Und es ist deine Aufgabe, dieses Feuer durch Gerechtigkeit und Liebe einzudämmen, sobald dein Sohn alt genug ist, den Grund dafür zu verstehen. Für den Augenblick reicht es, wenn er überlebt. Du darfst Lud nicht verurteilen, weil er dem Jungen hilft, sich zu verteidigen. Lud kennt es nicht anders.«

»Was, wenn es die Hunde waren?«, fragte Kristina. »Als ich

das Kind in mir trug? Wenn meine Angst vor den Hunden den Jungen geprägt hat? Wenn er deswegen jetzt für sein ganzes Leben so langsam ist?«

»Sollte es so sein, ist Peter immer noch besser als die Menschen mit verdorbenen Herzen, und es ist Gottes Wille, dass er so ist«, antwortete Grit. »Zieh ihn auf, so gut du kannst. Erziehe ihn zu einem lieben Jungen, freundlich und hilfsbereit, und bete, dass er sich für deinen Weg entscheidet und nicht für den Weg der Welt. Aber es ist nun einmal diese Welt, in der er überleben muss.«

An all das musste Kristina denken, als sie nun müde zur Hütte ihrer Gefährten schritt. *Peter und Witter, meine zwei Sorgenkinder*, ging es ihr durch den Kopf, und zum ersten Mal in dieser Nacht stahl sich ein kleines Lächeln auf ihre Lippen. Sie würde beide nicht aufgeben. Niemals. Sie könnte es gar nicht.

*

In der Hütte begrüßte Kristina die anderen und umarmte sie. Das Kaminfeuer prasselte unter den beiden Kesseln mit Brei und Gemüse.

»Wir sind heute noch einmal davongekommen, aber ich fürchte um unseren Bruder Witter«, sagte Grit.

»Witter ist nicht unser Bruder«, widersprach Rudolf. »Er ist davongerannt.«

»Du sollst andere nicht richten«, tadelte ihn Grit. »Wir sollten für ihn beten.«

Kristina dachte an die Hunde der Magistrate in den Wäldern und daran, wie tapfer Witter sie beschützt und für sie gekämpft hatte. Sie vermisste ihn sehr.

Bitte hilf ihm, lieber Gott, und beschütze ihn …

Rudolf brummte missmutig, doch sie beteten gemeinsam für Witter. Anschließend aßen sie mit Holzlöffeln den Brei und das Gemüse, das sie aus den Kesseln in Tonschalen füllten.

Beim Anblick der erschöpften Gesichter der anderen dachte Kristina sehnsüchtig daran, wie es in Kunwald gewesen war, wo sie in sauberen Häusern gesessen und gelesen, studiert und debattiert hatten und wo ihre Gedanken hoch wie der Himmel geflogen waren. Doch Kunwald existierte nicht mehr.

»Lasst uns überlegen, in welche Richtung wir gehen«, sagte Rudolf plötzlich.

»Gehen?«, fragte Kristina.

»Ja, gehen. Wir müssen von hier fort, bevor sie ihre Meinung ändern und zurückkommen, um uns doch noch zu holen«, sagte Rudolf.

»Vielleicht sollten wir nach Süden«, schlug Simon vor.

»Ich gehe ohne Kristina nirgendwohin«, sagte Grit. »Und sie kann nicht fort.«

»Und was ist mit Witter?«, fragte Kristina. »Er kommt gewiss zurück. Ich kenne ihn.«

»Vielleicht zu gut«, brummte Rudolf, wobei er Kristina nicht ansah.

»Das ist ein übler Gedanke, Rudolf«, tadelte Grit. »Obendrein geht es dich nichts an.«

»Du hast recht.« Rudolf nickte und richtete sein Milchauge auf Kristina. »Bitte verzeih.«

»Witter ist unser Bruder, ein Teil unserer Gemeinschaft«, sagte Kristina. Rudolfs Bemerkung hatte sie getroffen, denn es steckte ein Körnchen Wahrheit in dem, was er gesagt hatte. Witter war ihr nicht gleichgültig; sie mochte ihn nicht nur auf schwesterliche Weise. Witter war ein guter Mann, und ein Teil von ihr fühlte sich eins mit ihm, ganz gleich, wo er war.

Doch indem sie Witters wahre Identität schützte, indem sie Grit und den anderen verschwieg, dass er Jude war, hatte sie sich zur Außenseiterin gemacht. Sie hatte sich für Witters Seite und gegen die Gefährten entschieden. Nicht dass Kristina das Bedürfnis verspürte, Witter zu ihrem Glauben zu bekehren. Sie fürchtete vielmehr, die anderen könnten ihn verdammen, ablehnen oder gar verstoßen. Und wenn das geschah, müsste sie wählen, sich entscheiden.

Grits Stimme riss sie aus ihren Gedanken. »Falls Witter zurückkehrt, ist er willkommen. Was für ein Leben er führt, ist seine Sache. Aber wir haben ein Werk zu verrichten. Deshalb sind wir aus Kunwald fortgegangen.«

»Herrin Anna hat uns untersagt, weiter zu unterrichten«, sagte Rudolf. »Und was könnten wir hier sonst noch tun?«

Kristina beobachtete Grit. Sie spürte, dass etwas sehr Wichtiges bevorstand.

Grit starrte ins Feuer. »Wir müssen die Wahrheit verbreiten, indem wir sie drucken«, sagte sie schließlich. »Ich habe die ganze Zeit daran gedacht, als wir in dem Verlies waren. Wir waren nachlässig und haben unsere eigentliche Mission aus den Augen verloren.« Grit hob den Blick. »Wir müssen die Presse holen, die wir auf der Flucht in dem Weiher versenkt haben. Wir müssen sie bergen.«

Eine Zeit lang herrschte ungläubiges Schweigen.

»Du bist verrückt«, murmelte Simon.

»Lass Grit erklären«, sagte Kristina, der das Herz bis zum Hals schlug.

»Was gibt es da zu erklären?«, fragte Rudolf. »Das bringt uns den sicheren Tod! So etwas lässt sich nicht lange geheim halten.«

Grit seufzte. »Ich weiß, ich weiß. Wir alle haben so viel Angst, dass sie uns zu erdrücken droht. Aber ich ertrage es nicht mehr, mit dieser Angst zu leben.«

»Und deshalb machst du sie noch größer?«, fragte Simon.

»Grit *bekämpft* unsere Angst«, sagte Kristina, die spürte, dass sie recht hatte. »Wir müssen angreifen, dann zerbricht sie. Wir müssen ihr endlich einen Sinn geben.«

»Ja«, pflichtete Grit ihr bei. »Wir müssen auf die Lügen reagieren, die Veritas verbreitet. Wir müssen die Wahrheit drucken, für die Menschen auf dem Lande und in den Städten.«

Kristina konnte selbst kaum glauben, welche Worte aus ihr herausprudelten. »Wir drucken, woran wir glauben, und fahren mit dem Karren nach Würzburg, wenn dort Markt ist.«

Grit lächelte und drückte Kristinas Unterarm.

»Ja«, sagte sie. »Ja, das ist es!«

»Würzburg?«, fragte Rudolf. »Dann riskieren wir erneut die Folter, vor der wir damals geflohen sind!«

»Wenn wir es nicht tun«, erklärte Grit, »wenn wir nicht für unseren Glauben kämpfen, zu was sind wir dann nutze in diesem kurzen Erdenleben?«

Für Kristina war es, als hätte sich eine Tür in die Freiheit geöffnet. Auch die Gesichter der Männer hellten sich allmählich auf. Es war, als wären sie plötzlich frei von Furcht, obwohl sie ein ungeheures Wagnis eingingen.

»Wenn wir schon zurückkehren ins Tal des Todes, müssen wir den Leuten die Wahrheit bringen«, sagte Grit. »Mit Halbwahrheiten ist niemandem gedient.«

»Dann brauchen wir aber bessere Geschichten«, sagte Simon.

»Oh ja. Viel bessere Geschichten als den üblen, verlogenen Schund aus der Druckerei Veritas«, pflichtete Rudolf ihm bei.

Kristina spürte, wie Grit ihre Hand drückte. Dann ergriff sie die Hände der Männer und zog sie zu sich, bis alle Hände zusammenfanden. Das Gefühl von Liebe und Brüderlichkeit, das Kristina erfasste, war überwältigend.

»Wir müssen die Stelle finden, wo wir damals die Presse versenkt haben«, beschwor Grit die anderen. »Wir müssen sie aus dem Wasser bergen, hierher schaffen und wieder einsatzbereit machen. Auch wir werden Publikatoren sein.«

22.
Lud

Lud hatte dem kleinen Peter um Kristinas willen helfen wollen. Jedes Mal, wenn er sah, wie der Junge geschlagen und verspottet wurde, nahm er ihn zur Seite und zeigte ihm, wie er sich wehren musste. Auf den Knien vor ihm kauernd tat er, als wären die schwachen Schläge des Jungen schmerzhaft für ihn. Das begeisterte Peter und spornte ihn an, die kleinen Fäuste wilder und entschlossener einzusetzen. Es war das Geschick, das Kämpfe entschied, nicht der Mut. Doch beides war erforderlich, um Siege zu erringen, und als Peter seinen ersten Kampf gewonnen hatte – und damit die Bewunderung der anderen Jungen –, war Kristina dazwischengegangen und hätte beinahe alles zunichte gemacht ...

Dies alles ging Lud durch den Kopf, als er auf seinem Strohlager lag, voller Verlangen nach Kristina.

Manche Nächte waren schlimmer als andere. Oft lag er schwitzend da, allein in seinem Bett, das Feuer niedergebrannt, voll Trübsal und Not, und schon der bloße Gedanke an Kristina ließ sein Herz weich und sein Ding hart werden. Manchmal weinte er sogar vor Sehnsucht, eine Frau in den Armen zu halten, erfüllt von dem brennenden Wunsch nach süßer Erlösung.

Seine Einsamkeit umgab ihn wie ein undurchdringlicher Wall, und das Dorf erschien ihm wie ein Gefängnis ohne Mauern. Jeder hier wusste fast alles über die anderen, sah alles, kannte alles und jeden. Hier konnte er keine Frau für eine Nacht gewinnen, selbst wenn sie ihn gewollt hätte, denn binnen eines Tages hätte es die Runde durchs Dorf gemacht.

Lud hungerte danach, mit Kristina zusammen zu sein, von ihr begehrt zu werden, von ihrer Liebe umfangen zu sein. Jedes Mal konnte er es kaum erwarten, sie zu sehen, wenn er auf der Burg zu tun hatte; immer dann machte er sich voller banger Erwartung auf den Weg, erfüllt von einer Mischung aus Verlegenheit, Freude und Furcht, weil dieser Besuch bedeutete, dass er Kristina sah, wenn auch nur kurz, und flüchtige Blicke von ihr einfangen konnte, die er sich einprägte und für später aufbewahrte, wenn er allein war.

Das traurige Lächeln, mit dem sie ihn manchmal bedachte, war kein Zeichen von Liebe, das wusste Lud. Vielleicht war es Dankbarkeit, vielleicht sogar Zuneigung. Das aber entfachte sein Verlangen nur umso mehr. Er musste daran denken, wie sie ihn einmal voller nackter Angst angeschaut hatte – eine Angst, wie eine Frau sie zeigt, wenn sie sich vor einem Mann fürchtet. Doch wenn sie ihn jetzt anlächelte, war es das Lächeln einer Freundin oder, schlimmer noch, einer Schwester.

Keine Frau würde ihn je wieder begehren. Und wenn er sich mit eigener Hand befriedigte, war es hinterher noch schlimmer, ein Sturz in eine noch tiefere Leere. Dann umfingen ihn die Einsamkeit und Hoffnungslosigkeit wie das Wasser eines dunklen Sees.

Manchmal, wenn das Verlangen beinahe unerträglich war, blätterte er in seinem *Handbüchlein des christlichen Streiters*, in dem er einen Abschnitt entdeckt hatte, den er immer wieder las, wenn die Lust am schlimmsten war.

… wenn zu irgendeiner Zeit die unreine Lust dein Gemüt aufstachelt, so bediene dich aller Waffen, die dir helfen, dem Verlangen zu begegnen. Denke daran, wie schmutzig und unwürdig diese Gier für jeden Mann ist, ist sie doch nicht mehr als ein Trieb, der uns den Tieren gleichmacht, nicht nur edlen Tieren, sondern auch suhlenden Schweinen, übelriechenden Ziegen, läufigen Hunden und niedersten Lebewesen aller Art. Die Geilheit würdigt uns herab, bis weit unter diese Kreaturen …

Warum hatte Dietrich ausgerechnet dieses Buch für ihn ausgewählt? Erwartete er von ihm, dass er nach Idealen strebte, die er niemals würde erreichen können? Sie waren nicht gedacht für jemanden wie ihn, einen Mann mit dem Blut eines Kriegers.

Lud empfand tiefen Widerwillen, wenn er diese Zeilen las – nicht gegen Gott, sondern gegen den Verfasser des Buches, Erasmus. Dieser Erasmus von Rotterdam hatte wahrscheinlich mit seiner eigenen Lust zu kämpfen.

Mit einem Mal hasste Lud das Buch. Es war widernatürlich. Gott hatte schließlich alle Wesen erschaffen, Mensch und Tier, also war auch die Lust gottgegeben und konnte unmöglich schmutzig oder gar verderbt sein, wie Erasmus geschrieben hatte. Gott hatte alle Männer so erschaffen, dass es sie nach Frauen gelüstete.

Und wenn Gott selbst es so eingerichtet hatte, wie kann dann meine Lust auf Kristina falsch oder gar sündhaft sein? Abstinenz ist für Mönche.

Lud dachte an die Frauen in Giebelstadt, die ihm trotz seines abstoßenden Äußeren Zuneigung entgegenbrachten, die ihm ein Lächeln schenkten oder seine Hand nahmen – Leta, zum Beispiel, oder Lura. Doch er empfand nur Brüderlichkeit ihnen gegenüber, nicht das heiße, wilde Drängen wie bei Kristina. Manchmal musste er sich zwingen, sie nicht anzustarren. Oft war seine Gier so überwältigend, dass er Angst hatte, man könnte es ihm anmerken.

Doch er war pockennarbig, und sein entstelltes Gesicht war wie ein Fluch, von dem er sich niemals würde befreien können. Die einsamen Nächte vergingen irgendwann, aber dieser Fluch blieb.

Dennoch ... vielleicht, nur ganz vielleicht würde er eines Tages wagen, Kristinas Hand zu ergreifen oder ihr Gesicht zu berühren. Doch er wusste auch, dass er lieber ein Duell auf Leben und Tod ausfechten würde, als ihre Zurückweisung zu riskieren.

Dann endlich verging auch diese Nacht, und der Morgen dämmerte. Lud wusch sich, kleidete sich an und begab sich zur Burg, wie er es mit Vater Michael besprochen hatte.

Dort erteilte er Lura den Auftrag, Herrin Anna nach unten

zu bitten; er habe wichtige Dinge mit ihr zu besprechen. Dringende Angelegenheiten.

Er sah Lura hinterher, als sie ging, betrachtete ihre von harter Arbeit gestählte Figur, die Hüften breit vom Gebären. Er verspürte Zuneigung, wie ein Mann sie für seine Schwester empfand, aber kein Verlangen.

Lud setzte sich auf eine kleine Holzbank und wartete.

Endlich erschien Herrin Anna. Sie blieb in der Tür stehen und schaute ihn durch den dünnen schwarzen Schleier hindurch an. »Ist eine Kuh verendet?«, fragte sie. »Lahmt ein Pferd? Was gibt es?«

Lud erhob sich hastig. »Herrin, Vater Michael wünscht mit Euch zu sprechen. Er sagt, es sei eine wichtige Angelegenheit, die alle hier betrifft.«

»Dann scheint es eine *sehr* wichtige Angelegenheit zu sein, die keinen Aufschub duldet, denn er ist bereits da und wartet nebenan.«

Warum hat mir Lura nicht gesagt, dass der Priester bereits hier ist?, schoss es Lud durch den Kopf.

Herrin Anna sprach weiter. »Welche Offenbarung mag Vater Michael bringen? Ist das Ende aller Zeiten gekommen? Oder gibt es einen Bericht über ein Wunder in einem der Flugblätter?«

Der Priester trat ein, verneigte und bekreuzigte sich und wirkte beinahe verlegen.

Anna bekreuzigte sich ebenfalls, sie war sichtlich ungeduldig.

Lud beobachtete sie und musste daran denken, wie schön diese Frau gewesen war, bevor sie die Pocken bekommen hatte. Ihre Figur war noch immer makellos – schlank und geschmeidig in ihrem fließenden Gewand. Es war aberwitzig, aber Lud fragte sich für einen Moment, ob eine pockennarbige Frau ihn würde haben wollen. Und wenn, würde er sich abgestoßen fühlen von einem Gesicht, wie er selbst es besaß?

Was für ein Glück, dass niemand Gedanken lesen kann.

»Ihr beide habt etwas ausgeheckt, wie ich sehe«, sagte Anna in diesem Moment. »Was gibt es, das so dringend besprochen werden muss?«

»Herrin, wir müssen Euren Sohn Florian zurück auf das Gut holen«, begann der Priester ohne Umschweife. »Unter Eurer Führung, versteht sich.«

Anna schwieg einen Moment, ehe sie antwortete. »Offen gestanden, daran habe ich auch schon gedacht.«

Der Priester zögerte. »Ich möchte nicht respektlos erscheinen, denn Ihr seid tapfer und klug, aber Florian ist der Erbe dieses Gutes, und ...«

»Und ein Mann wird mehr respektiert«, fiel Anna ihm ins Wort, »selbst wenn er noch jung ist.«

»Ja. Deshalb bitte ich Euch, Herrin, schreibt einen Brief, auf der Stelle.«

Anna warf den Kopf in den Nacken, und der Schleier hob sich für einen Moment, sodass ihr entstelltes Gesicht zu sehen war.

»Einen Brief? Per Kurier oder durch Handelsleute? Damit dieser Brief Konrad in die Hände fällt?«

Lud hatte den Blick abgewandt, nicht aus Abscheu, sondern aus Respekt vor Annas Verlegenheit. Sie war nicht gezwungen, einen Schleier zu tragen, doch sie tat es aus Stolz und Würde. Dietrich, das wusste er, hätte sie auch so geliebt.

»Und wenn mein Sohn nicht kommen will?«, fuhr Anna fort. »Ich habe ihm vor Jahren mitgeteilt, dass sein Vater gestorben ist, und ihm befohlen, in England zu bleiben und seine Ausbildung zu beenden, wie es Dietrichs Wunsch war.«

»Florian muss kommen«, sagte Lud.

Anna schaute ihn fest an; dann nickte sie. »Also gut, Lud. Wenn jemand es kann, dann du. Du wirst Florian nach Hause holen. Sag ihm, es ist Zeit, ein Mann zu sein.«

»*Ich* soll nach England reisen?« Lud konnte nicht glauben, was er da hörte. »Aber ich ...«

»Bist du störrisch, oder kannst du nicht hören? Ein Brief würde Konrad in die Hände fallen. Seine Spione sind überall. Du musst zu Florian.«

»Aber ich war noch nie in einem fremden Land, außer auf Kriegszügen, Herrin. Ich kenne weder die Sprache noch die Bräuche. Und ich habe kein Dokument, das mir sicheres Reisen ermöglicht.«

Anna wandte sich an Vater Michael. »Was wissen wir über Frankreich, Priester?«

»England, Spanien, der Papst und wir, das Heilige Römische Reich, sind verbündet. Die Franzosen sind fürs Erste gebändigt. Die Mönche, die im Ausland ministrieren, sagen, dass Frankreich gute Straßen hat, auf denen schlechte Menschen unterwegs sind.«

Anna nickte.

»Um eine sichere Passage durch Frankreich zu gewährleisten, werde ich Fürstbischof Lorenz direkt anschreiben und Konrad umgehen.« Sie richtete den Blick wieder auf Lud. »Du wirst den Brief zum Fürstbischof nach Würzburg bringen und von dort aus mit seinem Segen weiterreisen. Ein gewöhnlicher Pass für Händler sollte für den Hafen und die Reise über das Meer reichen.«

»Ich soll den Fürstbischof persönlich aufsuchen?«, fragte Lud entgeistert. So etwas war völlig unmöglich! Anna musste das doch einsehen! »Und danach? Die Reise? Die Sprachen? Ich kann weder Französisch noch Englisch.«

»Latein wird überall gesprochen.«

»Ich kann auch kein Latein, nur ein klein wenig, und ...«

»Wenn ich etwas bemerken dürfte, Herrin«, mischte Vater Michael sich ein. »Der Täufer Witter spricht viele Sprachen, wie man mir sagte. Der Mann ist offensichtlich weit gereist. Er wäre Lud von großem Nutzen.«

Anna überlegte kurz. »So sei es, dieser Witter begleitet dich«, sagte sie schließlich.

»Warum ausgerechnet er? Ich kann diesen Mann nicht ausstehen.« Lud versteifte sich. Er würde auf gar keinen Fall monatelang mit Witter durch fremde Länder reisen, ohne ein Wort zu verstehen, gänzlich abhängig von dem, was Witter ihm übersetzte. Es war wie eine Kerkerstrafe oder Schlimmeres. Die bloße Vorstellung bereitete ihm Unbehagen.

»Es ist ohne Bedeutung, wen du ausstehen kannst und wen nicht«, sagte Anna. »Du wirst deine Pflicht tun. Und jetzt will ich kein Wort mehr davon hören.«

Lud biss sich auf die Zunge. Am liebsten hätte er den Priester umgebracht.

»Und nun zu dir«, sagte Anna zu Vater Michael gewandt, der still wie eine Statue mit gesenktem Kopf dastand. »Wie ich hörte, hast du endlich einmal eine feurige Predigt gehalten.«

Der Angesprochene hob den Blick. »So feurig wie ein fallender Stern, der rasch verbrennt. Übrigens wäre ich sehr erfreut, wenn Ihr die Messe wieder besuchen würdet.«

Annas Stimme triefte vor Bitterkeit. »Und ich wäre erfreut gewesen, hättest du meinen Mann am Totenbett besucht, Priester.«

Vater Michael schwieg.

»Nun sieh ihn dir an, Lud«, spöttelte Anna. »Er weiß, dass er ein Trunkenbold ist und ein Lotterleben führt. Sprich, Priester. Ist es nicht so?«

»Es ist wahr, ich würde ohne Wein nicht einen Tag durchhalten«, sagte Vater Michael, als wäre er in der Beichte. »Ich bin verlottert, ganz wie Ihr sagt, und weder würdig noch zuverlässig. Bitte lasst mich jetzt in meine Kirche zurückkehren.«

Anna winkte abfällig. »Dann geh, in Gottes Namen. Meinen Dank für deine Aufrichtigkeit.«

»Witter wartet in der Kirche«, sagte Lud.

»Ich werde mich um ihn kümmern, bis du kommst«, versprach Vater Michael. »Aber du musst ihm alles erzählen, Lud. Ich werde nicht versuchen, ihn zu überzeugen.«

Mit diesen Worten und einer Verneigung wandte er sich ab und ging.

»Ich vertraue Witter nicht«, sagte Lud.

»Ich tue es, weil seine Brüder und Schwestern hier bei uns leben. Und falls nötig werde ich ihm zu verstehen geben, dass ihm keine Wahl bleibt, als dich zu begleiten. Hilft er uns, hilft er sich selbst und seinen Gefährten.«

»Aber warum ich? Ich bin ein einfacher Mann von niederer Geburt, und mein Aussehen ist ... abstoßend.«

Eine Pause entstand. Dann schüttelte Anna den Kopf und gab einen seltsamen Laut von sich. Lud begriff: Anna hatte sich mit ihrer Verunstaltung noch nicht ausgesöhnt, war noch nicht daran gewöhnt wie er selbst. Für sie war es immer noch eine offene Wunde. Seine Narben hingegen waren bloß noch eine Tatsache, so wie die, dass jeden Tag die Sonne auf- und unterging. Sie beide waren gezeichnet, doch es war dumm gewesen, Anna daran zu erinnern; Lud hatte nicht daran gedacht, als er den Mund aufgemacht hatte.

Nun stand er verlegen da und wartete, bis Anna sich wieder gefangen hatte und ihn entweder wegschickte oder weiterredete.

»Dein Gesicht, ja. Es wirkt abstoßend. Ich verstehe das nur zu gut«, sagte sie endlich.

»Ich habe es nicht böse gemeint, Herrin. Ich würde mir eher die Hand abhacken, als die Menschen zu kränken, denen ich alles verdanke.«

»Ich weiß, Lud, und ich glaube dir. Aber wir brauchen deine starken Hände, deinen Mut und deine Geistesgegenwart. Du bist der Einzige, der in England Erfolg haben kann, denn abgesehen von Dietrich und mir hat Florian nie einen Menschen mehr geliebt als dich. Wenn du ihm klarmachst, dass er herkommen muss, wird er dich begleiten.«

»Und wenn ich ihn nicht überzeugen kann? Ich bin nicht sehr geschickt mit Worten. Florian dagegen hat einen scharfen Verstand und versteht es, scharfzüngige Antworten zu geben.«

»Er wird auf den Ruf seiner Pflicht hören. Ich kenne meine Blutlinie und die von Dietrich, deshalb kenne ich Florians Temperament besser als irgendjemand sonst. Außerdem werde ich dir einen Brief mitgeben, der helfen wird, meinen Sohn davon zu überzeugen, dass wir alle in großer Gefahr schweben.«

Damit war das Gespräch beendet, und Anna kehrte in ihre Gemächer zurück. Auch Lud machte sich auf den Rückweg ins Dorf. Es war noch früh. Irgendwo bellte ein Hund und lachte ein Kind. Lud spürte den Puls des Dorfes, spürte das Leben der Menschen ringsum in ihren Häusern, wo sie Kraft sammelten für diesen Tag.

Was immer er tun musste, um für ihre Sicherheit zu sorgen, er würde es tun. Doch er hatte nie zuvor eine solche Last der Verantwortung getragen, noch nie ein so starkes Gefühl der Verpflichtung verspürt.

Er fragte sich, wie Florian sein würde nach all den Jahren. War er noch ein Freund? Oder war er ein Fremder geworden?

Ich darf nicht versagen.

Lud wusste, allein konnte er es unmöglich nach England schaffen.

Ausgerechnet von Witter also, diesem eigenartigen Mann, hing nun ihr aller Schicksal ab.

23.
Witter

Witter lächelte. Hier saß er nun als Jude mit einem christlichen Priester in dessen Kirche und diskutierte mit ihm über Gott und die Welt.

Obwohl es noch früh am Morgen war, tranken Witter und Vater Michael von dem schweren roten Messwein, während sie in einem Wettstreit des Wissens, der Klugheit und der Schlagfertigkeit lateinische Phrasen austauschten. Der Priester war ein würdiger Gegner. Witter genoss die Herausforderung seines Verstandes, und der Wein ließ seine Ängste nicht mehr so drückend erscheinen. Er hatte sich Kristina und den anderen noch nicht gezeigt, hatte nicht den Mut aufgebracht, sie aufzusuchen, seit sie am Vortag aus dem Kerker entlassen worden waren.

Die beiden Männer lachten, tranken, diskutierten. Die Konversation auf Latein schien nicht nur ein Wettstreit ihres Verstandes und ihrer Bildung zu sein, sondern auch der Einsichten und Erkenntnisse. Witter erkannte sehr schnell, dass er Vater Michael bis jetzt unterschätzt hatte.

»Dein Latein ist ausgezeichnet«, lobte der Priester.

»Deins ebenso«, entgegnete Witter.

»Aber ich habe Latein gelernt«, sagte Vater Michael. »Und du?«

»Das ist ein sehr guter Wein«, versuchte Witter abzulenken.

»Warum weichst du aus?«

»Aus Bescheidenheit. Ich bin ein demütiger Mensch.«

»Wo hast du Latein gelernt?« Vater Michael ließ sich nicht beirren.

»Ich habe es mir selbst beigebracht«, log Witter. »In der Welt des Buchdrucks kann man so gut wie jede Fähigkeit erlernen, sobald man die Kunst des Lesens gemeistert hat. Dazu braucht es keine Universität. Heutzutage kann jeder selbst lernen, was er möchte.«

»Ja, und das ist gut und schlecht zugleich. Gut, weil fast jeder die Möglichkeit hat, etwas zu lernen. Schlecht, weil die Bedeutung des Wissens sich je nach Übersetzung und Sprache verändert.«

»Mag sein. Aber wer hat die einzige wahre Bedeutung für sich gepachtet? Je mehr Menschen am Wissen teilhaben, desto mehr Bedeutungen gibt es.«

»Ja, aber wohin führt das?«

In diesem Moment betrat Lud die Sakristei, und das Gespräch auf Latein endete. Luds Gesicht war verschlossener als je zuvor.

»Es ist entschieden. Du kommst mit mir, Witter«, sagte er ohne Umschweife.

»Was? Wohin?« Witter begriff gar nichts.

Als Lud ihm das Ziel und den Grund für die Reise nannte, verschlug es ihm die Sprache.

Unmöglich!, schoss es ihm durch den Kopf. Seine Gedanken rasten.

Luds Miene war so kalt wie Eis, als er weitersprach. »Ich mag dich nicht, und mir gefällt die ganze Sache nicht, aber du wirst mitkommen, und bei Gott, du wirst mir helfen, das Beste daraus zu machen. Du bist weit gereist, kennst fremde Sprachen und die Bräuche ferner Länder. Deshalb brauche ich dich.«

Witter war wie vor den Kopf geschlagen. Den ganzen weiten Weg bis nach England, mit diesem Tier von einem Mann, diesem Halbwilden aus diesem Kuhdorf …

Dann aber erkannte Witter das beinahe göttliche Eingreifen zu seinen Gunsten. Er hätte es gleich sehen müssen! So verrückt ihm die Geschichte im ersten Moment erschienen war – die Reise nach England würde ihm einen bleibenden Vorteil verschaffen: gültige Reisepapiere. Seit er aus Córdoba geflohen war, hatte Witter keine Dokumente bei sich. Nun würde er Papiere erhalten, die ihn als Witter von Giebelstadt auswiesen.

Eine nichtjüdische Identität, die ihn auf sämtlichen noch vor ihm liegenden Reisen schützen würde.

»Also gut«, sagte er schließlich. »Ich komme mit. Und ich werde dir helfen, so gut ich kann.«

Lud nickte. »Gut, das rate ich dir. Das Wohl von Giebelstadt und derer, die hier leben – auch deiner Freunde –, hängt vom Erfolg unserer Mission ab.« Lud blickte ihn prüfend an. »Kannst du ein Pferd reiten?«

»Pferde sind teuer, und ich bin arm«, entgegnete Witter. Ja, er konnte reiten, und er hatte ein edles Pferd besessen, bis die Männer, die seine Familie ausgelöscht hatten, das Tier mitgenommen hatten. Das alles schien eine Ewigkeit her zu sein.

»Die Straßen sind voller Gefahren«, warf Vater Michael ein. »Selbst wenn ihr euch einem Handelszug anschließt. Heutzutage treiben viele schlechte Menschen da draußen ihr Unwesen. Verstoßene Ritter werden zu Wegelagerern, Dieben, Räubern. Nehmt einen Flusskahn so weit ihr könnt, und reitet nur das letzte Stück bis zur Küste. Ein guter Flusskahn ist sicherer als eine Reise über Land.«

»Wir haben kein Geld, um so einen Kahn zu mieten«, sagte Lud.

»Warum nicht?«, fragte Vater Michael.

Lud errötete. »Du hast mir in den vergangenen Jahren bei den Abrechnungen geholfen«, sagte er schließlich. »Du weißt besser als ich, wie viel wir an das Fürstbistum abgeben müssen und wie viel für uns übrig bleibt. Nein, wir nehmen die Straße. Wir haben kein Geld für eine Flussfahrt.«

»Ich kann unmöglich die ganze Strecke reiten«, sagte Witter mit belegter Stimme. Ihm war jetzt erst klar geworden, dass er Kristina viele Wochen und Monate nicht sehen würde. Vielleicht sah er sie sogar nie wieder. Alles Mögliche konnte ihnen unterwegs zustoßen – oder Kristina, während er fort war.

»Dein Hintern wird sich an den Sattel gewöhnen«, sagte

Lud. »Ich helfe dir, wenn es sein muss. Unsere Pferde, unsere Dolche, unsere Reisekasse und unsere Papiere – das ist alles, worauf wir uns stützen können. Und auf uns selbst.«

Witter wurde hellhörig. »Papiere? Was für welche?«

»Passierscheine«, antwortete Lud. »Ausgestellt vom Fürstbischof – falls er tut, worum Anna ihn in ihrem Schreiben bittet.«

Damit konnte Witter etwas anfangen. Er atmete tief durch, um zu sagen, was er unbedingt sagen musste. »Da wäre noch eine wichtige Sache, Lud ... Du musst mich respektieren.«

Lud runzelte die Stirn. »Ich muss *was*?«

»Du musst höflich mit mir umgehen. Du musst mich wie deinesgleichen behandeln. Ich bin nicht dein Diener auf dieser Reise.«

Lud schaute ihn verwundert an. »Diener?«, fragte er. »Ich bin kein Mann, der je einen Diener haben wollte oder gebrauchen könnte. Ich werde dich respektieren, wenn du zuverlässig und ehrlich bist.«

»Einverstanden«, sagte Witter. »Und du musst tun, was immer ich dir sage, wenn es um Bräuche und Regeln geht. Wir reisen durch fremde Länder. Du wirst die Worte nicht verstehen, die ich mit Fremden wechsle, aber du musst mir vertrauen, in jeder Hinsicht, oder wir werden England niemals erreichen. Hast du verstanden?«

Lud räusperte sich. Witter sah, wie er mit sich rang. Schließlich nickte er. »Einverstanden. Aber wenn du unsere Mission behinderst, aus welchem Grund auch immer, gibt es keinen Ort auf Erden oder in der Hölle, an dem ich dich nicht finde.«

»Mir zu drohen ist ein schlechter Anfang.«

»Das war keine Drohung, Witter. Und dein Tod wird kein leichter sein. Hast *du* verstanden?«

Witter blickte in das vernarbte Gesicht, in die jungen Augen, die nicht zu dieser grauenvollen Maske zu gehören schienen.

»Ich habe verstanden.«

»Dann nimm meine Hand. Lass uns wenigstens so tun, als wären wir Kameraden, bis wir welche geworden sind.« Lud streckte die Rechte aus, und Witter schlug ein. Er spürte Luds raue Finger, die sich mit eisenhartem Griff um seine Hand schlossen.

»Verabschiede dich von deinen Freunden«, sagte Lud.

Witter nickte, hatte aber Angst vor dem Abschied von Kristina. Er befürchtete, Unsinn zu reden oder, schlimmer noch, Kristina zu ängstigen. Der Jude, der seine Liebe gesteht ... Unmöglich.

Und doch musste er genau das tun.

24.
Konrad

Mitten in der Nacht wachte er auf, getrieben von Verlangen. Sein Körper war heiß und feucht, sein Atem ging schnell. Er warf die schwere Decke zurück und lag da, starrte auf das Traumbild Annas, das über ihm schwebte, erotisch, berauschend, unwiderstehlich.

In Konrads Traum waren sie beide wieder jung gewesen und über ein Feld voller Blumen geritten, Anna mit wehendem weißem Gewand und langem dunklem Haar, das hinter ihr herflatterte wie eine Flagge im Wind. An einem Bach waren sie von den Pferden gestiegen; Anna hatte sich von ihm in die Arme nehmen und in ein Bett aus Blüten legen lassen. Die Augen geschlossen, hatte sie ihm ihre Lippen dargeboten, ihre Zunge, ihren Körper. Ihre schweren Wimpern flatterten vor Erwartung, als seine Hände ihren Leib erkundeten ...

Als Konrad vor über drei Jahren erfahren hatte, dass die Pocken Anna ihr schönes Gesicht geraubt hatten, war sein Entschluss, sie in Giebelstadt zu besuchen, ins Wanken geraten. Wollte er wirklich die einzige Frau, die er je geliebt hatte, ihrer Schönheit beraubt sehen? Sein Verstand riet ihm davon ab, riet ihm, Anna sich so zu bewahren, wie er sie lieben gelernt hatte.

Doch Träume wie dieser schürten ein beinahe unstillbares Verlangen nach ihr und hatten in der Vergangenheit dazu geführt, dass er Anna wiedersehen wollte.

Ob es Glück oder Unglück war, dass sie ihm stets einen Besuch verweigert hatte? Konrad wusste es nicht.

Der Traum jedenfalls verfolgte ihn die ganze Nacht hindurch, selbst nach dem Morgengebet, dem engelsgleichen Gesang der Knaben und den monotonen Sprechgesängen der Mönche vor dem morgendlichen Wein.

Deshalb war Konrad nun schlecht gelaunt und musste seiner üblen Stimmung Luft machen. Er suchte Mahmed in dessen Gemächern auf und fand den Muselmanen lustlos und trübsinnig vor. Ohne Ertüchtigung wirkte sein Körper kraftlos und matt. Er trug sein wollenes Gewand; seine Haut wirkte seltsam blass, und sein langes Haar und der Bart sahen ungewaschen aus.

»Du musst dich baden, wenn du weißt, dass ich zu dir komme«, ermahnte Konrad ihn.

»Ich bade nicht mehr, weil ich nicht mehr bete. Dafür trinke ich jetzt Wein. Ich bin ein guter Würzburger geworden.«

»Du stinkst nach Selbstmitleid.«

»Ich verzweifle an meinen eigenen Lügen.«

»Dann sei aufrichtig, wenn ich zu dir komme.«

»Aufrichtig?« Mahmed lächelte traurig und gab einen Laut von sich, als hätte er Schmerzen. »Dein Basil zeigt mir regelmäßig die Flugblätter. Ich lese darin all die Lügen, die ich angeblich erzählt habe. Basil brüstet sich damit, um mich zu quälen, da bin ich mir sicher.«

»Es sind keine Lügen. Deine Worte werden von meinen Mönchen lediglich ein wenig ... umgeformt, um der Klarheit und Einfachheit willen. Du verdienst dir dein Leben, indem du deinem Gastgeber behilflich bist. Das ist nur recht und billig.«

Mahmed setzte sich auf. »Weißt du, dass ich von meiner eigenen Religion gefangen bin? Nicht nur von dir? Dass ich durch unsere Gesetze, die Scharia, gebunden bin, dir zu helfen?«

»Ich kenne kein Gesetz mit diesem Namen.«

»Es ist das Gute. Der Wille Gottes. Wonach wir streben sollen. Was die Seligpreisungen für die Christen und die Gebote für die Hebräer sind, ist die Scharia für mich und meinesgleichen.«

»Das hört sich interessant an. Ich werde Basil kommen lassen, damit er ein paar Auszüge aus deiner Scharia niederschreibt.«

»Wirst du die Wahrheit drucken, wenn du sie kennst?« Mahmeds Augen waren rot geädert. Konrad erkannte, dass der Mann geweint haben musste. »Wenn ich sage schwarz, druckst du weiß. Wenn ich sage ja, druckst du nein. Wie kann ich da noch beten? Wie noch reden?«

»Ich dachte, du betest nicht mehr zu deinem falschen Gott Mohammed.«

»Allah, nicht Mohammed.« Mahmed rang die Hände. »Der Koran sagt, dass Religion frei ist von Zwang. Die Scharia ist unser Gesetz. Sie ist meine persönliche Beziehung zu Gott. Sie erlegt mir auf, Würzburg gegenüber, wo ich nun lebe, treu und ergeben zu sein.«

»Treu und ergeben gegenüber Würzburg? Du? Wie kann das sein?«

Mahmed blickte nach draußen, erst zum Himmel, dann auf den Fluss in der Tiefe. Vögel zogen gegen den herbstlichen Wind in Richtung Süden.

»Sieh mich an, wenn ich mit dir rede!«, verlangte Konrad.

Mahmed wandte ihm den Kopf zu und verneigte sich in einer Geste der Entschuldigung. »Der Prophet Mohammed hat die Charta von Medina geschrieben. Würdest du sie für dein Volk drucken? Wir Muselmanen sind an die Scharia gebunden, die mir befiehlt, dir zu gehorchen. Ähnliches gilt für die Juden, die den Gesetzen ihrer Thora gehorchen. Und ihr Christen, müsst ihr nicht die christlichen Gebote der Nächstenliebe beachten? Allen Menschen gegenüber, sogar euren Feinden? Und schließt mich das nicht ein?«

»Du bist nicht mein Feind«, sagte Konrad.

»Nein. Ich bin nicht einmal das.« Mahmed ließ den Kopf hängen, wandte sich wieder ab, schlug die zitternden Hände vors Gesicht.

Konrad schwieg. Es war ein schreckliches Gefühl, eine derartige Schwäche aus solcher Nähe erleben zu müssen. Ohnehin hatte er die osmanische Geisel seit einiger Zeit nur noch als das kuriose Schoßtier des Fürstbischofs betrachtet. Dieser Anblick steigerte seine Verachtung noch.

Konrad wusste immer, wann der Zeitpunkt zum Gehen gekommen war. Er empfand Abscheu für dieses jammernde Häufchen Elend. Er wusste, dass Mahmed für den Augenblick nichts mehr preisgeben würde, nicht einmal unter der Folter.

*

Später, am frühen Nachmittag, schlenderte Konrad zusammen mit Lorenz durch den Dom, in dem die Stationen des Kreuzweges erst kürzlich mit vergoldeten Schnitzereien himmlischer Engel verschönert worden waren. Die Engel weinten Tränen aus Perlen, und ihre Augen glänzten perlmuttern vor Kummer. Konrad konnte die Unsummen, die Lorenz dafür ausgegeben hatte, nur erahnen, als der Fürstbischof ihm nun den heiligen Zweck dieser Kunstwerke erklärte.

»Riemenschneider hat sich wieder einmal selbst übertroffen.«

Konrad schniefte. »Ja, im Anhäufen von Reichtum ganz sicher. Neuerdings heißt es, dass er zum Haupt der städtischen Gilden gewählt werden soll.«

»Riemenschneider ist ein guter Mann, ein gläubiger Christ, der seine Begabung von Gott erhalten hat.«

Konrad sah die Vorzüglichkeit der Arbeiten durchaus. Zweifellos war der Künstler talentiert – doch Konrad hatte selbst ein Porträt bei Riemenschneider bestellt, das in seinen Augen völlig missraten war, ihn sogar lächerlich machte.

»Er ist überheblich«, sagte er nun. »Es heißt, dass er sogar Juden den Zutritt zum Rat gewährt.«

Lorenz sah ihn von der Seite an. »Juden sorgen für gute Geschäfte, Konrad. Mancher Papst hat die Rechte der Juden verteidigt, Clemens zum Beispiel. Außerdem vergisst du immer wieder, dass Jesus und die Apostel ebenfalls Juden waren.«

»Mir geht es um Kunst, und alle Kunst ist falsch. Jedes Bild zeigt nur, was der Künstler sich vorstellt, und das ist noch falscher als die Flugblätter der Veritas-Druckerei.«

Lorenz blickte enttäuscht drein. Dann wurde sein schmales Gesicht weich und nachsichtig wie das eines Lehrers, der seinem Schüler helfen will. »Nein, Konrad, Kunst ist heilig. Der Künstler bereichert uns alle mit seiner Vision. Die nächste Fastenzeit wird das Volk mehr denn je inspirieren. Die Leute können hierherkommen und sich die Stationen des Kreuzweges anschauen, den Christus gegangen ist. Ein gutes Kunstwerk bestärkt den Glauben, und der Glaube ist Wahrheit.«

»Volkstümlicher Glaube, ja«, entgegnete Konrad. »Genau das ist die Mission der Veritas-Presse. Den Geist der Menschen zu einer Einheit zu formen. Neun unserer begabtesten Mönche arbeiten hart, um unsere Wahrheiten unter das Volk zu bringen und den Glauben stark zu halten.«

Lorenz schaute Konrad fest in die Augen. »Wahrheit ist Wahrheit. Sie darf nicht verändert werden. Ich stimme dir zu, dass wir einander brauchen, als Verbündete und gute Freunde, aber deine so genannten Publikatoren gehen zu weit. Einige ihrer Geschichten sind grotesk, und sie werden von Mal zu Mal schlimmer.«

»Die Wahrheit ist oft merkwürdig, Euer Gnaden. Damit das gemeine Volk sie begreifen kann, muss sie geformt werden.«

Lorenz wurde rot. »Hör zu, Konrad. Wenn Mahmed dir eine Wahrheit erzählt, will er dir Verstehen bringen. Du aber verdrehst seine Worte zu etwas Absonderlichem, Beängstigendem. Mahmed hat keine Lust mehr aufs Schachspielen und rührt sein Essen kaum noch an. Aber er trinkt sämtlichen Wein, den ich ihm bringen lasse, und fragt ständig nach mehr.«

»Heute Morgen noch hat er mich beleidigt, indem er gesagt hat, er würde nicht mehr baden, weil er nicht mehr betet. Er würde nun trinken. Er sei ein guter Würzburger geworden.«

Lorenz lachte leise. »Es ist gut, dass er nicht mehr zu seinem heidnischen Gott betet. Vielleicht können wir ihn dazu bringen, dass er seinem Glauben abschwört und dadurch seine Seele rettet.«

»Wir sollten zuerst seinen Verstand retten«, entgegnete Konrad. »Lasst ihn in fensterlose Gemächer bringen. Er starrt zu häufig und zu sehnsüchtig nach draußen und bricht dabei in Tränen aus.«

»Der arme Mann. Zweifellos sehnt er sich nach seiner Heimat.«

Konrad spürte, wie ihm die Geduld ausging. Manchmal hätte er Lorenz am liebsten gepackt und durchgeschüttelt wegen seiner Weichheit. Wie konnte ein Mann mit so viel Macht, so viel Verantwortung für die Sicherheit der ihm anvertrauten Menschen solche Dinge sagen?

»Mahmed ist Eure Kriegstrophäe, Eure Exzellenz. Ein Beweis unseres Sieges auf dem letzten Feldzug.«

»Bedauerlicherweise, ja.«

»Ihr könnt nicht die Steuern erhöhen, ohne den Krieg als Grund vorzuschieben. Ihr könnt nicht von den Händlern und Gilden Zahlungen erwarten, ohne Eure Autorität durchzusetzen.«

Lorenz verzog das Gesicht. »Aber solche Geschichten erfinden?«

Konrad suchte nach einem Weg, wie er den Fürstbischof ein für alle Mal überzeugen konnte. Lorenz konnte sehr begriffsstutzig sein. Er wollte entschlossen und liebenswert zugleich erscheinen. Vor allem wollte er geliebt werden vom Volk, von seinen Untertanen – das war der Schlüssel zu ihm.

»Mein lieber Fürstbischof, hört mich an. Ich liebe unser Volk. Ich liebe unsere heilige Kirche. Aber unser Volk hat ein kurzes Gedächtnis. Wenn die Leute erst das Lesen gelernt haben, werden sie die Bibel lesen, ganz gleich, wie schwer die Strafen sind, die wir darauf verhängen. Sie werden anfangen, ohne unsere geistige Führung zu denken. Und dann werden sie auf den Gedanken kommen, dass die Reichen nicht reich sein sollten und die Armen nicht arm. Sie werden die ganze Welt umgestalten wollen, bis sie ihnen gefällt. Deshalb müssen wir die Leute zu unserer Wahrheit locken. Je exotischer und abenteuerlicher unsere Geschichten, desto begieriger werden sie gelesen. Je mehr sie gelesen werden, desto mehr Macht haben wir, das Volk in unsere Richtung zu lenken und die Seelen unserer Schäfchen zu schützen. Es geht um die Sicherheit unserer Herde und damit auch um unsere Sicherheit.«

»Ja, ja.« Lorenz sprach beinahe flehentlich. »Aber als ich mich einverstanden erklärt habe, dir diese Druckerpresse zu überlassen, hatte ich mir ausbedungen, dass du mir alles vorlegst und dass ich es gutheißen muss, wenn ich mich recht entsinne.«

»Ihr habt selbst gesagt, Ihr lest die Geschichten. Basil hat mir versichert, dass er alles zuerst zu Euch schickt und dass Ihr nur selten einen Einwand erhebt, wenn überhaupt.«

»Ich war nachlässig, das muss ich gestehen. Nun, dann erhebe ich jetzt meinen Einwand, Konrad. Indem wir den Menschen zeigen, wie Jesus sein Leiden überwunden hat, leben wir ein Beispiel vor, wie wir unsere eigenen Wünsche und Neigungen unterdrücken und unsere Tage mit Beten und Kontemplation verbringen.«

»Ihr seid viel weiser als ich«, erwiderte Konrad. »Allein schon, dass Ihr sechs Stationen zum Kreuzweg Christi hinzufügt, die nicht einmal in der Schrift stehen. Aber ich weiß, worum es Euch geht. Es ist das Gleiche wie mit unserer Presse. Auch wir verbiegen die Dinge ein wenig, wenn es sein muss, bei unserem unablässigen Kampf zum Besten des Volkes.«

»Du verdrehst mir die Worte im Mund. Ich schlage dich im Schach, aber niemals im Disput.«

Konrad antwortete nicht. Wenn er nur lange genug wartete, würde das Gespräch sich wieder der Kunst zuwenden sowie den damit verbundenen Kosten und der sich daraus ergebenden Notwendigkeit, die Steuern zu erhöhen.

Sie passierten das Kirchenschiff und traten nach draußen, schlenderten unter dem Bogen der Zwillingstürme hindurch und hinein in einen grauen Herbsttag. Die verfärbten Blätter wurden von einem frischen Wind über den Hof gewirbelt. Konrad wickelte sich fester in seinen Mantel, wobei er sorgfältig darauf achtete, das aufgestickte Wappen derer von Thüngen nicht zu verdecken, das auf der Vorderseite zu sehen war, gleich über seinem Herzen.

Lorenz drehte sich um und schaute ihn an. »Ich weiß, dass du und viele andere mich für schwach und eitel haltet.«

Konrad zuckte zusammen – genau das hatte er einen Augenblick zuvor gedacht. »Erscheine ich so voreingenommen, Euer Gnaden?«

»Morgen werde ich dir beweisen, dass ich tue, was getan werden muss, um der Gesetze willen«, sagte Lorenz. »Gestern habe ich einen Mann verurteilt. Morgen wird er hingerichtet, und als sein Richter bin ich gehalten, seinen Tod zu bezeugen. Wirst du der Vollstreckung mit mir gemeinsam beiwohnen?«

»Was hat er verbrochen?«

»Er ist ein Ketzer, der auf dem Markt falsches Zeugnis gegen die Mutter Kirche gepredigt hat. Er hat offen aus der Heiligen Schrift vorgelesen und versucht, unser Volk in die Irre zu führen. Er sagte, unsere Autorität würde vor Gott nichts bedeuten und dass jeder Mensch seine eigene Autorität sei.«

»Ein solches Verbrechen ist durch nichts zu verzeihen«, sagte Konrad.

»Ich freue mich, dass du der gleichen Meinung bist. Die Leute werden eine harte Bestrafung erwarten. Deshalb habe ich verfügt, dass der Mann geviertteilt werden soll.«

Gevierteilt ...

Konrad wand sich vor Abscheu. Er empfand einen hässlichen Nervenkitzel schon beim Klang dieses Wortes und stellte sich die Obszönität der Geschehnisse vor, die da kommen würden. Vielleicht war es eine Probe, dass Lorenz ihn zwingen wollte, die Vollstreckung mit anzusehen – ein Vergleich ihrer Mannhaftigkeit. Konrad begriff, dass er Lorenz zu einer Art Wettstreit provoziert hatte. Er wünschte sich, er hätte den Fürstbischof nicht so hart bedrängt. Nun aber war es zu spät. Sich jetzt zu weigern hätte bedeutet, Schwäche zu zeigen.

Konrad bemerkte, dass Lorenz ihn aufmerksam musterte.

»Hast du etwa geglaubt, ich sei schwach?«, fragte der Fürstbischof. »Was ist mit dir? Du bist plötzlich so blass geworden, mein lieber Konrad.«

»Eure Gerechtigkeit ist ein Elixier für mich und das gesamte Volk, Euer Gnaden«, entgegnete Konrad. »Natürlich werde ich Euch zur Hinrichtung begleiten.«

Und so wird es bleiben, wenn ich eines Tages der Fürstbischof bin, dachte er. *Stärke zeigen, wo Schwäche ist. Das ist so gut wie die Wahrheit selbst.*

25.
Kristina

Sie bereiteten alles für eine Halbmondnacht vor, in der sie ohne Laternen unterwegs sein konnten. Der erste Schnee des Jahres war gefallen. Als die Nacht hereinbrach, beteten sie um Erfolg und Sicherheit und zogen ihre wärmsten Sachen an.

Als sie schließlich aus ihrer Behausung traten, leuchtete der Schnee blau im Licht des aufgehenden Mondes. Sämtliche Bewohner des Dorfes hielten sich in ihren Häusern auf. Rauch stieg kräuselnd aus den Schornsteinen.

Augenblicke später hörte Kristina ein Pferd und einen Wagen kommen.

»Das ist Linhoff«, sagte Grit.

Kristina blickte sie überrascht an. »Linhoff?«

»Woher weiß er Bescheid?«, fragte Rudolf.

»Er ist zu mir gekommen«, erklärte Grit, »und hat gefragt, ob ich ihm Unterricht geben könne. Ich sagte ihm, dass wir nicht mehr lehren dürfen, dass wir aber andere Dinge tun, um unseren Glauben niederzuschreiben und zu drucken.«

»Du hast ihm vertraut?«, fragte Simon.

»Ja, das habe ich. Sollen wir das Werk Gottes selbstsüchtig für uns allein behalten?«, entgegnete Grit. »Außerdem brauchen wir seinen Wagen.«

»Ich bin's, Linhoff«, rief leise eine Stimme aus der Dunkelheit.

Die Täufer schauten dem sich nähernden Wagen entgegen. Kristina entdeckte zwei weitere Hörige neben dem kleinen Gefährt – Ambrosius, der das Pferd führte, und Max, der auf der anderen Seite ging. Hinter ihnen kam Jakob, ein Seil über die Schulter geschlungen. Kristina dachte daran, wie diese Männer auf dem Kriegszug vor ein paar Jahren als Spießträger unter Luds Führung gekämpft hatten. Damals waren sie kaum mehr als Jungen gewesen.

»Wir möchten mitkommen«, verkündete Linhoff.

»Ja«, pflichtete Max ihm bei. »Wenn sie sagen, wir dürfen nicht lesen lernen, dann lernen wir eben schreiben.«

»Wir wollen uns erkenntlich zeigen«, erklärte Ambrosius. »Ihr habt uns Wissen gebracht. Jetzt wollen wir euch helfen, eure Presse hierherzubringen.«

»Das ist verrückt!«, stieß Rudolf hervor. »Gibt es eigentlich jemanden im Dorf, der noch nichts von unserem Plan weiß?«

»Nur wir wissen davon«, beruhigte Linhoff ihn.

»Vertraut auf Gott«, sagte Grit. »Habt ihr das Seil mitgebracht?«

Jakob meldete sich zu Wort. »Ich habe es.«

»Niemand kennt die Wege so gut wie wir«, sagte Linhoff. »Wir haben als Kinder hier gespielt. Wir kennen jeden Stein.«

»Danke.« Kristina ließ den Blick von einem zum anderen schweifen. »Gott segne euch.«

Im silbernen Licht der Nacht erreichten sie die Straße. Die Wagenräder knirschten auf dem eisigen Boden, und der Atem der Gefährten gefror zu kleinen weißen Wölkchen. In Kristinas Ohren klang alles unerträglich laut, doch wie es schien, war niemand in der Nähe.

Immer wieder las sie in Gedanken den Brief, den Witter ihr zugesteckt hatte, wortlos, nur mit Blicken, bevor er mit Lud fortgeritten war.

Niemand kennt mich so wie du. Auch ich habe niemanden so gekannt, wie ich dich kenne. Du hast mich tiefer berührt, als ich es je für möglich gehalten hätte. Warte auf mich und bete für meine Rückkehr, das ist mein größter Wunsch. Sicher gibt es einen Gott mit vielen Namen, der unsere Herzen kennt, unsere Ängste und Hoffnungen, das Gute und Schlechte in jedem von uns. Sein Wille wird geschehen.
Mehr als dein Bruder
Witter

Kristina kannte den Brief auswendig. Er ging viel weiter und tiefer, als sie erwartet hätte, und sie versuchte, sich nicht in ihre Gefühle hineinzusteigern. Sie war beinahe erschrocken darüber, dass Witter so für sie empfand.

Mehr als dein Bruder ...

Sie drangen tiefer in den Wald vor und bewegten sich nun mit größerer Vorsicht. Es war klirrend kalt. Die Schatten der Bäume waren schwarz und undurchdringlich; jedes Rascheln, jede Brise erweckte den Anschein von Gefahr, und das Mondlicht schuf trügerische Silhouetten von Männern und Hunden, die auf sie zu lauern schienen.

Kristina blinzelte, während sie unablässig die undurchdringliche Schwärze unter den Bäumen beobachtete. Vor ihren Augen schien ein schwarzer Vorhang im schimmernden Mondlicht zu wogen.

»Von der Gabelung aus halten wir uns in westlicher Richtung«, sagte Grit. »Von dort führt die Straße einen Bach entlang. Folgen wir diesem Bach, stoßen wir irgendwann auf den Weiher, in dem wir damals die Presse versenkt haben. Wisst ihr noch?«

Simon murmelte Unverständliches, doch Rudolf pflichtete Grit bei, und Kristina glaubte sich ebenfalls an die Beschreibung zu erinnern. Sie stolperte und rutschte neben dem Wagen her, um sich herum die dunklen Gestalten der Gefährten, während vor ihrem geistigen Auge die Vergangenheit lebendig wurde. Alles war so wirklich, so lebhaft, als wäre es letzte Woche geschehen und nicht vor Jahren, als sie aus Würzburg geflohen waren. Sie sah Berthold vor sich, von einem Armbrustbolzen getroffen, sah sich und Witter in wilder Flucht, gestellt von einem Bluthund, den sie getötet hatten; sie sah die Kranken in Giebelstadt, als dort die Pocken wüteten, sah Schmerz, Leid und Tod.

Alles erschien Kristina wie ein Albtraum, den sie hinter sich geglaubt hatte, der aber nun wieder lebendig wurde. Und je tiefer sie in den Wald vordrangen, desto intensiver wurde das beängstigende Gefühl, beobachtet zu werden.

»Dort«, sagte Grit irgendwann und zeigte auf einen glitzernden Weiher am Fuß einer Böschung.

Alle blieben stehen.

Grit streckte den Arm aus. »Da. Seht ihr den großen alten Baum? Das ist die Stelle, wo die Presse versunken ist. Ich bin mir sicher.«

Sie führten das Pferd zu dem Baum. Auf der Oberfläche des Wassers hatte sich eine dünne Schicht Eis gebildet.

»Also«, fragte Linhoff. »Wer geht ins Wasser?«

Niemand antwortete. Die Männer blickten sich gegenseitig an und warteten darauf, dass der andere sich meldete.

»Ich.« Es war schließlich Grit, die die Hand nach dem Seil ausstreckte, das im Wagen lag.

»Nein, keine Frau.« Linhoff nahm ihr das Seil weg. »Ich gehe.« Er zog seinen schweren Umhang aus, band sich das Seil um die Taille und schob den Knoten nach oben, bis die Schlaufe unter seinen Achseln lag. »Wonach muss ich suchen?«

»Die Druckerpresse besteht aus drei Teilen«, erklärte Grit, sichtlich gerührt von Linhoffs Bereitwilligkeit. »Rahmen, Gestell und die eigentliche Presse.«

»Drei Teile? Das heißt dann wohl, dass ich drei Mal tauchen muss.« Linhoff verzog das Gesicht, ehe er sich ins Wasser hinunterließ, bis er im dunklen, eisigen Nass verschwunden war.

Nach ein paar Sekunden tauchte er wieder auf, spuckend und hustend, mit einem dicken Ast. Wieder tauchte er unter. Diesmal dauerte es lange – zu lange. Alle zusammen zogen voller Angst am Seil, bis Linhoff wieder erschien, halb ohnmächtig. Diesmal hatte er das Seil um irgendetwas Großes gewunden. War es ein Teil der Presse? Dann sah Kristina, dass es sich um das Rad des alten Karrens handelte, auf dem sie damals die Presse transportiert hatten. Das Rad war bedeckt von dickem Schlamm und Algen. Sie zogen es ans Ufer und warfen es zur Seite.

»Verdammt«, schimpfte Linhoff zähneklappernd, als er sah, was er geborgen hatte.

Bevor die anderen ihn aufhalten konnten, war er schon wieder im Wasser. Als er diesmal auftauchte, brachte er endlich einen Teil der alten Druckerpresse mit, ebenfalls voller Schlamm und Bewuchs. Als Nächstes barg er den Rahmen.

»Das reicht, Linhoff«, sagte Kristina. »Du erfrierst.«

Linhoff schüttelte den Kopf. »Du hast gesagt, drei Teile, aber wir haben erst zwei.«

»Das Gestell ist noch im Wasser, aber das brauchen wir nicht unbedingt. Wir können ein neues aus Holz bauen«, erklärte Simon. »Diese beiden Teile hier sind die, die wir nicht nachbauen können.«

»Du hast es gehört, Linhoff.« Kristina lächelte. »Jetzt musst du erst einmal aus den nassen Sachen. Zieh dich aus.« Sie half ihm, die durchnässte Kleidung abzulegen, ehe sie ihn in seinen trockenen Umhang wickelte. »Und jetzt steig aufs Pferd. Sein Rücken ist warm.«

»Wartet«, meldete Grit sich zu Wort. »Die Lettern! Der Setzkasten mit den Lettern. Ohne die Lettern können wir mit der Presse nichts anfangen.«

Obwohl er zu Tode erschöpft war, wollte Linhoff wieder zum Wasser. Doch Kristina hielt ihn fest. Der junge Mann ging in die Knie, am ganzen Körper zitternd.

Kristina blickte Hilfe suchend zu Max und Ambrosius.

»Ich gehe«, erklärte Max, blieb jedoch stehen und rührte sich nicht.

»Können wir nicht wiederkommen und die Lettern holen, wenn es wärmer geworden ist?«, schlug Ambrosius vor. Auch er zitterte, obwohl er nicht einmal in die Nähe des Wassers gekommen war.

»Also gut, dann übernehme ich das.« Kristina warf ihren wollenen Umhang ab.

Als Linhoff es sah, rappelte er sich auf, stieß Kristina zur Seite und stolperte erneut ins eisige schwarze Wasser.

»Oh nein«, flüsterte Grit. »Lieber Gott, beschütze ihn!«

Alles ging gut. Eine halbe Stunde später waren sie auf dem Rückweg. Grit hatte darauf bestanden, dass Linhoff auf dem warmen Rücken des Pferdes ritt. Er war halb erfroren, seine Lippen waren blau angelaufen, und seine Zähne schlugen so laut aufeinander, dass jeder es hören konnte. Seine Hände waren von der Kälte zu Fäusten geballt und gehorchten ihm nicht mehr, deshalb mussten die anderen ihn auf dem Pferd stützen. Kristina rieb das Bein und den Arm des halb erfrorenen Mannes auf der einen Seite des Pferdes, Grit auf der anderen. Die schlammverkrusteten Teile der Presse schaukelten im Wagen hinter dem Pferd.

Der Kasten, in dem die Lettern gewesen waren, lag halb offen und triefend auf der Ladefläche. Er hatte sich im Wasser geöffnet, als die Gefährten ihn hochgezogen hatten, dabei waren sämtliche Bleilettern verloren gegangen. Linhoff wäre vor Enttäuschung beinahe in Tränen ausgebrochen.

»Zu was ist die Presse jetzt noch nütze!«, schimpfte Rudolf.

»Wir werden es schon irgendwie schaffen«, sagte Grit. »Hab Vertrauen. Die Wahrheit wird ihren Weg zu den Menschen finden.«

26.
Konrad

Gemeinsam gingen Konrad und Lorenz hinunter zum Platz, Lorenz mit gekünstelt anmutenden Trippelschritten, gekleidet in sein langes bischöfliches Wintergewand. Es hatte zum ersten Mal geschneit in der Nacht, doch die Sonne ließ den Schnee bereits schmelzen. Flankiert von Mönchen und Bütteln nahmen die beiden Fürsten auf der hohen Bank Platz und verfolgten das Geschehen.

Es war ein schöner, wenn auch kalter Spätherbsttag, klar und rein. Die Spitzen des Doms ragten glänzend in einen blauen Himmel, über den Zugvögel hinwegzogen.

Der Verurteilte war ein kleiner kahlköpfiger Mann mit breiten Schultern. Sein Körper war umwickelt mit schweren Ketten. Er wurde in einem Schinderkarren herbeigerollt, hinter dem vier Pferde hertrotteten. Seine Augen waren weit und weiß wie gekochte Eier. Als die Menschen ihn erblickten, schrien sie auf, johlten, schimpften und fluchten. Viele schleuderten Gegenstände nach ihm. Konrad stieg der Gestank dieser Spötter und Dreckwerfer Übelkeit erregend in die Nase. Der Henker stand abseits auf seinem hohen Podest und wartete ohne erkennbare Regung.

»Du siehst, ich kann hart sein«, sagte Lorenz. »Nun ja, die Gerechtigkeit ist keine Kunst wie die eines Tilman Riemenschneider.«

Konrad überdachte seine Worte, ehe er antwortete. »Das sehe ich anders. Dieses Schauspiel hier mag abscheulich sein, dennoch ist es Kunst. Die Kunst der Überzeugung. Das Volk als Ganzes wird durch das Exempel am Einen überzeugt. Genau, wie ein gutes Flugblatt es vermag.«

Das Wasser des schmelzenden Schnees troff von den Dächern. Die Rinnsteine waren voll schmutziggrauer Brühe. Viele in der Menge hatten die Kapuzen zum Schutz gegen die

Tropfen hochgeschlagen; sie sahen aus wie eine Horde von Henkern.

Ein Mönch verlas die Anklage; dann wurde ein Gebet gesprochen. Der Verurteilte rief der Menge irgendetwas über Gottes Wille zu, der nun geschehen werde, und dass diese Welt nur eine Pforte zum Paradies sei. Konrad verstand nicht jedes Wort.

Dann erteilte der Henker einen Befehl. Der Magistratsgehilfe schlug dem Verurteilten die rechte Hand ab und warf sie in ein glühendes Kohlebecken. Geschmolzenes Blei wurde auf den Stumpf seines Handgelenks gegossen.

Konrad sah eine größere Anzahl von Leuten, die gequält und angewidert dreinschauten; die meisten Gaffer aber lachten über die gellenden Schreie des Mannes. Konrad fragte sich, ob Gott in solch blutrünstigen Herzen überhaupt existieren konnte oder ob alles nur ein Schwindel war. Irgendwie erschien ihm die johlende Menge schlimmer als Soldaten im Krieg. Doch jene, die Mitgefühl zeigten, waren die Gefährlichsten, wie er wusste. Sie wurden zu Verführern und Anführern.

»Wäre dieser Mann dort einer von uns, wäre das Pack genauso begeistert, vielleicht sogar noch mehr«, sagte er.

»Du magst das Volk nicht?«, fragte Lorenz. »Unser Volk?«

»Ich liebe es. Deshalb muss es zusammengehalten werden wie eine Herde, damit es sicher ist vor Angriffen der Ketzer und um gegen Verführungen jeder Art gefeit zu sein. Wie ich schon sagte, Überzeugung ist eine Kunst.«

»Hör auf, mich immer wieder daran zu erinnern, Konrad. Es ist dieser arme Unglücksrabe da, der heute den Preis zahlen muss.«

Die Bestrafung ging weiter. Konrad erschauerte angesichts der unverhohlenen Begeisterung des Mobs, der sich an den Qualen des Verurteilten weidete. Er bemerkte, wie das Gesicht des Fürstbischofs düster wurde.

»Der Heilig-Blut-Altar in Rothenburg«, sagte Lorenz. »Wenn wir doch nur so einen Altar hier in Würzburg hätten.«

»Ich habe den Blut-Altar gesehen. Die Rothenburger verhalten sich deswegen nicht besser als unsere Leute.«

»Das ist nicht wahr, Konrad. Man hat mir berichtet, dass es an diesem Altar viele wundervolle Visionen gegeben hat. Wir müssen neue Gelder sammeln.«

Ein Aufschrei ging durch die Menge.

Der Verurteilte heulte, dann stieß er lang gezogene, wimmernde Laute aus. Er wurde mit glühenden Zangen aus dem Kohlebecken gefoltert. Die wartenden Pferde wieherten unruhig und scheuten; ihre Hufe scharrten auf den glatten, nassen Pflastersteinen. Die Pferdeknechte konnten die Tiere nur mit Mühe halten.

Endlich kam das Hauptspektakel, auf das die meisten Zuschauer die ganze Zeit gewartet hatten. Andere weinten unverhohlen. Manche beugten sich vornüber und schienen zu beten.

Konrad starrte in die Gesichter der Menge und verachtete sie alle.

Endlich wurden starke Seile um die Arme und Beine des Verurteilten geschlungen. Die anderen Enden wurden an die Pferde gebunden. Ein Pferdeknecht stand bei jedem Tier, mit einer Peitsche in der Hand, während ein Magistratsgehilfe dem Henkersknecht Anweisungen erteilte. Signale ertönten. Angetrieben von den Peitschen der Knechte zogen die Pferde zunächst in kurzen Schüben. Das Opfer schrie, und das laute Knacken ausgekugelter Gelenke ließ die Menge johlen. Immer noch war der Körper an einem Stück, immer noch stieß der Mann gequälte Laute aus.

»Schlecht gemacht«, sagte Lorenz und winkte verärgert.

Konrad lachte auf. »Schlecht gemacht? Es ist von Natur aus schlecht.«

»Du weißt, was ich meine.«

»Ich hätte ein Rätsel für Euch, Euer Gnaden. Wenn es doch

Vierteilen heißt, warum gibt es am Ende fünf Teile? Zwei Arme, zwei Beine und einen Rumpf?«

»Hör auf, Konrad, bitte.«

Die Pferde stemmten sich in vier Richtungen. Peitschen knallten. Der Verurteilte stieß weitere Schreie aus, gequälter noch als zuvor. Der Mann war stark, und der Henker schlug mit einer kleinen Axt tiefe Schnitte in die Gelenke des Ketzers. Auf ein Zeichen hin zogen die Pferde erneut, bis es das Opfer endlich zerriss.

Drei Tiere sprengten davon, konnten von ihren Knechten aber eingefangen werden. Auch das vierte Pferd rannte los, doch mitten in die Menge hinein, wobei es den verstümmelten Rumpf des Gehenkten hinter sich herzog wie ein tanzendes Monster an einer Kette. Die Menge geriet in Aufruhr, schrie wild durcheinander und sprengte in alle Richtungen davon, als das Pferd mit dem tanzenden Leichnam durch sie hindurchgaloppierte.

»Möge Gott dem Ketzer verzeihen«, sagte Konrad, schaute zum Fürstbischof und hob erstaunt die Brauen. Waren das etwa Tränen in Lorenz' Augen? Was für ein eigentümlicher Mann er doch war. Er konnte junge Burschen in den Krieg schicken und Unglückselige bis zum Tod foltern lassen, und doch war er imstande, Tränen zu vergießen.

Konrad konnte es sich nicht verkneifen, in Lorenz' Wunde zu bohren. »Richtet nicht, auf dass ihr nicht gerichtet werdet, heißt es bei Matthäus«, sagte er. »Doch Ihr, ein Christ, habt so hart gerichtet, dass ein Mann an seinen Qualen gestorben ist. War das gerecht?«

Lorenz holte tief Luft, bevor er Konrad mit ernster Miene ansah. »Und du richtest nun mich. Ist *das* etwa gerecht? Ein Fürstbischof muss handeln, wie die Pflicht es von ihm verlangt.«

»Gleiches gilt für mich und meine Presse, Euer Gnaden.«

Unten auf dem Platz zerrten die Henker die Überreste des

Delinquenten zu einem großen Scheiterhaufen. Lorenz sah aus, als müsse er sich übergeben.

»Gehen wir zurück in die Festung, Konrad«, sagte er mit matter Stimme. »Ich brauche Wein.«

*

Eine Stunde später saßen sie an einem Eichentisch, der dunkel war vom Alter und von Weinflecken, die Generationen von Mönchen bei dem Versuch hinterlassen hatten, ihren Kummer zu ertränken. Lorenz berichtete von seinem letzten Besuch am Hof des Kaisers Karl, von dem er erst kürzlich zurückgekehrt war.

»Die Hofmusikanten waren fabelhaft. Diese Knabenstimmen waren wie Engelszungen ... Ich sage dir, der Ruhm dieses Kaisers wird überdauern. Er hat ein Porträt seiner Großmutter, Maria von Burgund. Prachtvoll. Und erst die Orgel! Wenn wir doch nur eine solche Orgel hätten!«

»Der Kaiser ist ein mutiger Mann, der sich ständig auf Neuland wagt«, sagte Konrad.

»Ach ja, bevor ich's vergesse – dein Patenkind kommt nach Hause«, bemerkte Lorenz beiläufig, beinahe desinteressiert.

»Welches meint Ihr?«, fragte Konrad. »Ich habe mehrere.«

»Ich weiß, du bist großzügig und bestellst das Feld. Viele Edle tun das. Wenn ein Patenkind sich gut entwickelt, andere hingegen nicht, kann man trotzdem stolz sein, denn man hat getan, was man tun konnte. Nun, ich spreche von Florian Geyer. Er kommt aus England zurück.«

Konrad verschlug es für einen Moment die Sprache. Wieso hatte er nicht früher davon erfahren?

»Seine Mutter möchte ihn zu Hause haben, damit er sein Erbe antritt, soviel ich weiß. Vor ein paar Jahren war es sehr in Mode, die Söhne ins Ausland zu schicken, um sie dort studieren zu lassen und auf diese Weise ihre Aussichten bei

Hof zu verbessern. Aber England? Das ist eine interessante Wahl.«

»Ich habe für Florian immer eine klösterliche Ausbildung angemahnt, hier in unserem Heiligen Reich. Aber Dietrich hat darauf bestanden, und so ist Florian nach England gegangen.«

Konrad schäumte innerlich, auch wenn er nach außen ruhig erschien. Seit Jahren ließ er Florians Briefe durch diplomatische Kuriere befördern und las sie, bevor er sie Anna weiterleitete. Vor der Pockenplage, als Dietrich im Krieg war, hatte er sie manchmal selbst in Giebelstadt vorbeigebracht, um seine schöne Kusine zu sehen.

Anna. Sehnsüchtig erinnerte er sich an seine Besuche in Giebelstadt als junger Mann, an die gemeinsamen Ausritte mit dem jungen Dietrich, an die Jagdgesellschaften und an die Reise nach Würzburg zu einem Fest in der fürstbischöflichen Residenz, auf dem Anna zusammen mit anderen jungen Frauen von Rang aufgetreten war. Er, Konrad, war verzaubert gewesen von ihrer Schönheit und hatte mit Dietrich um ihre Gunst gewetteifert. Selbst heute noch regten sich seine Lenden, wenn er daran dachte, wie reizvoll seine Kusine damals ausgesehen hatte, halb Frau, halb Mädchen. Damals waren die Welt und sein Leben so frisch gewesen, so unverbraucht, voller Möglichkeiten, auch im Hinblick auf die Frage, welche Frau er in den Armen halten konnte.

Doch Anna hatte Dietrich gewählt, und ihre Familie hatte es gutgeheißen. Heute war der Nachkomme Annas und Dietrichs ein erwachsener Mann. Florian, Erbe von Giebelstadt. Und nun kehrte er heim.

Wie wird er sein? Schwach und eitel? Leicht zu beeinflussen? Oder stark und stolz, wie sein Vater es gewesen war?

»Ein guter Vater, der den Horizont seines Sohnes erweitern möchte«, sagte Lorenz soeben. »Dann hat der Sohn bessere Aussichten bei Hof. Oder er schlägt eine diplomatische Laufbahn ein.«

»Dietrich hat immer gesagt, sein Sohn solle vor allem denken lernen.« Florian konnte sich in der Tat als Problem erweisen, das wusste Konrad. Möglicherweise war der Junge schwer zu beeinflussen. In diesem Fall würden die Ausplünderung des Rittergutes und die Kontrolle über Anna mehr Fantasie und entschlosseneres Vorgehen erfordern ...

»Ich habe mich damals gegen England ausgesprochen«, sagte Konrad nun.

»Ich weiß.« Lorenz nickte. »Warum eigentlich? In England brennen mehr Ketzer als bei uns, selbst als bei dir brennen würden, wärst du der Fürstbischof. Ich lese deine Flugblätter, musst du wissen, jedenfalls einen Teil davon.«

»Tatsächlich? Ich fühle mich geschmeichelt.« Konrad wusste längst Bescheid, Basil und seinen Spionen sei Dank.

Lorenz fuhr fort. »Wie dem auch sei, ich habe Passierscheine für zwei Männer aus Giebelstadt unterzeichnet, ausgesandt von Anna von Seckendorf, um Florian nach Hause zu bringen.«

Konrad musste sich zwingen, nicht allzu interessiert zu wirken. Er wartete einen Augenblick, bevor er sprach. Es waren nur Sekunden, doch sie erschienen ihm wie Minuten.

»Zwei Männer aus Giebelstadt?«, fragte er schließlich. »Wer waren sie?«

»Der Vogt und ein Diener. Der Vogt war pockennarbig und wirkte ziemlich derb. Sein Diener schien gebildeter zu sein. Ein Mann, der beinahe vornehm wirkte.«

Konrad wusste sofort, wen Lorenz meinte. Der Pockennarbige war der Mann, der damals den Landsknecht im Duell besiegt hatte. Der Mann, der von Dietrich zum Vogt befördert worden war. Lud, so hieß er. Konrad hatte fünfzig Goldgulden verloren bei einer Wette auf den Ausgang dieses Zweikampfs. Wer Luds Begleiter war, wusste er allerdings nicht. Aber wenn ihre Papiere erst wenige Tage alt waren, wären sie noch auf der Straße in Richtung Frankreich unterwegs, zu Pferde. Vielleicht konnten sie abgefangen werden ...

»Dann waren also zwei Männer hier und haben nach Papieren gefragt, und Ihr habt sie ihnen einfach gegeben?«, fragte Konrad.

Lorenz sog Luft durch die Zähne. »Nicht einfach. Sie hatten einen Brief von Dietrich Geyers Witwe bei sich. Von eigener Hand verfasst, stell dir vor. Schreiben und Lesen setzen sich immer schneller durch, eine faszinierende Entwicklung für uns alle.«

In Konrad kochte heißer Zorn hoch. Der Gedanke, dass Anna ihren Verstand durch Lesen verdarb, stieß ihn fast genauso sehr ab wie die Vernichtung ihrer Schönheit durch die Pocken.

»Eine faszinierende Entwicklung, fürwahr«, sagte er. »Aber auch gefährlich. Wir haben ja schon oft darüber gestritten, Ihr und ich. Das Lesen führt gerade jene Menschen in Versuchung, die nicht wissen, wie man denkt. Und wo kämen wir hin, wenn jeder denken könnte, was er will? Wir dürfen die Menschen nur das glauben lassen, was gut für sie ist.«

»Wie meinst du das?«, fragte Lorenz.

»Nun, wenn ich sagen würde, dass Fledermäuse aus dem Mund des Gevierteilten geflogen sind, und wenn meine Mönche es aufschreiben und drucken, dann glauben es die Massen. Sie halten es für eine Tatsache. *Das* ist die Macht der Druckerkunst. Diese Macht kann nicht abgestritten werden. Und sie steht im Dienst der Menschen.«

Lorenz entgegnete kopfschüttelnd: »Mein lieber Konrad, du unterschätzt den Verstand des gemeinen Mannes und überschätzt die Macht deiner geliebten Druckkunst.«

»Verspottet mich nur, Euer Gnaden. Der Gevierteilte hat den Teufel angebetet, wenn ich es sage. Es ist die Wahrheit, wenn ich es zur Wahrheit *mache*. Und wer lesen kann, wird es denen erzählen, die nicht lesen können. Jene, die bei der Hinrichtung dabei waren, werden in ihren Erinnerungen kramen und sich einbilden, sie hätten es ebenfalls beobachtet. Sie werden sich damit brüsten, die Fledermäuse gesehen zu haben, wie sie aus dem Mund des Verurteilten geflattert kamen, als er am lautesten schrie. Einige werden schwören, dass die Fledermäuse in das Pferd gefahren sind und es dazu gebracht haben, in die Menge zu springen. Die Narren werden allenfalls darüber streiten, wer was zuerst gesehen hat. Das ist die Macht der Druckkunst, Euer Gnaden. Sie erschafft Glauben. Sie erschafft *Wahrheit*. Binnen eines einzigen Tages wird ganz Würzburg glauben, dass die Geschichte von den Fledermäusen die Wahrheit ist.«

»Ganz Würzburg? Das glaube ich nicht. Nur all jene, die nicht wissen, wie das Denken funktioniert.«

»Die Wahrheit ist eine Ware, die man kaufen und verkaufen kann. Wie Gerste oder Hafer. Ausgebrütet aus Ideen wie Gänse aus Eiern.«

»Ich rede vom Denken. Vom Lesen und für sich selbst Lernen. Das ist das Ziel. Deine Druckerei zieht diese Anstrengungen in den Schmutz, indem sie schändliche Dinge verbreitet, aber wie lange noch? Viele werden mit der Zeit lernen, so zu denken, wie Florians Vater es für seinen Sohn wollte, damit dieser die Wahrheit erkennt – *seine* Wahrheit.«

Konrad lachte geringschätzig. Wahrheit? Lächerlich! Was wusste ein so unerfahrener Bursche wie Florian schon über die Wahrheit? Wahrheit bedeutete Macht. Und mit genügend Macht konnte er, Konrad, zur Wahrheit machen, was immer er wollte. Er konnte jemanden wie Florian formen, wie es ihm gefiel.

»Auf welche Weise reisen die Männer aus Giebelstadt? Über Land oder zu Wasser?«, erkundigte er sich nun.

»Sie wollen die Wasserstraßen nehmen, die alten Handelsrouten der Hanse über Köln und Amsterdam, um anschließend das Meer zu überqueren. Eine Flussfahrt ist in der Tat der beste Weg. Sie bedeutet eine sichere Passage und bietet die größten Aussichten auf gutes Gelingen.«

»Ich verstehe«, sagte Konrad. »Nun, ich selbst war noch nie in England und möchte auch gar nicht dorthin. Wir haben selbst ausgezeichnete Gelehrte in unserem Land, wie Ihr wisst. Und wer kann schon sagen, welche Ideen dieser Tage in England gelehrt werden?«

»Oh, sie haben kluge Männer dort. Gute Universitäten. Florian ist in einem Ort mit Namen Oxford. Wenn ich mich nicht irre, lehrt unter anderem der große Erasmus dort.«

»Erasmus?«, murmelte Konrad. »Wer soll das sein?«

Lorenz blickte ihn verwundert an. »Fragst du das im Ernst? Im Zeitalter des Buchdrucks werden Gedanken schneller verbreitet als früher. Du solltest mehr lesen, mein lieber Konrad. Du besitzt eine Presse und bist trotzdem nicht auf dem Laufenden?«

»Ich lese durchaus, Euer Gnaden. Mehr noch, ich erschaffe Ideen.«

»Sei nicht gleich beleidigt, Konrad. Hör zu, es wird höchst interessant sein, den jungen Florian zu treffen und ein paar Stunden damit zu verbringen, sich anzuhören, was er in England gelernt hat, so weit weg von hier.«

»In der Tat«, räumte Konrad ein. »Niemand stand seinem Vater näher als ich, und seiner Mutter war ich stets ein guter Vetter.«

»Ist das der Grund, weshalb du deine Mönche und Magistrate angewiesen hast, das Gut der Geyers unter Protektion zu stellen?«

Konrad lächelte. »Ihr wisst einfach alles, Euer Gnaden.«

»Oh nein. Welch eine Bürde wäre das. Nur Gott allein weiß alles.« Lorenz hielt inne, blickte Konrad scharf an und fügte hinzu: »Ich bin sicher, du hast die ehrliche Absicht, Anna und ihrem Sohn zu helfen, damit sie auf dem rechten Weg zu Gott bleiben.«

»Ihr sagt es besser, als ich es mit Worten jemals ausdrücken könnte. Lasst mich hinzufügen, dass die Mittel, die ich Euch für den Ankauf weiterer Kunstwerke zu stiften versprochen habe, nur dann gestiftet werden können, wenn ich über diese Mittel verfüge.«

»Man kann sich darauf verlassen, Konrad, dass du selbst die einfachsten Dinge zu einem komplizierten Knoten verdrehst«, bemerkte Lorenz. »Wenn du keine Falken zur Jagd benutzen kannst, musst du es eben mit Eulen tun. Diesen Spruch hat man mich gelehrt, als ich ein Knabe war.«

»Es könnte alles und nichts bedeuten.«

»Auf diese Weise habe ich die Ordnung aufrechterhalten. Ohne Unruhen, ohne Aufstände. Zum Besten meines Volkes. Eines Tages wirst du für dich selbst herausfinden, was dieser Spruch bedeutet.«

*

Nachdem die beiden Männer sich voneinander verabschiedet hatten, kehrte Konrad in seine Gemächer zurück, um ein Bad zu nehmen und über das Gespräch mit Lorenz nachzudenken. Als sein Diener ihn schließlich trockenrieb und ankleidete, war Konrad noch immer so wütend und ratlos wie zuvor.

Falken und Eulen, du meine Güte!

Die Wahrheit war, dass Konrad dringend neue Mittel benötigte. Die Silberminen in Sachsen drohten auszufallen, bis neue Wasserhaltungen in den Gruben installiert waren, und der Wert seiner Anteile war gesunken. Die Druckerpresse war zurzeit seine beste Einnahmequelle, doch seine Verwandten hatten immense Schuldenberge angehäuft, für die er bürgte, und viele dieser Kredite waren fällig.

Gott stellte ihn, Konrad von Thüngen, auf die Probe, so viel war klar. Und Gott hatte stets einen väterlichen Grund für sein Tun.

Er betete zu Gott, dass dieser ihm antwortete.

Das Bildnis des heiligen Bonifatius, des Schutzpatrons aller Deutschen, blickte von der Wand gegenüber auf ihn herab. Die Augen des Heiligen waren voller Mitleid oder Geringschätzung – was genau, vermochte Konrad nie mit Sicherheit zu sagen.

Sein samtenes Gebetskissen fühlte sich weich an unter seinen Knien, genau wie das Samtpolster unter seinen Armen. Das Kaminfeuer wurde von seinem Diener gerade so eben in Gang gehalten. Alles war perfekt für ein inniges Gespräch mit dem Schöpfer.

Was muss ich tun? Was muss getan werden?

Es dauerte nicht lange, und sein wacher Verstand arbeitete mit der gewohnten Schnelligkeit.

Zuerst entwarf er den beinahe verzweifelten Plan, seine eigenen Leute zum Hafen von Amsterdam zu schicken und die beiden Männer aus Giebelstadt dort abzufangen, um sie verschwinden zu lassen. So würde Florian in England bleiben, vorerst zumindest, und Konrad könnte seine Bemühungen um Giebelstadt weiter verstärken.

Herr im Himmel, leite mich, lass mich deinen göttlichen Willen erkennen.

Während er betete, vernahm er eine Stimme, die ihm sagte, sein Plan sei fehlerhaft. Konrad erkannte die Wahrheit darin. Was er vorhatte, war schiere Narretei.

Du darfst niemandem trauen. Es gibt keine vertrauenswürdigen Menschen. Du würdest dich erpressbar machen und müsstest die Männer töten lassen, und die Meuchelmörder könnten dann ihrerseits dich erpressen ...

Abgesehen davon würde Florian früher oder später herausfinden, dass seine Mutter nach ihm geschickt hatte. Ganz zu schweigen davon, dass Fürstbischof Lorenz persönlich die Passierscheine ausgestellt hatte und deshalb in die Sache verwickelt war.

Nein, es war der überstürzte Plan eines Dummkopfs. Gut,

dass er in dieser Sache zu Gott gebetet hatte. Beten half ihm immer, die Dinge gründlicher zu durchdenken.

Um seinen Verstand zu klären, begab Konrad sich auf die nächtlichen Straßen, wie er es des Öfteren tat, in Begleitung zweier Mönche und zweier Nonnen, und machte sich auf die Suche nach jungen Freudenmädchen, die er zum Kloster Himmelspforten bringen ließ, ob sie wollten oder nicht. Nachdem er die Mädchen dieserart gerettet hatte, ging er weiter zum Kloster des Bettelordens, wo die Armen gespeist und die Geisteskranken aufgenommen wurden, und gab den Mönchen Geld, damit sie ihre Arbeit fortsetzen konnten. In Nächten wie dieser wurde Konrad viele Male gepriesen und gesegnet, aber kaum einmal verflucht.

Während er durch die Straßen schlenderte, umgeben von den Mönchen und Nonnen, betete Konrad unablässig, bis ihm allmählich die Wahrheit dämmerte. Plötzlich wurde ihm klar, was er tun musste. Ohne Zweifel hatte Gott seine Hand im Spiel.

Florian war immer noch sein Patenkind. Er mochte unerfahren sein und durch Bücher verweichlicht, doch seine Ausbildung in England hatte mit Sicherheit Früchte getragen. Wenn Konrad ihn unter seine Fittiche nahm und die Zukunft des Jungen in seinem Sinne lenkte ...

Konrad beschloss, sich so zu benehmen, wie es von einem Patenonkel erwartet wurde – Konrad würde Dietrichs Sohn willkommen heißen, würde den Jüngling in die Arme schließen, ihn in prächtige Kleidung hüllen, mit Dienstboten umgeben und eine Mätresse für ihn finden. Er würde Florian vorbereiten für den kaiserlichen Hof, würde ihm sogar eine angemessene Ehefrau suchen und alles nur Menschenmögliche tun, um Florian für sich zu gewinnen.

Nicht zuletzt würde er Florians Erfahrungen in England – was immer für Erfahrungen es sein mochten – für seine Flugblätter nutzen, in denen er die Ketzerei und die neuen umstürzlerischen Ideen verdammte.

Er würde Florian so formen, dass er nach dem Besten für das Volk strebte. Florian würde die Stimme der heiligen Mutter Kirche werden – und des Staates.

Die Menschen brauchten Vorbilder. Verbrennungen und Vierteilungen waren großartige Werkzeuge, um das Volk zu warnen. Und nichts war besser geeignet als ein Krieg, um die Liebe zum eigenen Land zu erzwingen; außerdem brachten Kriege jenes schändliche Gesindel zum Vorschein, das sich feige und verräterisch vor dem Kampf drückte oder sich ihm gar widersetzte. Deshalb waren gute Vorbilder nötig, heldenhafte Gestalten, denen es nachzueifern galt. Und zu gehorchen.

*

Später in dieser Nacht kniete Konrad vor dem Altar im Dom. Die Mutter Gottes lächelte ihm aufmunternd zu. Seine Knie schmerzten, und seine Schultern waren verkrampft, doch sein Verstand war erfüllt von einer wunderbaren Gewissheit. Konrad empfand eine so reine, ungetrübte Freude, dass er Tränen vergoss, die er aber rasch unterdrückte, denn in den Schatten waren Mönche, die ihn beobachteten.

Im Gebet wurde Konrad eine tiefe und ernste Bestimmung gewahr. Er musste seine Spitzel benachrichtigen, sodass er erfuhr, wenn die beiden Männer aus Giebelstadt zusammen mit Florian durch das Fürstbistum kamen.

Als Pate des Jungen schuldete er es ihm, dafür zu sorgen, dass Florian nie mehr nach Giebelstadt zurückkehrte.

27.
Witter

Jetzt war er Witter von Giebelstadt.
Das Schicksal hatte eine weitere Wendung genommen, und die Aussichten für sein Überleben standen nun sehr viel besser. Doch er zahlte einen hohen Preis dafür – seine alte Selbstverachtung kehrte mit Riesenschritten zurück.

Jetzt bin ich ein guter Franke, Vater. Du wärst ja so stolz auf deinen Sohn ...

Während Lud und er sich von Anna verabschiedet hatten, war es Witter gelungen, Kristina seinen gefalteten und mit Wachs aus der Sakristei des Priesters versiegelten Brief zuzustecken. Kristina hatte ihn mit großen, traurigen Augen angesehen, doch kein Wort herausgebracht.

Stattdessen hatte Anna geredet: »Bringt dieses Schreiben zum Bischof Lorenz von Bibra, er muss es persönlich lesen. Geht nicht, bevor ihr eure Passierscheine habt mitsamt seinem Siegel. Meidet Konrad und seine Mönche. Und vergesst, dass ihr Hörige seid. Ihr reist in meinem und Florians Namen.«

Witter las Annas Brief an Fürstbischof Lorenz und sah, dass er in Kristinas schöner, geschwungener Handschrift verfasst war. In diesem Schreiben hatte Anna ihm, Witter, nicht den Namen des Rittergutes gegeben, sondern nur den des Dorfes – Witter von Giebelstadt. Aber das war mehr als genug, denn nun besaß er ein Reisedokument, das zum ersten Mal eine nichtjüdische Identität bezeugte. Es war viel mehr wert als die Münzen, die er in jener Nacht auf der Fähre verloren hatte, als er beinahe im Fluss ertrunken war. Dieser Verlust war unbedeutend im Vergleich zu dem Wert der Urkunde, die er nun besaß – ein Passierschein auf seinen Namen, unterzeichnet von niemand Geringerem als dem Würzburger Bischof Lorenz von Bibra.

Dann war alles gesagt und getan. Es wurde Zeit zum Aufbruch.

Lud bestand darauf, dass sie das Dorf bei Nacht verließen. Der Mond stand am Himmel, und es war hell genug für die Straße. Lud wollte keine Zeugen. Keine Abordnung aus dem Dorf, die ihnen eine gute Reise wünschte.

»Was ist mit diesem verrückten Kaspar, dem Sohn des Müllers, der den Brief an die Magistrate geschrieben hat?«, wollte Witter wissen. »Bleibt er in seinem Verlies?«

»Ich habe ihn vergangene Nacht zurück zu seinem Vater geschleift.«

»Was! Und wenn er einen weiteren Brief nach Würzburg schreibt?«

»Nicht, solange er in Sigmunds Haus eingesperrt ist, keine Sorge. Sigmund weiß, dass die anderen ihn vorher umbringen würden.«

Bei Anbruch der Morgendämmerung erreichten sie den Fluss und die Brücke kurz vor Würzburg, die in die Stadt führte. Im Dom zeigten sie Annas Brief einem der Mönche, der sofort loseilte. Dennoch mussten sie eine volle Stunde warten, bis der Fürstbischof persönlich zur Morgenmesse vom Marienberg herunterkam und ihnen eine kurze Audienz gewährte.

»Sag nichts«, hatte Lud Witter angewiesen. »Was der Fürstbischof auch sagt – ich bin es, der antwortet. Du hältst den Mund.«

Also blieb Witter im Hintergrund, den Kopf gesenkt. Er fühlte sich wie betäubt von den wenigen Minuten in Gegenwart des Fürstbischofs, der Lud zahlreiche Fragen über Anna, ihren Zustand und das Gut stellte. Lorenz entschuldigte sich sogar für die falschen Anschuldigungen und die Vorgehensweise der Mönche und Magistrate bei der Eintreibung des bischöflichen Anteils der Ernte. Er schien von irgendjemandem einen vollständigen Bericht der Ereignisse erhalten zu haben.

Als Lud den Bischof informierte, dass sie auf einem gemieteten Kahn weiterreisen würden, hob Witter kurz den Blick, hielt aber weiterhin den Mund. Die Lüge war so dreist, dass ihm das Herz bis zum Hals schlug. Doch Lud behielt die Ruhe, und der Bischof segnete ihre Reise.

Die ganze Zeit rechnete Witter damit, jeden Augenblick in Ketten gelegt und in eine Zelle geworfen zu werden. Es erschien ihm vollkommen unmöglich, dass er ungestraft vor einem Bischof stehen konnte. Und doch war es so. Schließlich erhielten sie ihre Passierscheine und wurden ihres Weges geschickt. Die ganze Stadt war aufgeregt wegen einer Hinrichtung, die offenbar in den nächsten Tagen stattfand.

Lud war darauf bedacht, Würzburg so schnell wie möglich hinter sich zu lassen. »Es könnte sein, dass ich hier auf Leute treffe, die nicht gut auf mich zu sprechen sind«, sagte er. »Oder dass jemand sich an dich erinnert.«

»Warum hast du gelogen und gesagt, wir reisen auf dem Fluss?«

Lud ging nicht darauf ein. »Es war gut, dass du den Mund gehalten hast, Witter. Mach es auch weiterhin.«

Sie verließen die Stadt und überquerten die Brücke, vorbei an den Magistraten, die finster dreinblickten. Dann wandten sie sich auf der Handelsstraße in nördliche Richtung.

Je weiter sie Würzburg hinter sich ließen, desto größer wurde Witters Erleichterung. Und dann, weit draußen auf dem offenen Land, als sie Händlerfuhrwerke passierten und von einem Dorf zum nächsten reisten, kam ein neues Gefühl hinzu, das er im ersten Moment nicht deuten konnte. Es drückte auf sein Herz – war es die Angst vor der Reise? Oder gar Heimweh?

Das Pferd schaukelte sanft unter ihm. Er spürte die harten, warmen Muskeln der Stute, die bereits mehrere Male Fohlen geworfen hatte und dennoch kräftig und ausdauernd war. Waldo, der Stallmeister, hatte sie für Witter ausgesucht. Außerdem hatte er ihm einen weichen, gepolsterten Sattel überlassen, der eigentlich für Frauen gedacht war. Trotzdem saß Witter steif auf dem Pferd, mit unsicheren, abgehackten Bewegungen, während er Lud beobachtete, der auf seinem riesigen Pferd ritt, als wäre er Teil des Tieres, die Schultern locker, Kopf und Hals entspannt. Luds Pferd wiederum folgte ein Packtier, das mit Vorräten und Ausrüstung beladen war.

Lange Zeit schwiegen die beiden Männer, bis Lud schließlich sagte: »Ich habe den Bischof angelogen, weil wir niemandem vertrauen dürfen.«

»Aber er hat uns Passierscheine ausgestellt.«

»Die wir nur benutzen werden, wenn wir unbedingt müssen. Sie gelten für den Fluss, nicht für die Straße. Ich habe gelogen, weil ich ein einfacher Mann bin und nicht weiß, wer gut ist und wer nicht. Ich habe gelogen, weil die Mönche, die nach Giebelstadt gekommen sind, um die Steuern einzutreiben, zu Konrad von Thüngen gehören, der dem Fürstbischof dient. Sie sind beide Fürsten und im Grunde nichts anderes als Kriegsherren.«

»Aber Lorenz ist mit Würzburg nicht dem Schwäbischen Bund beigetreten«, gab Witter zu bedenken.

»Nein, zumindest noch nicht. Jeder Soldat weiß jedoch, dass Lorenz seine Hände in Unschuld wäscht und sich nur um Angelegenheiten der Kirche kümmert, während Konrad all die weltliche Arbeit für das Fürstbistum erledigt. Es ist sehr bequem für ihn. Beide sind Herrscher, und ich traue keinem von beiden über den Weg.«

»Ich verstehe«, sagte Witter.

Lud blickte Witter kalt von der Seite an. »So? Ich denke, du verstehst oft viel weniger, als du vorgibst.«

»Ich verstehe immerhin, dass unsere Passierscheine wertlos sind.«

»Wenn diese Straßen damals gut genug waren für Dietrich, um Florian zur Küste zu bringen, sind sie auch gut genug für uns.«

Mehrmals am Tag machten sie Halt und schauten sich die

Karte an. Es war die gleiche Hanse-Karte der Handelsrouten, die Dietrich Jahre zuvor benutzt hatte. Sie war aus Pergament, eng beschrieben und fleckig vom Regen und den vielen Reisen. Trotzdem war die Route klar zu erkennen.

Die alten römischen Landstraßen mit ihren verwitterten, abgewetzten Pflastersteinen waren teilweise verschwunden, über viele Jahrhunderte hinweg vom Staub und der Erde bedeckt, die von den Feldern herangeweht wurden. Es waren uralte Straßen, die dem Verlauf der Flüsse und Berge auf dem Weg nach Westen folgten.

»Wo die Straßen entlang der Flüsse verlaufen, könnten wir uns eine Passage auf einem Flusskahn beschaffen«, sagte Witter einmal.

»Vielleicht verkaufe ich dich und besorge mir von dem Geld eine Passage«, spottete Lud. »Wie viel würdest du wohl einbringen?«

»So viel bin ich nicht wert«, erwiderte Witter.

»Ich weiß.« Lud lachte auf. »Und zum letzten Mal, sprich nicht mehr über den Fluss.«

Lud trug die Karte unter seinem Umhang am Körper. Wann immer er sie hervorzog, um eine Wegkreuzung nachzuschlagen oder eine Flussüberquerung, stieg Witter der scharfe Geruch von Luds Schweiß in die Nase. Trotzdem war sein derber, halbwilder Begleiter eine Beruhigung für ihn, denn die Straßen waren gefährlich.

Witter war noch nie mit einem Mann gereist, der so viele Schliche kannte wie Lud – und so viele Vorsichtsmaßnahmen. Zweimal hatten sie angehalten. Beim ersten Mal zeigte Lud ihm ein Lagerfeuer, das Straßenräuber entfacht hatten, und sie schlugen einen weiten Bogen außen herum. Das andere Mal lag ein frisch gefällter Baum auf dem Weg; sie überquerten ein Feld auf der gegenüberliegenden Seite und fielen in den Galopp, als hinter ihnen auch schon Männer wütend zu schreien anfingen. Witter lachte aus vollem Herzen. Früher war er wie ein Kaninchen gewesen, das sich panisch hierhin und dorthin geflüchtet hatte. In Begleitung eines erfahrenen Kämpfers wie Lud war das nicht mehr nötig.

Das Pferd schaukelte in monotonem, einschläferndem Rhythmus unter Witter. Einmal schrak er hoch, als Lud ihm in die Rippen stieß und ihn anfuhr: »Du kannst nachts schlafen, nicht am Tag!«

Die Straße führte durch eine Reihe von Dörfern, deren Bewohner ihnen so fremdartig erschienen, als wären sie aus anderen Ländern.

Es war immer das Gleiche, wenn sie anhielten, um Wasser zu lassen oder sich eine Mahlzeit zu kaufen. Stets hieß es dann: »Nehmt euch vor den Leuten im nächsten Dorf in Acht, das sind keine guten Menschen.« Und im nächsten Dorf: »Ihr habt Glück, dass ihr unbeschadet durch das letzte Dorf gekommen seid. Die Leute dort sind nicht so freundlich wie wir.«

Zwischen den Dörfern, draußen auf den Feldern, dachte Witter über sein Leben in Giebelstadt nach. Darüber, wie man die Jahreszeiten an den Früchten oder dem Gemüse erkannte. Er dachte an das Säen, das Ablammen und das Kalben, an die Ernte des reifen Getreides, an die Schlachtfeste.

Kann es sein, dass ich Giebelstadt vermisse?

Dann wusste er mit einem Mal, was es war. Die Erkenntnis kam mit der Stimme seines Vaters, und diese Stimme klang zufrieden.

In Giebelstadt hast du deinen Stolz zurückgewonnen und die Liebe zu einer Frau gefunden ...

Ja, Witter sehnte sich nach Kristina. Doch in Luds Begleitung fühlte er sich weniger einsam, als wenn er allein gewesen wäre. Selbst mit Lud, seiner stoischen Treue, seinem entstellten Gesicht und unterwegs nach Frankreich, einem Land, aus dem Witter vor Jahren als Jude geflohen war.

Diesmal war er kein Jude. Diesmal kehrte er als Witter von

Giebelstadt zurück, ein Mann mit einem Leibwächter, der in einer Mission für eine Edle unterwegs war.

*

An diesem Tag hatte es bereits zweimal kräftig geregnet, doch nun klarte es auf, und aus Westen kam ein frischer Wind. Die letzten Blätter wurden von den kahlen Bäumen geweht, der Schlamm der Straße gab unter den Hufen der Pferde schmatzende Geräusche von sich.

Witter trug einen festen Umhang, der einen Großteil des Regens abgehalten hatte, und fühlte sich elend. Zweimal hatte er vorgeschlagen, an einer Taverne zu rasten, doch Lud beharrte darauf, dass sie weiterzogen.

»Wir können auf dem Boden schlafen«, sagte er, »wenn wir bei Einbruch der Dunkelheit keine Unterkunft finden.«

»Aber warum kehren wir nicht jeden Abend in einem Kloster oder einer Taverne ein?«

»Weil die Herrin Anna nicht aus Gold gemacht ist.«

»Wir reisen also querfeldein wie Leibeigene auf der Flucht?«

»Hör zu, Kerl!«, fuhr Lud auf. »Es gibt kein Geld für diese hübsche kleine Reise nach England. Anna hat uns für die Überfahrt mitgegeben, so viel sie entbehren konnte, und ein klein wenig mehr. Wenn du Geld für Gasthöfe und Fressgelage hast, dann nur heraus damit, verprassen wir's!«

»Ich habe kein Geld.«

»Wir sind Männer, und wir reisen als Männer. In ein paar Tagen sind wir an der Grenze zu Frankreich, falls wir uns nicht wegen dem bisschen Regen verspäten, der kaum zu spüren ist.«

Obwohl Witter die Antwort bereits kannte, fragte er dennoch. »Sprichst du Französisch?«

Lud schnaubte. »Was glaubst du, warum ich dich mitgenommen habe? Weil ich deine Gesellschaft schätze? Nein. Wenn wir erst in Frankreich sind, verlasse ich mich ganz auf dich.«

Witter war mittlerweile wie besessen von dem Gedanken, dass er mit einem Mann unterwegs war, der es mit jedem Gegner aufnehmen konnte. Es stieg ihm zu Kopf wie schwerer Wein, dass er mit Lud an seiner Seite *selbst* gefährlich war. Zum ersten Mal konnte er sich verteidigen, ohne Angst haben zu müssen und ohne etwas vom Kämpfen zu verstehen. Er war frei auf eine Weise, wie er es nie erlebt hatte. Das Leben war wirklich seltsam.

Am nächsten Tag ritt er neben Lud her. Sein Hintern schmerzte bei jedem Schritt des Tieres.

»Du bist ein Trottel und mein Werkzeug«, sagte er auf Französisch. »*Tu es un fou et mon outil.*«

Lud blickte Witter stirnrunzelnd an und fragte ihn, was er gesagt habe. Witter antwortete: »Ich sagte, du reitest sehr gut. Ich hoffe, ich lerne es auch.«

»Setz dich locker auf deinen Hintern und lass die Schultern hängen«, riet ihm Lud. »Lass deine Stute die Arbeit tun. Sie folgt meinem Tier. Sitz ganz entspannt im Sattel und hör auf, gegen das Pferd anzukämpfen.«

Lud würde seinen Irrtum nicht bemerken, wenn Witter ihm erzählte, ein Franzose hätte sie verflucht und wollte ihnen die Kehle durchschneiden. Lud würde handeln. Er würde töten. Es war eine einschüchternde, ja beängstigende Vorstellung, wenn man die vielen Möglichkeiten bedachte, sowohl zum Guten wie zum Bösen.

*

Drei Nächte lang schlugen sie ihr Lager unter den Sternen auf. Am vierten Abend zogen vor Anbruch der Dunkelheit dunkle Wolken auf, und ein heftiges Unwetter brach los. Witter fühlte sich elend und saß zusammengesunken über dem Hals seiner

Stute. Er konnte nicht mehr, wollte nicht mehr, aber Lud ließ sich nicht erweichen und wollte wieder nicht anhalten.

An einer Weggabelung leuchtete schwach die gelbe Laterne einer Taverne. Witters Stute war kaum zu zügeln in den grellen Blitzen und dem rollenden Donner. Sie scheute, stieg wiehernd auf die Hinterhand. Witter wurde aus dem Sattel geschleudert und landete im Schlamm.

Lud galoppierte los, fing die Stute wieder ein, kam zurückgeritten und erklärte: »Die Pferde brauchen einen Stall.« Mehr sagte er nicht.

Witter war zu allem bereit, wenn er nur nicht wieder aufs Pferd steigen musste. Sein Hintern brannte wie Feuer und fühlte sich wund an. Deshalb ritt er stehend in den Steigbügeln, bis seine Beine verkrampften, sodass er sich wieder setzen und weiter leiden musste.

Lud klopfte mit dem Knauf seines Dolchs gegen die Tür der Taverne und verlangte ein Zimmer für die Nacht. Doch als die kleine Klappe geöffnet wurde, ein Augenpaar nach draußen spähte und Lud erblickte, stieß die Person hinter der Tür einen Schreckenslaut aus und schlug die Klappe hastig wieder zu.

»Lass mich versuchen«, sagte Witter. Er war durchgefroren bis auf die Knochen und nass bis auf die Haut. Zaghaft klopfte er an, und die Klappe öffnete sich erneut. Witter grüßte auf die höflich-elegante Weise eines Edlen. Diesmal öffnete sich die Tür, begleitet von wortreichen Entschuldigungen.

Später, oben im Zimmer, bei einem heißen Eintopf und rotem Wein vor einem wärmenden Feuer, sagte Lud: »Von jetzt an bist du der Herr und ich dein Diener.«

»Ist das dein Ernst?« Witter war erstaunt. Er hatte Lud den gleichen Vorschlag machen wollen, hatte es dann aber nicht gewagt. Umso größer seine Verwunderung, dass Lud die Notwendigkeit einsah und seinen Stolz überwand. »Aber wie soll ich das anstellen? Ich kann weder gut reiten noch kämpfen. Außerdem hast du die Karte.«

»Du weißt genau, was ich meine.« Lud rollte die Pergamentkarte aus und studierte sie. »Du weißt dich zu benehmen, und du kennst ihre Sitten und ihre Sprache. Ich verstehe nichts von alledem. Morgen überqueren wir die Grenze nach Frankreich. Für sie bist du der Edelmann und ich dein Diener.«

»Also gut«, sagte Witter erleichtert.

»Aber vergiss nicht, ich bin der Vogt. Du dienst dem Gut, der Herrin Anna. Ich sitze dir im Nacken wie der Falke dem Hasen. Wenn wir auf der Straße von Räubern gestellt werden oder uns anderes Unheil droht, überlässt du mir das Kämpfen und reitest davon, so schnell du kannst.«

»Davonreiten? Wohin?«

»Du wirst dich nicht in einen Kampf einmischen, hörst du? Wenn ich getötet werde, reitest du alleine weiter und gibst dein Bestes, das zu tun, was getan werden muss.« Mit diesen Worten drückte Lud ihm die Pergamentkarte in die Hand. »Hier, nimm.«

»Aber ich kann unmöglich alleine weitermachen, wenn dir etwas passiert!«

»Du kannst nicht nur, du wirst. Schwöre es bei Gott.«

»Ich gebe dir mein Wort.«

»Ich sagte, du sollst schwören. Schwöre bei Gott.«

Lud beugte sich vor, bis ihre Gesichter nur noch eine Handbreit auseinander waren. Witter sah die Entschlossenheit in Luds Augen. Dieser Mann glaubte an das, was er war und wer er war. Er hatte ein Ziel und den eisernen Willen, dieses Ziel zu erreichen. Witter war überrascht von der Bewunderung, die er plötzlich für diesen Mann empfand, den er so sehr gefürchtet und verachtet hatte.

»Ich schwöre es«, sagte er und nahm die Karte aus Luds Händen.

Als Nächstes gab Lud ihm die Ledertasche. »Hier, die Passierscheine und Annas Brief an Florian. Nimm. Wenn wir getrennt werden, ist alles bei dir.«

Witter nahm die Tasche an sich.

Wenn wir getrennt werden, log er sich selbst vor, *werde ich versuchen, Kristina zu vergessen. Dann verschwinde ich mit diesen Papieren an die französische Küste, um mir eine Passage durchs Mittelmeer zu beschaffen, vorbei an Italien bis nach Konstantinopel ...*

Aber noch während er daran dachte, wusste er, dass es niemals so kommen würde.

Er liebte Kristina. Er würde alles tun, um das Rittergut zu schützen, Florian nach Hause zu holen und zu Kristina zurückzukehren.

Dann würde er mit ihr fortgehen, falls sie es wünschte. Und falls sie ihn ebenfalls liebte, würden sie den Rest ihres Lebens miteinander verbringen.

Zum ersten Mal seit Jahren, vielleicht zum ersten Mal im Leben war nicht Angst die Triebfeder für Witters Handeln, sondern Liebe.

28.
Kristina

*D*ie Morgendämmerung brach an, als die Gefährten endlich Giebelstadt erreichten. Sie brachten den Wagen zur Schmiede und in den Wagenschuppen hinter dem Kohlelager, wo Linhoff ihn am Vorabend geholt hatte. Kristina schaute kurz auf und sah, dass Jakob sie beobachtete. Rasch wandte er den Blick ab, doch er half ihr, als sie den leeren Setzkasten tragen wollte.

»Lass mich das machen«, sagte er. »Mach dir nicht die Hände kaputt.«

Kristina betrachtete ihre Finger. Sie sahen aus wie Krallen, halb erfroren und rot wie Arbeitsgerät. Als sie dann über Jakobs Bemerkung nachdachte, begriff sie, als was er und die anderen sie betrachteten – als Annas Leibdienerin, Lehrerin und Harfnerin.

Max brachte das zitternde Pferd in den Stall. Waldo kam heraus und musterte sie im kalten Licht des frühen Morgens. Kristina erkannte, dass der Pferdeknecht Bescheid gewusst hatte.

»Wie viele wissen es denn noch?«, flüsterte Grit.

Kristina schüttelte nur den Kopf.

Die beiden Frauen brachten Linhoff zum Feuer am Herd in Ruths Haus, tauchten Lappen ins warme Wasser und wuschen und badeten ihn.

»Das allein war die Sache wert«, feixte Linhoff.

»Schäm dich«, schimpfte Grit, zwinkerte Kristina dabei aber zu. »Er genießt das alles viel zu sehr, als dass es noch anständig sein könnte.«

»Wenn ich doch nur die Lettern nicht verloren hätte«, murmelte Linhoff und ließ den Kopf hängen.

»Möge Gott in seiner Gnade uns Erleuchtung bringen«, murmelte Grit.

»Grit«, sagte Linhoff. »Was ist das eigentlich für ein Name – Grit?«

»Marguerite«, antwortete Grit traurig und verächtlich zugleich.

»Gefällt mir viel besser«, sagte Linhoff.

Grit schnaubte. »Marguerite ist ein Name, der zu einem törichten jungen Mädchen passt, zügellos und unbesonnen, oberflächlich und eitel.«

Kristina sah, wie Linhoff Grit anstarrte. Es war ein eigenartiger Augenblick, als würde der junge Mann sich in Grit verlieben und als spürte Grit ebenfalls etwas, das sie zutiefst verwirrte, weil es so unmöglich schien.

Dann erstrahlte eine nie gesehene Schönheit in Grits Gesicht, wie Funken in einem Kaminfeuer, das tot und grau gewirkt hatte, bis ein Lufthauch die Flammen wieder aufflackern ließ. Für einen Augenblick war der einstige Liebreiz der gefeierten Sängerin wieder zu sehen.

»Trockne dich ab, Junge«, befahl Grit mit rauer Stimme und warf Linhoff ein Handtuch über den Kopf. Dann erhob sie sich, wandte sich ab und machte sich selbst trocken.

Später saßen sie alle zusammen um einen kleinen Tisch und brachen das Brot zum Morgenmahl: Grit, Kristina, Rudolf, Simon, Linhoff, Max, Ambrosius und Jakob. Sie kauten schweigend, nachdenklich und müde; anfangs sagte niemand ein Wort.

»Wie drucken wir denn jetzt?«, fragte Max schließlich.

»Wir suchen uns einen Platz, wo wir arbeiten können, ohne dass die anderen etwas davon erfahren, denn es würde sie in Gefahr bringen«, erklärte Grit. »Wir bauen einen neuen Rahmen, reinigen die Presse und setzen sie instand. Druckerschwärze ist leicht herzustellen. Papier leider nicht, und es ist ziemlich teuer.«

»Und woraus fertigen wir die Lettern?«, wollte Rudolf wissen.

»Gute Frage«, murmelte Grit. »Wenn doch nur Witter hier wäre.«

»Es wird sich schon eine Lösung finden«, meinte Kristina. »Die wichtigste Frage ist doch, was schreiben wir auf, um es zu drucken?«

»Es muss auf jeden Fall die Wahrheit sein«, meldete Linhoff sich zu Wort. »Wir müssen den Leuten sagen, warum die Dinge so sind, wie sie sind. Warum es so viel Ungerechtigkeit gibt. *Das* ist die Wahrheit.«

»Und warum die Reichen Kriege führen, die die Armen ausfechten müssen«, fügte Ambrosius hinzu. »Und wie sie sich auf ungerechte Weise an unserem Getreide bereichern.«

Kristina sah die Erregung und Begeisterung in den Gesichtern der jungen Männer, aber auch den Zorn in ihrem schmerzerfüllten Lächeln.

»Es muss eine Wahrheit der Liebe sein«, sagte sie. »Nicht des Hasses.«

»Darüber können wir später noch reden«, meinte Rudolf. »Erst müssen wir uns um die Presse kümmern. Übrigens, wenn sie bei uns gefunden wird, sind wir geliefert. Wo können wir sie sicher verstecken?«

»Ich kenne einen guten Platz«, verkündete Max. »Die alte Bruchsteinscheune, im Wald hinter den Obstgärten.«

»Die ist baufällig und überwuchert von Brombeergestrüpp«, sagte Linhoff. »Ich glaube, es war nie eine Scheune.«

»Manche sagen, es sei eine ehemalige Kirche«, warf Jakob ein.

»Was es auch war, da gibt es Geister«, sagte Max. »Deswegen geht niemand hin. Aber wir können das Dach instand setzen und im Innern Ordnung schaffen.«

»Andere werden helfen wollen«, meinte Ambrosius.

»Vorerst ist es unser Geheimnis«, sagte Rudolf. »Wir können jede Hilfe gebrauchen, aber wir müssen erst einmal Stillschweigen wahren.«

Kristina schaute Grit an. »Jetzt ist es nur noch ein kleiner Schritt. Wir sind weit gekommen.«

»Ja.« Grit ergriff Kristinas Hände und rieb sie. »Unsere kleine Gruppe ... der arme Berthold, der arme Ott. Und Frieda. Ich frage mich, was aus der hübschen Frieda geworden ist.«

Kristina dachte daran, wie sie Frieda in jener schrecklichen Nacht in Würzburg zum letzten Mal gesehen hatte. Frieda war von der Fähre gesprungen und am Ufer entlang davongerannt. Daraufhin war der alte Fährmann aus seiner Hütte gestürmt und hatte ihnen hinterhergebrüllt, während die Magistrate sich aus der anderen Richtung mit ihren scharfen Hunden näherten.

»Vielleicht hat Gott andere Pläne mit Frieda«, meinte Grit. »Vielleicht ist sie immer noch in Würzburg.«

»Wer ist diese Frieda?«, wollte Linhoff wissen.

»Erinnerst du dich denn nicht an das schöne Mädchen auf dem Wagen?«, fragte Jakob.

»Jakob kann sich gut an sie erinnern«, sagte Max. »Schließlich hat er ihren Mann aufgespießt.«

»Es war keine Absicht«, erwiderte Jakob. »Er kam auf mich zugerannt. Es war ein Irrtum, ein Versehen. Ich war bereit, sie zur Frau zu nehmen, um meinen Fehler wiedergutzumachen, aber Lud hat Nein gesagt.«

Verlegene Stille senkte sich herab. Kristina spürte, wie ihr Magen sich verkrampfte angesichts dieser Erinnerungen. Sie war umgeben von Männern, die im Krieg getötet hatten – und doch waren sie alle Kinder Gottes.

Kristina dachte an ihren kleinen Sohn Peter. Er war in dieser Nacht bei Almuth, nur für diese eine Nacht. Sie vermisste ihren Jungen schrecklich und sehnte sich danach, ihn wiederzusehen.

*

Es war, als hätte Grit ihre Gedanken gelesen, denn später, als sie allein in Ruths Haus waren und sich nach einem Bad in warmem Wasser ankleideten, ergriff sie Kristinas Hände und schaute ihr ins Gesicht.

»Du hast ein Kind, Kristina. Du hättest nicht mit uns gehen sollen, um die Presse zu holen. Seit du deinen Sohn bekommen hast, sehe ich die Angst in dir, die Angst einer Mutter. Du brauchst dich deswegen nicht zu schämen, im Gegenteil, du bist eine gute Mutter.«

Kristina zog die Hände zurück. »Ich war feige«, sagte sie. »Und du hast recht, die Angst ist meine ständige Begleiterin. Sie ist wie ein Gift.«

»Nein, Schwester«, widersprach Grit heftig. »Angst ist etwas ganz Normales. Gott hat sie uns gegeben, damit wir am Leben bleiben. Aber du solltest uns fernbleiben, wenn wir drucken. Du solltest nicht das Risiko eingehen wie wir, wenn wir nach Würzburg gehen und dort unsere Flugblätter verteilen.«

»Aber wir riskieren auch das Leben der anderen.«

»Hast du bemerkt, wie Jakob dich anschaut?«

»Jakob? Mich?«

Grit nickte. »Er beobachtet jede deiner Bewegungen, wenn du nicht hinsiehst.«

»So wie Linhoff *dich* beobachtet?«, entgegnete Kristina lächelnd.

»Ja. So alt ich bin, er scheint Gefallen an mir gefunden zu haben.«

»Aber das mit Jakob kann nicht sein«, sagte Kristina. »Du musst dich irren.«

Grit lachte leise. »Glaub mir, ich erkenne, wenn ein Mann etwas von einer Frau will. Das war früher der Fluch meines Lebens. Ich habe die Lust der Männer für meine eigenen Zwecke ausgenutzt ... für meine eigene Zerstörung.«

Rudolf und Simon kamen ins Haus. Sie hatten Holz mitgebracht, um das kleine Herdfeuer zu schüren.

»Linhoff hat etwas zu mir gesagt, das mir nicht aus dem Kopf geht«, begann Rudolf. »Er und einige andere haben in der Heiligen Schrift gelesen. Ich weiß nicht, wer von denen alles eine Bibel hat. Aber Linhoff sagt, dass die Reichen nicht schwitzen für ihr Brot und dass das eine Sünde sei.«

»Richte nicht, auf dass du nicht gerichtet wirst«, sagte Grit.

»Linhoff war verbittert«, fuhr Rudolf fort.

»Worüber?«

»Dass Gott eine Welt erschaffen hat, in der alle gleich sein könnten, dass die Menschen diese Welt aber zu einem Ort der Ungerechtigkeit und Sünde gemacht haben. Er sagt, dieses Unrecht müsse ausgeglichen werden, indem man die Reichen dafür bezahlen lässt.«

»Die Reichen stürzen? Ist es das, was Linhoff und seine Brüder wollen?«, fragte Grit.

»Ich weiß es nicht«, antwortete Rudolf. »Aber ihnen das Lesen beizubringen hat Folgen.«

»Unser oberstes Gebot heißt Liebe«, sagte Grit. »Liebe für alle Menschen, Reiche und Arme, ohne Unterschied. Unter diesem Vorzeichen werden wir unsere Schriften drucken.«

»Selbst wenn es uns gelingt, die Presse wieder zum Laufen zu bringen, können wir ohne Lettern nichts machen«, sagte Rudolf.

Schweigen schloss sich an. Schließlich ergriff Kristina die Hände der Gefährten, die sich warm und lebendig anfühlten. »Ich bin eins mit euch allen«, sagte sie. »Wenn ich nicht für unseren Glauben eintrete, nicht für ihn kämpfe, nicht meine Stimme erhebe, um die Welt besser zu machen, habe ich mein Kind nicht verdient.«

Danach sagten alle, einer nach dem anderen, was sie bedrückte. Während sie sprachen, dachte Kristina an Witter, an seinen Brief, an ihre gemeinsame Flucht, als er gegen den Bluthund gekämpft hatte, und dass sie Tag für Tag in ihrem Herzen für ihn betete. Sie vermisste ihn schrecklich. Witter hätte gewusst, was alles fehlte, um die Presse wieder in Betrieb nehmen zu können. Er hätte das Kommando übernommen und dafür gesorgt, dass sie alles richtig machten.

Wo bist du, Witter?

Erst jetzt wurde ihr bewusst, dass sie sich um Lud gar keine Sorgen machte, obwohl sie auch ihn vermisste. Lag es daran, dass er so unerschütterlich wirkte wie aus Stein gemeißelt? Zu allem imstande, was auch von ihm verlangt wurde?

Kristina wusste, dass Lud zurückkehren würde. Witter hingegen war wie Rauch, flüchtig, kaum zu fassen. Ihre Gefühle für die beiden Männer waren ein einziges Wirrwarr.

»Ohne Lettern hat unsere Presse keine Stimme«, riss Grits Stimme sie aus ihren Gedanken.

»Holz«, sagte Kristina plötzlich und zog die Hände weg. Es war eine Eingebung wie aus heiterem Himmel.

Die anderen starrten sie aus großen Augen an.

»Ja, Holz«, wiederholte sie. »Wir schnitzen die Lettern aus Holz.«

29.
Witter

𝒜ls Knabe hatte Witter seinen Vater bekniet, ihn zum Studium nach England zu schicken. Viele seiner Freunde hatten gesagt, Oxford sei ein Ort von solcher Offenheit, Fortschrittlichkeit und Freiheit, dass Studenten ihre eigenen Lehrer einstellten, ihr eigenes Recht hätten und nicht von der Stadt belangt werden könnten.

Doch Judah hatte seinem Sohn geduldig erklärt, die Universitäten in Oxford und Cambridge seien rückständig im Vergleich zu Córdoba, nichts weiter als Bastionen des Papsttums, basierend auf christlichem Dogma. In den Streitgesprächen dort, hatte er gesagt, ginge es möglicherweise sogar darum, ob Juden Seelen besäßen oder als wilde Tiere behandelt werden müssten.

Später dann hatte Witter vom bedauernswerten Werner Heck erfahren, dass der große Erasmus von Rotterdam persönlich in Oxford lehrte und dass aus dem Morast alten Unrechts eine neue Toleranz ans Licht drängte.

Auf der alten Pergamentkarte war die Stadt in England rot markiert: Oxen-Forde, die Furt der Ochsen. Außerdem zeigte die Karte, dass sie noch weit entfernt waren von der Kanalküste. Es wurde immer kälter, während sie die französischen Ortschaften und Flüsse passierten. Es war kein Unterschied erkennbar zwischen den französischen und deutschen Städten und Dörfern, die Witter und Lud hinter sich gelassen hatten. Nur die Sprache klang anders.

Für Witters geschultes Ohr spielte es keine Rolle. Dank seiner langen Wanderschaft verstand er alles. Doch es lag ein Nachhall seiner alten Ängste in den vielen Sprachen, von den Jahren auf der Flucht, die er in banger Furcht vor Entdeckung und Verfolgung verbracht hatte.

Seine Beule am Hinterteil war aufgeplatzt. Er hatte sich mit

Flussschilf und eisigem Wasser gereinigt, so gut er konnte, in der Hocke an einem kalten Bach am Straßenrand. Doch er hatte den Schmerz kaum lindern können, und so folgten weitere Stunden des Stehens in den Steigbügeln, um den empfindlichen Allerwertesten vor dem Kontakt mit dem peinigenden Sattel zu bewahren.

Eine Nacht verbrachten sie in einem Kloster, wo Bettelmönche, die die Gelübde der Armut und Entsagung abgelegt hatten, einen Gerstenbrei vorbereitet hatten und Anstalten machten, in der Schrift zu lesen. Witter und Lud wurden gastfreundlich aufgenommen, beinahe als Brüder unter Brüdern. Ein großer Teil des Breis wurde aus irgendeinem unerfindlichen Grund in einem Kupferkessel beiseitegestellt. Nach der schweigend eingenommenen Mahlzeit berichtete der Abt Witter, dass dieses Kloster mildtätig gegenüber Geisteskranken und Schwachsinnigen war.

Der Abt bestand darauf, sie zu den Zellen und Kammern zu bringen, wo die Wahnsinnigen gefüttert und versorgt wurden. Der Brei wurde in Holzschalen an die Kranken verteilt, die ihn entweder verschlangen oder gar nicht beachteten. Löffel wurden nicht ausgeteilt, damit die Kranken sich nicht selbst oder gegenseitig verletzen könnten, erklärte der Abt. Trotz aller Fährnisse wurde jede Mahlzeit mit Achtung und Höflichkeit ausgegeben.

»Die Kranken kennen sämtliche Namen«, stellte Witter erstaunt fest.

»Wir alle sind eine spirituelle Familie«, erklärte der Abt.

»Ist Wahnsinn angeboren oder erworben?«, fragte Witter auf Luds Bitte hin den Abt.

»Das weiß nur Gott allein«, kam die Antwort.

Dann stellte Witter eine eigene Frage, die ihn schon seit Langem beschäftigte, ohne dass er eine befriedigende Antwort gefunden hätte außer der beängstigend offensichtlichen, dass Gott gleichgültig war oder, schlimmer noch, dass es ihm gefiel.

»Warum macht Gott manche Menschen so?«, fragte er.

»Um unseren versteinerten Herzen Liebe zu entlocken«, erwiderte der Abt.

In jener Nacht fand Witter keinen Schlaf. Es war eine wunderbare Antwort. Oder eine unglaublich dumme. Einige Menschen strafen, nur um bei anderen Liebe zu erwecken? Hier unter den Kranken und denen, die sich liebevoll um sie kümmerten, quälten Gedanken wie diese ihn noch viel mehr als gewöhnlich. Er lag auf seinem Lager aus Stroh und fragte sich, wie sich so wunderbare Menschen wie diese Mönche, die voller Mitgefühl und Barmherzigkeit waren, manchmal zu derart furchtbaren Grausamkeiten hinreißen lassen konnten. Wie kam es nur, dass sie imstande waren, Menschen zu foltern und zu verbrennen, während sie andere versorgten, pflegten und beschützten?

Am nächsten Tag ging ein starker Wind, und sie redeten unterwegs nur wenig. Witter beobachtete Lud und wurde immer neugieriger.

Lud war ständig auf der Hut. Nur deshalb hatten sie bisher keinen Ärger auf den Straßen gehabt. Er war sehr geschickt darin, sich wie ein Diener zu benehmen – zurückhaltend, bescheiden, aufmerksam seinem Herrn gegenüber. Doch seine Augen blieben stets wachsam und beobachteten die Umgebung.

Witter wusste inzwischen, dass er sagen konnte, was immer er wollte – Lud verstand kein Wort. Mehrere Fremde hatten Witter offen gefragt, warum ein Mann selbst von bescheidener Herkunft oder mit geringen Mitteln einen Diener mit einem so verunstalteten Gesicht beschäftigte. Witter antwortete jedes Mal, Lud sei der Bruder seiner Frau und habe ihn um Arbeit angebettelt. Einige der Fremden segneten Witter für seine Barmherzigkeit gegenüber dem bemitleidenswerten Burschen.

Lud versorgte die Pferde mit einem Geschick und einer Behutsamkeit, die Witter in Erstaunen versetzte.

»Du scheinst die Pferde mehr zu lieben als die Menschen«, sagte er.

»Wir sind für ihr Wohlergehen verantwortlich«, entgegnete Lud.

»Meines ist jedenfalls kein Bukephalos.«

»Was ist das?«

»Das Pferd von Alexander dem Großen«, erklärte Witter.

»Ist nicht weiter wichtig.«

»Oh, es ist sehr wichtig. Zeig den Tieren Respekt. Wäre Gott anderer Meinung, würde mein Ox jetzt auf mir reiten und nicht ich auf ihm. Ich brauche sein Wohlwollen.«

»Ist Ox dein Lieblingspferd?«

»Er ist mein einziges. Dietrich hat es mir in der Schlacht gegeben, nachdem mein guter Jax niedergemetzelt wurde.«

»Wusstest du, dass Dietrich dein Pferd nach dem Ort genannt hat, wo Florian studiert?«

»Ox?«

»So steht es auf der Karte. Er hat dein Pferd nicht nach einem Tier auf der Weide genannt, sondern nach der Universität seines Sohnes.«

*

Sie waren seit knapp zwei Wochen unterwegs und ritten an einem Fluss entlang, als Witter neidisch einen großen Flusskahn beobachtete, der gemächlich und unbeirrbar an ihnen vorbeiglitt wie eine Burg aus Holz mit dem Fluss als ewigem Graben. Auf dem Vorderdeck vertrieben sich Reisende die Zeit. Matrosen stießen lange Stangen in den Flussgrund und wachten am riesigen Ruder.

Es hatte ein wenig geschneit, und die Tage waren dunkler und kürzer. Ein Gasthaus außerhalb eines Dorfes bot billige Unterkunft. Diesmal gelang es Witter, Lud zu überzeugen, dass sie ein paar Münzen ausgeben sollten, um etwas zu essen und im Warmen zu schlafen.

Das Gemach, das sie teilten, war genau genommen ein Stellplatz mit zwei Strohlagern in der Scheune, doch das Stroh war frisch und die Läden gegen die Kälte verschlossen. Eine Kuh und ein Esel schnauften gelegentlich irgendwo in der Dunkelheit. Witters und Luds Pferde hatten Heu gefressen, und Witter hörte, wie eines der Tiere geräuschvoll Wasser ließ.

Lud lag auf dem einen Strohlager, Witter auf dem anderen. Mondlicht fiel durch Ritzen im Strohdach und in den Wänden. Hin und wieder knarrte das Holz.

»Warum tust du das eigentlich? Warum bist du hier?«, erklang unvermittelt Luds Stimme.

»Warum tust du es?«, stellte Witter die Gegenfrage.

»Ich tue, was ich tun muss, um Giebelstadt und meine Leute zu schützen«, sagte Lud. »Aber meine Leute sind nicht deine Leute. Deine Leute haben uns Ärger und Sorgen gebracht.«

»Ich weiß, und es tut mir leid.«

»Tust du es für Kristina? Ihr Mann ist lange tot. Wirst du sie zur Frau nehmen?«

»Zur Frau?«

»Du hast mich schon verstanden. Ist Kristina der Grund, warum du das alles auf dich nimmst?«

»Wenn es doch nur so wäre«, hörte Witter sich sagen. »Ich habe gesehen, wie du sie manchmal beobachtest.«

Lud richtete sich auf. Seine Stimme klang ungewöhnlich sanft. »Wenn es so etwas wie eine Seele gibt, dann ist Kristinas Seele wunderschön. Sie bringt mich dazu, sie beschützen zu wollen. Ich weiß nicht, warum.«

»Weil Kristina alles, was sie tut, aus Liebe tut. Solche Menschen trifft man nur sehr selten.«

»Liebst du sie?«

»Was ist mit dir?«, entgegnete Witter.

»Das ist nicht wichtig. Sie wird niemals einen Mann wie mich wollen. Trotzdem würde ich töten, um sie zu beschützen, und ich bin glücklich, dass sie nach Giebelstadt gekommen ist, auch wenn sie Gefahr von außerhalb mitgebracht hat.«

»Glaubst du, wir schaffen es bis nach England?«

»Bete für uns«, antwortete Lud. »Vielleicht hört jemand zu.«

»Beten?«

»Ja. Zu Jesus. Ich höre dich manchmal Gebete murmeln, wenn wir auf der Straße sind. Obwohl du kein Priester bist. Versuchst du denn nicht, mit Jesus zu reden?«

»Ich bete in meinem Herzen«, sagte Witter. »Aber ich will es versuchen.«

»Wenn du schon seine Aufmerksamkeit hast, Witter, frag ihn doch gleich, warum manche Menschen getötet werden und andere nicht, warum manche die Pocken kriegen und andere nicht, und warum manche verhungern und andere fett werden. Warum manche verbrannt werden und andere über sie richten, und warum manche lieben und andere hassen. Ich würde gerne den Grund dafür wissen.«

»Das würde ich auch gerne«, entgegnete Witter, dessen Hinterteil wieder zu schmerzen begann. »Mein Vater hat immer gesagt, dass nur ein Narr Gott die Schuld daran geben kann, wie die Menschen leben.«

Witter dachte an seinen Vater Judah, wie er in Andacht versunken dagekniet hatte, seinen Gebetsschal über den Schultern, und an Judahs Liebe zur Mischne Thora, dem Werk des Maimonides, aus dem eines seiner Lieblingszitate stammte: Es ist besser, tausend Schuldige freizusprechen, als einen einzigen Unschuldigen hinzurichten.

»Dein Vater scheint ein kluger Mann zu sein«, sagte Lud.

»Oh ja, er war sehr klug.«

»War?«

»Er ist tot. Schon seit langer Zeit.«

»In der Schlacht gefallen?«, fragte Lud.

Witter dachte an Judahs Auseinandersetzungen mit denen, die sich vor seinem Wissen gefürchtet hatten, und wie er versucht hatte, mit seinen Richtern vernünftig zu argumentieren, wie er versucht hatte, seine Leute als Führer der Unschlüssigen um sich zu scharen und auf Güte und Anstand zu vertrauen, und wie er alles verloren hatte ... die Leben jener, die er liebte, sein eigenes Leben, alles bis auf seinen Glauben und seine Rechtschaffenheit.

»Ja, in der Schlacht«, sagte Witter schließlich. »So könnte man es nennen. Es war eine Art Schlacht.« Eine Schlacht mit Worten, mit dem Glauben, nicht mit Schwertern. Die hatte der Feind gehabt. Schwerter und Feuer.

Das blaue Licht des Mondes umrahmte Luds Kopf und seine Schultern.

»Dietrich wollte, dass ich lerne«, sagte er. »Aber das Lesen hat mir keinen Trost gebracht, im Gegenteil.«

»Das Lernen fördert die Zweifel«, sagte Witter.

»Ja. Das ist es. Ich bin ruheloser als je zuvor. Alles, was ich lese, zeigt mir neue Ungerechtigkeiten.«

»Unwissenheit ist in manchen Fällen leicht zu ertragen, in anderen nur sehr schwer.«

»Das Lesen hat viele Leute im Dorf verunsichert. Sie fangen an, die Dinge infrage zu stellen. Die herrschende Ordnung. Warum manche etwas haben und andere nicht. Ist es das, was du und deine Gefährten bezweckt, wenn ihr das Lesen lehrt?«

Witter schüttelte den Kopf. Er wusste keine Antwort auf Luds Frage, und er war todmüde. Außerdem ahnte er, worauf die Unterhaltung hinauslief, und fürchtete sich davor. Wenn ein Mann das Tier weckte und es Unzufriedenheit lehrte, würde das Tier sich dann nicht erheben und den Mann verschlingen?

Witter blickte auf und sah ein Stück Mond durch ein Loch im Strohdach. Es sah aus wie das blendende Auge Gottes, das auf ihn herabsah, als würde es auf etwas Unreines schauen, das es zufällig unter einem Stein entdeckt hatte.

»Ich muss schlafen«, sagte Witter. Er brauchte eine Pause von sich selbst, von dem heißen Pochen in seiner linken Pobacke, das er mit jedem Herzschlag schmerzhaft spürte. Er schloss die Augen.

Doch Lud meldete sich erneut zu Wort. »Sag mir noch eines, wenn du kannst.«

Witter öffnete zögernd die Augen und drehte sich zu Lud um. Der starrte ihn an. Sein Gesicht war eine furchterregende Maske im bleichen Licht des Mondes.

»Warum versteckst du immer deinen Schwanz?«, fragte er.

»Meinen was?«, stieß Witter hervor.

»Warum versteckst du ihn, wenn du pisst? Wenn du dich anziehst. Wenn du schläfst. Oder vor ein paar Tagen am Bach, als du deinen Hintern sauber gemacht hast.«

Witter gähnte laut in dem Versuch, Zeit zu gewinnen, doch innerlich zitterte er. Konnte Lud gesehen haben, dass er beschnitten war? Oder hatte Kristina es ihm erzählt? Nein, bestimmt nicht. Das hätte sie niemals getan.

Er musste etwas sagen, irgendwie das Thema wechseln ...

Er versuchte einen Scherz. »Warum fragst du? Willst du ihn sehen? Bist du so einsam?«

Nicht gut.

Luds Antwort klang denn auch gar nicht belustigt. »Wenn dein Ding klein ist oder wenn du Männer begehrst, Witter, ist mir das egal. Mich interessiert nur, dass du uns nach England bringst und kämpfst, wenn es sein muss.«

»Ich wollte mich nicht über dich lustig machen.«

»Du tust besser daran, mich ernst zu nehmen. Es ist meine Aufgabe, alles um mich herum zu bemerken. Viele Leben, die mir lieb und teuer sind, hängen davon ab.«

Witter lehnte sich zurück und wartete schweigend. Die Dunkelheit schien in seinen Ohren zu summen. Sein Hintern pochte. Ganz gleich, was er sagte – es wäre falsch. Und falls Lud aufstand, zu ihm kam und ihn auszog, konnte er nichts dagegen tun, gar nichts. Und dann würde Lud wissen, dass er ein Jude war.

Witters rechte Hand schob sich behutsam nach unten, an seinem Bein entlang, und tastete nach dem dünnen Metallgriff seines kleinen Dolches unter dem Stoff.

Luds narbiges Gesicht verzog sich zur Andeutung eines Lächelns. »Du hast einen Dolch.«

»Ja.« Warum sollte er nicht die Wahrheit sagen? Er zog die Hand wieder zurück.

»Das war keine Frage«, sagte Lud. »Ich weiß, dass du ihn hast.«

»Ich will niemandem etwas tun.«

»Nein? Das ist aber dumm. Ein Dolch ist dazu gemacht, jemandem etwas zu tun, und er ist zuverlässiger als ein Gebet. Kannst du mit dem Dolch umgehen?«

»Nicht besonders gut.« Witter war froh, nicht gelogen zu haben.

»Dann ist er dir auch keine Hilfe. Vielleicht ist es sogar schlimmer, als gar keinen zu haben. Mit einem Dolch droht man nicht. Er ist dazu da, etwas zu beenden. Indem man den Gegner überrascht, falls möglich.«

»Ich verstehe«, sagte Witter.

»Tatsächlich? Kannst du einen Menschen töten? Ich dachte, du und deinesgleichen, ihr würdet an Nächstenliebe glauben, an das Gesetz von Jesus Christus?«

»Ich habe einmal den Hund eines Magistraten getötet«, sagte Witter.

»Ein Hund kann dich schneller beißen, als eine Biene dich sticht. Du hast Glück gehabt, falls es ein großer Hund war.«

»Er war riesig. Aber ich habe gelogen. Kristina hat den Hund getötet ... mit meinem Dolch.«

Die bloße Nennung ihres Namens sandte eine Woge wohliger Wärme durch Witters Körper. Er hoffte, dass Lud es nicht sehen konnte und auch das Beben in seiner Stimme nicht hörte.

Lud nickte. »Diese Frau hat mehr Ehre in ihrem kleinen

Finger, als du und ich zusammen. Trotzdem hat sie getötet, als sie es musste, um deinen Hintern zu retten.«

»Einen Hund«, sagte Witter. Er schämte sich beinahe, noch nie getötet zu haben. »Kristina hat einen Hund erstochen, keinen Menschen.«

»Und ein Hund ist weniger wert als ein Mensch?«

»Das kommt auf den Menschen an.«

»Gut gesagt.«

Witter war überrascht, dass Lud etwas Lobendes über ihn gesagt hatte. Und dass er, Witter, sich darüber freute, war die nächste Überraschung.

»Kristina hat unglaubliche Willenskraft«, sagte er.

»Und du nicht.«

»Nein. Ich nicht«, gab Witter zu.

»Ich auch nicht. Aber es ist keine Kunst zu töten. Wenn wir Zeit haben, bringe ich dir ein paar einfache Kniffe mit dem Dolch bei. Sonst brauchst du ihn gar nicht erst zu tragen.«

»Das wäre gut.«

»Töten ist niemals gut«, sagte Lud. »Aber hin und wieder ist es notwendig.«

»Hat es dir nie ein Gefühl der Befriedigung gegeben?«

»Hin und wieder. Manchmal ist es die Befriedigung, ein Unrecht wiedergutgemacht zu haben. Meistens ist es das Gefühl der Erleichterung, überlebt zu haben. Aber Richter und Henker gleichzeitig zu sein, kann einen Mann verrückt machen, wenn man hinterher darüber nachdenkt.«

»Aber dich hat es nicht verrückt gemacht wie so viele andere«, sagte Witter.

»Hältst du mich für verrückt?«

»Ich weiß es nicht.«

»Genauso wenig wie ich selbst.«

Lud drehte sich auf seinem Lager um und kehrte Witter den Rücken zu.

Witter wartete, aber Lud sagte nichts mehr.

Er lehnte sich zurück, blickte hinauf zu den Splittern aus Mondlicht und dem blauen Leuchten, das in den Löchern des alten Strohdachs zu tanzen schien. Wenn er lange genug hinschaute, wurden aus den Löchern Gesichter. Er erblickte seinen Vater, seine Mutter, Kristina ...

Witter lag da, starrte nach oben und durchlebte eigenartige Gefühle. Er fühlte sich merkwürdig sicher und bedroht zugleich, beschützt und getröstet von diesem furchterregenden Mann. Und das verwirrte ihn, bestürzte ihn geradezu. Wie konnte er sich getröstet fühlen von einem Mann wie Lud, den er immer gefürchtet hatte, der im Kampf tötete, ohne mit der Wimper zu zucken, und von dem nun sein Leben abhing?

Was hatte Lud gesagt?

Diese Frau hat mehr Ehre in ihrem kleinen Finger, als du und ich zusammen, und trotzdem hat sie getötet, als sie es musste, um deinen Hintern zu retten.

Witter wusste, dass er sein Leben bis vor nicht allzu langer Zeit eher gehasst als geliebt hatte und dass es an Kristina lag, dass nun alles anders geworden war. Er hatte sein Leben nicht lieben *wollen*. Wie oft hatte er überlegt, es zu beenden, bevor er Kristina begegnet war. Seinem Leben die Verachtung entgegenzubringen, die es verdiente, indem er den Zeitpunkt seines Todes selbst bestimmte ...

Wahrscheinlich ist es Lud sogar gleichgültig, wenn er herausfindet, dass ich beschnitten bin. Es interessiert ihn nicht, was ich bin, ob Ketzer, Sodomit oder vielleicht sogar Jude, solange ich ihm und seiner Mission treu bleibe ...

Plötzlich hörte er ein Geräusch wie ein heiseres Flüstern. Er starrte in das Halbdunkel der Scheune und lauschte angestrengt.

Witter sollte niemals mit Sicherheit wissen, was als Nächstes geschah.

Er sah Gestalten, die sich geduckt bewegten – eine, nein, zwei. Einen Augenblick später hörte er Flüche. Er hielt den

Atem an in der Hoffnung, dass es bloß ein Albtraum war. Doch er wusste, es war Wirklichkeit.

Dann geschahen ein Dutzend Dinge gleichzeitig. Er hörte die Kuh brüllen, und vielleicht war es der Esel, der schrie und austrat. Die Pferde schnaubten und scheuten, und irgendetwas Großes prallte mit etwas anderem zusammen. Ein Mensch schrie auf – zumindest etwas, das entfernt nach einem Menschen klang. Dann ein Knurren, gefolgt von einem lauten Krachen.

Etwas Schweres, Heißes fiel erdrückend auf Witter und raubte ihm den Atem. Er sah nichts mehr, konnte nicht mehr schreien, zappelte und strampelte, doch er war gefangen. Ächzend rang er nach Luft.

Lähmende Angst packte ihn. Irgendetwas Bestialisches lag auf ihm, schlug um sich, blutete, brüllte, gurgelte.

Ein Dämon, schoss es Witter durch den Kopf.

Dann spürte er Haare im Gesicht und Hände, die ihn packten.

30.
Kristina

*W*ieder stand der Winter vor der Tür, der erste Schnee war bereits gefallen. Die Singvögel waren verschwunden, und die nun stillen Felder waren zweimal nach übrig gebliebenem Getreide abgesucht worden, die Wälder von den Kindern der letzten Beeren und Nüsse beraubt. Jeder arbeitsfähige Dorfbewohner war damit beschäftigt, Vorräte anzulegen.

Im Frühling hatten die Männer Bäume gefällt, um Brennholz zu gewinnen, aber auch, um Wege zu verbreitern oder Felder zu vergrößern. Sie hatten die Äste und Zweige an den Stämmen gelassen, damit das Holz schneller trocknete. Jetzt, im Spätherbst, schlugen sie die toten braunen Äste ab und spalteten das Holz mit Hämmern und Keilen.

Wie die anderen Kinder trug Peter lange Wollhosen und half beim Herausziehen der geschnittenen Äste. Splintholz wurde zu Spänen verarbeitet. Ochsen zogen die schweren Holzkarren. Ganz Giebelstadt arbeitete Hand in Hand. Die Burg hatte die erste Wahl an trockenem Holz, gefolgt von Merkel dem Schmied, der Holzkohle für seine Esse brauchte. Kristina hatte so viel Gemeinsinn nicht einmal bei den Nonnen im Konvent erlebt.

Lura erzählte ihr, dass andere Hörige herabgefallene Zweige aufsammelten oder Torf schnitten für Herdfeuer. Die Giebelstädter hatten Glück: Dietrichs milde Herrschaftsführung hatte weiterhin Bestand, und seinen Hörigen war der Zugang zu den kostbaren Bäumen erlaubt.

»Ein gutes Jahr, was das Fällen angeht«, sagte Lura. »Kein Mann von einem Baum zerschmettert, keine von Äxten abgeschlagenen Gliedmaßen.«

Für die Burgküche wurde das beste Spaltholz in den Holzschuppen gekarrt. Lura und Leta sortierten es nach Länge und Dicke, und Kristina half ihnen, es ordentlich zu stapeln.

Die Feuer in den steinernen Kaminen hatten etwas Beruhigendes für Kristina, denn sie fürchtete die länger werdenden Nächte und die blasse Sonne. Es war, als würde Gott sich endgültig von der Menschheit abwenden. Mit den kalten Winden kam eine unergründliche Sehnsucht, die sie tief betrübte. Manchmal des Nachts hielt sie den schlafenden Peter auf dem Schoß und tat so, als kämen die Tränen auf ihren Wangen von der Hitze des Feuers.

Das Tageslicht verlor seine Farbe. Die blauen Vergissmeinnicht auf Bertholds Grab waren verwelkt und zu braunen Ranken vertrocknet, die Kristina wie immer um diese Zeit entfernte. Das Grab selbst sank jedes Jahr ein wenig tiefer ein, und der weiche Umriss des Rechtecks war deutlich im Gras zu sehen.

Im ganzen Dorf hing der Geruch der geschlachteten Tiere in der Luft. Tiere, die im nächsten Frühling nicht mehr trächtig werden konnten, wurden geschlachtet, in Stücke zerlegt und geräuchert oder eingekocht. Männer und Frauen mit blutigen Händen und Gesichtern arbeiteten fleißig, um Wintervorräte anzulegen. Kristina hörte, dass Waldo zwei der ältesten Stallpferde an einen Fleischer in Würzburg verkauft hatte, um von dem Erlös Getreide zu erstehen, das helfen sollte, den Winter zu überdauern.

Doch Waldo weigerte sich, das älteste seiner Pferde zu verkaufen, das lahmte und längst sein Gnadenbrot erhielt.

Das Tier war Dietrichs Schlachtross gewesen.

*

Während Kristina ihren Pflichten in der Burg nachging, befreiten ihre Brüder und Schwestern die alte Steinscheune draußen im Wald von Ranken und Gestrüpp, dichteten das Dach ab, ersetzten verrottete Träger und stopften jedes Loch und jede Ritze mit Stroh. Sie arbeiteten in der Kälte, eingehüllt in dicke Umhänge und mit allem an Kleidung, was sie tragen konnten, ohne dass ihre Beweglichkeit zu sehr eingeschränkt wurde. Nur Rudolf beschwerte sich ebenso regelmäßig wie lautstark über seine erfrorenen Hände und den schmerzenden Rücken, worauf Simon ihn immer wieder tadelnd musterte.

Grit jedoch schnappte sich Rudolf irgendwann, rieb ihm den Rücken warm und neckte ihn: »Führe unseren Schöpfer nicht in Versuchung, hörst du? Oder würdest du dich besser fühlen auf einem brennenden Holzstapel auf dem Marktplatz in Würzburg?«

Rudolf starrte sie ungläubig an, dann lachte er so laut, dass es allen in den Ohren klingelte.

Kristina brachte, so oft sie konnte, Brot und Eintopf vorbei, und nach einem kurzen Gebet schlangen sie alles herunter.

Kristina blieb stets nur kurz bei ihren Gefährten, denn sie vermisste ihren Sohn, auf den Almuth tagsüber aufpasste. Wann immer sie konnte, besuchte sie Almuths Weberei und stahl sich Zeit für Peter. Sie fühlte sich schuldig, weil sie nur wenig bei ihm sein konnte.

Almuth liebte Peter, und Peter liebte Almuth, so viel stand fest.

Kristina verspürte wachsende Eifersucht, aber auch Dankbarkeit gegenüber Almuth. Sie erzählte ihr im Vertrauen, was sie und die anderen mit der alten Presse in der Steinscheune vorhatten, wobei sie damit rechnete, dass Almuth sie ermahnen würde, keine Mutter dürfe ein so großes Risiko eingehen. Doch Almuth überraschte sie. »Peter ist wie mein eigener Sohn«, sagte sie. »Auch ich würde gerne vieles niederschreiben, was mir auf dem Herzen liegt. Ich würde gern der Welt verkünden, wie ich meine beiden Jungen verloren habe, und andere Mütter warnen, die ihre Kinder lieben. Wirst du mir helfen, diese Gedanken später einmal aufzuschreiben? Als Schwester für eine Schwester, als Mutter für eine Mutter?«

»Ich werde dir helfen«, versprach Kristina, und die beiden Frauen umarmten sich.

Von nun an stand die Presse im Mittelpunkt. Zwar barg sie das Risiko der Entdeckung und eines furchtbaren Todes, doch Kristina war entschlossen, sie instand zu setzen, um die Wahrheit in die Straßen Würzburgs zu bringen. Ihre eigene Wahrheit und die ihrer Mutter.

31.
Lud

*E*s war der dritte Tag auf dem Fluss, der Tag, an dem sie Dünkirchen erreichen sollten, die Hafenstadt an der Küste, von der aus sie nach England übersetzen würden. Der Flusskahn glitt lautlos durchs Wasser. Als die Sonne am bleichen winterlichen Himmel zum Vorschein kam, beobachtete Lud die an Deck angebundenen Pferde, die Heu fraßen. Sein Schwert in der Lederscheide an seinem Sattel hatte er bisher nicht gebraucht. Stattdessen hatte sich wieder einmal sein Dolch als sein bester Freund und Lebensretter erwiesen.

Die Angreifer waren zu dritt gewesen in dem dunklen Stall. Gott sei Dank hatte Lud nicht schlafen können. Er hatte sich den Kopf zerbrochen über England und die Frage, wie schwierig es werden konnte, Florian von dort wegzuholen, falls er sich aus irgendeinem Grund weigerte. Lud hatte wachgelegen und sich Florians Gesicht vorgestellt, als er die Männer gehört hatte.

Es war Glück, dass sie einfache Taugenichtse waren und obendrein halb betrunken. Einer stolperte über die Sättel – als Lud ihm auch schon den Dolch in den Unterleib rammte. Es entstand ein so lautes Geschrei, Gekreische und wildes Getümmel, dass Lud befürchtete, in dem Durcheinander versehentlich Witter zu treffen, was den Kampf länger machte, als wenn Lud allein gewesen wäre.

Gellende Schreie und wilde Flüche hallten durch den Stall.
»Witter!«
»*Sanglante merde! Poignardé mes boules!*«
»Lud! Ich bin hier!«
»*Sainte mère de Jésus!*«
»Witter!«
»*Allez, allez!*«

Zwei rannten, und einer starb. Dann tauchte der alte dickbäuchige Gastwirt in einem zerfetzten Nachthemd auf und schrie und jammerte über seinen toten Sohn. Die herbeigerufenen Magistrate stampften herum und schimpften.

Witter schob Lud zur Seite und übernahm das Kommando, um ein wenig Ordnung ins Chaos zu bringen und in der fremden Sprache auf die anderen einzureden.

»Der Tote war bereits des Pferdediebstahls bezichtigt worden, wie sich herausgestellt hat«, sagte Witter später zu Lud. »Sie hatten unsere Pferde in der Taverne zum Kauf angeboten, noch bevor sie gekommen sind, um uns zu töten und die Tiere zu stehlen.«

In dem nächtlichen Tumult – und weil der Sohn des Gastwirts getötet worden war – hatte ein französischer Magistrat versucht, ein Lösegeld von ihnen zu erpressen. Er hatte drei seiner Gehilfen dabei, allesamt bewaffnet. Gerade als Lud versuchen wollte, sich den Weg aus dieser Zwickmühle freizukämpfen, war Witter vorgetreten, hatte sich in die Brust geworfen und die bischöflichen Passierscheine hervorgeholt, worauf die vier Offiziellen plötzlich sehr kleinlaut geworden und abgezogen waren.

Kaum dämmerte der Morgen, wollte Lud so schnell wie möglich weiter. »Lass uns verschwinden, bevor seine Verwandten uns hinterherkommen und nach Rache verlangen. Wären die drei verstoßene Ritter gewesen, richtige Kämpfer, wären wir tot.«

»Wir müssen die Pferde verkaufen, um die Passage auf dem Fluss zu bezahlen«, beharrte Witter. »Der Preis beträgt einen Gulden für jeden von uns, und sie wollen einen weiteren Gulden für die Pferde.«

»Was für eine Passage auf dem Fluss? Wir reisen über Land zur Küste.«

»Unsere Passierscheine gelten für die Reise auf dem Fluss, nicht auf der Straße, und wir müssen hier an Bord gehen. Die Magistrate wissen das. Ein Schiff mit freien Plätzen legt gegen Mittag in Richtung Küste ab.«

»Verdammt!«, fluchte Lud und zog vier Goldstücke aus seinem Beutel. »Verdammt, verdammt, verdammt. Du und dein wunder Arsch!«

Witter nahm erstaunt die Goldstücke entgegen. »Du hast die ganze Zeit das Geld für die Passage gehabt? Du hast Gold?«

»Es ist mein eigenes, und ich kann damit machen, was ich will. Auch wenn wir gezwungen sind, an Bord eines Schiffes zu reisen – wir brauchen die Pferde in England.«

»Ich glaube es einfach nicht!«, schimpfte Witter. »Du hast unser Leben riskiert! Du hast unsere Mission in Gefahr gebracht, indem du darauf beharrt hast, auf der Straße zu reisen!«

»Ja. Du hast recht, und ich hatte unrecht. Und jetzt halt das Maul, oder ich stopf es dir.«

»Versuch es doch. Ohne mich wärst du viel schlimmer dran«, sagte Witter herausfordernd.

Witter hatte offenbar die Angst vor Lud verloren, und das war gut und schlecht zugleich. Lud wurde wieder einmal bewusst, dass er abhängig war von ihm, seinem Geschick, seinen Umgangsformen und von Witters eigenem Bestreben, ihre Mission zu erfüllen.

»Was haben diese französischen Narren eigentlich gebrüllt?«, fragte Lud, um die Stimmung ein wenig aufzuhellen.

»Heilige Scheiße! Heilige Mutter Maria! Er hat mir in die Eier gestochen«, antwortete Witter und prustete los.

Es war das erste Mal gewesen, dass beide Männer gemeinsam gelacht hatten.

Die Flusspassage in Richtung Küste verlief ereignislos. Sie schliefen in einem Kornspeicher voller Säcke; die Pferde waren an Deck angeleint.

Am ersten Tag der Schiffsreise schob Lud unvermittelt die Hand unter Witters Umhang und packte den kleinen Dolch, noch ehe Witter begriff, wie ihm geschah. Auf einen Schlag war seine Angst vor Lud wieder da.

»Nicht schlecht«, sagte Lud, wobei er mit der alten Klinge herumfuchtelte und einen Stoß auf Witters Bauch fintierte. Witter fiel vor Entsetzen nach hinten auf die Kornsäcke.

»Was machst du? Was soll das?«

Lud zog ihn mit der freien Hand auf die Beine und gab ihm den Dolch zurück.

»Was du da hast, ist eine Stoßklinge. Lang und spitz, besser für das Zustoßen als für das Aufschlitzen, aber sie wird genügen, wenn du erst ein paar einfache Dinge gelernt hast.«

»Du findest Gefallen daran, anderen Angst einzujagen«, sagte Witter mit Zorn in der Stimme. Er packte das Heft seines Dolches so fest, dass sein Arm zitterte.

»Los, greif mich an«, sagte Lud, und Witter sah aus, als wäre er am liebsten davongerannt. »Es wird dir guttun. Los, greif mich an.«

Irgendetwas schien in Witter zu zerbrechen, und mit einem Aufschrei stürzte er sich auf Lud. Doch als sein Arm in die Höhe schnellte, um auf Lud einzustechen, spürte Lud keinerlei Furcht. Er wusste, was er zu tun hatte.

Dann ging alles blitzschnell. Witter schaute fassungslos drein, als Lud ihm in einer einzigen fließenden Bewegung die Hand verdrehte und die kleine Waffe an sich nahm.

»Und jetzt?«, fragte Witter schwer atmend.

»Jetzt werde ich dir ein paar Dinge sagen. Sei geduldig. Angst verleitet dich zu Hast. Konzentriere dich nicht auf den Todesstoß. Niemals. Tänzle ihn aus. Bring den Gegner aus der Fassung. Bring ihm Schnitte bei, auf der Stirn, über den Augen. Damit fängst du an. Das Blut fließt reichlich an diesen Stellen. Es blendet den Gegner und verängstigt ihn. Anschließend kannst du ihn ganz nach Belieben zerstückeln, während er heulend herumspringt.«

Auf diese Weise verbrachten sie den ganzen Nachmittag allein unter Deck. Lud lehrte Witter die Grundregeln des Dolchkampfs, lehrte ihn Finten und ließ ihn das Gelernte üben.

»Messerkampf ist wie Tanzen, die gleichen Schritte«, sagte Lud.

Witter nickte.

Lud übte mit Witter, bis er den Tanz mit dem Dolch halbwegs beherrschte. Sie fintierten, parierten mit Armen, Ellbogen und Knien, und die Klingen bewegten sich wie die Köpfe zweier Schlangen in der Luft zwischen ihnen, zuckten vor, schnellten zurück.

»Sehr gut«, lobte er Witter. »Sehr gut ... Mach einen ängstlichen Eindruck ... ja, so ... Täusche mich, verleite mich zum Angriff ... sehr gut ... Tu so, als hättest du Angst, als hättest du die Hosen voll, und dann, wenn ich dich verspotte und meine Deckung vernachlässige, schlitzt du mich ...«

Witter bewegte sich immer zuversichtlicher, immer schneller, immer geschickter, bis Lud den Tanz beendete. »Das reicht jetzt. Wenn wir noch länger üben, triffst du mich wirklich.«

Zwei Tage später erreichte der Flusskahn Dünkirchen und legte im Licht des Vollmondes an. Weit draußen war das Meer zu sehen.

Sie führten die Pferde von Bord und luden das Gepäck hinter den Sätteln auf.

»Ich muss uns eine Passage nach Dover organisieren, auf der anderen Seite des Meeres«, sagte Witter. »Das Meer ist hier schmal, weshalb man es auch *Kanal* nennt. Es sind nur wenige Stunden bis zur anderen Seite, aber es ist spät im Jahr für die Überquerung, und das könnte teuer werden.«

»Was ist bei dir nicht teuer?«, sagte Lud und verzog spöttisch den Mund.

Sie stiegen auf ihre Pferde und ritten im Mondlicht an dunklen Steinhäusern vorbei in Richtung der Kais, wo die meisten Schiffe für den Winter festgemacht lagen. Ein ungemütlicher Wind kam auf, als sie die Docks passierten.

Witter verhandelte im Licht einer Laterne mit einem pockennarbigen, zahnlosen Kapitän, dessen Bart bis über die Brust reichte. Der Kapitän schüttelte immer wieder den Kopf und sagte »No, no, no«, und dann diskutierten beide auf Französisch weiter. Endlich schüttelten sie sich die Hände, nachdem der Kapitän sich in die rissige Handfläche gespuckt hatte.

»Vier Gulden«, sagte Witter zu Lud, wobei er sich die Finger an einem Pfosten abwischte. »Wir brechen morgen mit einsetzender Ebbe auf.«

Widerwillig zog Lud seine kostbare kleine Börse hervor, in der das einzige Gold steckte, das er je besessen hatte, ein Geschenk von Dietrich für das gewonnene Duell mit dem Landsknecht, und zählte die vereinbarte Summe ab.

»Zum Besten von Giebelstadt«, sagte er.

Doch nun wurde Witter noch dreister. »Mein Umhang ist mit altem Blut versaut. Bevor wir an Bord gehen, musst du mir einen neuen kaufen für meine Mühen. Meine Hose hat ebenfalls Löcher. Und ich hätte nichts gegen einen Haarschnitt und eine Rasur.«

Lud glaubte, sich verhört zu haben. »Was gehen mich deine Eitelkeiten an?«

Witter grinste. »Wenn ich deinen Herrn spielen soll, muss ich auch wie einer aussehen. Sind nicht alle Herren und Meister eitel und oberflächlich?«

»Dietrich nicht.«

»Nun, ich muss jedenfalls wie einer aussehen«, entgegnete Witter.

Also fragten sie früh am Morgen nach einem Kleidergeschäft und einem Barbier. Mit geschnittenem Haar, getrimmtem Bart und einem neuen Umhang aus feinster Wolle sah Witter beinahe wie ein Edelmann aus; es war verblüffend, wie er die Manieren der Hochgeborenen beherrschte, die für Lud ein Rätsel waren. Wenn Witter mit anderen in ihrer eigenen Sprache redete, war im Verhalten seiner Gesprächspartner stets Respekt zu erkennen und häufig genug eine gewisse Unterwürfigkeit.

»Das machst du gut«, räumte Lud widerwillig ein, als sie die Pferde über eine breite Rampe an Bord des Schiffes bugsierten.

Witters Antwort fiel knapp aus. »Jeder von uns macht eben das gut, was er kann.«

*

Noch nie im Leben hatte Lud sich der Natur derart ausgeliefert gefühlt.

Das Deck schwankte auf der grauen See, und das Schiff tauchte so tief in die Wellentäler ein, dass der Himmel nicht mehr zu sehen war, um dann auf der anderen Seite wieder hochzusteigen. Luds Magen rebellierte von dem ständigen Auf und Ab. Im Bauch des Schiffes traten die Pferde um sich und zerrten an ihren Leinen; Lud musste ihnen Hafersäcke über die Köpfe stülpen. Ihr Wiehern war ohrenbetäubend.

Dann wurde ihm sterbensübel, und er hastete ins Freie zur Reling. Sein Morgenmahl gesellte sich zu der schäumenden Gischt. Er fragte sich, was wohl aus Giebelstadt wurde ohne Vogt, der mit Adleraugen über allen wachte. Die Hörigen waren wie Gänse, die sich zusammendrängten, doch ohne Führung würden sie kopflos in alle Richtungen davonstieben. Lud wollte gar nicht darüber nachdenken, was im Moment zu Hause los war.

»Da! England«, hörte er Witter hinter sich.

Witter legte Lud die Hand auf die Schulter, zog ihn herum und deutete nach vorn. Lud sah einen weißen Streifen felsiger Klippen. Nebel kam auf und verschlang das Schiff. England verschwand in der trüben Suppe, und Regen setzte ein, zuerst nur wenig, dann immer mehr, bis es wie aus Eimern goss.

»Sieht aus, als müssten wir hier überwintern«, sagte Witter und zog sich die Kapuze seines Umhangs über den Kopf.

»Was?« Lud spürte, wie erneut Übelkeit in ihm hochstieg.

»Die Winterstürme machen die Überquerung nahezu unmöglich. Ich musste dem Kapitän das Doppelte zahlen, damit er uns überhaupt noch so spät im Jahr übersetzt. Er sagt, dass wir noch einen Gulden für den Hafenmeister brauchen, wenn wir von Bord gehen.«

»Nein, nein. Wir müssen Florian holen und so schnell wie möglich nach Hause zurück.«

Plötzlich hasste Lud England. Er hasste die Vorstellung, dass Florian irgendwo in diesem Land war, aufgegangen in einer Masse fremder Menschen. Wie würde er sein nach so vielen Jahren? Florian war jetzt erwachsen; er war nicht mehr das Kind, das auf Luds Schultern geritten war und das Kämpfen mit dem Dolch, das Reiten und das Raufen von ihm gelernt hatte.

War Florian zu einem Stenz geworden, eitel und überheblich, herablassend und wichtigtuerisch?

Hatten sie Dietrich verloren – und nun auch Florian?

Spring nicht, bevor du nicht getroffen wurdest, ermahnte Lud sich.

Dann tauchten die Klippen wieder auf, weiße Felsen, die wie abgebrochene Zähne aussahen, verschwommen im Sturm, nun viel näher als zuvor.

Lud seufzte tief. Hier würden sie festsitzen, er und Witter, an diesem fremden Ort voller fremder Gebräuche und unbekannter Worte, bis die Winterstürme nachließen und der Schiffsverkehr im Frühjahr wieder einsetzte. Er, Lud, würde Witter auf Gedeih und Verderb ausgeliefert sein. Alles hing von Witters Sprachkenntnissen, seinem Geschick und seinem guten Willen ab. Und er, Lud, hatte nur seinen kleinen Schatz, um sie beide am Leben zu halten, bis sie Florian nach Hause bringen konnten.

Wenn Florian sich überhaupt überzeugen ließ …

Der Anblick der weißen Klippen und des Hafens, der nun im abziehenden Nebel sichtbar wurde, weckte in ihm den Wunsch, davonzulaufen, doch er konnte nirgendwo hin. Lud dachte an die Versuchung, der er schon früher widerstanden hatte – den Rest von seinen fünfzig Goldgulden zu nehmen, sich eine Rüstung zu kaufen, sich als Söldner zu verdingen und durch Kampfkraft und Mut in der Schlacht im Rang aufzusteigen. Das aber hätte bedeutet, den Rest seines Lebens allein unter Fremden zu verbringen und andere Fremde zu töten.

Lud lächelte bitter bei dem Gedanken; er kannte sich selbst zu gut. Er liebte Giebelstadt, er liebte Dietrich, er liebte Kristina, und er liebte auch Florian.

Und wenn ein Mann sich schon nicht selbst liebt, dachte er, *muss er das entstandene Loch mit der Liebe zu anderen füllen.*

32.
Kristina

*W*ann immer sich eine Gelegenheit ergab, stahl sie sich aus der Burg davon zur alten Steinscheune.

Rudolf und Simon restaurierten den vom Wasser beschädigten Rahmen der Presse. Sie hatten das Untergestell und die Druckeinrichtung auseinandergenommen und auf dem Boden ausgebreitet. Ein torfiger Geruch stieg aus dem durchnässten Holz auf, während sie kratzten, schabten, bürsteten.

»Wir brauchen Holz, um einen neuen Rahmen zu bauen«, stellte Rudolf bald fest.

»Das eiserne Gewinde ist rostig, aber mit feinem Sand können wir es so weit polieren, dass es wieder läuft«, sagte Simon.

»Ohne Lettern haben wir gar nichts«, erklärte Grit.

Eiche war zu hart, um von Hand Buchstaben daraus zu schnitzen, doch Linhoff erzählte, dass ein Ast von der Dorflinde im Sturm abgebrochen und heruntergefallen sei. Er war weggeschleift worden und lag hinter einer Mauer. Anders als Eiche konnte Lindenholz leicht bearbeitet werden. Es war ein Geschenk des Himmels.

Sie arbeiteten im Licht und der Wärme eines kleinen Herdfeuers mit Sägen, Feilen und Meißeln, die Linhoff geschärft und heimlich aus Merkels Schmiede fortgeschafft hatte.

»In der Schmiede haben wir Spieße gemacht, mit denen wir in den Krieg gezogen sind«, erzählte Linhoff. »Jetzt machen wir Lettern für die Druckerpresse und ziehen mit unseren Gedanken in die Welt.«

»Gedanken zum Wohle der Menschen, nicht zu ihrem Schaden«, sagte Grit.

»Trotzdem sind schon Menschen für solche Gedanken gestorben«, sagte Rudolf.

»Gedanken können aber auch Waffen sein«, meinte Linhoff.

»Haben unsere Herrscher uns nicht Schaden zugefügt mit ihren großartigen Ideen über Macht und Krieg?«

Immer wieder kamen ähnliche Diskussionen auf, an denen Linhoff und seine Freunde sich mit Feuereifer beteiligten. Kristina machte sich allmählich Sorgen, dass sie mit diesen jungen Männern vielleicht etwas anfingen, von dem es kein Zurück mehr gab und das in eine falsche Richtung entgleiten könnte.

Linhoff brachte Holzkohle aus Merkels Schmiede mit, doch sie war zu grob, selbst in zerstoßenem und fein gemahlenem Zustand, um daraus eine brauchbare Druckerschwärze herzustellen. Nach einigen Fehlschlägen gelang Kristina eine Mischung aus Lampenruß und Essig, und mit einem Kochmesser schnitt sie einen Gänsekiel zurecht.

Als Nächstes wurde der Lindenast zersägt; dann wurde das gute Herzholz in Klötze von der Größe geschnitten, die der von Lettern zum Drucken entsprach. Sie fertigten genügend Klötzchen für drei vollständige Sätze des Alphabets an, dazu eine Anzahl zusätzlicher Vokale sowie einen Satz Großbuchstaben.

Es dauerte zwei volle Wochen heimlicher nächtlicher Arbeit, um die Klötze zu sägen und in die richtige Form zu bringen. Mit großer Vorsicht und Geduld zeichnete Kristina dann die Umrisse der Lettern auf jeden Block, sodass sie freigeschnitzt werden konnten.

»Sie sehen nicht aus wie die Buchstaben, die wir lesen«, bemerkte Linhoff verwirrt.

»Ich musste sie andersherum zeichnen«, versuchte Kristina zu erklären.

»Wenn sie erst auf dem Papier sind, wirst du die Buchstaben wiedererkennen«, erklärte Grit.

»Papier …«, sagte Rudolf.

»Richtig.« Grit nickte ihm zu. »Wir müssen noch Papier auftreiben.«

Es folgte die mühselige Arbeit, das überschüssige Holz von

den Buchstaben zu schnitzen und zu feilen, bis die jeweilige Type aussah wie gewünscht.

Kristina hörte, wie sich die jungen Männer bei der Arbeit miteinander unterhielten.

»Pass auf, dass du nicht mit dem Meißel abrutschst, sonst ruiniert du die Letter«, sagte Linhoff. »Hab mehr Geduld.«

»Mist! Ich habe mich geschnitten, verdammt!«, fluchte Max und saugte an seinem Daumen.

»Ist es nicht eigenartig, dass der alte Baum für einen neuen Zweck verwendet wird?«, bemerkte Linhoff.

»Die Dorflinde hat jetzt eine Stimme«, sagte Max.

»Aber was wird sie sagen?«, fragte Jakob.

»Das, was wir herausgefunden haben, damit andere nicht so leicht getäuscht und in die Irre geführt werden können«, sagte Linhoff.

»Und was haben wir herausgefunden?«, wollte Ambrosius wissen.

»Nun, Fragen zu stellen beispielsweise«, antwortete Linhoff. »Die Heilige Schrift verlangt nicht, dass wir blind gehorchen müssen, sondern dass jeder für sich selbst denkt und tut, was richtig ist. Ist es nicht so, Grit?«

Kristina sah, wie Linhoff sich mit seiner Frage bewusst an Grit gewandt hatte, wie sein Blick den ihren suchte und wie Grit rasch den Kopf senkte.

»Die Liebe Gottes steht in jedem Fall über den grausamen Gesetzen der Menschen«, sagte Grit, während sie aufmerksam auf den kleinen Holzklotz starrte, an dem sie schnitzte.

»Liebe ist immer gut«, erwiderte Linhoff und grinste Grit dabei vielsagend an.

»Was ist mit denen, die nicht lesen können?«, wollte Ambrosius wissen. »Können wir Zeichnungen anfertigen, die zeigen, was wir meinen?«

»Wer von uns kann Bilder schnitzen? Ich kann's leider nicht«, sagte Linhoff.

Kristina dachte an Witter und sein Geschick in den Künsten. Aber Witter und Lud waren irgendwo da draußen, weit weg von Giebelstadt. Sie betete für ihre sichere Reise, und einmal mehr wurde ihr bewusst, wie sehr sie die beiden vermisste.

Sie blickte zu Linhoff. Sein Gesicht bekam einen träumerischen Ausdruck, als er weitersprach. »Wenn man Menschen dazu bringen kann, für andere zu kämpfen, dann kann man ihnen auch zeigen, wie sie für sich selbst kämpfen können.«

Grit erhob sich und sah auf die jungen Männer hinunter. Dann drehte sie sich zu Linhoff und funkelte ihn an.

»Wir werden niemanden zur Gewalt ermuntern!«, sagte sie laut.

Die jungen Männer starrten sie an. Kristina sah, dass Grits strenger Tonfall sie verwirrte. Plötzlich rutschte Grits Meißel ab. Sie ließ Werkzeug und Holz fallen und hielt sich den Daumen.

Linhoff sprang herbei, ergriff Grits Hand und saugte das Blut von ihrem Daumen. Hastig zog Grit die Hand zurück. Kristina sah Schmerz in ihren Augen, aber noch etwas anderes, das sehr nach Erschrecken, ja Angst aussah. Dass das Blut von ihrem Daumen tropfte, beachtete Grit gar nicht. Linhoff berührte sie kurz an der Schulter; dann wandte er sich ab und ging zurück an seine Arbeit.

Kristina riss einen Streifen Stoff vom Saum ihres Hemds, um Grits Daumen zu verbinden, doch Grit hatte bereits ihren Meißel wieder aufgehoben und setzte ihre Arbeit fort.

Kristina erhob sich und stellte sich vor die kleine Gruppe. »Wir dürfen niemals so handeln, dass wir anderen schaden. Das ist einer unserer obersten Grundsätze.«

Grit sah zu ihr. Kristina bemerkte, wie ihr Blick weich wurde und dass sie lächelte. Linhoffs Stimme jedoch war dunkel und rau.

»Dann lasst uns beten«, sagte er. »Denn ohne Papier erreichen wir gar nichts.«

*

Später in jener Nacht, in der kalten Dunkelheit ihrer Kammer, betete Kristina – allerdings nicht um Papier. Sie betete für Lud und Witter, dass sie einander Klugheit und Weisheit gaben, Mut und Kraft, dass sie Brüder würden und dass sie sich nicht zerstritten auf der weiten Reise, sondern sicher und wohlbehalten heimkehrten.

Sie betete als Schwester für beide, doch noch während des Gebets spürte sie, dass es nicht richtig war. Sie wollte Witter lieben. Witter war Jude, doch hingebungsvoll in seinem Glauben. Lud dagegen war ein Zweifler, vermutlich glaubte er nicht einmal an Gott. Er heuchelte niemals Frömmigkeit und sprach stets die Wahrheit.

Witter war ihr Seelenverwandter, den Kristina lieben konnte, falls er zurückkehrte.

Lud war das Gegenteil von ihr – er war ein Mann der Gewalt. Dennoch fühlte sie sich auch zu ihm hingezogen, empfand anders, als eine Schwester für einen Bruder empfand.

Diese Erkenntnis wühlte sie so sehr auf, dass sie noch lange wachlag.

33.
Witter

*D*as also war England.
Witter wusste, dass es auf dieser feuchten grünen Insel keine Juden gab. Die hiesigen Herrscher hatten sie vor langer Zeit verfolgt und verbannt. Dennoch war Witter voller Neugier auf das Land und die Menschen und empfand eine unerklärliche Hochstimmung. Sein Englisch war eingerostet, aber immer noch gut genug, um den gebildeten Besucher aus dem Süden des Heiligen Römischen Reiches Deutscher Nation zu spielen.

Trotz einer Geschichte voller Grausamkeiten war die englische Tyrannei nicht schlimmer und kaum anders als die anderer Länder und anderer Herrscher. Und was Oxford betraf – vielleicht war diese berühmte Stadt, dieser Hort der Gelehrsamkeit, zugleich ein Hort der Vernunft. Werner Heck war zweimal in Oxford gewesen und hatte Bücher erworben, die dort gedruckt worden waren.

Witter erinnerte sich, wie der arme Heck die Universität Oxford gepriesen hatte: *Wo es Erleuchtung gibt*, hatte er gesagt, *da gibt es auch Hoffnung auf Toleranz.*

Witter hatte sich diese Hoffnung erhalten, und nun klammerte er sich daran. Das seltsame Hochgefühl, das er von Beginn an verspürt hatte, trug ihn durch den Tag.

Willkommen in England, Witter. Du bist der einzige Jude im ganzen Land, und bald schon wirst du Oxford sehen ...

Auf dem Kai, der in dichtem Dunst lag, kreischten Möwen. Fischer stellten Kisten ab, in denen sich eigenartige Lebewesen befanden. Fischhändler rannten laut rufend durcheinander und feilschten um die Ware.

Lud ging als Erster von Bord, die verängstigten Pferde im Schlepptau, und stieg über eine schwankende Rampe, gefolgt von Witter. Beide waren froh, endlich wieder festen Boden unter den Füßen zu haben.

Witter hatte sich zuvor mit dem Kapitän besprochen. Nun, auf dem Dock und noch immer mit weichen Knien von der Überfahrt, besprach er mit Lud, wie sie weiterreisen sollten.

»Wir könnten eine Passage auf einem Küstensegler mieten, der uns bis zur Themse und nach London hinein bringt«, sagte er, während Lud die Pferde sattelte.

»Oxford liegt weniger als zwanzig Wegstunden nordwestlich von London«, entgegnete Lud. »Wir reiten von hier aus nach London, dann um die Stadt herum und weiter nach Oxford. Auf Dietrichs Karte ist der Weg eingezeichnet. Wir haben weder das Geld übrig, um mit dem Schiff zu reisen, noch die Zeit.«

»Der Kapitän sagt, die Straße sei gefährlich.«

»Zeit vergeuden ist gefährlich. Wir machen es, wie ich es sage.«

Witter dachte an die Wunden an seinem Hintern, die gerade erst verheilt waren. »Ich bin der Herr, schon vergessen?«

Luds Miene wurde hart. »Nur wenn andere dabei sind. Übertreib es nicht, Witter. Ohne mich wärst du längst tot. Mach mich dir nicht zum Feind. Ach ja, noch etwas: Florian schrieb in seinen Briefen vom englischen Schweißfieber, das hier wütet, sogar am Königshof. Die Krankheit ist kaum weniger gefährlich als die Pocken. Schon deshalb ist der Weg durch die Stadt zu riskant.«

Witter erkannte einmal mehr, dass es zwecklos war, mit Lud zu streiten, und stieg ohne weitere Widerworte auf sein Pferd.

Auf der geschäftigen Straße, die vom Kai wegführte, ritten sie aus dem Hafen. Nach zwei Tagen erreichten sie ohne größeren Zwischenfall London, doch sie machten einen großen Bogen um die hohen Mauern und Türme und das Gewimmel von Menschen und Tieren vor den Toren.

Hinter der Stadt trafen sie wieder auf den Fluss mit Namen Themse und seine Marschen. Rußiger, fetter Rauch brannte in ihren Augen, und der saure Gestank von Kohle stieg ihnen in die Nase. Die Pferde niesten und schnaubten.

»Die Kohle verätzt die Lunge«, sagte Lud. »Dietrich mochte die Kohle aus unserer Grube zu Hause nicht. Und Anna fürchtete sich vor den Geistern alter Römer, die angeblich in dem Rauch wandeln.«

»Kohle ist ein altes Übel«, sagte Witter. »Besonders für die Armen. Bestimmt wird man das Verbrennen von Kohle bald verbieten, wo sie doch allen den Atem nimmt.«

»Niemand schert sich um den Atem der Armen, es sei denn, er weht den Herrschaften ins Gesicht«, meinte Lud.

Auf Dietrichs Karte war die Stelle eingezeichnet, wo der Cherwell in die Themse mündet; ein Stück weiter befand sich eine flache Stelle, wo man einst Ochsen durch die Furt getrieben hatte. Diese Furt hatte der legendären Stadt ihren Namen verliehen. Oxford, die älteste Universität der Englisch sprechenden Welt, berühmt als Heimat der Denker. Jetzt lehrte der große Erasmus von Rotterdam dort. Witter fühlte sich wie benebelt vor Erwartung und Hoffnung.

Hoffnung?, hörte er plötzlich die Stimme seines Vaters. *Hoffnung ist der Wein der Narren. Nach dem ersten Kreuzzug wurden alle englischen Juden verbannt, ihr Hab und Gut beschlagnahmt. Auf der Flucht wurden sie in alle Winde zerstreut, nach Flandern, Deutschland, Frankreich, Spanien, nur um auch dort eingekerkert, gefoltert und verbrannt zu werden.*

Judahs Stimme verstummte. Witter war seinen unerbittlichen Pessimismus leid. Er brauchte Aufmunterung. Er brauchte Hoffnung und Glauben.

Unterhalb der Uferböschung war die Themse verdreckt von Abwasser, verrotteten Tierkadavern, Holz und anderem schwimmenden Unrat, der sich in treibenden Bäumen verfangen hatte. Zerlumpte Gestalten wuschen Kleidungsstücke am Ufer, als wäre das Wasser klar und sauber. Andere kamen herbei und trugen es in Eimern davon. Sie badeten sogar in der schaumigen Drecksbrühe. Witter hatte so etwas schon viele Male gesehen, an den verschiedensten Orten, Lud offensichtlich noch nicht.

»Was immer wir trinken, wir kochen es zuerst ab«, sagte er, sichtlich angewidert. »Ich hoffe, in Oxford ist es anders als hier.«

»Ganz bestimmt«, meinte Witter. »Dort gibt es Gelehrte der Medizin und der Wissenschaften. Sie haben ganz sicher sauberes Wasser dort.«

Lud schnaubte. »Wenn das so weitergeht, können wir von Glück sagen, wenn man uns nicht fängt und frisst, bevor wir dein wunderbares Oxford erreichen.«

Die gepflasterte Straße führte um London herum und entfernte sich hin und wieder vom Fluss, um bald darauf wieder das Ufer zu erreichen und dem Flusslauf zu folgen. Die Luft über der Riesenstadt war verrußt und stank widerlich süßlich. Anfangs waren Lud und Witter erleichtert, als sie sich von London entfernten, doch je weiter sie kamen, desto armseliger wurden die Dörfer und desto ärmer die Menschen, denen sie begegneten. Die hörigen Bauern von Giebelstadt erschienen geradezu wohlhabend im Vergleich zu diesen zerlumpten Jammergestalten.

Lud, der wie üblich ein Tuch vor der unteren Gesichtshälfte trug, behielt aufmerksam die Umgebung im Auge, als könnten im nächsten Moment bewaffnete Männer auf sie losstürmen, um sie niederzumetzeln.

»Halte die Augen nach Wegelagerern offen«, warnte er Witter. »England ist voller räuberischer Bastarde und Abschaum, das sagen alle. Was für eine scheußliche Gegend.«

»Nicht mehr lange«, versprach Witter. »Morgen erreichen wir Oxford.«

»Warum stimmt der Gedanke dich eigentlich so froh? Ich habe London gesehen, aber einen Grund zur Freude sehe ich nicht. Außerdem sind wir hier, um Florian zu holen. Wir verschwinden von hier, sobald wir ihn haben.«

Doch Witter war voller Vorfreude, endlich Oxford zu sehen. Trotz seines schmerzenden Hinterns versuchte er, Lud begreiflich zu machen, was er empfand.

»Versuch doch zu verstehen. Wir haben die Aussicht, den berühmten Erasmus zu sehen. Das ist unglaublich!«

»Wir sind nicht hergekommen, um Abenteuer zu erleben oder uns vor irgendwelchen gelehrten Schreibern zu verneigen«, entgegnete Lud. »Wir müssen schnell sein. Vielleicht haben wir dann noch die Möglichkeit, ein Schiff zu finden, das uns nach Frankreich zurückbringt. Ich will auf keinen Fall hier überwintern. Wir suchen Florian und machen ihm klar, dass er mit uns kommen muss, ob er will oder nicht.«

Witter schwieg. Er musste abwarten, wie die Dinge sich entwickelten und wie Oxford in Wirklichkeit war. Lud, daran zweifelte er keinen Augenblick, würde ihn beseitigen, wenn er ihn mehr behinderte, als dass er ihm nutzte. Für Lud zählte nur, die Mission für Herrin Anna zu erfüllen.

Entlang der Flussmarschen wurde das Land zunehmend weiter und endlich auch ein wenig lieblicher. Die Straße, durchzogen von tiefen Furchen, die Wagenräder hinterlassen hatten, führte zwischen Feldern und Weiden mit Kühen und Schafen, Schafhirten und Schäferhütten hindurch. Weit abseits erschienen hier und da große Schlösser und Herrenhäuser, die sich einsam auf grünen Hügelkuppen erhoben. Sie begegneten Fußgängern mit Karren und fahrenden Händlern. Die meisten zogen ihr Gefährt von Hand; es waren arme, unglückselige Leute, die verängstigt zu den Reitern aufblickten. Andere waren krank, manche betrunken, sodass sie die Reiter kaum bemerkten.

Dann, nach einer unruhigen Nacht in einem heruntergekommenen Gasthaus, erblickte Witter von einer Anhöhe aus die Türme und Mauern von Oxford.

»Da!«, rief er.

Die Stadt war Würzburg nicht unähnlich, jedenfalls aus der

Entfernung. Hohe Mauern schützten die prachtvollen Kathedralen und Türme; um sie herum erstreckte sich ein Meer aus schlichten Häusern bis hin zum Rand der Felder vor der Stadt. Aus unerfindlichen Gründen verflog Witters Hochstimmung.

Lud brachte sein Pferd zum Stehen und entrollte die Karte. Witter lenkte sein Tier neben ihn.

»Was steht da?«, fragte Lud und tippte auf die Karte.

Witter las die rot geschriebenen Einträge. »Horsemull Street und Queen's Lane … High Street und Queen's College.«

»Uns bleiben noch fünf, vielleicht sechs Stunden Tageslicht«, sagte Lud, wobei er die Karte einrollte und losritt.

Witter folgte ihm. Er kniete auf den Flanken seines Pferdes; das Tier stolperte unter ihm durch die Furchen der ausgefahrenen Straße.

Voraus erhoben sich die Türme und Mauern Oxfords, die in die Höhe wuchsen, je näher Lud und Witter kamen.

Irgendwann hörten sie Glockengeläut. Als sie wenig später durch das Stadttor ritten und der Hauptstraße folgten, erblickten sie viele elegant gekleidete Männer, die wild durcheinanderstoben.

»Da soll mich doch der Teufel holen«, sagte Lud und zügelte sein Pferd. »Die kämpfen gegeneinander.«

34.
Lud

Langsam und wachsam ritt Lud entlang eines riesigen, albtraumhaften Labyrinths aus alten gemauerten Türmen, Spitzen und Bögen, zwischen denen Wege und Gassen verliefen, in denen es von Menschen wimmelte wie in einem aufgescheuchten Bienenstock. Es herrschte ein infernalischer Lärm. Luds Pferd wurde unruhig, und er hielt die Zügel fest gepackt.

An einem offenen Tor hielt er an und blickte durch einen gemauerten Bogen auf das Spektakel. Hunderte von Männern jeden Alters rangen miteinander, ohne Waffen zwar, doch umso lautstärker.

Es gab nichts Gefährlicheres als einen Kampf, wenn man nicht wusste, gegen wen man kämpfte oder was Gegenstand der Auseinandersetzung war, aber hier schien es sich eher um eine Schlägerei zu handeln, in die offenbar halb Oxford verwickelt war. Jedenfalls war es eine äußerst seltsame Art von Kampf. Laut brüllende, fluchende und schimpfende Männer mit roten Gesichtern warfen Pflastersteine, traktierten sich gegenseitig mit Fäusten und Stöcken oder zerrten sich an den Haaren oder am Bart. Einige schlugen mit Büchern auf andere ein oder würgten sie mit Schals.

Lud hatte so etwas noch nie gesehen. Lachend sprang er vom Pferd, wickelte die Zügel um einen Pfosten und kletterte auf eine Mauer, um sich einen Überblick zu verschaffen. Das konnte unmöglich jenes gelehrte, vornehme Oxford sein, das Witter in seinen Schwärmereien so sehr gepriesen hatte – jener Hort der Toleranz und der Vernunft, in den Dietrich seinen geliebten Sohn Florian geschickt hatte, um zu lernen und erwachsen zu werden. Lud hätte wahrscheinlich Tränen gelacht, würde das Ganze ihre Suche nach Florian nicht erschweren.

Witter kam zu ihm hinaufgeklettert. Lud griff nach unten und zog ihn auf die Mauerkrone.

Bei dem Anblick, der sich ihm bot, riss Witter die Augen auf. »Jesus!«, stieß er hervor. »Was ist da los?«

Von oben hatte Lud einen guten Blick auf das Geschehen. Er sah Magistrate an einer gegenüberliegenden Mauer lehnen, die Arme vor der Brust verschränkt, die dem Treiben belustigt zusahen.

Die Leute brüllten und grölten durcheinander – zwei Gruppen, die sich gegenüberstanden und nach Kräften versuchten, die andere zu übertönen. Eine Gruppe deutlich in der Unterzahl, die andere groß und laut und angriffslustig. Lud verstand die gebrüllten englischen Worte nicht. Er fragte Witter, und der übersetzte mit einem eigenartigen Lächeln und beinahe ehrfürchtigem Entzücken.

»Alle haben Rechte!«, riefen die Raufbolde aus der kleinen Gruppe. Sie reckten Flugblätter hoch, die ihnen sofort aus den Händen gerissen und von den anderen in kleine Stücke zerfetzt wurden.

»Macht bedeutet Recht!«, rief die größere Gruppe zurück und übertönte die kleinere.

Lud sah, dass die Menge hin und her wogte wie ein Schwarm Fische, während die Gruppen immer wieder aufeinander losgingen. Eines war offensichtlich: Es gab nicht viele Männer da unten, die wussten, wie man kämpft. Hauptsächlich waren es junge Burschen, allesamt elegant gekleidet; sie schlugen wie Frauen, spuckten und bissen, traten und stießen mit Ellbogen und Knien.

Wieder musste Lud lachen, als er den Blick über die wogende Menge schweifen ließ und die unbeholfene Auseinandersetzung verfolgte.

Dann entdeckte er einen Mann, der besonders wild kämpfte.

Das Lachen blieb ihm im Halse stecken.

Es war Dietrich.

Ein Dietrich mit jungem Gesicht zwar, doch unverwechselbar Dietrich Geyer von Giebelstadt. Die Stirn, die Wangen, der kurz gestutzte dunkle Bart, die braunen, tief liegenden Augen, die ausgeprägten Wangenknochen, die Furchtlosigkeit im Kampf ...

Florian.

Die Gegner hatten ihn als besonders hartnäckigen Widersacher ausgemacht. Nun umschwärmten sie ihn, rissen ihm die letzten Flugblätter aus den Händen, bedrängten ihn mit Fäusten und Tritten und trieben ihn zurück in die Menge. Er hatte eine gute Technik, traf seine Gegner schmerzhaft und wirkungsvoll und ragte heraus aus diesem unbeholfenen, schwerfälligen Mob aus Narren und Denkern. Doch es waren einfach zu viele Gegner, und sie schlugen von allen Seiten auf ihn ein.

»Alle haben Rechte!«, rief er ihnen entgegen.

Für Lud war es beinahe so, als wäre Dietrich wiedergeboren, in der Blüte seines Lebens, allein in einem Kampf gegen einen übermächtigen Widersacher.

Ohne zu zögern, sprang Lud hinunter und bahnte sich einen Weg durch das Gewimmel aus Leibern. Sein Vorhaben stand fest: Er würde Florian überwältigen und mit ihm von hier verschwinden.

Zweimal traf ihn eine Faust in die Seite, dann, mit einem mächtigen Sprung, war er bei Florian und hatte ihn gepackt. Er riss ihn aus den Händen der Angreifer. Als Florian sich gegen Luds eisernen Griff wehrte und schrie, warf er sich den Jüngeren mit einer kraftvollen Bewegung über die Schulter und eilte aus dem Getümmel.

Doch Florian trat und schlug um sich, und seine Fäuste trafen Lud in den Rücken.

»Verdammt noch mal, ich bin es, Lud! Lud aus Giebelstadt, erkennst du mich denn nicht?«

Florians Kopf ruckte herum. »Lud ...?«

In einer Seitengasse setzte er ihn ab. Dann standen sie einander schwer atmend gegenüber und starrten sich in gegenseitigem Unglauben an. Schließlich streckte Florian die Hand aus und zerrte Lud den Schal von der unteren Gesichtshälfte. Lud spürte mit einem Mal die kühle Luft auf seinen erhitzten Wangen.

Florian schrie vor Freude auf. »O Gott, Lud! Lud!«

Es war keinerlei Entsetzen in dem Gesicht, das Dietrich so ähnlich sah, keine Angst und keine Abscheu in den klugen Augen, nur schiere Freude. »Lud!«

Und dann fühlte Lud, wie Florian sein vernarbtes Gesicht in die Hände nahm und küsste.

Freudentränen schossen ihm in die Augen. Sie hatten ihn gefunden. Dietrichs Sohn. Ihrer aller Hoffnung.

35.
Witter

Witter eilte Hals über Kopf auf die kämpfende Menge und das Chaos zu, das den Platz zwischen den Türmen der Weisheit und der Studien beherrschte.

Dort blieb er stehen und nahm alles in sich auf. Eine der beiden Gruppen war offensichtlich mit dem Verteilen von Flugblättern beschäftigt, während die andere, viel größere Gruppe die kleinere attackierte und versuchte, die Blätter zu zerreißen. Einige kämpften ernsthaft, andere lachten und grölten und bewarfen die Gegner mit Abfällen.

Witter hob den Blick und sah alte Männer in kostbaren Roben, die auf Balkonen standen, heftig gestikulierten und mit den Armen fuchtelten. In ihrer schwarzen Kleidung sahen sie wie Krähen aus. Es waren offensichtlich Gelehrte, Professoren, die auf die Menge Einfluss zu nehmen versuchten.

»So hört doch auf!«, riefen mehrere von ihnen. »Wir flehen euch an, hört auf!«

Witter wich Schlägen und Tritten aus, als er sich geschickt durch die wogende Menge arbeitete. Er sah, wie Lud einen sich heftig wehrenden jungen Mann packte, ihn sich über die Schulter warf und ihn aus der Menge in eine Seitengasse schleppte. Der junge Mann musste Florian sein. Lud hätte auf niemand anderen Zeit und Kraft verschwendet.

Witter folgte ihnen durch die Straßen und Gassen, wobei er sich immer weiter vom Kampfplatz entfernte. Vor einem schlichten Steingebäude holte er sie ein.

»Lud!«, rief er.

Die beiden drehten sich um und erblickten ihn.

*

Einige Zeit später, nachdem sie die Pferde geholt und gesehen hatten, dass der Kampf vorbei war, stiegen sie die Steintreppe eines imposanten Gebäudes hinauf und betraten einen großen Raum mit vielen Tischen und Stühlen. Junge Männer, offenbar Studenten, drängten sich um ein Herdfeuer in der Ecke.

Lud und Florian unterhielten sich auf Deutsch. Sie redeten und lachten wie zwei Verlorene, die sich nach langer Zeit endlich wiedergefunden hatten. Florians Kommilitonen blickten staunend auf die beiden Männer, ohne auch nur ein Wort von deren Gespräch zu verstehen.

Luds vernarbtes Gesicht war unverhüllt, doch niemand schien sich daran zu stören, zumal einige der Anwesenden ebenfalls Narben hatten, wenngleich nicht so schlimm wie Lud.

Witter mischte sich neugierig unter die Studenten, die ihn anscheinend für einen Kommilitonen hielten. Wie Florian waren alle von der Schlägerei gezeichnet. Nun erzählten sie einander aufgeregt von ihren Taten. Doch Witter mochte sie auf Anhieb. Die jungen Leute strahlten eine wohltuende Lebensfreude aus, die er lange Zeit vermisst hatte.

»Florian hat es ihnen ganz schön gezeigt!«, sagte einer der Studenten.

»Wo hast du so zu kämpfen gelernt, Florian?«, fragte ein anderer.

»Von meinem guten Lud hier. Er hat mich das Kämpfen und Jagen gelehrt. Lud ist wie ein älterer Bruder für mich.«

Florian übersetzte für Lud und legte einen Arm um ihn. Witter sah die Freude, aber auch die Verlegenheit, mit der Lud dies alles über sich ergehen ließ. Er wirkte wie ein Kind, das zum ersten Mal etwas geschenkt bekommen hatte.

Endlich bemerkte Lud Witters Blick und winkte den Gefährten zu sich.

»Florian«, sagte er, »Witter hier hat mir sehr auf der Reise nach England geholfen. Er versteht sich auf die Sprachen und Bräuche anderer Länder.«

»Sei auch du mir willkommen, Bruder.« Florian packte Witter bei den Unterarmen und zog ihn mit bemerkenswerter Kraft zu sich heran.

»Danke«, sagte Witter erstaunt und musterte den gut aussehenden Mann. Sein kurz geschnittenes braunes Haar war zerzaust vom Raufen, und er strich es mit den Händen zurück, sodass seine hohe Stirn sichtbar wurde. Eine Kruste aus getrocknetem Blut zog sich über das Kinn bis in den gestutzten Bart. Witter hatte in Giebelstadt viele Geschichten über Dietrichs Ausstrahlung gehört; nun erkannte er sie in dessen Sohn wieder. Seine Kommilitonen bewunderten Florian und hingen an seinen Lippen, wann immer er etwas sagte. Auch Witter fühlte sich zu seiner Überraschung zu Florian hingezogen.

Florian stellte Witter ringsum vor – so schnell, dass Witter sich kaum einen der Namen merken konnte.

»Der Kampf ist wegen eines Flugblatts ausgebrochen, das wir auf unserer geliehenen Presse gedruckt haben«, erklärte Florian dann. »Wir teilen die Kosten für Papier und Schwärze, inspiriert von einer Vorlesung unseres großen Lehrers Erasmus.«

»Erasmus von Rotterdam?«, fragte Witter. »Er ist dein Lehrer?«

»Ja.« Florians Augen glitzerten. »Die Söhne vieler Edelleute waren erbost über seine Worte und nannten ihn einen Bastard. Das heißt, diejenigen von ihnen, die sich die Mühe gemacht haben, das Flugblatt überhaupt erst zu lesen, bevor sie es zerrissen haben.«

Ein anderer Student sagte: »Erasmus ist ein außereheliches Kind, aber er schämt sich nicht dafür. Und nichts kann die Großartigkeit seiner Gedanken schmälern.«

Ein älterer Student erhob sich. Er war dünn wie ein Gerippe. »Er sagt nur, was in der Heiligen Schrift steht, für alle, die lesen können«, verkündete er auf Latein. »Gott hat alle Menschen gleich geschaffen, und alle Menschen sind vor Gott gleich.«

»Gut gesprochen, mein braver Tyndale«, sagte Florian. »Eines Tages, wenn du die Bibel übersetzt, wie du es vorhast, wirst du diesen Gecken die Augen öffnen. In ihrer Eingebildetheit glauben sie tatsächlich, Gott hätte ihnen aufgetragen, über ihre Mitmenschen zu herrschen.«

»Ich werde in der Sprache des einfachen Bauern schreiben«, sagte Tyndale. »Nicht in der blumigen Sprache der Philister, die glauben, ihnen gehöre die Welt und jeder müsse ihnen die königlichen Füße küssen.«

»Sie schlemmen zartes Fleisch auf ihren Schlössern«, rief ein anderer Student auf Englisch, »und wir essen Kutteln und Haferschleim. Aber wir zehren von Wahrheit, nicht von Lügen.«

Witter staunte, wie diese Studenten die Sprachen wechselten wie Karten in einem Kartenspiel und wie schnell sie beim Austausch ihrer Gedanken waren. Mit einem Mal wünschte er sich, er könne unter solch wachen Geistern leben, die sich gegenseitig herausforderten und die Bande der Bedeutungslosigkeit, des Hasses und der Ungerechtigkeit durchbrachen. Denn das war es, was eine *Universität der Ideen* bedeutete. Und mit Florian und Lud an seiner Seite wäre er, Witter, nicht allein, sondern beschützt und unter Freunden, vielleicht sogar ein Gleicher unter Gleichen. Er könnte diesen Winter mit Lernen verbringen, könnte zu Füßen großer Männer sitzen. Und vielleicht, mit der Zeit, würde er sogar in seiner neuen Person als Witter von Giebelstadt akzeptiert werden, Kamerad und Begleiter des Florian Geyer.

Dann erklang die Stimme seines Vaters, überfallartig wie aus einem Hinterhalt:

Schämst du dich denn so sehr, mein Sohn? Ist dir diese Welt so kostbar, dass du vorgibst zu sein, was du nicht bist, selbst jetzt noch?

Witter kämpfte dagegen an. *Willst du mir sogar die Hoffnung versagen, Vater?*

Er beobachtete Lud und Florian, die einander anschauten wie Brüder, wiedervereint nach langen Jahren der Trennung. Sie unterhielten sich leise in ihrem Heimatdialekt. Witter wusste, dass er allein in diesem Saal ihre Worte verstand. Luds entstelltes Gesicht strahlte vor Zuneigung; es wirkte kein bisschen abstoßend – zum allerersten Mal, seit Witter diesen Mann kannte.

»Du bist ganz wie mein Vater«, sagte Florian zu Lud.

»*Du* bist wie dein Vater«, erwiderte Lud. »Aus einem unreifen Jüngling ist ein erwachsener Mann geworden.«

»Und Lud ist Lud, unverrückbar wie ein Fels.« Florian schlug Lud freundschaftlich auf die Schulter.

Lud ergriff die Hand des Jüngeren. Plötzlich sah er sehr ernst aus. »Wir haben keine Zeit, Florian. Lass uns auf dem Weg zurück zur Küste über alles reden.«

»Zur Küste?«

»Sag es ihm«, wandte Lud sich an Witter. »Du kannst besser mit Worten umgehen als ich. Sag ihm alles, was er wissen muss.«

Witter räusperte sich. »Nach dem Tod deines Vaters ist Giebelstadt bereits seit Jahren herrenlos, wie du weißt. Nun, die Lage hat sich in letzter Zeit stark verschlimmert, und du als Erbe wirst auf dem Gut gebraucht. Deine Mutter schickt uns zu dir, damit ...«

»Aber meine Studien der Rechte!«, fiel Florian ihm ins Wort. Er schüttelte den Kopf. »Ich bin noch nicht fertig. Ich brauche wenigstens noch ein weiteres Jahr hier in Oxford.«

Witter setzte zu einer Erwiderung an, schwieg dann jedoch, als jemand den Raum betrat. Der Mann war wie ein Priester gekleidet und verhielt sich so unauffällig, dass ihn zunächst nur wenige zu bemerken schienen. Diejenigen, die ihn sahen, verstummten und verneigten sich voller Respekt.

Bald hatten sich alle dem Priester zugewandt, was diesen erkennbar verlegen machte.

»Erasmus ...«, murmelte Florian.

Witter war wie vom Donner gerührt, als er den Namen hörte.

Das also war der große Erasmus von Rotterdam!

Im grauen Licht, das durch die Fenster hereinfiel, wirkte Erasmus wie eine biblische Gestalt, hoch aufgerichtet, schlank und rank, das Gewand schwarz und ohne jeden Schmuck, das Haar ergraut, das hagere Gesicht streng. Es waren seine Augen, die den Blick der anderen fesselten – große, wache Augen voller Tiefe.

Witter beobachtete staunend, wie Florian auf ein Knie hinunterging. Auch Lud war sichtlich überrascht von Florians Reaktion.

Genau wie Erasmus selbst. »Bitte steh auf«, sagte er. »Ich fühle mich verantwortlich für die Auseinandersetzung auf der Straße. Ich habe nicht erkannt, welchen Aufruhr meine einfachen Worte nach sich ziehen würden.«

»Erasmus«, sagte Witter voller Bewunderung. »Ich ...«

»Nenne mich Desiderius. Nicht so förmlich. Ich bin bloß ein gewöhnlicher Priester. Einer, dessen Worte in der Vorlesung leider gewalttätige Aufstände verursacht haben.«

»Was war das Thema dieser Vorlesung?«, wollte Witter wissen.

»*Sileni Alcibiadis*«, sagte Florian an Erasmus' Stelle.

»Oh, ich kenne dieses Werk«, erklärte Witter. »Es ist fabelhaft.«

»Du hast es gelesen?«, fragte Erasmus.

Anstelle einer Antwort zitierte Witter einen Abschnitt aus dieser Schrift des Erasmus: »Wer einen genauen Blick auf die innere Natur und Essenz wirft, der wird erkennen, dass niemand weiter von wahrer Weisheit entfernt ist als jene mit den großartigen Titeln, den Doktorhüten, mit glänzenden Schärpen und Juwelenringen, die sich selbst als Gipfel der Weisheit bekunden.«

»Ganz genau«, sagte Florian.

»Wo hast du studiert?«, fragte Erasmus und musterte Witter voller Interesse.

»Hier und da«, wich Witter aus. »Ich habe Euer Werk auf Holländisch und auf Latein gelesen. Es ist ein großartiges Versprechen für die Zukunft, voller Hoffnung auf Toleranz.«

Lud erhob sich ungeduldig. »Witter, Florian. Wir haben keine Zeit für Gespräche. Wir müssen sofort aufbrechen. Je länger wir hierbleiben, desto länger sind wir den Pocken, dem Schweißfieber und irgendwelchen Narren mit Messern ausgesetzt.«

»In Oxford gab es seit über einem Jahr kein Schweißfieber und keine Pocken mehr«, sagte Florian. »Allerdings viele Narren mit Messern. Aber die meisten sind ziemlich ungeschickt, also keine Angst.«

Erasmus lachte leise – offenbar verstand er Deutsch. Dann beugte er sich vor und berührte mit dem Zeigefinger behutsam Florians Schrammen und Prellungen auf der Stirn, wobei er das Haar zur Seite schob. Dabei schüttelte er in offenkundigem Bedauern den Kopf.

»*Sileni* bedeutet«, sagte er, »dass das Schöne in einem Menschen von außen nicht immer sichtbar ist. Was wir heute erlebt haben, war beides. Hässlich in seiner Voreingenommenheit, aber großartig im Kampf um die Wahrheit. Dennoch hätte ich geschwiegen, hätte ich gewusst, wohin meine Gedanken und Überzeugungen führen.«

»Wir müssen für die Rechte aller kämpfen«, sagte Florian. »Die anderen wollen das Recht nur für jene mit Macht, Reichtum und Titeln. Aber Christus hat gesagt, dass alle Menschen in seinen Augen gleich sind.«

»Wahrheit«, entgegnete Erasmus. »Wahrheit ist wie Wasser, das durch die Finger rinnt. Es ist der Glaube, der die Wahrheit enthält. Doch des einen Mannes Glaube ist des anderen Mannes Feind. In den Schriften junger Männer findet sich die Hoffnung zur Wahrheit. Toleranz ist Wahrheit.«

»Welche Schriften junger Männer?«, fragte Witter.

Nach und nach hatten sich alle Studenten um ihren Lehrer versammelt.

»Viele«, antwortete Erasmus. »Sehr viele sogar. Einige von ihnen sind Studenten hier in Oxford, andere sind Priester, wieder andere finden sich sonstwo. Sie alle stellen sich eine Welt vor, die sich nicht im Würgegriff von Hass und Gier befindet. Eine Welt, in der jeder seinem Glauben nachgehen kann, ohne Angst vor Verfolgung. Mein eigener lieber Freund Thomas More zum Beispiel. Oder William Grocyn. John Colet. Johann Froben. In eurer deutschen Stadt Wittenberg gibt es einen Geistlichen, der eine Menge Lärm macht. Luther ist sein Name. Ein sehr kluger und leidenschaftlicher Mann. Und es gibt noch weitere bemerkenswerte Männer in eurem Land. Thomas Müntzer beispielsweise. Ihre Flugblätter zirkulieren bereits. Doch die von Luther verkaufen sich besser als alle anderen.«

»Sogar besser als deine?«, wollte Florian wissen.

»Ja, sogar besser als meine. Dieser Luther ist ein ziemlich dreister und lautstarker Emporkömmling«, erwiderte Erasmus in gespielter Entrüstung, und die Studenten lachten. »Aber im Ernst, die Alphabetisierung ist wie ein Glockenschlag, der die Seelen der Menschen weckt. Lest und schreibt, studiert und denkt nach, jeder von euch. Und dann stimmt in das Rufen der anderen mit ein.«

Witter war fasziniert. Erasmus ähnelte seinem Vater Judah sehr, sowohl was die Gelassenheit seiner Gedanken als auch deren Tiefe anging. Obwohl berühmt und hochgeachtet, war Erasmus bescheiden und freundlich.

Toleranz ist Wahrheit ...

Witter spürte, wie ihm das Herz aufging, doch er vertraute dieser Regung nicht. Zu oft schon hatte er sich Hoffnungen gemacht und festgestellt, dass die Hoffnung nur eine Falle gewesen war.

»Toleranz für jeden Glauben?«, fragte er.

»Für jeden Glauben«, antwortete Erasmus. »Frei von Verfolgung. Toleranz bedeutet, alle zu lieben.«

»Auch Muselmanen oder Juden?« Witter fühlte sich benommen, schwindlig, als stünde er in großer Höhe auf einem unsicheren Sims.

»Was denn? Muselmanen? Juden? Es gibt für alles Grenzen!«, rief einer der Studenten.

»Genau! Man muss zuerst einmal ein Mensch sein«, sagte ein anderer.

Es war genauso, wie Witter befürchtet hatte. Seine Hoffnung wich heißem Zorn, als er mehrere Studenten lachen hörte.

Erasmus jedoch lachte nicht. »Ich schlage vor«, sagte er stattdessen in Richtung der Lacher, »ihr lest die jüdischen Autoren Maimonides und Hillel, um eure Vorstellung von Moral und Toleranz zu erweitern. Ebenso die Schriften des Abu Hamid al-Ghazali, denn er hat die Gedanken unseres verehrten Thomas von Aquin stark beeinflusst.«

Die Studenten starrten den Gelehrten an.

»Die Schriften von Juden und Muselmanen?«, rief einer.

»Die Weisen lieben jeden Rat«, entgegnete Erasmus. »Unser heiliger Jesus Christus war Jude, und er befiehlt uns bedingungslose Liebe. Alle Menschen sind Brüder. Es ist ganz einfach. Liebe befiehlt Toleranz.«

Die Studenten schwiegen, wechselten Blicke.

»Alle Menschen sind Brüder?«, brach Florian schließlich das Schweigen. »Die uns angegriffen haben, waren es bestimmt nicht.«

»Fäuste sind keine Argumente«, entgegnete Erasmus und musterte seine Studenten mit tadelnden Blicken. »Schwerter noch weniger. Sie sind ein Zeichen für das Fehlen von Ideen und das Verweigern von Liebe. Ich bin nur hergekommen, um euch zu bitten, auf diese Kämpfe zu verzichten. Gewalt und Toleranz sind wie Feuer und Wasser.« Er schaute in die Runde. »Habt ihr verstanden?«

Die Studenten nickten.

»Gut. Dann richtet euch danach.« Erasmus wandte sich zum Gehen. Sein schweres Gewand schleifte über den Boden.

Florian packte Lud bei den Händen. »Lass dir von Witter erklären, Lud, was Erasmus gerade sagte. Dann wirst du verstehen, warum ich bleiben und weiter lernen muss, wie man Gerechtigkeit in die Welt bringen kann.«

Lud blickte ihn einen Moment lang nachdenklich an, bevor er sich ohne jede Spur von Unterwürfigkeit an den Gelehrten wandte. »Herr?«

Erasmus hielt inne und drehte sich um.

»Du bist der, der das *Handbuch des christlichen Streiters* geschrieben hat, nicht wahr?«, fragte Lud.

»In der Tat«, antwortete Erasmus erstaunt und in makellosem Deutsch. »Hast du es gelesen?«

Lud drehte sich um und tippte Florian gegen die Brust. »Bitte erzähl diesem jungen Mann, der dich so sehr verehrt, von dem Abschnitt, in dem du von den Pflichten eines Ritters gegenüber jenen schreibst, die ihm unterstellt und in Not sind.«

»Nun, diese Pflicht bezieht sich auf alle, die in der Finsternis der Unwissenheit leben, ganz gleich, wie groß die Gefahren für jene sein mögen, die ihnen das Licht bringen«, sagte Erasmus.

»Nicht die Pflicht sich selbst gegenüber«, sagte Lud. »Sondern die Pflicht, die man bereits als Kind lernt. Die Pflicht gegenüber Vater und Mutter, dem Heim, dem heimischen Gut und der Zuflucht und Sicherheit, die es bietet.«

Florian errötete, dann richtete er einen vorwurfsvollen Blick auf Lud. »Ich kann für mich selbst sprechen, Lud.«

Mit seinen nächsten Worten machte Lud die letzten Hoffnungen Witters auf einen Winter in Oxford zunichte.

»Wir bringen dir einen Brief von deiner Mutter«, sagte er zu Florian. »Sie hat ihn eigenhändig geschrieben.«

Florian runzelte die Stirn. »Eigenhändig? Meine Mutter kann nicht schreiben.«

»Inzwischen kann sie es.« Lud machte eine bedeutungsvolle Pause. »Wenn du diesen Brief gelesen hast, Florian, wirst du wissen, was deine Pflicht ist.«

36.
Konrad

*E*s war ein kalter grauer Nachmittag. Es schneite leicht, und die Stadt war festlich geschmückt zur Vorbereitung auf den 28. Dezember, den Tag der unschuldigen Kinder.

Fürst Konrad von Thüngen fand es zu kalt, um auf seinem Hengst auszureiten; die vereisten Straßen konnten den Hufen Siegers, dieses wundervollen Tieres, Schaden zufügen. Vergangenen Monat hatte Konrad einen Stallburschen dabei ertappt, wie er Sieger an den Nüstern herumgezerrt hatte. Er hatte den Kerl mit dem Kopf nach unten aufhängen lassen, bis er das Bewusstsein verlor und ihm das Blut aus der Nase lief. Seit diesem Zwischenfall ließ er einen seiner Leibwächter in unregelmäßigen Abständen nach Sieger schauen.

An diesem Morgen war Konrad im geheizten Stall gewesen und hatte Siegers empfindliche Flanken gestriegelt. Das Pferd hatte seine Zärtlichkeiten ebenso genossen wie die Apfelstücke, die er ihm zwischen den eigenen Zähnen dargeboten hatte. Dabei hatten ihre Lippen sich berührt, und wie jedes Mal war Konrad überrascht gewesen, dass die samtene Nase tatsächlich Borsten hatte. Ein Stallbursche hatte ihn einmal gewarnt, ein Pferd könne einem Mann ohne Weiteres die Nase abbeißen, aber das hatte nur dazu geführt, dass Konrad seinem Hengst mehr vertraute als je zuvor.

Wenn es jemanden gibt, überlegte er, wobei er seinen Hengst liebevoll betrachtete, *der die Existenz des Allmächtigen in Zweifel zieht, soll man ihm die Perfektion dieses wunderschönen Wesens zeigen.*

Jetzt, hier im Würzburger Dom und versunken im Gebet, atmete Konrad den süßen Duft des Weihrauchs in tiefen Zügen und fühlte sich geborgen und unerschütterlich in seinem Glauben an Gott.

Neidvoll blickte er zum Altar und beobachtete Fürstbischof

Lorenz, der feierlich das Pontifikalamt hielt. Lorenz hatte sich verändert. Er war nicht mehr der durchschnittliche, unscheinbare Mann, sondern beeindruckend und stattlich dank seines Priestergewands und der Mitra mit den goldenen Bändern über den Schultern, die an einen Heiligenschein erinnerten. In der einen Hand hielt er das prachtvolle Pektoralkreuz, während sein Bischofsring im Sonnenlicht funkelte, das durch ein großes Bleiglasfenster ins Kircheninnere fiel. Über den schmalen, abfallenden Schultern trug er die Dalmatik, eine makellos weiße Seidentunika mit weiten, goldgesäumten Ärmeln.

Am erstaunlichsten aber war Lorenz' Bischofsstab, der Krummstab des Hirten. Er bestand aus Gold, das so kunstvoll gearbeitet war, dass es aussah wie Holz – wie ein Gegenstand, den Johannes der Täufer selbst hätte tragen können. Lorenz' Hände steckten in purpurnen, goldbestickten liturgischen Handschuhen, als könnten seine bloßen Finger den heiligen Stab besudeln.

Doch während Konrad den Fürstbischof neidvoll beobachtete, wusste er zugleich, dass auch er auserwählt war. Ein Eckpfeiler der Kirche und des Reiches.

Seine anfällige Gesundheit war kein Geburtsfehler, das wusste Konrad. Vielmehr stellte Gott ihn auf die Probe. Auch die Atemnot, die ihn in Zeiten großer Belastung peinigte, diente nur dazu, ihn stark zu machen und seine Feigheit und Schwäche zu bezähmen, sodass er die großen Werke tun konnte, die seiner harrten. Das Schicksal hatte ihn in immer größere Nähe zum Schöpfer gerückt. Mit Gottes Gnade waren ihm zahlreiche Offenbarungen zuteil geworden, sodass er all jenen etwas voraushatte, die einen Beweis für die Wunder der Kirche brauchten.

»Die Menschen brauchen ständige Unterstützung im Glauben«, sagte Lorenz oft. Konrad pflichtete ihm jedes Mal bei, auch wenn *Unterstützung* ihm ein viel zu schwaches Wort war. Die Menschen hatten zu wenig Glauben und zu geringe geistige

Fähigkeiten. Man musste sie ständig antreiben, ja abrichten wie Hunde. Sie brauchten eine harte Hand, um nicht zu weit weg von der Herde zu geraten. Konrad war sich dessen so sicher wie des täglichen Sonnenaufgangs.

»Habt Ihr das damals mit Falken und Eulen gemeint?«, hatte er Lorenz einmal gefragt.

»Vielleicht wirst du mich eines Tages verstehen«, hatte Lorenz geantwortet – mit jenem undurchdringlichen Lächeln auf den Lippen, das Konrad jedes Mal in Wut versetzte.

Die Kirche tat, was in ihrer Macht stand, um den Scharen von unwissenden Gläubigen deutlich zu machen, wie wohlbehütet sie waren auf dem Weg zu Gott: durch Messen und Gesänge, Kerzenschein und Wohlgerüche, goldgeschmückte Figuren und prachtvolle Altäre. Die Veritas-Druckerei stellte eine besondere Serie von Holzschnitten für diejenigen her, die nicht lesen und schreiben konnten: Bilder, die Christi Geburt zeigten und – angeregt von einem Traum Konrads – finster dreinblickende Türken und Pharisäer, die um die Krippe herum standen.

Zweifellos eine göttliche Eingebung.

*

Wann immer Konrad sich in der Druckerei mit Basil traf, setzte er sich gern mit den anderen Mönchen zusammen und dachte sich mit ihnen Geschichten für ihre Flugblätter aus. Konrad genoss die Bewunderung für seine sprudelnden Ideen und die Schnelligkeit seiner Gedanken, die ihm die Mönche entgegenbrachten.

Er hatte zwei Leibwächter abgestellt, die ihm wie Schatten folgten. Wenn er sich in der Druckerei aufhielt, standen sie am Eingang auf Posten und wurden von den Mönchen eingeschüchtert beäugt. Macht beeinflusste jeden, ganz gleich, wie sehr man sich mühte, Gleichgültigkeit vorzutäuschen.

Nun saß Konrad in der großzügig eingerichteten Schreibstube im ersten Stock des Druckhauses, das einst Werner Heck gehört hatte, und hörte sich Basils wöchentlichen Bericht an.

»Von Würzburg aus wurde keine Flusspassage genommen, Herr, auch nicht von Mainz aus«, berichtete Basil. »Aber wenn sie zurückkehren, bleibt ihnen kein anderer Weg als durch Würzburg. Der Fürstbischof hat verlangt, den jungen Florian Geyer bei seiner Rückkehr zu empfangen.«

Konrad seufzte. »Ich weiß, ich weiß. Lorenz ist versessen darauf, alles über England zu erfahren, besonders über Oxford. Aber ich muss Florian vor ihm sehen, um jeden Preis.«

»Ich verstehe.« Basil nickte und fragte nicht weiter nach.

Konrad hatte sich wegen der Männer aus Giebelstadt den Kopf zerbrochen – bis er begriffen hatte, dass er eigentlich nicht verlieren konnte: Entweder sie überlebten die Reise nach England nicht und Florian blieb, wo er war, oder sie würden ihn hier bei ihm abliefern, sodass er ihn zu einem Werkzeug Gottes und des Guten formen konnte.

Konrad besuchte Lorenz häufig in der Festung Marienberg. Manchmal benutzte er die Gästekammern in dem Turm, der einen Ausblick auf den Main bot, statt die Nacht in seinem eigenen Herrschaftssitz in der Stadt zu verbringen – so nah am Marktplatz, dass die Glocken des Doms, die zu jeder halben und vollen Stunde schlugen, ihn maßlos ärgerten und ihm den Schlaf raubten. Aber das zuzugeben wäre gottlos gewesen.

Der Besuch der wuchtigen Festung verlieh Konrad stets ein beruhigendes Gefühl der unerschütterlichen Macht von Kirche und Reich. Außerdem lieferte die türkische Geisel, die dort ihr freudloses Dasein fristete, gute Ideen für neue Geschichten.

Fürstbischof Lorenz hatte den Vorschlag Konrads angenommen und den Nachschub an Wein für den Türken unterbrochen, sodass Mahmed nicht mehr ständig betrunken oder verbittert war, wenn Konrad ihn besuchte, sondern wach und ruhelos, stets auf der Suche nach Ablenkungen. Man konnte ihn dazu bringen, fast alles zu sagen, was man hören wollte, wenn man ihm im Gegenzug ein paar Minuten Tageslicht draußen auf den Wällen gestattete – so auch an diesem Tag. Natürlich nur in Begleitung von Wachen, die ihn daran hindern konnten, sich in die Tiefe zu stürzen.

Konrad betrat den Raum, in dem der Gefangene untergebracht war, gefolgt von einem seiner Leibwächter. Er sah Mahmed in einem schweren Umhang am Fenster stehen. Der Ausschnitt in der Mauer war hoch und schmal und mit zwei Eisenstäben in Gestalt eines Kreuzes vergittert. Mahmeds lange Haare waren zerzaust, sein Bart war zottig. Er hatte Gewicht verloren, und seine dunklen Augen lagen tief in den Höhlen.

»Du genießt die Aussicht und den Klang der Glocken«, sagte Konrad. Es war keine Frage.

»Habt Ihr je die Hagia Sophia in Konstantinopel gesehen?«

»Nein«, erwiderte Konrad. »Und ich habe auch nicht die geringste Lust, mir diese einstige Basilika anzuschauen, die von Ungläubigen in eine Moschee verwandelt wurde.«

»Alle Menschen glauben irgendetwas. Vielleicht glauben alle das Gleiche, nur unter anderen Namen. Was meint Ihr?«

»Nur ein Glaube ist der wahre.«

»Warum so unfreundlich, mein Fürst? Euer Dom funkelt wie eine juwelenbesetzte Schatzkiste. Er ist wunderschön. Habt Ihr nicht vor Kurzem dort die Geburt von Jesus Christus gefeiert, des Sohns der Jungfrau Maria?«

»Das ist richtig. Vor ein paar Tagen erst«, antwortete Konrad.

Er war immer wieder erstaunt, wie viel Mahmed, der Ungläubige, der halsstarrig dem Schicksal entgegenging, im ewigen Höllenfeuer zu brennen, über die einzig wahre Religion wusste.

Konrad räusperte sich. »Ich möchte mit dir über etwas sprechen – draußen auf den Wällen, an der frischen Luft. Komm.«

Als die Männer draußen standen und den Blick auf Würzburg genossen, das sich tief unter ihnen als leuchtendes Band hinzog, sagte Mahmed: »Ich höre, Fürst.«

»Du wirst gegen zehn ausgesuchte Gegner aus der Stadt Schach spielen. Gegen alle gleichzeitig, einen nach dem anderen.«

Mahmed schürzte die dünnen Lippen. »Schach? Öffentlich? Zu welchem Zweck?«, fragte er misstrauisch.

Konrad machte eine ungeduldige Handbewegung. »Wenn du glaubst, dies wäre ein Vorwand für deine Hinrichtung, so ist deine Angst unbegründet, zumindest solange du das tust, was von dir verlangt wird.« Er sah dem Gefangenen tief in die Augen. »Wisse nur eins: Wenn ich will, lasse ich dich, ohne zu zögern, vierteilen. Das haben ohnehin viele gefordert, und das Volk wäre begeistert.«

Konrad genoss den Anblick, wie das Blut aus Mahmeds eingefallenen Wangen wich. Wie hart hatte er in den vergangenen Jahren daran gearbeitet, diesen Schild der Gleichgültigkeit zu durchbrechen! Nun freute er sich umso mehr; er war sicher, dass er jetzt den wahren Feigling unter dem stolzen Äußeren des Türken zu sehen bekam. Gott hatte endlich die Wahrheit enthüllt, und Konrad sandte ein lautloses Dankgebet gen Himmel. Er hörte seinen Leibwächter an der Tür leise lachen – zweifellos genoss auch er die plötzliche Angst des Türken.

»Wie blass du wirst, mein lieber Mahmed, und das, obwohl man mir erzählt hat, wie tapfer du im Krieg gewesen bist. Ein Schlächter frommer Christen. Sei beruhigt. Das Volk wird dich in Ruhe lassen. Wir haben Wachen, die dich während des Schachspiels beschützen werden.«

»Ich esse mein Brot an einer anderen Tafel«, sagte Mahmed leise.

»Was bedeutet das schon wieder?«

»Es bedeutet, dass ich mir mein Brot verdienen muss.«

Konrad lächelte. »Ah. Mit Gottes Hilfe hast du es endlich verstanden. Wenigstens das.«

»Aber warum Schach?«, wollte Mahmed wissen.

»Ist das nicht offensichtlich? Um aller Welt zu zeigen, dass Wissen und Klugheit ohne Glaube nichts als Torheit sind. Die Menschen werden sehen, dass deine heidnische Seele trotz deiner Klugheit verloren ist und dass der wahre Weg zum Himmel nicht das Lesen und Lernen ist.«

Mahmed beugte sich über die Brüstungsmauer. »Ich verstehe. Seht her, der Türke, der beim Schachspiel gewinnt, obwohl er verdammt ist. Seht diesen Unhold und Teufel und erkennt, dass es falsch ist, lesen oder gar denken zu lernen.« Ein bitterer Zug hatte sich auf seinem Gesicht eingegraben. »Warum vertraut Ihr Eurem eigenen Volk nicht, Fürst? Müsst Ihr ihm Lügen auftischen und es in Unwissenheit halten, damit es Euch folgt?«

Konrad überkam heißer Zorn. Wie konnte dieser Heide sich anmaßen, alles infrage zu stellen, aus welchem Grund auch immer? *Offenbar prüft Gott meine Entschlossenheit.*

Er versuchte, sich seine Wut nicht anmerken zu lassen. »Es ist nicht erforderlich, Mahmed, dass du beipflichtest oder auch nur verstehst. Es zählt nur, dass du gehorchst. Ansonsten hat dein Leben keinen Sinn mehr. Ich sehe, wie du in die Tiefe starrst, als würdest du überlegen, ob du springen sollst. Kommt deine Seele denn nicht in die Hölle, wenn du deinem Leben selbst ein Ende setzt?«

»Es gibt viele Wege zur Selbstzerstörung. Dieser gehört nicht dazu.«

Konrad schüttelte den Kopf. »Wie dem auch sei, nach dem Schachspiel, falls du alle zehn Partien gewonnen hast, wirst du zur Belohnung Wein erhalten. Gewinnst du nur neun Partien oder weniger, musst du deinen Allah um Wein bitten. Und nun zurück nach drinnen, damit Basil deine Gedanken über die Geburt Christi niederschreiben kann.«

»Die Gedanken eines Türken über Christi Geburt?«

»Ganz recht.«

Mahmed drehte sich zu Konrad um und blickte ihn herausfordernd an. »Christus ist ein Muselmane. Ein Jude, ausgesandt, um die Juden zu führen, und ein heiliger Prophet des Islam, zutiefst verehrt für seine Botschaft der Liebe und Vergebung.«

Konrad wandte sich ab und kämpfte um Selbstbeherrschung. Er spürte, wie das Blut in seinem Schädel pochte. In diesem Moment wünschte er sich, er hätte Mahmed am Boden angekettet, im tiefsten Verlies der Festung, wo auch Werner Heck angekettet gewesen war und wo er, Konrad, all die scharfen Werkzeuge zur Verfügung hatte, um die Wahrheit zu erzwingen. Doch als er sprach, hielt er die Wut aus seiner Stimme heraus.

»Unser Heiland ist kein Muselmane. Er ist der Sohn Gottes.«

Mahmeds Antwort kam augenblicklich. »Und warum gehorcht Ihr dann nicht seinem Gebot der Nächstenliebe?«

»Und warum trinkst du Wein? Ist dir der Wein als Muselmane denn nicht verboten?«

»*Si non caste, tamen caute*«, zitierte Mahmed einen lateinischen Wahlspruch vieler Priester und Mönche, bevor er sich erneut über den Wall beugte und in die Tiefe blickte, wo der Wind den Fluss aufwühlte.

*

Eine Woche später, als die ermüdenden Rituale des Weihnachtsfests endlich vorbei und die Bestechungsgeschenke an die wichtigen Leute in der Stadt verteilt waren, besuchte Konrad wieder die Druckerei und unterhielt sich unter vier Augen mit Basil.

»*Si non caste, tamen caute*«, wiederholte Konrad den lateinischen Spruch, den er aus dem Munde des Türken gehört hatte, und lieferte gleich die Übersetzung nach: »Wenn du nicht keusch sein kannst, sei zumindest vorsichtig.«

»Also macht er sich über unsere Barmherzigkeit lustig und verspottet uns«, stieß Basil hervor. »Dieser elende Heide!«

»Und wenn wir ihn dazu bringen, dass er konvertiert?«, fragte Konrad.

»Euer Gnaden, ich kann seinen Verstand so wenig einschätzen wie den eines wilden Wolfes. Doch seine Augen brennen voller Hass.«

»Mahmed würde kaum gutes Feuerholz abgeben, aber als Konvertit wäre er wunderbar. Sein Bekenntnis zu Christus auf einem Flugblatt der Veritas würde sich landauf, landab prächtig verkaufen.«

Basil verschränkte die Hände, als wollte er Konrad beschwören. »Ich habe es immer wieder versucht, Euer Gnaden. Der Wein hat lediglich seinen Verstand aufgeweicht, nicht aber sein Herz. Ich bin überzeugt, dass dieser Türke allenfalls unter der Folter zum Christentum übertreten würde.«

»Lorenz würde das nicht dulden.«

»Ja, unser Bischof ist zu weich und zu sehr den freiheitlichen Strömungen zugetan.«

»Hüte deine Zunge!«, zischte Konrad.

»Verzeiht, Herr«, stieß Basil hastig hervor.

Natürlich hatte er recht, doch die Wände hatten Ohren, und die gefährlichsten Worte waren jene, die Konrad selbst glaubte.

Basil kam näher und flüsterte: »Und doch, alle Menschen fahren eines Tages in den Himmel, Euer Gnaden. Selbst einige von denen, die so heilig sind wie unser großartiger Fürstbischof Lorenz, werden manchmal früher abberufen als andere, um ihre ewige Belohnung im Schoße unseres Herrn Jesus Christus zu erhalten.«

»Sprich nicht mehr davon, hörst du?« Konrad trat ein paar Schritte weg von Basil.

Basil blinzelte in gespielter Unschuld und schwieg.

Der Gedanke, Lorenz zu vergiften, war Konrad schon ein Dutzend Mal durch den Kopf gegangen, doch er fürchtete sich vor der Entdeckung und dem Zorn Gottes. In seinem Leben gab es schon genug, was er fürchten musste. Seine Gläubiger in München und Würzburg sprachen auf seinen Gütern vor – bisher noch höflich, und seine Verwalter hatten sie mit einer Warnung vertrieben, doch sie würden ohne Zweifel wiederkommen und ihn bedrängen, bis die Verlegenheit offensichtlich wurde. Die Handwerkergilden verlangten einen Sitz im Rat der Stadt und widersetzten sich Steuererhöhungen. Die Arbeiter in der sächsischen Mine, an der er Anteile besaß, verlangten bessere Bedingungen und mehr Lohn. Immer mehr Menschen lernten lesen und schreiben, wurden eitel und widersetzten sich den Autoritäten. Gleichzeitig erhöhte Rom die Steuern, die von den Städten und Fürstentümern zu entrichten waren.

Konrad seufzte. Alle diese Bürden hatte Gott ihm auferlegt. Es musste einen größeren, heiligen Sinn dafür geben. Nur die Gewinne der Druckerei hielten ihn einigermaßen über Wasser. Als Fürstbischof würde er reich und unangreifbar sein; er konnte sogar, wann immer er wollte, eine neue Armee ausheben, um in den Krieg zu ziehen. Er konnte gewaltige Bestechungsgelder und Gewinne von den Waffen-, Vieh- und Getreidehändlern kassieren. Das wiederum würde die Silberpreise in den Himmel schießen lassen, sodass seine Minenanteile unermessliche Reichtümer abwarfen.

Aber der Fürstbischof erfreute sich bester Gesundheit, und Konrad fürchtete den Verlust seiner eigenen unsterblichen Seele, wenn er nachhalf, Lorenz zu Gott zu befehlen. Schon der Gedanke an Mord war eine Sünde, fast so schlimm wie die Tat selbst; das hatte Christus deutlich genug gesagt.

Konrad musterte Basil mit einem Gefühl von Abscheu und aufkeimender Besorgnis. Er war viel zu sehr in Abhängigkeit von diesem kleinen Mönch geraten.

»Geh jetzt, Basil«, sagte er schließlich. »Und sorg dafür, dass die Kunde von dem bevorstehenden Schachspiel des Türken in der Öffentlichkeit verbreitet wird. Niemand darf die Geschichte unter das Volk bringen, nur unsere eigene Druckerei. Sieh zu, dass sie aufregend klingt.«

Basil lächelte. »Wir werden den Türken gut bewachen, Euer Gnaden, damit keiner unserer hingebungsvollen Leser ihm den Hals durchschneidet.«

Mit dem wachsenden Erfolg der Druckerei wurde Basil immer mutiger. Wenn Florian zurück war, würde Konrad den Jungen vielleicht dazu abstellen, Basil zu helfen und ihn gleichzeitig im Auge zu behalten. Ja, eine hervorragende Idee! Florian könnte ihm über jede Bewegung Basils berichten. Der Gedanke hellte Konrads Stimmung auf.

*

Eine Stunde später war er zurück in seinem Stadthaus. Er mied das Gesellschaftszimmer mit den Gästen, von denen die meisten ohnehin jeden Tag sinnlos die Zeit bei ihm verprassten – Blutegel, die er durchzufüttern und zu unterhalten sich kaum leisten konnte. Wirklich einflussreiche Leute waren nicht darunter. Dennoch war es wichtig, Reichtum zur Schau zu stellen, um kreditwürdig zu bleiben. Je weniger echtes Geld er besaß, desto größer die Notwendigkeit, das Gegenteil zu beweisen.

In seinen Privatgemächern im ersten Stock angekommen, schickte er nach Wein und bereitete sich auf ein Bad vor. Als er in dem heißen Kübel saß und sich entspannte, schien sich alles wunderbar zusammenzufügen. Außerdem machte ihm seine Atemnot bei einem heißen Bad niemals Probleme; dieses Leiden verschonte ihn, wenn er entspannt war und über Möglichkeiten nachdachte, wie er seine Nützlichkeit im Dienst Gottes ausweiten konnte.

Florian würde wie ein pflichtergebener Sohn für ihn sein. Er würde an seinen Lippen hängen, an jedem Wort, und die Lektionen des Lebens genießen, die Konrad ihm servieren würde – in großzügigem Maße. Florian konnte zu Anfang einfache Artikel für die Veritas schreiben, beispielsweise über die unerhörten Irrlehren fremder Länder, über die Narreteien am englischen Hof und andere gute Geschichten. Es wäre eine feine Übung für den jungen Mann, so grün, wie er hinter den Ohren sein musste, und formbar wie frisch gefallener Schnee.

Es wäre ein Leichtes, Florian von der Notwendigkeit zu überzeugen, die Ländereien der Geyers unter seine Protektion zu stellen. Am Ende wäre der Erbe Dietrichs seinem Patenonkel zutiefst dankbar für dessen Fürsorge.

Und dann hätte ich Dietrich übertroffen, überlegte Konrad, als ein Diener ihn nach dem Bad abtrocknete.

Voller Zufriedenheit mit sich und der Welt schlief Konrad schließlich ein, tief und fest in seinem großen Himmelbett, gewärmt von in Tuch eingeschlagenen heißen Steinen, während draußen ein Schneesturm tobte, der mehrere Menschen das Leben kostete.

*

Es war am nächsten Tag, als Konrad seine Aufwartung in der Festung Marienberg machte, dass sein Traum zerbrach.

»Sieh nur, Konrad, wer gekommen ist!«

Lorenz war völlig außer Atem. Bei ihm war ein junger Mann in einem schmutzigen Reiseumhang, der nach Pferd, Schmutz und Feuchtigkeit stank.

Konrad starrte den Mann an, sprachlos angesichts seiner großen, kraftvollen Gestalt, seiner braunen Augen, der edlen Züge und der Selbstsicherheit, die aus ihnen strahlte.

»Ich bin es, Fürst Konrad«, sagte der Neuankömmling und verneigte sich.

Für einen Moment blieb Konrad die Luft weg. Er wich einen Schritt zurück, denn er vermeinte, ein Gespenst zu sehen. Dann erst wurde ihm klar, wen er vor sich hatte.

Der junge Mann glich Dietrich aufs Haar.

37.
Lud

Trotz der späten Jahreszeit war die Rückkehr über den Kanal einfacher gewesen, als sie erwartet hatten. Einer von Florians Studentenfreunden war der Sohn eines reichen Kaufmannes und hatte dafür gesorgt, dass Lud, Witter und Florian auf einem Frachtschiff mitfahren durften, das Waren seines Vaters von London nach Calais brachte. Auch das Wetter war ihnen hold gewesen, denn obgleich der Winter mit bitterkalten, schneidenden Winden aufgewartet hatte, war starker Schneefall ausgeblieben.

Lud hatte sein wichtigstes Ziel erreicht, nicht in England überwintern zu müssen und umgehend mit Florian heimzukehren. Je schneller sie ihn nach Hause brachten, desto sicherer war das Gut, wenn Florian dort erst seinen Platz eingenommen hatte.

Und umso schneller sehe ich Kristina wieder, dachte Lud im Stillen.

Die Reise über die Landstraßen – Florian war genau wie Lud strikt dagegen, von der Küste aus auf Flusskähnen zu reisen – war bisher ohne größere Zwischenfälle verlaufen. Einmal hatten ein paar halb verhungerte Wegelagerer versucht, Geld von ihnen zu erpressen. Als Lud jedoch mit gezogenem Türkenschwert schreiend auf sie zugaloppiert war, hatten sie das Weite gesucht.

Florians Pferd, groß und kräftig, war ein Geschenk Dietrichs, als er seinen Sohn vor Jahren in Oxford zurückgelassen hatte. Das Tier mochte in die Jahre gekommen sein, doch es war immer noch schnell, und so kamen sie gut voran.

Witter spielte nicht mehr den edlen Herrn und Lud nicht mehr Witters Diener und Leibwächter. Florian hatte die Führung übernommen. Er war jung, doch er war in jeder Hinsicht ein Mann – mutig, klug und selbstsicher.

Lud freute sich darüber, wenngleich er diese Freude nach außen hin nicht zeigte. Doch für ihn war es beinahe so, als hätte er Dietrich zurück. Viele von Florians Eigenschaften ähnelten denen seines Vaters, sogar seine Art zu reden, und Lud war glücklich, dass er ihm so nahe sein konnte. Sie waren wie Brüder, auch wenn es zwischen ihnen nie wieder so sein würde wie damals – Florian der eifrige Jüngling, begierig zu lernen, wie man mit den Fäusten und der Klinge kämpft, und Lud der Meister in diesen Künsten. Florian war erwachsen geworden, und sein Wissen reichte weit über die Grenzen von Luds Wissen hinaus.

Das mochte der Grund sein, warum Florian häufig das Gespräch mit Witter suchte. Sobald sie morgens wieder im Sattel saßen, dauerte es nicht lange, und die beiden hatten sich in die fantastischsten Ideen verstiegen, die Lud nicht verstand. Dann fühlte er sich wie ein Außenseiter und ritt hinter ihnen oder vor ihnen, je nachdem, woher der Wind kam. Wann immer Witter und Florian sich auf Deutsch unterhielten statt auf Latein, was selten genug vorkam, hörte Lud, dass sie Streitgespräche über die Tyrannei und das Böse führten.

Schließlich, auf einem ausgedehnten Stück freier Straße kurz vor Trier, unterbrach er die beiden. Ihm lag die alte verzweifelte Frage auf dem Herzen, mit der er schon lange gerungen hatte, sowohl im Krieg wie auch im Frieden. Er hatte mit Witter darüber gesprochen, aber Florian konnte ihm vielleicht eine bessere Antwort geben.

»Darf ich euch etwas fragen?« Lud lenkte sein Tier zwischen ihre Pferde.

»Nur zu«, sagte Witter.

»Wie kann Gott gut sein, wenn er auch das Böse erschaffen hat? Der Gedanke beschäftigt mich seit Langem, und meine Zweifel lassen mir keine Ruhe.«

»Was für Zweifel?«, fragte Florian.

»Dass Gott nur mit uns spielt. Dass er uns einzig und allein aus dem Grund erschaffen hat, um seinen Spaß mit uns zu haben.«

Florian lachte auf, und Lud fühlte einen Stich.

Lacht er mich aus?

»Das Böse ist die Abwesenheit des Guten«, sagte Witter. »Das schreibt Maimonides in seinem *Führer der Unschlüssigen*.«

»Ich habe Maimonides zwar nicht gelesen«, erklärte Florian, »aber ich denke, Thomas von Aquin hat ähnliche Argumente angeführt, um Gott und das Böse in Einklang zu bringen.«

»Ja. Nicht Gott, sondern der Mensch erschafft das Böse durch das Weglassen des Guten«, sagte Witter. »Zumindest glauben das die Schönseher.«

Diese Antworten befriedigten Lud nicht, im Gegenteil.

»Aber hat nicht Gott alles erschaffen?«, fragte er. »Selbst das Nichts, das zuerst war? Selbst das, was nicht war, vor dem, was danach kam? Ist nicht Gott die Summe von allem, so wie der Tag nicht ohne die Nacht sein kann? Warum also Satan erschaffen? Warum die Hölle erschaffen? Warum den Menschen Angst machen?«

Florian und Witter lachten. Lud nicht. Er fand nichts Erheiterndes an seinen Fragen.

Florian sah ihn wohlwollend an. »Du erstaunst mich, Lud. Was, um alles in der Welt, hast du eigentlich gelesen?«

»Die Bibel. Und das *Handbüchlein des christlichen Streiters*. Aber ich habe schon lange, bevor ich lesen konnte, über diese Dinge nachgedacht, weil sie für mich keinen Sinn ergeben. Ich hatte gehofft, das Lesen würde meine Zweifel zerstreuen, anstatt sie zu vertiefen.«

»Niemand ist besser mit dem Dolch als du, alter Freund«, sagte Florian. »Wir müssen deinen Verstand genauso scharf machen.«

»Was, wenn die Welt nicht von Gott erschaffen wurde?«, drängte Lud weiter. »Wenn Gott, wie ihr sagt, unfähig ist, Böses zu erschaffen, wer hat dann diese Welt gemacht, in der so viel Böses existiert? Sind wir irgendjemandes Spielzeug? Dienen wir nur zur Unterhaltung von irgendwem?«

Lud sah, wie Witter sich im Sattel zu ihm umdrehte und ihn mit einem langen, nachdenklichen Blick musterte. Florian jedoch schüttelte nur den Kopf und bemühte sich erkennbar, nicht zu lachen. Er schlug Lud freundschaftlich auf die Schulter.

»Lud«, sagte er »ich liebe dich. Du bist ein Meister in vielen Dingen, aber die Philosophie gehört nicht dazu.«

»Das ist es ja gerade«, entgegnete Lud. »Ich weiß, dass ich kein gebildeter Mann bin. Aber wie kann ich meine eigene Natur entdecken, wenn mein Verstand nichts hat außer sich selbst?«

»Glaubst du an Gott?«

»Ich weiß es nicht.«

»Darüber musst du dir klar werden. Erst dann wirst du die Antworten auf deine Fragen finden können.«

Witter und Florian wandten sich wieder ihrer Unterhaltung zu. Lud blieb stumm. Er war verärgert. Ihre Antworten hatten hohl geklungen, waren fade wie verwässerter Brei. Doch Lud vermochte das Warum hinter seinen Zweifeln nicht in Worte zu fassen. Also sagte er nichts mehr und ließ sie reden.

Leichter Schneefall begleitete sie in den folgenden Tagen und tauchte die Landschaft in pudriges Weiß. Doch Lud hatte keinen Blick dafür; er staunte, wie sehr Florian sich zu Witter und dessen Wissen hingezogen fühlte. Vor allem staunte er, wie immens Witters Wissen tatsächlich zu sein schien, denn die zwei Männer fanden immer wieder ein Thema, über das sie lebhaft diskutierten.

Eifersucht kroch in Luds Herz. Und Traurigkeit.

Doch es war besser, sich nichts anmerken zu lassen.

Geheime Gedanken sind sichere Gedanken, hatte Dietrich stets gesagt.

Lud beschloss, sein Schicksal hinzunehmen und sein übliches Pech zu akzeptieren, das in diesem Fall darin bestand, dass Florian mehr auf neue Gedanken und Ideen ansprach als auf ihre alte Kameradschaft. Schmerzlich spürte Lud den tiefen Graben zwischen Herr und Untertan – umso mehr, als Florian vorzugeben versuchte, sie wären ebenbürtig.

*

In der Nacht hatte es einen heftigen Schneesturm gegeben. Lud hatte geglaubt, die Scheune, in der sie Zuflucht gesucht hatten, würde dem Wind nicht standhalten, so sehr ächzte und knarzte das Holz. Am Morgen, als sie die Pferde aus ihrem Unterschlupf führten, staunten sie nicht schlecht: Fast eine halbe Elle Neuschnee war über Nacht gefallen.

Obwohl sie nicht mehr weit von Würzburg entfernt waren, kamen sie wegen des tiefen Schnees und des noch immer starken Winds nur langsam voran. Sie erreichten die Stadt am Main erst gegen Mittag.

Vor ihnen erhob sich die Festung Marienberg mit ihren vielen Türmen wie ein gehörntes Ungeheuer, das soeben erwacht war und nun aus der Erde hervorkroch, um den Schnee der vergangenen Nacht abzuschütteln.

»Da. Die Festung Marienberg«, sagte Florian. »Heimat der Würzburger Fürstbischöfe. Seit fast dreihundert Jahren. Wie würdest du diese Feste einnehmen, Lud?«

»Einnehmen? Dieses Ungeheuer?«

»Ja. Du bist Soldat. Wie würdest du einen Angriff führen?«

Lud blickte hinauf zu den mächtigen Mauern der Bollwerke und zu den Türmen, die Schützen mit Arkebusen und Armbrüsten von beiden Seiten das Feuer ermöglichten.

»Umlaufende Wälle«, sagte Lud. »Steile Hänge. Schwere Kanonen könnten Löcher in die Wälle schlagen, wenn man reich ist und sich die Kanonen leisten kann. Wenn nicht, müsste man Mineure einsetzen, die diese Mauern untergraben und sie dann mit geeignetem Belagerungsgerät zum Einsturz bringen. So oder so, es würden viele gute Männer sterben bei dem Versuch, einzudringen.«

»Zu viel Scherereien«, sagte Florian lächelnd. »Ich glaube, dann nehme ich das Tor und lasse die Kanonen und Mineure zu Hause.«

Florian lenkte sein Pferd auf einen breiten, verschneiten Pfad, der in Richtung Festung führte.

»Aber warum nicht geradewegs weiter nach Hause?«, fragte Lud überrascht, wobei er sein Pferd wendete, um Florian zu folgen.

»Weil ich zuerst den Fürstbischof sehen muss«, erwiderte Florian.

»Wie das?«, fragte Witter. Lud bemerkte, wie sehr Witter sich bemühte, sein Erschrecken zu verbergen.

»Es war Konrad, der die Mönche und Magistrate ausgeschickt hat, um das Lehen unter seine Protektion zu nehmen«, warnte Lud, »nicht Fürstbischof Lorenz.«

Florian blickte hinauf zur Festung. »Ja, aber es war Lorenz, der euch die Passierscheine ausgestellt hat, und in einem Begleitschreiben an mich heißt es, dass er darauf besteht, mich zu sehen, bevor ich nach Giebelstadt zurückkehre. Er habe Anweisungen für mich. Ein kurzer Besuch dürfte sehr aufschlussreich sein.«

Florian stieß seinem Pferd die Fersen in die Seite, um es schneller den steilen Weg hinaufzutreiben. Lud tat es ihm nach. Witter blieb ein Stück hinter ihnen zurück; sein Pferd hatte Probleme mit dem Schnee und Witters Unbeholfenheit.

»Und wenn du unter Arrest gestellt wirst, unter irgendeinem Vorwand?«, rief Lud Florian zu. »Wo immer der Fürstbischof ist, ist Konrad nicht fern.«

Florian lachte nur und winkte lässig ab.

Das Leben scheint ein Spiel für ihn zu sein, dachte Lud. *Viel-*

leicht ist er doch nicht so wie Dietrich. Vielleicht ist er ganz anders.

Die Festung ragte nun düster vor ihnen auf. Die dunkle Öffnung des mit einem Fallgitter geschützten Tores stand weit offen wie das Maul eines steinernen Ungeheuers. Die Wachen musterten die Neuankömmlinge mit harten Blicken, als Florian ihnen seinen Namen zurief und in die Festung ritt, so selbstverständlich, als gehöre der Marienberg ihm allein.

38.
Kristina

*D*unkelgraue Wolken zogen über Giebelstadt hinweg, gepeitscht von eisigen Stürmen. Sämtliche Fensterläden der Burg waren verriegelt. Kristina hatte Lura und Leta geholfen, die schweren, mit Bildern und Mustern gewirkten Teppiche vor die Fenster zu hängen, um Durchzug zu verhindern. In der Burg war es einigermaßen warm, zugleich aber hatte man das Gefühl, eingeschlossen zu sein. Die Kiste mit Feuerholz war nach kaum zwei Stunden bereits halb leer.

Es war ein kalter Nachmittag in Annas Gemächern. Kristina und die Herrin lasen einen weiteren Abschnitt aus Erasmus' *Lob der Torheit*. Nun lag das Buch aufgeschlagen auf dem Pult vor der sitzenden Anna; Kristina stand hinter ihr und schaute ihr über die Schulter.

Anna trug keinen Schleier mehr, wenn sie mit Kristina allein war, so auch an diesem Tag. Nun hielt sie beim Lesen inne. »Es ist schön, den Schleier nicht mehr zu tragen, wenn wir unter uns sind.«

»Die Zeit der Trauer ist längst vorüber, Herrin. Ihr braucht keinen Schleier mehr.«

Anna verzog den Mund zu einem kleinen Lächeln. »Ich trug diesen Schleier nicht, weil ich um meinen Gemahl trauerte. Ich bin sicher, das weißt du.« Sie drehte sich zu Kristina um. »Wie kommt es, dass du mich genauso ansiehst wie jeden anderen? Dass du mein entstelltes Gesicht nicht beachtest?«

Kristina wählte ihre nächsten Worte mit Bedacht. Anna war empfindlich, was ihre zerstörte Schönheit betraf.

»Der Körper ist bloß eine Hülle. Es gibt auch eine innere Schönheit, Herrin. Ich gebe zu, zuerst habe ich mich vor Euch gefürchtet, inzwischen aber wärmt es mich, in Eurer Gegenwart zu sein.«

Anna traten Tränen in die Augen. Rasch wandte sie sich wieder dem Buch zu. »Lass uns weiterlesen, Kind.«

Später wollte Anna wie jedes Mal über das Gelesene diskutieren. Kristina kam ihrer Bitte nach, auch wenn sie mit ihren Meinungsäußerungen vorsichtig war.

»Ein Tor zu sein heißt, glücklich zu sein, schreibt Erasmus«, sagte Anna. »Also, ich bin anderer Meinung. Torheit beschwört Unglück herauf.«

»Das stimmt«, pflichtete Kristina ihr bei. »Stultitia, die Einfalt, behauptet, alle Menschen seien von Natur aus töricht.«

»Nein, Kind. Stultitia glaubt, dass wilde Tiere die glücklichsten Tiere sind, so wie Einfältige die glücklichsten Menschen.«

»Aber Herrin, für Erasmus ist Stultitia *selbst* die Einfalt.« Kristina fröstelte und zog Anna den weichen Schal straffer über die schmalen Schultern, bevor sie sich in ihren eigenen derben Wollschal hüllte.

»Dann schadet das Lesen den schlichten Gemütern nicht? Willst du das damit sagen, Kristina?«

»Ihr macht Euch über mich lustig, Herrin.«

»Ja. Ein wenig«, räumte Anna ein. Ihre Augen funkelten.

»Ich glaube, Herrin, dass es viel weniger einfältige Gemüter gibt als kluge Denker, die ihre Klugheit aber nie beweisen können, weil sie unwissend bleiben.«

Bevor Anna etwas erwidern konnte, drangen von draußen aufgeregte Laute herein. Anna runzelte die Stirn, und die Pockennarben dehnten sich wie kleine aufgerissene Münder. »Was ist das?«

Kristina lauschte. Von irgendwo draußen erklang ein Durcheinander lauter Stimmen und Rufe, verzerrt und unkenntlich im Wind.

»Was ist geschehen?« Anna hob die Hand zum Gesicht, und das Buch fiel vom Pult wie ein verkrüppelter Vogel.

Magistrate, dachte Kristina. *Gott steh uns bei.*

In diesem Moment kam Lura atemlos in Annas Gemach gestürmt. »Herrin! Sie kommen!«

Anna erhob sich mit einem Ruck. »Wer kommt? Freund oder Feind?«

Lura rang nach Atem. »Es ist Euer Sohn, Herrin! Florian ... ist gekommen!«

Anna stand da wie betäubt. Ihre Stimme war ein heiseres Flüstern, als hätte sie Angst, einen Traum zu vertreiben, wenn sie zu laut sprach. »Florian ist gekommen, sagst du?«

»Und Lud! Und Witter! Sie sind zurück! Das ganze Dorf ist schon auf den Beinen, um ihnen zuzujubeln, trotz der Kälte!«

Die Frauen eilten zum Balkon. Anna zog den dicken Teppich zur Seite, während Kristina die Läden entriegelte. Der eisige Wind peitschte ins Burginnere. Die Frauen blickten zu dem weiten schwarzen Horizont, über den winterliche Sturmwolken jagten. Kristinas Haar wurde zerzaust; das Brusttuch wurde ihr von den Schultern geweht. Sie sah, wie Anna die untere Hälfte ihres vernarbten Gesichts mit ihrem Schal bedeckte.

»Seht nur!«, rief Lura gegen den eisigen Wind. »Da!«

Unter ihnen, im Dorf, wurde der Rauch aus den kleinen Häusern vom Sturm zur Seite hin gepeitscht. Leichtes Schneegestöber verminderte die Sicht nur wenig.

Kristina schlug das Herz bis zum Hals.

Auf dem Dorfplatz, unter der großen, nun winterkahlen Dorflinde, hatte sich eine Menschenmenge dick vermummter Gestalten eingefunden. Sie jubelten, hoben die Arme, winkten den Neuankömmlingen zu und versuchten, die Männer und Pferde zu berühren. Drei Reiter hoch zu Ross wurden von der Menschenmenge umringt. Sie kamen nicht einmal dazu, zur Burg zu schauen. Es waren Lud, Witter und ein dritter Mann, dessen Name Anna nun immer wieder flüsterte.

»Florian ... Florian ... mein Florian ist wieder da ...«

Lud ist in Sicherheit, dachte Kristina. *Und auch mein lie-*

337

ber Witter. Sie sind wohlbehalten zurück. Gott sei Dank, Gott sei Dank ...

Anna stützte sich einen Moment an der Brüstung ab; dann bedeckte sie wieder ihr Gesicht und taumelte zurück hinter die Teppiche, an denen der Wind zerrte. Doch sie riss sich zusammen und straffte sich, sichtlich verlegen, weil sie sich einen Augenblick der Schwäche erlaubt hatte.

»Kristina, Lura – schließt die Läden. Dann bringt mir mein dunkelblaues Samtgewand. Mein Sohn wird gleich hier sein! Bringt mir meinen besten Schleier! Nicht den einfachen weißen aus Batist ... den schwarzen mit den Spitzen. Florian hat mich noch nicht gesehen, seit in Giebelstadt die Pocken gewütet haben.«

Kristina und Lura halfen der Herrin beim Ankleiden. Im polierten Silberspiegel war Annas Entsetzen zu sehen, als sie sich ins Gesicht schaute und die schlimmsten Narben betastete. Tränen rannen ihr über die Wangen. Hastig befestigten Kristina und Lura den schwarzen Vollschleier vor Annas Gesicht, bis nur noch ihre glänzenden Augen und die Konturen ihrer Nase zu sehen waren.

»Bringt den Rosenduft. Beeilt euch.«

Annas Selbstsicherheit kehrte zurück. Schon war sie auf den Beinen und gestikulierte, als sie ihre Anweisungen erteilte.

»Was steht ihr so herum und gafft? Husch, husch, alle beide! Helft beim Vorbereiten der Großen Halle. Geht Leta in der Küche zur Hand! Sie soll das Beste auftragen, das wir haben. Wir müssen die Heimkehr meines Sohnes feiern!«

Die Zeit verging wie im Flug.

In aller Eile wurde die lange Tafel in der Großen Halle mit geräuchertem Fleisch, frisch gebackenem Brot, Wein und den verschiedensten Sorten getrockneter Früchte aus den Wintervorräten gedeckt – all die guten Dinge, die Küche und Keller zu bieten hatten. Kristina, Leta und Lura trugen auf, was an Köstlichkeiten zur Verfügung stand. Die Halle erstrahlte golden im

Schein zahlloser Kerzen, die an den Wänden flackerten. Kristina wusste sehr genau, wie viel Anna zur Feier der Rückkehr ihres Sohnes opferte: Die Stummel der Kerzen mussten für die vor ihnen liegenden dunklen Wintermonate reichen, und der Wein stammte aus einem neuen Fass, das sonst verkauft worden wäre.

Kurz darauf hörte Kristina Männerstimmen aus der Richtung des Burgtors. Stiefel polterten auf Stein. Dann wurden drei Gestalten im Halbdunkel erkennbar.

Kristina stockte der Atem. Als Ersten erblickte sie –
Dietrich?

Nein, unmöglich. Dietrich war tot. Das musste Florian sein, sein Sohn, der dem Vater wie aus dem Gesicht geschnitten war. Nur seine Augen waren sanfter, was vielleicht an seiner Jugend lag, schließlich waren Florian solch harte Prüfungen wie seinem Vater bisher erspart geblieben.

Dann kamen sie, Lud und Witter, hinter Florian, und zogen ihre schneeverkrusteten Reiseumhänge aus, schüttelten die zerzausten Haare und wischten sich die Gesichter ab.

O lieber Gott, sie sind wohlbehalten zurück!

Florian beachtete Kristina gar nicht. »Wo ist sie?«, rief er und drängte sich an ihr vorbei. »Wo ist Mutter?«

Kristina ließ den Blick auf Lud und Witter ruhen, als befürchtete sie, die beiden könnten verschwinden, falls sie wegsah.

Auch Lud und Witter starrten Kristina an. Die beiden sahen aus wie zwei Jäger, die nach Tagen aus der Wildnis zurückkamen – müde, durchgefroren, wettergegerbt und unendlich froh, sie zu sehen.

»Florian!«, rief Anna unvermittelt und brach damit den Bann.

Kristina drehte sich um. Erst jetzt bemerkte sie, dass ihr Tränen über die Wangen liefen.

»Mutter ... liebste Mutter ...« Mehr sagte Florian nicht. Er umarmte Anna, hob sie wie ein Kind in die Höhe.

»Ich kann dir nicht mein Gesicht zeigen«, schluchzte Anna hinter ihrem Schleier, von Gefühlen überwältigt. »Die Pocken ...« Sie versuchte, sich aus den Armen ihres Sohnes zu winden, doch er wollte sie nicht loslassen.

»Was redest du? Du bist wunderschön!«

»Lass meinen Schleier, bitte! Ich flehe dich an, nein!«

»Doch.« Florian hob den Schleier an. Die Nadeln, mit denen er in Annas Haar festgesteckt war, fielen herunter.

»Kristina!«, rief Anna voller Entsetzen.

Doch Kristina wagte nicht, sich zu bewegen.

Als Florian den Schleier vollends entfernt hatte, als sie mit dem Schlimmsten rechnete, geschah etwas Wunderbares.

Florian blickte seiner hilflos weinenden Mutter tief in die Augen, und auf seinem Gesicht war weder Abscheu noch Entsetzen zu lesen, nur Zuneigung. Er nahm ihr Gesicht in beide Hände, und voller Zärtlichkeit küsste er sie auf die Augen und dann auf die Lippen.

Schluchzend schloss Anna ihn in die Arme und flüsterte immer wieder seinen Namen wie ein hoffnungsloses Gebet, das auf wunderbare Weise erhört worden war.

Kristina war so gerührt, dass sie Lura, die neben sie getreten war, erst jetzt bemerkte.

»Sieh ihn dir an«, wisperte die Dienerin. »Was für ein wunderbarer Mann Florian geworden ist.«

Ja, er ist ein schöner Mann und ein guter Sohn, dachte Kristina.

Aber was bedeutete seine Ankunft für sie und ihre Gefährten? Würde er sie beschützen, wie Dietrich es getan hatte? Oder mussten sie ihn fürchten?

Kristina musterte ihn eingehender. Am bemerkenswertesten fand sie die Aura von Stärke, die Florian umgab. Man konnte spüren, dass Dietrich in diesem jungen Mann weiterlebte.

Behutsam löste Florian sich aus der Umarmung seiner Mutter, küsste sie noch einmal auf die Wange und nahm dann in dem großen Lehnsessel Platz, der am Kopf des Tisches stand und in dessen Rücken der Widderkopf des Geyer-Wappens geschnitzt war. Dieser Sessel, der Florian als neuen Herrn des Gutes auswies, war nun der seine, solange er lebte.

Anna nahm rechts von ihrem Sohn Platz und winkte Kristina herbei.

»Der Sturm hat uns vor sich hergetrieben wie eine Horde Teufel«, berichtete Florian, »aber wir sind ihm davongeritten. Lud! Witter! Was treibt ihr euch in den Schatten herum? Kommt her, feiert mit uns!«

»Muss denn jeder unsere Freude teilen?«, fragte Anna leise, sodass nur Kristina es hören konnte. »Ich habe dich doch gerade erst wieder ...«

Florians Stimme klang entschieden, fast befehlend, und Kristina begriff, dass er seiner Mutter eine Anweisung erteilte: »Liebe Mutter, heiße meine Kameraden willkommen, Lud und Witter, die mich nach Hause gebracht haben.«

»Kristina, heb rasch meinen Schleier auf und hilf mir, ihn anzulegen«, sagte Anna.

»Wenn es denn sein muss, lass mich das tun«, sagte Florian, stand auf und bückte sich nach dem Schleier. Dann aber reichte er ihn Lura, die ihn wieder in Annas Haar befestigte.

Kristina beobachtete Lud, der offenbar nicht recht wusste, ob er nun erwünscht war oder nicht. Auch Witter machte keine Anstalten, zur Tafel zu treten.

»Ich heiße alle willkommen, die meinem Sohn geholfen haben«, verkündete Anna. »Lasst uns alle zusammen feiern.«

»Meine Herrin«, sagte Witter, verneigte sich und nahm gegenüber von Anna Platz.

»Herrin«, sagte Lud und folgte Witters Beispiel.

Beiden tropfte noch immer der schmelzende Schnee aus den Haaren.

Das Feuer im großen Kamin wurde angeheizt, bis es laut prasselte und knisterte. Merkel und Sigmund persönlich brachten neues Spaltholz, um einen neugierigen Blick auf Florian zu werfen, ihn zu begrüßen und dann rasch wieder zu gehen. Kristina bemerkte ihre neidischen Blicke, als sie Lud an einem Tisch mit dem neuen Herrn von Giebelstadt und seiner Mutter sitzen sahen.

Florian unterhielt Anna mit Geschichten aus Oxford, wobei seine braunen Augen leuchteten. Anna hing an den Lippen ihres Sohnes und war unverkennbar stolz auf ihn.

Kristina bemerkte, wie Witter und Lud immer wieder verstohlen zu ihr herübersahen. Sie lächelten, wenn es angebracht war, und schwiegen ansonsten.

Annas Gesicht strahlte, als sie ihren Kelch hob. »Auf meinen edlen Sohn Florian Geyer, das Ebenbild meines verstorbenen Mannes und den Erben dieses Gutes, der heimgekehrt ist aus England, um uns zu beschützen und zu verteidigen, wie Dietrich es getan hätte.«

Weitere Trinksprüche wurden ausgebracht. Kristina füllte die Kelche immer wieder aus einem schweren silbernen Krug nach, wobei sie Lud, Witter und Florian ganz nahe kam. Sie roch ihren Schweiß, den Rauch und den Schmutz von der Reise, wich ihren Blicken aber aus vor Angst, sie könnten ihre Gefühle darin lesen. Sie bemerkte, wie Lura Florian beobachtete, während sie Fleisch und Brot nachlegte, sobald die Teller leer wurden.

Kristina lächelte bei dieser Beobachtung und trat dann zurück, wartete auf Annas Anweisungen, wobei sie mit gesenktem Kopf dastand und versuchte, den Aufruhr in ihrem Innern zu beruhigen. Sie hatte das heftige Verlangen, sich Lud und Witter in die Arme zu werfen – wem von beiden zuerst, wusste sie nicht zu sagen.

Vater Michael traf ein, durchgefroren, atemlos und aufgeregt.

»Was für eine Kälte ... Gepriesen sei Gott, alle sind wohlbehalten zurück! Ist das Florian?« Er riss die Augen auf. »Du warst noch ein Jüngling, als wir das letzte Mal miteinander gesprochen haben, und nun bist du ein erwachsener Mann.«

»Guter Wein lockt Vater Michael bei jedem Wetter aus seiner Kirche«, bemerkte Anna spitz. »Aber mein Sohn ist wieder daheim, möge die Kirche uns alle segnen.«

Witter und Lud nutzten die Gelegenheit, sich zu erheben.

»Bitte entschuldigt mich«, sagte Witter. »Ich bin schmutzig und müde von der langen Reise.« Er lächelte. »Außerdem ist mein Bauch bis obenhin voll von den großzügigen Gaben an dieser Tafel.«

Lud schloss sich mit einer stummen Geste an.

»Bleib, Witter. Setz dich«, sagte Florian laut. »Mehr Wein! Und du, Lud, bist der Vogt. Setz auch du dich wieder. Die Feier ist noch nicht zu Ende.«

Lud atmete tief durch und ließ sich auf seinen Stuhl zurücksinken. Witter verneigte sich; sein Stuhl kratzte über den Boden, als auch er wieder Platz nahm.

Vater Michael wählte den Stuhl neben Lud. Seine Augen leuchteten neugierig, als er Florian anschaute. »Ihr seid durch dieses schreckliche Wetter geritten?«

»Wieso nicht? Gestern wurden wir von einem Schneesturm überrascht, das war bedeutend schlimmer als das bisschen Wind heute«, erwiderte Florian und lächelte verschmitzt.

»Ich brenne darauf, von deinen England-Abenteuern zu hören. Hast du vielleicht sogar Erasmus in Oxford gesehen?«

»Selbstverständlich. Er war einer meiner Lehrer«, antwortete Florian.

»Erasmus?«, stieß Anna hervor. »Der Erasmus, der *Lob der Torheit* geschrieben hat?«

»Ja, Mutter. Erasmus von Rotterdam. Ein unglaublich scharfsinniger und doch bescheidener Mann. Das Licht seines Verstandes wird helfen, die Menschen aus der Dunkelheit zu führen, aus Hass und Engstirnigkeit, ich glaube fest daran.«

Als sie Florian so reden hörte, machte Kristinas Herz einen

Sprung. Es war ein Ausspruch, den Berthold oder Grit, sie selbst oder einer ihrer Brüder getätigt haben könnte. Als sie sich vornüberbeugte, um Florians Kelch nachzufüllen, wandte er den Kopf und betrachtete ihr Gesicht; dann glitt sein Blick über ihren Hals bis hinunter zu ihrem Busen. Sie errötete. Florian nickte ihr mit einem strahlenden Lächeln dankend zu.

Kristinas Herz klopfte schneller. Sie nahm sich vor, ihm aus dem Weg zu gehen und sich, wann immer möglich, auf Annas Seite der Tafel aufzuhalten. Florian war ein Mann, der weit gehen würde, sei es zum Guten oder zum Bösen, das spürte sie genau.

Sie bemerkte, dass Lud sie beobachtete, und senkte beschämt den Blick. Rasch machte sie ein paar Schritte rückwärts. Die Augen der anderen waren auf Florian gerichtet. Er war der Herr in diesem Saal, der neue Herr dieses Rittergutes. Alle wussten, dass ihr Schicksal von diesem jungen Mann abhing, dessen wahres Wesen noch niemand kannte, dem aber anzumerken war, dass er seine neue Macht genoss.

Florian erzählte von Erasmus, von den anderen Lehrern in Oxford, von seinen Kommilitonen und von dem Riss, der durch die Bruderschaft der Universität ging, sodass Edle gegen Gemeine standen, Herren gegen Diener.

Vater Michael war begeistert von diesen Berichten. »Jesus hat gesagt, wir sollen alles teilen«, verkündete er. »Und dass wir einander brüderlich lieben sollen.«

Um deutlich zu machen, auf welcher Seite er stand, erhob sich Florian und nahm Lura das Tablett aus den Händen.

Anna starrte ihren Sohn durch ihren Schleier hindurch fassungslos an, als er Lura und Kristina aufforderte, an der Tafel Platz zu nehmen und mit ihnen zu speisen.

»Leistet uns Gesellschaft. Bitte, setzt euch zu uns.«

»Aber jemand muss auftragen«, widersprach Anna. »Sie können später essen, wie es bei uns Brauch ist. Sie werden gar nicht bei uns sitzen wollen.«

»Wieso später? Warum nicht alle zusammen?«, beharrte Florian.

»Florian, bitte ... Du bringst meine Dienerinnen in Verlegenheit.«

»Bitte, Herr«, sagte nun auch Lura. »Ich möchte mich nicht setzen.«

»Ach was, gesell dich zu uns!« Florian lachte. »Ich wünsche es.«

»Nun ja ... wenn es nicht anders geht, setzt euch an die Tafel«, lenkte Anna schließlich ein. »Tut meinem Sohn den Gefallen.«

Kristina und Lura wechselten unsichere Blicke, ehe sie zögernd Platz nahmen. Florian ergriff zwei Teller, die er vor die beiden Frauen hinstellte und mit Speisen belud. Dann kehrte er an seinen Platz zurück. Seine Augen funkelten voll heimlicher Freude.

»Esst nur. Tut meinem Sohn den Gefallen«, wiederholte Anna. »Allerdings nur heute, aus Freude über seine Rückkehr. Und weil er uns so sehr an seinen wunderbaren Vater erinnert.«

»Meine liebste Mutter, *ich* bin der Erbe und neue Herr von Giebelstadt, und mein Wort gilt«, sagte Florian. Sein freundlicher Tonfall konnte nicht darüber hinwegtäuschen, dass Florian keinen Widerspruch duldete.

Anna senkte den Kopf. Sie wirkte seltsam entmutigt. Kristina und Lura aßen schweigend und wagten nicht, die anderen anzusehen.

Schließlich nahm Anna versöhnlich Florians Hand in ihre. »Ich bin froh, dass du zu Hause bist.«

Florian strich seiner Mutter über die verschleierte Wange. »Gewöhne dich nur nicht allzu sehr daran, Mutter. Ich werde nicht lange in Giebelstadt bleiben, denn meine Dienste werden von Fürstbischof Lorenz beansprucht.«

Anna sog geräuschvoll die Luft ein. »Wie war das?«, stieß sie hervor.

»Der gute Fürstbischof hat mich in seiner Weisheit eingeladen, ihm in Würzburg zu dienen«, erklärte Florian. »Als persönlicher Sekretär in der Administration und auf seinen Reisen. Er wünscht, dass ich sein Vertrauter werde. Ich kehre morgen nach Würzburg zurück.«

»Morgen schon?« Anna schlug die Hand vor den Mund.

»Der Fürstbischof will mich umgehend ausbilden.« Florian hielt kurz inne. »Konrad wird wütend sein, weil er bestimmt eine Position unter seiner Führung für mich vorgesehen hatte. Aber ich weiß, dass ich ihm nicht über den Weg trauen kann, dank deinem Brief.«

Anna ließ sich von Kristina Wein nachschenken. Als sie den Kelch zu ihren Lippen führte, zitterte ihre Hand.

Florian zupfte sich den Bart. »Lass es mich erklären, liebe Mutter. Die Welt verändert sich schnell. Und ich gedenke, ganz vorne dabei zu sein bei dem, was kommen wird. Auf diese Weise kann ich unseren Besitz am besten schützen. Ich muss mir meinen Platz in der neuen Welt verdienen.«

»Welche neue Welt?«, fragte Vater Michael.

Florian nickte Witter zu. »Erkläre du es ihm.«

»Freiheit«, sagte Witter. »Jeder Mann ist sein eigener Herr. Das ist es, worüber sie in Oxford gestritten haben.«

Kristina sah, wie Lud auf seinen Teller starrte. Er wollte offensichtlich nicht in diese Unterhaltung hineingezogen werden. Sie wollte ihm mehr Wein einschenken, doch er winkte ab. In seinem Gesicht stand ein erschreckend düsterer Ausdruck, als sähe er das Ende der Welt vor sich.

»Jeder Mann wird lesen können«, sagte Florian. »Jeder Mann wird sein eigener Priester sein. Jeder Mann hat Rechte. Die Leute wissen es nur noch nicht. Weil Staat und Kirche ihre Gedanken beherrschen. Sag mir, Mutter, hat Vater Michael dich lesen und schreiben gelehrt?«

»Nein, das war Kristina, meine Leibdienerin«, antwortete Anna.

Florian hob die Brauen und musterte Kristina eingehend. Sie spürte die Intensität seines Blicks, seinen forschenden Verstand, während seine Augen mit aufrichtigem Interesse in den ihren suchten. Doch es war noch mehr als das. Sie spürte die *Berührung* seines Blicks. Sie blinzelte, und Hitze stieg ihr in den Kopf. Sie wusste nicht, wohin sie schauen sollte. Ihr Blick streifte Lud. Er sah sie direkt an. Sie suchte Halt bei ihm, doch Florian zwang ihre Aufmerksamkeit auf sich, als er sie ansprach.

»Ist das dein Name? Kristina? Wie kommt es, dass du lesen kannst und doch meiner Mutter dienst?«

»Das Dienen ist nichts Unehrenhaftes, Herr«, sagte sie ausweichend. »Ein jeder dient, auf die eine oder andere Weise. Selbst der Bischof dient Gott – so, wie er den Menschen dienen muss.«

»Bitte«, Florian lächelte, »sag nicht Herr zu mir.«

»Doch!«, stieß Anna hervor. »Weil es sich so ziemt. Du machst uns alle wirr.«

Florian beachtete seine Mutter nicht. »Sprich, Kristina. Erzähl mir, wie du dazu gekommen bist, lesen und schreiben zu lernen.«

»Meine Mutter und mein Vater haben es mir beigebracht, als ich klein war. Und andere haben mich später noch mehr Dinge gelehrt.«

»Wo sind deine Eltern? Ich würde mich freuen, gebildete Menschen kennenzulernen. Ich habe mich auf unserer Reise an meinem Freund Witter hier erfreut. Wir hatten manche Unterhaltung, denn er ist klug und belesen. Bist du mit deiner Familie hierhergekommen, Kristina?«

Das altvertraute Entsetzen kroch kalt in ihre Eingeweide, als sie sich an das erinnerte, was sie so fürchtete. Ihr stockte der Atem.

»Ihre Eltern sind lange tot«, warf Anna ein.

»Tot?« Florian klang bestürzt. »Das tut mir leid. Sind sie an den Pocken gestorben?«

Kristina schaute Hilfe suchend zu Lud. Er sah ihr so intensiv in die Augen, als hätte er ihre Hände genommen, was Kristina ein wenig beruhigte.

»Ihre Eltern wurden vor langer Zeit verbrannt«, sagte Anna.

Kristina wurde übel. Sie wollte aufstehen und aus dem Saal rennen. Stattdessen blieb sie stocksteif sitzen und ließ alles über sich ergehen. Sie betete stumm, dass Florian nicht mehr nachfragen, diesen Schrecken aus ihrer Kindheit nicht weiter ausgraben würde. Doch er musterte sie weiterhin fasziniert.

»Gütiger Himmel. Verbrannt? Wie ist es dazu gekommen?«

»Bitte, Florian«, meldete Witter sich zu Wort. »Lass diese schmerzende Erinnerung ruhen.«

Florian schüttelte den Kopf. »Es ist die Wahrheit, die uns frei macht.«

»Nicht an unserer Festtafel.« Anna hob ihren Kelch. »Lasst uns nicht länger von solch furchtbaren Dingen reden, denn wir feiern die Rückkehr meines Sohnes, des Erben von Giebelstadt. Lura, bring mehr Wein.«

Hastig sprang Lura auf und eilte aus dem Saal, zwei leere Krüge in den Händen. Kristina erhob sich erleichtert und wollte Lura zur Hand gehen, doch Florian winkte ihr, wieder Platz zu nehmen.

»Du bleibst. Heraus mit der Wahrheit. Lass uns an diesem Unrecht teilhaben.«

Schweigen senkte sich herab. Kristina saß da, während Florian sie beobachtete und darauf wartete, dass sie über das Entsetzen sprach, das sie noch heute bis in ihre Träume verfolgte. Florians Blick war zermürbend.

Bitte, lieber Gott, mach, dass er aufhört, flehte Kristina stumm.

Doch es war Lud, nicht Gott, der sich erhob und sich an Florian wandte. Sein vernarbtes Gesicht zeigte keinerlei Regung.

»Es reicht, Florian. Wir alle sind müde. Du hast deinen Standpunkt deutlich genug gemacht.«

»Hör zu, Lud, ich bin nicht mehr der Knabe, den du zu kämpfen und zu jagen gelehrt hast«, entgegnete Florian. »Ich bin der Erbe, der neue Herr. Achte auf deine Zunge.«

»Ah«, sagte Lud und kreuzte die Arme vor der Brust. »Plötzlich sind wir also nicht mehr Gleiche unter Gleichen, wie du noch vor wenigen Augenblicken gesagt hast. Was hat sich geändert? Haben wir nicht alle gleich viel Recht zu sagen, was geht und was nicht? Oder gilt das nur, wenn es deinem Stolz gerade passt?«

Kristina sah, wie Witter und Vater Michael sichtlich kleiner wurden. Die von Kerzen erhellte Halle war mit einem Mal so aufgeladen wie ein Gewitterhimmel vor dem Blitz. Lud hatte noch nie etwas gesagt, für das er nicht augenblicklich und bis zur letzten Konsequenz einzustehen bereit gewesen wäre.

Florian starrte ihn an, und sein Gesicht wurde rot. Für einen Moment schien es, als wollte er vor Wut losbrüllen; stattdessen warf er plötzlich den Kopf in den Nacken und stieß ein lautes Lachen aus.

Den Anwesenden stockte der Atem, als Florian aufsprang und mit wuchtigen Schritten auf Lud zuging.

»Bei Gott, du hast mich mit meinen eigenen Waffen geschlagen, Lud. Was für ein Gewinn du bist – genau das, was ich von Zeit zu Zeit brauche. Welch kluge Entscheidung von Vater, dich zum Vogt zu machen. Als ich davon erfuhr, war ich sprachlos, zugegeben. Aber du hast mich wieder einmal eines Besseren belehrt.«

Florian warf die Arme um Lud. Die Männer umarmten sich fest.

Dann wandte Florian sich an seine Mutter. »Verzeihst du deinem wankelmütigen verlorenen Sohn?«

»Spotte nicht. Du bist zurückgekommen. Das ist alles, was zählt«, antwortete Anna.

Florian legte die rechte Hand auf die Brust. »Ich werde unseren Besitz sichern, Mutter, ich verspreche es. Der Dienst bei einem großen Fürsten und Bischof wird mir dabei helfen. Und ich gehe nicht allein.« Er blickte zu Witter. »Witter kommt mit mir. Ich habe ihn gefragt, und er ist einverstanden. Ich brauche einen gebildeten Begleiter, der mehrere Sprachen spricht und Dinge versteht, von denen ich nicht so viel weiß.«

Kristina starrte Witter überrascht an. Er erwiderte ihren Blick. Sie spürte, wie er in ihrem Gesicht suchte, wusste aber nicht, wonach, und wandte rasch den Kopf ab.

»Die Nacht ist noch nicht vorüber, Florian«, sagte Lud plötzlich. »Giebelstadt hat ebenfalls eine Überraschung für dich zur Feier deiner Rückkehr.«

39.
Lud

Lud legte kein Holz mehr nach, obwohl das Feuer im großen Kamin des Saales niedergebrannt war. Anna hatte sich von Florian verabschiedet und in ihre Gemächer zurückgezogen, begleitet von Kristina und Lura.

»Sämtliche Dorfbewohner wollen ihn sehen, wollen seine Rückkehr feiern, wollen ihm nah sein. Sie wollen noch heute Nacht ein Fest feiern mit Musik und Tanz!«, hatte Merkel Lud zugeraunt, als er und Sigmund mit neuem Feuerholz gekommen waren.

Lud lächelte, müde, wie er war von der Reise, dem Mahl und dem Wein. Das Fest, von dem Merkel und Sigmund gesprochen hatten, würde ganz anders ablaufen als Annas Willkommensfeier mit ihrer steifen Ordnung.

»Wie lange ist es her, dass du mit den Hörigen den Reigen getanzt hast?«, wandte Lud sich an Florian, der erschöpft auf seinem Lehnsessel saß. »Wie gut kriegst du die Hacken hoch?«

»Ein Fest?« Florian blickte ihn neugierig an. »Nicht zu meinen Ehren, bitte nicht.«

»Nur ein Scheunenfest«, entgegnete Lud. »Du bist die willkommene Ausrede, Florian, nicht der Spaß.«

Florian lachte herzlich. »Kommt Vater Michael auch? Und was ist mit dir, Witter?«

Witter trank wortlos aus seinem Weinkelch.

»Alle Männer, die kommen möchten«, antwortete Lud. »Alle, die sich nicht zu fein sind, um mit drallen Mädchen vom Lande zu tanzen, mit den Töchtern von Bauern und Handwerkern. Es ist ein Dorffest, mit so viel Bier, wie man nur trinken kann, mit Ausgelassenheit und ehrlicher Hingabe.«

»Mein Gott, echte Mädchen vom Lande!«, seufzte Florian. »Wie habe ich ihre Lebendigkeit vermisst!«

»Ja, und ihren Spaß an gewissen Freuden, nicht wahr?«,

sagte Lud. »Aber pass auf die Väter und Brüder auf, auch wenn du der Erbe bist. Komm, Witter.«

»Geh nur voran«, sagte Witter und machte keine Anstalten, sich zu erheben.

»Du kommst mit.« Lud packte ihn am Arm und zog ihn mit sich. Es fehlte noch, dass Witter zuerst die Gelegenheit bekam, allein mit Kristina zu sprechen.

*

Das Dorffest wurde in einer großen Scheune gefeiert. Der Lehmboden war gekehrt worden für den Tanz, das Innere erhellt und erwärmt von zahlreichen Laternen an den Deckenbalken. Die Dorfbewohner strömten durch eine Tür herein, die wegen der Kälte draußen immer wieder schnell und mit lautem Krachen geschlossen wurde.

Sigmund persönlich spielte die Fidel, und Ambrosius blies die Schalmei. Alle brachten Bier mit, und ein langer Tisch an einer Seite war beladen mit Brot und Würzfleisch.

Lud war glücklich. Es war viel zu lange her, dass Giebelstadt so ausgelassen gefeiert hatte. Der Geruch der vielen Körper, die Düfte von Essen und Bier, die Klänge der Musik und das Lachen waren wie Wasser für einen Verdurstenden.

Lud beobachtete die jungen Frauen, die ihre Röcke beim Tanz hochwarfen, sodass ihre weißen Schenkel zu sehen waren. Bei diesem Anblick lächelten Lud und Florian einander zu. Die Jungen aus dem Dorf waren geschickte Tänzer und wirbelten ihre Mädchen herum, wilder und kühner, als es beim Stadtvolk der Brauch war. In den Fässern wartete reichlich Bier, und alle hatten ihre Krüge mitgebracht.

Hier und da zog ein Junge sein Mädchen aus der Menge, und sie verschwanden irgendwo zwischen den Heuballen im hinteren Teil der Scheune. Ältere Männer tanzten mit ihren verblühenden Gemahlinnen, wenn auch weniger schwungvoll als die

Jugendlichen, und kleine Jungen tanzten unbeholfen mit zahnlückigen Mädchen, die vor Freude kreischten.

Die Feiernden verschmolzen zu einem großen, erhitzten Ganzen. Alte Streitereien wurden begraben; Männer betranken sich, tanzten und lachten.

Lud fühlte sich benommen, noch bevor er seinen ersten Krug Bier getrunken hatte, den er mit einem einzigen langen Zug leerte, den Kopf im Nacken, den Schal vom Gesicht gewickelt.

Als er den Blick wieder senkte, sah er Florian tanzen. Greta, die hübsche Tochter von Almuth und Schwester der gefallenen Zwillinge Hermo und Fridel, hatte sich Florian geschnappt; nun tanzten sie in der Mitte der Fläche aus gestampftem Boden. Gretas Schönheit überstrahlte alles an diesem Abend, und mit Florian zu tanzen ließ sie förmlich leuchten. Florian seinerseits genoss sichtlich die Ausgelassenheit seiner Hörigen. Er war der Erbe, und er feierte als ihresgleichen mit ihnen zu den Klängen der Fidel und der Schalmei. Die Schritte des jungen Paares wurden wilder, leidenschaftlicher; immer wieder berührten sich ihre Körper, stießen wie zufällig zusammen und pressten sich aneinander.

Lud stürzte einen weiteren Krug Bier hinunter, als wollte er versuchen, die Flammen der Begierde zu löschen, die in ihm loderten, während er beobachtete, wie Greta ihre Schönheit einsetzte, um Florian den Kopf zu verdrehen.

Dann sah er Kristina.

Verschüchtert stand sie am Eingang der Scheune wie ein kleines Mädchen, das einen neugierigen Blick riskiert, während die Eltern ein Fest feiern. Luds Herz pochte wild. Mit ausgreifenden Schritten umrundete er die wogende Menge, bis er bei ihr war. Ehe Kristina sich abwenden und davonlaufen konnte, hatte er sie an der Hand gepackt und zog sie mit sich zu den Tanzenden.

»Nein, bitte nicht! Ich tanze nicht!«, rief Kristina und errötete.

»Nein?« Lud wirbelte sie herum, genau wie die anderen Jungen ihre Mädchen. Kristina flog unter seinen Armen hindurch und gegen seine Brust. Bei den nächsten Schwüngen kamen sie an Witter vorbei. Lud bemerkte sein bestürztes Gesicht und sah, wie er sich abwandte und durch die Menge davoneilte.

Kristina schien es nicht bemerkt zu haben; sie lachte, als Lud sie noch kräftiger umherwirbelte. Es war der herrlichste Klang, den Lud je vernommen hatte. Als er sie fest an sich zog, zuckte sie erschrocken zurück, doch schon wirbelte Lud sie wieder herum.

Wieder lachte Kristina, und Lud lachte mit ihr. Die Musik umfing sie, und die Umstehenden begannen zu klatschen, während das Paar sich wirbelnd im Kreis drehte. Schließlich hielten sie inne und lehnten sich schwer atmend aneinander. Lud war Kristina so nah wie nie zuvor. Er spürte, dass diese schwindlige Ausgelassenheit sie verwirrte, und das wiederum erregte ihn über alle Maßen.

»Ich ... ich muss gehen«, keuchte Kristina in seinen Armen. Ihre Wangen waren dunkelrot.

»Es hat dir gefallen«, sagte er lächelnd. »Gib es zu.«

»Ich muss gehen.« Kristina riss sich los. Sie floh nach draußen, als stünde die Scheune in Flammen, und verschwand in der dunklen Nacht.

Lud wollte ihr folgen, wollte sie halten, sie an sich drücken. Doch er wusste, dass er zu viel getrunken hatte, und das war ihm Warnung genug, seinem Verlangen nicht nachzugeben. Vielleicht würde er weiter gehen, als es gut war ...

Dann geschah etwas, das alles änderte.

Lud hörte Lärm. Nur war es diesmal Lärm, der überhaupt nicht fröhlich klang. Irgendwo mitten unter den Tanzenden brüllte jemand, lauter als die Musik und die Gesänge. Lud stellte sich auf die Zehenspitzen und blickte suchend über die Köpfe der Menge hinweg. Dann sah er, wie jemand sich wild und ruckartig auf dem Tanzboden bewegte.

Kaspar.

Lud bahnte sich einen Weg zwischen den Feiernden hindurch. Kaspar hatte Greta aus Florians Armen gerissen und versuchte nun, mit ihr zu tanzen wie früher, doch auf einem Bein und mit der Krücke gelang es ihm nicht. Ein Raunen ging durch die Menge der Feiernden, als sie seine ungelenken, verzweifelten Bewegungen beobachteten.

»Greta!«, rief Kaspar. »Greta! Du warst mir versprochen! Ich war immer der beste Tänzer, und du hast mir versprochen, mich zu heiraten! Du hast es versprochen! Du hast gelogen! Du Hure!«

Kaspar schwang die Krücke nach Greta. Im gleichen Augenblick stürzte er krachend zu Boden. Die Krücke hätte Greta an den Beinen getroffen, doch Florian lenkte sie mit einer schnellen Bewegung ab, sodass das erschrockene Mädchen unverletzt blieb.

Sigmund hörte sofort auf zu spielen, legte seine Fidel beiseite und schob sich durch die Menge zu seinem Sohn.

Florian versuchte derweil gemeinsam mit einigen anderen, Kaspar beim Aufstehen zu helfen, aber der stieß sie schreiend von sich. Er war betrunken, das war offensichtlich, und er hatte geweint; sein Gesicht war verquollen und gerötet. Gleichzeitig war er außer sich vor Wut.

Sigmund erreichte seinen Sohn und wollte ihm aufhelfen, doch Kaspar spuckte ihm mitten ins Gesicht. »Verschwinde!«, keifte er. »Lass mich!«

Lud näherte sich ihm ebenfalls. Er war verärgert und traurig zugleich.

Noch immer liegend schrie Kaspar erneut seinen Zorn heraus. »Überlegt es euch gut, Mädchen, ob ihr mit den Kerlen tanzen und eure Röcke heben wollt! Sie waren alle bei den Weibern im Hurenwagen unseres Kriegszugs und haben es mit ihnen getrieben! Seht euch die Gesichter dieser Kerle an und ihr wisst, dass ich die Wahrheit spreche! Mädchen, zum Hurendienst gezwungen, von Bauernhöfen geraubt ... Mädchen wie ihr, die für Geld ihre Körper verkaufen müssen, um die reichen Bastarde noch reicher zu machen. Und die Pfaffen haben ihren Segen dazu gegeben!«

»Halt dein dreckiges Maul«, rief Linhoff.

Ringsum war es mit einem Mal sehr still. Manchem Mann war schon aus weit geringerem Anlass die Kehle durchgeschnitten worden. Doch Kaspar keifte weiter, ermutigt von dem Entsetzen, das sich auf den Gesichtern der Anwesenden spiegelte.

»Dass ihr alle jetzt schweigt«, stieß er hervor, »verrät nur die Wahrheit, das wisst ihr selbst!«

»Du warst doch auch in dem Wagen«, sagte Max.

»Fängst du jetzt auch noch an, Max?«, brüllte Linhoff. »Halt dein Maul!«

Lud wollte eingreifen, irgendetwas unternehmen, doch was ihm auch einfiel, es hätte die Dinge nur schlimmer gemacht. Die Dorfbewohner starrten die Jungen an; dann wechselten sie Blicke, als hätten sie alle soeben ihre Seelen an Satan verkauft.

Kaspar stieß ein irres Lachen aus. »Ja, bei Gott, sie haben ihren Sold den Mönchen gegeben, um es mit gefangenen Muselmanenmädchen treiben zu können. Sie haben es mit Ungläubigen getrieben, sie alle!«

»Das ist nicht wahr«, widersprach Max.

»Es waren böhmische Mädchen, oder schlesische«, rief Ambrosius.

»Woher weißt du das?«, fragte Kaspar triumphierend. »Habt ihr euch etwa mit ihnen unterhalten, während ihr sie bestiegen habt und sie festgebunden waren?«

»Hör sofort auf damit, Sohn«, rief Sigmund.

»Die Wahrheit will ans Licht, Vater! Und dann sind da noch die, die weggelaufen sind! Ja, bei Gott, sie sind weggerannt vor dem Feind! Ambrosius, erzähl ihnen doch, wie du gerannt bist! Hör auf zu grinsen, du Narr! Du bist gerannt wie ein Hase!

Und wir hatten die Ketzer in unserem Wagen, und sie haben mir das Bein zugenäht, deswegen hab ich's verloren! Ja, sie haben schlimme Worte und Sprüche von sich gegeben, das haben sie!«

Kaspar rappelte sich hoch, fiel aber gleich wieder hin. Lud kniete neben ihm nieder und packte seinen Arm mit festem Griff.

»Kaspar, das willst du alles gar nicht. Sei still.«

»Sag es ihnen, Lud ... Sag Florian, dass sie weggelaufen sind ... Sag Greta, dass ich geblieben bin und wie ein Mann gekämpft habe ... Erzähl ihr, wie ich mein Tanzbein verloren habe.«

»Ich sage es als dein Vogt, Kaspar, sei endlich still.«

Lud wollte ihn hochheben, ihn irgendwohin tragen, wo er seinen Rausch ausschlafen konnte, doch in diesem Moment spürte er eine scharfe Klinge, die wie ein glühend heißes Eisen über seine Rippen fuhr.

Die Menge stöhnte erschrocken auf, als Lud zurückwich und sich die Seite hielt. Blut quoll zwischen seinen Fingern hervor. Florian war blitzschnell von hinten hinzugetreten und hatte Kaspar in einen Würgegriff genommen. Der kleine Dolch fiel Kaspar aus der Hand. Seine Augen traten hervor, und er rang verzweifelt nach Luft.

»Nein!«, flehte Greta. »Lass ihn los, bitte!«

Florian entließ Kaspar aus dem Klammergriff. Sofort sprangen Sigmund, Merkel und einige ihrer Freunde vor, alles in allem ein Dutzend Männer, packten den sich verzweifelt wehrenden und schluchzenden Kaspar und trugen ihn aus der Scheune.

Das war das Ende von Florians Willkommensfest.

Florian untersuchte Luds Wunde. Sie war zwar schmerzhaft, aber nicht tief.

Schließlich hob Florian die Arme. Alle schauten ihn an.

»Liebe Giebelstädter, habt Dank für diese Feier. Es wärmt

mir das Herz, wieder zu Hause zu sein. Und doch: Morgen breche ich nach Würzburg auf, um Fürstbischof Lorenz von Bibra bei seinen Amtsgeschäften zur Hand zu gehen. Ich danke euch für eure Ergebenheit gegenüber meiner Mutter und dem Gut, das nicht nur den Geyers allein gehört, sondern uns allen, jedem einzelnen Mann, jeder Frau und jedem Kind – allen, die auf diesem Land arbeiten und ihm seine Früchte abringen.«

Lud sah Fassungslosigkeit auf den Gesichtern der Dorfbewohner. Er selbst war nicht minder erstaunt über diese Gedanken, waren sie doch anders als alles, was jemals über das Gut und seinen Herrn gesagt worden war. Nicht einmal von Dietrich hatte man je solche Worte gehört.

»Und ich beglückwünsche die unter euch, die danach streben, lesen zu lernen«, fuhr Florian fort. »Euch gehört die Zukunft. Auf dass wir bald den Tag erleben, an dem wir alle Brüder werden. Bis dahin segne Gott euch alle.«

Niemand sagte etwas. Alle starrten Florian ungläubig an, der seine Hörigen soeben ausdrücklich zum Lesenlernen ermuntert hatte, während es von seiner Mutter erst vor Kurzem verdammt worden war.

Dann verabschiedete sich Florian. In der noch immer betäubten Stille sah Lud die Enttäuschung auf den Gesichtern der Mädchen, als sie dem neuen Herrn von Giebelstadt hinterherstarrten.

*

Die Morgendämmerung war diesig – ein Winternebel, der die Sonne in eine weiße Kugel verwandelte, die sich vergebens bemühte, ihre wärmenden Strahlen zur Erde zu schicken. Der stürmische Wind hatte sich über Nacht verabschiedet.

Lud trat vorsichtig aus seinem kleinen Haus. Seine Stiefel knirschten auf dem Eis, und er spürte die Nachwehen des Biers und seine schmerzende Wunde. Als er den Verband, den er sich selbst angelegt hatte, betastete, war er durchnässt. Die Wunde brannte.

Blinzelnd lehnte Lud sich gegen die schneeverkrustete Fassade seines Hauses und blickte hinaus auf die Welt. Die Leute kamen mit Eimern und zogen Wasser aus dem Brunnen. Andere holten Feuerholz für ihre Hütten und Häuser. Rauch stieg aus den Schornsteinen auf den verschneiten Dächern.

Dann sah er Kristina.

Sie kam über den festgetrampelten Schnee auf ihn zu. Lud beobachtete ihre weichen Bewegungen und betrachtete ihren Körper. Selbst in ihrem Winterumhang drückten sich die Kurven ihrer Brüste und Hüften gegen die Falten. Trotz seiner Schmerzen hätte Lud sie am liebsten in sein Haus geholt und für Tage dort behalten, und sei es auch nur, um sie in den Armen zu halten.

Aber das war töricht. Lud bedauerte, dass er ihr letzte Nacht nicht hinterhergelaufen war. Dann wäre er nicht in der Scheune gewesen, um Kaspar aufzuhalten, und er wäre nicht verwundet worden. Jetzt rechnete er damit, dass Kristina ihm Vorwürfe machte.

Doch sie tat das genaue Gegenteil.

»Ich habe gehört, du bist verletzt worden«, sagte sie. Der Atem verdichtete sich in der kalten Luft zu einer kleinen Nebelwolke vor ihrem rosigen Gesicht.

»Habe ich dir Angst gemacht? Bin ich zu weit gegangen?«, antwortete Lud mit einer Gegenfrage. »Dann verzeih mir bitte.«

Kristina senkte den Blick. »Wo bist du verletzt?«, fragte sie sichtlich verlegen.

Er zeigte es ihr, und sie betastete seine Seite durch die dicke Kleidung hindurch. Lud zuckte vor Schmerz zusammen. Sie war ihm dabei so nah, dass er ihren warmen Atem spüren konnte; wieder hatte er das beinahe unstillbare Verlangen, sie an sich zu ziehen, sein Gesicht in ihrem langen Haar zu vergraben und ihren samtigen Hals zu küssen. Es war Narretei, so zu denken – die Aussicht, sie für sich zu gewinnen, war geringer als die von Eis in der Hölle.

»Das muss wehtun.« Ihre Stimme war kaum mehr als ein Flüstern.

»Es geht schon. Ein oberflächlicher Schnitt auf den Rippen, nichts Schlimmes.«

Wie gut sie duftet, dachte er.

»Darf ich es sehen?« Ihre braunen Augen blickten ihn besorgt an.

»Es ist nichts, wirklich.«

Er schob ihre Hand beiseite. Der Gedanke an ihre Finger auf seiner nackten Haut war zu viel für den Augenblick, denn vor ihm lag ein anstrengender Ritt durch den Schnee.

»Ich habe es nicht böse gemeint«, sagte sie leise und wandte sich ab.

»Ich weiß.«

Er schaute ihr sehnsuchtsvoll hinterher und atmete ein paar Mal tief ein und aus, bevor er seinen Weg zur Burg fortsetzte.

*

Eine Stunde später ritt er zusammen mit Florian und Witter in Richtung Würzburg. Die Sonne kam hervor und schmolz die Schneeflächen an, sodass die Hufe der Pferde immer wieder auf dem Eis darunter abrutschten. Lud spürte die taumelnde Bewegung seines Tieres, und seine Seite brannte noch schlimmer.

Sie ritten an den Feldern des Gutes vorbei und erreichten den Wald, wo Eiszapfen an den Ästen der alten Bäume hingen wie winzige Speere aus geschmolzenem Glas. Nach einiger Zeit lichteten die Bäume sich, und weit in der Ferne erblickten sie die Türme der Festung Marienberg, die im Sonnenlicht glitzerten.

Florian zügelte sein Pferd.

»Hier trennen sich unsere Wege, Lud«, sagte er. »Witter und ich reiten weiter, du kehrst um und gehst deinen Pflichten als Vogt nach. Dafür bin ich dir sehr dankbar, alter Freund.« Er reichte Lud die Hand, sichtlich bewegt. »Ich werde dem Fürstbischof dienen, werde meinen Weg gehen, bis ich zurückkehre und allen das Leben in Sicherheit bieten kann, das sie verdienen. Ich bin fest davon überzeugt, dass eine neue Welt kommen wird, in der jeder eine Stimme hat.«

Florians Worte rührten Lud, doch sie weckten auch seine alten Zweifel. »Wie kann es Ordnung geben in dieser neuen Welt, wenn jeder eine Stimme hat?«, fragte er. »Wessen Stimme wird man hören?«

»Die Stimme aller Menschen«, antwortete Florian. »Alle Stimmen werden sich vereinen zu einer einzigen lauten Stimme der Menschheit. Das ist meine Hoffnung. Leb wohl, Lud.«

»Leb wohl. Und denk daran: Stich zuerst, frag später. Beobachte alle, vertraue niemandem.« Lud kannte diesen alten soldatischen Ratschlag von Dietrich.

Florian lächelte. »Genau was du mir gesagt hast, als ich damals mit meinem Vater von hier fortgegangen bin. Ich habe es nie vergessen.«

»Und es ist wahrer als je zuvor. Falls du mich je brauchst, ich bin für dich da. Immer. Wie für Dietrich, so für seinen Sohn.«

»Lies«, sagte Florian und ließ Luds Hand los. »Lies und finde die Wahrheit, die sich dir so sehr entzieht.«

Ein letztes Lächeln, dann stieß Florian seinem Pferd die Fersen in die Seite und galoppierte davon.

Nun war es Witter, der sich über den Hals seines Tieres beugte und Lud die Hand entgegenhielt.

»Auf Wiedersehen, Lud«, sagte er. »Ich bringe Bücher für dich mit, wenn ich zurückkehre.«

Eine Frage brannte Lud seit Längerem auf der Zunge.

Jetzt oder nie, dachte er.

»Ist Kristina die deine?«, fragte er Witter geradeheraus.

»Was?« Witter starrte ihn an.

»Du hast mich gehört. Will sie dich?«

Witter zögerte einen Moment, bevor er antwortete. »Du hast mir diese Frage schon früher gestellt.«

»Ja. Das war früher. Jetzt ist jetzt.«

»Sie sucht Liebe.« Schmerz stand in seinem Gesicht geschrieben. »Aber nicht meine. Ich glaube, sie wünscht sich mehr, als irgendein Mann ihr geben kann.«

Die Worte versetzten Lud einen Stich. Er ließ Witters Hand los und schlug dessen Pferd auf die Kruppe. Es wieherte erschrocken und machte einen Satz. Witter stieß einen Schreckensruf aus und umklammerte den Hals des Tieres, das Augenblicke später über den rutschigen Schnee davonpreschte, hinter Florians Pferd her.

Lud sah ihnen nach, während sie kleiner und kleiner wurden, bis die Straße eine Biegung machte und sie verschwanden.

Er wendete sein Pferd und ritt zurück in Richtung Giebelstadt. Mit jedem Schritt seines Pferdes spürte er die pochende Wunde an der Seite. Doch der Schmerz konnte ihn nicht von seinen Gedanken ablenken, die sich mal um Kristina, mal um Florian drehten.

Alle Menschen sind Brüder.

Wo hatte er diese Worte gehört? Nicht nur in Oxford. Nicht nur aus dem Mund von Florian und Erasmus ...

Dann schüttelte er fassungslos den Kopf. Denn nun erinnerte er sich, dass er diese Worte zuerst von Kristina gehört hatte. Von Kristina, nicht von irgendeinem großen Denker, nicht einmal von Dietrich. Er hatte sie damals im Kriegswagen mit der türkischen Geisel reden hören, diesem Mahmed. Kristina, eine junge Kriegsgefangene, auf die alle Männer ein Auge geworfen hatten. Kristina, die sich schon damals danach gesehnt hatte, eins zu werden, sich zu verbrüdern, selbst mit ihren Feinden, selbst mit ihren Häschern, die sie, ohne nachzudenken, vergewaltigen oder gar ermorden würden.

Finde die Wahrheit, die sich dir so sehr entzieht, hatte Florian zu ihm gesagt.

Lud liebte ein Mädchen, das ihn nicht wollte. Das Pech war und würde stets sein engster Verbündeter sein, sein treuester Kamerad.

Lud lächelte bitter.

Das war seine Wahrheit.

40.
Witter

Zum ersten Mal, seit er denken konnte, hatte Witter das Gefühl, auf einer Mission zu sein, bei der es um mehr ging als um das nackte Überleben. Es war beängstigend und belebend zugleich.

Die Sonne war bleich wie Silber, und ihre Strahlen zersplitterten an der eisigen, schmelzenden Welt. Voraus lag eine weitere dunkle Wand aus Bäumen, durch die sie hindurchmussten. Witter ritt direkt hinter Florian und bewunderte den lässigen Reitstil des jüngeren Mannes: Elegant und mühelos, fast ohne die Zügel zu berühren, lenkte er sein Pferd allein mit den Schenkeln, während er auf die umliegenden Wälder achtete. Jede seiner Gesten, jede Bewegung, ganz gleich, wie klein und unbedeutend, schien einen Sinn und ein Ziel zu haben.

Das Reiten war inzwischen fast zu einem Vergnügen für Witter geworden. Sein Hintern war längst verheilt und hatte eine Hornhaut entwickelt, seine Beine waren härter und kräftiger geworden, und das Pferd bewegte sich leichtfüßig unter ihm. Er und Florian trugen elegante Kleidung, und Witter genoss den Respekt, den er in den Blicken der Händler und Reisenden las, auf die sie trafen.

Es war, als hätte er dank seiner neuen Persönlichkeit als Witter von Giebelstadt – und dank Florians Gesellschaft – eine Hand voller Trümpfe im Spiel mit dem Schicksal erhalten. Er war kein verachteter, gejagter Jude mehr, sondern ein vornehmer Herr, der viele Sprachen sprach, geachtet wurde und sich im Gefolge eines jungen Edlen bewegte, nach dem der Fürstbischof persönlich geschickt hatte. Es war ein berauschender Gedanke. Natürlich hatte er immer noch Angst, ohne Frage, doch Oxford und seine Gelehrten sowie die Kameradschaft mit Florian waren wie Wein nach einer tödlichen Dürre.

Witter war auf einer Mission, und wenn er und Florian etwas bewirken konnten, so war dies alle Angst wert. Nach dem gleichen Grundsatz lebte Kristina ihr Leben – und Witter hatte das Gefühl, als würde sich eine alte klaffende Wunde in seinem Innern endlich schließen und verheilen. Wenn er seine Sache gut machte, konnte er möglicherweise als ein Mann zu Kristina zurückkehren, den sie bewundern, vielleicht sogar lieben konnte. Sie hatte kein Wort mehr über seinen Brief verloren. Er konnte nur hoffen, dass es etwas Gutes bedeutete, nichts Schlechtes.

Vielleicht geht sie mit mir, wenn ich ein besserer Mensch geworden bin, schoss es ihm durch den Kopf.

Florians Worte rissen ihn aus seinen Gedanken.

»Wir müssen uns erst einmal bedeckt halten, was unsere wahren Überzeugungen betrifft. Schließlich begeben wir uns direkt ins Herz der Tyrannei. Zu niemandem ein Wort also, bis wir wissen, wem man trauen kann.«

»Sei unbesorgt, ich sehe es genauso«, sagte Witter.

»Für dich ist es am besten, wenn du dich als mein Bediensteter ausgibst, der mir hilft, wenn ich mich in einer fremden Sprache verständigen muss. Wenn wir allein sind, sind wir Brüder und sprechen von Gleich zu Gleich über das, was wir beobachten und denken.«

»Ja, Herr. Ich habe verstanden, Herr«, antwortete Witter mit einer Spur Spott, was Florian nicht entging.

»Spar dir deine spitzen Bemerkungen, mein Freund. Es entehrt mich, wenn ein Kamerad mich mit *Herr* anspricht, doch für den Anschein muss es nun einmal sein.« Florian machte eine Pause, ehe er fortfuhr. »Witter, du bist der gelehrteste Mensch, den ich außerhalb von Oxford je getroffen habe. Ich brauche deine Aufrichtigkeit und deinen Rat. Und dafür hast du meinen Dank, ganz gleich, wie eitel ich bei den anderen erscheinen mag.«

Sie waren noch in den dunklen Tiefen des winterlichen Waldes, als unvermittelt zwei berittene Männer zwischen den Bäumen hervorpreschten und ihnen den Weg versperrten. In aufkeimender Panik wollte Witter sein Pferd wenden, als er sah, dass drei weitere Männer zu Fuß den Weg hinter ihnen verstellt hatten. Zwei von ihnen trugen Armbrüste.

»Bleib ruhig«, sagte Florian. »Bleib hier und sag nichts. Überlass das Reden mir.«

Die beiden Reiter näherten sich langsam. Erst jetzt sah Witter, dass sie Umhänge und darunter Kettenhemden trugen. Einen Helm besaß keiner von ihnen. Einer hatte langes blondes Haar, der andere trug die Haare kurz. Sie blickten finster drein und wirkten erschöpft.

Florian ritt ohne Hast direkt auf sie zu und verharrte auf halber Strecke, ohne jedes Anzeichen von Angst. Die beiden Reiter kamen heran und umkreisten Florian. Der tat nichts, beobachtete nur. Dann redeten sie miteinander. Kurz darauf lehnten sich alle entspannt in ihren Sätteln zurück.

Witter spürte, wie sein Pferd sich unruhig unter ihm bewegte, wie es sein Gewicht verlagerte und schnaubte. Er fühlte sich nackt und schutzlos. Die Bewaffneten hinter ihm hatten sich bisher nicht genähert.

Endlich kam Florian wieder zu ihm geritten. Die zwei Berittenen winkten den drei anderen, und alle kehrten in die Schatten unter den Bäumen zurück und waren bald darauf verschwunden.

»Die beiden zu Pferd sind Ritter«, sagte Florian.

»Ritter? Wie dein Vater?«

»Sehr viel ärmer. Es gibt viele Stufen in der Ritterschaft. Einige sind wie Mönche und leben von Feldzug zu Feldzug, ohne eigenen Grund und Boden oder mit zu wenig Land, um davon überleben zu können. Diese beiden dort haben meinen Vater gekannt. Deshalb dürfen wir unbehelligt weiterreiten. Einer hat sich an mich als Knaben erinnert, der andere hat zusammen mit Lud gedient.«

»Warum haben sie uns angehalten?«

»Warum wohl? Um uns auszurauben.« Florian lachte.

»Auszurauben? Aber du hast gesagt, sie wären Ritter ...«

Florians Miene wurde düster. »Es sind eigenartige Zeiten, Witter. Männer tun, was sie tun müssen, um ihre Familien zu ernähren. Eines Tages werde ich ihnen helfen. Ich weiß noch nicht, wie, aber die Dinge müssen sich ändern. Männer von Ehre sind einfach zu selten.«

»Du nennst diese Diebe Männer von Ehre?«

»Männer, die nichts haben, können entweder Soldat werden oder Dieb«, sagte Florian. »Was davon ist ehrenvoller? Und wer trägt die Schuld daran?«

Witter wusste keine kluge Antwort und erkannte, dass es besser war, zu schweigen. Manchmal erschien ihm Florian wie ein weiser alter Mann; dann wieder war sein Urteil vorschnell und hitzig.

Die letzten Bäume blieben hinter ihnen zurück, und vor ihnen öffnete sich der Blick auf die Stadt Würzburg. Die spitzen Türme ragten in den winterlichen Himmel, wo weiße Wolken vom Wind in Fetzen getrieben wurden. Die Straße beschrieb eine Biegung. Voraus tauchte die Brücke über den Fluss auf. Glockengeläut hallte herüber.

Witter biss die Zähne zusammen, als sie den Main entlangritten, durch tief ausgefahrene Wagenfurchen im schmelzenden Schnee, und schließlich in den breiten Pfad abbogen, der sich den Marienberg hinaufschlängelte.

»Du schweigst, Witter. Ich werde sagen, was es zu sagen gibt.« Florians Tonfall hatte sich erneut geändert; diesmal war es unüberhörbar ein Befehl.

Witter verneigte sich wortlos.

»Gut«, sagte Florian.

Wenig später konnte Witter das Tor der Festung Marienberg sehen, zum zweiten Mal innerhalb kürzester Zeit. Als sie die Wachen erreichten, gab Florian sich wie schon bei ihrem ersten Besuch so selbstsicher, als wäre er ihr Kommandant. Witter, der sich wie ein Schatten hinter Florian hielt, beachteten sie gar nicht. Er blickte aus dem Sattel herunter auf die harten Gesichter der gepanzerten Männer und dachte an den armen Werner Heck, der von Schergen wie diesen in Ketten gelegt und umgebracht worden war.

In die riesige Festung hineinzureiten erfüllte Witter mit Beklemmung. Florian jedoch, der vor ihm ritt, strahlte so zuversichtlich, als würden sie über ein freies Feld spazieren.

Was, wenn wir in eine hinterhältige Falle gelockt werden?

Als spüre es die Unruhe des Reiters, setzte sein Pferd einen großen Klumpen Dung ab, der geräuschvoll auf die Pflastersteine klatschte.

Die Wachen am inneren Tor schickten nach einem Mönch. Als dieser erschien, beugte Florian sich zu ihm hinunter und sprach leise mit ihm, worauf dieser nickte und wieder verschwand. Von jedem Dach und jeder Mauer tropfte geschmolzener Schnee und sammelte sich in kleinen Pfützen.

»Vergiss nicht, ich rede«, raunte Florian Witter zu, während sie warteten. »Ich brauche deine Augen und Ohren, nicht deinen Mund. Spiel deine Rolle, und ich spiele meine. Höre zu, beobachte und versuche dich an alles zu erinnern.«

Die Wachen riefen zwei Stallknechte herbei, die sich verneigten und die Zügel ergriffen. Florian stieg ab und bedeutete Witter mit einer Handbewegung, das Gleiche zu tun.

Als er Florian zu Fuß durch das innere Tor folgte und es sich langsam hinter ihnen schloss, wusste Witter, dass es nun zu spät für eine Flucht war.

Jesus, lass uns diese Prüfung bestehen.

Mönche führten sie schweigend, nur durch Gesten, drei Treppen nach oben in einen Turm und geleiteten sie in ein großes Gemach mit einer doppelten Eichentür und Messingscharnieren. Sie nahmen auf einer Bank Platz, die so blank geputzt war wie Glas.

Sie befanden sich im Studierzimmer des Fürstbischofs.

Witter hielt sich im Hintergrund und versuchte, sich so unsichtbar zu machen wie nur möglich. Im Licht der zahllosen Laternen und Kerzen an den Wänden und auf dem Tisch wirkte Florians Gesicht wie das eines Geistes. Schwere Wandteppiche hingen vor den Fenstern und sperrten die Kälte, aber auch das Tageslicht aus. Witter kam es vor, als hätte er eine Gruft betreten.

Als der Fürstbischof nach einer gefühlten Ewigkeit erschien – hinter einem Mönch, der ebenso gut ein Leibwächter sein konnte –, erhob sich Florian. Witter tat es ihm rasch nach.

Bei ihrem letzten Besuch war nur Florian zu Lorenz durchgelassen worden – Witter und Lud hatten im Innenhof der Festung gewartet, weshalb Witter den Fürstbischof nun neugierig betrachtete. Zwar hatte er ihn vor Jahren schon einmal gesehen, doch damals hatte er weit entfernt gestanden, als Lorenz mit seinem Gefolge durch Würzburg geritten war.

Lorenz trug ein dunkelrotes Abendgewand, bestickt mit dem Kreuz. Eine ehrfurchtgebietende Erscheinung war dieser Mann nicht. Sein Gesicht war hager und blass, und er bewegte sich langsam und vornübergebeugt.

»Mein Fürst. Mein Bischof«, sagte Florian und kniete nieder. Witter beeilte sich, es ihm gleichzutun.

Lorenz kam zu Florian, ergriff die Hände des jungen Mannes mit seinen kleinen, knochigen Fingern und zog ihn zurück auf die Füße.

»Willkommen zurück, Florian Geyer von Giebelstadt.« Der Fürstbischof lächelte. »Dein Vater Dietrich war ein großer Ritter, hoch geschätzt für seinen Mut und seine Klugheit. Er war mir außerdem ein lieber Freund. Es bekümmert mich, dass er von uns gegangen ist. Seine Aufrichtigkeit war stets ein Maßstab für uns alle.«

»Ich bin verwirrt, Euer Gnaden.«

Lorenz runzelte die Stirn. »Wie das, mein Sohn?«

»Ihr sagt, Ihr schätzt Aufrichtigkeit, deshalb möchte ich offen sprechen.«

»Nur zu.«

»Exzellenz, Eure Worte ehren meinen toten Vater, und doch habt weder Ihr noch Fürst Konrad seinem Begräbnis beigewohnt.«

»Jetzt gehst du zu streng mit uns ins Gericht. Damals haben überall die Pocken gewütet.«

»Mein Vater hat Euch als treuer und ergebener Ritter des Fürstbistums wohl gedient. Und er hat unter Fürst Konrad geholfen, unser südliches Deutschland zu verteidigen.«

»Wir ziehen Heiliges Römisches Reich vor, nicht Deutschland«, sagte der Fürstbischof mahnend.

Witter, der nicht gewagt hatte aufzustehen, war schockiert über Florians Offenheit. Es war weder geschickt noch klug, und Witter stöhnte innerlich auf.

»Dein Vater hat dich sicherlich auch gewarnt, dass Aufrichtigkeit ohne Respekt seine Grenzen hat«, fuhr Lorenz fort.

Florian verneigte sich demütig. »Verzeiht mir, Euer Gnaden, es ist meine Gewohnheit, offen zu sprechen seit der Zeit an der Universität.«

Lorenz lächelte milde. »Nun, du bist aufrichtig, und das schätze ich. Du versuchst nicht, mir zu schmeicheln. Eine wunderbare Abwechslung, denn ich ersticke fast in Falschheit und Schmeicheleien.« Er saugte Luft durch die Schneidezähne.

Witter war erleichtert. Doch seine Erleichterung schwand, als der Fürstbischof beschloss, seine Anwesenheit zur Kenntnis zu nehmen.

»Dein Diener dort, er darf sich erheben. Wie ist sein Name?«, wollte er von Florian wissen.

»Witter«, antwortete Florian und bedeutete Witter, sich zu erheben. »Ein kluger Mann, der mir zur Seite steht und für mich übersetzt, wenn ich in einer Sprache reden muss, die ich nicht beherrsche.«

Lorenz starrte Witter an. »Er darf bleiben. Aber nur wegen meiner Zuneigung zu dir, Florian.« Dann sprach der Fürstbischof direkt zu ihm. »Du da, mit Namen Witter. Ist dir klar, dass es deinen Tod bedeutet, sollten unsere Worte nach draußen dringen?«

Witters Kehle war wie zugeschnürt. Er brachte kein Wort heraus und nickte nur heftig.

Florian antwortete an seiner statt. »Das weiß er, Euer Gnaden.«

»Gut. Ein Mann sollte begreifen, was Konsequenzen sind.«

Witter nickte erneut und zwang sich, durchzuatmen.

Der Fürstbischof trat näher ans Kaminfeuer, um sich zu wärmen, und bedeutete Florian, ihm Gesellschaft zu leisten. Witter blieb, wo er war.

»Meine Lehrer haben mich zur Freiheit der Gedanken ermutigt, Euer Gnaden«, sagte Florian.

»Die Jurisprudenz und die Freiheit der Gedanken sind eigenartige Bettgesellen«, murmelte Lorenz. »Erasmus persönlich war einer deiner Lehrer, wie ich hörte. Ist das so?«

»Ja, Euer Gnaden, und andere große Gelehrte ebenfalls. Zu viele, um alle aufzuzählen.«

Witter bemerkte, dass tief im Schatten hinter Lorenz ein Mönch saß, der geschäftig mitschrieb, als wäre jedes gesprochene Wort wie Gold, das aus der glitzernden Luft destilliert werden musste. Florian hatte Witter aufgefordert, sich jedes Wort zu merken, und Witter verstand sich sehr gut darauf. Manchmal empfand er sein ausgezeichnetes Gedächtnis beinahe als Fluch.

»Glaube und Ideale sind eine Sache, Florian«, sagte Lorenz. »Aber wir müssen auch praktische Dinge berücksichtigen, die für die weltliche Macht von Bedeutung sind.«

Florian blieb gelassen. »Erlaubt mir, Euer Gnaden, zu lauschen und zu lernen.«

»Du hast viel Zeit außerhalb des Landes verbracht und viele

fremde Sitten und Gebräuche gesehen« fuhr Lorenz fort. »Es herrscht Unruhe in der Bevölkerung. Wir erheben Steuern vom Volk, so, wie unser Bistum seinen Teil abführen muss. Rom erwartet Jahr für Jahr mehr Steuern, die wir an die heilige Mutter Kirche entrichten. Das Geld muss immer wieder aufgetrieben werden, irgendwie, trotz all unserer Probleme mit den Gilden in der Stadt, den Gütern, den vielen verarmten Rittern. Außerdem werden unsere Grenzen und Handelsstraßen von Räubern und Halsabschneidern unsicher gemacht.«

»Ihr seid sowohl Bischof als auch Fürst«, antwortete Florian voller Respekt. »Ihr schützt die Interessen der Kirche, und Fürst Konrad kümmert sich um die weltlichen Angelegenheiten des Fürstbistums, unter Eurer Führung. Welche Pflicht ist die größere, frage ich demütig.«

»Wir sind beide Verteidiger der Kirche.« Lorenz schüttelte bedächtig den Kopf. »Und wir sind beide Fürsten. Du weißt vielleicht, dass ich mich lange dagegen gewehrt habe, Würzburg dem Schwäbischen Bund zuzuführen, der sämtliche südlichen Länder des Heiligen Römischen Reiches schützt. Doch in Zeiten wie diesen müssen Kirche und Reich näher zusammenwachsen, das ist mir klar geworden, weshalb ich bereits vor Monaten Fürst Konrads Drängen nachgegeben und Würzburg dem Schwäbischen Bund angeschlossen habe. Konrad ist mächtig, und er hat politischen Verstand. Wenn ich sterbe, wird er zweifellos der nächste Fürstbischof.«

Witter sah, wie Florians Gesicht leer wurde, als Lorenz seinen wahrscheinlichen Nachfolger Konrad erwähnte.

»Möge Gott Euch noch viele gute Jahre schenken, Euer Gnaden«, sagte Florian tonlos.

Lorenz lächelte, dann seufzte er schwer. »So oder so, es werden keine leichten Jahre sein. Wir haben gesehen, wie die Zwangsverpflichteten aus den Dörfern im Krieg versagt haben. Das bedeutet, wir müssen in Zukunft auf mehr Söldner zurückgreifen, wie Fürst Konrad klug festgestellt hat. Er hat recht.

Überlassen wir den Krieg denen, die ihn zu ihrem Beruf gemacht haben. Aber Söldner sind teuer. Wir müssen die Steuern erhöhen, um sie bezahlen zu können. Fürwahr, es werden keine einfachen Jahre.«

»Es ist eine gewaltige Last auf Euren Schultern, Euer Gnaden. Die Menschen werden Eure Begeisterung für die Aufstellung von Armeen nicht teilen und keine Lust verspüren, für die Kosten aufzukommen.«

»Hier kommt Konrad ins Spiel. Er tut sein Bestes mit seiner Druckerei, um die Menschen von der Sinnhaftigkeit unserer Ziele zu überzeugen. Dennoch fürchte ich, dass das nicht genug sein und die Bedrohung durch unsere eigene Bevölkerung wachsen wird. Die Unruhen ganz im Süden deuten darauf hin. Auf dich wartet viel Arbeit als mein Helfer. Du wirst mir zur Seite stehen, indem du für mich Augen und Ohren bist.«

»Vielleicht sollte die Bevölkerung an der Lösung ihrer Probleme mitarbeiten.«

Lorenz lachte auf. »Und durch welchen Zauber soll das erreicht werden?«

»Beispielsweise, wenn jeder mitbestimmen könnte, was unternommen werden soll.«

Lorenz musterte Florian so lange, dass Witter ganz mulmig zumute wurde. »Was meinst du, was am meisten für die Unruhen verantwortlich ist, Florian?«, fragte er schließlich.

»Wünscht Ihr, dass ich offen spreche, Euer Gnaden?«

»Es beleidigt mich, meine Zeit mit Antworten zu verschwenden, die meine eigenen Fragen widerspiegeln. Wenn du von Wert für mich sein willst, brauche ich deine klugen Einsichten. Also rede offen, sonst ist dein Verstand nutzlos für mich. Ich wiederhole meine Frage: Was ist am meisten für die Unruhen verantwortlich?«

»Die Ungleichheit, Euer Gnaden. Wenige haben viel, viele haben wenig. Ohne Gleichheit gibt es keine dauerhafte Festigkeit, kein sicheres Fundament für Kirche und Reich.«

Witter lauschte gebannt. Diese Art von Erklärung war genau das, wovor Florian ihn gewarnt hatte, und jetzt sagte er es selbst! Ob aus einer augenblicklichen Regung heraus oder aus Berechnung, vermochte Witter nicht zu sagen. Aber es gab keinen Zweifel an der tiefen Überzeugung in Florians Stimme. Witter biss sich auf die Lippen, während er auf die Antwort des Fürstbischofs wartete.

Lorenz blickte interessiert drein. »Aber die Gaben Gottes sind *stets* ungleich verteilt. Oder bist du anderer Meinung? Gott allein schenkt jedem Menschen bei der Geburt seine besonderen Fähigkeiten.«

»Gott gibt den Menschen einen Verstand, um zu lehren und zu lernen, und das ist ein heiliger Auftrag. Es gilt, den Verstand eines jeden Menschen für die Wahrheiten Gottes zu öffnen.«

»Und wie könnte das erreicht werden?«, fragte Lorenz.

»Indem alle das Lesen und Schreiben lernen. Indem alle lernen, ihre Gedanken zu teilen. Indem alle zu einem einzigen gemeinsamen Verstand zusammenwachsen, um Kriege und Hass, Vorurteile und Ungerechtigkeit zu überwinden. Nur in einer aufgeklärten Welt können alle Menschen Brüder und Schwestern im Geiste werden – durch das Lernen.«

Witter wurde erst jetzt bewusst, dass er sich vorsichtig noch weiter in den Schatten geschoben hatte, aus der direkten Sichtlinie der beiden, bis er an einen schweren Wandteppich stieß. Was er da hörte, machte ihn fassungslos. Florian spielte mit seinem Leben. Und mit dem von Witter.

»Brüder und Schwestern aller Stände, Männer und Frauen ohne Unterschied sollen gleich sein? Nur durch das Lernen?« Lorenz schüttelte staunend den Kopf.

»Euer Gnaden, Ihr habt meinen Vater geschätzt, so wie er Euch. Das hat er in seinen Briefen an mich viele Male zum Ausdruck gebracht.«

Lorenz lächelte. »Ich rate dir, mein Sohn, sprich solche Dinge niemals in Gegenwart von Fürst Konrad aus.«

»Ist seine Macht wirklich so groß?«

»Ja, das ist sie. Durch seine Druckerei ist Konrads Einfluss sogar noch gewachsen. Viele Adlige pflichten ihm darin bei, dass Belesenheit Unzufriedenheit erzeugt und dass Unzufriedenheit unter allen Umständen ausgemerzt werden muss. Konrad und ich können deine brüderlichen Visionen deshalb nicht teilen, Florian.«

»Falls ich mich zu weit vorgewagt habe, Herr ...«

»Ich schätze Aufrichtigkeit. Du bist jung, und die Jungen sind überschwänglich und sehen die Zukunft klarer als unsereins, denn die Zukunft gehört ihnen und nicht den Alten, die diese Welt bald verlassen. Doch weil du mir dienst, wirst du deine Gedanken für dich behalten. Sie sind unser Geheimnis. Fordere Konrad nicht heraus, hörst du? Niemals.«

»Ich bin hier, um zu dienen, Euer Gnaden.«

»Genau wie ich, Florian. Genau wie wir alle. Und du und ich, wir fangen jetzt gleich damit an, jetzt sofort. Lange Tage voller Arbeit liegen vor uns.«

Witter beobachtete aus der Ecke des Studierzimmers, wie Florian entlassen wurde. Als er an Witter vorbeischritt, bedeutete er ihm mit einer Handbewegung, ihm zu folgen. Ein Wachmann öffnete mit ausdruckslosem Blick die breite Tür.

Witter verbeugte sich tief in Richtung des Fürstbischofs und wollte Florian nacheilen, als Lorenz rief: »Dein Diener hat die Augen eines Gelehrten, mein lieber Florian.«

»Und das Hirn eines Frosches.« Florian lachte auf.

Witter stolperte, lächelte ein törichtes Lächeln und blinzelte wie ein Narr. Sein Herz schlug wild in seiner Brust.

»Witter, komm!«, rief Florian, als spräche er zu einem Hund.

Witter hechelte mit gesenktem Kopf hinter Florian her.

Ob der Fürstbischof weiß, was ich bin? Wer ich bin?

*

Die nächsten Wochen und Monate verbrachte Witter in einem Wirbelwind aus rastloser Betriebsamkeit, wie er es nie für möglich gehalten hätte, eingebunden in das fürstbischöfliche Protokoll.

Ihr Quartier befand sich in einem abgelegenen Turm über den Kammern der Dienerschaft. Florian bewohnte ein großes Gemach, Witter eine kleine, daran angrenzende Kammer, die eigentlich als Schreibstube für Florian gedacht war. Speisen, Wein und Feuerholz waren im Überfluss vorhanden, bereitgestellt von bischöflichen Dienern. Ein Schneider stand stets zu Diensten, und Florian schickte Witter los, neue Kleidung für ihn zu bestellen, alles im Blau, Gelb und Grau des Geyer'schen Wappens.

Es war merkwürdig für Witter, mit erlesener Garderobe ausstaffiert zu werden, während er sich zur gleichen Zeit die Gänge und Flure einprägte, die durch die Festung verliefen, damit er rasch fliehen konnte, sollte er als Ketzer oder Jude enttarnt werden. Und falls die Flucht scheiterte, gab es immer noch die hohen Wälle, von denen er sich stürzen konnte …

Florian lehrte ihn die undurchsichtigen Rituale des Adels, wie er sich zu kleiden hatte, wie er sich zu verhalten hatte und was er wann tun musste und wann nicht.

»Ich habe ein Geschenk für dich, Witter«, sagte Florian eines Tages. »Verlier es nicht. Erkunde in deiner freien Zeit die Stadt, höre dich unter den Leuten um. Finde heraus, was sie wirklich denken und glauben.«

Es war ein großzügiges Geschenk – eine bischöfliche Marke, die es Witter erlaubte, unbehelligt auf dem Marienberg ein- und auszugehen. Die große bronzene Medaille zeigte auf der einen Seite das Siegel des Fürstbischofs, auf der anderen das Torgewölbe der Festung. Witter kämpfte gegen ein trügerisches Gefühl der Sicherheit an, das ihn der Marke und des fürstbischöflichen Passierscheins wegen überkommen wollte, den er immer noch besaß. Wenn Florian es übertrieb oder wenn Lorenz starb und Konrad Fürstbischof wurde, konnte sich alles sehr schnell ändern und ein schlimmes Ende nehmen.

Dennoch genoss Witter seine Sonderrechte. Selbst bei winterlichem Frost und schneidend kaltem Wind war die Freiheit, zu gehen, wohin er wollte, berauschend. Obendrein trug er einen schönen, dicht gewebten Wollumhang in Dunkelgrün, der ihn als bischöflichen Bediensteten auswies. Sein Pferd wurde in den bischöflichen Stallungen versorgt und mit einem edlen neuen Sattel für ihn bereitgehalten.

Die Macht der Tyrannei zu deinen Diensten.

Am ersten Tag in der Stadt war er zweimal Magistraten begegnet; er hatte ihnen seine bischöfliche Marke gezeigt, nur um zu sehen, wie ihre Augen sich vor Ehrfurcht weiteten, und zu hören, wie sie ihm beteuerten: »Ihr dürft passieren. Gebt nur acht vor dem Abschaum, der sich in den Rinnsteinen der Stadt herumtreibt. Wenn Ihr uns braucht – wir sind stets zu Diensten.«

Zu Pferde, manchmal in wildem Schneegestöber, erkundete Witter Gegenden, in die er sich in den Jahren bei Werner Heck nur selten gewagt hatte. Er sah die Richtstätte, den Beginn einer grausamen Vierteilung und mehrere Duelle, meistens zwischen Betrunkenen, und er kam an den schäbigen Tavernen und Lusthäusern vorbei, vor denen bemalte Frauen auf kleinen Bühnen Lieder sangen, um Freier anzulocken.

Die schmalen Straßen waren voll schmutzigem Schnee und dem Strandgut menschlichen Versagens. Zitternde, frierende Menschen verkauften alles, was sie anzubieten hatten, einschließlich ihrer selbst. Kinder rannten in Rudeln umher wie wilde Hunde und stahlen, was nicht niet- und nagelfest war. Manchmal prügelten sie sich oder rollten Betrunkene in die dreckigen Rinnsteine, um sie auszuplündern. Sie machten nur Platz für die Wagen der Händler, und diese wiederum machten Platz für die edlen Pferde der Reichen und Mächtigen. Witter hatte dies alles früher schon gesehen, doch nie aus sicherer Warte, vom Sattel eines kostbaren Pferdes herab, gekleidet in edle Gewänder und Stiefel und mit einer Passiermarke in der Tasche.

Wenn Witter im Dienst war, folgte er Florian wie ein Schatten auf zahlreiche Versammlungen in und außerhalb der Festung. Er sprach kaum und wenn, dann nur zu Florian, und das auch nur, wenn er von diesem gefragt wurde. Er hielt Augen und Ohren offen, nahm alles in sich auf. Er beobachtete, wie Florian diese gefährlichen Gewässer elegant durchschiffte, und lernte, seine eigenen Bewegungen und Gesten denen Florians anzupassen. Niemand erkannte den einfachen Drucker, der Witter früher in Würzburg gewesen war.

Für Witter war es die merkwürdigste Zeit seit vielen Jahren. Er konnte nicht vermeiden, zusammen mit Florian die heilige Messe zu besuchen – die erste Messe, seit er vor langer Zeit seinem Glauben abgeschworen hatte. Witter fürchtete, alles Schlimme, Schreckliche könnte wiederkommen und zu stark sein, als dass er es zu ertragen vermochte.

Und genauso war es.

Als er niederkniete und sich bekreuzigte, durchlebte er noch einmal jenen albtraumhaften Tag vor vielen Jahren, als er dem Feuertod nur durch Abschwören entgangen war. Ja, er hatte seinem Glauben abgeschworen und war konvertiert, indem er die Messe in der Kathedrale von Córdoba besucht hatte. Er hatte die Steine vor dem Altar geküsst und sich in den Staub geworfen vor der Menge und vor der erbarmungswürdigen Gestalt von Jesus Christus. Sein Vater Judah hatte geweint.

Und nun kniete er schon wieder, um sein jämmerliches Leben zu retten. Er lauschte den lateinischen Sprüchen, sah die Heiligenbilder, die bemalten Fenster und Fürstbischof Lorenz in seinen Gewändern. Die Ikone der Heiligen Jungfrau ähnelte irgendwie Kristina, besonders die anmutigen Lippen und der sanfte Schwung des Halses.

Es war das einzige Mal, dass er etwas Schönes spürte und sah. Alles andere war ein Albtraum.

Sein Glaube war wie verbrannte Asche in seinem Mund. Zuerst hatte er alle Menschen verloren, die er je geliebt hatte. Dann war er quer durch Europa geflohen auf der Suche nach einer Zuflucht, ohne sie je zu finden. So zu tun, als gehöre er zu den Täufern um Kristina, hatte alles nur schlimmer gemacht. Und jetzt das hier.

Witter spürte ein nagendes Gefühl in seinem Innern. *Flucht.* Ja, er hatte wieder angefangen, an Flucht zu denken. Vielleicht ins Reich der Osmanen. Er musste herausfinden, ob die Gerüchte stimmten, dass der große osmanische Herrscher Suleiman alle Juden zum Wohl und Wachstum seines Reiches willkommen heiße; er stelle sich auf den Standpunkt, hieß es, die europäischen Herrscher seien dumm, dass sie ihre wohlhabendsten, gebildetsten und am härtesten arbeitenden Bürger ermordeten und vertrieben.

Deshalb wollte Witter den türkischen Gefangenen sehen, um Gewissheit zu erlangen. Doch es erwies sich als unmöglich. Niemand kam auch nur in die Nähe des Turms.

Und schließlich gab es auch noch Kristina und die Hoffnung, dass sie ihn irgendwann liebte ...

Nein, Witter würde nicht flüchten. Seine Liebe zu Kristina hielt ihn aufrecht, machte ihn stark und war das einzig Wahre in Witters Lügengebilde namens Leben.

*

An jedem Abend, wenn sie sich endlich zurückzogen, wollte Florian die Ereignisse des Tages noch einmal durchgehen, und oft sah Witter sich gezwungen, die Unterhaltungen Wort für Wort wiederzugeben, wie Florian es ihm aufgetragen hatte. In anderen Nächten gingen sie Flugblätter durch, die Witter auf dem Marktplatz erstanden hatte.

Mehr und mehr fanden reformatorische Ideen aus anderen Städten ihren Weg nach Würzburg. Witter hatte immer geglaubt, das wachsende Verlangen in großen Teilen des gemeinen Volkes, lesen und schreiben zu lernen, würde irgendwann einen Höhepunkt erreichen und dann verebben, doch der Hunger nach neuen Ideen war wie ein Fieber, das die gesamte Bevölkerung erfasst hatte. Besonders die Schriften eines reformatorischen Priesters, eines Lehrers für Theologie in Wittenberg mit Namen Martin Luther, erfreuten sich wachsenden Zuspruchs. Niemand konnte sagen, ob Erasmus oder Luther der meistgelesene Autor in Europa war.

Witter überflog Luthers Schriften an den Ständen, die Flugblätter verkauften; sie wurden als Predigten an die Christen unters Volk gebracht. Luthers Gedanken waren zum größten Teil gegen die Ablassbriefe der Kirche gerichtet, die es einem Sünder ermöglichten, sich von der Sünde freizukaufen. Bald machte das Gerücht die Runde, Fürstbischof Lorenz persönlich werde die Ablassbriefe verbieten. Lorenz war allgemein hoch angesehen und galt als fortschrittlicher Denker, andererseits wurde er dafür gescholten, zu nachsichtig gegenüber den Juden zu sein. Doch nach Witters Erfahrung gab es nur einen einzigen Grund dafür, dass jemand nachsichtig mit Juden war: Wenn es darum ging, Gewinne zu machen. Und wenn die Gewinne nicht schnell genug flossen, verbrannte man eben ein paar Juden und vereinnahmte ihren Besitz.

Dann entdeckte er Luthers Meinung über die Juden:

Die Juden sind Blutsverwandte unseres Herrn Jesus Christus und stehen unserem Heiland daher näher als wir. Ich bitte dich aus diesem Grund, lieber Papist, solltest du eines Tages müde werden, mich als Ketzer zu beschimpfen, so verunglimpfe mich doch als Jude.

Zuerst empfand Witter einen ebenso kurzen wie törichten Anflug von Hoffnung. Dann jedoch fuhr Luther fort, er rechne damit, dass alle Juden zum Christentum konvertierten. Witter dachte daran, wie er selbst konvertiert war, unter Androhung des Feuers. Wo war da der Unterschied? Vielleicht lag er darin, dass Luther nicht die Macht besaß, Menschen auf den Scheiterhaufen zu schicken. Zumindest bis jetzt noch nicht.

Luther war Theologieprofessor und zu einiger Berühmtheit gelangt, als er fünfundneunzig seiner Thesen auf spektakuläre Weise an die Tür der Schlosskirche in Wittenberg genagelt und den Papst einen Antichristen genannt hatte, weil der mit Ablässen handelte. Luther verstand sich auf das Werben um öffentliche Aufmerksamkeit. Es kam hinzu, dass die Kirche heftig reagierte, indem sie ihn verdammte und exkommunizierte. Damit hatte sie den Fall weithin bekannt, ja berühmt gemacht, was Luther half, in der Folgezeit jede Zeile unters Volk zu bringen, die er je geschrieben hatte.

Florian jedenfalls konnte den täglichen Schwung der neuesten Flugblätter kaum erwarten, und so gaben sie einen guten Teil seines bischöflichen Salärs dafür aus. Neuigkeiten begeisterten Florian noch mehr als Witter, wenn sie abends am Herdfeuer saßen und gemeinsam lasen.

»Hier liegt unsere Hoffnung, Witter. Unsere Zukunft. Diese Gedanken sind wie Funken, die sich eines Tages zu einem Feuer vereinen werden, das die Welt vom Bösen reinigt.«

»Was für ein Feuer soll das sein?«, fragte Witter. »Werden die Ideen brennen oder die Menschen, die dahinterstehen?«

»Das wird sich zeigen. Je mehr die Leute lernen, je besser sie lesen können, je mehr sie wissen, desto entschiedener und lauter werden sie nach Veränderungen rufen.«

Witter hatte solche Reden schon öfter gehört, vor allem während der Inquisition. Er wusste, dass Florian ein schwärmerischer Mann war, der im Interesse aller zu handeln glaubte. Er wusste allerdings auch, dass Feuer Schmerz bedeutete. Also versuchte Witter, Florians Begeisterung zu dämpfen.

»Es gibt zwei Arten von Veränderungen«, sagte er. »Eine gewaltsame und eine friedliche. Für Jesus war Nächstenliebe die Grundlage jeder Veränderung. Dein Vater hätte es sich ebenfalls gewünscht, da gibt es keinen Zweifel. Die andere Möglichkeit, die gewaltsame Veränderung ...«

»Lud hat mir erzählt«, fiel Florian ihm ins Wort, »dass ihr friedliebende Menschen seid und dass ihr gegen den Krieg seid – du und alle, die mit dir nach Giebelstadt gekommen sind. Er hat mir allerdings auch von eurem Mut erzählt und wie ihr damals in der Schlacht den Verwundeten geholfen habt.«

»Ich war zu dieser Zeit noch nicht bei Kristina und den anderen. Ich habe sie erst in Würzburg kennengelernt.«

Florian lächelte. »Ja, richtig. Als ihr alle Drucker wart. Ihr habt für Werner Heck gearbeitet, den verurteilten Ketzer, der sich auf der Brücke erhängt hat. Ich weiß auch von der alten Presse, die Kristina und die anderen in Giebelstadt versteckt halten.«

Offenbar wusste Florian alles – von Lud, vermutete Witter. Er selbst war von Grit ins Vertrauen gezogen worden, weil sie hoffte, er könnte in Würzburg Lettern aus Metall beschaffen. Doch man kam hier nicht einfach so an Lettern, ohne die Aufmerksamkeit von Konrad und seinen Mönchen auf sich zu ziehen.

»Schau nicht so überrascht, Witter«, fuhr Florian fort. »Und fürchte nicht um deine Gefährten. Wenn sie ihre Wahrheit drucken wollen, habe ich nichts dagegen. Aber verwechsle meinen Gleichmut nicht mit Schwäche. Wenn es sein muss, werde ich kämpfen – und töten. Für die Veränderung. Zum Wohle aller.«

Witter hörte diese Worte mit stillem Entsetzen – wie jemand, der eine giftige Medizin einnimmt. Das Leben in Gesellschaft Florians wurde von Tag zu Tag merkwürdiger. Florian Geyer war Befürworter grundlegender Veränderungen, und doch beherrschte er das Spiel des sich Anbiederns, das Spiel der Mächtigen, auf perfekte Weise.

*

»Der Kaiser kommt!«, rief Florian eines Tages aufgeregt.
Witter fragte sich, ob er so aus dem Häuschen war, weil er den Kaiser ermorden oder ihm schmeicheln wollte.

In den letzten Wintertagen, als die Straßen bereits tauten, aber noch nicht im Matsch des Frühjahrs versanken, kam der lange Tross Karls, bestehend aus zahllosen Kutschen voller Höflinge und bewaffneter Reiter in prächtigen Rüstungen, für eine ganze Woche nach Würzburg, um dem Fürstbischof seine Aufwartung zu machen. Die meisten Fürsten des Schwäbischen Bundes fanden sich ebenfalls ein, weshalb ganz Würzburg auf den Beinen war, um dem Kaiser und den anderen Fürsten zuzujubeln. Das Freibier floss in Strömen, und viele Verurteilte wurden begnadigt.

Am Abend, nach dem Hochamt im Dom, fand ein großes Fest zu Ehren des Kaisers statt. Fürst Georg Truchsess von Waldburg-Zeil begrüßte Florian und stellte ihm seine Frau und seine jüngere Schwester Barbara vor. Witter wusste, dass Florian und Barbara einander seit langer Zeit versprochen waren. Florian lächelte und verbeugte sich tief – offenbar gefiel ihm seine schöne Verlobte sehr.

Bevor das eigentliche Fest begann, wurden Witter und die anderen Bediensteten aus dem Saal beordert; sie mussten in einem Vorraum warten, während Reden geschwungen und Trinksprüche ausgebracht wurden. Dann setzte die Musik ein, und der Tanz begann.

Witter erhaschte kurze Blicke auf Florian, der mit seiner Verlobten tanzte. Barbara war gertenschlank und biegsam neben seiner kräftigen Gestalt. Viele beobachteten das elegante Paar, auch Konrad und Lorenz, die sich leise unterhielten.

Florian sieht aus, als wäre er am Ziel seiner Träume, dachte Witter, und der Gedanke bestürzte ihn.

Später, als Florian und Witter die Treppe zu ihrem Gemach hochstiegen, schwärmte der Jüngere ausgelassen. »Oh, Witter, ich bin ja so glücklich! Ich habe meine Verlobte viele Jahre nicht gesehen. Sie ist zu einer wahren Schönheit gereift.«

»Sie ist entzückend, das ist wahr.«

Witter wartete, bis sie in der Sicherheit ihres Gemachs waren, bevor er das fragte, was ihm wirklich auf dem Herzen lag.

»Hast du mitbekommen, worüber die Fürsten mit dem Kaiser gesprochen haben?«

»Nun, ich habe nicht nur getanzt, falls du das meinst«, antwortete Florian lächelnd. »Die Flut von Flugblättern, in denen nach Veränderungen zugunsten des gemeinen Volkes verlangt wird, ist den Fürsten natürlich ein Dorn im Auge. Hinzu kommt, dass sich in verschiedenen Gegenden der Kriegsunwillen und mit ihm der Kult dieser Täufer und Reformatoren ausbreitet. Es müssen Gelder ausgelobt werden, um diese Ketzer auszurotten, denn wie soll man die Hörigen in Reih und Glied pressen und ihnen befehlen, zu marschieren, wenn nicht um Christi und des Vaterlandes willen?«

»Ich verstehe.«

»Konrad hat sich wie eh und je mit seinen Mönchen gebrüstet, die stets neue Geschichten erfinden, in denen sie die Ketzer und Kriegsunwilligen verdammen. Dem Kaiser schien es zu gefallen. Konrad sprach auch davon, anlässlich des hohen Besuchs seinen Türken hervorzuholen – die Geisel namens Mahmed, die mein Vater im letzten Krieg genommen hat. Er wird ein Schachturnier spielen, gegen die besten Spieler Würzburgs, wie er es schon einmal getan hat – damals waren die Zuschauer begeistert und angewidert von diesem Teufel in Pfauenfedern, sagte mir Konrad.«

»Und dann kann man mit dem Türken reden?«, fragte Witter.

»Als sein Gegner möglicherweise. Viele würden ihm wohl lieber ein Messer zwischen die Rippen stoßen. Es gibt jedenfalls eine ganze Heerschar von Wachen.«

Eine Partie Schach mit dem Türken! Witter hätte nichts lieber getan, als seinen Verstand mit dem dieses Mannes zu messen. Aber das wiederum würde große Aufmerksamkeit auf seine Person lenken. Und was, wenn der Türke ihn verriet? Wenn er Witters Fragen laut in die Menge hinein wiederholte? Das wäre das Ende …

»Was interessierst du dich so für diesen Türken?«, wollte Florian wissen.

»Ich habe einiges über ihn gehört«, sagte Witter ausweichend. »Was geschieht nach diesem Schachspiel?«

»Der Türke wird wieder in seinen Turm auf dem Marienberg gebracht, und der Kaiser offenbart den Fürsten, was sie längst schon wissen, nämlich den wahren Grund seines Besuchs – er will weitere Truppen nach Italien entsenden, um dort gegen die Franzosen zu kämpfen, und dazu braucht er Geld.«

»Ein neuer Krieg?« Beinahe hätte Witter aufgelacht. Diese Leute ließen Torheit auf Torheit folgen.

»Eher ein Krieg, der niemals endet. Aber der Kaiser wird unsere Region erneut zur Ader lassen, so viel steht fest.«

»Was wirst du tun?«, fragte Witter.

Florian blickte ihn an und seufzte. »Das, was ich die ganze Zeit tue – versuchen, die Macht zu verstehen und sie mir zunutze zu machen. Deshalb sind wir hier.«

Das Leben kann so verwinkelt sein wie die Gänge in einer Burg, ging es Witter durch den Kopf. Und er dachte daran, wie zufrieden Florian zwischen all den Fürsten und neben seiner edlen Verlobten ausgesehen hatte.

War Florian standhaft oder einer von vielen jungen Männern, die sich vom höfischen Leben verführen ließen? Suchte er gar Macht für seinen persönlichen Vorteil?

Witter begriff einmal mehr, wie wichtig Wachsamkeit für sein eigenes Überleben war – und dass er Florian Geyer immer weniger vertraute.

41.
Lud

Seine Seite schmerzte, doch Lud kam seinen Aufgaben als Verwalter nach, wie es seine Pflicht war. Die Wunde hätte längst heilen müssen, doch sie fühlte sich heiß und geschwollen an. Trotzdem, es musste irgendwie gehen.

In einer Welt wie dieser, in der Menschen töteten, um zu gehorchen, zu beschützen oder zu rächen, war ein Schnitt mit einem Messer unbedeutend. Die kleine Wunde war nichts, gar nichts. Luds Brust trug so viele Narben wie die alte schwarze Rüstung, die Dietrich ihm vor Jahren gegeben hatte.

Ständig wurde Feuerholz benötigt – für die Kirche, für die Gebrechlichen und Kranken. Sie hatten reichlich geschnitten und gehackt, doch es war harte Arbeit, das Holz heranzuschleppen. Am dringendsten brauchten sie Nahrung. Und Lud benötigte Vater Michaels Hilfe bei der Planung, wie mit den Vorräten umgegangen werden sollte, denn der Getreidestand im Kornspeicher fiel schnell, und Lud wusste, dass es im Dorf Diebe geben würde, sobald der Hunger anklopfte. Er fürchtete sich davor, jemanden beim Stehlen zu überraschen. Das war auch der Grund, warum er keinen Wachposten vor dem Kornspeicher aufstellte, obwohl er das hätte tun müssen.

Selbst Huber hätte es getan.

Zu seiner Überraschung hatten die Ältesten im Dorf – Sigmund, Merkel und die anderen – eine Wache organisiert, ohne ihn zu fragen.

»Die Wache vor dem Kornspeicher ist eine gute Idee«, sagte er zu Merkel.

»Du bist ein starker Mann, Lud«, erwiderte Merkel. »Deshalb hüte dich vor der Weichheit Kristinas und der anderen, dass sie nicht in einer Weise auf dich abfärbt, die uns allen schaden könnte.«

Vater Michael unterhielt ein kleines Feuer in der Sakristei;

jedes Mal, wenn Lud mit einer Karrenladung Brennholz zu ihm kam, traf er den Priester lesend oder betend an. Er hatte sich verändert, und Lud fragte sich, wo das alles enden mochte. Dieser Priester machte keine halben Sachen.

»Wir heizen die Kirche nicht«, sagte Vater Michael. »Sie ist zu groß. Ich lese einfach keine Messe, solange es kalt ist.«

»Was sind das für Bücher?«

»Alles, was ich jemals lesen wollte, bevor ich keine Gelegenheit mehr dazu habe. Alles, was einen Hinweis auf die wahre Bedeutung enthalten könnte.«

»Die wahre Bedeutung von was?«

»Die wahre Bedeutung eben. Ich kann nicht sagen, von was, solange ich nicht weiß, was es *ist*. Was andere mich gelehrt haben, hat mich jedenfalls nicht weitergebracht.«

»Ich verstehe. Ich möchte wieder Leseunterricht bei dir.«

Vater Michael klappte das Buch zu und betrachtete Lud eingehend.

»Sieh mich doch an«, sagte er dann. »Ich bin kein geeigneter Lehrer für dich.«

»Und ich bin kein geeigneter Schüler für irgendjemanden. Du bist als Lehrer gut genug für mich.«

»Du kannst doch schon lesen, Lud. Lies einfach. Du hast Dietrichs gesamte Bibliothek zur Verfügung. Und es gibt überall Flugblätter.«

»Aber das Lesen bringt immer neue Fragen hervor. Ich brauche Antworten, Priester. Ich muss die Bedeutung der längeren Wörter lernen, die ich lese, und wie sie zueinander passen.«

Vater Michael warf die Hände hoch, als wäre er der Diskussion überdrüssig.

»Ich habe dir schon einmal gesagt, Lud, Bedeutungen sind meine Sache nicht.«

Lud starrte düster in die Augen des Priesters, bis dieser blinzelte und sich zurücklehnte, einen furchtsamen Ausdruck auf dem Gesicht. Er zuckte mit den Schultern und legte die Handflächen aneinander, als wollte er um Verzeihung bitten.

»Also gut«, sagte er. »Was plagt dich, Lud?«

»Die Frage von Vergebung, von Gnade.«

»In welcher Hinsicht?«

»Wenn ich getötet habe, bevor ich wusste, dass Christus das Töten verbietet, komme ich dann trotzdem in die Hölle? Und wenn ich nicht an die Hölle glaube, bin ich dann nach dem Tod im Nichts? In ewiger Leere?«

»Du hast den Himmel vergessen.«

»Himmel? Wenn König David von Gott geliebt wurde, obwohl er so viele Menschen erschlug, nach Batseba gelüstete und ihren Gemahl, den ihm treu ergebenen Hauptmann Uria, zum Sterben in die vorderste Front der Schlacht schickte, dann gibt es Hoffnung für jeden, sogar für mich. Aber ich bezweifle, dass es einen Himmel gibt.«

»Lud, ich habe keine Antworten für dich, auch wenn ich mein Leben damit verbracht habe, in den Schriften anderer Menschen zu suchen. Für mich sind Worte bloß leere Hülsen, solange sie niemanden zum Handeln bewegen. Das habe ich erst jetzt verstanden. Und zum großen Teil wegen dir.«

»Wegen mir?«

»Ja, Lud. Du siehst, und du handelst. Du denkst nicht lange über etwas nach – jedenfalls nicht so lange, bis du dir nicht mehr sicher bist, ob deine Entscheidung richtig ist. Du handelst.«

»Und was nutzt mir das alles? Selbst wenn ich nicht so entstellt wäre, würde Kristina niemals etwas von mir wollen, weil ich nichts anderes kann als kämpfen. Weil ich nichts anderes kenne.«

»Es geht also um Kristina?«

»Sie ist ein Teil von dem, worum es mir geht. Nur bin ich in ihren Augen kein guter Mann. Sie weiß, dass ich viele Menschen getötet habe.«

»Dann möchtest du beichten?«

»Nein. Ich möchte verstehen, warum Gott mich so gemacht hat, wie ich bin. Deshalb will ich unsere Lesestunden fortsetzen, Priester. Allein zu lesen verwirrt mich nur und macht mich noch wütender als zuvor. Ich brauche jemanden, mit dem ich reden kann über das, was ich lese.«

»Dann werde ich dir noch eine Lektion geben.«

Vater Michael blickte Lud direkt in die Augen. Lud hatte das Gefühl, als würde er in einen Brunnen starren, mitten in der Nacht, und als würden sich kleine Sterne in dem stillen, schwarzen Wasser spiegeln. Der Blick des Priesters verweilte so lange, bis Lud verwirrt einen Schritt zurückwich.

Doch Vater Michael hielt ihn auf, indem er abrupt die Hände hob und Luds Gesicht umfasste, so zärtlich wie einen geliebten, kostbaren Gegenstand.

Und dann küsste Vater Michael ihn auf die Lippen.

Lud zuckte instinktiv zurück. Seine Arme schnellten hoch, stießen zu. Der Priester taumelte nach hinten, stolperte, ruderte mit den Armen.

»Zur Hölle, Priester!«, stieß Lud wütend hervor.

Vater Michael krampfte sich auf den Steinen zusammen und versuchte, sein Gesicht zu verbergen, wobei er in die Ärmel seines Gewandes weinte. Lud stand abwartend da. Schließlich kniete er nieder und hob Vater Michaels Kopf an, sodass der Priester ihn anschauen musste.

»Was willst du von mir?«, fragte Lud.

»Ist Liebe denn zu viel verlangt?«, schluchzte Vater Michael.

Lud erhob sich und trat zurück. »In mir gibt es keine Liebe von der Art, die ich einem anderen Mann geben könnte.«

Vater Michael schaute Lud aus dunklen Augen an. Sein Gesicht war rot, seine Miene gequält, seine Wangen tränennass. Lud hatte diese Art von Schmerz früher schon gesehen, bei jungen Männern, die zu lange auf dem Schlachtfeld gewesen waren, oder bei älteren Männern, die sich in einen jungen Kameraden verliebt hatten. Diese verbotenen Sehnsüchte waren fast immer hoffnungslos – und gefährlich obendrein, denn es drohten schwere Strafen bis hin zum Tod. Auf seinen Märschen hatte Lud tapfere Männer gesehen, die zusammen überrascht worden waren. Sie waren in Ketten gelegt, nackt aufgehängt und von Mönchen verstümmelt worden, bis der Tod sie erlöst hatte.

So kam es, dass Lud jetzt, bei Vater Michael, keinen Abscheu spürte, nur Trauer und Mitleid. Es war einfach Pech, wenn man aus diesem Stoff gemacht war. Wenn man als Mann Männer mochte. Grausames Pech.

»Du riskierst sehr viel, indem du deine Neigung offenbarst«, sagte Lud.

»Aber du verdammst mich nicht?«

»Es ist nicht an mir, irgendjemanden zu verdammen.«

»Und du? Was ist mit dir? Ich weiß, dass du genauso einsam bist wie ich. Warum nimmst du dir keine Frau?«

Ich will keine andere Frau als Kristina, dachte Lud. »Weil ich so hässlich bin«, antwortete er laut.

»Aber deine Seele nicht, Lud. Deine Seele ist nicht hässlich, genauso wenig wie dein Wesen«, sagte Vater Michael.

Er hob die Hand, wollte sie auf Luds Gesicht legen, doch Lud fing sie ab. Er spürte die dünnen Knochen und das weiche Fleisch und schüttelte den Kopf. *Tu das nicht.* Er ließ die Hand los, und sie fiel herab wie ein toter Vogel.

»Spiel nicht mit mir, Priester.«

Vater Michael lächelte traurig. »Dein Gesicht ist eine wunderschöne Maske. All die Narben aus Schmerz und Leid ...«

»Glaubst du im Ernst, Leid wäre etwas Schönes?« Lud lachte bitter auf.

»Sieh dir Jesus Christus an. Er ist gestorben aus Liebe zu allen Menschen.«

Lud schaute hinauf zu dem Holzjesus mit den starren schwarzen Perlenaugen. Er hatte die Statue noch nie aus solcher Nähe gesehen. Die Schnitzerei war präzise, mit tiefen Linien im Gesicht des Sterbenden und sich kräuselnden Locken von Haar und Bart. Der unbekannte Künstler schien sich mit Leid ausgekannt zu haben.

Diese Qualen hier waren überzeugend wiedergegeben – unerträglicher Schmerz, der die Seele verzerrt. Hier war nichts von der weichen Eleganz des mädchenhaften Christus im großen Würzburger Dom zu sehen. Der Blick aus den Perlenaugen schien Lud zu verfolgen, wohin er sich auch bewegte.

Lud schüttelte den Kopf. Sein Magen hatte sich verkrampft, und seine Seite schmerzte wieder, begleitet von pulsierender Hitze.

Warum hatte dieser Vollbringer von Wundern seine Macht nicht dazu benutzt, sich selbst zu befreien? Die Körper seiner Folterknechte zu zerschmettern? Ihre Seelen mit heiligem Feuer zu verbrennen? Warum hatte er Gott, seinem Vater, erlaubt, ihn so grausam zu benutzen, zur Tilgung der Sünden all des Abschaums auf der Welt? Oder war alles nur eine Lüge, um Kinder einzuschüchtern und Erwachsene zum Gehorsam ihren Herren gegenüber zu bringen?

»Narr«, sagte Lud, und er vermochte in diesem Moment nicht zu sagen, ob er damit Christus gemeint hatte, den Priester oder sich selbst.

»Lud ...«, flüsterte Vater Michael und starrte Lud vom Boden herauf flehend an. »Vergib mir ...«

Lud wandte sich ab. Seine Seite brannte wie Feuer. Wenn er länger blieb, würde er den Priester vielleicht treten, schlagen ... und wenn er erst damit anfing, würde er nicht mehr aufhören, bis der Mann tot war. Er würde diesen harmlosen, schwachen Pfaffen verprügeln, bis das hässliche Gefühl in seinen Eingeweiden verschwunden wäre.

Schon wieder mein altes Pech, dachte Lud bitter.

Ja, es war wieder einmal typisch für sein verdammtes Unglück, dass nicht Kristina seine Zuneigung suchte, sondern ein einsamer Priester.

*

Zwei Stunden später kam Lud zurück. Er war allein durch die Nacht gelaufen, hatte sich die Seite gehalten in der kalten, windigen Dunkelheit, und sein Mitleid für den Priester war ständig gewachsen – zusammen mit etwas anderem, das er sehr viel weniger verstand.

Als er eintrat und die Kälte abschüttelte, sah er Vater Michael nicht sofort. Stattdessen roch er Wein. Und Jesus starrte noch immer von der Wand.

Das Feuer in der Sakristei loderte hell. Funken stoben aus dem Kamin. Dann erkannte Lud den Grund dafür.

Der Kamin war voll mit brennenden Büchern.

»Priester?«

In diesem Augenblick hörte er ein scheußliches Röcheln, drehte sich um und sah den Priester zappelnd am Ende eines Stricks. Unter seinen Füßen lag ein umgekippter Schemel. Seine Hände umklammerten den Strick um seinen Hals und hielten sich krampfhaft daran fest. Sein Gesicht war dunkelrot, und seine Zunge hing heraus.

Lud zerrte seinen Dolch hervor und schnitt den Priester los.

Vater Michael fiel auf Lud, und beide gingen zu Boden, der Priester ächzend, die Hände noch immer an der Schlinge um seinen Hals. Lud half ihm, das Seil zu lösen. Der Knoten war stümperhaft – zum Glück für Vater Michael.

Luds Seite schien in Flammen zu stehen. Beim Sturz des Priesters war der Verband abgerissen, und der Schnitt war nun offen. Lud wankte benommen. Übelkeit übermannte ihn. Er musste sich anlehnen, um nicht hinzufallen.

Er blickte auf Vater Michael. Der Geistliche war auf Händen

und Knien, würgte und röchelte. »Warum ... warum hast du mich aufgehalten?«

Die Wogen aus Schmerz verebbten allmählich.

»Verdammter Priester. Du bist mir vielleicht ein feiner Held«, stöhnte Lud.

»Es ist vollbracht ...«

»Was ist vollbracht? Du meinst, die Worte des Heilands am Kreuz rechtfertigen diese Torheit? Diesen sinnlosen Tod, den du sterben wolltest?«

Vater Michael rollte sich auf den Rücken und verharrte in dieser Haltung.

Lud drückte sich vom Pfeiler ab, an dem er gelehnt hatte. Die brennenden Bücher erzeugten eine drückende Hitze im Raum. Der saure Gestank von verschüttetem Wein ließ Lud würgen. Er starrte in den Kamin und sah, dass keines der Bücher mehr zu retten war. Rußige Fetzen geschwärzter Seiten tanzten in den gelben Flammen.

»Mein Leben hat keinen Sinn mehr«, brachte Vater Michael mühsam hervor.

»Dann such dir einen Sinn!«

»Ich bin abstoßend und wertlos.«

»Dann such dir einen Wert, verdammter Kerl! Die Menschen sind traurig, sie sind hungrig, sie haben Angst. Hilf ihnen.«

Lud kniete bei ihm nieder und sah ihm ins Gesicht. Vater Michael hatte so bitter geweint, dass seine Augen fast zugeschwollen waren. Der Druck des Seils um den Hals hatte seine Adern unter der Haut aufplatzen lassen; sie sahen aus wie die feinen Verästelungen in grünen Blättern, nur dass sie rot waren und rasch dunkelten.

»Hör zu, Priester, gib wenigstens den Leuten im Dorf Hoffnung. Das ist doch deine Aufgabe, oder nicht? Worte der Hoffnung und des Trostes sind dein Fach. Nahrung für hungrige Seelen.«

»Sobald du gehst, steige ich wieder auf den Schemel.«

»Du verkommener, schwacher, selbstsüchtiger Bastard!« In einem Anfall plötzlicher Wut packte Lud den schlaffen Priester bei den Schultern und schüttelte ihn. Das rote Gesicht, glänzend vor Tränen und Schweiß, verzog sich zu einer hässlichen Fratze. »Du hast Glück, dass das Seil dir nicht das Genick gebrochen oder die großen Adern hat platzen lassen.«

»Lass mich in Frieden, du unwissender Trampel.«

»Dein Knoten war lächerlich! Außerdem hattest du das Seil gepackt und dich festgehalten.«

»Du glaubst, ich will leben?«

»Ich weiß es. Die eine Hälfte von dir will nicht mehr, die andere will immer noch. Hast du das damit gemeint, als du davon gesprochen hast, wie wichtig es ist, zu handeln?«

»Ich bin unrein … unwürdig.«

»Gott macht uns so, wie wir sind. Und jeder von uns muss irgendwie damit zurechtkommen.«

Lud versetzte ihm eine schallende Ohrfeige, mit offener Hand, um keine Knochen im Gesicht zu brechen. Der Kopf des Geistlichen flog von der Wucht des Schlages nach hinten. Er hörte auf zu jammern und starrte Lud aus weit aufgerissenen Augen ungläubig an.

»Und jetzt hör mir zu. Hör mir genau zu. Du hast herausgefunden, dass Selbstmord nicht das ist, was du willst. Also setze dein Wissen ein. Suche einen Weg, es zu nutzen. Du sagst, Gott ist Liebe? Dann tue deine Arbeit, beweise es! Du willst die Welt zu einem besseren Ort machen? Fang an, mach, was du tun musst. Du willst handeln? Niemand hält dich auf. Wenn du es nicht wenigstens versuchst, hast du bereits versagt.«

Lud stieß den Priester von sich, der ins Taumeln geriet, aber er fing sich im letzten Moment und stand schwer atmend da, die Hand auf die Rückenlehne eines Stuhls gestützt. Dann drehte er sich um und ließ sich auf den Stuhl sinken.

»Ich habe deinen Mut und deine Kraft stets bewundert.

Aber ich ... ich habe nicht einmal genug Mut zum Sterben.« Vater Michael verbarg das Gesicht in den Händen und schluchzte mit hängenden Schultern. »Ich will nicht sterben. Aber ich weiß nicht, wie ich leben soll.«

Lud musste wegschauen. Wieder spürte er das starke Verlangen, den Priester zu treten. Stattdessen ging er zum Weinkrug und schleuderte ihn mit einer Handbewegung vom Tisch. Das Gefäß landete auf dem Boden und zersprang. Blutroter Wein spritzte über die Steine.

»Priester, du wirst gebraucht, ob du es wahrhaben willst oder nicht. Giebelstadt braucht dich.« Lud zögerte einen Augenblick, ehe er weitersprach. »*Ich* brauche dich.«

Dann wandte er sich ab und verließ die Kirche.

Während Lud durch die kalte Nacht stolperte, spürte er Blut an seiner Seite, warm und nass. Bei jedem Schritt jagte ein stechender Schmerz von der Wunde aus durch seinen Körper.

Verdammt, verdammt, verdammt!

Der Mond tauchte den stillen Dorfplatz in blasses Licht. Die unzähligen Zweige und Äste der kahlen Dorflinde schüttelten sich; die kleinen Eiszapfen sangen im pfeifenden Wind. Lud ging unter dem ausladenden schwarzen Baum hindurch und sah nach oben, dorthin, wo er als Junge in der Baumkrone herumgeklettert war, während er sich fragte, ob der Priester einen neuen Anlauf unternommen hatte, sich aufzuhängen. Man konnte das Schicksal eines anderen genauso wenig ändern, wie man dem eigenen entkommen konnte.

Lud biss sich auf die Zähne, presste die Hand auf die Wunde an seiner Seite und beugte sich tief nach vorn im nächtlichen Wind. Ihm war schwindlig, als er zu seinem Haus schritt, langsam, einen Fuß vor den anderen.

Als er dort ankam, schob er die Finger unter den Verband und spürte eine warme, schleimige Masse. Der Schmerz war wie ein Schock, und beinahe wäre er gestürzt. Gerade noch rechtzeitig stützte er sich an der Hauswand ab. Die andere Hand kam unter dem durchtränkten Verband hervor. Er hob sie vors Gesicht. Der Gestank von Fäulnis ließ ihn trotz der Kälte würgen.

Das also ist das Ende, schoss es ihm durch den Kopf. *Nicht von neidischen Dorfältesten getötet, sondern an Fäulnis verreckt vom Dolchstoß eines betrunkenen Einbeinigen ...*

Lud schob sich unsicher an der Wand entlang zum Eingang. Er wollte in seinem Bett sterben, auf seinem eigenen Stroh. Außer Sichtweite von denen, die ihn vielleicht verhöhnten.

Zwei Schritte von der Tür entfernt fiel er auf die Knie.

Er sah den Nachthimmel und spürte, wie er zur Seite kippte. Wenn er einschlief, würde er an Ort und Stelle liegen bleiben und erfrieren, das wusste er.

Nein, das lasse ich nicht zu. Ich werde nicht sterben. Nicht, solange Kristina niemanden hat, der über sie wacht ...

Es war schiere Willenskraft, die ihn die Arme ausstrecken ließ. Er krallte die tauben Finger in den Boden und zog sich vorwärts, unendlich langsam über das endlose kurze Stück zur Tür seines Hauses, bis er sie mit der Faust aufstoßen konnte.

42.
Kristina

Die Tage wurden wieder länger, und auf schwere Stürme aus dem Norden folgte warme Luft aus dem Süden.

Es war die Zeit der Kraniche, die zu Tausenden aus wärmeren Gefilden kamen und über Felder und Wälder nach Norden flogen. Sie zogen in harmonischen Formationen auf breiten Schwingen vorüber; manchmal sanken sie herab, um auf den Feldern zu rasten und aus Pfützen zu trinken. Immer dann legten die Hörigen Netze aus, um die prachtvollen Kreaturen zu fangen. Einmal hatte Kristina gesehen, wie ein ganzes Dutzend Kraniche aufzusteigen versuchte, um sich dem aufbrechenden Schwarm anzuschließen, doch die Netze hielten sie an den langen Beinen fest, bis die Dorfbewohner herbeigerannt kamen, mit Knüppeln und Dreschflegeln auf die Tiere einschlugen und sie töteten, um sie anschließend zu verspeisen.

Aus diesem Grund hielt sie sich fern von den Feldern, wenn die Kraniche über den Himmel zogen, einander zuriefen und nicht zu landen wagten aus Furcht, gefangen zu werden ... Ihr wurde voller Schmerz bewusst, wie ähnlich ihr eigenes Schicksal dem mancher Kraniche war: auf der Durchreise gefangen, ohne Möglichkeit zur Flucht.

Lud hatte wegen der Wunde, die Kaspar ihm zugefügt hatte, drei Tage im Fieber gelegen. Kristina war bei ihm gewesen; sie hatte die Wunde mit Essig gesäubert und Lud neu verbunden. Vater Michael hatte Lud bewusstlos aufgefunden und war sogleich zu ihr geeilt.

Nun lag Lud erschöpft auf seinem Lager aus Stroh, richtete sich aber jedes Mal auf, wenn Kristina anklopfte und eintrat, und bedeckte sich mit seinem alten, verblichenen Schlafgewand. Er drehte das Gesicht zur Seite, wenn sie sich über ihn beugte und sich mit der Hand die Luft über der Wunde ins Gesicht fächelte, um den Geruch zu prüfen. Nach der ersten Woche war der säuerliche Gestank verschwunden, während der Heilgeruch stärker wurde. Lud ertrug das Brennen des Essigs immer besser, je mehr die Wunde sich schloss.

Kristina ertappte sich dabei, wie sie viel zu oft an Lud dachte, wenn sie nicht bei ihm war. Während sie ihn versorgte, sagte sie nicht viel, und er schwieg ebenfalls die meiste Zeit, doch ihrer beider Augen sprachen Bände. Kristina musste sich ins Gedächtnis rufen, dass dieser Mann getötet hatte und es wieder tun würde, sollte er es als nötig erachten. Dennoch hatte sie im Laufe der Zeit auch Bewunderung für ihn entwickelt. Lud verlangte kaum jemals etwas für sich selbst. Es war beinahe so, als erwartete er nichts vom Leben, außer zu dienen. Auf seine praktische und tatkräftige Weise diente er seinen Mitmenschen mehr, als Kristina und ihre Gefährten es taten. Und Lud besaß eine Stärke, zu der Kristina sich hingezogen fühlte.

Sigmund kam häufig vorbei und wünschte Lud, er möge rasch gesunden und Kaspar verzeihen. Almuth kam mit einer neuen Wolldecke, Lura mit Essen. Auch andere Dörfler besuchten ihn. Dass er Kaspar verschonte, dass er sich gegenüber allen im Dorf aufrichtig und gerecht verhielt und dass er keine persönliche Bereicherung anstrebte, obwohl er Verwalter des Gutes war – dies alles hatte Lud den Respekt der Giebelstädter eingebracht.

In der zweiten Woche ging es ihm spürbar besser. Er beobachtete Kristina, als sie seine Wunde badete und mit frisch ausgekochtem Leinen neu verband.

Plötzlich ergriff er ihr Handgelenk.

»Witter oder ich?«, fragte er mit ausdrucksloser Miene.

Sie blickte ihn an.

»Witter ist ein gut aussehender Mann«, sagte er, als sie nicht antwortete.

»Was kümmert es dich?«

»Ist es mein Gesicht, das du fürchtest?«

»Nein, Lud.« Die Rauheit seiner Stimme erschreckte sie. Sie

schaute ihn an, blickte in sein vernarbtes Gesicht, das halb im Schatten der kleinen Laterne verborgen lag. Seine Lippen bebten. Sie sah Schmerz in seinen Augen. Nicht den Schmerz von seiner Wunde, sondern etwas Tieferes.

»Warum meidest du die Welt?«, fragte er. »Wovor hast du so viel Angst?«

»Ich verstehe nicht ... Bitte, lass mich los.«

Seine Augen forschten in ihren, und sie musste den Blick abwenden. Doch er ließ ihr Handgelenk nicht los, starrte sie weiterhin an.

»Du gibst alles her, was du besitzt, teilst mit jedem dein weniges Essen. Du gibst und gibst. Liegt es daran, dass dein Inneres leer ist? Versuchst du, diese Leere mit der Liebe vieler Menschen zu füllen, statt mit der Liebe eines Mannes?«

»Ich liebe Jesus.«

»Deine ständige Ausrede für alles. Die gleiche Antwort, die man von jeder gewöhnlichen Nonne erwarten würde. Du bist aber keine Nonne, Kristina, du bist eine Frau mit den Gefühlen einer Frau.«

Luds Daumen strich über ihr Handgelenk. Mit einem Mal regte sich in Kristina noch etwas anderes, und diesmal war es keine Angst, sondern etwas, das sie lange nicht mehr gespürt hatte. »Bitte lass mich los.«

»Ich weiß, was du tust, Kristina.« Lud lächelte freudlos.

»Was ich tue? Ich helfe dir, das ist alles.«

»Ich weiß Bescheid über die Druckerpresse. In der alten Scheune. Ich weiß, was ihr vorhabt. Bereitet Witter ein Versteck für euch in Würzburg vor?«

»Witter steht in Florians Diensten, nicht in unseren.«

Lud schnaubte. »Alles, was Witter tut, tut er für dich. Du willst deinen Glauben und deine Überzeugungen aufschreiben, um sie zu drucken und die Flugblätter dann auf dem Markt in Würzburg zu verteilen, nicht wahr? Trotz aller Gefahr. Dein Leben scheint dir völlig egal zu sein.«

»Mein Leben ist ein Geschenk Gottes, und ich liebe es.«

»Und dein Kind?«

»Das geht nur mich und Gott an!« Wie konnte er es wagen, Peter für einen Angriff gegen ihren Glauben zu benutzen!

Lud ließ nicht locker. »Was, wenn Florian seinem Onkel Konrad alles erzählt? Wenn er darin einen Vorteil sieht und ihn ausnutzt?«

»Das würde er nicht tun. Hat nicht Florian Geyer selbst uns gedrängt, lesen zu lernen und offen zu sagen, was wir denken und empfinden?«

»Und wenn andere von deinen Plänen erzählen? Was dann? Glaubst du vielleicht, hier im Dorf bleiben Geheimnisse geheim? Ihr riskiert mutig euer Leben, aber ihr setzt auch das aller anderen aufs Spiel. Ist das gut? Ist das klug? Kann das Gottes Wille sein?«

Kristina fühlte sich in die Ecke gedrängt. »Wirst du uns aufhalten, Lud?«

»Willst du das?«

»Nein.«

Es war eine Lüge. Ein Teil von ihr wünschte sich, Lud möge sie aufhalten. Dann wäre die Gefahr vorüber, und sie hätte ihr Bestes gegeben. Doch sie spürte ihre Lüge, den Betrug an sich selbst, und schämte sich dafür.

»Ich bin nur der Verwalter, Kristina. Aber ich werde jeden aufhalten, der Gefahr über Giebelstadt bringt, oder ich sterbe bei dem Versuch und lasse andere mit mir sterben. Willst du das?«

»Du weißt, dass wir niemandem Schaden zufügen wollen, niemals. Wir wollen, dass sie wissen, dass sie ihre eigene Wahrheit wählen können.«

»Du meinst wohl *eure* Wahrheit. Ihr wollt, dass jeder glaubt, was ihr glaubt. Dass jeder zu eurem Gott betet und ihn fragt, was richtig ist und was falsch.«

»Mein Gott *ist* Gott, deiner und meiner, und er hört alles.«

Lud schüttelte traurig den Kopf. »Nein, nicht alles. Wann immer ich versucht habe, mit ihm zu reden, hat er entweder nicht zugehört oder nicht geantwortet. Er hat auch weggehört, als er mir meine Frau und meine Kinder genommen hat. Und als er mich allein zurückgelassen hat, gezeichnet mit diesem Gesicht, das keine Frau jemals lieben könnte ...«

Kristina strich ihm sanft über die vernarbte Wange. »Du lebst, und du hast viel Gutes in dir. Es ist nicht dein Aussehen, das ich fürchte.«

Lud zog sie am Handgelenk näher zu sich heran, bis ihr Gesicht nur noch einen Fingerbreit von seinem eigenen entfernt war – so nah, dass Kristina die roten Adern im Weiß seiner Augen sehen konnte und das flackernde Schwarz seiner Pupillen.

»Was fürchtest du dann?«, fragte er.

»Was du bist. Was du zu tun bereit bist.«

»Und was ist mit dir? Frag diesen Gott, deinen Gott, was richtig ist, und sorge dafür, dass du nicht Tod und Schmerz über andere bringst, wenn du diesen Wahnsinn mit der Druckerpresse anstellst.«

»Besser, den Tod in diesem Leben zu riskieren, wo ohnehin jeder sterben muss, als das Wagnis einzugehen, für alle Ewigkeit verloren zu sein«, flüsterte sie.

Kristina hatte keine Angst mehr vor ihm, spürte nur den Schmerz in ihrem Handgelenk, wo Lud sie mit einem Griff fest wie ein Schraubstock gepackt hielt. Seine Hand entspannte sich ein wenig.

»Hör mich an«, sagte er. »Ein großer Sturm wird über dieses Land kommen. Wenn die Menschen sich gegen ihre Herren erheben, werden viele sterben. Ich habe es schon früher erlebt, als ich noch ein Halbwüchsiger war, auf meinem ersten Kriegszug unter Dietrich. Unsere Streitmacht wurde nach Slawonien ausgesandt, um einen unbedeutenden Aufstand gegen das Kaiserreich niederzuschlagen. Wir sind über sie hinweggetost wie ein Sturm, haben ihre Dörfer niedergebrannt, ihre Frauen und

Kinder getötet. Ich hatte Angst, jemals wieder so etwas sehen zu müssen. Und doch habe ich es gesehen, jedes Mal, wenn wir zu einem weiteren Kriegszug aufgebrochen sind. Es hört niemals auf. Die Schwachen erheben sich, und die Starken zerschmettern sie und ordnen sie sich wieder unter. Und du, Kristina, bist schwach.«

Kristina spürte, wie ihr Gesicht heiß wurde.

»Warum willst du dich uns nicht anschließen, Lud? Wir arbeiten für den Frieden, nicht für den Krieg. Ist das Schwäche?«

»Meine Pflichten sind hier in Giebelstadt. Ihr versucht, andere zu beherrschen. Ihnen euren Glauben aufzudrängen. Ihr seid genau wie alle anderen.«

»Das ist nicht wahr.«

Lud stand auf. Kristina wagte nicht, sich zu rühren, während er auf dem Strohboden mit schweren Schritten um sie herumging, wobei er sich mit einer Hand die Seite hielt.

»Ich fürchte um dich«, sagte er. »Ich höre dich rufen: Verbrennt mich! Verbrennt mich!«

»Glaubst du, ich liebe diese Welt so sehr?«

»Ich glaube, du solltest dein Leben viel mehr schätzen und achten. Es ist ein Geschenk, das man nicht wegwerfen sollte, egal aus welchem Grund. Du brauchst Liebe in dieser Welt, in die du hineingeboren wurdest. Es ist vielleicht die einzige Welt, die es gibt. Du brauchst einen Menschen, den du lieben kannst. Der dich liebt und dich beschützt.«

Kristinas Herz schlug schneller. »Ich habe meine Brüder und Schwestern.«

»Du weißt, was ich meine.«

Mit einer schnellen, fließenden Bewegung ergriff Lud erneut Kristinas Hand, setzte sich auf sein schmales Bett und zog sie an sich.

Kristina wollte davonlaufen, wollte zugleich aber nichts lieber, als bei ihm zu bleiben. So nah bei ihm fühlte sie sich geborgen, als könnte er alles Böse auf der Welt von ihr fernhalten.

Sie spürte, dass er sie küssen wollte, und sie sehnte sich danach. Sie wusste, dass er sie liebte. Sie wusste, sie würde ihn gewähren lassen.

»Bitte«, flüsterte sie und spürte, wie er ihr Handgelenk losließ.

Sie schauten einander an. Dann hob er die Arme und legte sanft beide Handflächen auf ihre Wangen. Sein Gesicht näherte sich ihrem, und sie schloss die Augen, als sie seine raue Haut spürte, die Narben, die warmen Lippen und schließlich seinen Kuss. Zuerst sanft und süß, dann leidenschaftlicher, fordernder. In ihrem Bauch kribbelte es, und beinahe hätte sie seinen Kuss erwidert, doch in dem Moment, da er aufstöhnte, drehte sie das Gesicht zur Seite.

Lud ließ sie los. »Ich dachte, du willst es«, sagte er leise. »Sehe ich denn so schlimm aus? So abstoßend?«

Ihre Hände bewegten sich zu seinem Gesicht. Ihre Finger strichen sanft über die Pockennarben, die so dicht nebeneinander lagen, dass sie eine einzige Fläche bildeten, vom Haaransatz bis zum Kinn. Lud zuckte vor ihrer Berührung zurück, als ekelte er sich vor sich selbst.

»Du bist nicht abstoßend. Ich sehe nur Kraft und Mut. Das sind gute Eigenschaften.«

»Und was empfindest du?«

Kristina wusste nicht, was sie darauf erwidern sollte. Sie löste sich von ihm, erhob sich und wich einen Schritt zurück, aus Angst, er könnte sie erneut küssen, doch Lud machte keine Anstalten, ihr zu folgen.

»Sieh nur, wie du vor Abscheu zurückweichst«, sagte er, und aus seinen Augen sprach unendliche Traurigkeit.

»Das ist es nicht, Lud ...«

»Komm nicht wieder her.« Er stand auf, war mit drei, vier Schritten an der Tür und riss sie auf.

Kristina duckte sich hindurch und eilte hinaus ins kalte Sonnenlicht.

Als sie sich von Luds kleinem Haus entfernte, rannen Tränen über ihre Wangen. Sie hatte Lud sehr wehgetan, auch wenn es nicht ihre Absicht gewesen war. Das durfte nie wieder geschehen, entschied sie.

Und doch konnte sie noch immer Luds Kuss spüren, das süße, warme Kribbeln, das er verursacht hatte.

Sollte sie Grit von dem Kuss erzählen? Nein, besser nicht. Grit konnte es falsch verstehen und auf den Gedanken kommen, Lud hätte es aus schierer Lust getan, hätte sie vielleicht sogar gezwungen.

*

Eine schlaflose Woche später erzählte sie es ihr doch.

Es war kurz vor Sonnenuntergang, nachdem Kristina ihre Pflichten in der Burg erfüllt hatte. Sie war in der Hütte ihrer Brüder und Schwestern und half Grit dabei, die Innenwände zu verfugen an den Stellen, an denen der Lehm herausgefallen war. Der Märzwind war eisig und wehte in Böen durch die Ritzen. Kristina hatte die Ärmel hochgekrempelt; ihre Schürze war verdreckt, ihre Finger rau von dem Stück Holz, mit dem sie weiteren Lehm aus dem Holzeimer schabte. Das Herdfeuer qualmte stark; Simon und Rudolf waren unterwegs, um neues Feuerholz zu beschaffen.

»Willst du nicht darüber reden?«, fragte Grit, ohne ihre Arbeit zu unterbrechen oder Kristina anzusehen.

»Worüber?«

Grit legte eine kalte Hand auf Kristinas Arm. »Dich beschäftigt etwas.«

Auch Kristina hielt nun inne und blickte in das von tiefen Furchen durchzogene Gesicht mit den dünnen, von der Kälte rissigen Lippen und den klaren Augen. Der Holzstab fiel Kristina aus der Hand, und sie spürte heiße Tränen aufwallen.

Grit nahm sie in die Arme und sie setzten sich aufs Stroh.
»Nun sag schon«, drängte sie.

Also erzählte Kristina von Lud, von seinem Kuss und wie verwirrt sie war.

Niemals wäre sie darauf gekommen, welche Frage Grit als nächste stellte.

»Hast du dich an seinem Kuss erwärmt? Oder bist du im Herzen kalt geblieben?«

Und so saßen sie vor dem rauchenden kleinen Feuer und hielten sich die lehmverkrusteten Hände, als Kristina ihre Gefühle offenbarte.

»Ich musste oft daran denken, wie Lud in der Schlacht vor vielen Jahren wütete, in dem Gewittersturm, als Männer einander in Stücke hackten. Damals fürchtete ich Lud.«

Dann aber hatte sich alles geändert, als Lud den Magistraten und dem Mönch aus Würzburg ganz allein entgegengetreten war, um das Dorf zu schützen. Als Kristina gesehen hatte, dass er genauso hart arbeitete wie jeder andere und nichts für sich selbst beanspruchte. Als sie seine Stärke gespürt hatte, als er sie küssen wollte. Und als sie gänzlich unerwartet etwas für ihn gefühlt hatte, das sich warm und sanft in ihrem Körper ausgebreitet hatte.

»Früher habe ich ihn als Ungeheuer betrachtet«, fügte sie hinzu. »Heute sehe ich ihn ganz anders, obwohl ich es nicht will.«

Grit legte ein neues Stück Holz auf das kleine Feuer. »Schönheit ist etwas Merkwürdiges. Manche Menschen, die wir sehen, wirken auf den ersten Blick wunderschön, so wie Frieda, doch je länger wir sie kennen, desto weniger bleibt davon übrig. Andere sind hässlich und bleiben hässlich. Nicht aber Lud. Je länger man ihn kennt, desto anziehender erscheint er einem. Es ist das Wesen, das das Äußere eines Menschen mit der Zeit durchdringt. Hast du ein gutes Gefühl, wenn Lud in deine Nähe kommt oder wenn du zu ihm gehst?«

»Ich fühle mich sicher. Beschützt. Geachtet.«

»Liebt er dich? Und liebst du ihn?«

Das Feuer knisterte. Das Holzstück ging in Flammen auf. Funken sprühten. Der Wind draußen erhob sich, und kühle Luft wehte durch die Ritzen der Wände. Kristina suchte in ihrem Inneren nach einer Antwort.

»Ich weiß es nicht«, sagte sie schließlich. »Es ist ein ganz neues Gefühl – wohlig, aufregend, beängstigend. Lud begehrt mich, und ich glaube, seine Liebe ist aufrichtig.«

Grit runzelte die Stirn. »Und doch bist du betrübt. Liegt es vielleicht an Witter?«

»Witter?«

»Er ist ein guter Mann. Sehr klug, sehr gelehrt. Er scheint dir zu gefallen. Du weißt, dass er dich liebt und dich will. Jeder kann sehen, dass beide Männer dich wollen.«

»Witter, der kluge Witter, ist ...«

Jude, aber das konnte sie nicht sagen.

Würde Witter nicht eine Jüdin zur Frau wollen? Eine Frau seines Blutes und seines Glaubens, mit der er Kinder zeugen und aufziehen konnte? Hieß es nicht so in der Schrift? Gleich zu Gleich, ein jeder bleibe bei seiner Art?

»Witter ist *was*?«, fragte Grit.

Kristina starrte in die Flammen. »Witter ist ein guter Mann«, sagte sie schließlich.

»Ich sehe, wie du dich zu Lud hingezogen fühlst, kleine Schwester. Weil er stark ist und weil er dir die Angst vor anderen nimmt. Aber du lehnst ihn ab, weil er deinen Glauben nicht teilt, den Glauben an brüderliche Liebe und Gewaltlosigkeit. Das ist der Widerstreit in deinem Herzen. Aber hör zu, was ich dir jetzt sage. Lud ist kein Spielzeug. Er ist kein von der Lust getriebener Narr. Seine Gefühle sind echt, und du darfst ihm keine falschen Versprechungen machen.«

»Ich habe ihm keine Versprechungen gemacht«, sagte Kristina und fragte sich im gleichen Augenblick, ob das stimmte.

»Wir Frauen wissen nicht, wie manche Männer uns sehen. Und was sie denken, wenn sie uns betrachten. Lass nie wieder zu, dass Lud dich küsst, es sei denn, du bist bereit, dich ihm ganz hinzugeben.«

»Lud hat mir gesagt, ich soll nicht wieder zu ihm kommen. Er will nicht mehr, dass ich seine Wunde versorge.«

»Da hast du den Beweis, was für ein guter Mann er ist«, sagte Grit und lächelte.

Kristina wusste jetzt, dass sie Lud wollte. Es war ein selbstsüchtiges Verlangen, und es war falsch, schrecklich falsch – und dennoch war ihr schwindlig davon. Sie umarmte Grit.

»Sei vorsichtig mit Lud«, warnte Grit. »Er mag nach außen hin ein harter Kerl sein, aber das ist oft nur eine Schale über tiefen, aufrichtigen Gefühlen. Zurückgewiesene Männer können gefährlich werden.«

*

In der alten Scheune waren unterdessen die kleinen Lettern geschnitzt, der Lampenruß gesammelt und die ölige Schwärze gemischt worden. Auch das neue Gestell für den Schlitten der Presse stand bereit.

Vorübergehend schien auch das Papierproblem gelöst zu sein. Linhoff war es, der bemerkte: »Die meisten Flugblätter sind auf der Rückseite leer. Warum benutzen wir nicht diese leeren Seiten, um unsere Nachrichten und Artikel darauf zu drucken? Wir könnten die bedruckten Seiten der Flugblätter mit einem großen X durchstreichen.«

»Nein«, widersprach Grit. »Wir lassen unsere Artikel auf der Rückseite und den ursprünglichen Artikel auf der Vorderseite. Auf diese Weise können wir die Blätter verteilen, ohne gleich aufzufallen.«

Kristina erkannte einen weiteren Vorteil dieser Idee. »Genau. Und was immer vorn auf den Flugblättern gestanden hat, können wir auf der Rückseite mit Zitaten aus der Bibel und guten Argumenten infrage stellen.«

»Ja, sehr gut«, sagte Max. »Das verschafft uns Zeit, die Blätter zu verteilen und zu verschwinden, bevor jemand die wirkliche Botschaft, unsere Botschaft, auf der Rückseite gelesen hat.«

Es wurde ausgelost, wer den Text für das erste Flugblatt verfassen durfte, und Grit gewann. Kristina freute sich für sie.

Grit verbrachte Tage mit dem Verfassen ihres Textes. Schließlich war er fertig, und Kristina setzte die Lettern. Ein altes Flugblatt wurde in die Presse gelegt, die leere Seite den geschwärzten Druckblöcken zugewandt. Dann rollten sie die Rußschwärze auf, Rudolf hielt das Gestell fest, und Simon drehte das Handrad der Presse. Knirschend senkte sich die Druckplatte auf das Papier und drückte die geschwärzten Lettern darauf.

Nachdem sie die Presse wieder hochgedreht hatten, zog Grit vorsichtig das bedruckte Blatt hervor. Kristina und die anderen beugten sich über ihre Schulter.

Kristina las laut vor: »Warum halten sich christliche Länder nicht an das Gebot unseres Heilands Jesus Christus und führen blutige Kriege? Wenn das Christentum eine Religion des Friedens und der Einheit ist, warum werden riesige Heere ausgehoben mit Geldern, die dazu dienen könnten, die Armen mit Nahrung zu versorgen und ihnen Bücher und Bildung zu geben? Liegt es daran, dass die Armen wissen würden, dass Jesus dieses Morden verboten hat, wenn sie lesen könnten?«

Kristina hielt kurz inne, denn die nächsten Worte waren das Wesen, der Kern dieses Textes; sie hörten sich an, als sollten sie die ganze Welt heilen:

»*Liebe deine Feinde.* So lautet das Gebot des Herrn. Gebt acht, dass ihr nicht eure unsterblichen Seelen verliert, wenn ihr die Hand gegeneinander hebt. Hört auf die Worte Christi, nicht auf die von Königen und Bischöfen und Kriegsherren ...«

Die jungen Männer, die im Krieg gewesen waren, gerieten in helle Aufregung.

»Ich habe in der Schlacht getötet«, sagte Linhoff. »Viele haben das getan. Kommen wir jetzt in die Hölle? Für diese frohe Botschaft haben wir hier so lange geschuftet?«

»Wohin ihr nach eurem Tod kommt, geht allein Gott und euch etwas an«, sagte Grit. »Niemand hier ist ein Priester und kann euch verdammen.«

»Wenn ein Türke hier mit einem Schwert hereinkäme und dich töten wollte, Grit«, sagte Linhoff, »sollte ich dann nicht versuchen, ihn zuerst zu töten? Wäre das falsch?«

»Die Türken sind weit weg von hier. Aber Würzburg nicht«, entgegnete Grit.

»Und wenn Magistrate aus Würzburg kämen, um dich zu verhaften, zu foltern und zu verbrennen?«, fragte Ambrosius. »Würdest du mich hindern, wenn ich die Hand gegen sie erhebe, um dich zu beschützen?«

»Wie Jesus es bei Petrus getan hat?«, erwiderte Grit. »Ja, das würde ich. Ich würde deine Sünde nicht auf meinem Gewissen haben wollen, niemals.«

»Töten ist immer falsch«, sagte Kristina. »Immer und überall.«

»Willst du damit sagen, Lud kommt in die Hölle?«, fragte Max.

»Lud?«, fragte Kristina.

»Ja, Lud. Hat er nicht viele Menschen getötet? Wenn es so ist, wie du sagst, dass Töten immer falsch ist, ist Lud doch jetzt schon verdammt, oder nicht?«

Kristina schauderte. Der Gedanke an Lud in der Hölle ließ sie im Herzen frösteln und weckte in ihr den Wunsch, ihn fest an sich zu drücken. Sie errötete tief und blinzelte verlegen.

»Ich verurteile niemanden«, wich sie aus. »Wer bin ich, einen anderen zu richten?«

»Und doch würdest du diese tapferen jungen Männer hier verurteilen, weil sie das Böse aufhalten wollen.«

Kristina hörte die Stimme und drehte sich um.

Es war Vater Michael. In den Armen trug er ein Bündel, eingeschlagen in Stoff.

Alle starrten ihn an.

»Gott gab den Israeliten das Heilige Land«, sagte der Geistliche. »Und die Israeliten erschlugen die Bewohner des Landes mit seinem Segen.«

»Vater«, begann Linhoff hastig. »Wir wollten nur diese alte Scheune säubern, und ...«

»Das ist nicht wahr«, unterbrach ihn der Priester. »Ich habe euch kommen und gehen sehen, viele Male, über die Felder. Ich weiß Bescheid.«

»Und was werdet Ihr jetzt tun?«, fragte Grit nach einer Pause.

Kristina sah, wie die jungen Männer den Priester anstarrten. Für einen Moment hatte sie Angst um den älteren Mann – Angst vor dem, was Linhoff und die anderen mit ihm anstellen könnten aus Furcht vor seiner Autorität und vor der Kirche.

»Ihr dürft nicht darüber reden, Vater«, stieß Linhoff hervor. »Ihr dürft keinen Brief nach Würzburg schreiben ... und auch sonst niemandem.«

»Habt keine Angst«, sagte Vater Michael.

»Was wollt Ihr?«, fragte Grit.

»Ich weiß, was ihr tut«, antwortete der Geistliche. »Und ich bin hergekommen, um euch zu helfen, Gottes Werk zu verrichten.«

»Vater Michael hat den Verstand verloren«, flüsterte Max.

»Ist er betrunken?«, raunte Linhoff.

Doch Kristina sah, dass es nicht die Trunkenheit von Wein oder Bier war. Er war von sich selbst betrunken. Das Gesicht des Priesters zeigte Entschlossenheit. Und zum ersten Mal, seit sie ihn kennengelernt hatte, waren seine Augen klar.

»Ich weiß, dass ihr kein Papier habt«, fuhr Vater Michael fort. »Ich habe euch Papier aus der Sakristei gebracht.«

»Gott segne Euch dafür«, sagte Grit.

Die nächsten Worte des Priesters erschreckten Kristina zutiefst.

»Ich gehe fort. Ich werde mich den wahren Predigern anschließen. Thomas Müntzer, wenn ich ihn finde. Es heißt, dass das Land bald brennen wird in den Flammen der Wahrheit.«

»Ihr seid betrunken, das steht fest«, sagte Grit. »Aber nicht von Bier oder Wein, sondern von etwas viel Gefährlicherem.«

Der Priester ging zur Tür.

Kristina blickte ihm hinterher. *Er hat noch nie so glücklich ausgesehen*, dachte sie dabei.

Vater Michael drehte sich ein letztes Mal um und berührte seine Brust zum Abschied.

»Endlich bin ich frei. Nie mehr werde ich verbittert im Gefängnis der Kirche leben, jener Kirche, die den Menschen den Rücken zugewandt hat. Es gibt nur einen Weg, dieses Land zu läutern. Ergreift die Waffen und schüttelt euer Joch ab! Zerschmettert das Böse und geht mit Gott, unserem Herrn. Wer von euch kommt mit mir?«

Kristina schaute sich um in der Hoffnung, dass die jungen Männer dem Priester nicht folgten. Sie wechselten Blicke, doch sie rührten sich nicht.

»Betet für mich«, sagte Vater Michael. Dann wandte er sich ab, trat nach draußen und war verschwunden.

Kristina eilte zur Tür, hinaus ins Sonnenlicht, und holte ihn ein.

»Was ist mit Euch geschehen?«, fragte sie atemlos. »Was hat Euch so verändert?«

Vater Michael blickte sie aus klaren, leuchtenden Augen an. Er schien irgendeine tiefe Freude zu empfinden. Kristina musste an Berthold denken, ihren Gemahl, als sie vor so langer Zeit gemeinsam von Kunwald aufgebrochen waren, und sie

rechnete damit, dass der Priester von einer Vision sprechen würde, von einer Erleuchtung im Gebet oder einem Traum.
Stattdessen sagte er: »Es war Lud. Er hat mir den Weg gewiesen. Er hat mir gezeigt, dass es für jeden von uns einen einzigartigen Weg zur Wahrheit gibt.«
Kristina glaubte, nicht recht gehört zu haben. »Lud?«
»Ja. Ich war blind, und er hat mich sehend gemacht. Ich bin an meinem eigenen Scheitern verzweifelt und wollte meinem Leben ein Ende setzen. Lud hat mich davor bewahrt.«
Kristina starrte ihn wortlos an. Sie wusste nicht, was sie sagen sollte.
»Lud ist ein Mann, der handelt, anstatt zu reden, und er ist mein Bruder.« Er lächelte. »Alle Menschen sind Brüder.«
»Ja«, sagte Kristina. »Auch Ihr seid mein Bruder.«
Vater Michael blickte ihr beinahe zärtlich in die Augen. Sein Gesicht schien frei von jedem Schmerz zu sein, wirkte jungenhaft und entschlossen.
»In all meinen Studien ist mir das niemals klar geworden. Einzig das Handeln ist Rechtfertigung meiner Verbundenheit mit anderen Menschen.«
»Dann bleibt hier und arbeitet mit uns zusammen.«
»Das würde nicht genügen. Nicht mehr, nicht für mich.«
Mit diesen Worten wandte Vater Michael sich ab und ging davon, mit federnden Schritten, wie ein Mann, der sich zu einem großen Abenteuer aufmacht.

*

Es dauerte länger, als sie erwartet hatten, bis sie ausreichend Flugblätter gedruckt hatten, um sie unter das Volk zu bringen.
In den Tagen vor dem heimlichen Aufbruch nach Würzburg verbrachte Kristina viel Zeit bei Almuth, auf dem Boden der Webstube, wo sie mit ihrem Sohn Peter spielte. Sie genoss jeden einzelnen Tag, als wäre es ihr letzter. Still beobachtete sie

Almuth beim Weben und beneidete sie dafür, dass sie nicht den Zwang verspürte, ihr Leben aufs Spiel zu setzen, und dass sie nichts wusste von Flugblättern oder Verbrennungen. Almuth webte ihr Tuch, lebte ihr Leben und war zufrieden mit ihrem Platz in der Welt.

Je näher der Tag des Aufbruchs rückte, desto mehr fürchtete Kristina sich. Ein winziger Fehler, und sie alle waren tot. Peter zu verlassen war falsch, aber sie konnte ihn nicht mitnehmen. Und nicht zu gehen war ebenfalls falsch. Es war ein Zwiespalt, der sie zu zerreißen drohte.

An einem strahlenden Frühsommertag war es schließlich so weit. Kristina warf einen dünnen Reiseumhang über, hüllte Brot und Käse in ein Tuch und schlich sich aus der Burg.

Ich weiß, dass es falsch ist, aber ich muss es tun!

Wie eine Verurteilte ging sie zu der alten Scheune.

Dort angekommen, änderte sich alles.

Grit, Rudolf und Simon rannten herum wie ein paar aufgescheuchte Hühner, durchsuchten jeden Winkel der Scheune und blickten ratlos drein.

»Die Flugblätter!«, rief Grit Kristina zu. »Sie sind weg!«

Sie suchten überall, doch die Flugblätter blieben unauffindbar. Grit war außer sich.

»Als wir vor drei Tagen zuletzt hier waren, haben sie noch dort hinter dem Holzstapel gelegen, eingeschlagen in dickes Tuch«, sagte Grit und deutete auf den Holzstapel. »Jemand muss sie entdeckt haben und hat wer weiß was damit angestellt.«

Linhoff, Max und die anderen jungen Männer betraten die Scheune.

»Warum so lange Gesichter?«, wollte Linhoff wissen.

»Die Flugblätter«, antwortete Kristina. »Sie sind weg.«

»Ich weiß«, sagte Linhoff und lächelte. Er genoss diesen Moment sichtlich.

»Du weißt *was*?«, fragte Grit.

»Es ist alles erledigt. Der alte Klaus ist gestern hier vorbeigekommen. Er bringt unsere Flugblätter nach Würzburg auf den Markt und verteilt sie dort.«

»Du hast dem alten Klaus unsere Flugblätter gegeben?«, fragte Grit fassungslos.

»Ja. Er verteilt sie auf dem Markt«, wiederholte Linhoff.

Grit war außer sich. »Das ist nicht richtig. Was, wenn er gefasst wird? Das würde für immer auf unseren Seelen lasten!«

»Klaus ist einfallsreich«, entgegnete Linhoff, doch seine Selbstsicherheit verschwand allmählich. »Er verkauft die Blätter. Und mit den Worten des Bischofs auf der Vorderseite wird er einen hübschen Gewinn machen.«

»Haben wir uns die viele Mühe gemacht, damit irgendjemand Gewinn macht?«, fragte Kristina. »Und sein Leben riskiert?«

Sie hatte plötzlich Schuldgefühle, dass sie solche Angst davor gehabt hatte, nach Würzburg aufzubrechen. Die Erleichterung, die sie nun verspürte, verschlimmerte alles noch. Es war ein schwindelerregendes Gefühl von erneuertem Leben, als wäre sie vom Scheiterhaufen losgebunden worden.

»Es ist besser, wenn der alte Klaus die Blätter verkauft«, sagte Max. »Dann werden sie wenigstens ernst genommen.«

»Und wenn er gefasst wird?«, wiederholte Grit ihre Frage.

Kristina kannte die Antwort. Wenn Klaus gefasst wurde, würde er die Magistrate auf geradem Weg nach Giebelstadt führen.

43.
Witter

*D*er leichte Regen hatte aufgehört, und der Frühsommertag neigte sich dem Ende zu. In den Fenstern der Häuser wurden bereits die ersten Kerzen und Laternen angezündet. Es war Zeit für die Rückkehr, aber nicht, ohne vorher einige Flugblätter für Florian zu kaufen.

Also ritt Witter langsam durch die Nebenstraßen und Seitengassen Würzburgs, vorbei an Marktständen und Straßenverkäufern, bis er um eine letzte Ecke bog und vor ihm der Domplatz lag. Das war der Augenblick, als er sie sah.

Es konnte nicht sein, aber es war ...

Frieda?

Für einen Moment hatte er ihr blondes Haar und ihr rundes Gesicht mit den hübschen Zügen in einer sich nähernden Kutsche gesehen. Das Gefährt war rot, mit feinen goldenen Streifen, und die Kutschlaternen brannten. Wie andere Kutschen auch schien sie über dem Schmutz und Elend der Straße zu schweben.

Witter zügelte sein Pferd. Es blieb mitten auf der Straße stehen und versperrte der Kutsche den Weg.

Das schwarze Zugtier scheute vor Witters Pferd. Der Kutscher, ein vierschrötiger, wettergegerbter Bursche, funkelte Witter wütend an.

»Ihr versperrt den Weg, Kerl!«

Jetzt erst sah Witter, dass zwei geckenhaft gekleidete Männer zu beiden Seiten der jungen Frau saßen.

»Was ist da los?«, rief einer von ihnen aus dem Innern der Kutsche.

Witter saß abwartend auf seinem Pferd. Er konnte Friedas Gesicht nun deutlich erkennen – sie spähte nach draußen, um zu sehen, was los war. Ja, es war unverkennbar Frieda: Der schnippische Ausdruck auf dem hübschen Gesicht, das von einem Moment zum anderen mürrisch werden konnte, war ihm in Erinnerung geblieben.

Wer aber waren die Männer in Friedas Begleitung?

Witter ritt zum Seitenfenster der Kutsche und schaute hinein. Frieda trug ein vornehmes dunkelrotes Kleid aus Seide, das ihre reine weiße Haut betonte. Ihr Gesicht wirkte unnatürlich blass – Witter erkannte, dass es bemalt war. Ihre blonden Locken waren auf modische Art zu einem turmartigen Gebilde zusammengesteckt. Wie erstarrt lag ein Lächeln auf ihrem kleinen runden Gesicht, doch es reichte nicht bis zu den Augen, die ihn abschätzend musterten.

»Guten Abend, Frieda«, sagte Witter.

Frieda, die ihn plötzlich zu erkennen schien, riss vor Entsetzen die Augen weit auf. Die beiden Gecken wirkten mit einem Mal argwöhnisch. Witter sah, dass beide Federhüte trugen, dazu Gürtel, in denen Dolche mit kunstvoll verzierten Griffen steckten. Sie waren prahlerisch herausgeputzt wie viele Städter, die sich für wichtig hielten, ohne es zu sein. Doch ihre Gesichter waren hart. Offenbar waren sie Männer, bei denen Vorsicht angeraten war.

»Wie hat dieser Kerl mich genannt?«, wandte Frieda sich an einen ihrer Begleiter. Der Mann besaß ein noch brutaleres Gesicht als der andere und trug einen modischen gestutzten Bart. Sein breiter Hut und das lange Haar konnten nicht verbergen, dass der Kerl keine Ohren mehr hatte.

»Guter Mann«, sagte der Ohrlose, wobei er sich aus dem Fenster der Kutsche lehnte. Witter stieg der Geruch von Branntwein in die Nase. Offenbar waren alle drei angetrunken. »Erst versperrt Ihr uns den Weg, dann verwickelt Ihr eine Dame, die Euch nicht kennt, auf unhöfliche Weise in eine Unterhaltung. Soll ich Euch Manieren beibringen? Ich bin Hauptmann Ulrich, Kommandant der berittenen fürstbischöflichen Landsknechte.«

Also waren sie gar keine Gecken. Sie waren hochrangige

Soldaten, Söldner, die in der Stadt das Vergnügen suchten. Und die Kutsche hatten sie wahrscheinlich geliehen, um Eindruck zu schinden. Deshalb trugen sie auch ihre besten Sachen.

Witter wusste, dass die Landsknechtshaufen auf der anderen Seite der Marienburg lagerten, wenn sie nicht im Einsatz waren. Man bekam sie kaum zu Gesicht, es sei denn, sie hielten an Feiertagen oder aus irgendeinem bischöflichen Anlass eine Parade mit Trommeln, Bannern und Kanonendonner ab.

Aber Witter ließ sich nicht einschüchtern. »Du bist es doch, Frieda?«, fragte er noch einmal.

»Ich weiß nicht, wovon du sprichst. Ich heiße Paulina.« Sie warf den Kopf in den Nacken. »Möchtest du eine Haarlocke von mir? Hast du mich singen hören?«

»Euer Pferd trägt das Brandzeichen vom Marienberg und Ihr die Farben der fürstbischöflichen Bediensteten«, meldete der Ohrenlose sich zu Wort. »Wäre es nicht so, hätte ich Euch längst vom Pferd geholt! Wie könnt Ihr es wagen, in so vertraulichem Tonfall mit der Dame zu reden?«

Witter erkannte, dass er einen gefährlichen Fehler begangen hatte. Wenn er wusste, wer Frieda war, wusste sie vermutlich auch, wer er war.

Hast du den Verstand verloren, Witter? Mach, dass du wegkommst!

»Ich bitte um Vergebung«, sagte er hastig. »Ich bin neu hier und habe die Dame verwechselt.«

»Paulina ist die bekannteste Sängerin Würzburgs«, sagte der Ohrenlose. »Ihre Stimme ist unvergleichlich.«

Frieda funkelte ihn an, einen Schimmer von Angst in den Augen. In diesem Moment wusste Witter, dass auch sie die Gefahr erkannt hatte. Nicht auszudenken, wenn aufgedeckt wurde, wer sie beide wirklich waren.

Witter verneigte sich knapp, sagte *Verzeiht* und trabte zügig davon, wobei er die Blicke Friedas und der beiden Landsknechte im Rücken spürte.

An einer Straßenecke hielt er an und drehte sich im Sattel um. Die rote Kutsche war verschwunden.
Frieda.
Es war eine ebenso flüchtige wie traurige Begegnung gewesen. Witter dachte an das hübsche, schmollmündige Mädchen zurück, die junge Täuferin, behütet und beschützt von Grit und Kristina. An ihren Sprung von der Fähre am Fluss und ihr Verschwinden in die Dunkelheit, in jener schrecklichen Nacht vor ein paar Jahren, als Werner Heck sich an der Henkerskette auf der Brücke erhängt hatte, um ihnen allen eine letzte Gelegenheit zur Flucht vor den Hunden und Armbrustbolzen der Magistrate zu geben.

Bedrückt ritt Witter zurück in Richtung der Festung. Vor dem Grafeneckart, dem Ratshaus, hatte sich eine Versammlung von Gildenleuten eingefunden, die meisten in ihrer Stadtkleidung. Der Sprecher war ein großer, hagerer Mann, der auf einer niedrigen Mauer stand und die Fäuste schüttelte, wobei er laut schimpfte.

»Warum verweigert der Stadtrat den Gilden das Wahlrecht, obwohl wir so viele Steuern zahlen? Weil sie unsere Steuergelder klug ausgeben? So, dass alle etwas davon haben? Weil wir sowieso nichts von solchen Dingen verstehen? Nein! Die Reichen fürchten die Gleichheit, sage ich euch! Warum gibt es überhaupt Steuern ohne ein Stimmrecht? Vielleicht sollten wir unsere Steuern und unsere Arbeit zurückhalten, bis sie begriffen haben, dass auch wir Menschen sind!«

Die Menge jubelte ihm zu. Und dann geschah es.

Unvermittelt stürmte ein großer Trupp von Magistraten mit ihren Hunden auf den Platz. Witter erstarrte im Sattel. Schreie und wütendes Hundegebell im Ohr, riss er sein Pferd herum und preschte durch eine Nebenstraße davon, während sich hinter ihm schreckliche Dinge abspielten.

*

In jener Nacht lag er auf seinem Lager im Turm der Festung, hinter den wuchtigen Steinmauern, und wartete vergeblich auf den Schlaf. Seine Gedanken rasten. Es waren nicht nur die blutigen Gemetzel und die Unruhen in der Bevölkerung, die ihn beschäftigten. Es war Kristina. Er vermisste sie sehr. Seine Einsamkeit wurde schlimmer, wenn er nur an sie dachte. Und Lud war bei ihr in Giebelstadt, hatte die Möglichkeit, sie zu umwerben ...

Es war besser, nicht an sie zu denken. Trotzdem wollte der Schlaf nicht kommen. Witter versuchte zu beten, doch er konnte es nicht. Stattdessen sah er Friedas Gesicht. Ihre Unschuld von damals war verschwunden, verschlungen von dieser Stadt, und ihr anziehendes Äußeres gab es nicht mehr; es war einer bemalten Fassade gewichen, die wie eine Maske aussah.

Zweifellos tröstete sie sich mit Schlafmohn, Branntwein und anderen berauschenden Mitteln. Witter hatte solche Mittel selbst einmal genommen, hatte aber rasch erkannt, dass sie ihm nicht weiterhalfen, im Gegenteil. Sie stumpften seine Wachsamkeit ab und raubten ihm genau jene Fähigkeiten, die er als Gehetzter ständig brauchte.

Witter beschloss, herauszufinden, wo Frieda auftrat, wo sie lebte und wie sie sich durchschlug. Vielleicht gelang es ihm, sie zu Kristina zurückzubringen wie ein guter Hirtenhund, der ein verlorenes Lamm nach Hause bringt. Kristina würde ihn dafür lieben. Und er sich selbst vielleicht auch.

In gewisser Weise, überlegte Witter, *spiegelt Friedas Niedergang den des ganzen Landes wider.*

Das Heilige Römische Reich verlor seine Festigkeit, Tyrannei und Ausplünderung, Aufstände und Blutvergießen griffen um sich. Es war ein anfangs kaum merklicher Niedergang gewesen, der nun aber immer schneller vonstattenging, unaufhaltsam, und der zur Apokalypse zu führen schien.

Auf einem beliebten Flugblatt eines anonymen aufrühreri-

schen Autors hatte Witter gelesen: *Als Adam grub und Eva spann, wo war da der Edelmann?*
Witter hätte gern das ganze Flugblatt gelesen, doch nicht gewagt, es zu kaufen, aus Angst, damit ertappt zu werden.
Seufzend schloss Witter die Augen.
Ja, dachte er, *zweifellos, die Welt ist im Wandel.*

*

Florian verbrachte inzwischen die meiste Zeit beim Fürstbischof und war in dessen Turm gezogen, in schönere und größere Gemächer, während Witter nach wie vor bescheiden und alleine wohnte. Dennoch kam Florian mindestens zweimal in der Woche des Abends vorbei, um sich über die Geschehnisse und die neuesten Gerüchte in der Stadt berichten zu lassen.
So auch an diesem Abend.
Die Gilden wurden rebellisch und verlangten eine Stimme im Stadtrat. Witter hatte ja auf dem Marktplatz beobachtet, ehe es zu dem Gemetzel gekommen war. Doch solche Vorfälle waren beinahe alltäglich geworden überall im Land, das sich in ein Pulverfass zu verwandeln drohte. Außerdem ging die Kunde von kleinen vereinzelten Aufständen auf abgelegenen Gütern um, wo die Hörigen die Felder verlassen hatten.
»Das bestätigt mir, was ich selbst zu sehen bekomme, wenn ich mit dem Fürstbischof unterwegs bin«, sagte Florian, nachdem Witter ihm berichtet hatte, was auf dem Marktplatz geschehen war. »Lorenz will ein Mann Gottes sein, mehr nicht. Er will andere nicht dafür bestrafen, dass sie lernen und etwas aus sich machen. Er überlässt die schmutzige Arbeit Konrad. Er ist das größte Hindernis bei jedem Versuch einer Neugestaltung. Auf Herausforderungen kennt Konrad nur eine Antwort: Unterdrückung. Ich fürchte mich vor dem, was kommt, wenn Konrad eines Tages Fürstbischof wird. Halt die Augen und Ohren weiterhin offen und achte auf Anzeichen offener Revolte.«

»Was wirst du tun, wenn es dazu kommt?«, fragte Witter.
»Das werden wir sehen, wenn es so weit ist«, antwortete Florian.

Witter schwieg. Es bedurfte keiner Fragen mehr. Er spürte auch so, dass gewaltige Veränderungen bevorstanden.

Und so kam es auch.

*

Witter war ausgeritten und auf dem Rückweg zur Festung – Reiten war für ihn mehr und mehr zu einer angenehmen Beschäftigung geworden, jetzt, wo das Reiten nicht mehr nötig war, um lange Strecken zurückzulegen. Man hatte ihm im Reitstall des Marienbergs eine edle junge Stute gegeben; sein älteres Pferd war kriegsgewohnt und für die Übungen der Landsknechte draußen im Feld abgestellt worden. Die harte Ausbildung dieser Söldner kostete viele Pferde das Leben.

Witter lenkte die muntere Stute den Main entlang und stutzte, als er eine große Menschenmenge am Fuße des Marienbergs erblickte. Es waren sicherlich zweihundert Männer und Frauen – und über die Mainbrücke, aus der Stadt, strömten noch weitere Menschen. Als Witter sich bei einem armselig gekleideten Mann nach dem Grund für die Versammlung erkundigte, erfuhr er, dass sie gekommen waren, um einen berühmten Prediger zu hören, einen Priester mit Namen Thomas Müntzer.

Witter hatte anfangs keine Ahnung, wer dieser Müntzer war. Er konnte lediglich eine laute Stimme hören, doch sie war zu weit entfernt, als dass man die Worte hätte verstehen können. Erst als Witter näher kam, sah er den Prediger und riss die Augen auf. Es war Vater Michael. Er stand in einem schwarzen Gewand und einer Priestermütze auf einem Stapel dicker Baumstämme über den Köpfen des Pöbels, als sollte er auf einem riesigen Scheiterhaufen verbrannt werden.

Er hatte die Arme ausgebreitet und zum Himmel erhoben, und seine gebrüllten Worte hallten über die aufgeregte Menge hinweg. Witter ritt noch näher heran, bis er die Worte über das Hufgeklapper hinweg hören konnte. »Unsere Welt brütet einen vergifteten Glauben aus!«, rief Vater Michael. »Aber ich weiß jemanden, der euch allen helfen kann! Er kann euch den Weg zu mehr Freiheit weisen! Vertraut auf Gott, liebe Brüder und Schwestern! Hört auf die Worte Thomas Müntzers, denn er wird euch den Weg in eine bessere Zukunft weisen!«

Dann, als er sein Pferd zügelte, hörte er Müntzer klar und deutlich über die Köpfe der Menge hinweg, auch wenn noch Hunderte vor ihm standen und ihm den Weg versperrten.

»Als Adam grub und Eva spann, wo war da der Edelmann?«, rief Müntzer, ehe er seine flammende Rede begann.

Witter begriff, dass das beliebte anonyme Flugblatt von ebendiesem Müntzer und seinen Anhängern stammen musste. Er ließ den Blick über die Menge schweifen. Es waren vor allem arme Leute, Männer und Frauen jeden Alters, zwischen denen wilde, schmutzige Kinder ausgelassen tobten. Auch viele Gildenleute waren unter den Zuhörern, einige in guter Kleidung mit den eingestickten Insignien ihrer jeweiligen Zunft, andere in den Schürzen und Westen ihres jeweiligen Gewerbes. Herausgeputzte Hübschlerinnen und Wäscherinnen, Kriegsveteranen in Lumpen – sie alle standen beieinander und lauschten.

»Ihr arbeitet und plackt und habt doch nichts zu sagen, habt keine Stimme, erhaltet keinen Gegenwert für eure Steuern, die die vollgefressenen Reichen für ihre Kriege, für Pomp und Prunk verprassen!«, rief Müntzer. »Sind *das* die Wege Gottes?«

»Nein!«, brüllte die Menge.

Witter schaute zu Vater Michael. Er war es tatsächlich. Ausgerechnet der Mann, der ein noch größerer Feigling war als er selbst.

Witter drängte sein Pferd näher an ihn heran.

»Michael!«, rief er laut, doch seine Stimme war zu schwach, um den Lärm zu übertönen. Der Priester sah ihn nicht.

Müntzers Stimme dröhnte derweil über die Menge hinweg. »Die Kirche von heute ist eine alte Hure! Was wissen die Gottlosen schon vom wahren Glauben? Was verstehen sie von den Nöten des Volkes? In vielen Städten haben die Bergarbeiter genug! Die Hörigen sind ihres ungerechten Jochs überdrüssig! Die Weber verhungern, obwohl sie Tag und Nacht arbeiten! Ich sage es ein weiteres Mal: Als Adam grub und Eva spann, wo war da der Edelmann? Ja, liebe Brüder, die Zeit der Ernte ist gekommen!«

Als er Müntzers Worte hörte, breitete Witter rasch seinen Umhang über das Brandzeichen seines Pferdes und den Sattel mit dem bischöflichen Wappen, doch die Umstehenden schenkten ihm keine Beachtung. Sie waren wie gebannt von den Worten des aufrührerischen Predigers und seinen klaren und direkten Worten.

»Die Reichen verstecken sich hinter ihren dicken Mauern, doch ich rufe ihnen zu, nehmt euch in Acht, ihr Abschaum, die ihr überall schreit, eure Zeit wäre noch nicht gekommen. Sie *ist* gekommen!«

Ein halbes Dutzend Magistrate kamen mit angeketteten Hunden aus dem Stadttor Würzburgs und über die Mainbrücke. Sie waren offensichtlich ausgesandt worden, um die Menge auseinanderzutreiben und Müntzer zu verhaften. Witter sah, wie sie innehielten, als sie die Menschenmasse in Augenschein nahmen.

»Die Fresssäcke und Hurenböcke, die über die Christenheit herrschen sollen, weil sie Fürsten genannt werden, beweisen in ihrem Tun keine Gottesfurcht! Ja, ich hätte lieber Heiden, Türken und Juden von Gott sprechen und von Gottes Geboten erzählen hören!«

Die Menge johlte und spendete rauschenden Beifall. Müntzer hob die Arme, damit die Leute verstummten, sodass er fortfahren konnte.

Das Wort *Juden* sandte Witter einen kalten Schauer über den Rücken. Er wagte ohnehin kaum noch zu hoffen, dass die Welt sich für seinesgleichen ändern könnte. Zu oft schon war das jüdische Volk getäuscht worden.

Er hörte, wie jemand in der Menge grölend über Müntzers Worte lachte.

»Geh nach Hause, Pfaffe. Und schlaf deinen Rausch aus. Es lebe Fürstbischof Lorenz, es lebe Kaiser Karl!«

Und dann geschah es auch schon. Der Schreihals wurde von kräftigen Männerhänden gepackt, geschüttelt und zu Boden geworfen. Dann wurde auf ihn eingetreten, bis er sich nicht mehr rührte.

Witter ließ sein Pferd rückwärts gehen. Jetzt würden Müntzer und seine Zuhörer bitter bezahlen! Die Magistrate würden in die Menge vorstoßen und die Aufrührer verhaften.

Doch Witter irrte sich. Die Magistrate rührten sich nicht von der Stelle.

Vater Michael bemerkte es ebenfalls und zeigte auf sie. »Seht nur! Die Handlanger der Mächtigen mit ihren verfluchten Hunden! Sie haben ihre Seelen verkauft! Wen von uns werden sie heute holen und verhaften?«

Er schüttelte die Faust. Um ihn herum schäumte die Menge. Dann wandte sie sich gegen die Magistrate, brüllte ihnen herausfordernd entgegen und rückte langsam auf sie zu. Steine flogen. Die Magistrate hielten zunächst noch die Stellung, wichen dann aber einer nach dem anderen vor der tobenden Meute zurück.

»Ah, die Verräter sind obendrein feige!«, rief Müntzer voller Hohn von seinem hölzernen Podest aus. »Sind sie nicht gemeine Männer wie wir? Warum dienen sie dann unseren Unterdrückern?«

Es war unglaublich, aber die Würzburger Magistrate, diese gefürchteten Schergen, hatten Angst. Ihre Hunde bellten und zerrten an den Ketten, wurden aber grob zurückgerissen.

Witter überlief ein Schauer. Eine dunkle Hand schien sich um sein Herz zu legen. Er wusste, was es war.
Blanker Hass.
Wieder flog ein Stein. Er traf einen der Hunde. Das Tier jaulte kläglich auf und machte einen Satz, der seinen Herrn von den Beinen riss.
Witter lachte auf beim Anblick des stürzenden Magistraten. *Ich würde euch am liebsten eigenhändig umbringen,* schoss es ihm durch den Kopf.
Er hörte das Lachen und Johlen der Menge. Viele Leute hoben nun Steine auf und schleuderten sie auf ihre Unterdrücker, die in einem Hagelschauer von Wurfgeschossen die Flucht ergriffen. Die Ketten rasselten über ihren Schultern, die Hunde rannten aufgeregt mit ihnen, als wäre alles nur ein Spiel.
Hinter der Menge lachte Müntzer auf seinem riesigen Stapel aus Baumstämmen und rief den flüchtenden Magistraten hinterher: »Ihr armen Narren mit euren Hunden und euren Ketten! Wenn ihr euch dem Teufel hingebt, *werdet* ihr des Teufels!«
Witter staunte. So etwas hatte er nie zuvor gesehen. Die Menge jubelte, tobte, kreischte. All die Jahre der angestauten Angst brachen sich gewaltsam Bahn.
Und dann hörte Witter sich mitjubeln. Erfüllt von einem wilden, unwiderstehlichen Verlangen trieb er sein Pferd voran, preschte über die Mainbrücke und ritt einen der fliehenden Magistrate nieder, dann den zweiten, als der sich in seinen eigenen Ketten verfing und verzweifelt schrie.
Die Menge tobte und feuerte ihn an.
Weitere Magistrate fielen schreiend unter den Hufen von Witters Stute. Dann preschte er von seinen Opfern weg, erfüllt von einem nie erlebten Hochgefühl. Er schrie, schüttelte die Fäuste gen Himmel. Dann beugte er sich tief über den schweißnassen Hals des Pferdes und trieb es zu immer schnellerem Galopp an, vorbei an der Menschenmenge, bis er zu fliegen schien.
Was ist mit mir? Was, in Gottes Namen, ist mit mir?

44.
Konrad

Seit Tagen hatte Konrad an wiederholten Anfällen von Atemnot gelitten. Das wilde Feuer kochte hoch, und seine Kehle verschloss sich, als hätte der Teufel ihn an der Gurgel gepackt. Es war ein dummer Zufall, dass er einen dieser Anfälle gerade in der Stunde bekam, in der er Mahmed besuchte, um ihm eine Begnadigung anzubieten, sollte er sich öffentlich von seinem falschen Glauben abwenden – worüber Veritas natürlich berichten würde.

»Euer Gnaden!«, rief Basil erschrocken und versuchte, ihn hinzulegen.

»Nein! Nicht!«, widersprach Mahmed. »Du musst ihn hinsetzen, aufrecht, nicht hinlegen!«

»Fass seine Hoheit ja nicht an!«, fauchte Basil.

Doch es war Konrad selbst, der atemlos, mit puterrotem Gesicht, verzweifelt nach Mahmeds helfender Hand suchte. Es beschämte ihn, die Hilfe seines Gefangenen, eines Heiden, in Anspruch nehmen zu müssen, und doch kam die Linderung augenblicklich, als Mahmed ihn in eine aufrechte Haltung zerrte. Konrad entspannte sich ein wenig. Sein Speichel schmeckte nach Blut; er hatte sich auf die Zunge gebissen.

»Wag es ja nicht, ihn noch einmal anzurühren!«, kreischte Basil.

Endlich trat der Leibwächter vor, um einzugreifen, doch Konrad winkte beide fort. Sie beobachteten, wie Mahmed eigenartige Dinge mit ihrem Herrn anstellte. Er drückte seine Hände links und rechts an Konrads Brust, hob und senkte sie und sprach dabei beruhigend auf ihn ein. »Lasst langsam den Atem aus ... so ist es gut. Jetzt setzt Euch hin, entspannt Euch ... langsam einatmen, langsam ausatmen ...«

Als der Anfall vorüber war und Konrad wieder in einem

Stuhl sitzen konnte, erzählte Mahmed ihm, sein Vater sei Arzt gewesen.

»Ich selbst hatte keine Begabung auf medizinischem Gebiet, auch wenn meine Eltern viel Geld in meine Ausbildung gesteckt hatten, für einen Viertgeborenen. Also ging ich zur Armee. Habt Ihr diese Beeinträchtigung seit Eurer Kindheit, und ist sie im Verlauf Eures Erwachsenwerdens schlimmer geworden?«

Woher wusste Mahmed davon? Wie hatte dieser Heide ihm besser helfen können als sämtliche Ärzte in Würzburg? Konrad konnte es nicht glauben.

»Hat jemand mich mit einem bösen Fluch belegt?«, wollte er wissen.

»Nein. Es ist eine Beeinträchtigung, die oft bei Hochwohlgeborenen anzutreffen ist.«

So muss es wohl sein, überlegte Konrad. *Ich bin ein Hochwohlgeborener.*

Die Krankheit verlor ein wenig an Schrecken, wenn man sie so betrachtete.

»Gibt es eine Heilung?«, fragte er.

»Nun, einen bekannten Fall von Heilung gibt es jedenfalls.«

»Erzähl mir davon.«

»Ein berühmter Philosoph und Arzt behandelte einst einen großen Herrscher, al-Malik, einen Sultan, der an Melancholie und Atemnot litt. Der Sultan nahm den Rat des Arztes an und wurde gesund.«

»Ich leide nicht an Melancholie«, sagte Konrad scharf. »Aber wie lautete der Rat dieses Arztes?«

»Sein Name war Maimonides«, sagte Mahmed, »und sein Rat war ...«

»Ein Jude!«, kreischte Basil. »Hört es Euch gar nicht erst an, Herr! Dieser angebliche Heiler war ein böser Zauberer!«

Konrad brachte den Mönch mit einem warnenden Blick

zum Schweigen. Das Feuer in seiner Kehle hatte nachgelassen; er bekam jetzt immer besser Luft. Nun wollte er mehr von diesem Heiden hören, der ihm so gut helfen konnte.

Mahmeds Rat war ebenso einfach wie merkwürdig: viel Obst und Gemüse, wenig Fleisch und keinen Wein, stattdessen viel innere Besinnung, Gebet und häufiges Ausreiten an der frischen Luft.

»Das alles hilft, den Druck zu nehmen, der Euch den Lebensatem abschnürt.«

*

So kam es, dass Konrad, als er die Stadt verließ, um seinem Gut nördlich von Würzburg den alljährlichen Besuch abzustatten, auf seinem geliebten Sieger ritt, statt in einer geschützten Kutsche zu fahren. Begleitet wurde er von einer Schar berittener Leibwächter. Konrad trug eine silberne Rüstung mit goldenen Beschlägen, zeigte sich als der machtvolle Fürst, der er war, und stellte seinen Reichtum zur Schau.

Es fühlte sich großartig an.

Auf seinem Gut erwartete ihn eine beschwerliche Woche, in der er die üblichen Klagen über sich ergehen lassen musste. Es war immer das Gleiche: Schmeicheleien und Betteleien. Verwandte, die nach hohen Ämtern strebten, die Geld geliehen haben wollten und Andeutungen machten, wo für Konrad möglicherweise Bestechungsgelder zu holen waren. Hörige, die unzufrieden waren wegen der zu harten Bestrafungen und zu geringer Anteile an den Ernten.

Zusammen mit der Priorin seiner Abtei betete Konrad am reich verzierten Grab seiner Gemahlin. Doch es war am schlichten Grab seiner alten Stillamme, wo er wirklich trauerte und weinte und die frische Erde mit den bloßen Händen berührte.

Auf dem Rückweg von Thüngen nach Würzburg ritt er Sieger über eine längere Strecke in vollem Galopp, sodass seine Leibwächter alle Mühe hatten, bei ihm zu bleiben. Ja, das war es, was er brauchte! Er fühlte sich stark und männlich, als würde Siegers animalische Kraft durch ihn fließen.

Kurz vor Würzburg, auf dem Weg durch die Wälder, überlegte Konrad, ob er Giebelstadt und Anna einen Besuch abstatten sollte, zum ersten Mal seit vielen Jahren. Doch die Angst vor seiner eigenen Abscheu hielt ihn davon ab; Basil hatte ihm berichtet, was er hinter Annas Schleier gesehen hatte, als er das letzte Mal in Giebelstadt gewesen war, um den Ernteanteil des Bistums einzufordern: eine grauenerregende Landschaft aus Kratern und Furchen.

Zweimal begegneten sie Männern in alten Rüstungen, die sich rasch unter die Bäume zurückzogen, als Konrad und sein Tross sich näherten. Die Leibwächter erklärten Konrad, es handle sich um Ritter, die ihr Hab und Gut verloren hätten und sich ihr Brot durch Wegelagerei, Raub und Plünderungen verdienten.

Sein Hochgefühl war verschwunden, und Konrad fühlte sich nackt und ungeschützt. Die schwere Rüstung drückte ihm auf die Schultern, und er musste ständig daran denken, dass ein Armbrustbolzen ihn oder sein Pferd aus dem Hinterhalt treffen konnte. Er sehnte sich zurück in die Sicherheit der mächtigen Festungsmauern des Marienbergs. Doch er hielt den Kopf hoch erhoben, ließ sich keine Schwäche anmerken.

Kaum war Konrad zurück in Würzburg, erhielt er die Nachricht von dem aufrührerischen Priester Thomas Müntzer, der draußen vor den Toren gepredigt, und von der Menschenmenge, die sich gegen die Magistrate erhoben hatte.

»Unsere Magistrate sind *davongerannt*?« Konrad spie das letzte Wort aus wie ein Stück faules Obst.

Basil senkte den Blick. »Ja, Euer Gnaden. Und dann hat ein Unbekannter sie zu Pferde angegriffen, vor den Augen der Menge. Zwei unserer Männer haben Knochenbrüche davongetragen. Den anderen ist wie durch ein Wunder kaum etwas passiert. Wir haben diese Feiglinge in Arrest genommen, und sie erwarten Euer Urteil. Der Pöbel wird immer gewalttätiger, Euer Gnaden. Inzwischen kommt es bei jeder öffentlichen Versammlung, gleich welcher Art, zu Tumulten.«

»Dann verbieten wir die Versammlungen.«

»Welche, Euer Gnaden?«

»Alle.«

»Wird der Fürstbischof das gestatten?«

»Die Sicherheit der Stadt liegt in meinen Händen.«

Basil zögerte. »Es wird noch mehr Unmut geben.«

»Dann lass die Aufsässigen verhaften.«

»Wie denn, Euer Gnaden? Sie versammeln sich in den Dörfern und Wäldern außerhalb der Güter. Wir haben nicht genügend Männer, um sie alle festzunehmen. Zu allem Übel haben wir mit Fahnenflucht zu kämpfen.«

Konrad verlor die Geduld. »Dann statuiere ein Exempel, um den Pöbel abzuschrecken.«

»Wie Ihr befehlt, Euer Gnaden. Die Stadttore werden bei Einbruch der Dunkelheit geschlossen. Wir setzen Kopfgelder auf Ketzer und Aufwiegler aus und zeigen allen, dass wir die Zügel fest in der Hand halten. Ordnung ist die erste Pflicht.«

»Das hört sich schon besser an.«

Würzburg ist wie ein Kind, überlegte er, *das ständige Beaufsichtigung braucht – und ab und zu eine Tracht Prügel, damit es weiß, wer der Herr ist.*

*

Als Erstes, um Lorenz zu besänftigen, ordnete Konrad die Verteilung von Brot unter den Armen an. Die Flugblätter der Veritas würden seine Mildtätigkeit preisen. Eine Notsteuer musste dafür herhalten.

Als Nächstes ließ er die Magistrate, die vor der Menschenmenge und dem unbekannten Reiter Reißaus genommen hatten, öffentlich auspeitschen. Anschließend wurden sie gebrandmarkt, indem ihnen mit glühenden Eisen ein großes F für *Feigling* auf der Stirn eingebrannt wurde, Konrads eigene Idee. Unter grölendem Gelächter schleppten sie sich schließlich aus der Stadt. Ihnen stand eine düstere Zukunft als Geächtete bevor – wenn sie nicht vorher an Wundbrand starben.

Der Ausbau des Heeres wurde durch verdoppelte Prämien für die angeworbenen Männer vorangetrieben. Es gab keinen Mangel an hungernden ehemaligen Soldaten, die bereit waren, die bischöfliche Münze zu nehmen, sich den Magen vollzuschlagen und einigermaßen warm zu schlafen.

Die Publikatoren in der Veritas-Druckerei berichteten unter Basils Anleitung von Müntzers Predigt vor der Stadt und stellten sie als Versammlung von Teufelsanbetern dar, bei der Kinder geopfert und gegessen worden seien. Die Flugschrift war binnen kürzester Zeit ausverkauft. Allerdings war der Marktstand der Druckerei von Unbekannten in Brand gesteckt worden und die Hälfte der Flugblätter in Flammen aufgegangen.

Trotzdem blieb Veritas ein unglaublicher Erfolg und war nie gewinnbringender gewesen als heute.

Ketzerei, Rebellion und Gesetzlosigkeit wurden zu immer größeren Problemen, die sich mit jedem Versuch, die Bevölkerung im Zaum zu halten, verschlimmerten. Hinzu kamen der Diebstahl militärischer Vorräte, sogar Waffen und Pferde. Konrad hatte doppelte Wachen an den Marienberger Ställen postiert, selbst vor dem Stall seines eigenen Hauses in der Stadt, um der Sicherheit Siegers willen.

Auch Sabotage war nicht selten. Aus Wagenrädern wurden Speichen herausgesägt, die Zündlöcher von Kanonen wurden mit Nägeln verstopft und dergleichen mehr – Zerstörungswut ohne jeden erkennbaren Sinn, als würde die Bevölkerung überall im Land den Verstand verlieren.

»In vielen Städten des Südens gibt es Unruhen«, berichtete

Basil eines Morgens. »Gegen Kirche und Adel gleichermaßen. Abtrünnige Mönche predigen gegen das Papsttum und den Schwäbischen Bund. Die Zünfte sind aufgebracht wegen der hohen Steuern und verlangen ein Wahlrecht. Sie sind nicht mehr bereit, sich den Weisungen der Fürsten widerspruchslos zu beugen. Sogar der niederste Pöbel erhebt sich. Wir müssen diese Entwicklung gut im Auge behalten. Selbst kleine Feuer können große Wälder verzehren, wenn sie nicht überwacht werden.«

»Ganz recht. Der Bund wird mehr Landsknechte anwerben, und der Fürstbischof wird sich an den Kosten beteiligen wie eh und je, weil ihm keine andere Wahl bleibt.«

»Ich wäre mir bei Lorenz nicht so sicher, Euer Gnaden«, warnte Basil. »Er hat sogar verboten, Müntzer zu verhaften, selbst als dieser Ketzer gegen die Kirche gehetzt hat. Und jetzt hat er auch noch Martin Luther zu einem Besuch eingeladen.«

»Ich weiß. Lorenz ermutigt diese Reformatoren immer mehr!«, sagte Konrad kopfschüttelnd. »Wenn es so weitergeht, wird Würzburg eine Hochburg der Ketzer!«

»Was ist mit Eurem Patenkind, Florian Geyer? Könnten wir ihn nicht einsetzen? Er ist auf dem Marienberg sehr angesehen und beliebt. Vielleicht als Aufpasser für die Zünfte?«

Konrad wollte nicht an Florian denken, besonders nicht an Anna, Florians Mutter, die einst sein schönster Traum gewesen war. An Anna dachte er nur noch mit dem Gefühl eines schmerzlichen Verlusts. Aber das alles durfte er niemals offen zugeben. Vorerst war Florian nur eine Figur auf dem Schachbrett seiner Machtspiele.

»Nein«, sagte er. »Florian folgt dem Fürstbischof den ganzen Tag wie ein Schoßhund. Er ist nutzlos für uns – vorerst.«

Konrad war der Unterhaltung müde geworden und winkte Basil, sich zu entfernen. Er wollte zu Sieger. Auf dem Hengst zu reiten war stets eine Erfahrung bedingungsloser Liebe und berauschender Stärke.

Basils Stimme riss ihn aus seinen Gedanken. »Vergesst nicht, Euer Gnaden, bald kommt Martin Luther in die Stadt. Man erwartet von Euch, dass Ihr ihn trefft.«

Konrad verzog das Gesicht.

»Luther! Er wird zu jedem Mittel greifen, um den Verkauf seiner Schriften anzutreiben. Ich hätte nicht übel Lust, ihm Gift ins Essen zu schütten.«

Auf Basils Lippen kroch ein verschlagenes Lächeln. »Es wäre leichter, Luther vor den Toren der Stadt zu töten, bei der Abreise. Der Herr würde Euch zweifellos dafür preisen.«

Auch Konrad hatte darüber nachgedacht und Gottes Rat erbeten, doch Gott hatte ihm kein Zeichen gesandt, dass Luthers Tod gerechtfertigt wäre.

Er seufzte. »Luther reist unter dem Schutz des Kurfürsten von Sachsen. Und was wir jetzt am wenigsten gebrauchen können, ist ein Krieg mit anderen Fürsten. Nein, Basil, damit wir uns verstehen: Luther wird kein Haar gekrümmt, solange er im Fürstbistum weilt.«

Basil nickte enttäuscht und verbeugte sich tief.

Die Abgebrühtheit des kleinen Mönchs überraschte Konrad einmal mehr. Und sie stieß ihn ab.

Er musste vorsichtig sein.

Diese Schlange im Mönchshabit würde auch mich beißen, wenn sie einen Vorteil davon hätte.

45.
Lud

*E*s war Sommer, ein heißer, trockener Tag. Das Gras stand hoch, die Spitzen waren gelb von Trockenheit und Hitze.

Waldo ritt neben Lud, als sie einen Acker nach dem anderen inspizierten und die Obsthaine durchquerten, wo die Äpfel zum Greifen tief hingen. Immer wieder machten sie an Bächen und Teichen Halt, um die Tiere saufen zu lassen.

Viele Jahre lang war Lud bei solchen Erkundungen an den Grenzen des Gutes entlanggeritten, oftmals in Begleitung Waldos. Eine solche Runde dauerte bei gutem Wetter einen ganzen Tag. So weit weg von der Burg und dem Dorf versuchte Lud, nicht mehr an Kristina zu denken. Dafür aber kamen andere Gedanken. In jedem Graben, an jeder Böschung, wo weiße Disteln blühten, tauchten Erinnerungen an seine Frau und seine Kinder auf, die solche Blüten gern gepflückt und mit nach Hause gebracht hatten.

Wie kann es sein, dass solch unschuldige kleine Wesen sterben mussten? Wie kann so viel Anmut und Schönheit einfach verschwinden?

Er biss die Zähne zusammen und hielt die Tränen zurück. Das Pferd warf ungeduldig den Kopf hin und her und zerrte an den Zügeln; es schien Luds Schmerz zu spüren. Schließlich ritten sie einen weiten Bogen, an der Wand aus Bäumen entlang, bis zur alten Steinscheune, in der die Täufer an der Druckerpresse arbeiteten. Waldo zeigte darauf, und Lud nickte. Doch sie ritten an ihr vorbei.

»Ich weiß, was sie da tun, Waldo«, sagte Lud. »Ich weiß aber nicht, was ich dagegen unternehmen soll. Dietrich hätte es gestattet.«

Waldo nickte, machte dann aber das Zeichen für Gefahr.

»Ich weiß«, murmelte Lud.

Sie ritten weiter durch die heiße, trockene Luft.

Es gab keine Zäune, nur Grenzsteine. Ohne Überwachung der Grenzen würden sich die Felder der Nachbargüter immer weiter auf das Land der Geyers vorschieben, und ihre Herden würden auf den fetten Weiden Herrin Annas grasen.

Die Pferde trotteten an einer mächtigen Eiche vorbei. Waldo zeigte auf den Baum, und beide Männer lächelten. Einmal hatte Lud zwischen den Wurzeln dieser alten Eiche eine eingesunkene Stelle entdeckt. Sie hatten gegraben und schließlich Knochen, einen verrosteten Helm mit einem Schädel darin und das bronzene Heft eines Schwertes gefunden.

»Wenn Knaben Krieg spielen, werden sie gescholten, weil sie nicht arbeiten«, sagte Lud. »Dann wachsen sie zu Männern heran, ziehen in den Krieg und werden dafür gepriesen.«

Waldo lächelte und schüttelte den Kopf. Er deutete auf die Senke im Boden, dann schwenkte er den ausgestreckten Arm in einem weiten Halbkreis. Lud nickte. Er und die anderen Jungen hatten hier draußen heidnische Rituale gefeiert und den alten Göttern Treue geschworen, deren Namen sie längst nicht mehr kannten. Mittlerweile waren die Jungen von damals zu Männern geworden, einige lebten noch, wie Merkel, Sigmund und Waldo. Andere waren vor langer Zeit auf irgendeinem Kriegszug gefallen.

Lud fragte sich, was aus dem bronzenen Heft geworden war. Merkel hatte mit ihm darum gekämpft, und weil Merkel damals älter und stärker gewesen war, hatte er die Auseinandersetzung gewonnen. Lud musste grinsen, als er an die Bisswunden dachte, die er dem Gegner zugefügt hatte, und an die wütenden Schläge Merkels, die von ihm abgeprallt waren. Er fragte sich, ob Merkel das alte Bronzeheft immer noch aufbewahrte – und ob die Bissnarben noch zu sehen waren.

Waldo deutete auf eine Stelle hinter einem der Felder.

»Ich sehe sie«, sagte Lud.

Das war der Grund, warum sie an diesem Tag hergekommen waren.

Gleich hinter dem Feld, unter den ersten Bäumen, wartete eine Gruppe zerlumpter Gestalten. Ihr Anblick war bejammernswert. Diese heruntergekommenen Gestalten waren früher stolze Männer gewesen: Bauern, Handwerker, einige sogar Ritter, die Dietrich und Lud in besseren Tagen gekannt hatten. Nun waren sie Vagabunden der Wälder.

Waldo hatte sie einige Zeit zuvor entdeckt und Lud mit Handzeichen berichtet. Lud hatte überlegt, was Dietrich getan hätte. Die Antwort war einfach. Er hätte ihnen geholfen.

Lud verlangsamte sein Pferd. Er sah, wie die Frauen und Kinder hinter den Männern in den Wald zurückwichen. Die Männer jedoch kamen vor, misstrauisch, vorsichtig. Sie sahen halb verhungert aus, hager und erschöpft. Männer, die verzweifelt genug waren, zu jedem Mittel zu greifen. Rauch und Fleischgeruch wehten heran. Lud erkannte, dass die Männer gewildert hatten.

Waldo ritt vor und machte ihnen Zeichen, während Lud vom Pferd stieg und Taschen voller Brot vom Sattel löste.

Der Anführer der Vagabunden war ein großer, weißhaariger Mann mit einer Rüstung aus rostigem schwarzem Eisen, ein ehemaliger Ritter. Einige seiner Begleiter trugen abgerissene Umhänge mit einem Tierkopf, der offenbar einen Stier darstellen sollte. Lud wusste nicht genau, wem er das Wappen zuordnen sollte. Außerdem waren die Rüstungen möglicherweise gestohlen.

»Ich bin Lud, Vogt dieses Gutes. Wir bringen Euch Brot und heißen Euch willkommen. Aber wir bitten Euch, auf die Grenzen unserer Felder zu achten. Das Wild in den Wäldern ist für alle da, wie es bei uns Brauch ist, aber was auf unseren Feldern wächst...«

Waldo warf ihm einen warnenden Blick zu. Jetzt sah auch Lud, was Waldo gesehen hatte – Armbrustschützen in den Bäumen, nahezu perfekt getarnt.

»Ich erinnere mich an Euch«, erwiderte der Anführer. »Ihr

seid mit Dietrich für das Fürstbistum geritten, vor vielen Jahren, als wir den slawonischen Aufstand niedergeschlagen haben.«

»Ja. Ich war fast noch ein Knabe. Es war mein erster Kriegszug.«

»Ich bin Ritter Alfred von Steinmetz. Ich bin ebenfalls mit Dietrich geritten. Ihr könnt stolz auf Euren Vater sein.«

»Dietrich war mein Herr, nicht mein Vater«, sagte Lud.

»Wirklich? Für mich sah es aus, als wärt Ihr Dietrichs Sohn. Wie geht es ihm?«

»Er ist tot. Gestorben an den Pocken, die vor ein paar Jahren das Land verheert haben.«

»Tot ... Noch ein guter Mann, der von uns gegangen ist«, sagte Steinmetz leise. Dann hellte seine Miene sich wieder auf.

»Ist er wenigstens zu Hause gestorben? Wir hatten immer gehofft, Dietrich und ich, dass wir eines Tages zu Hause sterben.«

»Er starb zu Hause, ja.«

»Eure Mildtätigkeit ehrt Euch, Lud von Giebelstadt«, sagte Steinmetz mit einer Handbewegung in Richtung der Bäume. »Ihr habt soeben Euer beider Leben gerettet. Bitte verzeiht, aber wir sind nur deshalb noch am Leben, weil wir ständig auf der Hut sind.«

»Wir sind allein und führen nichts Böses im Schilde«, erklärte Lud. »Es sind schlechte Zeiten für alle.«

»In der Tat. Der Schwäbische Bund vergisst seine alten Freunde und Weggefährten. Ich habe mein Lehen verloren. Zu hohe Steuern gegen zu viele leere Versprechungen. Diese treuen Bauern hier«, er wies auf seine Begleiter, »haben das Land zusammen mit mir verlassen. Es sind viele von unserer Art auf den Straßen dieser Tage. Ein trauriger Anblick, andere Ritter zu sehen, die ebenfalls heimatlos geworden sind.«

»Es heißt, das Fürstbistum Würzburg sucht nach Veteranen und ausgebildeten Kämpfern«, sagte Lud vorsichtig.

Steinmetz verzog verächtlich den Mund. »Sollen sie nur suchen! Sie lassen das Volk hungern, damit sie Geld haben, um Armeen auszuheben. Warum sollte ich diesen Verbrechern dienen, die mir mein Erbe geraubt haben?«

»Es stimmt mich traurig und wütend zugleich, von Euren Schwierigkeiten zu hören«, sagte Lud. »Wir leiden selbst großen Mangel ... die Forderungen des Bistums, wisst Ihr. Wir werden auf der Hut sein.«

Der alte Ritter lächelte ihn väterlich an, so wie auch Dietrich es getan hätte. Trotz seines abgerissenen Äußeren zeigte Steinmetz noch immer die Umgangsformen eines Mannes, der einst bessere Zeiten gesehen hatte.

»Esst Ihr mit uns?«, fragte er. »Es ist gutes Fleisch.«

»Verzeiht, das geht nicht«, antwortete Lud. »Wir müssen unseren Ritt beenden.«

»Dann wünsche ich Euch mehr Glück, als wir es hatten, Lud von Giebelstadt. Beten wir für einen neuen Tag.«

»Gebete ändern den Tag nicht.«

Der alte Ritter nickte. »Hoffnung ergibt ein gutes Morgenmahl, doch ein schlechtes Abendessen. Aber wer rechten Glaubens ist, wird niemals verzweifeln.«

Lud verneigte sich leicht. »Lebt wohl, Herr.«

»Lebt wohl, Lud von Giebelstadt.«

Lud stieg in den Sattel, und während er mit Waldo davonritt, kreisten seine Gedanken um die Worte des alten Ritters.

Für mich sah es aus, als wärt Ihr Dietrichs Sohn.

46.
Witter

𝓔s war im August, als Witter in der Stadt unterwegs war, um neue Flugblätter zu kaufen. Beiläufig fragte er sich, ob er Frieda noch einmal wiedersehen würde, die unter dem Namen Paulina auftrat, wie er nun wusste. An den Ständen hatte er früher schon Blätter gesehen, auf denen die Sängerin gepriesen wurde, ohne zu ahnen, wer sie in Wirklichkeit war.

Wie von unsichtbarer Hand geführt, stand Witter mit einem Mal vor den Mauern des jüdischen Viertels. Sein altes Zimmer in der Seitengasse gegenüber vom Judenviertel und der Synagoge, in das er sich früher zurückgezogen hatte, um zu trauern und zu weinen, war sein Ort der Zuflucht und Einkehr gewesen – das Versteck, an dem es nichts anderes gab als Wahrhaftigkeit.

Wie seit Langem nicht mehr sehnte Witter sich danach, wieder in seinem Zimmer zu sitzen und durch das Guckloch nach draußen zu spähen. Wenn er doch für kurze Zeit wieder der Mann von damals sein könnte! Der Mann, der er gewesen war, bevor er Kristina und die anderen kennengelernt hatte, bevor er mit Lud nach Oxford gereist war, um Florian zu holen, und bevor er mit Florian nach Würzburg zurückgekehrt war ...

Witter wusste jetzt, *deshalb* war er hergekommen. Der Erinnerungen wegen. An die alten Zeiten. An seinen alten Glauben. Vielleicht hatte Gott seine Schritte gelenkt.

Doch als er ein paar Schritte weiterritt, sah er, dass das alte Haus abgerissen worden war. Seine Augen wurden feucht. Es war, als wäre ein weiteres Stück von ihm verschwunden, für immer verloren.

Witter schwang sich aus dem Sattel und schaute sich um. Aus der Synagoge auf der anderen Seite der Gasse erklangen Gesänge. Dann entdeckte er zwei Rabbiner im Eingang des

Gotteshauses. In diesem Moment drehten sie sich um und blickten ihn an. Beide trugen aufgenähte gelbe Stofffetzen auf der Brust ihrer Gewänder, wie es überall in Europa seit Jahrhunderten Pflicht für alle Juden war.

Witter fühlte sich nackt unter den Blicken der Rabbiner. Gleichzeitig war ihm bewusst, dass er ihnen in seiner vornehmen Kleidung wie ein Mann mit Macht und Einfluss erscheinen musste und dass sie ihn wahrscheinlich fürchteten.

Witter verachtete sich selbst. Er wollte zu ihnen, wollte sie um Vergebung bitten. Dann aber stieg er unbeholfen auf sein Pferd, stemmte ihm die Fersen in die Flanken und floh vor den Blicken der beiden Männer wie ein Dieb.

*

Später, in der Nacht, wachte er schweißgebadet auf. Im ersten Moment wusste er nicht, wo er war. Dann, wie ein Sturmwind aus dem Nichts, kamen die Gewissensbisse. Obwohl es inzwischen Wochen her war, dass er die Magistrate niedergeritten und den Jubel des Pöbels genossen hatte, plagte die Erinnerung ihn noch immer.

Er hatte fliehende Menschen mit seinem Pferd angegriffen, hatte den Jubel der grölenden Menge genossen, hatte dabei sogar Freude empfunden, hatte sich an den Schreien und der Angst seiner Opfer ergötzt ... und nichts konnte jetzt noch etwas daran ändern.

Witter schlug die Hände vors Gesicht und versuchte zu weinen, den Schmerz mit Tränen aus der Seele zu spülen, doch es ging nicht.

Vielleicht kommen deshalb keine Tränen, sagte er sich, *weil auch diese Männer keine Tränen hatten, kein Mitleid, keine Gnade. Weil sie Mörder und Folterer waren. Weil sie Unschuldige wie den armen Werner Heck grausam gequält und getötet haben.*

Hatte jemand herausgefunden, dass er, Witter, der Reiter gewesen war? Gehetzt ließ er den Blick durch die Kammer schweifen, schalt sich aber gleich darauf einen Narren.

Hier ist niemand.

Wie denn auch? Er war in der Festung Marienberg. In Sicherheit. Die mächtigen Wälle boten den besten Schutz vor der Außenwelt, den man sich nur wünschen konnte.

Aber es war nicht die Außenwelt, die Witter zu schaffen machte. Es war sein Inneres.

Witter erhob sich, schleppte sich zu dem Tisch mit der Schüssel und dem Wasserkrug, spritzte sich kaltes Wasser ins Gesicht und rieb es fest mit einem Handtuch ab.

Und dann kam mit voller Wucht die Erinnerung.

Wie er gestern das jüdische Viertel besucht hatte, als wäre er ein Fremder. Wie er die Männer gesehen hatte, die er verehrte – Rabbiner, die ihren Glauben offen bekundeten mit den gelben Stofffetzen, die ihre Peiniger ihnen aufgezwungen hatten, um sie zu verhöhnen. Diese Männer zeigten bewundernswerte Gelassenheit, Würde und Mut, als wären der Hut und der gelbe Aufnäher Ehrenzeichen.

Die Philosophie, die Kunst, die vielen Bücher, die Witter gelesen hatte, all die Sprachen, die er beherrschte – dies alles bedeutete ihm plötzlich nichts mehr.

Hätte auch ich doch den Mut gehabt, mich zu meinem Glauben zu bekennen ...

Er ging zu seinem Lager zurück, ließ sich schwer darauf fallen und vergrub das Gesicht in den Händen. Er ekelte sich vor sich selbst.

Hilf mir, Vater.

Judah antwortete nicht.

Bitte, Vater!

Wieder vergrub er das Gesicht in den Händen. Wieder versuchte er zu weinen. Diesmal kamen die Tränen, doch der Schmerz blieb.

Nein, es war nicht der Gedanke an die Magistrate, der ihm so sehr zu schaffen machte.

*

Am nächsten Tag kehrte Witter zurück. Er ritt in die Gasse, die Würzburg von seinem jüdischen Viertel trennte. Vor dem schmiedeeisernen Tor, das tagsüber geöffnet war, band er sein Pferd an.

Die ganze schlaflose Nacht hindurch hatte er sich gefragt, wie es sein mochte, wieder eine Synagoge zu besuchen. Ob er sich auf irgendeine geheimnisvolle Weise geheilt fühlen würde ...

Er konnte durch das Tor ins jüdische Viertel schauen.

Ein paar bärtige Juden standen vor der Synagoge, nicht weit von ihm entfernt. Sie hatten ihn bemerkt und musterten ihn mit unruhigen Blicken, so wie gestern die beiden Rabbiner. Er hörte sie auf Jiddisch reden – offensichtlich in der Annahme, er könne sie nicht verstehen. Heutzutage wurde in den Synagogen Hebräisch gesprochen und gelehrt, und auch die Thora war auf Hebräisch verfasst, genau wie andere heilige Schriften der Juden und viele ihrer gelehrten Abhandlungen. Doch auf der Straße, zumindest unter den Juden im Heiligen Römischen Reich, war Jiddisch die meistverbreitete Sprache.

»Schon wieder so ein Kerl vom Marienberg? Er trägt zumindest die Farben«, hörte Witter.

»Ja, die sind unersättlich. Wann lassen sie uns endlich in Ruhe?«

»Erst dann, wenn wir nichts mehr zu verleihen haben oder wenn sie unsere Kredite nicht mehr zurückzahlen können und uns stattdessen verbrennen.«

»Er kommt durchs Tor!«

Witter betrat die abgeschlossene Welt des jüdischen Viertels. Es war, als wäre er mit einem Mal im Himmel. Die altvertrauten Gerüche von koscherem Essen, die vertraute Sprache, die Rufe von Müttern nach ihren Kindern ...

Ein Rabbi überquerte den Platz. Es war derselbe Mann, den Witter bereits am Tag zuvor gesehen hatte, mit langen Locken, langem Bart und blassem Gesicht. Witter folgte ihm kurz entschlossen. Wenn es jemanden gab, der ihm helfen konnte, dann ein Rabbi. Passanten starrten ihn ungläubig an. Einige riefen dem Rabbiner eine Warnung hinterher.

Schließlich blieb der Rabbi stehen und drehte sich um. Witter wäre beinahe gegen ihn geprallt.

Die klugen schwarzen Augen blickten Witter fragend an.
»Kann ich Euch helfen?«
»Ich ... ich will ...«, stammelte Witter.
»Was, Herr?«
»Ich will reden«, sagte Witter auf Jiddisch.

Die Augen des Rabbis verengten sich vor Misstrauen. »Mit mir?«
»Ja. In Eurer Synagoge.«
»Ich fürchte, das geht nicht.« Der Rabbi lächelte unsicher. »Aber Ihr seid mir in meinem Haus willkommen. Es ist ganz in der Nähe.«

Witter folgte dem Rabbi an den Neugierigen vorbei. Wo die beiden Männer erschienen, verstummten die Gespräche und wichen verwirrten Blicken. Erwachsene hielten bei der Arbeit inne, Kinder hörten auf zu spielen.

Schließlich stiegen sie eine Treppe hinauf, die zu einer kleinen Terrasse führte. Witter konnte über die Ziegeldächer schauen, hinter denen die Türme des Domes aufragten. Dahinter wiederum war die Festung Marienberg zu sehen; sie wirkte wie ein gigantischer Felsblock.

Eine wunderschöne junge Frau in schlichter Kleidung senkte den Blick, als die beiden Männer eintraten. Witter wusste, dass es unhöflich war, sie anzustarren, doch irgendetwas an ihrem Gesicht ließ ihn an die Vergangenheit denken – wie alles andere auch in diesem Viertel. Dann fiel es ihm ein. Die junge Frau hatte die gleichen gütigen Augen wie Bianca, seine Verlobte, die mit allen anderen damals auf so schreckliche Weise ums Leben gekommen war.

Witter stand da wie betäubt. Erst die Stimme des Rabbiners brachte ihn zurück in die Gegenwart.

»Wollt Ihr Euch nicht setzen und ein wenig ausruhen in meinem bescheidenen Heim?«

Sie nahmen beide in Korbstühlen Platz. Die junge Frau brachte Apfelscheiben, verneigte sich stumm vor dem Rabbi und zog sich zurück.

»Ich verleihe kein Geld«, sagte der Rabbi unvermittelt. »Ich bin Rabbiner. Rabbi Levant. Fragt, wen Ihr wollt. Ich habe nichts zu verleihen, also verleihe ich auch nichts.«

»Ich glaube Euch«, sagte Witter, wobei er in die Sprache der Väter wechselte.

Der Rabbiner hob die Brauen. »Ihr sprecht Hebräisch und Jiddisch, und doch seid Ihr in die Farben des Marienbergs gekleidet. Seid Ihr denn nicht gekommen, um Euch Geld zu borgen?«

»Nein.«

»Warum seid Ihr dann hier? Was wollt Ihr von mir?«

Witter schaute ihn an. »Ich habe mein wahres Selbst verloren. Ich finde keinen Frieden.«

»Viele Menschen finden keinen Frieden in Zeiten wie diesen.«

»Bitte, hört mich an, Rabbi. Ich verliere meine Seele. Ich weiß nicht mehr, wer ich bin. Bitte, helft mir.«

Der Rabbiner schüttelte den Kopf, blickte über die Dächer auf den Dom und deutete auf die Türme.

»Gut, ich werde Euch helfen. Seht, dort steht Eure Kirche. Geht hin und beichtet, und Eure Priester werden sich um Euer Seelenheil kümmern.«

»Ich bin Jude!«

Endlich.
Endlich war es heraus. Witter rechnete beinahe damit, dass der Rabbi ihn in die Arme schließen, an sich drücken und mit ihm weinen würde, weil er, ein verlorener Sohn, zurückgekehrt war. Stattdessen kniff der Rabbiner die Augen zusammen und fragte: »Wer hat Euch geschickt? Ich sagte Euch bereits, ich verleihe kein Geld. Ich bin kein reicher Mann. Ich lebe für meine Studien. Wir sind ausgeblutet hier in unserem Viertel. Schon viele waren hier, um sich Geld zu besorgen, weil sie wissen, sie können es uns abpressen, ohne befürchten zu müssen, dass wir es zurückverlangen. Aber man kann kein Blut aus Steinen pressen. Habt ein Einsehen.«

»Glaubt Ihr mir nicht, dass ich Jude bin?«, fragte Witter, diesmal auf Jiddisch. »Erkennt Ihr Euresgleichen denn nicht mehr? Seht selbst.«

Er öffnete Gürtel und Hose und zeigte dem Rabbi seinen Schritt.

Der Rabbi schüttelte nur den Kopf und wandte rasch den Blick ab.

»Sehr schlau, mein Herr. Eure Eltern hatten den Verstand, euch zu beschneiden, um Krankheiten einzudämmen. Sie müssen gebildete Leute sein. Aber es beweist in meinen Augen gar nichts. Ihr verschwendet Eure List an einen armen Mann. Ich schwöre Euch, wir verstoßen hier nicht gegen das Gesetz, indem wir abtrünnige Juden bei uns verstecken. Wir befolgen Eure Vorschriften.«

»Warum geht Ihr nicht fort?«, fragte Witter.

»Fortgehen? Hier ist unsere Heimat, unser Zuhause. Und Ihr wisst doch, was der Fürstbischof gesagt hat.«

»Nein. Was hat er gesagt?«

»Falls wir gehen, dann mit nichts als der Kleidung, die wir auf dem Leib tragen. Und wir würden niemals lebend durch dieses Land kommen.«

Witter hatte den Namen seines Vaters nicht benutzen wollen, doch nun glaubte er, keine andere Wahl zu haben. »Mein Vater war Judah von Córdoba. Vielleicht habt Ihr seine Bücher gelesen.«

Der Rabbi zuckte zusammen. »Ihr verfangt Euch in Euren eigenen Lügen! Judah von Córdoba ist vor vielen Jahren mitsamt seiner Familie bei lebendigem Leib verbrannt worden. Ihr hättet Euch wirklich einen geringeren Namen für Eure Lügengeschichte aussuchen sollen.«

»Das ist keine Lüge. Ich bin sein Sohn. Ich wurde nicht verbrannt. Deshalb brauche ich Euren Rat, weil ich ...«

Der Rabbiner, sichtlich verärgert, fiel ihm grob ins Wort: »Ihr wollt Judahs Sohn sein und wurdet nicht verbrannt, als all die Rechtschaffenen Córdobas für ihren Glauben starben? Ich verstehe. Ihr lebt auf dem Marienberg und tragt die Kleidung ihrer Kirche, und Ihr kommt hierher, um einen armen Mann zu verspotten und ihm Angst zu machen, auf dass er Euch einen Kredit gibt, den Ihr nicht zurückzahlen *wollt*. Ist es nicht so?«

»Nein!« Witter kniete vor dem Rabbi nieder. »Ich flehe Euch an, Rabbi, öffnet Euer Herz. Helft mir!«

Der Rabbi wich zurück und starrte Witter voll Abscheu an. »Steht auf, was tut Ihr denn da? Ihr habt Eure Seele verloren? Jetzt glaube ich Euch. Ihr habt Hebräisch gelernt, aus irgendeinem Buch, nicht wahr? Und jetzt verunglimpft Ihr den Namen eines großen Mannes.«

»Warum wollt Ihr mir nicht glauben?«, schrie Witter.

»Das will ich Euch sagen. Ihr hättet nur eine einzige Möglichkeit gehabt, nicht verbrannt zu werden. Ihr hättet konvertieren müssen. Und kein Sohn des großen Judah hätte das getan. Deshalb könnt Ihr nicht der sein, als der Ihr Euch ausgebt. Bitte, geht jetzt. Wenn es sein muss, gebe ich Euch das Wenige, das ich habe.«

Der Rabbiner zog einen kleinen Geldbeutel aus seinem Umhang, doch Witter stieß ihn schluchzend weg. Der Rabbi stolperte rückwärts, stieß sich das Knie und stöhnte laut auf. Seine

Tochter kam aus dem Nebenzimmer herbeigeeilt, voller Angst um den Vater.
»Bitte«, flehte Witter. »Ich bin kein schlechter Mensch, ich möchte doch nur ...«
Der Rabbi warf sich schützend vor die junge Frau, als könnte Witter sich auf sie stürzen.
»Warum hasst Ihr uns so?«, rief das Mädchen.
»O Gott!«, stieß Witter unter Tränen hervor. »So glaubt mir doch!«
»Rahel ist noch ein Kind. Ich flehe Euch an, Fremder, tut ihr nichts«, rief der Rabbi und warf Witter den Geldbeutel hin. »Das ist alles, was ich habe. Nehmt es.«
Wie die Silberlinge, die Judas gezahlt wurden, schoss es dem entsetzten Witter durch den Kopf. *Nur bin ich kein Verräter Jesu, sondern ein Verräter des jüdischen Glaubens ...*
Er warf sich herum, stürmte die schmale Treppe hinunter, stürzte auf dem Weg nach unten, überschlug sich, fing sich wieder.
Und dann war er draußen, in der Sonne, rannte an Leuten vorbei, die ihn aus großen Augen anstarrten. Er rannte und rannte.
In der Gasse vor dem Tor zum jüdischen Viertel wartete unruhig sein Pferd. Ein paar Kinder nahmen Reißaus, als er näher kam.
Das Pferd trat aus, als sein Reiter es erreichte. Witter, beschämt und verzweifelt, versuchte aufzusteigen, doch er war zu hastig und vergaß, zuerst die Zügel vom Eisenring an der Mauer loszubinden. Die Kinder, die ihn aus sicherer Entfernung beobachteten, lachten ihn aus.
Voller Entsetzen wurde Witter bewusst, dass er laut schluchzte. Das Pferd scheute, stieg auf die Hinterhand und zerrte an den Zügeln, ehe Witter sie endlich losreißen und davonpreschen konnte.
Bitte, Vater, hilf mir! Ich verliere den Verstand!

47.
Konrad

Ein heißer, beständiger Wind wehte durch die hohen Fenster des Wohnturms und trug den feuchten Gestank der Stadt und des Flusses heran. In den Wohnquartieren der Höflinge hinter den höchsten Wällen der Festung waren die schweren Vorhänge zugezogen. Zu Zeiten wie diesen dachte Konrad oft an Kaiser Nero, der die Elendsviertel Roms niedergebrannt und den Abschaum mit reinigenden Flammen vertrieben hatte, um die Ewige Stadt anschließend neu zu errichten.

An diesem Tag war er beim Fürstbischof zum Mittagsmahl eingeladen. Es war eine vertrauliche Zusammenkunft in Lorenz' Amtsgemächern. Ein kleiner Tisch, von zwei Dienern gedeckt für drei Personen, denn Florian war ebenfalls zugegen, genau wie Konrad es erwartet hatte. Es war eine gute Gelegenheit, herauszufinden, ob Florian den Mumm besaß, sich der Einziehung seines Erbes, des Geyer'schen Lehens, zu widersetzen.

Sie tauschten die üblichen Höflichkeiten und Begrüßungsfloskeln aus. Konrad gab sich wie immer in der Rolle des wohlwollenden Paten und gewann den Eindruck, dass Florian seine eigene Rolle mit der gleichen Inbrunst spielte.

»Zu welch prachtvollem Ebenbild meines geliebten Vetters Dietrich du herangewachsen bist, mein lieber Florian«, schwärmte Konrad. »Es wärmt mein Herz, zu sehen, dass es dir so wohl ergeht.«

»Eure Freundlichkeit schmeichelt meinem Unvermögen, angemessen zu antworten«, erwiderte Florian und küsste Konrad flüchtig die Hand. »Aber ich lerne viel in Diensten unseres geliebten Fürstbischofs, trotz meiner bescheidenen Talente.«

»Florian ist ein leuchtender Stern«, sagte Lorenz. »Er wird hoch aufsteigen.«

Konrad überlegte, mit welchem Thema er anfangen sollte.

Es war stets klug, mit anderen Dingen zu beginnen und erst später wie beiläufig auf das Thema zu kommen, das einen wirklich interessierte. Er wusste, dass Martin Luther von Lorenz eingeladen worden war, die Stadt zu besuchen. Und er wusste auch, dass Lorenz es kaum erwarten konnte, den im Volk so beliebten Mönch zu empfangen und sich mit ihm in der Öffentlichkeit zu zeigen. Also entschied Konrad sich für einen verdeckten Angriff.

»Warum eigentlich«, begann er und nippte von seinem Wein, bevor er weitersprach, »schreit der ketzerische Priester Müntzer nicht unter dem glühenden Eisen, jetzt, in diesem Moment? Stattdessen bewegt er sich frei und ungehindert in unserer unwissenden Bevölkerung und verbreitet seine Hetztiraden. Und jetzt kommt auch noch dieser Luther.«

Lorenz saugte in geräuschvollem Entzücken ein halbgar gekochtes Ei aus der Schale. Dann musterte er Konrad gleichmütig.

»Mein lieber Konrad, meine Pflicht gilt dem Ruhm unserer Kirche. Martin Luther ist ein Mann der Zukunft, ein Reformator, doch er ist klug genug, auch die Interessen des Heiligen Römischen Reiches zu berücksichtigen.«

Florian meldete sich zu Wort. »Euer Gnaden, das Recht auf öffentliche Versammlungen ist eine der ältesten und kostbarsten Freiheiten. Das sagt auch Martin Luther. Ich frage mich, ob er sich dazu äußern wird, wenn er bei seinem Besuch erfährt, dass Versammlungen in Würzburg seit Müntzers Predigt verboten sind.«

Konrad glaubte seinen Ohren nicht zu trauen.

»Hast du etwas gesagt?«, fragte er und blickte Florian scharf an. Konrad hatte ihn klar und deutlich verstanden, doch er wollte den jungen Mann wegen seiner Respektlosigkeit nicht hier am Tisch des Fürstbischofs zurechtweisen, wo der Stachel zu tief gehen würde.

»Verdirb uns nicht das Mittagsmahl mit Hässlichkeiten,

Konrad«, sagte Lorenz. »Abgesehen davon, es waren deine Magistrate, die vor der Menschenmenge davongelaufen sind, als Müntzer gepredigt hat.«

»So etwas wird nie wieder vorkommen, Euer Gnaden«, sagte Konrad verärgert und richtete seine Aufmerksamkeit wieder auf Florian. »Nun, bist du bereit, in die Staatsgeschäfte einzusteigen?«

»Man hat mich nicht gefragt, Euer Gnaden«, antwortete Florian.

»Alles zu seiner Zeit«, sagte Lorenz. »Genießen wir unser friedvolles Mahl miteinander.«

Konrad beobachtete Florian, als sie zart gewürztes Fleisch und Weißbrot aßen. Florian seinerseits war aufmerksam und zurückhaltend, während seine Blicke an den Lippen des Fürstbischofs hingen.

»Nun, junger Florian Geyer, hat unser Oxford-Gelehrter die Turniere in England genossen? Wo stehen die englischen Ritter im Vergleich zu unseren guten deutschen Reitern und Pferden?«, fragte Konrad.

»Ich habe das Geld unseres Lehens nicht für Turniere ausgegeben«, antwortete Florian. »Solange ich mich zurückerinnern kann, hab ich noch nie ein Turnier besucht. Mein Vater war kein Freund solcher Veranstaltungen. Für teure Pferde, Waffen, Rüstungen und modische Kleidung wird zu viel Geld ausgegeben – Geld, das den einfachen Leuten aus den Taschen geraubt wird. Wie können sie anders reagieren als mit Groll, wenn sie einen Edelmann in seiner Staffage sehen, während ihre Kinder zu Hause leere Bäuche und knurrende Mägen haben?«

»Ich würde lieber von Erasmus hören als von knurrenden Mägen und derartigen Dingen«, sagte Lorenz.

Konrad witterte eine Gelegenheit. »Mein lieber Florian, du scheinst die Hörigen genauso zu lieben, wie dein Vater es einst getan hat. Aber er war ihrer am Ende überdrüssig, das solltest du wissen. Er hat mir anvertraut, dass er vorhatte, Veränderungen auf seinem Lehen herbeizuführen. Er wollte die alte Strenge wieder einführen, die Getreideernte steigern und die Burg ausbessern lassen.«

Florians Miene blieb ausdruckslos. »Das hat er mir nie geschrieben, Euer Gnaden.«

»Doch, doch. Er wird dazu keine Gelegenheit mehr gefunden haben.« Konrad legte seinem Patenkind eine Hand auf die Schulter. »Ich möchte dir helfen, wie ich es Dietrich versprochen habe.«

»Ich danke Euch aufrichtig dafür, als Euer Patenkind. Ich weiß, dass Ihr niemals etwas anderes als die reine Wahrheit sagen würdet.«

»Nun, hier ist die Wahrheit, die du von nun an beherzigen musst. Die Güter verlangen nun Pacht von ihren Pächtern, statt Anteile an der Ernte.«

»Auf dem Lehen der Geyers wird es so etwas nicht geben«, entgegnete Florian. »Es ruft Groll unter den Bauern hervor. Sie würden unter der enormen Schuldenlast ersticken.«

Konrad richtete sich auf und blickte Florian streng an.

»Wen interessieren die Gefühle von Hörigen? Sie besitzen weder das Land, noch haben sie irgendwelche Rechte daran. Wir leiden ebenfalls unter einer gewaltigen Schuldenlast. Was schlägst du vor, sollen wir tun? Aufgeben? Das Volk der Gesetzlosigkeit überlassen und vor dem Teufel und den Türken kapitulieren?«

Lorenz räusperte sich und hob beschwichtigend die Hände. »Hast du schon einmal den Begriff *Jubeljahr* gehört?«

Konrad runzelte die Stirn. »Jubeljahr? Meint Ihr das jüdische Ablassfest aus dem Alten Testament?«

Lorenz lächelte.

Es war dieses Gehabe, das Konrad am meisten ärgerte. »Alle fünfzig Jahre – alle Jubeljahre – wurden sämtliche Schulden erlassen«, erklärte er. »Alle waren wieder gleich und konnten von

Neuem als Gleiche anfangen. Genauso würde Jesus Christus es von uns erwarten. Denk an seine Bergpredigt, an seine Seligpreisungen.«

Konrad war entsetzt. »Das könnt Ihr nicht ernst meinen, Euer Gnaden! Bitte sagt mir, dass es ein Scherz war.«

»Ich meine es todernst und durchaus wohlwollend, mein lieber Konrad.«

Konrad sprang auf. Das war unfassbar! »Unsere Macht würde zusammenbrechen. Es gäbe keinen Adel mehr! Alle wären gleich, und alle wären gewöhnlich!«

»Und all die Schwierigkeiten in den süddeutschen Landen würden mit einem Federstrich enden.« Jetzt blickte Lorenz zu Florian, der bisher geschwiegen hatte. »Was hält denn unser jüngster Edler hier von solch einem Plan?«

»Darf ich frei reden, Euer Gnaden?«, fragte Florian.

»Würde ich dich sonst fragen?«

»Das Ablassfest wäre eine hervorragende Möglichkeit für einen Neuanfang, zumal hierbei die Gedanken des Vergebens und Verzeihens im Vordergrund stehen, die zutiefst christlich sind. Das Volk würde aufleben.«

Konrad hatte genug.

»Das Ablassfest ist jüdisch, nicht christlich! Möge Gott Euch segnen, alle beide. Aber hört mich an. Florian, du bist mein Patenkind, kein Schoßhund. Was würdest du auf deinem Gut machen? Würdest du alles den Hörigen überlassen? Wir sind nachsichtig, was den Überschwang der Jugend angeht, aber das ist gefährliches Gerede! Und Euer Gnaden, lieber Lorenz, lieber Fürst, Ihr seid Bischof, kein Heiliger. Oder wollt Ihr das auf Eurem Grabstein stehen haben?«

Lorenz sah Florian an. »Gib ihm unsere Antwort, junger Freund. Ich will deine wahre Meinung hören.«

Konrad setzte sich wieder. Er starrte Florian an, versuchte ihm mit Blicken eine Botschaft zu senden, eine Drohung.

»Ein Reich«, erklärte Florian unbeeindruckt, »in dem alle

Menschen Brüder sind. Ein Gott, ein Gesetz für jedermann, ob reich oder arm, das wünsche ich mir.«

»Das wäre unser Ende!«, stieß Konrad hervor.

»Oder der wahre Anfang«, sagte Lorenz. »Wenn endlich alle Menschen im gleichen Licht wandeln, gemeinsam und vereint.«

Konrad schwieg. Am liebsten hätte er den Fürstbischof geschüttelt, bis er wieder bei Sinnen war.

Alles liegt auf meinen Schultern, ganz allein. Ich muss Gottes Reich vor dem Ruin bewahren, vor den Träumern und Narren!

Doch Konrad wusste, er musste sich zurückhalten, solange Lorenz von Bibra Fürstbischof war. Und was Florian betraf: Vielleicht lotete dieser nur aus, wie weit er gehen konnte, um dann die gewaltbereite Stimmung im Volk für seinen Aufstieg zu nutzen.

Falls das stimmte, war er sehr viel klüger als sein Vater.

*

Als Luther in seiner bescheidenen Kutsche eintraf, eskortiert von einem bewaffneten Fähnlein sächsischer Reiterei, war die ganze Stadt auf den Beinen, um ihm zuzujubeln.

Das Treffen mit Lorenz fand noch am gleichen Tag statt, in der Vorhalle des Domes, nicht auf der Festung Marienberg – ein Zeichen dafür, wie Lorenz Luther zu begegnen wünschte: auf religiöser, nicht auf weltlicher Ebene.

Konrad bemerkte, dass Lorenz zum Zweck der Audienz Florian zu seiner Rechten platziert hatte, zweifellos, um den Gast Luther mit dem schönen, gebildeten Florian zu beeindrucken, diesen Priester mit dem eckigen Schädel, dessen Namen Konrad mit der Juristerei in Verbindung brachte.

»Ist Euer Vater nicht Ratsherr?«, fragte er Luther, dem er gegenübersaß.

»Ja, in der Tat«, antwortete dieser.

»Ich erinnere mich an einen Fall«, hakte Konrad nach, »ein heftiger Streit um ein großes Vermögen zwischen dem Erben und einigen Gläubigern, gierigen Juden, die den Prozess vor Gericht dann verloren. Der Verteidiger des Erben trug Euren Namen, Luther.«

Luther lächelte. »Ich habe selbst Juristerei studiert, Euer Gnaden. An der Universität von Erfurt – mehr ein Hurenhaus und eine Festhalle als ein Ort des Studierens und stillen Lernens. Doch die Juristerei erschien mir leer und öde, eitle Angelegenheiten der Menschen. Trotzdem habe ich die Rechte studiert, um die Wünsche meines Vaters zu ehren.«

»Wie es sich für einen guten Sohn geziemt«, sagte Konrad, der einen Schwachpunkt erkannte, den er ausnutzen wollte.

»Es gibt die Vernunft«, entgegnete Luther, »und es gibt die Eingebung. Eines Tages war ich mit zwei lieben Freunden unterwegs und auf dem Ritt nach Hause, als ein schweres Gewitter mit Donner und Blitz über uns hinwegzog. Meine beiden Freunde wurden erschlagen. Ich selbst fiel vom Pferd, flehte zu Gott und gelobte ihm, Mönch zu werden, wenn er mich verschont. Mein Vater war außer sich. Er habe all sein Geld auf meine Studien verschwendet, sagte er. Doch ich wusste, dass meine Bestimmung in der Kirche lag, in der Befreiung des Verstandes. Vor die Wahl gestellt zwischen Vernunft und göttlicher Erleuchtung, musste ich mich für Gott entscheiden.«

Ein verschlagener, glatter Bursche, überlegte Konrad. *Schwerer zu fassen als ein Fisch.*

»Ein wahrer Mann Gottes«, sagte Lorenz. »Befreie den Geist, und die Seele folgt ihm. Das ist die Zukunft.«

Luther schaute den Fürstbischof an und neigte demütig den Kopf. »Ich wusste, Ihr würdet mich verstehen, Euer Gnaden, denn selbst im weit entfernten Wittenberg haben wir von Eurer Weisheit gehört.« An Konrad gewandt, fuhr er fort: »Ich stehe auf dem Standpunkt, dass Veränderung so natürlich ist wie der Verlauf der Flüsse.«

»Gewaltsame Veränderung?«, fragte Konrad und gab sich Mühe, gelassen zu erscheinen.

»Nein«, sagte Luther. »Gott verleiht dem Edelmann den Rang und dem König seine Krone. Gott gibt, Gott nimmt, wie es ihm beliebt.«

Am liebsten hätte Konrad sich auf diesen selbstgefälligen Kerl gestürzt, der es wagte, die Heiligkeit von Königreichen und Kronen ins Lächerliche zu ziehen. Aber er nickte nur und entgegnete: »Ganz recht, mein verehrter Luther, ganz recht.«

»Was denkt Ihr über die einfachen Menschen, die lesen lernen und ihrerseits nach Veränderung streben?«, fragte Florian, an Luther gewandt.

»Gott gab dem Menschen seinen Verstand, damit er ihn benutzt«, antwortete der Mönch. »Sollten sich jedoch Hörige erheben, zu den Waffen greifen und sich gewaltsam gegen die heilige Kirche und die rechtmäßige weltliche Obrigkeit wenden, ist es die heilige Pflicht der Fürsten, sie zu jagen und ihren Aufstand niederzuschlagen.«

Konrad blickte Luther an, überrascht und erfreut zugleich. Mit einer solchen Aussage hatte er nicht gerechnet.

Er jubelte innerlich. Luther stand auf seiner Seite. Vielleicht war er radikal in Glaubensfragen, aber das spielte keine Rolle. In weltlichen Dingen glaubte er an Ordnung und Macht.

*

Konrad wusste, dass Gott seine Hand im Spiel hatte. Denn im Anschluss an Luthers Besuch ereignete sich eine weitere geradezu wunderbare Begebenheit.

Florian kam in Konrads Stadthaus. Ohne das übliche höfliche Geplänkel – er war genauso direkt, wie sein Vater Dietrich gewesen war – bat er, zu den Landsknechten abgestellt zu werden. Konrad kam es vor, als hätte Gott persönlich ihm Florian auf einem Tablett gereicht. Er fühlte sich wie jemand, der sich einen neuen Hund kauft, um ihn für den Krieg abzurichten.

»Euer Gnaden, nachdem die Armee des Kaisers in Italien unterwegs ist, um gegen den König von Frankreich zu kämpfen, ist unser Land verwundbar. Ich weiß von Euren Bemühungen, zum Schutz der Heimat neue Landsknechtshaufen aufzustellen. Das hat mich veranlasst, herzukommen.«

»Dich veranlasst? Wie und wann?«, fragte Konrad.

»Bei einem andächtigen Gebet«, berichtete Florian. »Ich habe mich an meine Pflicht zur Treue und Ergebenheit Euch gegenüber erinnert, als meinem Paten, ganz wie mein Vater, Euer Freund und Vetter, es gewünscht hätte. Ich habe nach einer Möglichkeit gesucht, wie Ihr mich am besten gebrauchen könntet. Da wurde mir klar, wonach ich fragen muss. Dass Ihr mich als Offizier zu den Würzburger Landsknechten abstellt.«

Florian blickte ihn aus ernsten Augen an. Er schien seine Worte vollkommen aufrichtig zu meinen. Konrad war überrascht und lächelte. Was hatte das schon wieder zu bedeuten? Hatte der junge Bursche einen neuen Plan ausgeheckt, wie er sich einen Vorteil verschaffen konnte?

»Bei den Landsknechten?«, fragte er. »Und was ist mit deinem Gerede von allen Menschen als Brüdern und dergleichen? Ich dachte, du wolltest Lorenz dienen, als Mann der Kirche?«

»Mir ist klar geworden, Euer Gnaden, dass ich dafür nicht geeignet bin. Wenn ich offen sein darf, Martin Luthers Besuch hat mir die Augen geöffnet. Es scheint, dass Luther nach Anerkennung und Einfluss heischt. Er ist nicht der Mann, für den ich ihn gehalten habe.«

Konrad zitterte beinahe vor Aufregung über dieses unerwartete Geschenk.

»Ich war auch nicht sehr beeindruckt, muss ich gestehen.« Er lächelte sein Patenkind an. »Und nun möchtest du lernen, meine Truppen im Feld zu kommandieren?«

»Vollkommen richtig, Euer Gnaden«, antwortete Florian in respektvollem Ton. »Ich habe Strategie und Taktik studiert und kenne alle klassischen Schlachten der Geschichte. Außerdem seid Ihr mein Pate, und ich möchte Euch dienen. Ich bin Ritter, wie mein Vater es war, und trage sein Schwert. Ich würde als niederer Offizier beginnen und von dort meinen Aufstieg versuchen.«

Konrad spürte, wie ihn Stolz überkam. Er hatte den jungen Burschen für sich gewonnen! Jetzt gehörte er ihm. Dieser junge Mann war schlau und aufgeweckt. Er sah voraus, wer früher oder später herrschen würde, und war darauf bedacht, unter Konrads Fittiche zu kommen.

Konrad musterte Florian mit hartem Blick. »Einverstanden. Du benötigst Mittel für deine Mutter und dein Gut. Als Offizier der Landsknechte wirst du guten Sold bekommen, obendrein eine Prämie für jeden errungenen Sieg im Feld. Darüber hinaus ist es ein Schritt auf der Leiter, den alle jungen Adligen gerne machen würden, insbesondere Männer von niederem Adel, wie du einer bist. Dein Vater war hoch angesehen, doch er starb als einfacher Ritter. Das war sein Stolz. Seine eigenartige Zuneigung zum einfachen Volk und die Nachlässigkeiten auf seinem Gut, wo selbst die Niedersten der Niederen sich die Wälder und Felder teilen.«

»Und doch hatte er sich zum Schluss geändert, Euer Gnaden? So habt Ihr doch gesagt, nicht wahr?«

Florians Blick war intensiv. Dennoch kam Konrad die Lüge leicht über die Lippen. »Ja. Auf seinem letzten Feldzug kam die Verwandlung. Er sah ein, dass Edelleute führen und den Weg vorangehen müssen, wie Gott es uns aufgetragen hat. Es ist unsere Bürde, Licht und Ordnung in die dunkle Welt der Gemeinen zu bringen. Ich bin froh, dir behilflich sein zu können, dem Sohn eines Vaters, den ich aufrichtig geliebt habe.«

Florian hatte die Augen niedergeschlagen und schwieg.

Konrad spürte, dass er zu weit gegangen war, und wechselte rasch das Thema.

»Wenn ich dich als Offizier zu den Würzburger Landsknechten abstelle, Florian, wirst du zusammen mit Söldnern dienen, und sie sind harte Burschen. Du musst schnell lernen und hart sein wie sie. Wenn du ihnen Befehle erteilst, darfst du keine Schwäche zeigen, keine Nachlässigkeit. Du musst alles tun, um die Disziplin durchzusetzen.«

»Zu dienen ist alles, worum ich Euch bitte, Euer Gnaden«, entgegnete Florian. »Die Landsknechtshaufen sind die Zukunft der Kriegsführung mit ihren Formationen aus Pikenieren und Arkebusieren.«

Konrad überkam tiefe Befriedigung. Der junge Mann meinte es ernst.

»Du bist mein Patenkind. Ich kann dich nicht abweisen. Komm her. Knie nieder und küss meine Hand.«

Florian ging auf die Knie, neigte den Kopf und küsste Konrads Hand.

So sollte das Leben immer sein!, dachte Konrad voller Zufriedenheit. *Dass ich den Sohn Dietrichs und Annas auf den Knien vor mir habe ...*

48.
Witter

Ein Diener hatte Witter in Florians Quartier gebracht, und nun half er diesem beim Packen. Es gab neue kostspielige Kleidung, Geschenke sowohl von Lorenz als auch von Konrad, und Florian legte die alten Sachen für Witter ab. Er schimpfte unablässig vor sich hin, so leise, dass es kaum zu hören war.

»Er lügt mir ins Gesicht«, murmelte er. »Er sagt, mein Vater hätte seine Einstellung gegenüber den Menschen geändert, kurz vor seinem Tod, und dass er keine Gelegenheit mehr gehabt habe, mit mir darüber zu reden. Konrad ist ein schlechter Mensch, Witter. Von der schlimmsten Sorte, überheblich, mit messerscharfem Verstand und von dem festen Glauben erfüllt, dass Gott seine Hand führt. Ich habe Angst um das Volk.«

Witter war überrascht von Florians Plänen. Fieberhaft dachte er darüber nach, welchen Platz er selbst in diesem veränderten Bild einnehmen sollte.

»Soll ich als dein Diener mitkommen?«

»Nein, nein. Hör mir zu, Witter.«

Florian war noch immer wütend, aufgebracht, und sein gerötetes Gesicht erzählte die ganze Geschichte.

»Konrad sagt, ich müsse lernen, Männer in der Schlacht zu führen, und mir einen Namen machen. Und ich müsse Geld nach Hause schicken, zu meiner Mutter. Arbeite hart, damit etwas aus dir wird. Ich soll zeigen, dass ich treu und ergeben sein kann. Es scheint, dass mein Vater trotz seines niederen Ranges Konrads Lieblingsvetter war. Konrad besteht darauf, dass er und mein Vater sich nahegestanden haben, sehr nah, von Kindesbeinen an.«

Florian hustete und spuckte, als würde er Gift ausspeien.

Witter schwieg, wie er es gelernt hatte, wenn Florian in dieser üblen Stimmung war. Dann war er Lud auf eigenartige Weise ähnlich.

»Ich bin vor Konrad niedergekniet und habe seine Hand geküsst wie ein elender Kriecher.« Er schüttelte sich angewidert. »Ja, die Hand jenes Mannes, der es kaum erwarten kann, mir mein Erbe zu stehlen. Aber ich werde den rechten Augenblick abwarten. Eines Tages werde ich Konrad seine falsche Großzügigkeit heimzahlen.«

Witter schwieg noch immer.

»Die Dinge müssen sich ändern, Witter. Ich schwöre es, die Dinge müssen sich ändern! Deshalb werde ich lernen, zu kämpfen. Nachdem ich in Oxford alles über Schlachtordnungen und die großen Gefechte der Geschichte gelesen und studiert habe, brauche ich nun praktische Erfahrung. Ich muss lernen, die Bewegungen von Reiterei und Fußsoldaten aufeinander abzustimmen und eine Truppe zu befehligen.«

Witter brach sein Schweigen. »Was ist mit mir? Kehre ich nach Giebelstadt zurück?«, fragte er und dachte an ein Wiedersehen mit Kristina.

»Nein, du kannst nicht nach Hause, egal, wie sehr du es dir wünschst. Es gibt Arbeit für dich hier in Würzburg, wenn ich draußen im Feld bin. Zieh in mein Quartier und halte die Augen für mich offen. Beobachte die Unruhen in der Bevölkerung. Achte darauf, was Konrad tut, und schreib es mir. Lass die Briefe aber durch die Marienberger Kuriere bringen. Und sei nicht zu direkt. Schreib so, als wäre Konrad dein Held. Den Rest kann ich mir zusammenreimen. Es gibt immer Gerüchte da draußen.«

»Darf ich wenigstens einmal nach Giebelstadt?«

»Nein. Tu, was ich dir gesagt habe. Kristina kann warten.«

»Kristina wartet aber nicht.« Witter spürte aufkeimendes Verlangen.

»Das ist bedauerlich.« Florian ergriff seinen Harnisch und das Schwert. »Ich habe gesehen, wie du sie angeschaut hast. Ich dachte, sie wäre dein. Andererseits ... der arme Lud starrt sie genauso sehnsüchtig an. Ich lasse dir ein wenig von meinem

Handgeld da. Du kannst dir davon eine Frau kaufen. Aber such dir ein Mädchen in einer Taverne, keins von der Straße.«
»Eine Frau kaufen? Das ist nicht meine Art.«
»Das sagen viele«, entgegnete Florian mit einem Lächeln, das Witter noch verlegener machte. »Trotzdem. Du musst hier in Würzburg bleiben und mir deine Berichte schicken, bis ich zurückkehre.« Er legte Witter eine Hand auf die Schulter. »Ich habe Konrad gesagt, eines Tages würde ich ihm seine Großzügigkeit vergelten, und das werde ich, Witter, bei Gott, das werde ich.«

*

Einen Monat später, an einem hellen, sonnigen Tag, läuteten die Glocken des Würzburger Domes und verkündeten, dass Lorenz tot und Konrad von Thüngen der neue Fürstbischof war.

Die Flugblätter der Veritas wurden kostenlos verteilt. Freibier floss in Strömen, spendiert vom neuen Fürstbischof. Witter kaufte alles an Pamphleten, was angeboten wurde.

Einige Flugblätter priesen den verstorbenen Fürstbischof und erzählten wundervolle Geschichten über seine Liebe zum Volk und wie er auf dem Sterbebett Gott gedankt hatte, diese Welt in Frieden verlassen zu dürfen – in dem beruhigenden Wissen, dass der huldvolle Fürst Konrad seine heilige Mitra nehmen, die Feinde zerschmettern und die Guten beschützen würde.

In einem weiteren Flugblatt wurde Konrad vorgestellt, von seiner Volksnähe erzählt und betont, dass ein neues Zeitalter angebrochen sei – ein Zeitalter des Wohlstands und der Gerechtigkeit für alle Menschen, die Reich und Kirche ergeben waren.

Betrunkene in den Tavernen murmelten etwas von Gift und Mord; andere erzählten, der Fürstbischof wäre am Englischen Schweiß gestorben.

Bürger, die öffentliche Ämter innehatten, erklärten, dass sie froh seien, jetzt Konrad zu haben, nicht mehr den schwachen Lorenz, und dass die aufrührerischen Kaufleute, Bauern und Studenten jetzt endlich zur Räson gebracht würden. Kämpfe brachen aus zwischen beiden Seiten – zwischen denen, die alles besaßen, und denen, die nichts zu verlieren hatten.

Witter berichtete Florian in zahlreichen Briefen von diesen Ereignissen. Er formulierte sie dermaßen begeistert und pries Konrad in so leuchtenden Farben, dass zwischen den Zeilen das genaue Gegenteil hervorschimmerte.

Die größte Neuerung wurde in einem Flugblatt der Veritas verkündet: Kirche und Magistrat sollten fortan nicht mehr getrennt sein. Der alte, falsche Weg war zu Ende. Die neue Kirche und der neue Staat waren eins, vereint in der Person des frisch gekürten Fürstbischofs Konrad, der eine gewaltige Macht verkörperte, die den Willen Gottes für alle und jeden aufrechterhalten und durchsetzen würde.

Die Auswirkungen waren überall zu spüren, ebenso der wachsende Druck durch die kirchlichen und weltlichen Stellen. Die Zünfte und Gilden protestierten gegen die Festnahme einiger ihrer Mitglieder, die sich für gleiches Stimmrecht starkgemacht hatten. Auf den Märkten, in den Gassen und Straßen sprachen die Leute lauter von Freiheit und Gleichheit.

Gewalt lag in der Luft. Es brauchte nur den richtigen Funken, und alles würde in Flammen stehen.

Witter bündelte Flugblätter, um sie ebenfalls an Florian zu schicken, sowohl die von Veritas als auch die verschiedener Reformatoren. Einige Predigten aufmüpfiger Geistlicher, insbesondere die von Thomas Müntzer, wurden beschlagnahmt und verbrannt, die Verkäufer verhaftet. Gleiches galt für alle, die Flugblätter mit Geschichten und Gedanken verbreiteten, die denen der Veritas widersprachen. Veritas warnte in den eigenen Flugschriften davor, dass die satanischen Türken auf ihre Gelegenheit lauerten, dass sie beobachteten und sich bereithielten, unbarmherzig zuzuschlagen, sobald das Volk schwach würde.

Witter schickte alles, was ihm irgendwie bedeutsam erschien, an Florian. Er hoffte, dass Florian sich durch die Gesellschaft der Landsknechte nicht zum Schlechten veränderte und seine Seele so blieb, wie Witter sie kannte.

*

Eines Abends setzte Witter ein lang gehegtes Vorhaben in die Tat um und besuchte Würzburgs größte Taverne, in der es regelmäßig Auftritte von Künstlern jeder Art gab – von Sängern, Jongleuren, Geschichtenerzählern. Er erstand einen Tisch für sich allein in einer dunklen Ecke.

Witter saß da und trank. Die besonderen Dienste des schlanken Schankmädchens, das ihm mit traurigen Augen einschenkte, nahm er nicht in Anspruch. Sie war kaum mehr als ein Mädchen, doch ihr bemaltes Gesicht verlieh ihr etwas Lüsternes, Unzüchtiges, das wohl bei Männern Begierden wecken sollte.

In der Mitte des Schankraums jonglierte derweil ein kleinwüchsiger Mann geschickt mit mehreren Messern. Nachdem dieser sich verbeugt und ringsum ein paar Münzen eingesammelt hatte, begannen Zuschauer, mit den Stiefeln zu stampfen und auf die Tische zu hämmern, wobei sie den Namen jener Frau riefen, die sie sehen wollten:

»Pau-li-na! Pau-li-na! Pau-li-na!«

Und dann trat Frieda auf.

Sie wurde von einem kleinen fetten Kerl angekündigt, der an jedem Finger funkelnde Ringe trug. »Und nun – die bezaubernde Paulina!«

Fasziniert und abgestoßen zugleich beobachtete Witter, wie die herausgeputzte Frieda ihre Schau aufführte. Zwei hübsche Mädchen, eins mit Flöte, das andere mit einer Laute, spielten abwechselnd die Musik dazu.

Frieda kannte alle beliebten französischen Liebeslieder, übersetzt ins Deutsche. Es gab weder Straßenlieder noch Protestgesang, nur zu Herzen gehende Melodien mit Texten über Liebe und Selbstaufgabe, die letztlich alle den gleichen Inhalt hatten: Eine Frau sehnte sich nach den liebenden Armen ihres verstorbenen Gemahls, eines gefallenen Ritters oder Helden.

»*Verachtung, Strenge ohne Freude,*
Traurige Gedanken, tiefe Seufzer,
Kummer, weggesperrt im müden Herzen,
Tiefe Bitterkeit, heimlich ertragen,
Traurig' Gesicht und freudlos' Grauen,
Das alle Hoffnung verstummen lässt,
Sind in mir und verlassen mich nie,
Und so kann ich weder geheilt werden,
Noch kann ich sterben ...«

Zum Gesang vollführte Frieda einen aufreizenden Tanz. Die Männer johlten und riefen ihr grölend anzügliche Dinge zu.

Witter war unendlich traurig bei Friedas Anblick. Wieder erging er sich in der Vorstellung, sie nach draußen zu zerren und mit ihr über die Brücke und durch den Wald nach Giebelstadt zu reiten. Kristina würde ihn umarmen, würde ihn für seine Tat lieben, würde ihn achten und ihn endlich zum Mann wollen ...

Dann war Frieda fertig, und Witters lächerliche Vorstellung von Errettung und Heimkehr verblasste wie eine Schneeflocke auf warmer Haut.

Als das Schankmädchen mit neuem Wein kam, erkundigte Witter sich nach Paulina.

»Viele Männer möchten Paulina treffen, mein Herr«, antwortete sie.

Witter zeigte ihr seine bischöfliche Marke, und sie eilte davon. Kurze Zeit später erschien ein kleiner Kerl und zwinkerte Witter vertraulich zu.

»Wir fühlen uns geehrt, einem Mann des Fürstbischofs behilflich sein zu können, guter Herr«, sagte er.

»Ich möchte Paulina zu Gast haben, hier bei mir, an diesem Tisch. Würdet Ihr sie einladen, sodass ich mich ihr vorstellen kann?«

Witter drückte dem Kerl zwei Gulden in die Hand. Es war eine unfassbar hohe Summe, der größte Teil dessen, was ihm nach dem Kauf der Flugblätter für Florian noch geblieben war, aber der Mann grinste, als wäre es eine Kleinigkeit, und ging davon.

Witter wartete und wartete, wollte fast schon aufgeben, als sie endlich kam. Als sie sah, wer er war, wurde sie blass und wollte zurückweichen, doch Witter war bereits aufgesprungen, packte sie am Handgelenk und zog sie zum Tisch.

»Lass mich in Ruhe!«, zischte Frieda. »Oder bezahle!«

Aus der Nähe betrachtet sah sie müde und mitgenommen aus, aber immer noch sehr hübsch mit ihren strahlend blauen Augen und den blonden Locken. Ihr Gesichtspuder war durchsetzt von Streifen, die der Schweiß vom Tanzen hinterlassen hatte. Sie starrte Witter voller Furcht, zugleich aber herausfordernd an.

»Was ist mit dir geschehen, Frieda?«, wollte er wissen.

»Was ist mit *dir* geschehen?«, entgegnete sie. »Du stehst offensichtlich in den Diensten des Fürstbischofs. Wag es ja nicht, über mich zu richten. Ich kenne dich. Ich kann dich nicht leiden. Konnte ich nie. Meine Zeit kostet Geld. Bezahle mich oder geh.«

»Also gut. Hier.« Er gab ihr eine Münze.

Sie steckte die Münze ein.

»Was möchtest du, Witter? Was soll ich tun?«

Ihre kleinen weißen Hände bewegten sich nach oben zu ihrem Busen, wobei sie Witter ununterbrochen aus ihren seltsam unbeteiligten Augen musterte. Witter erkannte, dass sie ihr Kleid öffnen wollte. Er fiel ihr grob in den Arm, um sie aufzuhalten, doch als er ihre weiche Haut spürte, zuckte er zurück.

»Bitte nicht«, sagte er. »Du bringst uns beide in Verlegenheit.«

»Warum bist du dann hier? Um mich zu retten?«

Frieda lachte, und er kam sich wie ein Narr vor. Trotzdem erschien es ihm, als würde sie mehr über sich selbst lachen als über ihn. Um ihre Augen lagen dunkle Ringe, viel zu dunkel für eine so junge Frau. Witter fragte sich, was diese Augen wohl schon alles gesehen hatten.

»Was ist mit dir geschehen seit der Nacht damals, als du von der Fähre gesprungen und von uns anderen weggelaufen bist?«

Frieda nahm ihren Weinkelch und kippte den Inhalt in einem Zug hinunter. Sie schluckte, verdrehte die Augen und nickte schließlich. »Also gut«, sagte sie. Und dann erzählte sie ihre Geschichte. Nach den ersten Worten gab es kein Halten mehr; es sprudelte nur so aus ihr heraus.

»Gott hat mich verflucht. Das ist die Wahrheit. Die Männer starren mich an, wohin ich auch gehe. Sie nennen mich wunderschön. Sie wollen mich berühren. Sie machen mir Geschenke. Sie bieten mir alles Mögliche an. Ich bin damals von der Fähre gesprungen, weil ich dachte, ihr wärt allesamt verrückt. Und weil ich Angst vor dem Wasser habe. Ich rannte und rannte. Danach hungerte ich tagelang. Die Männer auf den Straßen riefen mich an, oder sie kamen und befummelten mich. Ich betete und betete, doch der gnädige Gott – der gleiche Gott, der zugelassen hat, dass mein Gemahl ermordet wurde, mein armer Otti –, dieser gnädige Gott schickte mir nur Männer, die es mit mir treiben wollten.«

Friedas Blick fiel auf Witters Weinkrug, und er füllte ihren Kelch nach.

»Man spürt diesen Wein kaum, im Gegensatz zu Branntwein«, fuhr sie fort. »Aber das ist eine andere Geschichte. Eins nach dem anderen, nicht wahr? Also, ich verkaufte mein Haar an einem Marktstand und aß mich satt an der einen guten Mahlzeit, die ich mir von dem Geld leisten konnte. Danach hatte ich nichts mehr, was ich verkaufen konnte. Ich hungerte zwei weitere Tage und wäre vor Schwäche beinahe ohnmächtig geworden, als eine Frau mich mit zu sich nach Hause nahm. Sie gab mir Bier zu trinken, viel Bier, und als ich wieder aufwachte, lag ein Kerl neben mir auf dem Lager. Ein schmutziger Kerl. Ich sah mein Kleid, nahm es und rannte davon. Ich wollte sterben, und ich war schon wieder hungrig.«

Das Schankmädchen brachte einen neuen Krug. Es war Branntwein darin, wie Witter am scharfen Geruch erkannte. Offenbar wusste das Mädchen um die Vorlieben Friedas.

Frieda bot Witter davon zu trinken an, doch er schüttelte den Kopf.

»Umso mehr bleibt für mich«, murmelte Frieda. »Gottes Liebe in flüssiger Form.«

Frieda nahm zwei große Schlucke. Ihre Hände zitterten, als sie weitersprach.

»Gott wollte mich nicht mehr. Gott hatte mich aufgegeben. Also beschloss ich, es Ihm zu zeigen. Ich hatte zu viel Angst vor dem Wasser, um mich im Fluss zu ertränken, also habe ich an einem Marktstand ein Messer gestohlen, um mich damit umzubringen. Doch als ich auf den Domplatz kam, wurde dort ein Mann geviertelt. Seine Todesqualen weckten entsetzliche Angst in mir, sodass ich es nicht mehr fertigbrachte, mir das Messer ins Herz zu stoßen. Jetzt weißt du, warum ich hier bin.«

Ihre Augen suchten seine. Witter begriff, dass sie von ihm erwartete, etwas zu verstehen, das zu verstehen er sich weigerte. Er überlegte, was er sagen konnte, irgendetwas Tröstendes, doch er sah immer wieder ihr früheres Aussehen vor sich, das frische Gesicht und die klaren Augen von damals, die nun hart und kalt blickten.

»Mein Körper war mein Fluch«, fuhr sie fort, nachdem sie ihren Kelch mit Branntwein geleert hatte. »Als ich betete, hörte ich Gott über mich lachen. Wenn man zu oft begrapscht und vergewaltigt wird, spürt man es mit der Zeit immer weniger. Der nächste Lüstling, der mich ansprach, war der kleine Mann mit den Juwelen an den Fingern. Ich ging mit ihm, bekam eine warme Mahlzeit und lernte das Singen und Tanzen. Ihm gehört die Taverne. Ich singe hier für mein Essen. Und wenn ich muss, tue ich mehr. Gott hat mich verflucht. Er ist gemein, grausam und hinterlistig. Und nach der Heiligen Schrift zu urteilen, ist er mit ziemlicher Sicherheit ein Mann.«

»Gott hat dich nicht verflucht, Frieda. Lass mich dir helfen.«

»Hilf mir, indem du verschwindest. Deine Zeit ist um. Das war meine traurige Geschichte. Erbärmlich, weil alle Mädchen hier mehr oder weniger die gleiche Geschichte erzählen können.«

Witter wich vor ihren glühenden Augen zurück, die ihn verächtlich anblickten. Das bittere Lächeln um ihren Mund machte ihre Schönheit vollends zunichte.

Frieda beugte sich vor. »Wenn du noch einmal hierherkommst, Witter«, drohte sie, »werde ich allen erzählen, wer du wirklich bist, und dann komme ich auf den Marktplatz und lache mit den anderen, wenn sie dich auf eine Leiter binden. Wenn sie dir den Bauch aufschlitzen, bis deine Eingeweide herausquellen. Wenn sie dir den Schwanz abschneiden und dich anschließend vierteilen.«

Mit diesen Worten stand sie auf, ging schwankenden Schrittes zu dem kleinen Kerl mit den beringten Fingern und hakte sich bei ihm ein.

49.
Kristina

Die Sonne hatte es gut mit Giebelstadt gemeint, und das Getreide stand hoch auf den Feldern.

Kristina liebte den Herbst – die warmen Farben, die Düfte, die in der Luft lagen, den Gesang der Vögel und den Anblick der Frauen mit den dicken Bäuchen, schwanger von der Enge des vergangenen Winters in den verschneiten Häusern. Die Felder leuchteten golden, während auf den brachliegenden Äckern bläuliche Astern blühten und üppige Teppiche bildeten. Es würde eine reiche Ernte werden, ein gutes Jahr für alle.

Die Kinder spielten fröhlich und ausgelassen. Peter tollte mit den anderen durch das Dorf und über die Felder. Amseln und Krähen kamen in Schwärmen und ließen sich in den Obstbäumen nieder.

Nachdem Kristina ihre Lesestunde mit Anna beendet hatte, erledigte sie ihre übrigen Pflichten auf Schloss Geyer, so schnell sie nur konnte, um sich dann davonzustehlen. Wie immer trafen sie sich heimlich in der alten Scheune jenseits der Felder – einige der jungen Männer des Dorfes sowie Grit, Rudolf, Simon und Kristina selbst.

Der alte Klaus war seit seinem letzten Besuch vor Wochen nicht mehr in Giebelstadt gewesen, und Kristina betete, dass er nicht verhaftet worden war. Doch selbst wenn Klaus noch käme – das nächste Mal würden sie und ihre Gefährten die Flugblätter eigenhändig verteilen.

Es gab hitzige Diskussionen, was den Inhalt ihres nächsten Flugblatts betraf. Linhoff und seine Freunde wollten einen Appell zum bewaffneten Aufstand gegen die Ungerechtigkeiten der Mächtigen. Rudolf und Simon hüllten sich in Schweigen, während Kristina sich diesem Vorschlag widersetzte. Doch es war Grit, die die beiden Heißsporne schließlich zur Besinnung brachte.

»Versucht es mit Honig, Freunde, bevor ihr Essig nehmt. Was hat euch euer Krieg gebracht außer Schmerz, Leid und Reue? Versucht es doch einmal auf unsere Weise.«

Linhoff hatte schließlich nachgegeben, und die anderen waren widerstrebend seinem Beispiel gefolgt. Kristina bemerkte, wie er verstohlen Grit beobachtete. Es war genauso schmeichelhaft für Grit, wie es ihr unangenehm war.

Als Kristina allein mit ihr war, sagte sie von Schwester zu Schwester: »Linhoff begehrt dich.«

»Ja. Irgendetwas an mir muss ihn an etwas erinnern, das er niemals haben kann«, meinte Grit. »Mein Gesicht ist dunkel von der Sonne, von Falten durchzogen, die immer tiefer werden, und ich bin alt genug, um seine Mutter zu sein.«

»Aber du hast eine innere Schönheit, die niemals vergeht«, sagte Kristina.

Grit lächelte, und ihre Augen funkelten. »Linhoff wird ein hübsches Mädchen finden. Es gibt hier im Dorf mehr als genug, die ihn wollen.« Vielsagend hob sie die Brauen, als sie weitersprach. »Und auch Lud wird umschwärmt, dessen bin ich sicher.«

Lud.

Kristina wollte nicht an ihn denken. Er mied sie, so gut es ging, und redete kaum noch mit ihr. Jedes Mal, wenn sie ihm in der Burg begegnete und er sie ignorierte, spürte sie einen Stich im Herzen.

Wenigstens hast du noch den kleinen Peter, schoss es ihr manchmal durch den Kopf.

*

Am nächsten Tag, als Kristina die Gemächer der Herrin betrat, um Anna vor dem Bad das Haar zu bürsten, verharrte sie mitten im Schritt.

Anna hatte Peter auf dem Schoß, der in seiner kleinen

Hand einen winzigen goldenen Dolch hielt. Kristina war entsetzt.

»Er ist erst sechs und schon so mannhaft!«, schwärmte Anna. »Sieh nur, wie er mir den Schleier herunterzieht! Er fürchtet sich nicht vor meinem Gesicht. Sieh doch nur, wie er mich küsst und mich umarmt! Ich werde ihn behandeln wie meinen eigenen Sohn, wenn er nicht bei dir sein kann. Das wird dir und ihm nicht wehtun. Ich möchte gern großzügig sein.«

Kristina wusste nicht, wie sie darauf reagieren sollte. »Peter, geh und zeig es deiner Mutter«, fuhr Anna vergnügt fort.

Peter und Anna lächelten einander verschwörerisch an. Kristina erkannte, dass die beiden irgendein Geheimnis hatten.

Anna zwinkerte dem Jungen zu. Peter sprang von ihrem Schoß und rannte zu der Harfe auf der gegenüberliegenden Seite des Gemachs. Kristina wollte ihn aufhalten aus Angst, er könne das kostbare Instrument in seiner Wildheit beschädigen.

»Nein, lass nur«, sagte Anna. »Lass ihn an die Harfe.«

Und dann geschah das Wunder.

Peter trat hinter die Harfe und wartete. Anna sang eine kurze Melodie, worauf Peter in die Saiten griff und die Melodie auf der Harfe nachspielte, klangvoll, fehlerlos und wunderschön. Seine Finger zupften die Töne mit einer Sanftheit, von der Kristina wusste, dass sie ein Geschenk Gottes sein musste.

»Sing eine Melodie«, forderte Anna Kristina auf.

Kristina schlug das Herz bis zum Hals. Sie sang die erste Strophe eines Wiegenliedes.

Peter lächelte und spielte die Melodie fehlerlos auf der Harfe nach.

Kristina eilte zu ihm, um ihn zu umarmen, doch er wand sich frei, wollte ihr noch mehr zeigen.

»Und ich habe nichts getan!«, sagte Anna. »Er ist einfach zur Harfe gegangen und hat eine Melodie nachgespielt, die ich gesummt hatte. Und dann haben wir einfach weitergemacht. Unser Schöpfer segnet uns mit Gaben, Kristina. Wenn er uns eine davon nimmt, ist an ihrer Stelle oftmals eine andere versteckt, die wir erst noch entdecken müssen. Peter ist ein Wunderkind. Hör doch nur!«

Die nächste Stunde war eine der glücklichsten in Kristinas Leben. Sie sang mit ihrem Jungen, der die Harfe dazu spielte, als hätten sie seit Jahren gemeinsam geübt.

Gott hatte auf sie hinuntergelächelt.

Selbst in dieser dunkelsten aller Zeiten hatte der Herr ihr zugelächelt.

50.
Witter

*F*rieda wiederzusehen war wie ein Albtraum gewesen. Nach jenem Abend hielt Witter sich nur noch streng an seinen Auftrag, Ereignissen in der Stadt nachzuspüren und sie Florian zu berichten. Er hätte beinahe eine Katastrophe heraufbeschworen, aus purem Übermut, aus Überheblichkeit. Mit seiner Marienberger Passiermarke, seinem Pferd und der vornehmen Kleidung hatte er beinahe selbst vergessen, wer er war. Frieda jedoch wusste es. Trotzdem – ihn zu verraten würde bedeuten, das sie sich selbst ans Messer lieferte.

Witter beschloss, in Zukunft vorsichtiger zu sein. Die Stimme seines Vaters schwieg noch immer, redete nicht mehr zu ihm. Und die Welt um ihn her wurde mit jeder weiteren Woche gefährlicher.

Mehr und mehr Heimatlose, Verarmte und Unglückselige kamen vom Land nach Würzburg, um zu betteln oder zu stehlen. Die Magistrate des Fürstbistums bildeten besondere Trupps, die die Aufgabe hatten, die Landstreicher zusammenzutreiben. Die meisten waren Hörige, die von den Gütern ihrer Herren geflüchtet waren, weil es dort nicht genug zu essen gab.

Eine weitere wichtige Neuigkeit war, dass der berühmte Tilman Riemenschneider, der das prachtvolle Marmorgrab für Lorenz gemeißelt hatte, sein Amt als Bürgermeister der Stadt Würzburg verloren hatte. Es war weithin bekannt, dass der Künstler beim neuen Fürstbischof Konrad so unbeliebt war, wie er beim alten Fürstbischof Lorenz beliebt gewesen war. Kein Wunder also, dass Riemenschneider keine weiteren Aufträge vom Bistum erhielt.

Dies alles berichtete Witter pflichtgemäß in versiegelten Briefen an Florian, befördert durch berittene Marienberger Kuriere, die regelmäßig wie ein Uhrwerk zwischen der Festung und den Truppenplätzen der Landsknechte unterwegs waren.

Eines späten Nachmittags, als Witter sich wieder einmal auf dem Marktplatz nach Neuigkeiten umhörte, kam er hinzu, als der alte Klaus, der Straßenhändler, beim Feilbieten von Flugblättern von Magistraten überrascht und festgenommen wurde.

»Ich kann lesen«, sagte der Hauptmann der Magistrate, als Witter ihn zur Rede stellte. »Ich habe die Pflicht, jeden einzukerkern, der zur Rebellion aufruft. Händler wie der hier«, er zeigte auf den alten Klaus, »bekommen die Flugblätter in den Dörfern entlang ihrer Strecke beinahe kostenlos und verdienen gutes Geld, indem sie diese Blätter dann hier verkaufen. Na, es wird nicht lange dauern, bis dieser Kerl herausschreit, woher er die Schmierereien hat!«

Witter blätterte durch den zerknitterten Stapel von Flugblättern, viele davon von Veritas gedruckt. Als er sie umdrehte, entdeckte er auf der Rückseite andere, primitivere Drucke, die kaum zu entziffern waren. Die Überschrift lautete: »Christus ist Liebe. Keine Steuern für den Krieg!«

Als Witter die Flugschrift las, überlief ihn ein Frösteln. Er konnte Grit und Kristina beinahe hören, wie sie den Text aufsagten, den er vor sich hatte. Er wusste sofort, dass dieses Flugblatt aus Giebelstadt kam, und musste sich ein Lächeln verkneifen, weil die Täufer das Papier der verhassten Veritas-Druckerei benutzt hatten, um auf der Rückseite ihre eigene Botschaft zu verbreiten.

Ein Mönch, der hinzugetreten war, nahm das Blatt an sich und las es laut vor: »Erhebt euch, Christen! Wehret euch, und werft das Joch der Ungerechtigkeit ab!«

»Ich habe diese Blätter nicht verkauft!«, rief der alte Klaus voller Angst. »Ich kann kaum lesen, und ich bin ein guter Untertan, und ein Kriegsveteran noch dazu!«

»Der Mann hat recht«, sagte Witter zu dem Mönch und den Magistraten. »Schaut euch die Rückseiten dieser Drucke an. Die Blätter kommen aus der Druckerei Veritas.«

»Ihr tragt die Marienberger Farben, Herr«, sagte der Mönch und musterte Witter eingehender.

»Ich stehe in Diensten des Fürstbistums.« Witter zeigte dem Mönch und den Magistraten seine Passiermarke. Sie verneigten sich vor ihr, wie alle es taten.

»Verzeiht, Herr. Unsere Magistrate sind Narren«, sagte der Mönch unterwürfig.

Widerwillig ließen die Schergen den alten Klaus los. Der Straßenhändler starrte Witter wortlos an, ehe er sich umdrehte und davoneilte. Witter hatte keine Ahnung, ob Klaus ihn erkannt hatte.

»Wir können nicht jedes Flugblatt und jeden Aufruf verhindern«, erklärte der Magistrat. »Die Zeiten ändern sich. Aber wir haben nicht genügend Männer, um dieser Entwicklung Einhalt zu gebieten.«

»Ich weiß. Ihr habt gute Arbeit geleistet. Macht weiter so«, sagte Witter und ritt davon.

Also ist es nicht mehr aufzuhalten, ging es ihm durch den Kopf. Früher oder später würde es einen Aufstand geben, Witter war sich dessen mittlerweile sicher. Es war nur noch eine Frage der Zeit.

Witter ritt in der hereinbrechenden Abenddämmerung zurück auf den Marienberg, als ihm unvermittelt Mahmeds Schachpartie einfiel, die am nächsten Tag stattfinden würde. Zu Lorenz' Zeiten war sie zu einer jährlichen Tradition geworden, die Konrad offensichtlich fortsetzte. Witter hatte einen Anschlag in der Schreibstube der Verwaltung des Fürstbistums gesehen. Einer plötzlichen Laune folgend hatte er seinen Namen, Witter von Giebelstadt, unter die anderen auf eine Liste geschrieben und sich seither ein Dutzend Mal gefragt, ob es wirklich eine so gute Idee gewesen war.

*

Auf dem großen Platz herrschte selbst zur Nachmittagsstunde rege Geschäftigkeit. Als Witter zum Feststand kam, entdeckte er Mahmed in seinen Pfauenfedern. Der Türke sah aus, als wäre er seit der Partie im letzten Jahr um hundert Jahre gealtert. Dutzende von Zuschauern hatten sich um die Schachtische versammelt, und Wachen hielten die Gemeinen fern, die sich vor den Absperrungen drängten.

Witter wartete über eine Stunde. Er wollte gerade wieder gehen, als sein Name aufgerufen wurde. Eine Wache führte ihn durch das Gedränge.

Kurz darauf saß er Mahmed an dem kleinen, kunstvoll verzierten Tisch gegenüber.

»Seht her, ihr Leute, der Böse Pfau!«, verkündete ein Mönch. »Seht, wie er einen weiteren guten Christen bedroht, schon den sechsten am heutigen Tag. In seiner Weisheit hat Konrad, unser neuer Fürstbischof, den Türken aus seinen prunkvollen Gemächern zerren lassen und in eine Zelle im Verlies gesperrt, so wie es jeder gewöhnliche Verbrecher oder Ketzer verdient!«

»Der Gast nimmt Weiß«, sagte Mahmed.

»Inschallah«, entgegnete Witter so leise, dass er nicht sicher sein konnte, ob Mahmed ihn gehört hatte. Doch er bemerkte ein Flackern in den dunklen Augen des Türken. Mahmed hielt den Kopf gesenkt, sein Blick jedoch ruhte auf Witter. »Ganz recht«, sagte er ebenso leise wie zuvor Witter. »Gottes Wille geschehe.«

Witter eröffnete mit Damengambit, indem er den Damenbauern zog. Mahmed konterte mit einem Springer. »Nimm Gottes Namen nicht leichtfertig in den Mund«, murmelte er dabei.

»Niemand kann Gott entkommen«, sagte Witter, während er den zweiten Bauern zog. »Und nur Gott kann dich beschützen.«

Mahmed blickte ihn forschend an.

»Du hast es gelesen?«

»Wie es geschrieben steht«, antwortete Witter.

Er hatte den Koran als Knabe gelesen, zusammen mit den großen Büchern aller anderen wichtigen Religionen – jenen, die übersetzt worden waren. Sie hatten in der Bibliothek seines Vaters gestanden. Witter wusste, dass er wahrscheinlich der einzige Mensch in Würzburg war – außer dem Türken –, der diese Verse kannte.

»Ich denke an meinen Diener ...«, sagte Mahmed.

»... wenn er an mich denkt«, beendete Witter den Koranvers.

Mahmeds Blick forschte im Gesicht seines Gegners.

Witter zog schweigend seine Figuren. Mahmeds Spiel war ebenso präzise wie einfallsreich. Witter konnte mehrere Züge vorausdenken, doch er hatte das Gefühl, als könnte der Türke die ganze Partie voraussehen, jeden einzelnen Zug.

Ein Dutzend Spielzüge weiter, und Witter wusste, er würde nicht mehr gewinnen können. Die Schnelligkeit, mit der er seine Figuren verlor, war geradezu unheimlich.

»Das ist unglaublich«, sagte er mit aufrichtiger Bewunderung.

»Wer bist du?«, fragte der Türke.

»Das ist eine Frage, mit der sich jeder plagt, sein Leben lang. Nenne mich Ibn Tufail. Ich wurde als unbeschriebenes Blatt geboren, genau wie du.«

Sein Vater Judah hatte die Werke Ibn Tufails geliebt, des berühmten islamisch-andalusischen Philosophen und Arztes.

Mahmed blinzelte, und seine dunklen Augen weiteten sich.

»Du hast den *Lebenden* gelesen?«

Witter hatte genug gesagt, um die Neugier des Türken zu wecken. Mehr zu sagen wagte er nicht.

Die Zuschauer schoben sich neugierig nach vorn, als sie sahen, dass zwischen den Gegnern Worte gewechselt wurden.

Witter hatte Ibn Tufail als Köder für ein zukünftiges Treffen benutzt, doch er wusste nicht, wie er ein solches Treffen herbeiführen konnte. Ibn Tufails Roman *Der Lebende* erzählte die Geschichte eines ungebändigten Kindes, das einsam und allein auf einer abgelegenen Insel aufwuchs und dessen Verstand sich nur anhand der Erfahrungen entwickelte. Es gab keine Sünde, nichts außer der Seele des Kindes, die vom Leben selbst geformt wurde. Ein unbeschriebenes Blatt. Tabula rasa. So wie Witter hier in Würzburg. Was das anging, waren sie Brüder. Menschen, die nachahmten, was um sie her geschah. Beide Fremde in einem fremden Land.

Wieder blickte Mahmed ihm forschend ins Gesicht. Für einen Moment fühlte Witter sich nicht mehr allein.

Drei Züge später hatte Mahmed seinen Gegner mattgesetzt.

»Der Böse Pfau hat einen weiteren Christen vernichtet!«, rief der Marktschreier.

»Inschallah«, sagte Witter, erhob sich und wandte sich zum Gehen.

»Warte!«, sagte Mahmed. »Bitte …«

Witter hörte nicht auf ihn, doch er spürte, wie Mahmeds Blicke ihm folgten, bis er in der Menge verschwunden war.

*

Den Rest des Tages bis tief in die Nacht konnte er an nichts anderes denken als an die Begegnung mit dem Türken.

Es war eine befreiende Erfahrung gewesen, Mahmed gegenüberzusitzen und ihre Ähnlichkeit, ja Verwandtschaft zu spüren. Er wusste nicht, ob oder wann er Mahmed wiedersehen würde. Doch er wusste, der Türke würde sich an ihn erinnern. Und irgendwie – ohne Familie, ohne Kristina – erschien es Witter mit einem Mal sehr wichtig, dass es jemanden gab, der sich an ihn erinnerte.

Ein Plan entstand in Witters Kopf. Er war tollkühn, ja lebensgefährlich. Deshalb dachte Witter lange und ausgiebig darüber nach und sammelte weitere Informationen.

Wenn der Plan aufgehen sollte, mussten ihm mehrere beinahe unwahrscheinliche Zufälle zu Hilfe kommen, und alles musste ganz genau ineinandergreifen.

51.
Kristina

Sie hatte den Tag, an dem sie nach Würzburg aufbrechen mussten, ebenso herbeigesehnt wie gefürchtet, und nun war er gekommen. Die kleine Gruppe von Brüdern und Schwestern würde endlich wagen, weswegen sie vor so vielen Jahren aus Kunwald ausgezogen waren. Sie waren vom Weg abgekommen, doch nun waren sie zurück. Sie würden ihr Werk vollenden.

Es war früher Morgen. Die Täufer packten soeben die letzten Blätter ein, als Lud erschien.

Kristina drehte sich um, als sie sah, dass die anderen mit ihrer Arbeit innehielten.

Grit schrie auf.

»Aus dem Weg!«, befahl Lud und kam auf Kristina zu.

Er hielt eine Eisenstange in Händen und holte zum Schlag aus. Doch er zielte nicht auf Kristina, sondern auf die Presse. Die Stange traf die schwere Eisenschraube, und sie zerbarst. Metallstücke flogen durch den Raum.

Linhoff, Max, Ambrosius und Jakob flüchteten sich in die dunklen Ecken der Scheune, so weit weg von Lud, wie sie nur konnten. Rudolf und Simon wichen ängstlich ein paar Schritte zurück.

Kristina stand nur da, rührte sich nicht vom Fleck und starrte Lud fassungslos an. Als Grit auf ihn losgehen wollte, packte Kristina sie am Arm und zerrte sie zurück – gerade noch rechtzeitig, denn Grit war der Stange zu nahe gekommen. Luds nächster Schlag hätte ihr den Schädel zertrümmert.

Lud schwang die Stange wieder und wieder, bis sie krumm war und die Presse schlimmer aussah als damals, als die Täufer sie aus dem Wasser geborgen hatten. Das Holz war zersplittert, das Eisen verbogen.

Schließlich hielt Lud inne, schwer atmend und erschöpft. Staub hing in der Luft.

Er drehte sich um, schaute alle der Reihe nach an.
»Ich habe genug von euch. Was wollt ihr? Blut?«, fragte er keuchend.
Niemand antwortete. Kristina war wie betäubt.
»Wenn Blut die Sünden dieses Landes wegwaschen könnte«, fuhr Lud fort, »würde ich töten, bis ich in Blut schwimme. Aber die Mächtigen werden die Kleinen stets unterdrücken. Die Fürsten halten zusammen. So hat euer gnädiger Gott diese Welt nun mal erschaffen. Akzeptiert es endlich.«
»Niemand will Blut«, flüsterte Grit.
Lud schüttelte den Kopf. »Ihr predigt Liebe und Frieden, und doch wiegelt ihr zu Mord und Totschlag auf.«
»Das wollen wir nicht«, entgegnete Kristina.
»Aber ihr bekommt es. Mord und Totschlag! Indem ihr das Unrecht anprangert.«
Kristinas Herz klopfte wild. »Wir werden gehen, Lud. Wir gehen fort von hier.«
»Du nicht, Kristina. Ihr anderen könnt meinetwegen verschwinden. Kristina ist noch für drei weitere Jahre gebunden. Sie muss ihre Zeit zu Ende dienen.«
»Wir können sie nicht zurücklassen«, widersprach Grit.
»Hört zu«, sagte Lud. »Es gibt einen neuen Fürstbischof in Würzburg und einen Kaiser in Wien, die beide die neuen Ideen hassen. Die Armen sind hungrig, und ihre adligen Herren sind so tief verschuldet, dass viele Güter aufgegeben werden mussten. Wir hatten bisher nur deshalb Glück, weil Florian seinen Sold nach Hause schickt und weil hier alle das Wenige teilen, das wir haben. Aber auch wir halten nicht ewig durch. Auf den Straßen sind Scharen Verzweifelter und Entwurzelter unterwegs, und die Menschen in den Städten und auf dem Land sind voller Zorn. Mit dieser Presse und eurem dummen Stolz bringt ihr die Bewohner von Giebelstadt in größte Gefahr. Das kann ich nicht zulassen.«
Linhoff wollte sich erheben und etwas sagen, doch Lud warf

die Stange nach ihm. Linhoff konnte nur mit Mühe ausweichen, wobei er gegen eine Wand krachte. Die anderen zogen die Köpfe ein und duckten sich.

»Hat sonst noch jemand etwas zu sagen?«

Niemand antwortete.

»Gut«, sagte Lud, drehte sich um und war Augenblicke später verschwunden.

52.
Konrad

*F*ürstbischof Lorenz von Bibra war friedlich im Schlaf gestorben.

Viele Jahre lang hatte Konrad von Thüngen auf diesen Tag gewartet. Nun war er gekommen. Er hatte keine Kosten und Mühen gescheut und ließ einen großen Trauerzug durch die Straßen Würzburgs veranstalten. Die prachtvolle, blumengeschmückte Bahre mit dem toten Fürstbischof wurde von einer Reitereskorte durch die von Ehrfurcht ergriffene Menge geleitet. Frauen schluchzten, Väter hielten ihre kleinen Kinder hoch, damit sie diesen unvergesslichen Anblick in sich aufnehmen konnten. Freibier und kostenloses Fleisch ließen Menschentrauben vor den Ständen entstehen, und jedermann kaufte Pamphlete von Veritas – Flugblätter, die Konrads Liebe für das gemeine Volk priesen und schon bald neuen Wohlstand für alle versprachen.

Im Dom setzte Konrad sich selbst die Bischofsmütze auf, nachdem Lorenz in einem sündhaft teuren Marmorgrab beigesetzt worden war, einem kunstvollen Werk dieses Wucherers und Diebes Riemenschneider. Die Gesänge und Lobpreisungen schienen kein Ende zu nehmen. Konrad achtete darauf, die ganze Zeit angemessen bekümmert dreinzublicken.

Dann, im Augenblick größter Feierlichkeit, fiel ihm merkwürdigerweise ein, dass zuerst ein älteres, lebensechtes Marmorgesicht Lorenz' Grabmal geziert hatte. Lorenz hatte es entfernen lassen und ein neues, jüngeres Antlitz geordert. Konrad schüttelte den Kopf. Als würde so etwas die Ewigkeit kümmern! Mitten in der Zeremonie musste er gegen einen Lachkrampf ankämpfen. Unter den Augen von ganz Würzburg, während die Priester sangen und beteten, senkte er den Kopf und bebte am ganzen Körper bei seinem Kampf gegen die Lachtränen.

Sollen sie ruhig alle glauben, dass es die Trauer um meinen geliebten Freund Lorenz ist.

In den Wochen danach waren ununterbrochen Kuriere zwischen den Städten der süddeutschen Lande unterwegs, eskortiert von Reiterei. Sämtliche schwäbische Edelleute sahen sich den gleichen Problemen gegenüber, mit denen sich auch Konrad auseinandersetzte. Ein Teil seines Tages war inzwischen damit ausgefüllt, Nachrichten mit den anderen Fürsten des Schwäbischen Bundes auszutauschen. Für den Fall, dass eine Revolte ausbrach, würden sie ihre Truppen vereinen. Ihre vereinten Kräfte reichten aus, um jede Rebellion niederzuschlagen, davon war Konrad überzeugt.

Es gab kaum Zeit zum Ausruhen. Konrad fand immer weniger Zeit für Ausritte mit Sieger. Er vermisste sie sehr.

Kirche und Staat, zuvor nervöse Bettgesellen, bildeten nun eine vollendete Einheit. Konrad hielt jetzt die gesamte Macht des Würzburger Fürstbistums in Händen. Wo er zuvor einem schwachen und nachgiebigen Staatsgebilde gedient hatte, als Herr der Magistrate und der weltlichen Angelegenheiten, war er nun die alleinige maßgebliche Macht.

Führe mich, leite mich, hilf mir, nicht schwach zu sein, sondern stark und pflichtbewusst, unermüdlich in meinem Streben, Deinen Willen zu erfüllen.

Vorbei war es mit der Schwäche und Duldsamkeit eines Lorenz, die die Kirche entkräftet hatten. Konrad erinnerte sich an die Falken und Eulen, von denen Lorenz so gern gesprochen hatte. Wenn das die Wahl war, würde er sich für die Falken entscheiden.

Als wären die umstürzlerischen Kräfte in Volk und Kirche, die sich immer mehr bemerkbar machten, die Unruhen und die Schuldenkrise noch nicht genug, hatte es eine Reihe von Beschwerden über einige der umliegenden Mönchsklöster gegeben – Klagen über Unzucht von Mönchen und Klerikern mit kleinen Jungen und abhängigen Akolythen.

Konrad griff sofort und mit Nachdruck ein. Er machte allen klar, dass er nicht so nachlässig war, wie andere es möglicherweise gewesen wären, und dass er unter gar keinen Umständen eine derart sündige Ausbeutung von Wehrlosen gestattete. Es gab zahlreiche Festnahmen, alle im Verlauf einer einzigen hektischen Woche. Lorenz war berühmt gewesen für seine gerechten Urteilssprüche, und Konrad strebte danach, es ihm gleichzutun – mit einer Ausnahme: Die Gerichtshöfe von Kirche und Staat waren jetzt vereint.

Konrad befahl Basil, den Boden zu kühlen, indem er die Türen die ganze Nacht offen stehen ließ.

Als sich am nächsten Morgen die fröstelnden Zuschauer einfanden, im Zaum gehalten von Magistraten, betrat Konrad den Saal aus einer geheizten Vorkammer. Er trug seine zeremonielle Tracht als Richter sowie die goldenen Ketten. Die kalte Luft verwandelte den Atem vor seinem Mund in weiße Wölkchen, als er den Thron einnahm, von dem herab Gerechtigkeit verkündet werden würde. Das Getuschel verebbte, gebannte Stille kehrte ein.

Die Büßer mussten sich vor dem Gerichtsthron flach auf den Boden legen, mit den Gesichtern nach unten. Ihre Zähne klapperten, und sie zitterten vor Kälte. Jene, die nicht in dicker Kleidung, sondern in den besten Sachen vor Gericht erschienen waren, litten am meisten.

Konrad wandte sich an einen erbärmlich zitternden Missetäter, der sich vor ihm auf die Knie geworfen hatte und bettelte und weinte. »Jene, die schwächer sind als wir, sind wie unsere Kinder«, begann Konrad. »Du hast deine heiligen Eide auf abscheuliche Weise gebrochen. Deshalb wirst du für die nächsten zwanzig Jahre das Tageslicht nicht mehr sehen. Möge Gott dich in dieser Zeit besuchen und heilen. Du bist dem Köpfen entgangen, aber in den Jahren, die vor dir liegen, wirst du dir manches Mal wünschen, dein Leben wäre zu Ende.«

Veritas pries die Gerechtigkeit von Konrads Urteilssprüchen, und für kurze Zeit stieg seine Beliebtheit in der Bevölkerung.

Des Nachts jedoch starrte er aus der Höhe der Marienberger Türme mit finsterer Miene hinunter auf die gemauerten Schluchten voll rauchiger Lichter, die Gassen und Hinterhöfe der Stadt. Er konnte Satan förmlich spüren, wie er dort unten auf Beutejagd war.

Konrad war seit Monaten nicht mehr auf seinem Gut gewesen. Er war überzeugt, in Würzburg würde sich das Chaos ausbreiten, falls er abreiste. Also starrte er hinunter auf die Stadt, deren Herrschaft Gott ihm angetragen hatte, und dachte an all die vergeblichen Hoffnungen und dunklen Träume, die dort in den Tiefen geträumt wurden, in den Straßen und Häusern, an all das Böse, das sich im Gewimmel der Menschen versteckte.

Wie töricht doch seine eigenen Kindheitsträume gewesen waren. Als Knabe auf der Burg seines Vaters hatte er die Männer gefürchtet, die ihnen dienten, die exerzierten, die sich laut und in einer derben Sprache unterhielten. Und sein Vater war der Lauteste von allen gewesen.

Um alldem zu entfliehen, hatte Konrad Priester werden wollen. Sein Vater hatte erklärt, er habe zu viel vom Blut seiner Mutter geerbt, und hatte ihn mit zehn Jahren in ein Mönchskloster geschickt, wo er einige Zeit gelebt und wie ein gewöhnlicher Junge in der Spülküche gearbeitet hatte – lange genug, dass er nicht mehr Priester werden wollte und darum bettelte, nach Hause geschickt zu werden.

Er wusste nun aus eigener Erfahrung, dass einige Priester enthaltsam lebten und gütig waren wie Heilige, während andere stanken. Wieder andere waren Fresssäcke. Einige grapschten nach den Jüngeren, andere waren immerzu traurig, und ganz wenige waren hoch begabt. Ihre Unberechenbarkeit war beängstigend, und die Einsamkeit des Schlafens auf einem Brett in einer gemauerten Zelle war grauenvoll.

Sein Vater hatte ihn vor allen Leuten ausgelacht, als er ihm

dies unter Tränen gestanden hatte, und ihn an die Waffenmeister übergeben, die ihn mit der gleichen Geringschätzung behandelt hatten, nur mühsam getarnt als freundlicher Respekt. Konrads pickeliges Gesicht hatte die Mädchen abgestoßen. Er hatte Anna geliebt, doch sie hatte Dietrich zum Mann genommen.
Anna.
Konrad versuchte die trübsinnigen Gedanken abzuschütteln, und mit ihnen die Vergangenheit.
Eine schwere Last ruht auf meinen Schultern, Herr. Hilf mir, weise zu sein und das Übel, das Lorenz so nachlässig hat gedeihen lassen, mit Stumpf und Stiel auszureißen.
Sein Leben hatte sich von Grund auf verändert.
Jetzt war er an der Reihe.
Jetzt hatte er ein riesiges Einkommen.
Jetzt war er es, der eine Armee ausheben und befehligen konnte.
Jetzt saß er zu Gericht über das gemeine Volk.
Er beherrschte alles bis auf die Gedanken der Menschen.
Aber das würde sich ändern. Sie würden ihn kennenlernen, seine Macht zu spüren bekommen, alle, ohne Ausnahme. Die anderen schwäbischen Fürsten würden staunen. Sein Freund, der Kaiser, würde ihn bei Hofe lobpreisen.
Ich werde eine Schreckensherrschaft errichten, so furchtbar, dass niemand mehr zu widersprechen wagt.

*

»Wir haben unsere Liste fertig, Euer Gnaden.«
Basils Stimme überschlug sich förmlich, als er in Konrads Audienzsaal stürmte, eine Pergamentrolle in Händen.
»Augenzeugenberichte, die Feinde des Staates und der Kirche benennen. Und Geständnisse, die jede Verhaftung rechtfertigen. Und das alles haben wir erfahren mit nichts als den gerechten Mitteln der Folter beim Verhör.«

Es war ein strahlender Märztag, der geradezu gemacht war für einen Ausritt mit Sieger. Konrad freute sich bereits darauf, später am Tage die Kraft des edlen Tieres unter ihm zu spüren.

Erst die Pflicht, dann das Vergnügen, dachte Konrad und entrollte das Pergament.

Er überflog die Liste. Sie enthielt die Namen sämtlicher Feinde auf sämtlichen Gütern und in sämtlichen Dörfern sowie die Namen aller Händler, die sich beschwerten oder gegen ihre gerechten Steuern und Abgaben protestierten, außerdem die Namen von notorischen Querulanten. Es waren Hunderte. Einer davon war Lud aus Giebelstadt, der pockennarbige Diener des Ritters Dietrich, der vor Jahren einen Zweikampf ausgefochten hatte.

Plötzlich riss Konrad die Augen auf. Ungläubig starrte er auf die Liste. Er glaubte, nicht recht zu sehen, aber da stand er, ohne jeden Zweifel.

Florians Name.

»Was tut der Name meines Patenkindes auf dieser Liste? Er ist bei den Landsknechten draußen auf dem Feld. Was kann er getan haben?«

»Verzeiht, Euer Gnaden«, sagte Basil. »Aber es kamen Berichte von Florians Vorgesetzten, denen zufolge er bei den anderen jungen Offizieren, darunter viele Ritter wie er selbst, aufrührerische Ideen verbreitet. Er ist beliebt geworden, besonders bei den jungen Rittern.«

Sogar Florian, mein eigenes Patenkind!

Ein bitterer Geschmack kroch auf seine Zunge, und ihm war plötzlich furchtbar heiß.

Ruhig, ganz ruhig. Bloß kein Anfall jetzt.

Konrad atmete ein paarmal tief ein und aus. Der Verrat Florians schmerzte ihn sehr.

»Bring den Narren hierher, Basil. Schick seinen Diener, ihn zu holen. Jetzt sofort. Ich besitze ein Dokument, das diesen jungen Emporkömmling auf sein ihm gebührendes Maß zurückstutzt.«

»Der alte Schuldtitel von vor dreihundert Jahren? Dieser Titel ist doch sicher längst verfallen?«
»Ganz genau.«
»Ihr werdet Florian nicht beschützen?«
»Ich werde ihn *besitzen*. Ich werde ihn gefügig machen wie einen Hund.«
Das Kollegiatstift Neumünster hatte eine Forderung gegen die Geyers erhoben, wegen einer uralten und angeblich noch offenen Schuld. Es war ein Zeichen der Zeit, dass jede Kirche, jedes Kloster und jede Stadt in allen Ecken und Winkeln nach Geld suchte und ihre alten Dokumente durchging. Konrad wusste, dass die Forderung lächerlich war, geradezu absurd, und dass er sie als Fürstbischof ohne besondere Mühe zurückweisen und für ungültig erklären konnte. Doch die Forderung war dank der Gnade Gottes genau in dem Augenblick eingetroffen, als er sie am meisten brauchte. Sie würde ein wunderbares Druckmittel abgeben.
»Euer Gnaden, sollte Florian die Forderung nicht begleichen, würde daraus unweigerlich die Exkommunikation folgen«, warnte Basil.
»So weit wird es nicht kommen, Basil. Florian liebt seine Verlobte Barbara, und er würde seine strahlende Zukunft bei Hofe unter meiner Schirmherrschaft aufs Spiel setzen.«
Konrad hatte genug von den Mätzchen seines Patenkindes. Er war Fürstbischof und duldete keine Aufwiegelei, von wem sie auch kam.
Konrad würde Florian gefügig machen.
Und dann würde er Florian in seine heilige Umarmung nehmen, als wäre er sein eigener, innig geliebter Sohn.
Oder ihn vernichten.

53.
Witter

*D*er kleine mürrische Mönch Basil hatte Witter zu einem Treffen in die kirchlichen Amtsgemächer einbestellt und ihm dort eröffnet, dass er sich zu Florian begeben und ihm eine versiegelte Nachricht überbringen sollte, und zwar persönlich.

»Deinem Herrn wird die Ehre zuteil, eine Botschaft unseres Fürstbischofs durch seinen eigenen Diener zu empfangen. Räuber machen die Straßen unsicher, darum wirst du zu deiner Sicherheit eine Eskorte erhalten.«

Witter hatte immer gewusst, wann es Zeit war, von einem Ort zu verschwinden. Diese Ahnung – ähnlich jenem unerklärlichen Gefühl, das manch einen beschlich, wenn er beobachtet wurde – hatte ihn schon viele Male gerettet. Auch diesmal schrie eine Stimme in ihm.

Hau ab! Hier stimmt etwas nicht.

Nach außen hin ließ er sich jedoch nichts anmerken.

»Hier, ich vertraue dir diese Kuriertasche an«, sagte der Mönch.

Florian erhielt eine dünne Mappe aus feinem rotem Leder, verziert mit dem Wappen des Fürstbistums Würzburg.

»Welch eine Ehre, heiliger Vater«, sagte Witter zu Basil. Es war spöttisch gemeint, doch er gab sich alle Mühe, es aufrichtig klingen zu lassen, bereute es aber schon im nächsten Moment.

Der Mönch starrte ihn stirnrunzelnd an. »Sprich nicht zu mir, als wäre ich der Papst. Es hört sich an, als wolltest du mich verspotten.«

»Verzeiht. Ich dachte nur, Ihr seid ein so wichtiger Mann ...«

Der Mönch plusterte sich auf wie erwartet. In letzter Zeit fiel es Witter häufig schwer, sich seine Belustigung nicht anmerken zu lassen, wenn er sich in Gesellschaft Höherstehender befand – insbesondere einer so lächerlichen Person wie diesem Mönch. Vielleicht war es ein Zeichen von Vermessenheit.

Was die Botschaft anging, hatte Witter nicht den blassesten Schimmer, worum es sich handeln könnte. Alles am Verhalten des Mönchs wies darauf hin, dass eine größere Veränderung bevorstand, zum Guten oder zum Schlechten. Witter zwang sich, ruhig zu bleiben und zuzuhören.

»Aufgrund der Unruhen und der mannigfaltigen Probleme haben wir bereits mehrere Kuriere verloren«, fuhr Basil fort. »Du musst wissen, dass es schwerste Strafen nach sich zieht, das persönliche Siegel des Fürstbischofs zu brechen. Weil die Straße so gefährlich ist, wirst du eine Eskorte erhalten, wie ich bereits sagte, um dem Patenkind seiner heiligen Gnaden des Fürstbischofs diese Botschaft zu überbringen.«

»Ich werde diese Botschaft mit meinem eigenen Leben beschützen.«

»Das wirst du in der Tat.« Basil lächelte und entließ ihn.

Wieder in seiner Schlafkammer stieß Witter ein befreites Lachen aus, laut und trotzig, geradezu herausfordernd. Er spürte Hoffnung in sich aufkeimen.

Das alles konnte doch nur bedeuten, dass Florian befördert wurde. Ja, so musste es sein. Florian war im Aufstieg begriffen. In seinem Schatten, als sein persönlicher Diener und Vertrauter, wusste Witter nicht zu sagen, wie weit er selbst es bringen würde. Sollte Florian aufgrund seiner Verwandtschaft zum Fürstbischof noch höher aufsteigen, bestand für Witter vielleicht sogar die Möglichkeit, mit diplomatischen Papieren das Ausland zu bereisen, vielleicht sogar das Reich der Osmanen, wo Juden mit offenen Armen willkommen geheißen wurden, sodass er den Christen endlich voll und ganz entrinnen konnte.

Ja, es war kühn, es war gefährlich. Er hatte noch nie eine Rolle für so lange Zeit gespielt. Es war schwindelerregend und belebend zur gleichen Zeit … ein törichtes Gefühl, wie er wusste, und doch konnte er nicht widerstehen, darin zu schwelgen. Dass er aufbrechen würde, um Florian zu sehen, machte ihn zugleich unruhig – die Reise bedeutete, die Sicherheit der Festung Marienberg hinter sich zu lassen. Andererseits bestand die Hoffnung, dass sie zur Feier von Florians Beförderung für ein paar Tage nach Giebelstadt zurückkehrten und er Kristina sah ...

Witter ging zu den Ställen, um sich von den Pferdeknechten sein Reittier geben zu lassen, und fand seine Eskorte ungeduldig wartend vor.

»Ich bin Volker, Hauptmann der fürstbischöflichen Landsknechte«, sagte der Offizier schroff und mit finsterer Miene, als wäre das Eskortieren eines Dieners weit unter seiner Würde. »Ich kehre zu meinem Fähnlein zurück.«

Ihm stand eine ungemütliche Reise bevor, schwante es Witter.

Sie ritten durch das Tor der Festung und den Marienberg hinunter. Witter war dicht hinter dem Hauptmann der Landsknechte und versuchte, ihn einzuschätzen. Hauptmann Volker war ein großer Mann mit einer Hakennase und einem gewaltigen grauen Schnurrbart. Witter spürte nichts als Abneigung für diese zum Töten dressierte Kreatur im blank geputzten Harnisch und mit dem Federbarett auf dem Kopf.

Die Pflastersteine der großen Brücke glänzten nass vom nächtlichen Regen. Jedes Mal, wenn Witter diese Brücke sah oder überquerte, musste er an die Schreckensnacht vor vielen Jahren denken. An den armen Werner Heck, der in den Tod gesprungen war, um ihnen die zusätzlichen Augenblicke zu verschaffen, die sie brauchten, um auf der gekaperten Fähre unter der Brücke hindurch zu entkommen.

Erst als sie an der Brücke vorbeigeritten waren, bemerkte Witter, in welch schlechtem Zustand die Straße war – ein von unzähligen Karrenrädern tief ausgefahrener Morast. Volker ritt vor Witter her, als wäre der Weg glatt und frei. Die Sonne stand hoch am strahlend blauen Himmel.

Witter beobachtete den Landsknecht, der schweigend und mit grimmiger Miene vor ihm ritt. Nach einer Weile kam Witter ein beunruhigender Gedanke: Der Brief an Florian hätte ohne Weiteres durch den Landsknecht selbst überbracht werden können – was bedeutete, dass Witter einem anderen Zweck diente, auch wenn er sich vergeblich den Kopf zerbrach, welcher Zweck das sein mochte. Er musste auf der Hut sein.

Unvermittelt ritt der Hauptmann dicht an ihn heran. Witter stieg eine Wolke des widerlich süßen Parfums in die Nase, das der Mann trug.

»Gebt mir die Mappe mit dem Brief, damit ich sie aufbewahren kann«, verlangte er.

Witter schluckte mühsam. »Aber das darf ich nicht, mein Herr.«

»Ich sagte, gebt sie mir.« Die Stimme des Landsknechts wurde hart. »Gebt sie heraus. Oder soll ich wütend werden? Ihr seid ein weicher Bursche und wollt ganz bestimmt nicht, dass ich beleidigt bin, das kann ich Euch versichern.«

Witter sah nur einen Ausweg. Mit hochmütigem Gesicht musterte er den Landsknecht von oben bis unten wie ein Vorgesetzter. Das klappte jedes Mal sehr gut bei einfachen Menschen, die ihr Leben lang nur anderen gehorcht hatten.

»Mein Herr, Ihr seid lediglich meine Eskorte, weiter nichts. Ihr bekommt nicht, was Ihr verlangt.«

Die Augen des Landsknechts verengten sich, dann stieß er ein raues Lachen aus. »Nur ein Scherz, guter Mann. Eine kleine Probe Eures Mutes, weiter nichts.«

Witter schwieg und tat so, als lächelte er gutmütig. Sein Herz raste.

An diesem Söldnerhauptmann war irgendetwas Falsches. Witter wurde das Gefühl nicht los, dass dieser Volker mit ihm spielte. Tat er es, weil es so seine Art war? Oder handelte er auf Befehl, und falls ja, mit welchem Ziel? Witter beschloss, den Mund zu halten.

Der Hauptmann hingegen wurde immer redseliger. »Die verdammte Gerste! Der Teufel soll sie holen«, schimpfte er. »Ich habe als Junge genug auf den Feldern geschuftet, dass es bis an mein Lebensende reicht. Mir wird heute noch schlecht, wenn ich Gerste nur sehe. Schneiden und zu Garbenhaufen bündeln, während die Grannen einen stechen und pieksen. Ich bin Soldat geworden, um mich von dieser Plage zu befreien. Meinen Offiziersrang habe ich auf einem Schlachtfeld errungen, während der Windischen Bauernrevolte vor mehr als neun Jahren. Nichts zu gewinnen, alles zu verlieren.«

Die Felder waren leer. Schmutzige Bettler standen entlang der Straße an Bäume gelehnt und musterten die Neuankömmlinge mit fiebrigen Augen. Sie rührten sich kaum, als die Pferde sie passierten. Witter bemerkte ihre stille Verzweiflung, und sein Herz fühlte mit ihnen.

»Ich bin schon einmal letztes Jahr zur Erntezeit hier durchgekommen«, sagte der Landsknecht. »Es gab einen Sturm. Die faulen Bastarde haben es nicht mehr geschafft, die Felder ihres Herrn abzuernten, bevor ihre eigenen Äcker von Hagel und Nässe ruiniert waren. Würden sie härter arbeiten, wären sie jetzt nicht auf ihren dreckigen Knien. Oder wenn sie Soldaten wären.«

Witter musste daran denken, wie viel besser es den Hörigen von Giebelstadt erging. Irgendwie schienen sie immer genug zu haben. Sie erhielten großzügige Anteile an der Ernte, sie durften in den Wäldern jagen, und wenn Stürme drohten, durften sie ihre eigene Ernte zuerst einbringen, bevor sie für das Gut arbeiteten. Diese Leute hier aber waren so schwach und abgerissen, dass manche tatsächlich auf den Knien umherkrochen und den Boden nach Wurzeln und anderen essbaren Dingen absuchten.

Witter schaute in die leeren Augen, spürte ihre Blicke auf sich ruhen, in denen ein stummes Flehen lag. Er dachte an Kristina und Grit und an das, wofür sie kämpften – Gleichheit, Gerechtigkeit. Und hier war er und ritt mit diesem überheblichen Soldaten durch die Gegend, als wären sie Kameraden.

Ein paar zerlumpte Gestalten kamen an den Straßenrand, die Hände bettelnd ausgestreckt.

Der Landsknecht starrte sie verächtlich von seinem hohen Ross herunter an.

»Hörige sind allesamt Feiglinge. Ihre dreckigen Gesichter glotzen dich an und starren dir böse hinterher, aber wenn du vor ihnen stehst, winden sie sich und werfen sich in den Staub. Sie haben Angst vor dem Schwert. Man darf ihnen niemals den Rücken zuwenden. Ihren kleinen Rotzbengeln auch nicht. Ihnen Almosen zu geben heißt, sie betteln zu lehren. Und betteln heißt hassen. Und hassen heißt zur Hölle fahren.«

Witter biss sich auf die Lippen, um nicht zu antworten. Seine Gedanken waren voller Zorn. Er starrte hinauf zum Himmel, dann auf die Straße vor ihnen. Er hoffte, dass der Söldner endlich schweigen würde, doch wie so vielen eingebildeten Menschen gefiel es Hauptmann Volker, über sich selbst zu reden.

»Ich habe mein Leben lang nur Leuten von Rang und Namen gedient, Männern wie unserem Fürstbischof. Ich bin kein Ritter wie Euer junger Herr, aber ein tapferer Soldat. Ich habe mehr Feinde umgehauen, als Ihr Haare auf dem Kopf habt. So ist das Leben eines Kriegers. Keine Zeit für Weichlinge. Euer Florian Geyer hat in den letzten Monaten viel über Taktik gelernt. Er könnte ein guter Heerführer werden.«

Witter spürte, wie sich in seinem Bauch Kälte ausbreitete. Was wollte dieser Kerl von ihm? Sein Zorn wuchs, wurde heiß und bitter, doch die alte Angst hielt ihn im Zaum.

»Könnte?«, fragte er mit einem breiten falschen Lächeln. »Ist mein Herr denn kein guter Offizier?«

»Florian Geyer hat sich eine gewisse Beliebtheit erarbeitet, hauptsächlich jedoch bei den unzufriedenen Offizieren. Besonders bei den jüngeren, die häufig ein Übermaß an Bildung über sich ergehen lassen mussten. Zu viele Ideen verwirren einen Mann und dämpfen seine kämpferischen Triebe.«

Witter hätte diesen gefährlichen Narren am liebsten laut

ausgelacht. Er versuchte eine Antwort zu formulieren, die den Landsknecht zufriedenstellte.

»Mein Herr erfüllt seine Pflicht. Er ist seinem Fürstbischof ergeben.«

»Auch wenn Ihr weit unter mir steht, will ich offen sprechen. Von Mann zu Mann. Der junge Geyer wird von vielen bewundert, als Kämpfer und als Offizier. Er führt eine gute Klinge, wie sein Vater es ihn seinen Worten zufolge gelehrt hat. Er hat zwei Duelle mit Gleichrangigen gewonnen.«

»Das wusste ich nicht.«

»Euer Herr steht hinter seinen Ideen. Die Offiziere und die Männer respektieren das. Die meisten jedenfalls. Andere finden seine Ideen und Vorstellungen undankbar, gefährlich oder gar verrückt, besonders für einen Offizier und Ritter, der zugleich Patenkind unseres Fürstbischofs ist.« Der Hauptmann sah Witter aufmerksam ins Gesicht. »Sagt mir, hat er auch mit Euch über seine so genannten reformatorischen Ideen gesprochen?«

Witter gab sich keine Blöße. »Reformatorisch? Was soll das sein, reformatorisch?«

»Ihr wisst sehr wohl, was ich meine. Macht mich nicht wütend, indem Ihr es abstreitet. Ihr seid der Diener eines Möchtegern-Reformators.«

Witter schwieg. Er spürte den Hass in seinen Eingeweiden brennen. Am liebsten wäre er auf der Stelle weggeritten von diesem Narren.

»Ich für meinen Teil, ich mag Geyer«, sagte Hauptmann Volker und lächelte. »Viele mögen ihn. Aber wir können keine Zwietracht hinnehmen. Zuerst dieser scheinheilige Mönch Luther, der die Armen gegen die Reichen aufbringt ...«

»Luther ist kein Mönch, soviel ich weiß, sondern ein Doktor der Theologie, ein Priester.« Kaum hatte Witter diese Worte gesagt, wünschte er sich, er hätte geschwiegen.

»Zur Hölle damit! Luther ist ein Teufel! Er macht sich selbst groß, während er sich die Taschen füllt, indem er sich mal auf

die Seite der Edelleute schlägt, mal auf die der hörigen Bauern. Einer stachelt den anderen auf und der den nächsten und immer weiter. In ganz Schwaben verbreiten sich die Unruhen.«
»Furchtbar«, sagte Witter.
»Und dann die Anhänger von diesem Luther!«, schimpfte Volker weiter. »Wie dieser Müntzer, dieser umstürzlerische Pfaffe, der Gleichheit für alle predigt, als wäre eine Nation von Bastarden der Wille Gottes! Müntzer hat die Bergarbeiter und Weber allesamt aufgewiegelt. Ich habe selbst einmal mit angehört, wie er vor einem Menschenauflauf gepredigt hat. Er ist ein Teufel. Er wird eines Tages sämtliche Bauern dazu bringen, sich zu erheben, und dann werden alle sterben.«
»Beten wir zu Gott, dass es niemals so weit kommt«, sagte Witter.
Der Offizier beugte sich auf seinem Pferd zu ihm vor. »Ich möchte Euch eine Frage stellen. Sagen diese Reformatoren die Wahrheit? Was meint Ihr? Brauchen wir wirklich so dringend eine Veränderung in diesem Land?«
Witters innere Stimme riet ihm zu lügen, und so antwortete er: »Wie kann jemand darauf hoffen, die Ewigkeit an der Seite der Jungfrau Maria zu verbringen, ohne ihr zu dienen?«
Der Hauptmann schnaubte. »Bei mir müsst Ihr Eure Zunge nicht im Zaum halten, Mann. Sprecht, was Euch auf der Seele liegt. Sagt die Wahrheit.«
»Das tue ich. Nur die heilige Mutter Kirche allein kann uns erretten.«
»Die Kirche? Ha! Ihre Geschichten sind für kleine Kinder und Schwachköpfe. Die Kirche ist der Staat, der Staat ist die Kirche. Habt Ihr gehört, dass die Hörigen der Abtei von Marchthal die Arbeit verweigert haben? Und in Sankt Blasien auch. Außerdem die in Steinheim, drüben bei Memmingen. Sie weigern sich, Steuern zu zahlen und ihren Arbeitspflichten nachzukommen. Sie wollen mitbestimmen, wie sie sagen. Viele in den Gilden, die Handwerker, wollen den Stadtrat mitwählen,

um selbst über ihr Schicksal zu bestimmen. Könnt Ihr Euch vorstellen, was mit ihnen geschehen würde?«

Sie wären frei, dachte Witter, suchte jedoch nach einer angemessen verrückten Erwiderung. »Die Gemeinen sollen den von Gott erwählten Edlen wählen?«, sagte er schließlich. »Da könnten genauso gut Schweine auf Rössern reiten wollen.«

Hauptmann Volker starrte Witter an, dann warf er den Kopf in den Nacken und lachte schallend.

»Ich bin sicher, wenn mein Herr von diesen Ungeheuerlichkeiten erfährt, wird er genauso entsetzt sein wie ich«, fügte Witter hinzu.

»Er wäre ein Narr, würde er solche Veränderungen gutheißen.«

»Das würde er nicht, da bin ich sicher.«

»Das sagt Ihr andauernd. Viele Ritter haben dieser Tage alles verloren und sind nur noch Räuber und Wegelagerer. Euer Meister hat großes Glück, in Fürstbischof Konrad einen Fürsprecher zu haben.«

Sie gelangten in die Ausläufer der Hügel und ließen die weite Ebene mit den Höfen und Gütern hinter sich. Es war nun nicht mehr weit. In der Ferne war der rollende Donnerhall von Geschützen zu hören.

»Macht Euch der Lärm schon Angst?«, fragte der Hauptmann spöttisch.

»Es ist jedenfalls kein Gewitter. Sind das Kanonen?«

»Ja, sicher. Das sind die Landsknechte. Das Übungsgelände. Sie üben die neue Art der Kriegsführung.«

Sie kamen an einer Postenkette vorüber. Pikeniere salutierten vor dem Hauptmann.

Die Straße erreichte den Rand eines weiten Feldes. Rotten von Landsknechten übten Manöver. Arkebusiere feuerten aus dem Inneren rechteckiger Formationen heraus, die von Männern mit Piken gebildet wurden, die auf diese Weise einen Schutzwall um die Hakenbüchsen bildeten.

Dann erblickte Witter Florian hoch zu Ross.

»Dort ist Euer Herr«, sagte Hauptmann Volker. »Er ist ein guter Leutinger geworden. Reitet hinter mir her, gemächlich jetzt.« Langsam ritten sie am Verteidigungsring entlang.

In seinem Brustpanzer und dem breitkrempigen Barett mit den roten Federn, die seinen Rang kennzeichneten, ritt Florian im Rücken der bunt gekleideten Pikeniere und Arkebusenschützen auf und ab, während er mit dem Schwert gestikulierte und Befehle rief. Die Rottmeister folgten ihm und brüllten ebenfalls auf die Landsknechte ein.

Witter begriff, dass sie das Nachladen ihrer Hakenbüchsen übten, um schneller zu werden. Eine Reihe feuerte, dann zog sie sich zum Laden zurück, und die nächste Reihe trat vor und feuerte. Auf diese Weise war die vordere Reihe ständig schussbereit.

Auf der anderen Seite des Feldes befanden sich aufgestapelte Heuballen. Jede Salve sandte Wolken von zerfetztem Stroh in die Luft, sodass es aussah wie gelber Schnee. Immer wieder ließen vereinzelte Schützen ihren Ladestock oder die Bleikugel fallen oder stolperten im Schlamm. Es war ein komischer und zugleich beängstigender Anblick. Witter spürte, wie ihm Galle in die Kehle stieg.

So viel Geld für das Morden, und draußen auf den Feldern verhungern Kinder.

»Wie findet Ihr es?«, fragte der Hauptmann mit unverkennbarem Stolz.

»Prachtvoll«, antwortete Witter und verzog vor Abscheu das Gesicht.

Hauptmann Volker wandte den Blick von den Landsknechten und betrachtete Witter. »Wisst Ihr, zuerst hatte ich Euch im Verdacht, einer von diesen vermaledeiten Reformatoren zu sein. Leutinger Geyer steht unter dem Schutz des Fürstbischofs, Ihr jedoch nicht. Um die Wahrheit zu sagen, für mich seht Ihr sogar ein wenig nach einem Juden aus.«

Witter starrte Volker für einen Moment in stummer Sorge an. Plötzlich lachte der Hauptmann, zeigte seine gelben Zähne und schlug Witter auf den Arm.

»Ein Scherz, hahaha! Ihr hättet Euer Gesicht sehen müssen! Ein verdammter Jude! Ein guter Scherz, nicht wahr? Allerdings auf Eure Kosten. Haha! Nichts für ungut.«

»Nicht weiter schlimm, mein Herr.« Witter atmete tief durch und verneigte sich. »Man hat mich in meinem Leben schon vieles genannt, aber noch nie einen vermaledeiten Juden.«

Die alte Selbstverachtung meldete sich wieder. Witter dachte daran, wie tapfer sein Vater gewesen war – und doch hatte er einen solchen Sohn. Er hoffte, dass Judah ihn jetzt nicht sehen konnte.

So schwach und solch ein Narr ...

Auf der anderen Seite war es Judah gewesen, der ihm einen solch unverwüstlichen Respekt vor dem Leben eingetrichtert hatte – einen Respekt, der Witters gesamtes Dasein bestimmte, der ihn zu dem Feigling gemacht hatte, der er war. Für einen schwindelerregenden Moment erging er sich in der Vorstellung, dem Hauptmann seinen kleinen spitzen Dolch in den Hals zu rammen, wie Lud es ihn gelehrt hatte, und zu beobachten, wie die harten, dümmlichen Augen vor fassungslosem Staunen aus den Höhlen quollen. Aber das würde niemals geschehen. Damit wäre sein Leben verwirkt. Witters einziger Akt der Aufrichtigkeit war das Niederreiten der beiden Magistrate gewesen, während der Mob ihm zujubelte, und er hatte diesen Tag seit damals immer wieder bereut.

Eine weitere Salve hallte donnernd über das Feld. Witter schnappte nach Luft. Als der Hauptmann ihm erneut auf den Arm schlug, zuckte er heftig zusammen.

»Seht es Euch gut an, und vergesst es nicht«, sagte Volker. »Ihr seid Zeuge einer starken Macht, die für das Gute kämpft, für die Ordnung des Reiches. Diese Landsknechte dort werden jeden Aufstand niederschlagen, sollten sich überhaupt genügend

Narren einfinden, die sich gegen uns stellen. All diese Heuballen, die Ihr auf der anderen Seite des Feldes seht, wären nichts als Knochen, Fleisch und Blut.«

»Wunderbar«, sagte Witter und konnte seinen Spott nicht unterdrücken. »Geradezu heldenhaft. Es muss sehr viel Mut erfordern, das Töten zu seinem Handwerk zu machen.«

»Nicht Mut, sondern Freude daran!« Der Hauptmann lächelte und zeigte seine gelben Zähne. »Schiere Freude, die verweichlichte Kerle wie Ihr niemals erfahren werden. Ich verlasse Euch hier. Bleibt hinter den Bäumen, damit Ihr nicht von einer verirrten Kugel getroffen werdet. Viele von den Neuen zucken und verreißen die Waffe, wenn ein Schuss kracht. Diese Trampel! Na, wir werden ihnen das noch abgewöhnen. Wartet hier, ich sage Eurem Herrn Bescheid.«

Der Hauptmann ritt davon, saß lässig und überheblich im Sattel.

Witter lenkte sein Pferd hinter die Bäume. Die Landsknechte feuerten weiter. Gelegentlich hörte er zwischen den Schüssen ein Surren in der Luft wie von reißendem Stoff. Sein Pferd schnaubte und scharrte unruhig mit den Hufen.

Nach einiger Zeit schmerzten Witters Ohren von dem Knallen der Hakenbüchsen und den Schreien der Männer. Etwas fetzte durch die Äste über ihm, und er blickte erschrocken nach oben, konnte aber nicht ausmachen, was es gewesen war.

Witter beugte sich vor und spähte zwischen den Bäumen hindurch zu den Landsknechten. Der Hauptmann ritt gerade am Verteidigungsring entlang und erreichte schließlich Florian.

Die beiden Offiziere sahen aus wie zwei Jungen, die Krieg spielten, als sie salutierten und sich dann im Sattel zueinander beugten. Schließlich salutierte Florian erneut und ritt davon, am Verteidigungsring entlang und dann über das freie Feld, um dem Feuer der Hakenbüchsen auszuweichen.

Bald darauf traf er atemlos zwischen den Bäumen ein, überrascht, dort den wartenden Witter anzutreffen. Florians Pferd war schaumbedeckt, schnaubte und versuchte, die Nase von Witters Tier zu berühren.

»Sie haben mich hergeschickt«, sagte Witter, bevor Florian fragen konnte.

»Warum? Es muss sehr wichtig sein.«

Witter zog die lederne Mappe hervor und reichte sie Florian.

»Das muss es wohl. Der kleine Mönch des Fürstbischofs hat mir dies hier gegeben. Ich soll es dir persönlich überreichen. Bestimmt ist es eine Beförderung oder so etwas.«

Florian öffnete die Mappe, nahm den dicken Brief heraus, brach das Wachssiegel und faltete das Pergament auseinander. Er hatte kaum angefangen zu lesen, als sein Gesicht rot anlief.

»Beförderung, sagst du?«

Witter wich zurück, erstaunt über Florians offensichtlichen Zorn.

»So eine Schlange!«, schimpfte Florian. »Der Fürstbischof ruft mich zurück wegen dieser Verleumdung?«

»Verleumdung?« Witter konnte sich nicht zurückhalten. »Was steht denn drin?«

Florian hielt den Brief auf Armeslänge vor sich wie etwas Faules, Verrottendes. Witter konnte die geschwungene Schrift sehen und das große Wachssiegel des Fürstbischofs.

»Anstelle eines Kuriers haben sie dich geschickt, zusammen mit diesem vertrottelten Hauptmann. Er hat dich wahrscheinlich auf dem ganzen Weg hierher ausgefragt, habe ich recht?«

»Er hat es versucht.«

»Dachte ich es mir. Sie wollen mich für meine Meinung verdammen.«

»Dich verdammen?«

Ohne zu antworten, wendete Florian sein Pferd und galoppierte los. Witter zerrte an den Zügeln seines eigenen Reittiers und preschte hinter ihm her. Die nächste Salve von den Landsknechten rollte heran. Das Pferd zuckte zusammen und lief noch schneller.

Sie ritten an den salutierenden Wachposten vorbei, die das Feldlager sicherten, und schließlich aus dem Lager hinaus, weiter und weiter. So ging es eine Weile lang. Erst als Florian schließlich sein Pferd zügelte und anhielt, holte der erschöpfte Witter ihn ein.

»Wohin reiten wir?«, fragte er keuchend.

»Nach Hause.«

»Nicht nach Würzburg? Nach Giebelstadt?«

»Ja. Nach Hause.«

»Kannst du mir nicht verraten, was im Brief des Fürstbischofs steht?«

»Eine unberechtigte Schuldforderung. Eine sehr hohe. Ich muss sie bezahlen, oder ich werde exkommuniziert.«

»Aber ... du besitzt nicht viel.«

»Und das weiß Konrad ganz genau. Anstelle einer Bezahlung soll ich das Gut verpfänden und ihm persönlich dienen. Ich werde vor ihm zu Kreuze kriechen müssen, werde ihn um Rat und Hilfe bitten müssen, wenn es darum geht, meine schlimmen Irrtümer zu bereinigen. Man hat ihm gemeldet, dass ich aufrührerische Gedanken hege.« Er spie aus. »Ich werde die Landsknechte verlassen. Ich werde mich dem nicht beugen. Das lasse ich nicht mit mir machen!«

Florian schüttelte das knisternde Pergament. Es flatterte im Wind und erschreckte beide Pferde.

»Was wirst du tun?«, fragte Witter.

»Konrad will, dass ich vor ihm auf die Knie gehe. Er will mich brechen. Aber damit fordert er bei jedem Mann von Ehre das genaue Gegenteil heraus. Ich bin meines Vaters Sohn, verflucht!«

*

Sie waren noch keine Stunde unterwegs, als sie die Reiter hinter sich bemerkten.

Florian reagierte als Erster und wendete sein Tier, um sie zu erwarten. Witter wollte fliehen, doch Florian fiel ihm in den Arm. »Vergiss es. Du kannst erfahrenen Soldaten nicht davonreiten. Bleib.«

Florian hatte recht. Es waren zwei. Witter erkannte Hauptmann Volker, seine Eskorte von Würzburg. Den anderen erkannte er im ersten Moment nicht.

Erst als sie näher heran waren, sah er, dass es einer der Männer war, die er bei seiner Begegnung mit Frieda gesehen hatte, auf der Straße in Würzburg. Es war Ulrich, der Hauptmann ohne Ohren.

»Volker und Ulrich«, sagte Florian leise. »Das dürfte interessant werden.«

»Geyer!«, rief Hauptmann Volker von Weitem.

»Vermisst ihr mich bereits, Freunde?«, rief Florian zurück. Witter staunte, wie leicht es ihm fiel, so zu tun, als wäre nichts.

Volker schüttelte den Kopf. »Ihr seid ein guter Offizier, Geyer, allerdings mit verdrehten Ansichten. Wir haben unsere Befehle.«

»Was für Befehle? Ich habe mein Kommando abgegeben. Ich gehöre nicht mehr zu euch.«

»So einfach ist das nicht«, sagte der Hauptmann mit Namen Ulrich. »Unser Befehl lautet, Euch nach Würzburg zu geleiten.«

»Wir gehen, wohin wir wollen«, entgegnete Florian. »Ihr habt uns nichts mehr zu befehlen.«

So schnell, dass Witter kaum mit den Augen folgen konnte, hatte Ulrich das Schwert gezogen – ein silberner Schatten, der durch die Luft flirrte. Die Spitze wies auf Florians Gesicht.

»Absteigen! Legt die Waffen nieder!«

Florian gehorchte und stieg vom Pferd. Witter folgte seinem Beispiel. Dann standen sie nebeneinander und hielten ihre schnaubenden Tiere an den Zügeln. Volker und Ulrich stiegen ebenfalls aus den Sätteln und bedeuteten ihnen mit gezückten Schwertern, von der Straße zu gehen.

»Da rüber«, sagte Ulrich. »Bewegung.«

Unter den Bäumen angekommen, ließ Florian seinen Waffengurt fallen.

»Auch den Dolch in Eurem Stiefel«, befahl Ulrich.

»Ihr kennt wirklich alle Schliche«, sagte Florian.

Volker lachte auf. »Mit Schmeicheleien bewirkt Ihr gar nichts.«

»Darf ich fragen, was ihr vorhabt?«, wollte Florian wissen. Witter schlug das Herz bis zum Hals. Er dachte an seinen eigenen Dolch, den er im Stiefel trug, doch er stand wie erstarrt da. An Flucht war nicht zu denken.

»Ihr habt den Dienst quittiert, Leutinger«, sagte Hauptmann Volker zu Florian. »Meine Anweisungen lauten, Euch in diesem Fall zu fesseln und zurückzubringen.«

Florian gab sich unbeeindruckt. »Habt ihr vor, mich wie einen gewöhnlichen Verbrecher ins Lager zurückzuschleppen? Oder wollt ihr mich hier an Ort und Stelle töten?«

»Der Fürstbischof will Euch lebendig, unter allen Umständen«, sagte Hauptmann Volker und schüttelte bedauernd den Kopf. »Bei Androhung meines Todes, falls Euch etwas zustößt.«

»Um mich gefangen zu halten wie den Türken? Mich vorzuführen wie den armen Pfau? Ist es das?«

»Gott selbst gibt dem Fürstbischof seine Gedanken ein. Ich kenne sie nicht, nur seinen Willen.«

»Ihr habt Euch das selbst zuzuschreiben«, sagte Ulrich. »Ihr habt bereits zu viele Offiziere mit Euren Ideen von gleichen Rechten für die Vornehmen und den Pöbel angesteckt. Ich bin selbst ein Gemeiner, aber ich habe mich nach oben gearbeitet. Ich bin nicht als Sohn eines Ritters geboren wie Ihr.«

»Genug geschwatzt«, sagte Volker. »Fesseln wir sie.«

»Nur den Leutinger«, entgegnete Ulrich. »Den Diener brauchen wir nicht.«

»Überlasst ihn mir«, sagte Volker, indem er seinen Dolch zog. »Ihr hättet sehen sollen, wie er den Kopf hängen ließ, als wir unterwegs an all den Bettlern und Ährenlesern vorbeigekommen sind.«

Witter war übel. Er hatte das Gefühl, in einem Albtraum gefangen zu sein. Ulrich stieß Florian gegen einen Baum und zückte seinen Dolch. Florian rührte sich nicht. Die Klinge war dicht vor seinen Augen.

Volker zog den eigenen Dolch und bewegte sich auf Witter zu. Witter begriff, dass er nun sterben würde. Er wollte davonlaufen, doch er konnte sich nicht bewegen. Hauptmann Volker packte ihn am Schopf und zerrte ihn ein paar Schritte weiter, bis zu einem großen Kastanienbaum. Dann riss er seinen Kopf nach hinten, um die Kehle zu entblößen. Witter sah die Baumwipfel über sich, die hellen Sonnenstrahlen, die sich an den Zweigen brachen. Es würde das Letzte sein, was er im Leben sah, und es war unglaublich schön.

»Verschont ihn«, hörte er in diesem Moment Florians Stimme. »Er ist unschuldig.«

»Unschuldig?« Das war Volker. »Unschuldig ist gut. Unschuldig ist einfach. Ich mache es schnell.«

Augenblicke später gab Volker ein merkwürdiges Geräusch von sich. Es hörte sich an, als würde er gurgeln oder sich räuspern. Witter spürte, wie der Hauptmann seinen Schopf losließ, und sein Kopf ruckte wieder nach vorn. Er sah, wie Volker mit einem Ausdruck des Erstaunens auf seine Brust hinunterstarrte.

Eine Schwertspitze ragte aus seinem Brustpanzer, eine gute Handbreit, auf Höhe der Achseln. Volker packte die Schwertklinge mit bloßen Händen und sank stöhnend auf die Knie, während sein Gesicht aschfahl wurde. Seine aufgerissenen Augen wurden leer. Er versuchte, den Kopf nach hinten zu drehen, um zu sehen, wer ihn durchbohrt hatte, schaffte es aber nicht mehr. Er zitterte, kippte zur Seite und schlug der Länge nach hin, die Arme ausgestreckt, als wollte er Witter packen.

Witter sprang zurück. Ein Schwall Blut spritzte. Im gleichen Augenblick hatte er einen salzigen Geschmack auf der Zunge, der ihn würgen ließ.

Ulrich zog seine Klinge aus Volkers Leichnam und wischte sie am Hemd des Toten sauber, bevor er sie zurück in die Scheide schob.

»Richtet Lud aus, dass meine Schuld bezahlt ist«, sagte er zu Florian.

»Lud? Welche Schuld?«, fragte Florian.

»Ihr seid der Sohn von Dietrich. Sein Reisiger Lud hat mich damals im Duell besiegt. Fragt Euren Diener. Er kennt mich, und er kennt meine Paulina.«

»Ja, das stimmt«, murmelte Witter wie betäubt. Frieda war jetzt Paulina. Konnte es sein, dass dieser Mann sie wirklich liebte?

»Paulina hat mir erzählt, wer du bist«, sagte Ulrich zu Witter. »Sie ist meine Geliebte. Und ich gebe einen Dreck auf ihre Vergangenheit und alles, was sie mir sonst noch erzählt hat.«

»Wer ist Paulina?«, fragte Florian.

»Das kann Euch Euer Diener sagen«, erwiderte Ulrich. »Nur eines sollt Ihr wissen. Vor Jahren hat Lud mein Leben verschont. Jetzt gebe ich ihm Eures. Reitet fort. Nehmt die Strecke durch den tiefen Wald.«

»Was werdet Ihr melden?«, fragte Florian. »Dass ich ein Mörder bin?«

»Hauptmann Volker ist tot. Sagen wir also, Ihr habt ein Duell gewonnen. Niemand kann feststellen, ob die Klinge von vorn oder hinten eingetreten ist. Tot ist er von beiden Seiten.«

Ulrich wandte sich ab und ging zu seinem Pferd, doch Florian rief ihm hinterher: »Ihr seid ein Lügner und Feigling. Ihr habt Euren Waffenbruder hinterrücks ermordet!«

Witter traute seinen Ohren nicht. Er wollte nur noch weg. Der Landsknecht drehte sich um und musterte Florian ungläubig. Sein Kopf, ohrlos unter den Haaren und dem Bart, verlieh ihm ein seltsames Aussehen, unnatürlich schmal, wie ein Teufel, der aus der Hölle entsprungen war.

»Was sagst du da?« Ulrich spie Florian vor die Füße.

»Ihr habt mich gehört«, erwiderte Florian, die Hand auf dem Griff seines Schwertes. »Ich werde gegen Euch kämpfen, falls Ihr es wünscht.«

Ulrich schüttelte den Kopf und lachte verärgert auf. Dann schwang er sich in den Sattel und blickte auf Florian herab.

»Hör zu, Knabe. Ich wurde als Gemeiner geboren. Deine hochtrabenden Ideen, Gemeine und Edle gleichzustellen, sind töricht. Macht bringt stets neue Macht hervor. Macht beugt das Recht, wie sie es braucht. Ich weiß es. Du aber, trotz all deiner Studien, deiner Bücher und Briefe, du weißt es nicht. Ich bin ehrenhafter als jeder Träumer, der in die Ritterschaft hineingeboren wurde, so wie du.«

»Dieser Tod war nicht ehrenhaft.«

»Gottverdammter Kerl, mach, dass du fortkommst, bevor ich's mir anders überlege! Dich zu töten, so leicht es auch wäre, gehört nicht zu meinem Plan. Du bist die Bezahlung meiner Schuld. Aber merk dir eins: Lud ist zehnmal mehr Manns, als du es bist. Die Bezahlung ist geradezu ein Spottpreis.«

»Steig aufs Pferd«, sagte Florian zu Witter.

Ulrich lenkte sein Tier herum. »Sag deinem Lud, dass sein Gesicht gar nicht mehr hässlicher werden kann. Wenn wir uns das nächste Mal begegnen, ist er ein toter Mann. Sag es ihm!«

Witter stieg steif in den Sattel, während Florian sich behände auf sein Pferd schwang. Er rammte dem Tier die Fersen in die Flanke und preschte davon.

Witter hatte einmal mehr Mühe, ihm zu folgen. Halb geblendet vom Staub, tief gebeugt über den Hals seines Pferdes, versuchte er, Florian nicht aus den Augen zu verlieren, der ein ganzes Stück vor ihm über die Straße galoppierte.

Der ausgefahrene Weg führte durch tiefen Wald. Die Sonne schien nur hin und wieder durch die Äste und Zweige der hohen Bäume.

Witter wusste, dass sie auf dem Heimweg waren, nach Süden, Richtung Giebelstadt. Die Welt der Gewalt und des Schreckens blieb mit jedem Schritt ihrer Tiere weiter hinter ihnen zurück.

Nicht mehr lange und sie wären in Giebelstadt.

Kristina.

Nach langer Zeit würde er sie endlich wiedersehen.

Sein Herz machte einen Sprung, klopfte so wild wie die trommelnden Hufe unter ihm.

54.
Kristina

Kristinas Angst um ihren Sohn war verflogen, und sie betete um Vergebung für ihre Zweifel.
»Sieh nur, wie er aufblüht«, sagte auch Anna. »Und erst sein Spiel. Nie zuvor habe ich solch himmlische Klänge gehört.« Tatsächlich waren die Gemächer in der Burg erfüllt von Musik. Die wundervollsten Melodien erklangen unter den Händen Peters. Dank der Harfe schien seine Seele endlich ihre Freiheit gefunden zu haben, schien hervorgekommen zu sein aus dem dunklen Gefängnis seines Verstandes.

Kristina bediente Anna, während diese andächtig den Klängen lauschte. Peter spielte alles nach, was andere singen oder summen konnten. Kristina sang ihm sämtliche Lieder vor, die sie kannte, worauf Peter sie zu verschiedenen Melodien variierte und verfremdete. Oft kamen Lura, Leta und Almuth dazu. Auch Grit gehörte zu Peters Bewunderern. Immer wenn sie seinem Spiel lauschte, sah Kristina, wie sie aufblühte, als brächten Peters Akkorde die Jugend in ihr Gesicht zurück, das vom Leben so gezeichnet war.

Zum ersten Mal wagte Kristina es wieder, jenen Träumen nachzuhängen, die sie für Peter kurz nach seiner Geburt gehabt hatte, als sie ihm den Namen des Apostels Simon Petrus gab, des Menschenfischers im Sinne Jesu. Kristina sehnte sich nach dem Tag, an dem Peter endlich imstande sein würde, die Bedeutung seines Namens zu begreifen.

Ja, dachte sie. *Vielleicht ist Musik seine ganz eigene Sprache.*

Wenn Peter redete, dann nur von seiner Musik, doch jedes Mal hörte es sich an, als spräche er von jemand anderem. »Er spielt gut! Er spielt schön!«

Einmal, als er auf Kristinas Schoß saß, erzählte sie ihm von dem Ratschlag, den ihre Mutter ihr vor langer Zeit erteilt hatte.

»Wenn du zu große Angst bekommst, dann sing aus vollem Herzen, und Gott wird dir helfen.«
»Nicht singen«, sagte Peter. »Spielen. Dann muss er spielen.«

*

Eines Nachmittags im März saßen sie in Annas Gemächern und lauschten Peters Klängen, als draußen Rufe ertönten.
»Florian! Florian!«
Anna sprang auf. »Florian? Ist er hier?«
Peter lachte auf, vergaß die Harfe und rannte durch das Gemach wie ein kleiner wilder Hund, den man von der Leine gelassen hatte.
Kristina stürmte auf den Balkon und beobachtete, wie die Dorfbewohner aus allen Richtungen zum Dorfplatz eilten. Was war da los? Auf der Straße, kurz vor dem Eingang zum Dorf, erblickte sie Reiter, die ihre Pferde in vollem Galopp bis zum Marktplatz trieben, sie dann ruckartig zügelten und in einer Staubwolke zum Stehen kamen. Auf dem Rücken eines der Tiere erkannte sie Florian.
Und dann setzte ihr Herz einen Schlag aus.
Witter war bei ihm.

55.
Konrad

*I*mmer, wenn er im Dom war, legte Fürstbischof Konrad Wert darauf, prächtig und würdevoll gekleidet zu sein. Selbst für die einfachen Matineen und Abendgebete trug er statt seines schlichten Gewandes das volle Ornat, lange weiße Seide mit goldenen Säumen, dazu die Mitra mit den goldenen Bändern, die an einen Heiligenschein erinnerten, sowie den Bischofsring und die purpurnen und goldenen Handschuhe, um den heiligen Stab zu halten.

Während der Morgenmessen war das gewaltige Innere des Domes erfüllt von andächtiger Musik, doch in letzter Zeit hörte Konrad sie kaum. Ihn plagten sehr weltliche Sorgen, die bewirkten, dass ihm wieder einmal die Atemnot zu schaffen machte. Aber es waren nicht die Unruhen in der Bevölkerung oder die geringen Einnahmen – es war sein Patenkind.

Erst in den Bädern der bischöflichen Gemächer löste der heiße Dampf den Schleim, der Konrads Atemwege verklebte. Mahmeds Ratschläge waren überaus hilfreich gewesen – mit Honig gesüßte Getränke, Obst, Geflügel, nichts Gebratenes, das Ausreiten an frischer Luft, das Insichgehen im Gebet – dies alles half auf wunderbare Weise.

Konrad beschloss, sich dankbar zu zeigen und die Seele des Türken ein für alle Mal vor dem Höllenfeuer zu erretten. Er hatte Mahmed bereits darauf vorbereiten lassen, indem er ihm eine Woche lang keinen Wein und kein Essen hatte bringen lassen, nur klares Wasser.

Nun trugen Diener ein Tablett mit Kelchen und einer Karaffe roten Weins, dazu trockenes Brot und eine Schale heißen Wassers, als sie dem Fürstbischof zu Mahmeds Kammer folgten und nach ihm eintraten.

Mahmed saß in angespanntem Schweigen da. Als er seinen

Besucher bemerkte, versuchte er sich zu erheben, doch er war zu schwach und sank wieder zurück.

»Hier ist Wein für dich, und Brot«, sagte Konrad.

Mahmed griff zuerst nach dem Brot und schlang es herunter, dann spülte er mit dem Wein nach.

»Du trinkst gerne Wein«, stellte Konrad fest. »Obwohl der Koran ihn dir verbietet. Du bist kein richtiger Muselmane, Mahmed.«

»Man hat mir eine Woche lang die Nahrung verweigert ...«, stieß Mahmed zwischen gierigen Schlucken hervor.

»Ich weiß. Man hat dir auch verweigert, dich zu säubern, um dich auf das heilige Sakrament vorzubereiten, das deine Seele erretten wird. Das Brot, das du nun isst, ist der Leib unseres Herrn. Und dieser Wein ist sein Blut.«

Mahmed hielt beim Kauen inne. Seine Augen weiteten sich.

Konrad lächelte. »Keine Angst. Meine Priester haben Brot und Wein für deine Kommunion verwandelt und gesegnet.«

Doch Mahmed schien ihn gar nicht zu hören. Er fiel auf die Knie und würgte. Plötzlich riss er den Mund auf und spie das Gemisch aus Brot und Wein auf den Boden. Ein Teil spritzte auf Konrads Gewand.

Konrad spürte, wie seine Kehle sich zuschnürte. Sein Atem ging schwer. Wut stieg in ihm auf wie kochende Galle. »Ich werde nie wieder versuchen, deine Seele zu erretten, du ungläubiger Satansanbeter!«, stieß er hervor.

»Tötet mich«, keuchte der Türke.

»Nein. Du wirst uns dienen, wann immer wir es wünschen. Die Gnade einer ehrenvollen Hinrichtung lasse ich dir niemals zuteil werden. Verrotte in deinem eigenen Dreck ... in einem stinkenden Verlies, wie du es nicht besser verdient hast.«

Er befahl den Wachen, Mahmed in eine Zelle für gewöhnliche Verbrecher zu werfen, wie er es schon einmal getan hatte, um den Osmanen zu zermürben.

Diese osmanische Kröte macht mich krank, dachte er. *Vielleicht ist es an der Zeit, sie zu zerquetschen.*

*

Als Konrad wenig später in frische Gewänder gehüllt wurde, bemerkte er die Anwesenheit Basils kaum. Der Mönch ging auf und ab, während er Konrad Bericht erstattete, wie es seine tägliche Pflicht war.

»Euer Gnaden, unsere Mönche melden, dass es in der Stadt Gerede gibt über ein tödliches Duell zwischen Florian Geyer und einem anderen Landsknecht, das wegen Meinungsverschiedenheiten über die Notwendigkeit von Reformen in Staat und Kirche geführt wurde. Diese Gerüchte gehen wie ein Lauffeuer durch die Tavernen, Straßen und Gassen. Wenn es so weitergeht, wird Geyer noch zu einem Helden.«

Konrad schwieg. Er hatte Mühe, sich nicht anmerken zu lassen, wie tief verwundet er war. All seine Hoffnungen, Florian zur Vernunft zu bringen, ihn an sich zu binden und in höchste Ämter aufsteigen zu lassen, hatten sich zerschlagen. Konrad war der Fürstbischof, stets von Schmeichlern umgeben, die nach Beförderungen und Gefälligkeiten heischten, und was tat Florian? Er weigerte sich strikt, sich der heiligen Patronage durch den Fürstbischof höchstpersönlich zu fügen!

»Nicht zu fassen«, meinte Konrad schließlich. »Er besudelt seine Ehre, erniedrigt sich selbst, wirft eine großartige Laufbahn fort, betrügt alle, die ihn lieben, und wird ein Held für den Abschaum der Gosse.«

»Äußerst bedauerlich, Euer Gnaden.«

»Wie kommt es, dass die ganze Stadt davon weiß?«

»Es hat sich in Windeseile verbreitet, zuerst hier auf dem Marienberg, dann unter den Soldaten und Magistraten, und die haben es in die Tavernen getragen. Die Kuriere haben ihnen die Geschichte erzählt, da bin ich mir sicher. Ein junger Leutinger

hat berichtet, dass Hauptmann Volker sich mit Florian Geyer duelliert hat, anstatt seine Pflicht zu tun, und dass Geyer ihn getötet hat und fliehen konnte. Der Leutinger hat Geyer und seinen Diener verfolgt. Er wäre beinahe selbst getötet worden, als sein Pferd in den Wäldern in eine Wildererschlinge geriet.«
»Lass diesen Leutinger befördern.«
»Sehr wohl, Euer Gnaden.«
»Und sorge dafür, dass die Schwätzer bestraft werden. Wir werden das alles für unsere eigenen Zwecke nutzen, du wirst sehen.«

*

Am nächsten Tag saß Konrad in seiner bischöflichen Schreibstube. Er hatte sein Morgenmahl – gegrillte Täubchen – nicht angerührt. Schon beim ersten Bissen hatte er eine winzige Feder im Mund gehabt. Er hatte würgen müssen und das köstliche, halb zerkaute Fleisch wieder ausgespuckt. Es war zweifellos ein Zeichen Gottes, sodass er darauf verzichtete, die Köche bestrafen zu lassen.

Er hatte die ganze Nacht um Rat gebetet, was er wegen Florian unternehmen sollte, und Gott hatte mit jener rätselhaften Klarheit zu ihm gesprochen, wie sie nur Ihm zu eigen war.

Basil stand am Schreibpult, einen Federkiel in der Hand, einen Bogen Papier vor sich, und wartete auf Anweisungen.
»Was werdet Ihr tun?«, fragte er. »Kirche und Reich müssen richten. Ihr seid derjenige, der über das Urteil entscheidet.«
»Ich werde Florian exkommunizieren.«
Basil blickte überrascht drein. »Euer eigenes Patenkind, Euer Gnaden?«
»Ein erloschenes Licht hinterlässt stets die tiefste Dunkelheit, Basil. Nicht ich bin es, der Florian bestraft. Er hat Gott verraten, und indem er ihn verraten hat, hat er seine unsterbliche Seele geopfert und sich selbst verdammt.«

Es musste getan werden. Florian war davongerannt wie ein bockiger, undankbarer Sohn. Und nicht nur, dass er geflohen war, obendrein hatte er einen höherrangigen Offizier im Duell getötet. Am schlimmsten aber war, dass er Konrad abgewiesen hatte – und mit ihm den Schutz des Bistums. Florian hatte auf alles gespuckt, was ihm von Konrad angeboten worden war, all das Gute, die Liebe eines Paten, eines Bischofs und Fürsten. Die Zurückweisung brannte wie bittere Galle, die Konrad jedes Mal in die Kehle zu steigen drohte, wenn er nur daran dachte.

»Veritas wird eine Sonderausgabe drucken«, sagte er schließlich. »*Die Exkommunikation von Florian Geyer.* All seine Missetaten und Verfehlungen sollen öffentlich werden. Wenn wir schon zu dieser schrecklichen Maßnahme greifen müssen, machen wir das Beste daraus. Florian verabscheut Ruhm. Er ist ein Aufwiegler, vermutlich ein Ketzer, ein tödlicher Duellant, eine Schlange voller Falschheit, Lug und Trug, ein Bote von Dunkelheit und Chaos. Eine solche Kreatur muss aus der heiligen Mutter Kirche entfernt werden!«

Basil war sichtlich beeindruckt.

Konrad wusste, dass er sich selbst übertroffen hatte. Und nachdem er seinen Entschluss erst einmal gefasst hatte, blieb er standhaft. Er würde den Sohn Dietrichs, jenes Mannes, den er sehr bewundert hatte, die volle Härte des Gesetzes spüren lassen – *seines* Gesetzes.

»Großartig, Euer Gnaden!«, rief Basil begeistert. »Man wird Euch zugleich fürchten und verehren für Eure Stärke.«

Konrad bemühte sich, den abstoßenden kleinen Mönch mit dem runden Gesicht und den Froschaugen nicht anzuschauen. Gottes Wege waren unergründlich; mitunter waren seine Werkzeuge von betörender Hässlichkeit.

»Wir werden die Nachricht von Florians Exkommunikation überall verbreiten«, erklärte er. »Die Flugschrift wird kostenlos verteilt. Sollen die Leute sehen, wer ihr neuer Held in Wirklichkeit ist. Wir lassen ihnen ein paar Tage Zeit, das Flugblatt in

Ruhe zu lesen, an der eigenen Scham zu ersticken und Gott um Vergebung zu bitten.«

»Und was wird aus Eurem Patenkind?«

»In drei Tagen von morgen an werde ich einen Trupp nach Giebelstadt schicken und Florian Geyer verhaften lassen. Er wird hierhergebracht und einer peinlichen Befragung unterzogen. Er ist ein Denker, kein Krieger. Er ist nicht Dietrich. Die Folter wird ihn zerbrechen.«

»Und wenn wir sein volles Geständnis haben?«

»Dann wird Veritas eine zweite Bekanntmachung veröffentlichen, auf der das Datum der öffentlichen Hinrichtung Florian Geyers wegen Aufwiegelei und ketzerischer Reden verkündet wird. Dieses Flugblatt werden wir allerdings nicht kostenlos abgeben. Unsere Publikatoren sollen sich ins Zeug legen! Ich will, dass die Stadt mit Flugblättern überschwemmt wird!«

Basil tauchte den Federkiel in das Tintengefäß, stand da und schaute Konrad abwartend an.

Der Fürstbischof genoss das Gefühl göttlicher Eingebung, als die Worte und Sätze in seinem Verstand emporstiegen wie Luftblasen in klarem Brunnenwasser.

»Wenn das Licht in dir zur Dunkelheit wird«, begann er, »wie groß muss diese Düsternis sein.«

56.
Lud

Es wurde Abend, und kalter Wind kam auf. Florian hüllte sich seit ihrer Ankunft am Vortag in Schweigen darüber, was geschehen war. Doch seine finstere, entschlossene Miene verhieß nichts Gutes.

Auf Florians Weisung rief Lud schließlich das Dorf zusammen. Alle sollten sich in der Kirche versammeln, in der keine Messe mehr gelesen worden war, seit Vater Michael Giebelstadt verlassen hatte, um seine neue Bestimmung zu finden.

Lud als der Verwalter hatte einen Schlüssel zum Gotteshaus und sperrte nun die Tür auf. Die Angeln hatten Rost angesetzt und quietschten, als er eintrat. Er verharrte kurz, als er die kleinen toten Vögel sah, vertrocknet wie Herbstlaub, die innen vor der Schwelle lagen. Sie hatten in einer tödlichen Falle gesessen, als die Tür vor Monaten zum letzten Mal geschlossen worden war. Die Federn leuchteten im einfallenden Licht immer noch weiß und golden, als würden die Tiere noch leben.

Lud schob die winzigen Skelette mit dem Stiefel zur Seite, ging zum Glockenseil und zog daran, bis die Glocke zu läuten begann. Bald war jeder, der noch laufen konnte, zur Kirche unterwegs. Die Leute waren unruhig und ängstlich und wollten von Lud wissen, was es gäbe, doch er schüttelte nur den Kopf.

Kristina und Lura führten Herrin Anna herein. Vor ihnen öffnete sich eine Gasse, als sie ganz bis nach vorn gingen.

Florian betrat als Letzter die Kirche. Er nickte seinen Hörigen zu und stieg zur Kanzel hinauf, als wäre er ein Priester. Lud fiel auf, dass er seinem Vater ähnlicher sah als je zuvor.

»Ich möchte von den Rechten aller Menschen zu euch sprechen, nicht nur von der Religion«, sagte Florian mit lauter, klarer Stimme. »Für mich sind die Rechte der Menschen eins mit ihrer Religion. Wir alle hier sind Giebelstadt. Wir sind Schwestern und Brüder. Und wir alle sind gleich vor Gott. Deshalb sollten wir auch vor dem Gesetz gleich sein. Ich überbringe euch wichtige Neuigkeiten. Sie betreffen uns alle, jeden von euch. Und jedem ist freigestellt, seine eigene Wahl zu treffen.«

Lud wappnete sich innerlich, während er auf die angekündigten Neuigkeiten wartete. Sie waren unerfreulich, so viel stand für ihn fest. *Seine eigene Wahl treffen* bedeutete meist nichts Gutes.

»Zunächst möchte ich euch ein Zitat eines großen englischen Gelehrten vortragen. Ich kenne seine Worte auswendig, denn ich habe viele Male darüber nachgedacht, als ich draußen im Feld war.«

Florian hielt inne, ließ den Blick über die Menge schweifen und sah, dass ihn alle wie gebannt anstarrten. Sie warteten auf seine nächsten Worte wie auf das Urteil eines Richters.

»*Die Reichen lassen sich oftmals alle möglichen Dinge einfallen, um den Lohn der Arbeiter zu senken, nicht nur durch eigene Betrügereien, sondern durch Gesetze, deren Erlass sie selbst zu diesem Zweck bewirken. Und obwohl es gegenüber denen, die sich für die Allgemeinheit verdient machen, ungerecht ist, verkleiden die Reichen es unter dem Deckmantel der Gerechtigkeit.*«

Wieder hielt Florian inne, um seine Worte wirken zu lassen. Lud schaute in die Gesichter, die er schon sein Leben lang kannte, und fragte sich, was die Leute wohl dachten. Ihre Mienen waren wie versteinert. Niemand wagte sich zu räuspern; niemand rührte sich.

Schließlich fuhr Florian fort: »Ich kenne keine Herrschaftsform, die etwas anderes wäre als eine Verschwörung der Reichen und Mächtigen, die unter dem Vorwand, zum Besten aller zu handeln, doch nur eigene Ziele verfolgen. Nicht nur, dass sie alles unternehmen, um ohne Gefahr und Strafe zu behalten, was sie auf unrechtmäßige Weise erlangt haben, sie versuchen auch, die Armen für so wenig Lohn wie möglich schuften zu lassen und sie zu unterdrücken.«

Anna übertönte das plötzliche Gemurmel, als sie sich zu Wort meldete.

»Was du sagst, ist gefährlich, mein Sohn! Ist dir das denn nicht bewusst? Deine Worte rufen zu Ungehorsam auf, wenn nicht sogar zu Krieg. Frieden kann es nur geben, wenn ein Gleichgewicht zwischen Macht und Gehorsam gewahrt bleibt. Widerstand gegen die Macht bedeutet Krieg. Du kannst den Mächtigen nicht einfach nehmen, was ihnen seit Jahrhunderten gehört. Das würde bedeuten, dass auch unser Gut zerfiele, das Werk deines Vaters!«

»Meine Worte, Mutter, stammen von dem englischen Gelehrten Thomas Morus«, entgegnete Florian. »Sie sollen den Menschen Hoffnung bringen. Wenn Gesetze ungerecht sind, haben wir keine sittliche Verpflichtung, sie zu befolgen. Gottes Gebot der Liebe ist die einzige Wahrheit, das einzig gerechte Gesetz. Für *dieses* Gesetz müssen wir kämpfen, nicht aber für Gesetze, die Ungleichheit, Neid und Hass bewirken. Die es den Mächtigen erlauben, Menschen ihres Glaubens und ihrer Überzeugungen wegen zu foltern und auf grausame Weise zu töten!«

Gedränge entstand. Aufgeregtes Stimmengewirr erfüllte das Kirchenschiff.

Florian hob die Arme, bis wieder Stille eingetreten war. »Es ist gut, dass diese braven Leute«, er schaute auf Kristina, Grit und die anderen, »vor langer Zeit nach Giebelstadt gekommen sind und viele von euch das Lesen gelehrt haben. Es ist gut, dass ihr diese Leute aufgenommen und ihnen euer Inneres geöffnet habt. Mein Vater hätte es sich so gewünscht. Doch nun, da ihr lesen könnt, wisst ihr auch, welches eure Rechte sein sollten. Seid ihr denn nicht zornig? Seid ihr nicht aufgebracht? Mein Vater hat in seinem Testament von Wahrheit und Wahrhaftigkeit gesprochen. Es war sein Wunsch, dass alle lesen lernen und jeder für sich imstande ist, die Wahrheit zu finden. Das hat er auch in seinen Briefen an mich hervorgehoben. Mein Leben ist dieser Suche nach Wahrheit gewidmet. Die tiefste Wahrheit aber liegt häufig offen vor uns.«

Er hielt inne, ließ den Blick schweifen.

»Was willst du damit sagen?«, fragte Anna.

»Von nun an sind wir alle gleich«, verkündete Florian.

Alle Versammelten starrten ihn an, verwundert, fragend, verwirrt.

»Wie meinst du das?«, wollte Anna wissen.

»Gleich in allen Dingen. In Anteilen, Besitz, gleich an diesem Gut. Alle. Jeder. *Omnia sunt communia* – alles gehört allen.«

»Alles gehört allen?«, wiederholte Anna, als bedeutete es die Todesstrafe. »Du meinst, alle sind zu gleichen Teilen an deinem Erbe beteiligt?«

»Das ist mein Wunsch und Wille«, sagte Florian.

Wieder erklang aufgeregtes Getuschel in der Menge. Füßescharren. Raunende Stimmen. Lud fragte sich, ob Florian den Verstand verloren hatte.

Anna hob die Stimme. »Und was ist mit deiner Verlobten Barbara? Sie wird es dir verübeln, solltest du dein Vermögen hergeben. Du wirst sie verlieren. Und nicht nur sie. Du wirst *alles* verlieren. Überleg es dir, Florian, ich bitte dich!«

»Es ist bereits so geregelt«, entgegnete Florian. »Ich habe ihr mein Lebewohl entboten.«

Anna schwieg diesmal. Lud sah, wie sie schwankte. Für einen Moment befürchtete er, sie könnte in Ohnmacht fallen, doch Anna von Seckendorf war eine starke Frau. Langsam, doch hoch erhobenen Hauptes, schritt sie zum Ausgang.

Die Menge teilte sich vor ihr, um sie durchzulassen. Niemand wagte zu sprechen. Alle wechselten Blicke, aus denen Ratlosigkeit sprach.

Lud wusste, Florian hatte eine Grenze überschritten und war an einen Punkt gelangt, von dem es kein Zurück mehr gab. Und nun war er hergekommen, um sein Schicksal mit jedem zu teilen, der daran teilhaben wollte.

»Nach all den falschen Gesetzen, all den lügenhaften Worten, die Gottes Willen in Unaufrichtigkeit verdreht haben, will ich euch die einzig gültige Wahrheit ans Herz legen. Sie lautet: Alle Menschen sollen eine einzige Stimme haben. Die Zeit ist gekommen, Gottes Willen zu verwirklichen, indem wir versuchen, Gleichheit zu schaffen. Dabei müsst ihr euch nicht nur untereinander helfen, ihr müsst auch mir helfen. Das ist meine Bitte für die Zukunft. Ich danke euch allen.«

Mit diesen Worten beendete er seine Ansprache, stieg die Kanzel herab und verließ die Kirche.

*

Lud schlief nicht in jener Nacht, genau wie die meisten anderen. Längere Zeit streifte er durch das Dorf, hing seinen Gedanken nach, bis er Licht in Merkels Haus sah. Vermutlich hatten Sigmund und die anderen Ältesten die Köpfe zusammengesteckt und redeten über das, was geschehen war. Doch damit wollte Lud jetzt nichts zu tun haben. Wozu auch? Er hatte in Giebelstadt ohnehin nichts mehr zu sagen. Wenn alle gleich waren, war er kein Vogt mehr. Dann würde das Dorf nie wieder einen Verwalter brauchen. Niemand stand noch über jemand anderem.

Dieser Gedanke rief bei ihm zuerst Erleichterung hervor, dann Trauer und Unsicherheit. Stand ihre Welt, über Jahrhunderte gewachsen, vor dem Ende? Sie war voller Fehler und Schwächen, Ungerechtigkeiten und Grausamkeiten, aber in dieser Welt waren sie alle aufgewachsen, und sie waren sich dieser Mängel bewusst. Was aber würde kommen?

In der Hütte der Täufer flackerte Kerzenlicht. Lud stellte sich vor, wie sie sich um Witter drängten, um sich von ihm alles erzählen zu lassen. Sollte er zu ihnen? Nein. Der Anblick, wie Kristina Witter nach seiner Rückkehr umarmt hatte, ließ ihn frösteln. Langsam ging er weiter, ein einsamer Schatten in der

Dunkelheit, unter der Dorflinde hindurch. Als er den Kopf in den Nacken legte, sah er die vielen verzweigten Äste. Eine Brise ließ sie leise knarren.

Lud blieb stehen. Irgendwie spürte er das Leben des Baumes, als versuchte er, ihm etwas zu sagen. Der Baum hatte schon hier gestanden, als Luds Eltern zur Welt gekommen waren und deren Eltern, und er würde noch dort stehen, wenn Lud schon lange tot war.

Lud kehrte in sein Haus zurück und legte sich auf sein Strohlager. Immer wieder hörte er die Worte Florians, und er wünschte sich nichts mehr, als dass Giebelstadt von dem Sturm verschont bliebe, den Dietrichs Sohn heraufbeschworen hatte.

*

Luds düstere Ahnungen schienen sich zu bewahrheiten. Doch das volle Ausmaß der bevorstehenden Katastrophe wurde erst zwei Tage später deutlich, als der alte Klaus nach Giebelstadt kam. Atemlos zog der fahrende Händler seinen Handkarren auf den Dorfplatz, wobei er immer wieder *Exkommuniziert!* rief.

Die Giebelstädter kamen herbeigeeilt, als Klaus seinen Stapel an Veritas-Flugblättern verteilte. Es kam zu wildem Gedränge und Geschubse, als jeder, der lesen konnte, danach griff und die Zeilen überflog.

Auch Lud bekam eine Flugschrift in die Hand. Als er zu lesen begann, vergaß er alles um sich herum, hörte das Geschrei, den Lärm und das Jammern nicht mehr, so tief war er schockiert vom Inhalt des Flugblattes und davon, wie schlimm die Dinge tatsächlich standen.

Sie würden kommen.

Drei Tage, stand in dem Flugblatt.

In drei Tagen würden die Magistrate im Dorf erscheinen, um Florian auf seinem eigenen Gut zu verhaften. Was dann mit ihm geschehen würde, war unschwer zu erraten.

Lud schüttelte den Kopf. Das alles kam ihm unbegreiflich vor, unwirklich. Der Erbe, den sie aus England hergebracht hatten, um die Dinge entschlossen in die Hand zu nehmen – dieser Erbe hatte alles weggeworfen. Sogar seine eigene goldene Zukunft, als verheirateter Mächtiger gemeinsam mit Barbara von Waldburg, der Schwester eines einflussreichen Fürsten, über große Ländereien zu herrschen.

Aus und vorbei.

Lud lief los, ohne zu wissen, wohin. Seine Gedanken waren in hellem Aufruhr. Er wusste, dass im Flugblatt der Veritas nur billige Lügen standen, die in die Welt gesetzt worden waren, um jeden zu überzeugen, dass die Vergeltung, die nun bald folgen würde, nur die angemessene Bestrafung der Täter war. Vor allem ging es darum, die Aufmerksamkeit der Öffentlichkeit auf die bevorstehenden blutigen Ereignisse zu lenken – als warnendes Beispiel für alle, die mit dem Gedanken an Aufruhr spielten.

Das ganze Dorf würde kämpfen oder fliehen müssen. Man würde jeden bestrafen, das wusste Lud. Selbst wenn die Dörfler das Undenkbare taten, Florian umbrachten und seinen Leichnam auslieferten – sie würden trotzdem bestraft. Grausam bestraft. Es würde eine organisierte Plünderung geben, mit dem Schutz und dem Segen der Obrigkeit – einschließlich Folterungen und Hinrichtungen auf dem Scheiterhaufen. Ein Exempel für das ganze Fürstbistum, für ganz Franken, für alle, die den Fürsten zu trotzen wagten. Der Fürstbischof würde sein eigenes Patenkind hinrichten lassen. Und alle, die es miterlebten, würden es mit der Angst zu tun bekommen.

Das alte Gleichgewicht zwischen Macht und Gehorsam, das Anna in der Kirche angesprochen hatte, würde gewahrt bleiben.

Lud sah dies alles klar und deutlich vor sich, wie früher schon, als er noch ein Werkzeug in den Kriegen der Mächtigen gewesen war. Blut zieht Blut nach sich, hieß es oft. Doch es war das Blut der Armen und Schwachen, das bald in Strömen fließen würde.

Lud wusste, dass gar kein Überraschungsangriff erforderlich war. Giebelstadt war ein Dorf von Bauern und Handwerkern. Vielleicht war bereits eine Truppe aus Magistraten oder Landsknechten unterwegs hierher oder würde sich von Würzburg aus bald in Marsch setzen.

Falls die Giebelstädter sich wehrten, starben alle. Falls sie flohen, würde man sie hetzen und die meisten von ihnen niedermetzeln. Oder sie würden verhungern, erfrieren, verdursten ...

Drei Tage.

Das alte Leben war zu Ende. Die alte Welt lag in Trümmern. Der Burgfriede zwischen Hörigen und Herren war aufgekündigt.

Liebt euren Nächsten, hatte Christus gesagt. Finde die Wahrheit, hatte Dietrich gesagt. Alle Menschen sind Brüder, hatte Florian gesagt.

Aber die Reichen wollten nicht der Armen Brüder sein.

Nicht heute und nicht morgen.

Und dafür würde Giebelstadt bald bitter bezahlen.

ANMERKUNGEN DES VERFASSERS

FLORIAN GEYER (GEB. UM 1490) UND KONRAD VON THÜNGEN (AB 1519 FÜRSTBISCHOF)

Um zu verdeutlichen, mit welcher Wucht die wagemutigen Bestrebungen Florian Geyers nach gesellschaftlicher Gleichstellung von Bauern und Hörigen mit der kirchlichen und staatlichen Tyrannei eines Konrad von Thüngen zusammenprallten, habe ich die historische Zeitachse um wenige Jahre verändert, einmal, was Florians Alter angeht, zum anderen im Hinblick auf den Zeitraum, in dem Konrad zum Würzburger Fürstbischof aufstieg. Ich hoffe, die Leser verzeihen mir diese kleinen Anpassungen, tragen sie doch dazu bei, die tiefgreifenden sozialen Auswirkungen hervorzuheben, die das Streben einer bislang weitgehend rechtlosen Bevölkerung nach Bildung und Gleichheit mit sich brachte.

Jeremiah Pearson im Januar 2016

Wenn die Welt in Flammen aufgeht, wer ist an deiner Seite?

Toby Clements
KRIEG DER ROSEN:
WINTERPILGER
Historischer Roman
Aus dem Englischen
von Dr. Holger Hanowell
768 Seiten
ISBN 978-3-404-17304-4

Kloster St. Mary, England, 1460. In einer klirrend kalten Februarnacht kreuzen sich die Wege von Thomas und Katherine, einem Mönch und einer Nonne. Thomas rettet die junge Frau vor einer Schar Angreifer aus höchster Gefahr. Dabei verletzt er den Sohn des mächtigen Sir Riven schwer, der fortan auf Rache sinnt. Als Sir Riven und seine Männer ins Kloster einfallen, müssen Thomas und Katherine fliehen – und geraten mitten hinein in die blutigen Auseinandersetzungen der Häuser York und Lancaster, in die Rosenkriege, deren Ausgang sie schon bald mitbestimmen …

Bastei Lübbe